포
은
집

한국고전번역원 한국문집번역총서

포은집
圃隱集

정몽주 지음
鄭夢周

박대현 옮김

일러두기

1. 이 책의 번역 대본은 한국고전번역원에서 간행한 한국문집총간 5집 소재 《포은집(圃隱集)》으로 하였다. 번역 대본의 원문 텍스트와 원문 이미지는 한국고전종합DB (http://db.itkc.or.kr)에서 확인할 수 있다.
2. 내용이 간단한 역주는 간주(間註)로, 긴 역주는 각주(脚註)로 처리하였다.
3. 한자는 필요한 경우 이해를 돕기 위하여 넣었으며, 운문(韻文)은 원문을 병기하였다.
4. 맞춤법과 띄어쓰기는 한글 맞춤법과 표준어 규정을 따랐다.
5. 이 책에서 사용한 부호는 다음과 같다.

   : : 제시어와 내용 사이에, 각주에서 각주 표제어와 내용을 구분할 때 사용한다.

   ( ) : 번역문과 음이 같은 한자, 이두, 외국어를 묶어서 보일 때 사용한다.

   〔 〕 : 번역문과 뜻은 같으나 음이 다른 한자를 묶어서 보일 때 사용한다.

   " " : 글 안에서 대화를 표시할 때, 남의 말이나 서책 또는 시문 등의 문장을 인용할 때 사용한다.

   ' ' : " " 안의 재인용, 강조 부분을 나타낼 때 사용한다.

   「 」 : ' ' 안의 재인용을 나타낼 때 사용한다.

   《 》 : 책명 및 각주의 전거(典據)를 나타낼 때 사용한다.

   〈 〉 : 편명, 작품명, 논문 제목을 나타낼 때 사용한다.

   ~ : 인명의 생년과 몰년 사이에 사용한다.

   …… : 번역문에서 원문의 '云云'을 처리할 때, 각주에서 긴 인용문을 처리할 때, 각주 표제어가 네 어절 이상일 경우 생략되는 말을 처리할 때 사용한다.

   - - : 본문에서 소자(小字) 원문 주(註)의 처음과 끝에 사용한다.

차례

포은집 제1권

시 詩

포은집 제2권

시 詩

계묘년 8월에 한 원수의 동쪽 정벌 길을 따라 함주에 이르렀는데 병마사

포은집 제3권

잡저 雜著

포은집

본전 本傳

행장 行狀 • 559

포은 정몽주의 생애와 학문

박대현 | 전 한국고전번역원 교수

1. 머리말

포은(圃隱) 정몽주(鄭夢周, 1337~1392)는 동방 이학(理學)의 조종(祖宗)으로 추중(推重)받는 우리 동방의 유종(儒宗)이다. 성리학에 관한 저술이 전해지지 않아 이학의 조종이 된 구체적인 모습을 알 수 없어 후인들의 아쉬움을 더하게 하지만, 문집에 남아 있는 시문을 통해서도 그러한 면모의 일단을 더듬어 볼 수 있다.

포은은 만고의 충절로 크게 천양(闡揚)됨으로 인하여 그의 효성이나 학문, 그리고 교육자, 정치가, 외교관, 문장가로서의 뛰어난 면모는 상대적으로 크게 부각되지 못하였다. 포은은 부모상에 3년 동안 시묘하여 당시에 정려(旌閭)를 받았고, 성균관 대사성으로 신진 사류를 양성하였다. 원명 교체기와 여말의 혼란기 때 일신의 안위를 돌보지 않고 명나라와 일본에 수차례 사신으로 가서 훌륭히 소임을 수행하였고, 조선으로 왕조가 바뀔 때에는 한 몸을 던져서 고려의 사직을 보위하려 하였다.

이러한 부모에 대한 성효(誠孝)와 국가에 대한 충정과 사직을 위한 충절은 포은의 빼어난 자질에서 나온 것만이 아니라 필시 성리의 학문에 대한 깊은 체득이 있어 이 같은 행적으로 자연스레 발현된 것이라 하겠다.

《포은집》은 포은의 사후 47년 뒤인 1439년(세종21)에 포은의 사자(嗣子) 정종성(鄭宗誠)에 의하여 초간본이 처음 간행된 이후로 이른바 신계본(新溪本), 개성본(開城本), 교서관본(校書館本), 서애교정본(西厓校正本), 영천본(永川本) 등 모두 14차례나 간행되었다. 이 책의 번역 대본은 영천본의 일종[1]으로, 목록, 유상(遺像), 서문, 문집 3권, 〈연보고이(年譜攷異)〉, 부록, 〈정습명전(鄭襲明傳)〉, 〈본전(本傳)〉, 〈행장(行狀)〉으로 구성되어 있다.

2. 포은의 생애와 학문

퇴계(退溪) 이황(李滉)이 〈임고서원 춘추 제향 축문〉에서 "학문은 천인의 이치에 통하였고, 충성은 해와 달을 꿰뚫었도다."라고 하였다. 이는 포은의 일생과 학문을 절실히 그려 낸 글이라 할 만하다.

포은의 생애는 《고려사》 권30의 〈정몽주열전〉, 함부림(咸傅霖)이 지은 〈행장〉, 유성룡(柳成龍)이 고증한 〈포은 선생 연보고이〉(이하 〈연보고이〉) 등을 보면 그 대략을 알 수 있고, 포은의 학문은 동방 이학의 조종으로 추중된 배경, 시문 속의 언설, 평생의 사행(事行)을

---

1 한국문집총간 5집에 수록된 《포은집》의 범례(凡例)에 "본집은 교서관에서 간행하려던 정고본(定稿本)을 영천 임고서원 원유(院儒)들이 1585년경 목판으로 간행한 판목이 임진왜란으로 훼실되자 1607년 임고서원에서 다시 목판으로 간행한 6간본(六刊本)이다. ○ 분량은 3권, 부록 합 4책으로 총 160판(板)이다. ○ 본 영인저본은 연세대학교 중앙도서관장본(도서번호 : 811.96-정몽주-포-라)으로 반엽(半葉)은 11행 18자이고 반곽(半郭)의 크기는 23×19.2(cm)이다."라고 하였다.

살펴보면 그 대체적인 모습을 파악할 수 있다.

1) 포은의 생애

포은의 자(字)는 달가(達可), 관향은 영일(迎日), 시호는 문충(文忠)이다. 고려 인종 때 추밀원 지주사(樞密院知奏事)를 지낸 정습명(鄭襲明)의 10대손이자 일성부원군(日城府院君) 정운관(鄭云瓘)의 아들로, 1337년(충숙왕 복위6) 음력 12월 22일 경상도 영천군 고천촌(古川村) 우항리(愚巷里)에서 태어나 1392년(공양왕4) 음력 4월 4일 개성 선죽교에서 세상을 떠났다.[2]

모친 영천 이씨(永川李氏)가 난초 화분을 안고 있다가 갑자기 놀라 떨어뜨리는 꿈을 꾸고 깨어나서 포은을 낳았기 때문에 처음 이름을 몽란(夢蘭)이라 하였다. 포은은 태어나면서부터 남달리 특출하였고, 어깨 위에 북두칠성 모양으로 늘어선 일곱 개의 검은 점이 있었다. 아홉 살 때 모친이 낮에 검은 용이 정원 안의 배나무에 올라가는 꿈을 꾸고 놀라 깨어서 나가 보니 바로 포은이어서 이름을 몽룡(夢龍)이라 고쳤고, 관례를 치른 뒤에 지금의 이름인 몽주(夢周)로 바꾸었다.

포은은 1357년(공민왕6) 감시(監試)에 입격하고 1360년 문과에 장원

---

2 남효온(南孝溫)의 《추강집(秋江集)》에는 순절한 곳을 태묘동(太廟洞)으로 기록하고 있다. 《추강집》 권6 〈송경록(松京錄)〉에 "또 동쪽으로 나와서 토령(土嶺)을 넘었고, 반 리쯤 가서 왼쪽으로 태묘동에 들어갔다. 한수(韓壽)가 동구의 누각 주춧돌을 가리키며 말하기를 '여기는 시중(侍中) 정몽주가 고려(高勵) 무리들에게 격살당한 곳입니다.'라고 하고, 우리를 인도하여 동네로 조금 들어가다 작은 집 하나를 가리키며 말하기를 '이것이 시중의 옛집입니다.'라고 하였다. 우리들이 대문 앞에 앉아 강개한 마음으로 옛일을 애도하였다."라고 하였다.

급제하여 예문관 검열에 보임된 뒤로 수많은 요직을 두루 거쳐 1390년 (공양왕2) 수상직인 수문하시중(守門下侍中)에 올랐다.

포은의 생애에 특기할 만한 행적을 대별해 보면 3년 시묘, 성균관 교육, 언양 유배, 종군 출정, 외교 활동, 절의 순국 등을 꼽을 수 있다. 이를 중심으로 포은의 생애를 간략히 살펴본다.

(1) 3년 시묘

포은은 1355년(공민왕4) 1월 부친상을 당하여 3년 동안 시묘하였고 1365년 1월 모친상을 당해서도 3년 동안 시묘하였다. 당시에 상제(喪制)가 어지러워져서 사대부들이 모두 100일이면 탈상하였으나 포은은 홀로 시묘하며 3년 동안 슬픔과 예법을 다하였기 때문에 1366년 조정에서 정려를 내려 표창하였다. 이는 우리나라 최초로 살아 있는 사람에게 효자의 정려가 내려진 것이다. 지금 경상북도 영천시 임고면 우항리의 효자리비각(孝子里碑閣)에는 포은정선생지려(圃隱鄭先生之閭)라는 현판이 걸려 있다.

(2) 성균관 교육

공민왕은 홍건적의 침입을 물리친 이후 그간에 황폐해졌던 성균관을 새로 세워 인재의 양성에 힘을 쏟는다. 이는 반원 정책을 추진하면서 권문세족을 견제할 목적으로 성균관을 부흥하여 신진 사대부를 등용하려고 한 것이다. 이때 이색(李穡)이 성균관 대사성으로 임명되고 포은을 비롯한 김구용(金九容), 이숭인(李崇仁), 박의중(朴宜中) 같은 신진 학자들이 학관(學官)에 제수되어 성리학의 흥기(興起)에 일익을 담당하게 된다. 당시에 포은의 강설이 탁월하였기 때문에 선비들이 모두 탄복하였고 이색이 자주 동방 이학의 조종이라고 일컬었다.

　포은은 1367년 성균관 박사에 제수된 이후로 사예(司藝), 직강(直講), 사성(司成) 등을 연이어 맡았고 1375년(우왕1) 대사성에 오른다. 그러나 그해에 북원(北元)의 사신을 맞아들이지 말기를 청하는 소를 올렸다가 언양으로 유배됨으로써 9년간의 성균관 교육도 끝나게 된다.

(3) 언양 유배

반원 자주 정책을 추진하던 공민왕이 시해당하자, 권문세족인 이인임(李仁任) 일파가 우왕을 옹립하여 친원 정책을 펼친다. 1375년에 이인임이 북원의 사신을 맞아들이려고 할 때에 포은이 박상충(朴尙衷), 김구용 등 10여 인과 함께 상소하여 사신을 받아들이지 말기를 청하였다. 포은은 이 일로 죄를 얻어 언양에 유배되었다가 1377년 3월 개경으로 돌아오게 된다.

　《포은집》 제3권에 〈북원의 사신을 맞아들이지 말기를 청하는 소〉가 실려 있고, 제2권에 〈언양에서 중구일에 회포가 있어 유종원의 시에 차운하다〉라는 시가 실려 있다. 지금 울산광역시 언양에 있는 포은대의 포은대영모비(圃隱臺永慕碑)에 포은이 중구일에 반구대에 올라 읊은 이 시가 새겨져 있다.

(4) 종군 출정

〈연보고이〉에 의하면, 포은은 모두 세 차례에 걸쳐서 종군 출정하였다. 첫 번째 출정 기록은 "계묘년(1363, 공민왕12) 8월 종사관으로 동북면 도지휘사 한방신(韓邦信)을 따라 화주에서 여진을 정벌하였다. 갑진년(1364) 2월 여진의 삼선(三善)과 삼개(三介)를 패배시키고 돌아왔다."라는 것이다. 앞의 것은 1363년(공민왕12) 원나라가 덕흥군(德興君)을 고려왕으로 세우고 요양(遼陽)의 군사를 몰아 침입해 오자 한방신이 동북면 도지휘사가 되어 화주에 주둔하여 동북쪽을 방비할 때에 포은이 종사관으로 출정한 것을 말하고, 뒤의 것은 1364년 여진의 삼선과 삼개 무리가 쳐들어오자 한방신이 이성계와 함께 출정하여 패주시킨 것을 말한다. 이때에 지은 여러 편의 시가《포은집》제2권의 첫머리에 실려 있다.[3]

두 번째 기록은 "경신년(1380, 우왕6) 가을에 조전원수로 우리 태조를 따라 전라도 운봉(雲峯)에 이르러 왜적을 쳐서 크게 이기고 돌아왔다."라는 것이다. 우왕 때에 왜구의 발호가 극심하여 연안과 도서 지방은 말할 것도 없고 내륙까지 넘나들어 한때는 수도인 개경 부근까지 침범하였다. 이에 고려 조정은 이성계를 삼도 도순찰사로 임명하여 왜구의 토벌을 맡기니, 이성계가 지리산 북서쪽 운봉현의 황산(荒山)에서 왜구를 크게 무찔렀다. 이른바 황산대첩에 포은이 조전원수로 출정한 것이다. 개선할 때에 전주를 지나면서 지은〈전주 망경대에 오르다〉라는 시가《포은집》제2권에 실려 있다.

세 번째 기록은 "계해년(1383) 8월 동북면 조전원수로서 다시 태조를 따라 정벌하러 갔다."라는 것이다. 이는 동북면 백성을 노략질하는 호발도(胡拔都)를 동북면 도지휘사 이성계를 따라 단주(端州)에서 격파하고 온 것을 말한다. 이 당시에 지은 여러 편의 시 또한《포은집》

3〈계묘년 8월에 한 원수의 동쪽 정벌 길을 따라……〉,〈화주의 밤비〉,〈함주에 이르러 척약재 시에 차운하다〉,〈정주에서 중구일에 한 상공이 짓기를 명하다〉,〈안변성루〉,〈갑진년 추석에 감회가 있어〉등이다.

제2권에 실려 있다.[4]

(5) 외교 활동

포은이 주로 활동한 공민왕과 우왕 연간은 고려 말의 혼란기인 데다가 중국의 원명 교체기와 일본의 남북조 내란기에 해당하여 동아시아가 크게 변환하는 불안정한 시기였다. 새롭게 등장한 명나라와의 관계 정립을 위한 제반 문제와 일본의 내란으로 인하여 창궐한 왜구의 침략을 금지시키는 문제는 고려 조정이 당면한 최대의 외교 현안이었다. 포은은 이러한 외교상의 난제를 해결하기 위하여 자신이 필요할 때면 언제나 마다 않고 나서서 그때마다 지대한 외교적 성과를 거두고 돌아왔다. 포은은 여섯 차례의 명나라 사행과 한 차례의 일본 사행을 통하여 당대 최고의 외교가로서의 면모를 유감없이 발휘하였다. 일곱 차례의 사행을 표로 정리하면 다음과 같다.

〈표 1 포은의 사행〉

회차	목적지	도착지	출발 일자	귀국 일자	기타
1	남경	남경	1372년(공민왕21) 3월	1373년 7월	
2	일본	규슈 하카다	1377년(우왕3) 9월	1378년 7월	
3	남경	요동	1382년 4월		입경 불허
4	남경	요동	1382년 11월	1383년 1월 요동 도착	입경 불허
5	남경	남경	1384년 7월	1385년 4월	
6	남경	남경	1386년 2월	1386년 7월	
7	남경	요동	1387년 12월	1388년 1월 요동 도착	입경 불허

4 〈홍무 임술년에 이 원수의 동쪽 정벌 길을 따라가다〉, 〈단주성〉, 〈비를 무릅쓰고 동쪽 함주로 가다〉, 〈추석〉, 〈여진 지도〉, 〈독올관〉, 〈삼산〉, 〈함주〉, 〈이 시중의 안변 루 시에 차운하다〉 등이다.

① 명나라 사행

1368년(공민왕17) 명 태조 주원장이 남경을 수도로 삼아 명나라를 건국한 뒤, 그해 12월 설사(偰斯)를 고려에 사신으로 보내왔다. 이에 공민왕이 1369년 홍상재(洪尙載)를 명나라에 사신으로 보냄으로써 고려와 명나라 사이의 공식적인 외교 활동이 시작되었다.

1차 사행 : 1372년 3월에 이루어진다. 서장관으로 지밀직사사 홍사범(洪師範)을 따라 남경에 가서 촉 땅을 평정한 일을 축하하고 아울러 자제의 입학을 청하는 소임이었다. 돌아올 때에 해중(海中)의 허산(許山)에 이르러 폭풍을 만나 홍사범은 익사하고 포은은 구사일생으로 살아나서 말다래를 베어 먹으며 13일이나 견디다가 명나라의 구조를 받아 다시 남경으로 돌아갔고, 이듬해 7월 고려로 돌아와서 황제의 명을 선포하였다. 이때 지은 시 한 수를 보기로 한다.

과주(瓜州)

배를 대고 언덕에 올라 밀물을 기다리니	泊舟登岸待潮生
양자진 남쪽으로의 첫 번째 노정이라네	楊子津南第一程
초나라 언덕엔 기러기가 북으로 울며 가고	楚岸雁聲還北去
바다 어귀에는 돛단배가 서쪽으로 떠가네	海門帆影尙西行
석당이 솟아 비로소 금산사임을 알겠고	石幢始認金山寺
분첩이 희어 멀리 철옹성이 바라보이네	粉堞相望鐵甕城
아득히 보이는 종산이 시야에 들어오니	隱約鍾山來入望
오색구름 깊은 저곳이 바로 신경이로세	五雲深處卽神京

1372년 4월에 지은 시이다. 과주는 중국 강소성 한강현(邗江縣) 남부의 대운하가 양자강으로 들어가는 곳에 있는 진(鎭)의 이름이다. 3월 예성강을 출발한 사행단이 바다를 건너 4월 과주에 도착하여 남경으로의 출발을 기다리게 된다. 포은이 강 건너로 보이는 금산사와 철옹성의 경물을 읊고 오색구름이 짙은 저 종산 아래, 곧 남경을 아득히 바라보며 기대에 찬 회포를 토로한 것이다. 포은이 이렇게 명나라 사행에서 남긴 시가 《포은시고》의 절반을 차지하고 있다.

한편, 귀국길의 해난 사고가 있은 뒤로 고려 사신단의 사행 노선이 바뀌게 된다. 예성강에서 출발하여 해로와 수로로 남경에 이르던 왕복 노선이 돌아올 때에는 남경에서 강소(江蘇) 수로를 통하여 회안(淮安)에 이르고 회안에서 육로로 봉래(蓬萊)에 이르렀다가 발해를 건너 요양을 거쳐서 고려로 들어오는 노선으로 바뀌었다. 이는 사행단의 안전을 확보하기 위해 내려진 조치로, 이후의 남경 사행길은 모두 이 변경된 노선을 이용하였다.

2차 사행 : 1382년(우왕8) 4월 주족금은진공사(湊足金銀進貢使)로서 남경으로 가다가 요동에서 입경(入境)이 허락되지 않아 돌아왔다.

3차 사행 : 1382년 11월 청시사(請諡使)로서 남경길에 올랐으나 이듬해 1월 요동에서 또 입경이 허락되지 않아 돌아왔다.

4차 사행 : 1384년 7월 하성절사(賀聖節使)로 출발하여 이듬해 4월에 돌아왔다. 당시에 명나라와의 마찰로 인하여 홍무제가 크게 노하여 출병까지 하려 하였고 또 사신을 장류(杖流)하는 일도 있었기 때문에 사신으로 가기를 모두 피하였다. 우왕이 포은을 불러 의향을 묻자, 포은이 대답하기를 "군부의 명은 물과 불도 오히려 피하지 않거늘, 하물며 천자를 뵙는 일에 있어서이겠습니까. 다만 남경까지는 90일의 노정인데, 성절까지 겨우 60일뿐이니, 이것이 한스러운 바입니다."라고 하고 그날로 길에 올라 날짜에 맞추어 표문을 올렸다. 홍무제가 표문에 적힌 날짜를 헤아려 보고 치하하며 또 지난번 난파 사고를 기억하여 특별히 후대하였고, 장류한 사신을 풀어 주는 등의 호의를 베풀어 포은이 사행의 소임을 무사히 마칠 수 있었다. 이때 함께한 서장관은 정도전(鄭道傳)이다. 4차 사행에 관한 내용은 〈본전〉, 〈행장〉, 〈연보고이〉에 소상하게 실려 있다.

5차 사행 : 1386년(우왕12) 2월 임금의 편복 및 배신(陪臣)의 조복과 편복을 청하고 또 세공의 견감을 청하기 위하여 남경으로 간 사행이다. 함께한 서장관은 한상질(韓尙質)이다. 포은의 주대(奏對)가 상세하고 명확하여 5년 동안 미납한 공물과 늘려서 정했던 세공의 상수(常數)를 면제받고 7월에 고려로 돌아와서 황제의 명을 선포하였다.

6차 사행 : 1387년 12월에 조빙을 통하기를 청하는 소임을 갖고 남경으로 가다가 이듬해 1월에 요동에서 입경이 허락되지 않아 돌아왔다.

② 일본 사행

포은이 1377년 3월에 언양의 유배에서 풀려나 개성으로 돌아왔고, 그해 9월에 왜구의 침략을 금지시키기 위하여 일본에 사행을 떠났다가 큰 성과를 가지고 이듬해 7월에 귀국하였다.

당시 조정에서 왜구의 침략을 크게 걱정하여 나흥유(羅興儒)를 패가대(覇家臺)[5]에 사신으로 보내어 화친을 도모했으나 그 주장(主將)이

---

5 패가대(覇家臺) : 일본 규슈의 하카다(博多) 지역을 지칭하는 말이다. 고려 때 일본의 외교를 관장하던 태재부(太宰府)가 있었다고 한다.

나홍유를 잡아 가두어 거의 아사 지경이 되었다가 겨우 살아 돌아온 일이 있었다. 마침 패가대의 사신이 오자 권신들이 전날의 일에 앙심을 품고 누구나 꺼리는 보빙사(報聘使)로 포은을 보내려 하니, 포은은 조금도 어려운 기색이 없이 일본 사행길에 오른다. 이에 관한 내용은 《포은집》 부록의 〈사명을 받들고 일본으로 가는 정달가를 전송하는 시의 서문〉에 자세히 갖추어져 있다.

포은이 패가대에 도착하여 외교의 득실을 극진히 설명하자, 주장이 경복하여 객관의 대접이 매우 후하였다. 또 시를 구하는 왜승(倭僧)이 있으면 붓을 잡아 곧바로 지어 주니, 승도들이 구름처럼 모여들어 날마다 공의 가마를 메고 절경을 구경하기를 청하였다고 한다. 돌아올 때에는 잡혀 갔던 윤명(尹明)과 안우세(安遇世) 등 수백 인을 쇄환하였고, 또 삼도(三島)로 하여금 침략을 금지하게 하는 성과를 거두었다.

《포은집》 제1권의 말미에 〈홍무 정사년에 사명을 받들고 일본에 갔을 때 지은 시〉라는 제목으로, 일본 사행 때에 지은 13수의 시가 실려 있다. 일본 사행에서의 여러 정회를 토로했을 뿐만 아니라, 당시 일본인이 치아를 검게 물들였다거나 존장을 만나면 길에서 신발을 벗고 인사하는 등의 특이한 풍속도 알려 주고 있다.

(6) 절의 순국
포은의 절의는 유학의 춘추대의(春秋大義)라는 정명론에서 나온 것으로 보인다. 공자는 일찍이 명분을 바로잡는 것으로 춘추 시대의 혼란을 극복하려고 하였다. 이는 임금은 임금답고 신하는 신하답고 자식은 자식답고 부모는 부모다워서 각자의 도리를 충실히 다할 때에 가정과 국가와 천하가 평화롭게 다스려진다는 군군신신부부자자(君君臣臣父

父子)의 이론이다. 인의를 해치는 임금은 일개 필부에 불과하므로 신하가 백성을 위하여 임금을 칠 수 있다는 맹자의 방벌론(放伐論 혁명론)이 있기는 하지만, 여기에는 임금이 걸주(桀紂)처럼 포악하고 신하가 탕무(湯武)처럼 어질어야 한다는 전제 조건이 필수적이다. 이러한 조건이 충족되면 방벌이 정당하지만 그렇지 않으면 신하가 임금의 자리를 찬탈하는 것에 불과하다는 것이 유가의 방벌론이다.

포은과 이성계는 모두 친명 세력이었고 또 함께 개혁을 주도하던 동지 관계였으나, 결국 반목하는 사이가 된 이유는 포은은 개혁을 통하여 고려 왕조의 유지와 발전을 도모한 반면 이성계는 혁명을 통하여 새로운 왕조를 열려고 했기 때문이다. 포은은 이성계 일파의 개국 의지를 고려 왕조의 찬탈로 인식하였다. 그래서 죽음이 닥친 줄을 번연히 알면서도 명분과 절의를 위하여 사지로 나아갔던 것이다.

절의 순국 때의 긴박했던 상황은 《포은집》 부록의 〈용비어천가〉에 소상하게 실려 있다. 〈용비어천가〉를 보면, 이방원이 측근들과 포은의 제거를 모의했을 때 이성계의 질서(姪壻) 변중량(卞仲良)이 그 사실을 포은에게 누설하였다. 이에 포은이 정세를 알아보려 이성계의 사저를 방문하였고 포은이 돌아간 뒤에 이방원이 조영규(趙英珪) 등을 보내어 포은을 살해하게 한 것으로 기록되어 있다. 포은은 분명 죽음을 예견하고도 이를 피하지 않았던 것이다.

2) 포은의 학문

유가에서 말하는 학문은 '학문사변행(學問思辨行)'의 약칭으로, 배우고 묻고 생각하고 분변함을 통하여 사물의 선악(善惡)과 시비(是非)를 분명히 알아낸 뒤에 옳은 일은 반드시 실행하고 그릇된 일은 반드시 없애는 것을 의미한다.[6] 하늘로부터 부여받은 인의(仁義)의 본성을 '학문사변'이라는 방법으로 온전히 체득한 뒤에 이를 성실히 실행하는 것을 학문이라고 하는 것이다. 주희(朱熹)는 학문사변행의 대상을 부자유친, 군신유의로 시작하는 오륜의 도(道)라고 하여 학문의 대상을 한정하였고, 정이(程頤)는 "이 다섯 가지 중에 하나라도 폐하면 학문이 아니다."라고 하여 실행이 없는 학문은 학문이 아님을 분명히 하였다. 이는 삼대(三代)가 학교를 설립한 목적을 "모두 인륜을 밝히려는 것이었다."라고 한 맹자의 말과 일치하는 것이다. 유가의 학문이란 사람이되는 도리를 알아서 그것을 실천하는 것을 지칭한다.

포은의 학문은 '동방 이학의 조종'이라는 한마디 말로 대변된다. 이 말은 목은 이색이 성균관 대사성으로 있을 때에 성균관 학관으로 학생을 이끌던 포은을 두고 동방 이학의 조종이라고 일컬은 데에서 유래한다. 이에 관한 기록은 함부림(咸傅霖)이 지은 〈행장〉에 자세히 실려있다. 〈행장〉의 기록은 다음과 같다.

정미년(1367, 공민왕16) 예조 정랑으로 성균관 박사를 겸하였다. 국가가 신축년(1361) 홍건적의 병화를 입은 이래로 학교가 황폐해졌다. 이때에 이르러 공민왕이 부흥에 뜻을 다하여 새로 성균관을 세웠으나, 학관이 적기 때문에 영가(永嘉) 김구용, 반양(潘陽) 박상충, 밀양 박의중, 경산(京山) 이숭인 및 공과 같은 큰 선비를 뽑아서

---

6 공자가 말하기를 "널리 배우며 자세히 물으며 밝게 분변하며 신중히 생각하며 독실히 행하여야 한다.〔博學之, 審問之, 明辨之, 愼思之, 篤行之.〕"라고 하였다.《中庸章句第20章》

학관을 겸하게 하고 문정공(文靖公) 목은 이색으로 하여금 대사성을 겸하게 하였다. 당시 우리나라에 들어온 경서는 오직 주자(朱子)의 사서집주(四書集註)뿐이었다. 공은 강설이 탁월하여 사람들의 생각을 크게 뛰어넘었기 때문에 듣는 이들이 자못 의심하였으나 운봉 호씨(雲峯胡氏)의 《사서통(四書通)》을 얻어 보게 되어서는 공이 논한 것과 합치하지 않는 것이 없었으므로, 선비들이 더욱 탄복하였다. 목은이 자주 일컫기를 "달가의 논리는 횡으로 말하든 종으로 말하든 이치에 맞지 않는 것이 없으니, 동방 이학의 조종으로 추중하노라.〔達可論理 橫說竪說 無非當理 推爲東方理學之祖〕"라고 하였다.

〈행장〉의 이 기록은 포은의 학문을 언급할 때마다 얘기되는 두 가지 사실을 담고 있다. 하나는 성균관에서 벌어진 활발한 토론에서 포은의 견해가 예상을 뛰어넘을 정도로 탁월하여 당시의 학자들이 자못 의심하였으나 나중에 《사서통》이 들어오고 난 뒤에 포은의 견해가 모두 입증되어 선비들이 모두 탄복(歎服)했다는 것이고, 하나는 이색이 포은의 강학을 두고 "달가의 논리는 횡으로 말하든 종으로 말하든 이치에 맞지 않는 것이 없으니, 동방 이학의 조종으로 추중하노라."라는 발언이다.

《사서통》은 원대(元代)의 주자학자인 운봉 호병문(胡炳文)이 찬한 사서집주의 주석서로, 모두 26권이다. 사서집주의 내용과 관련된 제가(諸家)의 견해를 모아서 싣고 자신의 견해도 덧붙여서 찬한 것이다.

이색이 말한 이학은 정주(程朱)의 성리학을 뜻하고 조종은 어떤 분야를 본격적으로 일으킨 사람을 뜻함은 누구나 아는 사실이다. 다만

"횡설수설(橫說豎說)[7]이 이치에 맞지 않는 것이 없다."라고 한 횡설수설은 사전적인 의미만으로는 오해의 여지가 크기 때문에 '횡으로 말하든 종으로 말하든'이라고 풀이하였다.[8]

횡설과 수설은 성리서에 나오는 성리학 용어로, 횡설은 횡간(橫看), 수설은 수간(豎看)이라고도 한다. 사물을 형이하의 관점에서 보기도 하고 형이상의 관점에서 보기도 하며, 이(理)와 기(氣)를 분개(分開)하여 보기도 하고 혼륜(渾淪)해서 보기도 하며, 본원(本原)상에서 보기도 하고 유행(流行)상에서 보기도 하는 방법을 말한다. 이는 포은이 성리학의 이론을 완전히 체득하였기 때문에 횡간하든 수간하든 이치에 맞지 않음이 없음을 말한 것이다.

그러면 포은의 학문은 누구를 통하여 이루어진 것인가? 동방 이학의 조종이라고 일컬어진 것은 성균관 박사가 된 1367년(공민왕16) 이후의 일이다. 그 이전에 과거에 급제하여 김득배(金得培), 한방신(韓邦信)과 좌주(座主)와 문생(門生)의 관계가 되기도 하였고, 그 이후에 포은이 이색을 두고 함장(函丈)이라 지칭하기도 하였지만, 이는 모두 출세(出世)한 이후의 일이고 수학기의 사승 관계는 아니다. 그러나 지금까지 사승 관계를 알 수 있는 기록이 없기 때문에 조호익(曺好益)이 "위로는 스승에게 전수받아 터득한 것도 없었고 곁으로는 벗과 강습하여 도움받은 것도 없었으나, 홀로 묵묵히 그 오묘한 이치와 부합하였다.

---

7 횡설수설은 《장자》〈서무귀(徐无鬼)〉에 횡설(橫說) 종설(從說)로 처음 쓰인 이후, 불가와 유가에서 이치를 설명하는 말로 차용하였다.

8 횡설수설은 국어사전에 '조리가 없이 말을 이러쿵저러쿵 지껄임.'으로 풀이되어 있어 성리학에서 뜻하는 의미와 크게 동떨어져 있다.

〔上無授受之得 旁無講習之益 而獨能默契其妙〕"⁹라고 한 것처럼 사우(師友)의 도움이 없이 홀로 배워서 자득한 학문이라고 해야 할 것이다. 한편 포은의 학문 세계를 짐작하게 하는 기록이 정도전의 〈포은봉사고서(圃隱奉使藁序)〉에 실려 있다.

내가 16, 7세 때에 성률을 익히느라 대우(對偶)의 문장이나 짓고 있었다. 하루는 여강(驪江) 민자복(閔子復)이 나에게 말하기를 "내가 정달가 선생을 뵈었더니, '사장(詞章)은 말단의 기예일 뿐이고 이른바 수신(修身) 정심(正心)의 학문이 있으니, 그 설이 《대학》과 《중용》두 책에 갖추어져 있다.'라고 하므로, 지금 이순경(李順卿)과 함께 두 책을 가지고 삼각산의 절에 가서 강구하고 있소. 그대는 이것을 아는가?"라고 하였다. 내가 이 말을 듣고 두 책을 구하여 읽었는데, 비록 터득한 바는 없지만 자못 스스로 기뻐하였다. 때마침 나라에서 빈흥과(賓興科)를 보였을 때에 선생이 삼각산에서 내려와서 삼장(三場)에 연이어 장원하여 명성이 자자하였다.……목은 선생이 재상으로 성균관 대사성이 되어 성명(性命)의 학설을 제창하고 부화(浮華)한 풍습을 배척하면서 선생과 이자안(李子安), 박자허(朴子虛), 박성지(朴誠之), 김경지(金敬之)를 천거하여 학관에 충임하고 경학을 강론하게 하였다. 선생은 《대학》의 제강(提綱)과 《중용》의 회극(會極)에서 도를 밝히고 도를 전한 뜻을 터득했으며, 《논어》와 《맹자》의 정미한 뜻에서 조존(操存)과 함양(涵養)의 요체와 체험하고 확충하는 방법을 터득했으며, 《주역》에서 선천(先天)

9 《芝山集 卷5 圃隱先生詩集重刊跋》

과 후천이 서로 체(體)와 용(用)이 됨을 알았으며, 《서경》에서 정일 집중(精一執中)이 제왕이 전수한 심법임을 알았으며, 《시경》은 민이(民彝)와 물칙(物則)의 가르침에 근본하며 《춘추》는 도의(道誼)와 공리(功利)의 구별을 분변한 것임을 알았으니, 우리 동방 오백 년에 이 이치에 도달한 이가 몇 사람이나 되겠는가. 제생들이 각기 자신의 학문을 주장하여 사람마다 이설(異說)이 있었으나 질문에 따라 강론하고 분석하여 털끝만큼도 어긋나지 않으니, 목은 선생이 기뻐서 일컫기를 "달가는 호쾌하고 탁월하여 횡으로 말하든 종으로 말하든 적당하지 않은 것이 없다."라고 하였다.[10]

위의 기록을 통하여 포은의 학문에 대한 몇 가지 사실을 알 수 있다. 하나는 포은이 사장을 말단의 기예로 규정한 뒤에 수신 정심의 학문을 권유한 사실이고, 하나는 포은이 21, 2세에 벌써 후배들에게 영향을 줄 정도의 정립된 학문을 갖고 있었다는 사실이고, 하나는 과거에 응시하기 전에 삼각산에서 공부했다는 사실이다. 또 다른 하나는 성균관 학관으로 강학할 때에 포은이 사서삼경과 《춘추》의 정수를 정확히 터득하고 있어서 유생들의 각각 다른 견해에 묻는 대로 대답할 수 있었기 때문에 "횡으로 말하든 종으로 말하든 적당하지 않은 것이 없다."라는 이색의 칭찬을 받았다는 사실이다.

공자는 학문이란 '도를 알아서 행하는 것'이라 규정하고 삼지(三知)와 삼행(三行)의 공부를 설파하였다. 포은은 유학의 이론에 정통했을 뿐만 아니라 공자의 말처럼 터득한 이론을 반드시 실행하였다. 포은은

10 《三峯集 卷3 圃隱奉使藁序》

3년 시묘로 부자간의 도리를 실천했고 절의 순국으로 군신간의 도리를 실행했을뿐더러 문생으로서 좌주에 대한 의리도 저버리지 않았다. 포은의 나이 26세 때인 1362년(공민왕11) 김득배가 홍건적을 격파하고 경성을 수복하였으나 도리어 김용(金鏞)에게 해를 당하여 상주에서 효수되었다. 포은이 스스로 김득배의 문생이라 하여 미미한 신진 사류임에도 불구하고 왕에게 청한 뒤에 그 시신을 수습하여 장사 지냈다. 죽음을 두려워하지 않고 좌주와 문생 간의 의리를 지킨 것이다.

포은이 저술한 시문이 환란을 겪은 뒤에 거의 수습되지 못하여 학문의 내용이 어떠한지는 구체적으로 알 수 없다. 그러나 지금 남아 있는 시를 통하여 그 일단의 모습을 짐작할 수 있다. 《포은집》 부록에 실린 고천(古川) 고을의 사론(士論)을 보면, "시집에 수록된 독역(讀易), 관어(觀魚), 동지(冬至), 호연(浩然) 등의 시편[11]은 모두 성리에 관한 저작이다.……이 몇 편 가운데에서 또한 선생의 학문을 넉넉히 볼 수 있을 것이니, 동방 이학의 조종으로 추중한 것이 또한 마땅하지 않겠는가."라고 하였다. 고천 고을의 사론에서 거론한 〈호연의 권축에 적다〉는 시와 불교를 비판적 시각으로 바라본 〈성은 움직임이 없다〉는 시를 통하여 포은의 학문 세계의 일단을 더듬어 본다.

---

11 《포은집》 제1권에 실려 있는 〈호수에서 물고기를 구경하다〔湖中觀魚〕〉와 제2권에 실려 있는 〈주역을 읽다〔讀易〕〉, 〈동지를 읊다〔冬至吟〕〉, 〈호연의 권축에 적다〔浩然卷子〕〉라는 시를 가리킨다.

호연의 권축에 적다〔浩然卷子〕

황천이 생민을 내릴 때에	皇天降生民
그 기운 크고도 굳세거늘	厥氣大且剛
사람이 스스로 살피지 않아	夫人自不察
이에 심상히 내버려져 있네	乃寓於尋常
기르는 데 실로 방법 있으니	養之固有道
호연함을 누가 감히 당하랴	浩然誰敢當
삼가 맹자의 가르침 받들어	恭承孟氏訓
돕지도 말고 잊지도 만다면	勿助與勿忘
천고에 이 마음 한가지여서	千古同此心
연어의 묘한 이치 양양하리라	鳶魚妙洋洋
이 말씀은 아는 사람 적으니	斯言知者少
그대 위하여 이 시를 짓노라	爲子著此章

호연(浩然)은 둔촌(遁村) 이집(李集)의 자(字)이다. 이집의 이름과 자가 맹자의 "호연한 기운은 의리를 모음으로써 생겨나는 것이다.〔是集義所生者〕"라는 말에서 유래하기 때문에 이에 관한 이치를 시로써 밝힌 것이다. 시의 내용을 보면, 하늘이 사람을 낼 때에 본래부터 지대지강(至大至剛)한 호연지기를 부여하였다. 그래서 기운을 기르는 일을 잊지도 말고 조장하지도 만다면, 활발히 드러난 도체의 묘미를 맹자나 자사(子思)처럼 누구나 양양히 느끼게 되리라는 것이다.

'연어(鳶魚)의 묘한 이치'는 군자의 도가 솔개가 날고 물고기가 뛰어오르듯이 천지에 모두 드러나는 것[12]을 말한다. 정주(程朱)가 '물망물

조(勿忘勿助)'와 '연비어약(鳶飛魚躍)'을 천도(天道)와 인도(人道), 성
자(誠者)와 성지자(誠之者), 학문의 방법과 효험의 관계로 보았기 때
문에 포은이 물망물조를 말하면서 연비어약을 함께 거론한 것이다.[13]
경학과 성리설에 정통한 일단의 모습을 보여 주고 있다.

다음은 불교의 수양법이 적정(寂靜)에 치우쳐 있음을 지적한 시 한
수를 본다.

성은 움직임이 없다[性無動]

평생토록 고요함에 속박당해 있으면	靜爲百年縛
움직일 때 한 터럭에도 어긋나 버리리	動向一毫差
산승이 이를 알아서 힘을 잘 쓸진댄	山僧善用力
활발한 용사처럼 생동감이 넘치리라	活潑如龍蛇

'성(性)은 움직임이 없다.'라는 것은 성이란 고요하여 움직임이 없는
상태라는 말이다. 성리학에서는 미발(未發)의 상태를 성(性)이라 하고

---

12 자사가 말하기를 《시경》에 '솔개는 날아서 하늘에 이르거늘, 물고기는 연못에서
뛰어오른다.'라고 하였으니, 이는 이치가 위아래에 밝게 드러남을 말한 것이다.[詩云:
"鳶飛戾天, 魚躍于淵." 言其上下察也.]"라고 하였다. 《中庸章句 第12章》
13 주희(朱熹)가 말하기를 "예컨대 '솔개가 날고 물고기가 뛰어오른다'는 명도가 '반드
시 일삼는 바가 있으면서도 효과를 미리 기대하지 말라'의 뜻과 같다고 한 것을 지금에야
비로소 환히 깨달아 의심이 없게 되었다. 일상생활하는 사이에 이 유행하는 본체가
애당초 끊어지는 곳이 없으며 공부에 착수할 수 있는 곳이 있음을 보았다.[如鳶飛魚躍,
明道以爲與必有事焉勿正之意同者, 今乃曉然無疑. 日用之間, 觀此流行之體, 初無間斷
處, 有下功夫處.]"라고 하였다. 《朱子大全 卷40 答何叔京》

이발(已發)의 상태를 정(情)이라고 한다. 미발의 성은 마음이 적연(寂然)하여 움직이지 않는 상태이고, 이발의 정은 마음이 이미 발하여 외물과 감통하는 상태이다. 이 시는 평생토록 고요함에만 힘쓰다 보면 고요함에 속박당하여 활발함이 없게 될뿐더러, 고요함을 추구하면 추구하는 즉시 정(情)의 상태가 되어 버리기 때문에 고요할 때의 존양(存養)하는 공부가 없어져서 움직이기만 하면 언제나 중도에 어긋나게 될 것이라는 뜻을 담고 있다. 이는 미발 때에는 존양하고 이발 때에는 성찰해야지만 과불급(過不及)이 없는 중도에 이를 수 있다는 성리학의 수양법으로 불교 수양법의 문제점을 적시한 것이다. 도(道)의 실상은 '솔개가 날고 물고기가 뛰어오르듯〔鳶飛魚躍〕'이 활발한 것이지, '마른 나무나 식은 재〔枯木死灰〕'처럼 싸늘한 것이 아님을 보여 주고 있다.

3. 《포은집》의 편찬과 간행 경위

《포은집》은 1439년(세종21)의 초간본부터 1903년(광무7)의 옥산본(玉山本)까지 모두 14차례나 간행되었고, 현존하는 우리나라 문집 중에 가장 많은 판본을 보유하고 있다. 이는 포충(襃忠), 도통(道統), 흥학(興學), 숭조(崇祖) 등의 다양한 동인(動因)이 작용한 것으로 보인다.[14] 이 책의 번역 대본은 14차례의 간행 중에 6번째에 해당하는

---

14 최채기, 〈圃隱集의 編纂과 刊行에 관한 研究〉, 성균관대학교 석사학위논문, 2006, 113쪽. 《포은집》의 편찬과 간행 경위는 최채기의 이 논문과 홍순석의 〈포은시고 판본에 관한 고찰〉을 바탕으로 기술한 것임을 밝혀 둔다.

영천본의 후쇄본(後刷本)이다. 초간본에서 영천본까지의 편찬과 간행 경위를 간략히 살펴본다.

〈표 2 포은집의 판본[15]〉

간차	판본명	권수제	간행 연도	간행지
1	초간본(初刊本)	포은시고(圃隱詩藁)	1439	미상
2	신계본(新溪本)	포은시고	1533	신계(新溪)
3	개성본(開城本)	포은시고	1575	개성(開城)
4	교서관본(校書館本)	포은선생집 (圃隱先生集)	1575～1584	교서관 (校書館)
5	서애교정본(西厓校正本)	포은선생문집 (圃隱先生文集)	1585	영천(永川)
6	영천본(永川本)	포은선생문집	1607	영천
7	황주 병영본(黃州兵營本)	포은시고	1608	황주(黃州)
8	봉화본(奉化本)	포은선생문집	1662	봉화(奉化)
9	정사 중간본(丁巳重刊本) Ⅰ	포은선생문집	1677	영천
10	숭양본(崧陽本)	포은선생집	1769	개성
11	속집본(續集本)	포은선생속집 (圃隱先生續集)	1769	영천
12	정사 중간본(丁巳重刊本) Ⅱ	포은선생문집	1866	영천
13	숭양 추각본(崧陽追刻本)	포은선생집	1900	개성
14	옥산본(玉山本)	포은선생문집	1903	진주(晉州)

(1) 초간본 : 포은 사후 47년 뒤인 1439년(세종21) 포은의 사자(嗣子) 정종성(鄭宗誠)에 의하여 처음으로 간행된 《포은집》 판본이다. 지금 초간본의 간행 경위를 알 수 있는 자료는 무엇보다 정종성이 지은 《포은집》의 발문이다. 이 책의 번역 대본에는 이 발문이 실려 있지 않기 때문에 보완의 의미를 겸하여 전문을 싣는다.

15 최채기, 위의 논문, 34~35쪽의 '〈표4〉 圃隱集의 板本'을 필요한 부분만 옮긴 것이다.

우리 선인(先人)께서 지으신 시문이 많지 않은 것은 아니다. 그러나 스스로 뜻에 차지 않는다는 이유로 지었다가 곧바로 버렸지만 간간이 수록한 것 또한 적지 않았다. 불행히도 집안의 변고를 당하여 거의 다 유실되어 지금 남아 있는 것은 백 개 중의 한두 개일 뿐이다. 일본에 사신 갔을 때에 지은 것은 단지 숙부 사재령(司宰令) 정도(鄭蹈)가 초록한 13수만 얻었을 뿐이고, 나머지는 모두 잃어버렸다. 또 제가(諸家)가 간수하던 평소에 지은 시와 홍무 병인년(1386, 우왕12)에 명나라로 사신 갔을 때의 행록(行錄)은 모두 문인 평정공(平定公) 함부림이 모아서 보내 준 것이고, 종성(宗誠)이 또 약간의 수(首)를 얻었으니, 모두 303수이다. 선인께서 네 번 남경에 가셨고 갈 때마다 모두 지은 것이 있었다. 병인년의 기록은 다행히 서장관 문열공(文烈公) 한상질(韓尙質) 공이 손수 기록하여 잃지 않게 되었으나 나머지는 전해지지 않으니, 문열공과 같은 분을 세상에서 많이 얻지 못함이 한스럽다.

종성이 다행히 남기신 글을 받들고 슬픔을 가누지 못하여 드디어 어긋난 곳을 바로잡고 선후의 차례를 정하여 상자 속에 보관해 둔지가 오래되었다. 지난 정통(正統) 정사년(1437) 가을에 우리 주상 전하께서 불러다 열람하고는 아름답게 여기며 칭탄하고 우승지 권채(權採)에게 명하여 책머리에 서문을 지어서 기리고 장려하는 뜻을 보이도록 하시니, 뜻밖에 나온 은혜라서 놀라고 감동되어 몸 둘 바를 모르겠다. 어찌 소신(小臣)이 감격하여 만의 하나라도 보답하기를 생각할 뿐이겠는가. 저승에 계신 선친 또한 반드시 감읍하여 보답을 도모함이 있을 것이다. 이에 장인의 손을 빌려 목판에 새겨서 영원히 전하니, 아마도 우리 성상의 절의를 기리고 문헌을 중시하는 큰 덕을 무궁토록 더욱 넓히게 될 것이다.

정통 4년 기미년(1439, 세종21) 3월 일에 절충장군(折衝將軍) 용무시위사상호군 겸 지병조사(龍武侍衛司上護軍兼知兵曹事) 아들 종성이 삼가 발문을 쓰다.[16]

1401년(태종1) 태종이 권근(權近)의 건의에 따라 포은을 영의정에 추증하고 문충(文忠)이라는 시호를 내림으로써[17] 포은은 완전히 복권되었다. 이에 아들 정종성이 상란(喪亂) 중에 흩어졌던 유문을 수집하고 정리하여 1409년경 변계량(卞季良)과 하륜(河崙)의 서문을 받아 간행을 시도하였으나 여의치 않았다. 1432년 세종이 포은을《삼강행실》의 〈충신전(忠臣傳)〉에 넣게 한 뒤 1437년 포은 시고를 직접 을람(乙覽)하고 권채에게 서문을 지으라고 명함으로써 1439년 3월《포은시고(圃隱詩藁)》라는 이름으로 간행되었다.

초간본은 현존하는 것이 없다고 알려졌으나 최근 홍순석의 연구에 의하여《포은시고》2권 1책이 일본 봉좌문고(蓬左文庫)에 소장된 것으로 확인되었다.[18] 봉좌문고본으로 명명된 초간본의 체재는 하륜, 박신(朴信), 변계량의 서문, 〈포은시고〉권상·권하, 〈포은선생 연보〉, 〈포은선생 행장〉, 이색의 〈포은재기(圃隱齋記)〉, 〈포은기 뒤에 적다〉, 〈정 산기를 생각하다〉 3수, 정종성의 〈발〉로 되어 있다. 홍순석은 "권채의 서문이 빠져 있다. 권수 맨 앞에 있었던 것이 훼손된 것으로

---

16 《初刊本 圃隱集 鄭宗誠跋》

17 《포은집》부록의 〈상서(上書)〉에 이와 관련한 내용이 자세히 실려 있다.

18 홍순석, 〈포은시고 판본에 관한 고찰〉,《포은학연구》19, 2017, 48쪽.

생각된다."[19]라고 하였다. 한편 이색의 〈강남기행시고 뒤에 적다〉 또한 초간본에 실린 것이었으나 봉좌문고본에는 결락된 것으로 보인다. 그렇다면 초간본에도 잡저가 있는 것이 된다.[20]

(2) 신계본 : 1533년(중종28) 포은의 5세손 정세신(鄭世臣)이 신계에서 간행한 《포은시고》 판본이다. 신계본의 체재는 〈포은선생 연보〉, 박신의 〈포은선생시권 서〉, 함부림의 〈행장〉, 정종성의 〈발〉, 권채의 〈포은선생시권 서〉, 〈포은시고〉 권상·권하, 잡저, 하륜의 〈포은선생 시권 서〉, 변계량의 〈포은선생시고 서〉, 유보(柳溥)의 〈발〉로 되어 있다. 잡저는 〈강남기행시고 뒤에 적다〉, 〈포은재기〉, 〈포은기 뒤에 적다〉, 〈정 산기를 생각하다〉 3수, 〈포은 선생의 옛집을 찾아갔을 때 지은 소부〉이다. 〈척약재명〉 1편이 〈포은시고〉 권하 마지막에 추가되어 있다.

초간본과 신계본을 대조해 보면, 신계본은 초간본을 복각하면서 〈척약재명〉 1편과 〈포은 선생의 옛집을 찾아갔을 때 지은 소부〉 1편을 보태고 유보의 발문을 달아 초간본과는 편집 체재를 달리하여 간행한 것으로 보인다. 유보가 지은 발문의 전문을 본다.

공의 대절(大節)이 태종대왕의 포상에 의하여 드러났고 공의 시문이

---

19 홍순석, 위의 논문, 48쪽.

20 봉좌문고본에는 결락된 부분이 다소 있다. 〈포은재기〉 첫머리의 64자도 봉좌문고본에는 빠져 있다. 신계본에는 이 〈포은재기〉의 빠진 부분에 해당하는 문장이 〈강남기행시고 뒤에 적다〉의 뒷부분과 함께 한 목판에 실려 있고, 또 〈강남기행시고 뒤에 적다〉의 앞부분이 실린 판목의 첫머리에 잡저라는 제목이 달려 있다. 그렇다면 봉좌문고본에 〈강남기행시고 뒤에 적다〉가 결락된 것이고 따라서 잡저라는 편목이 있게 되는 것이다.

전후 제공의 영탄(詠歎)에 의하여 나타났으니, 어찌 위대하지 않겠는가. 지금 우리 성상께서 절의의 신하를 다시 포장(襃獎)하고 녹용(錄用)하는 은전을 크게 거행하여 만대의 인심을 격려하시니, 공의 현손 정세신이 맨 먼저 총명(寵命)을 받아 신계 고을 원이 되었다. 이에 공의 성정(性情)이 발현한 것이 바로 시집에 있다고 생각하여 공인을 모아 판목에 새겨서 오래도록 전해지게 하니, 아마도 절의를 표창한 글과 충정(忠貞)을 그려 낸 명(銘) 또한 함께 영원히 전해질 것이다. 자손 된 사람으로서 선조의 도의를 돈독히 좋아하여 영세토록 실추되지 않게 하니, 그 뜻이 대개 숭상할 만하도다.

가정(嘉靖) 계사년(1533, 중종28) 8월 하순에 판서 유보가 삼가 발문을 쓰다.[21]

1517년 왕명으로 녹용된 정세신이 1533년 황해도 신계의 현령으로 부임하여 숭조(崇祖)의 일환으로 《포은시고》를 간행하였다는 내용이다.

(3) 개성본 : 1575년(선조8) 숭양서원(崧陽書院)에서 간행한 《포은시고》 판본으로, 신계본에다 〈이 공봉의 운자를 쓰다〉 2수와 〈경상도 안렴사로 나가는 송 정랑을 전송하다〉 1수를 보태어 간행한 것이다. 〈연보〉에 신계본의 '부몰(父沒)'이 '모몰(母沒)'로 되어 있다거나 〈4월 19일에 강을 건너 용담역에 이르다〉 시가 신계본에는 1수로 된 것이 개성본에는 2수로 나뉜 정도의 차이가 있을 뿐이다. 문집의 글씨는 당대의 명필인 석봉(石峯) 한호(韓濩)가 썼다.

(4) 교서관본 : 1575년~1584년 사이에 교서관에서 을해자(乙亥字)

---

21 《新溪本 圃隱集 柳溥跋》

로 인행한《포은선생집》판본이다. 인행 주체와 인행 목적은 확인되지 않는다. 교서관본은 앞의 두 본과 달리 편집과 내용에 큰 차이를 보인다. 하나는 신계본과 개성본이 주제별로 시가 분류된 반면, 교서관본은 오언, 칠언 등 시체별(詩體別)로 분류하여 배열한 것이고, 하나는 307편 중에 시가 아닌〈절동의 패옥재 협사안에게 부치다〉,〈은계 상죽헌의 권축에〉,〈원조의 권축에〉,〈송헌 이 시중 화상찬〉,〈척약재 명〉을 시고에서 분리하여 새로 발굴한〈김득배께 올리는 제문〉,〈김해 산성기〉,〈북원의 사신을 맞아들이지 말기를 청하는 소〉와 합하여 잡저라는 이름으로 수록한 것이다. 또 하나는 신계본과 개성본에 실려 있는 이색과 유방선(柳方善)의 시문 다섯 편이 잡저라는 이름과 걸맞지 않다고 보아 부록이라는 편목을 신설하여 그 속에 넣고 또 서문과 함께 있던〈행장〉도 부록으로 옮겨서 수록한 것이다. 이 부록에는 또《고려사》에 실린 정습명의 열전과 포은의 열전을 실었고 포은과 관련된 제가의 시문 30편도 추가로 실어 모두 38편을 수록하였다. 또 연보의 기술 방식도 사건이 없으면 연도를 표시하지 않는 등 이전의 형태와 차이를 보이고, 문집의 제목도《포은시고》에서《포은선생집》으로 바뀌었다.

(5) 서애교정본 : 1585년 서애 유성룡이 교정한 원고를 임고서원에서 간행한《포은선생문집》판본이다. 1584년 선조가 송(宋)나라 충신 문천상(文天祥)의《지남록(指南錄)》을 읽다가 차마 다 읽지 못할 정도로 강개한 감회에 젖었다. 이에 포은의 절의와 문장이 문천상과 나란하다고 하여《포은집》의 간행을 명하면서 유성룡에게 문집의 교정과 발문의 저작을 맡겼고 노수신(盧守愼)에게 서문을 짓도록 하였다. 유성룡이 신계본, 개성본, 교서관본을 가지고 교정한 것이 서애교정본이다. 그 발문에 교정의 내용이 자세히 밝혀져 있다.

만력 갑신년(1584, 선조17) 가을 주상 전하께서 운각(芸閣 교서관)에 명을 내려 선생의 문집을 인행하도록 하면서 먼저 신에게 어긋난 부분을 교정하고 또 그 뒤에 발문을 쓰도록 명하셨습니다. 신이 명을 받들고 두려워하며 삼가 여러 본을 취하여 반복하여 참증(參證)해 보니, 구본(舊本)은 본래 시문 303편을 갖춘 것으로, 곧 선생의 아들 정종성이 편집한 것입니다. 근세의 개성본은 또 〈이 공봉의 운자를 쓰다〉 2수와 〈경상도 안렴사로 나가는 송 정랑을 전송하다〉 1수를 보태어 실었고, 교서관본에는 또 〈김해산성기〉, 〈김득배께 올리는 제문〉, 〈북원의 사신을 맞아들이지 말기를 청하는 소〉가 있습니다.

지금 신이 또 〈이 태상의 시에 차운하여 이둔촌의 아들 지직의 급제를 축하하다〉 3절(絶)과 〈원주 목사 하윤원의 시권에 운자를 나누어 지은 시〉 1편과 〈원증 국사 어복에 적은 발문〉 1편을 얻었고, 둔촌(遁村)에게 보낸 4편의 편지는 비록 끊어져서 온전하지 못하나 또한 선생의 손에서 나온 것이 의심 없이 분명하기 때문에 모두 취하였으니, 시가 모두 308편이고 찬(讚), 명(銘), 문사(文辭)가 13편입니다. 교서관본은 오언시와 칠언시를 분류하여 편집했으나 정종성이 이미 "선후의 차례를 정하였다."라고 했으니, 후인이 성급하게 원본을 고쳐서는 안 되기 때문에 지금 모두 구본에 근거하여 바로잡았습니다. 다만 시와 문이 섞여 나와서 어지럽기 때문에 〈화상찬〉 이하 8편을 잡저라고 하여 구별하고, 새로 얻어서 세 본에 실려 있지 않은 것은 따로 습유라고 하여 뒤에 붙였습니다. 세 본에는 예전에 목록이 없어 서책의 편집 체재를 잃었으므로 지금 목록을 만들어 첫머리에 두었습니다.

교서관본은 부록 한 권이 있으나 용잡(冗雜)함을 면하지 못하므로 지금 사전(史傳)과 행장(行狀) 및 제현의 기증(寄贈)과 후인의 기술과 제문을 각각 그 종류에 따라 편집하였고, 그 밖에 기록이 번잡하여 잘 밝혀지지 않거나 전해 들은 것에서 취하여 허실을 따지기 어려운 것은 간간이 또한 삭제하였으니, 이에 선생의 시종에 관한 대략이 비로소 조금 명백해져서 볼만하게 되었습니다.[22]

《포은집》을 교정하고 발문을 짓게 된 연유를 밝힌 뒤에 편집상의 새로운 사실 몇 가지를 언급하고 있다. 그 내용은 새로 발견한 시 4편, 어록 발문 1편, 편지 4편을 추가하여 시가 모두 308편이고 찬(讚), 명(銘), 문사(文辭)가 모두 13편이라는 것과 문체별 편집을 주제별 편집으로 되돌렸다는 것이다. 또 새로 얻은 시문은 습유라는 편목으로 구별했다는 것과 세 본에 없던 목록을 만들었다는 것과 부록의 순서를 정리하기도 하고 간간이 삭제하기도 했다는 것이다. 삭제한 것은 정도전의 〈포은봉사고서〉, 〈달가에게 부치다[寄達可]〉, 〈정도전의 편지〉와 김안로의 〈담적기(談寂記)〉이다. 그리고 유성룡이 특별히 교정에 힘을 쏟은 부분은 〈연보〉이다. 세 본의 〈연보〉를 상세히 검토함은 물론이고 〈행장〉, 〈본전〉, 《고려사》, 《포은시고》, 제현의 언설 등을 상고하여 《한문고이(韓文攷異)》의 범례에 따라 분주(分注)하고 〈연보고이〉라는 이름을 붙였다.

서애교정본이 교서관에서 간행되었는지의 여부는 지금 알 수 없으나, 유성룡이 1606년 김륵(金玏)에게 보낸 편지에 "아울러 발문을 지어서 올렸는데, 교서관에서 미처 인출하기도 전에 영천의 서원에서 먼저 가져가서 판각하였습니다."[23]라고 한 것을 보면, 서애교정본이 임고서원에서 간행된 사실은 분명하다. 한편 이 서애교정본은 운각본(芸閣本)으로 불린 적도 있고,[24] 또 지금 영천구각본(永川舊刻本)이라 부르기도 한다.

(6) 영천본 : 1607년(선조40) 임고서원에서 서애교정본을 복원하여 간행한《포은선생문집》판본이다. 조호익이 지은 서문의 앞부분을 본다.

서원의 제생이 하루는 나를 찾아와서 말하기를 "우리 포은 선생 시집이 널리 전해졌습니다. 신계본과 개성본 및 교서관본이 있으나 세 본에는 서로 옳고 그른 것이 있고, 실려 있는 〈연보〉 또한 모두 소략하고 어긋났기 때문에 고(故) 상신(相臣) 서애 유공 성룡(柳公成龍)이 성상의 하교를 받들어 교정했는데 문자를 교감하고 사적을 인증(引證)한 것이 자못 정밀하고 폭넓었습니다. 이를 본군에서 중간했으나 임진년(1592)의 왜란 때에 전부 소실되어 남은 것이 없었습니다. 오직 서원에 보관하던 한 질을 제생이 메고 달아나 산골짜기에서 고초를 겪으며 보존하였지만 또한 떨어져 나간 부분이 있었기 때문에 두루 사인(士人)의 집을 찾아가 구본(舊本) 하나를 얻어 빠진 부분을 보충하고서야 비로소 완본(完本)이 되었습니다. 저희들이 영원히 전할 방도를 생각하여 이를 방백 유공(柳公)에게 청했더니, 유공이 그 뜻을 매우 아름답게 여겼고, 마침 새로 부임한 우리 군수

23　《西厓集 卷11 答金希玉玏》
24　〈圃隱先生文集重刊凡例〉

황후(黃侯)와 의론이 합치하여 드디어 공인을 모아 판각하게 되었습니다. 방백이 또 한 고을의 힘만으로는 일을 마치기 어렵다고 생각하여 경주로 하여금 그 일을 분담하게 하니, 몇 달이 되지 않아 완공을 보게 되었습니다. 원컨대 선생께서 한마디 말씀으로 발문을 지어 주시기 바랍니다."라고 하였다.[25]

임진왜란이 끝나고 임고서원을 다시 세운 영천의 사림들이 서애교정본으로 간행했던 《포은집》의 복원을 도모하였고, 1607년 경상 감사 유영순(柳永詢)과 영천 군수 황여일(黃汝一)의 지원을 받아 영천본 《포은집》이 간행된 사실을 알 수 있다. 간행할 당시의 여러 사정은 최채기의 논문 〈포은집 편찬과 간행에 관한 연구〉에 자세히 실려 있다.

다만 이 책의 번역 대본인 한국문집총간 《포은집》에는 여타의 영천본에 실려 있는 정종성, 유보, 유성룡, 조호익이 지은 4편의 발문이 모두 빠져 있다. 한국문집총간의 원본인 연세대학교 소장본에만 발문이 빠져 있는 것인지, 아니면 간행 당시에 어떤 곡절이 있어 모두 뺀 것인지는 지금 알 수 없어 이에 대한 별도의 연구가 요구된다.

4. 《포은집》의 구성과 내용

본 《포은집》은 목록, 유상, 서문, 문집 3권, 〈연보고이〉, 부록, 〈정습명전〉, 〈본전〉, 〈행장〉으로 구성되어 있다.

25 《芝山集 卷5 圃隱先生詩集重刊跋》

유상은 1607년(선조40) 가묘에 간직해 오던 것을 모사하여 판각한 것으로, 첫머리에 실어서 책을 펼치면 숙연히 흠모하는 마음이 일어나도록 한 것이다.

서문은 모두 5편으로, 왕명을 받아 지은 권채의 〈포은선생시권 서〉(1438, 세종20), 노수신의 〈포은선생시집 서〉(1585)와 변계량의 〈포은선생시고 서〉(1409, 태종9), 하륜의 〈포은선생시권 서〉, 박신의 〈포은선생시권 서〉(1437)이다.

제1권과 제2권은 모두 시(詩)로, 252제(題) 302수이다. 초간본, 신계본, 개성본 모두 《포은시고》라고 이름 붙인 것을 통하여 알 수 있듯이 《포은집》의 대부분을 시가 차지하고 있다. 포은은 학문이 탁월했을 뿐만 아니라 문장 또한 호방(豪放)하고 표일(飄逸)하여 "덕이 있는 사람은 반드시 훌륭한 말이 있다."라는 후대의 평가를 받고 있다. 이러한 포은의 탁월한 문장력은 사행에서 전대(專對)의 역량으로 발휘되어 수많은 외교적인 성과를 가져왔다.

제1권은 120제 138수의 사행시로, 《포은시고》의 절반을 차지한다. 제1권 끝의 일본 사행 때에 지은 13수를 제외하고 125수는 모두 명나라 사행에서 지은 것이다. 일본에서 지은 13수는 1377년(우왕3) 봄에 규슈 하카다(博多) 지방에서 지은 것이 분명하지만, 명나라 사행 때 지은 시는 어느 사행에서 지은 것인지 파악하기 어렵다. 그러나 앞부분에 실린 여러 편의 시는 5차 사행 때에 지은 것을 일정에 따라 나열한 것으로 확인되고, 그 뒤의 시도 제목과 내용을 사행의 시기와 연결해 보면 언제 지은 것인지 추정할 수 있는 경우가 다수 있다.

제2권은 132제 164수의 시로, 주제별로 분류하여 편차하였다. 편집된 순서에 따라 대략 분류해 보면, 종정(從征) 때의 시(15수), 명나라 사신에게 준 시(16수), 송시(送詩)(14수), 기증시(寄贈詩)(19수), 시권(詩卷)에 적은 시(9수), 승려에게 준 시(23수), 고향과 관련한 시(7수), 차운시(30수), 만시(輓詩)(8수), 학문을 논한 시(7수), 제시(題詩)(7수), 기타 경물과 심회를 읊은 시 등등이다.[26]

종정 때의 시와 명나라 사신에게 준 시가 많은 것은 앞 장에서 살펴보았듯이 포은의 관직 생활에 외교와 국방이 차지하는 비중이 그만큼 컸음을 반증하는 것이고, 또 승려에게 준 시가 많은 것은 승려의 요청에 의하거나 일상의 교유 간에 지은 것이기는 하지만 성리의 이론으로 불교의 이론을 논파하려는 정학(正學) 창도의 의지가 투영된 것이기도 하다. 고향과 관련된 시에는 모두 익양(益陽)이나 명원루(明遠樓)가 등장한다. 익양은 영천의 옛 이름이고 명원루는 조양각(朝陽閣)의 옛 이름이다.[27] 8수의 만시 중에 도은 이숭인의 처를 애도하는 만사 등 부인에 대한 만사가 모두 3편인 것이 이색적이다. 학문을 논한 시는 《춘추》를 읽거나 《주역》을 읽으면서 느낀 감회를 토론한 것이다.

제3권은 잡저와 습유로 구성되어 있다. 잡저는 〈송헌 이 시중 화상 찬〉, 〈척약재명〉 등 모두 8편의 산문이다. 습유는 유성룡이 따로 수집한 4편의 시와 1편의 발문과 4편의 편지로, 기존의 시문과 구별하려고 습유라고 한 것이다.

---

26 괄호 안의 숫자는 내용상 겹치는 부분도 있어 정확한 편수를 확정할 수는 없다. 이는 단지 시 내용의 전체적인 모습을 개괄하기 위한 것이다.

27 제1권에도 고향을 그리는 여러 편의 시가 있다. 〈제성역 밤비〉를 보면, "영천 들판에는 논벼 잘 자라나고, 오천 내에는 물고기 먹을 만하리.〔永野田宜稻, 烏川食有魚.〕"라고 읊고, 자주(自註)에 "영천과 오천은 두 고을이 연접해 있으니, 모두 나의 고향 마을이다."라고 하였다.

〈연보고이〉는 유성룡이 고증을 더한 것이다. 앞 단락의 서애교정본 항목에서 살펴보았다.

부록은 포은의 행적과 관련된 시문으로, 먼저 이색, 이집, 이숭인 등이 포은에게 지어 준 시문과 순절할 때의 상황을 기록한 〈용비어천가〉, 문묘 종사와 관련된 기록, 이황(李滉)의 임고서원 제문, 유상 봉안 때의 제문, 숭양서원 사제문, 봉양군 이씨 제문 등이 실려 있다. 이어서 성현(成俔)의 《용재총화(慵齋叢話)》, 서거정(徐居正)의 《동인시화(東人詩話)》, 《필원잡기(筆苑雜記)》, 이자(李耔)의 《음애잡기(陰崖雜記)》 등에서 포은과 관련된 기사를 초록한 것과 그 밖에 〈포은 선생 묘갈 음기〉, 장현광(張顯光)이 지은 〈포은 선생 화상을 배알하고 지은 사〉, 〈임고서원 묘우 상량문〉 등이 실려 있다.

〈정습명전〉과 〈포은 선생 본전〉은 모두 《고려사》 열전에서 가져온 것이고, 〈행장〉은 1410년(태종10) 문인 함부림이 지은 것이다.

5. 맺음말

지금 영천의 임고서원 입구에는 '동방이학지조(東方理學之祖)'라고 새겨진 높고 큰 비(碑)가 내방객을 맞이한다. 비 뒷면에는 숙종, 영조, 고종의 어제 어필이 새겨져 있는데, 영조의 어제 시를 보면 "도덕과 정충이 만고에 뻗었으니, 포은공 높은 절개 태산 같도다.〔道德精忠亘萬古 泰山高節圃隱公〕"라고 하였다. 이 비의 전면은 포은의 학문을 한 구절의 말로 천양하고 있고 비의 후면은 포은의 충절을 국가에서 줄곧 표창한 사실을 보여 주고 있다.

포은은 안으로는 성리의 학문을 완성하였고 밖으로는 부모에 대한 도리와 사회적인 책무를 다하였다. 달리 말하면 포은은 부자유친과 군신유의로 대표되는 오륜의 도리를 참으로 알았고 나아가 이를 실천하였다.

포은의 이러한 생애와 학문은 여말 신진 사대부의 존숭을 받음은 물론이고 조선 사림파의 유종(儒宗)으로 추앙되었기 때문에 유학을 통치 이념으로 삼은 조선 왕조는 이념의 표상이 될 인물이 필요했을 뿐만 아니라 신진 사류의 지지를 이끌어 내기 위해서도 포은에 대한 추숭 사업을 끊임없이 진행할 수밖에 없었다. 1401년 영의정에 추증하고 문충(文忠)이라는 시호를 내려서 완전히 복권시킨 것이나, 1517년 (중종12) 포은을 문묘(文廟)에 종사(從祀)한 것이나, 초기의 《포은집》 간행에 국가가 적극 앞장선 것 또한 모두 이러한 데에 기인한 것이다. 또 한편 조선의 사림파도 도통의 연원을 포은에 둠으로써 그들대로 《포은집》 간행 등 현창 사업을 적극적으로 벌여 왔다.

사정이야 어떠하든, 포은은 사람이 품부받은 본래의 성품을 학문을 통하여 통연히 깨달아 이를 평생의 삶에 주저 없이 실행함으로써 후인들의 영원한 존숭을 받게 된 것은 분명한 사실이다. 이것이 포은이라는 인물이 왕조 시대에만 필요한 것이 아니라 오늘날이나 먼 장래에도 여전히 삶의 표상으로 필요하게 되는 까닭이다. 타고난 효자, 뛰어난 교육자, 탁월한 정치가, 외교가, 문장가였던 포은의 삶이 이제 충절의 표상을 넘어 자식, 학자, 교육자, 행정가, 정치가, 외교가, 문장가의 표상으로 두루 조명되기를 기대한다.

고려 시중 포은 정 선생 유상 高麗侍中 圃隱鄭先生遺像

살펴보건대, 홍무(洪武) 22년 기사(1389)에 공양왕(恭讓王)이 새로 즉위하여 선생이 국가에 큰 공로가 있다는 이유로 공신각(功臣閣)을 세우고 형상을 그리게 했으니, 당시 선생은 52세[1]였다. 자손들이 인하여 가묘(家廟)에 갈무리하다가 뒤에 모사하여 임고서원(臨皐書院)과 숭양서원(崧陽書院)에 봉안하였다. 지금 또 그대로 본떠 새겨서 연보 앞에 실어 둠으로써 배우는 사람으로 하여금 책을 펼치면 숙연해져서 우러르며 흠모하는 마음을 일으킬 수 있도록 한다.

만력(萬曆) 정미년(1607, 선조40) 3월 모일에 기록하다.

---

1 52세 : 포은의 생년과 공양왕이 11월에 즉위한 사정을 감안하면, 유상이 그려진 해는 54세가 옳을 듯하다. 교서관본(校書館本)에 "54세 때 그린 진영(眞影)이다.〔五十四歲時所寫眞也.〕"라고 하였다.

포은선생시권 서 圃隱先生詩卷序

문장은 도를 싣는 것이기 때문에 시서(詩書)와 예악(禮樂)과 위의(威儀)와 문사(文辭)에는 모두 지극한 도가 깃들어 있는 것이다. 삼대(三代) 이전에는 문장과 도가 하나였으나 삼대 이후에는 문장과 도가 둘이되었다. 대개 《시경》의 300편 시는 "생각에 바르지 않음이 없다.〔思無邪〕"라는 한마디 말로 포괄할 수 있고,[2] 공자의 문장[3]은 천리(天理)의 유행(流行)이 아닌 것이 없으니, 이른바 "덕이 있는 사람은 반드시 훌륭한 말이 있다."[4]라는 것이어서 문장과 도가 애초에 두 가지가 아니었던 것이다.

　한(漢)나라와 위(魏)나라 이후에 문장으로 세상을 울렸던 왕찬(王

---

2 시경의……있고 : 공자가 말하기를 "《시경》 300편은 한마디 말로 포괄할 수 있으니, '생각에 바르지 않음이 없다.'라는 말이다.〔詩三百, 一言以蔽之, 曰 "思無邪".〕"라고 하였다. 《論語 爲政》

3 공자의 문장 : 공자의 제자 자공(子貢)이 "선생님의 문장은 들을 수 있었으나, 선생님이 성과 천도를 말하는 것은 들을 수 없었다.〔夫子之文章, 可得而聞也 ; 夫子之言性與天道, 不可得而聞也.〕"라고 한 데서 온 말이다. 주희(朱熹)가 주석하기를 "문장은 덕이 밖으로 드러난 것이니, 위의(威儀)와 문사(文辭)가 모두 이것이다."라고 하였다. 《論語 集註 公冶長》

4 덕이……있다 : 공자가 말하기를 "덕이 있는 사람은 반드시 훌륭한 말이 있지만 훌륭한 말이 있는 사람이라도 반드시 덕이 있지는 않다.〔有德者必有言, 有言者不必有德.〕"라고 하였다. 《論語 憲問》

粲), 서간(徐幹), 완우(阮瑀), 유정(劉楨), 조조(曹操), 포조(鮑照), 심약(沈約), 사영운(謝靈運) 같은 사람으로부터 아래로 당(唐)나라와 송(宋)나라의 유우석(劉禹錫), 유종원(柳宗元), 소식(蘇軾), 황정견(黃庭堅) 같은 무리에 이르기까지 시대마다 각각 인물이 있었지만, 바람, 구름, 달, 이슬이나 읊조리고 물건의 형상이나 모사하여 아름답게 꾸미거나 옛것을 답습하는 작은 기교나 지니고 있었을 뿐이고, 도에 대해서는 모두 똑같이 들은 것이 없었다. 그렇기 때문에 그 문장은 혹 취할 만한 것이 있지만 평소에 그 행실을 상고해 보면 모두 논할 만한 것이 없으니, 이른바 "훌륭한 말이 있는 사람이라도 반드시 덕이 있지는 않다."라는 것이어서 문장과 도가 비로소 나뉘어 둘이 된 것이다.

우리 동방은 예악과 문물이 중국과 서로 유사하여 문학하는 선비들이 시대마다 없었던 적이 없지만, 그 재주와 덕이 모두 넉넉하며 이름과 실상이 서로 부합하는 사람이 몇이나 있었던가.

오천(烏川) 포은(圃隱) 정 문충공(鄭文忠公)은 고려 시대 말에 태어났는데, 자품이 순수하고 아름다우며 학문이 정밀하고 깊었다. 그 학문은 묵묵히 마음으로 깨닫는 것을 요체로 삼고 몸소 실천하는 것을 근본으로 삼아 성리(性理)의 학문을 동방에서 창도하니, 당시의 명현(名賢)들이 모두 추중하고 감복하였다. 예컨대 목은(牧隱)[5]이 그의 강학을 일컬어 "횡으로 말하든 종으로 말하든 이치에 맞지 않는 것이 없다."[6]

---

5 목은(牧隱): 이색(李穡, 1328~1396)의 호이다. 자는 영숙(穎叔), 본관은 한산(韓山), 시호는 문정(文靖)이다. 1341년(충혜왕 복위2) 성균시에 합격하여 대제학, 판삼사사(判三司事) 등을 역임하였다. 조선조에서는 벼슬하지 않아 포은(圃隱), 야은(冶隱) 길재(吉再)와 함께 삼은(三隱)으로 일컬어진다. 저서로 《목은시고(牧隱詩藁)》, 《목은문고(牧隱文藁)》가 있다.

라고 하였고, 도은(陶隱)[7]이 그의 인품을 논하여 매양 '달가(達可)[8]의 탁월함'이라고 일컬었으니, 선생의 학문과 재주를 알 만하도다.

그 일을 실행한 자취를 말하면, 중국이 명나라로 바뀌는 초기와 고려의 국운이 어려운 때를 당하여 서쪽으로 남경(南京)에 조회하고 동쪽으로 일본에 사신 가서 어려운 일을 피하지 않았고 나라 걱정에 집안을 잊음으로써 공훈이 우뚝하여 동방의 백성에게 은혜를 끼쳤던 것에서 모두 상고할 수 있다.

고려의 운수가 장차 끝나려 하고 하늘이 조선의 성덕(聖德)을 열어 줄 때를 당해서는 한 몸으로 오백 년의 종묘사직을 홀로 담당하여 끝내 시퍼런 칼날을 밟아 큰 절개를 온전히 하였기에 늠름한 충의(忠義)의 기상이 뜨거운 태양과 빛을 다투었으니, 참으로 이른바 "사직을 책임진 신하는 성쇠(盛衰)의 운수와 관계가 있어 그가 태어날 때에는 유래함이 있고 그가 죽어서는 되는 바가 있다."[9]라는 것이다.

---

6 횡으로……없다 :《포은집》〈본전(本傳)〉에 "이색이 자주 일컫기를 '정몽주의 논리는 횡으로 말하든 종으로 말하든 이치에 맞지 않는 것이 없으니, 동방 이학의 조종으로 추중하노라.' 하였다.〔李穡亟稱之曰: "夢周論理, 橫說竪說, 無非當理, 推爲東方理學之祖."〕"라고 하였다. '횡으로 말하든 종으로 말하든'은 사물의 이치를 규명하기 위하여 형이하의 관점에서 말하기도 하고 형이상의 관점에서 말하기도 하는 것을 가리킨다.

7 도은(陶隱) : 이숭인(李崇仁, 1347~1392)의 호이다. 자는 자안(子安), 본관은 성주(星州), 시호는 문충(文忠)이다. 1362년(공민왕11) 문과에 급제하여 성균관 사성, 예문관 제학 등을 역임하였다. 저서로《도은집(陶隱集)》이 있다.

8 달가(達可) : 포은의 자(字)이다.

9 사직을……있다 : 소식(蘇軾)의 〈조주한문공묘비(潮州韓文公廟碑)〉에 "필부로서 백세의 스승이 되고 한마디 말로 천하의 법이 되는 것은 모두 천지의 조화에 참여하고 성쇠의 운수에 관계될 수 있기 때문에 그가 태어날 때에는 유래함이 있고 그가 죽어서는

선생의 일생이 대략 이와 같으니, 도달한 경지가 깊고 지킨 것이 확고하여 위로 하늘에 부끄럽지 않고 아래로 사람에게 부끄럽지 않았음[10]을 알 수 있다. 마음속에 간직한 것이 이와 같기 때문에 문장으로 드러난 것이 웅심(雄深)하면서도 아건(雅健)하고 혼후(渾厚)하면서도 화평(和平)하며, 임금을 사랑하고 나라에 헌신하는 뜻이 언사(言詞)의 밖으로 넘쳐흘러 인륜과 세교(世敎)에 관계된 것이 매우 크니, 어찌 언어의 정밀함과 성률(聲律)의 공교함에 그칠 뿐이겠는가. 덕이 있는 사람은 훌륭한 말이 있어 이름과 실상이 서로 부합하며 문장과 도가 겸비되었다고 할 만하다.

우리 조선이 건국된 뒤에 태종대왕께서 그 절의를 아름답게 여겨서 특별히 봉증(封贈)[11]을 더하며 자손을 녹용(錄用)하셨고, 우리 주상 전하께서 일찍이 도찬(圖讚)을 지어 〈충신전(忠臣傳)〉에 넣도록 명하셨고,[12] 그 아들 정종성(鄭宗誠)이 유고를 편집하여 올리자 또 신에게

되는 바가 있는 것이다. 그러므로 신백(申伯)과 여후(呂侯)가 산악으로부터 내려오고 부열이 죽어서 열성이 되었으니, 고금에 전하는 것을 속일 수 없는 것이다.〔匹夫而爲百 世師, 一言而爲天下法, 是皆有以參天地之化, 關盛衰之運, 其生也, 有自來, 其逝也, 有 所爲. 故申呂自嶽降, 傅說爲列星, 古今所傳, 不可誣也.〕"라고 하였다.《古文眞寶後集 卷8》

10 위로……않았음 : 맹자가 말한 군자삼락(君子三樂)의 두 번째에 해당하는 즐거움 이다.《孟子 盡心上》

11 봉증(封贈) : 봉작(封爵)과 증직(贈職)을 아울러 이르는 말이다. 태종이 1401년 (태종1) 포은에게 영의정부사(領議政府事)를 추증하고 익양부원군(益陽府院君)을 봉 하고 문충(文忠)이라는 시호를 내렸다.

12 주상……명하셨고 : 세종이 1432년(세종14)《삼강행실(三綱行實)》을 지으라고 명하면서 포은을 〈충신전(忠臣傳)〉에 넣도록 한 것을 말한다.

책머리에 서문을 짓도록 명하셨으니, 표창하고 가상히 여기신 것이 지극하고 극진하도다. 선생의 절의가 우리 조정으로 인하여 더욱 높아지고 성조(聖朝)의 덕이 선생으로 인하여 더욱 커지게 되었으니, 만세의 강상(綱常)의 도를 부식(扶植)하여 선비의 기풍을 면려하는 기틀이 실제로 이 일과 관련된 것이다. 그렇다면 이 문집이 세상에 전해지는 것이 어찌 작은 도움이 될 뿐이겠는가.

정통(正統) 3년(1438, 세종20) 4월 모일에 통정대부(通政大夫) 승정원우승지 경연참찬관 보문각직제학 지제교 겸 판군자감사 지호조사(承政院右承旨經筵參贊官寶文閣直提學知製敎兼判軍資監事知戶曹事) 신(臣) 권채(權採)[13]가 하교를 받들어 서문을 쓰다.

---

13 권채(權採) : 1399~1438. 자는 여서(汝鋤), 본관은 안동(安東)이다. 1417년(태종17) 문과에 급제하여 대사성, 우승지 등을 역임하였다.

포은선생시집 서 圃隱先生詩集序

공경히 생각건대, 우리 주상 전하께서 고려 재상 정 문충공(鄭文忠公)이 송(宋)나라와 명(明)나라의 두 충신[14]과 대등하다고 여겨 신에게 그들의 문집 서문을 모두 짓도록 명하셨습니다.[15]

신이 삼가 공의 문집을 읽고는 태종대왕이 속히 시호를 내려서 표창하신 것과 네 성상이 차례로 등극하여 《삼강행실》〈충신전〉에 싣고 숭의전(崇義殿)에 배향하고 공자묘(孔子廟)에 제향하고 서원에 편액과 서적과 위전(位田)을 내리신 것과 우리 성상에 이르러 또 편액을 내리고 치제(致祭)하신 것을 삼가 보게 되었고,[16] 지금 다시 이러한

---

14 송(宋)나라와……충신 : 송나라의 문천상(文天祥)과 명나라의 방효유(方孝孺)를 가리킨다. 문천상은 남송 말 원나라에 항전하다가 패하여 3년 동안 연옥(燕獄)에 갇혔으나 끝내 굴복하지 않아 처형당하였다. 저서로 《문산집(文山集)》이 있다. 방효유는 영락제(永樂帝)가 건문제(建文帝)를 몰아내고 그에게 등극의 조서를 짓도록 하였으나 이를 거절하다가 끝내 처형당하였다. 저서로 《손지재집(遜志齋集)》이 있다.

15 신에게……명하셨습니다 : 선조(宣祖)가 노수신(盧守愼)에게 〈문산집서(文山集序)〉, 〈손지재집서(遜志齋集序)〉, 〈포은집서〉를 짓게 한 것을 말한다. 이 세 편의 서문이 《소재집(穌齋集)》 권7에 나란히 실려 있다.

16 공의……되었고 : 〈연보고이〉에 의하면, 1401년(태종1) 태종이 문충(文忠)이라는 시호를 내렸고, 1432년(세종14) 세종이 《삼강행실》을 지으면서 포은을 〈충신전〉에 넣게 하였고, 1452년(문종2) 문종이 숭의전(崇義殿)에 배향하게 하였고, 1517년(중종12) 중종이 문묘에 종사하게 하였고, 1555년(명종10) 명종이 임고서원(臨皐書院)에 사액

명까지 있으니, 저 큰 규모와 원대한 계책이 전고(前古)에 비하여 더없이 탁월하심을 더욱 감탄하게 됩니다.

신이 일찍이 생각건대, 공훈이 높아 사직(社稷)의 신하가 되고 법도가 있어 왕자(王者)의 스승이 되면 반드시 생민과 만대의 본보기가 되게 함이 있으니, 어찌 사람의 힘으로 미칠 수 있는 것이겠습니까.

공은 정신이 산악(山嶽)처럼 빼어나고 기상이 성두(星斗)처럼 빛났으며, 효제(孝悌)가 집안에 행해졌고 충의(忠義)가 국가에 믿음을 얻었습니다. 예컨대 시묘(侍墓)하고 사당과 신주를 처음 만든 일,[17] 호복(胡服)과 용관(冗官)을 혁파한 일,[18] 부학(部學), 향교(鄕校), 의창(義倉), 수참(水站)을 설치한 일,[19] 감사와 수령, 전부(田賦)와 경비(經

하고 사서삼경, 《통감(通鑑)》, 《송감(宋鑑)》을 하사하며 위전(位田)을 두게 하였고, 1570년(선조3) 선조가 숭양서원(崧陽書院)에 사액하고 치제하게 하였다.

17 시묘(侍墓)하고……일 : 〈연보고이〉 을미년(1355, 공민왕4) 조에 "1월에 부친 일성부원군(日城府院君)의 상을 당하여 시묘하였다."라고 하였고, 또 을사년(1365, 공민왕14) 조에 "1월에 모친 변한국부인(卞韓國夫人)의 상을 당하여 시묘하였다."라고 하였다. 또 경오년(1390, 공양왕2) 조에 "사서인(士庶人)으로 하여금 주자(朱子)의 《가례(家禮)》를 본받아 사당을 세우고 신주를 만들어 선조의 제사를 받들게 하도록 청하니, 예법과 풍속이 다시 일어나게 되었다."라고 하였다.

18 호복(胡服)과……일 : 호복은 원나라 복식을 가리키고, 용관(冗官)은 쓸모없는 벼슬아치를 가리킨다. 〈연보고이〉 경오년(1390, 공양왕2) 조에 "용관을 없애어 준량을 등용하며, 호복을 혁파하여 중국의 복제를 따랐다.〔汰冗散, 登俊良 ; 革胡服, 襲華制.〕"라고 하였다.

19 부학(部學)……일 : 부학은 오부 학당(五部學堂)이고, 수참(水站)은 고려 시대 진도(津渡)에 설치하여 강상(江上)의 수송을 담당한 조창(漕倉)으로, 수역(水驛)이라고도 한다. 《만기요람(萬機要覽)》에 "고려 말에 정몽주의 건의에 따라 설치하였다."라고 하였다. 〈연보고이〉 경오년(1390, 공양왕2) 조에 "안으로는 오부 학당을 건립하고

費)를 바로잡은 일[20]들처럼 교화가 이루어지거나 편리해지도록 한 것이 많았으니, 그 제작(制作)함이 성대하다고 하겠습니다.

조정에 건의하여 맨 먼저 명나라에 귀부(歸附)하였고,[21] 중간에 여러 번 틈이 생겨서 해명하는 말을 아뢰려고 모두 일곱 번이나 남경(南京)으로 가게 되었으나 곧바로 응낙하지 않은 적이 없었고, 드디어 세공(歲貢)을 감면받아 온 나라가 영원히 도움을 입게 되었으니, 그 계책이 특별하다고 하겠습니다.

일찍이 화주(和州)와 운봉(雲峯)과 동북면(東北面)에 종사관으로 출정하여 모두 승리를 거두었고,[22] 뒤에 다시 일본에 사신으로 가서[23]

밖으로는 향교를 설치하였다. 의창(義倉)을 세워서 궁핍한 백성을 구휼하며, 수참을 설치하여 조운(漕運)을 편리하게 하였다."라고 하였다.

20　감사와……일 : 〈연보고이〉 경오년(1390, 공양왕2) 조에 "수령을 청망(淸望)이 있는 참상(參上)으로 가려서 시키고 이어서 감사를 보내어 출척(黜陟)을 엄하게 하였고, 도평의사사(都評議使司)에 경력(經歷)과 도사(都事)를 두어 전곡(錢穀)의 출납을 기록하였다."라고 하였다.

21　조정에……귀부(歸附)하였고 : 《포은집》〈행장〉에 "명나라가 처음 일어났을 때 공이 조정에 힘껏 청하여 맨 먼저 명나라에 귀부하여 고황제에게 크게 칭찬을 받았다. 〔皇明之肇興也, 公力請于朝, 首先歸明, 大爲高皇帝所嘉.〕"라고 하였다.

22　화주(和州)와……거두었고 : 〈연보고이〉 계묘년(1363, 공민왕12) 조에 "8월에 종사관(從事官)으로 동북면 도지휘사(東北面都指揮使) 한방신(韓邦信)을 따라 화주에서 여진(女眞)을 정벌하였다."라고 하였고, 또 경신년(1380, 우왕6) 조에 "가을에 조전원수(助戰元帥)로 우리 태조를 따라 전라도 운봉(雲峯)에 이르러 왜(倭)를 쳐서 크게 이기고 돌아왔다."라고 하였고, 또 계해년(1383, 우왕9) 조에 "8월에 동북면 조전원수로 다시 태조를 따라 정벌하러 갔다."라고 하였다.

23　일본에 사신으로 가서 : 〈연보고이〉 정사년(1377, 우왕3) 조에 "9월에 전(前) 대사성(大司成)으로 일본에 사신으로 갔다."라고 하였다.

화복(禍福)의 이치로 타이르자, 왜인이 명을 모두 따라서 포로를 돌려주고 침략을 금하게 하였으니, 그 위엄과 신의가 대단하다고 하겠습니다. 〈행장〉[24]에서 "안팎으로 일이 많아[25] 긴요한 업무가 수없이 쌓였으나 목소리와 낯빛을 바꾸지 않고서도 큰일을 처리하고 큰 의혹을 결단하며 좌우로 응답하는 것이 모두 꼭 들어맞았다."라고 일컬었으니, 왕을 보좌할 명세(命世)의 인재가 아니면 누가 여기에 참여할 수 있겠습니까.

국운이 극도로 쇠퇴하고 꽉 막힌 때를 만나서 어떻게 할 수 없는 처지가 되자, 사람들에게 말하기를 "나라를 떠맡고 있거늘, 어찌 감히 두 마음을 품겠는가. 내 이미 처신할 바를 생각하고 있다."라고 하고, 한 몸으로 오백 년의 마지막 운명을 감당하여 시퍼런 칼날을 밟고도 피하지 않아 매서운 서리, 뜨거운 해와 늠름히 빛을 다투었으니, 참으로 이른바 "육 척의 어린 임금을 부탁할 만하며 백 리 되는 나라의 운명을 맡길 만하며, 죽고 사는 사이에 이르러서도 절개를 빼앗을 수 없는 군자"[26]라고 할 것입니다. 진실로 평소에 익숙히 수양해 온 사람이 아니면 어찌 이처럼 확고히 지킬 수가 있겠습니까.

대개 젊었을 때부터 큰 뜻을 품고서 날마다 《중용》과 《대학》을 외워 학문이 정밀하고 순수하며 강설이 깊고 은미하였습니다. 그래서 사람들의 생각을 크게 뛰어넘어 집주(集註)[27]와 은연중에 합치하였기 때문

---

24 행장 : 함부림(咸傳林)이 지은 포은의 〈행장〉을 말한다. 《포은집》 끝에 실려 있다.

25 안팎으로 일이 많아 : 대본에는 '內外多故'로 되어 있는데, 《포은집》 〈행상〉에는 '國家多故'로 되어 있다.

26 육 척의……군자 : 《논어》 〈태백(泰伯)〉에 보인다.

에 호서(胡書)[28]를 보았을 때 선비들이 놀라며 감복하였던 것입니다. 그 문풍과 학술은 흡연(翕然)히 공경하고 본받는 바가 있었으니, 참으로 이른바 유림(儒林) 중의 종주(宗主)라고 할 만합니다.

아아, 다섯 가지가 모두 갖추어졌으니, 무슨 흠잡을 것이 있겠습니까. 또한 학문에 근본하였을 뿐이라고 하겠습니다만, 마침내 세교(世教)가 이로써 부식(扶植)되고 왕업(王業)이 이로써 공고해져서 우리나라 사람이 무궁토록 그 내려 준 은택을 받을 것이니, 충량(忠良)이라 불리며 한 세대에 드러난 사람과는 같은 등급으로 말할 수 없는 것이 분명합니다. 하늘의 뜻이 아니고 무엇이겠습니까.

세상에 유행하고 있는 302편의 시는 신이 지금 음미해 보니, 호방하고 표일하며 전아하고 강건하며 웅혼하고 심오하며 온화하고 돈후합니다. 대부분 성정(性情)에 근본하고 물리(物理)를 다하였으며,[29] 종종 마음으로 터득한 데서 절로 발현되어 밖에서 구할 필요가 없는 듯한 시도 있으니 "덕이 있는 사람은 반드시 훌륭한 말이 있다."라는 말이 미덥다고 할 만합니다.

돌아보건대 당세에 경서를 연구하여 글 뜻에 정심(精深)한 사람이 있으면 서로 이학(理學)이라고 명명했으니, 목은(牧隱)이 지칭한 뜻이 어디에 있는지는 모르겠으나 "횡으로 말하든 종으로 말하든 모두 이치

---

27 집주(集註) : 남송(南宋) 주희(朱熹)의 사서집주(四書集註)이다.

28 호서(胡書) : 원나라 호병문(胡炳文)의 《사서통(四書通)》이다.

29 성정(性情)에……다하였으며 : 주희가 말하기를 "시는 인정에 근본하고 사물의 이치를 다하여 풍속의 성쇠를 징험하고 정치의 잘잘못을 볼 수 있다.〔詩本人情, 該物理, 可以驗風俗之盛衰, 見政治之得失.〕"라고 하였다. 《論語集註 子路》

에 맞다."라는 것은 또한 모름지기 성학(聖學)의 경계에 들어간 사람이라야 할 수 있을 것입니다. 그러나 그 실마리를 찾아볼 만한 논저(論著)가 조금도 없는 것이 유독 한스러울 뿐입니다.

아아, 방 정학(方正學)[30]이 참상을 겪은 뒤에도 오히려 없어진 나머지에서 얻어 낸 유문(遺文)이 있었거늘, 하물며 공이 수립한 것은 성조(聖朝)의 장려를 받고 있는데도 자손과 문도들이 남긴 글과 흩어진 말을 수습하여 후세에 전혀 전하지 못했으니, 우리나라의 문헌이 부족한 것이 이 지경에 이르렀단 말입니까. 그러나 그가 실행한 바와 수립한 바를 살펴보며 시 몇 편을 영탄하고 음미해 보면 또한 족히 그 학문을 알 수 있을 것이니, 어찌 많은 것만을 귀하게 여기겠습니까.

황명(皇明) 만력 을유년(1585, 선조18) 7월 3일에 좌의정 신(臣) 노수신(盧守愼)[31]이 하교를 받들어 삼가 서문을 쓰다.

---

30 방 정학(方正學) : 명(明)나라 학자 방효유(方孝孺)를 가리킨다. 65쪽 주14 참조. 촉 헌왕(蜀獻王)이 초빙하여 세자의 스승으로 삼고 독서하는 집을 정학(正學)이라고 이름을 붙였기 때문에 사람들이 정학 선생(正學先生)이라 불렀다.

31 노수신(盧守愼) : 1515~1590. 자는 과회(寡悔), 호는 소재(穌齋), 본관은 광주(光州)이다. 시호는 문의(文懿)인데 뒤에 문간(文簡)으로 고쳤다. 1543년(중종38) 문과(文科)에 장원으로 급제하여 대제학과 영의정을 역임하였다. 저서로 《소재집(穌齋集)》이 있다.

포은선생시고 서 圃隱先生詩藁序

천지(天地)가 크거늘 사람이 그 가운데에 한 톨의 좁쌀처럼 존재하니 형체가 무엇이 이보다 작겠으며, 고금(古今)이 오래거늘 사람이 그 사이에 일순간을 살다 가니 시간이 무엇이 이보다 짧겠는가. 형체가 매우 작지만 천지에 참여하여 병립할 수 있는 것이 있고, 시간이 매우 짧지만 고금을 꿰뚫어 영원할 수 있는 것이 있으니, 이는 필시 형체에 의지하여 서지 않으며 죽음을 따라 없어지지 않는 것이 있기 때문이다.

천지와 고금도 진실로 천지와 고금이 된 까닭을 찾아보면 사람이 사람이 된 까닭과 애초에 어찌 말할 만한 크고 작음과 오래고 짧음의 차이가 있겠는가. 옛사람은 이러한 이치를 알았기 때문에 일찍이 평소 일상생활에서 조심하고 두려워하지 않은 적이 없었고 갑자기 큰 변고를 만나면 삶을 버리고도 돌아보지 않으며 몸을 죽이고도 후회하지 않을 수 있었으니, 대개 또한 이 본성을 온전히 하려고 한 것이었을 뿐이다.

나의 좌주(座主)인 오천(烏川) 포은 선생은 고려 말에 시중(侍中)의 자리에 앉아 섬기던 임금을 위하여 능히 목숨을 바쳤고, 나라도 뒤따라 망하였으니, 우리 전하께서 그 절의를 아름답게 여겨서 추후에 봉증(封贈)을 더하고 시호를 문충(文忠)이라 하셨다.

아아, 선생의 죽음이 인륜과 세교에 관련된 것이 너무도 크니, 어찌 오직 고려가 수백 년 동안 인재를 양성한 교화의 효험이 공에게 모인

것일 뿐이겠으며 우리 조선의 억만년 이어 갈 신하의 기강이 확립되는
것이 공에게서 시작될 뿐이겠는가. 우리 전하의 절의를 높이고 장려하
여 남의 훌륭한 점을 덮어 두지 않으시는 광대하고 광명한 덕이 장차
선생으로 인하여 더욱 빛나게 될 것이다. 아아, 사람이라면 누군들
한 번의 죽음이 없겠는가마는, 이른바 천지에 참여하여 병립하고 고금
을 꿰뚫어 영원하다는 것을 선생이 소유한 것이다.

　선생의 학문은 자신의 심신(心身)과 성정(性情)의 은미한 것과 인륜
과 일용의 드러난 것으로부터 크게는 천지와 고금의 변화와 작게는
곤충과 초목의 이름에 이르기까지 꿰뚫지 못한 것이 없었고, 초연히
깨달아 옛사람이 전해 주지 않은 묘리(妙理)를 홀로 터득한 것에 이르
러서는 우리 동방에 문학이 있은 이래로 제자(諸子)들이 미칠 수 없는
점이 있었다.

　일찍이 성균관에서 경서를 강론할 때에 목은 선생이 일컫기를 "횡으
로 말하든 종으로 말하든 이치에 맞지 않는 것이 없으니, 우리 동방
이학(理學)의 조종(祖宗)으로 추중(推重)하노라."라고 하였고, 삼봉
(三峯) 선생 시집의 발문[32]을 지으면서 "강명(講明)은 포은과 같고 저
술(著述)은 도은(陶隱)과 같다."라고 하였으니, 대개 깊이 감복한 바가
있었기 때문이다. 도에 대하여 터득한 것이 지극히 정밀하고 지극히
컸기 때문에 마음에 보존하고 사업에 시행한 것이 모두 순수하게 한결
같이 바른 데에서 나왔고, 죽고 사는 사이에 이르러서도 확고하여 절개

32　삼봉(三峯)……발문 : 이색(李穡)이 지은 〈정종지시문록발(鄭宗之詩文錄跋)〉이
다. 《三峯集 卷14 附錄 諸賢敍述》 삼봉은 정도전(鄭道傳, 1342~1398)의 호이다. 자는
종지(宗之), 본관은 봉화(奉化), 시호는 문헌(文憲)이다. 저서로 《삼봉집》이 있다.

를 빼앗을 수 없는 점이 있었으니, 아아, 성대하도다.

그러나 애석하게도 책에 드러내어 무궁한 뒷날까지 후학을 가르쳐 줄 수 있는 은미한 말과 지극한 의론은 남아 있지 않다. 시는 그다지 중요하지 않은 여사(餘事)이지만 남아 있는 것도 겨우 약간 편에 불과하다. 그러나 모두 성정(性情)에 근본하고 물리(物理)를 다하였으며, 종종 흉중에 터득한 것이 절로 발현되어 자신도 모르게 흘러나온 것도 있다. 뒷날 사람 중에 말뜻을 아는 이가 있어 읊조리고 상세히 음미한다면, 그 도체(道體)의 오묘함을 환하게 알았던 모습이 진실로 이미 짧은 말과 문구 사이에서 분명하게 나타날 것이니, 어찌 선생의 마음을 시의 밖에서 얻는 것이 없겠는가. 또한 후학이 알지 못함을 한스러워하지 않을 것이다.

선생의 아들 형제 분이 이 책을 갖고 와서 나에게 서문을 청하며 말하기를 "양촌(楊村) 권 문충공(權文忠公)[33]이 일찍이 이 시를 손수 교정하였는데, 교정을 다 하지 못한 것을 그대에게 부탁합니다. 또 서문을 지으려고 하였으나 이루지 못했습니다. 그대는 일찍이 나의 선군(先君)에게 배웠고 문생(門生)이기도 하니, 선군을 아는 이로는 그대만 한 사람이 없을 것입니다. 그래서 서문을 오직 그대에게 부탁하는 것입니다."라고 하였다. 내가 사양할 수 없어 우선 그 수립함이 우뚝한 것은 소견이 밝은 데서 말미암았고 소견이 밝은 것은 이 시에서

---

33 양촌(陽村) 권 문충공(權文忠公) : 권근(權近, 1352~1409)으로, 양촌은 호이고, 문충은 시호이다. 자는 가원(可遠), 본관은 안동(安東)이다. 1369년(공민왕18) 문과에 급제하여 성균관 직강, 첨서밀직사사 등을 역임하였다. 조선조에서는 벼슬이 찬성사(贊成事)에 이르렀고 길창군(吉昌君)에 봉해졌다. 저서로 《양촌집(陽村集)》 등이 있다.

구해 보면 또한 징험할 수 있다는 사실을 서술하여 뒷날의 말뜻을 아는
사람을 기다린다.

영락(永樂) 기축년(1409, 태종9) 8월 갑자일에 문생 가선대부(嘉善
大夫) 예문관제학 동지경연춘추관사 겸 판내섬시사(藝文館提學同知經
筵春秋館事兼判內贍寺事) 밀산(密山) 변계량(卞季良)³⁴이 삼가 서문을
쓰다.

---

34 변계량(卞季良) : 1369~1430. 자는 거경(巨卿), 호는 춘정(春亭), 본관은 밀양
(密陽), 시호는 문숙(文肅)이다. 1385년(우왕11) 문과에 급제하여 전교시 주부(典校寺
主簿) 등을 역임하였고, 조선조에서는 대제학, 의정부 참찬 등을 역임하였다. 저서로
《춘정집(春亭集)》이 있다.

포은선생시권 서 圃隱先生詩卷序

일찍이 생각하건대, 공자가 《시경》의 시를 산삭(刪削)하여 남긴 것이
300편에 그쳤으나 천리와 인륜에 근본하고 정교와 풍속에 통달하여
위로는 교묘(郊廟)[35]와 조정(朝庭)의 악가(樂歌)로부터 아래로는 여염
(閭閻)과 위항(委巷)의 민요에까지 이르러, 무릇 착한 마음을 감발시
키고 방탕한 뜻을 징계할 수 있는 것[36]이 모두 갖추어져 있으니, 《시경》
이 《시경》이 됨이 어찌 숫자의 많음에 달려 있겠는가.

  시가 변하여 소(騷)가 되고 소가 변하여 사(詞)와 부(賦)가 되고
다시 변하여 오언시(五言詩)와 칠언시(七言詩)가 나왔는데, 율시(律
詩)에 이르러서는 시의 변화가 극도에 달하였다. 그러나 "생각에 바르
지 않음이 없다.〔思無邪〕"라는 한마디 말이 300편을 포괄할 수 있으니,
시의 도가 또한 어찌 많다고 하겠는가.

  포은 선생 정공(鄭公)이 천인의 학문과 경세제민(經世濟民)의 재주
를 갖고서 고려 시대의 끝을 크게 울렸다. 지금 그 아들 정종성(鄭宗誠)

---

35 교묘(郊廟) : 교(郊)는 하늘에 제사 지내는 것이고, 묘(廟)는 종묘에 제사 지내는
것이다.

36 착한……것 : 주희가 말하기를 "무릇 시의 내용이 선한 것은 사람의 착한 마음을 감발
시킬 수 있고, 악한 것은 사람의 방탕한 뜻을 징계할 수 있으니, 그 효용은 사람들로
하여금 바른 성정을 얻게 하는 것으로 귀결될 뿐이다.〔凡詩之言, 善者可以感發人之善心,
惡者可以懲創人之逸志, 其用歸於使人得其情性之正而已.〕"라고 하였다. 《論語集註 爲政》

과 정종본(鄭宗本)이 유고를 갖고 와서 나에게 보여 주며 청하기를 "우리 선고(先考)가 저술한 시(詩)와 문(文)이 상란(喪亂)을 겪는 중에 거의 다 없어졌으나 다행히 이렇게 몇백 편이 겨우 남아 있어 목판에 새겨 영원히 후세에 전하려고 합니다. 그대는 우리 선고와 평소에 서로 깊이 허여한 사이였으니, 부디 시권의 머리에 한마디 서문을 써 주기를 바랍니다."라고 하였다.

내가 이 말에 감동하여 받아서 읽어 보니, 사어(辭語)가 호방(豪放)하고 의사(意思)가 표일(飄逸)하며, 조화로우면서도 휩쓸리는 데에 이르지 않았고 수려하면서도 사치한 데에 이르지 않았으며, 충후(忠厚)한 기상이 진퇴(進退)로 인하여 달라지지 않고 의열(義烈)한 뜻이 이험(夷險)으로 인하여 바뀌지 않았다. 이에 존양(存養)이 바름을 얻으면 성률의 사이에 발현된 것 또한 바름을 알 수 있으니 "생각에 바르지 않음이 없다."라는 것이 어찌 시의 정변(正變)과 관계된 것이겠는가.

뒷날 중국에서 시를 채집하는 일이 있으면 이 시편은 응당 목은(牧隱)과 도은(陶隱) 두 선생의 문집과 나란히 중국에 전해져서 중국의 인사들로 하여금 해동의 나라에 문학이 성대함을 알게 할 것이니, 돌아보건대 위대하지 않겠는가.

아아, 선생의 출처는 시종의 대략이 국사(國史)에 실려 있으니, 여기에 덧붙이지 않는다.

진산부원군(晉山府院君) 호정(浩亭) 하륜(河崙)[37]이 서문을 쓰다.

---

37 하륜(河崙) : 1347~1416. 자는 대림(大臨), 호는 호정(浩亭), 본관은 진주(晉州), 시호는 문충(文忠)이다. 1365년(공민왕14) 문과에 급제하여 고공 좌랑, 지영주사, 전라도 도순찰사 등을 역임하였다. 제1차 왕자의 난 때 이방원(李芳遠)을 도왔고, 그가 즉위하자 좌명 공신(佐命功臣)에 책록되었다. 저서로 《호정집(浩亭集)》이 있다.

포은선생시권 서 圃隱先生詩卷序

선생은 고려조의 충신으로, 사도(斯道)를 출처(出處)의 도로 삼은 분이다. 고려의 국운이 쇠퇴할 때에 임금이 도를 잃어 스스로 하늘로부터 버림을 받았는데, 우리 태조 강헌대왕(太祖康獻大王)[38]이 〈둔괘(屯卦) 초구(初九)〉[39]의 상황에 처하여 양(陽)의 덕이 바야흐로 형통하여 어려움을 구제할 수 있는 재주를 갖고서도 머뭇거리며 곧은 도리를 지켰기 때문에 하늘이 돌보아 주어 임금의 자리를 맡기시니, 이에 덕을 구가하고 판결을 요구하는 이들이 앞다투어 달려오고[40] 영웅과 호걸들이 그림자처럼 따랐다. 이때에 선생이 〈건괘(蹇卦) 육이(六二)〉[41]의

---

38 태조 강헌대왕(太祖康獻大王) : 조선 태조 이성계(李成桂)로, 강헌(康獻)은 시호이다.

39 둔괘(屯卦) 초구(初九) : 둔괘는 《주역(周易)》 64괘의 하나로, 물건이 처음 생겨 나올 때의 어려움을 형상한 괘이다. 《주역》 〈둔괘 초구〉에 "초구는 주저하는 것이니, 정도를 지키는 것이 이로우며 후를 세우는 것이 이롭다.〔初九, 盤桓, 利居貞, 利建侯.〕"라고 하였다.

40 덕을……달려오고 : 맹자가 말하기를 "요 임금이 세상을 떠나자 삼년상을 마치고 순이 남하의 남쪽에서 요 임금의 아들을 피하거늘, 판결을 요구하는 이들이 요 임금의 아들에게 가지 않고 순에게 갔으며, 덕을 구가하는 이들이 요 임금의 아들을 구가하지 않고 순을 구가하였다.〔堯崩, 三年之喪畢, 舜避堯之子於南河之南. 訟獄者不之堯之子而之舜; 謳歌者不謳歌堯之子而謳歌舜.〕"라고 하였다. 《孟子 萬章上》

41 건괘(蹇卦) 육이(六二) : 건괘는 험함이 앞에 있어 나아갈 수 없는 어려움을 형상

상황에 처하여 임금을 구제하는 데에 뜻이 있어 그 도를 행하고자 하였으나 하늘이 폐기하는 것을 누가 능히 막을 수 있었겠는가. 하루아침에 임금을 위하여 목숨을 바치자 나라가 뒤따라 망하였으니, 오백 년 왕씨(王氏)의 사직을 지킨 신하는 오직 선생 한 사람뿐이다. 아아, 곧고 바르도다.

우리 태조의 성스러운 덕과 신묘한 공은 하늘이 필시 줄 곳이고 사람이 필시 돌아갈 곳[42]이었으니, 지혜로운 사람이 아니더라도 태조께서 천운에 순응하여 천명을 받아 집안을 바꾸어 나라를 만들게 될 것을 누구나 다 알 수 있었다. 하물며 선생은 세상에 드높은 자질과 남보다 뛰어난 식견을 갖고서 어찌 그 기미를 밝게 알지 못했겠는가. 이러한 시대를 당하여 조금이라도 그 뜻을 바꾸었다면 개국의 으뜸가는 공신 가운데 누가 그보다 나을 수 있었겠는가. 다만 지극한 충정으로 이둔(利鈍)을 헤아리지 않고 죽음에 이르러도 변하지 않았으니,[43] 아아, 열렬하도다.

국가가 위태롭고 망하려 할 즈음에 강상(綱常)을 세상에 세우고 명

한 괘이다. 《주역》〈건괘 육이〉에 "왕의 신하가 어렵고 어려운 것이 자신 때문이 아니다.〔王臣蹇蹇, 匪躬之故.〕"라고 하였다.

42 하늘이……곳 : 하늘이 줄 곳이 바로 태조이고 백성들이 돌아갈 곳이 바로 태조라는 말이다. '하늘이 필시 줄 것이다'는 맹자의 제자 만장(萬章)이 "순 임금이 천하를 차지한 것은 누가 준 것입니까?"라고 질문하자, 맹자가 "하늘이 그에게 주신 것이다.〔天與之.〕"라고 답한 데에서 온 말이다. 《孟子 萬章上》

43 죽음에……않았으니 : 공자가 말하기를 "나라에 도가 없을 때에는 죽음에 이르러도 지조를 바꾸지 않으니, 강하도다. 굳셈이여.〔國無道, 至死不變, 強哉矯!〕"라고 하였다. 《中庸章句 第10章》

교(名敎)를 만세에 부식하여 위무(威武)로도 그 뜻을 꺾을 수 없고 도거(刀鉅)로도 그 절개를 바꿀 수 없는 사람[44]은 천하와 고금이 마땅히 권면해야 할 바이기 때문에 우리 태종대왕께서 문충(文忠)이라는 시호를 내려서 그 충절을 표창하였으니, 밝고 성스러운 우리 태종이 아니라면 어찌 이렇게까지 할 수 있겠는가. 아아, 지극하도다.

뒷날 신하 된 사람으로 하여금 풍도(風度)를 듣고 일어나 분발하고 면려하여 신하의 절개를 다할 수 있게 하는 것은 실로 선생이 창도한 것이어서 사도(斯道)에 공이 있는 것이다. 공자가 말하기를 "뜻 있는 선비와 어진 사람은 삶을 구하느라 의(義)를 해치는 경우가 없고 몸을 죽여 인(仁)을 이루는 경우는 있다."[45]라고 했으니, 선생을 이르는 것이 아니겠는가. 아아, 웅대하도다.

선생의 절의가 이와 같은 데다가 선생의 공업(功業)이 동방에 끼친 것 또한 적지 않았다. 고려 병진년(1376, 우왕2) 연간에 일본 삼도(三島)의 적선(賊船)이 바닷가 군현(郡縣)을 침략하여 백성들이 편안히 살 수 없어 거의 제어하기 어려운 지경이었다. 선생이 사신의 명을 받들고 패가대(覇家臺)[46]에 들어가서 의리를 설명하고 나라의 아름다움을 현양(顯揚)하니, 그 섬의 주장(主將)이 존경하고 열복하며 분발

---

44 위무(威武)로도……사람 : 맹자가 말하기를 "부귀가 그 마음을 방탕하게 할 수 없고, 빈천이 그 절개를 바꿀 수 없고, 위무가 그 지조를 꺾을 수 없는 이러한 사람을 대장부라 이른다.〔富貴不能淫, 貧賤不能移, 威武不能屈, 此之謂大丈夫.〕"라고 하였다. 《孟子 滕文公下》

45 뜻……있다 : 《논어》〈위령공(衛靈公)〉에 나온다.

46 패가대(覇家臺) : 일본 규슈의 하카다(博多) 지역을 지칭하는 말이다. 고려 때 일본의 외교를 관장하던 태재부(太宰府)가 있었다고 한다.

하기도 하고 부끄러워하기도 하여 잡아간 포로를 모두 되돌려 주고 마침내 부하에게 명하여 노략질을 다 금하게 하였다.

또 홍무(洪武) 무오년(1378, 우왕4)부터 계해년(1383) 연간에 명나라 태조 고황제(太祖高皇帝)가 크게 진노하여 죄를 따진 것이 한두가지가 아니었다. 예컨대, 공민왕이 시해당한 것과 흠차(欽差) 손 내사(孫內史)가 스스로 목을 맨 것과 밀직사 부사 김의(金義)가 사열참(斜列站)에서 사신 채빈(蔡斌)을 죽인 것[47]과 경절사(慶節使)로 입조한 신하가 모두 기일보다 늦은 것과 같은 일들이다. 그 밖의 작은 일은 낱낱이 다 거론하기 어려울 정도여서 명나라가 그 죄를 성토(聲討)하여 치려고 하였다. 해당 관리가 조서를 받들게 되자 온 나라가 두려워하며 어찌할 바를 몰라 선생을 갑자년(1384)에 진하성절사(進賀聖節使)로 특별히 발탁하였으니, 일찍이 차정(差定)되었던 신하들이 모두 일을 핑계로 가지 않았기 때문이다. 경절(慶節)이 이미 가까워졌으므로 선생이 명을 듣자마자 바로 떠나 이틀 길을 하루에 달려서 기한에 맞추어 도착하여 천하의 회동(會同)에 참여할 수 있었다. 황제가 표문(表文)에 적힌 출발 날짜를 헤아려 보니, 50일이 되지 않아 8000리의 길을 건너온 것이었다. 그래서 황제가 노여움을 풀고 몹시 가상하게

---

47 김의(金義)가……것 : '斜列站'이 《고려사절요》에는 '開州站'으로 되어 있다. 김의는 본래 호인(胡人)으로, 고려에 귀화하여 공민왕 말년에 밀직사 부사, 동지밀직부사 등을 역임하였다. 1374년(공민왕23) 명나라 사신 임밀(林密)과 채빈(蔡斌) 등이 말을 구하여 남경으로 돌아갈 때에 말 300필을 요동까지 호송하는 임무를 맡았다. 임밀과 채빈은 이르는 곳마다 지체하였고 채빈은 술주정이 심하여 매번 김의를 죽이려 하니, 개주참에 이르러 김의가 채빈을 죽이고 임밀을 납치하여 갑사(甲士) 300명과 말 200필을 갖고 북원(北元)으로 달아났다. 《高麗史節要 卷29 恭愍王4 甲寅23年》

여겨서 특별히 따뜻한 말씀을 내려 돌려보내고 끝내 군대를 출동하지 않았으니, 동방의 사람이 여기서 먹고 자면서 칼날의 화를 당하지 않은 것이 그 누구의 힘이었던가.

이보다 앞서 홍무 기미년(1379) 연간에 황제가 정성과 거짓을 시험하려고 세공(歲貢)을 말 1000필, 금 100근, 은 1만 냥, 세포(細布) 1만 필로 증액하여 매년의 정해진 액수로 삼았기 때문에 마련하기가 쉽지 않았다. 계해년(1383) 연간에 예부(禮部)에서 성지(聖旨)를 받들어 보낸 자문(咨文)에 "세공을 정했던 까닭은 저들의 정성을 표시하게 한 것이니, 지난 5년 동안 바치지 않은 세공인 말 5000필, 금 500근, 은 5만 냥, 세포 5만 필을 한꺼번에 가져오라."라고 하고, 또 공물이 약속과 같지 않다는 이유로 조공하러 간 사신 김유(金庾)와 이자용(李自庸) 등에게 장형(杖刑)을 내리고 멀리 유배 보내니, 동방 백성의 큰 어려움을 어찌 말로 다 할 수 있었겠는가.

병인년(1386)에 또 선생을 파견하여 세공을 감면해 줄 것을 청하게 했으니, 이는 갑자년(1384)에 입조했을 때 사신의 임무를 잘 수행하여 황제의 마음을 돌릴 수 있었기 때문이다. 선생이 꺼리지 않고 가서 상세하고 분명하게 아뢰니, 황제가 지극한 정성을 가련히 여겨서 홍은(洪恩)을 크게 내려 위에서 말한 세공을 모두 다 감면해 주고 단지 종마(種馬) 50필로 정하였다. 이에 예부의 자문을 받들고 돌아왔으니, 동방의 백성이 도탄의 괴로움을 면할 수 있었던 것은 그 누구의 은택이었던가. 아아, 위대하도다.

고려 말기에 예제(禮制)가 크게 무너져서 부모의 상을 단지 100일만 치렀으니, 세가(世家)나 문사(文士)조차도 익숙한 풍속으로 편안히 여길 뿐 부끄러워하지 않았다. 선생이 중론(衆論)이 떠들썩한 속에서도 홀로 성인(聖人)의 제도를 따라서 부모의 삼년상에 모두 시묘(侍墓)하며 상제(喪制)를 마쳐서 효성을 다했으니, 이른바 "효성을 옮겨서 충성을 한다."라는 말이 또한 미덥지 않겠는가.

처음 출사(出仕)할 때에 경술(經術)로 시작하였다. 과장(科場)에 응시하러 와서 연이어 삼장(三場)의 장원이 되었고,[48] 문한(文翰)의 세계를 홀로 활보하여 그보다 명성이 빛나는 사람이 없었고, 재상이 되어서는 군신간에 뜻이 맞아 흉중의 역량을 펼쳤고 인물의 진퇴를 맡아서 한 시대를 만들어 내었다. 그 빛나는 큰 절의는 백이(伯夷)의 풍모를 듣고 마음에 터득한 것이었고, 그 경국제세(經國濟世)한 공업(功業)은 한(漢)나라와 당(唐)나라의 어진 재상인 병길(丙吉), 위상(魏相)과 요숭(姚崇), 송경(宋璟)[49]과 병칭하여도 부끄러움이 없을 것이다. 다만 만난 시대가 불행했을 뿐이니, 참으로 곧고 열렬하고 웅대하고 위대한 불세출의 비상한 현인(賢人)이라 할 만하다.

지금 우리 전하께서 집현전(集賢殿)의 문신들에게 명하여 고금의 서적에 실려 있는 특이한 충신, 효자, 열녀를 찾아 그림을 그리고 찬(贊)을 지어 책을 만들고 《삼강행실(三綱行實)》이라 제목을 붙여 만세에 전하게 하셨는데, 선생이 충신의 반열에 들게 되었다. 내가 일찍이 묘소에 치제(致祭)할 때에 '고려조의 충신'이라고 했으니, 이것이 아마도 그 징험이 아니겠는가.

---

48 과장(科場)에……되었고 : 〈연보고이〉 경자년(1360, 공민왕9) 조에 "정당문학 김득배(金得培)가 지공거(知貢擧)인 과거 시험에 선생이 연이어 삼장(三場)에 장원하여 첫째로 뽑혔다."라고 하였다.

49 병길(丙吉)……송경(宋璟) : 병길과 위상(魏相)은 한 선제(漢宣帝) 때의 명재상(名宰相)이고, 요숭(姚崇)과 송경은 당 현종(唐玄宗) 때의 어진 재상이다.

선생이 평소에 지은 시문은 짓는 대로 곧바로 버려서 원고를 이룬 것이 없었다. 장남 철원 부사(鐵原府使) 정종성(鄭宗誠)과 차남 곡산 군사(谷山郡事) 정종본(鄭宗本)이 일찍이 모아 두었던 것과 선비들 사이에서 얻은 시 약간 편을 장차 간행하려 하면서 나에게 서문을 청하였다. 공경히 받아서 읽어 보매 평일의 호쾌하고 탁월한 기상이 눈앞에 뚜렷이 떠오르니, 탄식을 견딜 수 있겠는가.

시가 호방하고 빼어난 것에 대해서는 제현(諸賢)의 서문에서 이미 곡진하게 서술하였으니, 졸필로 감히 덧붙여 논할 바가 아니고, 다만 평생의 공업의 시말을 대략 기술하여 후세에 영원히 전할 뿐이다.

정통(正統) 2년 정사(1437, 세종19) 3월 하순에 문생 전 숭정대부(崇政大夫) 이조판서 수문전대제학(吏曹判書修文殿大提學) 운봉(雲峯) 박신(朴信)[50]이 삼가 서문을 쓰다.

---

50 박신(朴信) : 1362~1444. 자는 경부(敬夫), 호는 설봉(雪峯), 본관은 운봉(雲峯), 시호는 혜숙(惠肅)이다. 1385년(우왕11) 문과에 급제하여 사헌부 규정(司憲府糾正), 형조 정랑 등을 역임하였다. 조선조에서는 개국 원종공신(開國原從功臣)에 책록되었고, 공조 판서, 의정부 찬성 등을 역임하였다.

포은집

제1권

詩시

자헌대부(資憲大夫) 지중추부사 겸 동지경연춘추관사 홍문관제학 오위도총부도총관(知中樞府事兼同知經筵春秋館事弘文館提學五衛都摠府都摠管) 신(臣) 유성룡(柳成龍)[1]이 하교를 받들어 교정(校正)하다.

시 詩

3월 19일에 바다를 건너 등주[2]의 공관에 묵었다. 곽 통사와 김 압마가 바람에 배가 막혀 아직 도착하지 않았기 때문에 그대로 머물며 기다린 것이다

三月十九日 過海宿登州公館 郭通事金押馬 船阻風未至 因留待

교정 : 교서관본[3]에는 3월 위에 '병인(1386, 우왕12)' 두 글자가 있다.

---

1 유성룡(柳成龍) : 1542~1607. 자는 이현(而見), 호는 서애(西厓), 본관은 풍산(豐山), 시호는 문충(文忠)이다. 퇴계(退溪) 이황(李滉)의 문인이다. 1566년(명종21) 문과에 급제하여 요직을 두루 역임하였고, 임진왜란 때 영의정으로 군무(軍務)를 총괄하여 국난을 극복하였다. 저서로 《서애집(西厓集)》, 《징비록(懲毖錄)》 등이 있다. 1584년(선조17) 선조가 유성룡에게 《포은집》을 교정하고 발문을 짓도록 명하였다. 이에 관한 전말은 유성룡의 〈포은집발(圃隱集跋)〉에 자세히 실려 있다. 《西厓集 卷18》

2 등주(登州) : 중국 산동성(山東省) 봉래시(蓬萊市)의 옛 이름이다.

3 교서관본(校書館本) : 선조 중년에 교서관에서 활자로 인행한 《포은집》을 이른다.

등주에서 요동 벌판 바라보니	登州望遼野
아득히 하늘 저 끝에 있구나	邈矣天一涯
발해 바다가 그 사이를 경계 지우니	溟渤限其間
지역이 동이와 중화로 나뉘었도다	地分夷與華
내가 올 때 배와 노를 이용했으니	我來因舟楫
무사히 건너온 것이 도리어 뿌듯하네	利涉還可誇
어제 낮엔 바다 북쪽에 눈이 내리더니	昨日海北雪
오늘 아침엔 바다 남쪽에 꽃이 피었네	今朝海南花
어찌 이리도 기후가 다르던가	夫何氣候異
길이 멀고 넓을 징험할 만하네	可驗道路賖
나그네 회포는 처량하기 쉽고	客懷易悽楚
세상일은 어긋나기를 좋아하네	世事喜蹉跎
함께 건너오던 두세 사람이	偕行二三子
서로 떨어져 풍파에 헤매니	相失迷風波
밤새도록 괴롭게 걱정하다가	終夜苦憶念
애타는 마음으로 북소리 듣네	耿耿聞鼓撾
새벽 일찍 봉래각⁴에 올라가 보니	晨登蓬萊閣
솟구치는 파도가 산처럼 드높네	浪湧山嵯峨
돌아와서는 외로운 공관에 들어	歸來就孤館
베개에 기대어 부질없이 읊노라	欹枕空吟哦

---

4 봉래각(蓬萊閣) : 중국 산동성 봉래시 단애산(丹崖山) 위에 있는 바닷가의 누각이
다. 황학루(黃鶴樓), 악양루(岳陽樓), 등왕각(滕王閣)과 함께 중국 4대 명루(名樓)로
일컬어진다. 진 시황이 신선을 기다렸던 곳이라고 한다.

봉래역[5]에서 한 서장관[6]에게 보이다

蓬萊驛 示韓書狀

이름은 상질(尙質)이다.

어제 돛을 펼쳐 바다 파도 건너오니	昨日張帆涉海波
고향을 돌아보매 벌써 하늘 끝에 있네	故園回首已天涯
요습[7] 땅 지나오니 군용이 씩씩하고	地經遼霅軍容壯
등래[8] 길 들어서니 경물이 다채롭네	路入登萊景物多
나그네 돌아가기 전에 제비를 만나고	客子未歸逢燕子
살구꽃 지자마자 복사꽃이 또 피었네	杏花纔落又桃花
동행한 사람 중에 다행히 한생이 있어	同來幸有韓生在
새 시를 지을 때마다 내 노래에 화답하네	每作新詩和我歌

---

5 봉래역(蓬萊驛) : 중국 산동성 봉래시에 있었던 역참(驛站)이다.

6 한 서장관(韓書狀官) : 한상질(韓尙質, ?~1400)로, 자는 중질(仲質), 호는 죽소
(竹所), 본관은 청주(淸州), 시호는 문열(文烈)이다. 1380년(우왕6) 문과에 급제하여
형조 판서, 예문관 제학 등을 역임하였고, 조선조에서는 경상도 관찰출척사, 예문춘추
관 대학사 등을 역임하였다.

7 요습(遼霅) : 요양(遼陽)을 다르게 이르는 말이다. 습(霅)은 옛날 요양 지역에 살았
던 종족의 이름이다.

8 등래(登萊) : 등주(登州)와 내주(萊州)를 가리킨다. 내주는 지금의 산동성 내주시
(萊州市) 지역으로, 등주에서 해안을 따라 서남쪽에 위치한다.

용산역[9]
龍山驛

부끄럽구나 나랏일 한답시고	自愧因王事
오가며 관인[10]을 수고롭게 함이	往來勤館人
누각에 올라서 행색을 바라보다	登樓望行色
북 치며 나와서 빈객을 맞이하네	撾鼓出迎賓
그릇을 나열하여 진수성찬 제공하고	列俎供珍饌
침상을 높게 하여 겹겹 이불 펼쳐 주네	高床設累茵
나그네 되어 괴롭다 누가 말하랴마는	誰言爲客苦
가난해도 내 집이 좋은 것만 못하도다[11]	不及在家貧

---

9 용산역(龍山驛) : 중국 산동성 용구시(龍口市) 지역에 있었던 역참이다.

10 관인(館人) : 객관을 지키며 손님을 접대하는 사람이다.

11 나그네……못하도다 : 북송(北宋)의 나종언(羅從彦)이 이통(李侗)을 면려한 〈면이원중(勉李愿中)〉에 "권력가 집 왕래하던 발걸음을 끊고 보면, 한 조각 한가한 구름이 구봉을 지나는 듯하리. 가난해도 내 집이 좋은 것만 못하거니, 물가 숲 아래서 소박한 본성이나 기르리라.〔權門來往絶行蹤, 一片閑雲過九峯. 不似在家貧亦好, 水邊林下養疏慵.〕"라고 하였다. 《豫章文集 卷13》

황산역[12] 길에서

黃山驛路上

보리 이삭 푸릇푸릇하고 뽕잎 빽빽한데	麥穗靑靑桑葉稠
기름진 천리 들판에 농사일이 한창이네	沃饒千里接鋤耰
땅은 북해에 잇닿아 파도 소리 장대하고	地連北海波聲壯
산은 동진[13]을 감싸 안아 비췻빛 떠 있네	山擁東秦翠色浮
매양 시편 쓰는 일로써 일과를 삼으며	每寫詩篇爲日課
애오라지 사절 들고서 봄놀이 대신하네	聊將使節當春遊
이번 행차는 또 조회하러 가는 길이니	此行又是朝天去
내일이면 대궐에서 황제를 배알하리라	明日丹墀拜冕旒

---

12 황산역(黃山驛) : 중국 산동성 용구시 황산관진(黃山館鎭)에 있었던 역참이다.

13 동진(東秦) : 제(齊)나라 땅이었던 산동(山東) 지역을 가리킨다. 전국 시대에 진소왕(秦昭王)이 서제(西帝)라 칭하고 제 민왕(齊湣王)이 동제(東帝)라 칭하며 두 나라가 동서로 병립하였기 때문에 뒤에 제나라 혹은 제나라 땅을 동진이라고 하였다.

제교역[14] 벽에 적다

書諸橋驛壁上

쌓인 눈 속의 추운 길 지나왔고   積雪經寒凜
거친 파도의 험난한 바다 건넜네   狂濤涉險難
동쪽에서 온 지 지금 며칠이던가   東來今幾日
남쪽 갈수록 점점 산이 없어지네   南去漸無山
관청 버들은 푸른빛 서로 의지하고   官柳綠相倚
들판의 꽃은 붉은빛 시들지 않았네   野花紅未殘
서생으로서 또한 영광스럽도다   書生亦榮矣
천자의 목장에 말 바치러 가니   獻馬向天閑

---

14   제교역(諸橋驛) : 중국 산동성 내주시(萊州市) 주교진(朱橋鎭)에 있었던 역참이다.

내주 해신묘[15]

萊州海神廟

해신의 옛 사당이 바닷가에 우뚝하니	海神遺廟壓滄茫
천자가 때로 수리하고 향을 내리시네	天子時修爲降香
본래 성조에서 제사를 숭상한 것이니	自是聖朝崇祀典
왕괴의 지난 일[16]은 또한 황당할 뿐이네	王魁往事也荒唐

---

15 해신묘(海神廟) : 동해의 신을 모시는 동해신묘(東海神廟)로, 송 태조(宋太祖)가 전해 오던 해수사(海水祠)를 중수한 것이라고 한다.

16 왕괴(王魁)의 지난 일 : 송나라 때에 서생 왕괴가 과거에 낙방한 뒤에 산동의 내주 (萊州)로 들어와서 기녀 교계영(嬌桂英)과 사랑에 빠져 해신묘 앞에서 부부가 되기로 약속하였다. 한 해 뒤에 교계영이 과거 준비를 갖추어 왕괴를 과거장으로 보냈는데, 왕괴가 장원급제하자 약속을 어기고 다른 곳으로 장가가 버렸다. 그러자 교계영이 울분을 해신묘에 고하고 자결하여 해신의 도움으로 왕괴에게 보복하였다는 전설이다. 《醉翁談錄 王魁負心桂英死報》

교수현[17]에서 서 교유[18] 선 와 작별하다

膠水縣別徐教諭 宣

만방에 문물이 통일된 이날	萬邦同軌日
성군이 문치를 높이는 이때	聖主右文時
우연히 아름다운 선비 만나니	邂逅逢佳士
옛 친구인 듯 기쁘기 그지없네	懽忻似舊知
풍모는 후배를 경도하게 하고	風儀傾後輩
학술은 바로 나의 스승이로다	經術卽吾師
원대하기를 서로 면려할지니	遠大宜相勉
어찌 굳이 이별을 아쉬워하랴	何須惜別離

---

17 교수현(膠水縣) : 중국 산동성 평도시(平度市) 지역에 있었던 현(縣)이다.

18 교유(敎諭) : 원대(元代), 명대(明代), 청대(淸代)에 현학(縣學)에 설치한 학관
(學官)의 이름이다. 문묘(文廟)의 제사와 학생의 교육을 맡았다.

구서역[19]에서의 나그네 밤

客夜在丘西驛

객지의 밤이라 누가 찾아오리오	客夜人誰問
읊조리다 보니 한밤중 되어 가네	沈吟欲二更
시구는 베개 위에서 얻고	詩從枕上得
등불은 벽 사이에서 밝네	燈在壁間明
묵묵히 지나온 일 생각하고	默默思前事
아득히 걸어갈 길 헤아리네	遙遙計去程
별안간 선잠을 깨고 보니	俄然睡一覺
동복이 닭 울었다 알리네	僮僕報鷄鳴

---

19 구서역(丘西驛) : 중국 산동성 평도시 요란진(蓼蘭鎭) 구서촌(丘西村)에 있었던
역참이다.

4월 1일 고밀현[20]에서 꾀꼬리 소리를 듣다

四月初一日 高密縣聞鸎

한낮 되어 옛 현성을 지나가노라니　　　　　日午來過古縣城

녹음의 깊은 거리에 여름 바람 맑네　　　　綠陰深巷暑風淸

은근히 벽을 털고 시구를 적을 때에　　　　殷勤拂壁題詩句

맨 먼저 들은 꾀꼬리 소리 떠오르네　　　　記取流鸎第一聲

20　고밀현(高密縣) : 중국 산동성 고밀시(高密市) 지역에 있었던 현(縣)이다.

한 총랑의 압록강 시에 차운하다
次韓摠郎鴨綠江詩韻

돌아올 때 어찌 친구가 부르길 기다릴까[21]　　歸來豈待故人招
남산에다 콩이나 한번 심어 보려 하노라[22]　　擬向南山種豆苗
왕명 받고 어찌 일찍이 집안일 돌아봤던가　　受命何曾顧家事
황도를 구경하고 또 천자를 뵈려고 하네　　觀光又欲覲天朝
의관 아름다운 중국 풍속 예부터 흠모했고　　華風昔慕衣冠美
장대한 녹이마[23]를 공물로 지금 가져가네　　土貢今將騄駬驕
태평성대의 통일된 세상을 진정 만났으니　　盛代政逢收混一
강남 땅과 바다 북쪽이 먼 길이 아니라네　　江南海北路非遙

21　친구가 부르길 기다릴까 : 《시경》〈포유고엽(匏有苦葉)〉의 "뱃사공은 손짓하여 부르고 부르지만, 남들은 건너도 나는 건너가지 않노라. 남들은 건너도 나는 건너가지 않음은, 나는 내 짝이 부르기를 기다려서라네.[招招舟子, 人涉卬否. 人涉卬否, 卬須我友.]"라는 말을 차용한 것이다.

22　남산에다……하노라 : 도잠의 〈귀전원거(歸田園居)〉에 "남산 아래에다 콩을 심으니, 풀은 무성하고 콩 싹은 드무네. 이른 새벽 잡초 우거진 밭 매고, 달빛과 함께 호미 메고 돌아오네.[種豆南山下, 草盛豆苗稀. 侵晨理荒穢, 帶月荷鋤歸.]"라고 하였다.《古文眞寶前集 卷1》

23　녹이마(騄駬馬) : 명마(名馬) 이름이다. 주(周)나라 목왕(穆王)이 타고 다녔다는 팔준마(八駿馬) 중의 하나이다.

일조현²⁴

日照縣

바닷가 외로운 성에는 초목이 황량한데	海上孤城草樹荒
부상에 솟는 해를 가장 먼저 맞이하네	最先迎日上扶桑
내가 와서 동쪽 보며 그냥 머리 긁적이니	我來東望仍搔首
바다 물결이 저 멀리 고향에 닿아 있으리	波浪遙應接故鄉

---

24 일조현(日照縣) : 중국 산동성 일조시(日照市) 지역에 있었던 현(縣)이다.

술을 마시다

飮酒

나그넷길 봄바람에 솟는 흥이 미친 듯하니	客路春風發興狂
좋은 곳 만날 때마다 곧장 술잔 기울이네	每逢佳處卽傾觴
귀가할 때에 돈이 바닥남을 부끄러워 말라	還家莫愧黃金盡
새로 얻은 시구들이 시낭에 가득할 터이니	剩得新詩滿錦囊

공유현²⁵에 묵다

宿贛楡縣

관아에는 일이 없어 풀이 뜰에 자라나고	縣官無事草生庭
성 위에는 도두²⁶ 소리도 들리지 않는구나	城上不聞刀斗聲
늙은이는 신명에게 빌고 와서 점괘 말하고	父老賽神來討卦
아이들은 공부 끝나자 다투어 이름 부르네	兒童下學競呼名
버들 못엔 날씨 따뜻하여 붉은 물고기 노닐고	柳塘日暖紅鱗戲
보리밭에는 바람 불어 비췻빛 물결 일렁이네	麥隴風過翠浪生
서글프다 멀리 유람하는 삼한의 나그네여	惆悵三韓遠遊客
나루터 묻자니 도리어 농부에게 부끄럽네²⁷	問津還愧耦而耕

---

25 공유현(贛楡縣) : 중국 강소성(江蘇省) 연운항시(連雲港市) 공유구(贛楡區) 지역에 있었던 현(縣)이다.

26 도두(刀斗) : 구리로 만든 말〔斗〕 모양의 자루가 달린 그릇이다. 군중(軍中)에서 낮에는 밥 짓는 그릇으로 쓰고, 밤에는 두드려 야경(夜警)의 신호로 삼았다. 조두(刁斗)라고도 한다.

27 나루터……부끄럽네 : 《논어》 〈미자(微子)〉의 "장저와 걸닉이 함께 밭을 갈고 있을 때 공자가 지나가다가 자로에게 나루를 묻게 하였다.〔長沮桀溺耦而耕, 孔子過之, 使子路問津焉.〕"라는 구절에서 온 말이다. 당시의 은자인 장저와 걸닉은 그대의 스승이 알고 있을 것이라고 비아냥거리며 끝내 나루를 일러 주지 않았다.

산동의 길을 가다
山東途中

날듯이 바람 타고 푸른 바다 건너온 뒤로   飄然乘風涉滄溟
말 위에 걸터앉아 날마다 우정[28]에 오르네   跨馬日日登郵亭
푸른 교룡 춤추듯이 버들가지 땅을 쓸고   柳條拂地翠蛟舞
붉은 비단 떨어진 듯 복사꽃이 성에 찼네   桃花滿城紅錦零
나그네 귀밑머리 타향에서 다 희어지니   客鬢盡向異鄕白
속인 눈빛 우리들 위해 반가워하려 할까   俗眼肯爲吾曹靑
사방에서 밀려오는 시름 떨칠 수 없으니   愁來無方不可撥
모름지기 화급하게 술병이나 불러야겠네   直須火急呼酒瓶

---

28 우정(郵亭) : 공문을 전달하거나 관원을 마중하고 배웅하기 위해 설치한 역참(驛站)을 이른다.

종성과 종본 두 아이를 생각하다

憶宗誠宗本兩兒

온갖 생각 모두 재처럼 사라지니	百念俱灰滅
마음이 쓰이는 건 두 아이뿐이라	關心只兩兒
어머니의 양육을 벗어나기 전에	未離慈母養
이미 옛사람의 시구를 외웠었지	已誦古人詩
적선한 일이야 내 어찌 있겠느냐	積善吾何有
입신양명은 너희 스스로 기약하거라	揚名汝自期
단지 생각건대 이 몸 노쇠한 날에야	秖思衰老日
너희들의 장성한 모습 볼 수 있으리[29]	及見長成時

---

29 단지……있으리 : 이 시를 지은 1386년(우왕12)에 포은은 50세였는데 장자(長子)
인 정종성(鄭宗誠)은 13세이고 차자(次子)인 정종본(鄭宗本)은 10세였다.

왕방역[30]에서 요동 정 진무[31] 재 에게 주다

王坊驛贈遼東程鎭撫 載

그대는 만리장성 머리에 살면서	君居秦城首
임조 강물에 낚싯대 드리우고	垂釣臨洮河
나는 만리장성 꼬리에 살면서	我居秦城尾
푸른 바다 물결에 발 씻으니	濯足滄海波
서로 간의 거리가 만여 리라	相去萬餘里
길이 어찌 멀다 하지 않을까	道路豈不賒
바야흐로 성스러운 천자께서	方今聖天子
천하를 한집으로 만들었으니	六合爲一家
중앙과 지방에 있는 선비들	士類布中外
누군들 초야에 묻히려 하랴	誰肯臥煙霞
요동의 막료 가운데 빈객들	遼東幕中客
준걸이 어찌 이리도 많은가	俊乂何其多
그대 비록 뒤에 이르렀으나	夫君乃後至
호매한 기상 열 배나 더하네	豪氣十倍加
마음은 물처럼 깨끗하고	襟度水澄澈

---

30 왕방역(王坊驛) : 중국 강소성 연운항시 공유구(贛榆區) 지역에 있었던 역참이다. 《대명회전(大明會典)》에 "공유현(贛榆縣)에 왕방역, 동해역(東海驛), 상장역(上莊驛)이 있다."라고 하였다. 《大明會典 卷145 驛傳1 水馬驛上》

31 진무(鎭撫) : 원대와 명대 지방관의 하나로 만호부(萬戶府)에 소속된 진무사(鎭撫司)의 벼슬 이름이다.

의리는 산처럼 우뚝하니 　　　　　義膽山嵯峨

주장이 그 재주 중히 여겨서 　　　　主將重其才

예우가 다른 사람과 달랐네 　　　　禮貌異於他

금년 봄 조정에 조회한 뒤 　　　　今春朝帝庭

서울에서 수레를 돌려 오니 　　　　還車自京華

마침 내가 국명을 받들고 　　　　適余奉國命

산동 땅 지나갈 때인지라 　　　　跋涉齊東過

우정에서 한번 만나 보려고 　　　　郵亭試相見

이 때문에 말고삐 멈추었네 　　　　爲之留馬撾

조용히 만나 담론을 듣노라니 　　　從容接談論

비루한 마음 곧바로 사라지고 　　　鄙吝旋消磨

또다시 등불을 마주 대하여 　　　　又復對燈火

깊은 밤 함께 시를 읊조리네 　　　　深夜共吟哦

왕화를 함께 입은 게 아니면 　　　　苟非同王化

이런 모임 가질 수 있겠는가 　　　　此會可得耶

푸르고 푸른 문 앞 버드나무 　　　　青青門前柳

나를 흥기시켜 이별가를 짓게 하네 　起予作離歌

부끄럽게도 군자의 선물32이 없어 　愧無君子贈

이별에 임하여 이를 탄식한다오 　　臨分爲咨嗟

---

32 군자의 선물 : 증자(曾子)가 떠날 때에 안자(晏子)가 말하기를 "내가 듣건대 군자
는 사람을 좋은 말로써 증별하고 서인은 재물로써 증별한다고 하니, 청컨대 군자에
가탁하여 그대에게 좋은 말을 선물하겠소.〔嬰聞之, 君子贈人以言, 庶人贈人以財. 請假
於君子, 贈吾子以言.〕"라고 하였다. 《古今事文類聚 別集 卷25 晏子贈言》

다만 원컨대 그대의 덕을 높여서　　　　　　　但願崇令德

성대한 시대에 어긋나지 말았으면　　　　　　　盛世莫蹉跎

상장역³³에서 고 시랑에게 주다

上莊驛贈高侍郎

이름은 손지(遜志)이고 하남(河南) 서주(徐州) 사람이다.

과객이 어찌 일찍이 알았으랴	過客何曾識
선생이 상장에 계시는 줄을	先生在上莊
밝은 시대에 곧은 뜻 품었으니	明時懷耿介
늘어선 별들이 그 빛을 잃었네	列宿缺光芒
쟁기를 빌려서 오이밭을 갈고	借耒耕瓜圃
돈을 구해다가 초당을 지었네	求錢葺草堂
조정이 관대한 은전 시행하니	朝廷用寬典
끝내 어진 이 저버리지 않으리	終不負賢良

33 상장역(上莊驛) : 중국 강소성 연운항시 공유구 지역에 있었던 역참이다.

이도은,[34] 정삼봉,[35] 이둔촌[36] 세 군자를 그리워하다

有懷李陶隱鄭三峯李遁村三君子

해가 길어 짙은 녹음이 원림에 가득하니	日長濃綠滿園林
앉아서 홀로 읊조리는 도옹을 상상해 보네	想見陶翁坐獨吟
매양 정생을 만날 때면 머물면서 강학했고	每遇鄭生留講學
때로 이로를 초청하여 함께 마음 논했었지	時邀李老共論心
처마 끝에 달이 뜨니 그대 낯빛 생각나고[37]	月臨屋角思顏色
발고리에 바람 부니 그대 발소리인가 하네	風動簾鉤訝足音
뒷날 어느 때에 만나 오늘 밤 일 얘기할까	後會何時說今夜
내일 아침엔 말을 몰아 회음[38]으로 가야 하네	明朝驅馬向淮陰

---

34 이도은(李陶隱) : 이숭인(李崇仁, 1347~1392)으로, 도은은 호이다. 자는 자안(子安), 본관은 성주(星州), 시호는 문충(文忠)이다. 1362년(공민왕11) 문과에 급제하여 성균관 사성, 예문관 제학 등을 역임하였다. 저서로 《도은집(陶隱集)》이 있다.

35 정삼봉(鄭三峯) : 정도전(鄭道傳, 1342~1398)으로, 삼봉은 호이다. 자는 종지(宗之), 본관은 봉화(奉化), 시호는 문헌(文憲)이다. 저서로 《삼봉집(三峯集)》이 있다.

36 이둔촌(李遁村) : 이집(李集, 1327~1387)으로, 둔촌은 호이다. 자는 호연(浩然), 본관은 광주(廣州)이다. 저서로 《둔촌유고(遁村遺稿)》가 있다.

37 처마……생각나고 : 두보(杜甫)가 이백(李白)을 그리워하며 지은 〈몽이백(夢李白)〉에 "지는 달빛 들보에 가득 비치니, 오히려 그대 얼굴인가 의심한다오.〔落月滿屋梁, 猶疑見顏色.〕"라고 하였다. 《古文眞寶前集 卷3》

38 회음(淮陰) : 회음역(淮陰驛)으로, 중국 강소성 회안시(淮安市) 회음구(淮陰區) 지역에 있었던 역참이다.

산동 노인

山東老人

며느리는 뽕 따러 가고 아들은 밭갈이 가니　　　　婦去採桑男去耕
울타리 사이서 등을 쬐며 갠 날씨 기뻐하네　　　　籬間炙背喜新晴
귀밑털은 몇 번이나 난리를 겪어 왔던가　　　　　　鬢毛幾閱經離亂
두 눈이 남아 있어 태평 시대를 보는구나　　　　　眠孔猶存見太平
작은 밭에 꽃이 피면 직접 물을 대어 주고　　　　　小圃花開親灌漑
이웃집에 술이 익으면 자주 불러 맞이하네　　　　比鄰酒熟屢招迎
팔십 년의 지난 일들 앉아서 얘기해 주니　　　　　坐談八十年前事
아이들 와서 듣느라 귀를 함께 기울이네　　　　　童稚來聽耳共傾

제성역[39]의 밤비

諸城驛夜雨

오늘 이 밤 제성역에 묵으며	今夜諸城驛
어찌하여 고향 집을 생각하는가	胡爲思舊居
봄이 다한 뒤에 멀리 유람하여	遠遊春盡後
비가 처음 올 때에 홀로 누웠네	獨臥雨來初
영천 들판에는 논벼 잘 자라나고	永野田宜稻
오천 내에는 물고기 먹을 만하리	烏川食有魚
내 지금 두 가지 겸할 수 있건만	我能兼二者
그래도 아직은 돌아가지 못하겠네	但未賦歸歟

영천과 오천은 두 고을이 연접해 있으니, 모두 나의 고향 마을이다.

---

39 제성역(諸城驛) : 중국 산동성 제성시(諸城市)에 있었던 역참이다.

금성역[40]에서 송경의 벗들을 그리워하다

金城驛懷松京諸友

교정 : 교서관본과 신계본에는 '금(金)' 자 위에 '소(小)' 자가 있다.

옥처럼 아름다운 그대들	夫人美如玉
사는 집이 송경에 있다네	第宅在松京
녹봉 위해 일찍이 같이 벼슬하였고	爲祿曾同仕
시를 지어 매양 함께 논평하였었지	題詩每共評
꿈에서 깨니 등불은 빛을 토해 내고	夢回燈吐艶
오경이 다하니 북은 소리를 더하네	更盡皷添聲
베개에 기대어 밤 지새우는 금성역	欹枕金城驛
이 밤의 심정을 그 누가 알겠는가	誰知此夜情

---

40 금성역(金城驛) : 《대명회전(大明會典)》에 "회안부(淮安府) 청하현(淸河縣)에 금
성역이 있다."라고 하였다. 《大明會典 卷145 驛傳1 水馬驛上》

동양역[41]의 매와 곰을 그린 벽화를 진 교유의 운을 써서 노래하다

僮陽驛壁畵鷹熊 歌用陳敎諭韻

강음후(江陰侯) 대인이 화공에게 매와 곰을 그리게 하고 이어서 목양현(沐陽縣) 현학(縣學) 제강(淛江) 진덕(陳悳)에게 시를 짓도록 명하였다. ○ 교정 : '교유(敎諭)'는 교서관본에 '교론(敎論)'으로 되어 있으나 옳은 것이 아니다. '덕(悳)'은 교서관본에 '진(眞)'으로 되어 있다.

파도는 용처럼 치솟아 푸른 하늘 능가하고	波濤龍騰凌碧虛
붉은 깃발은 회수 건너며 바람에 펄럭이네	紅旌渡淮風卷舒
사람들이 말하되 대장이 임명장 받은 뒤로	人言大將受節鉞
나라에 몸을 바쳐 일신은 생각지 않는다네	許國不復思全軀
천천히 수레 몰아 초나라 언덕에 임하더니	車騎徐驅臨楚岸
우레 같은 위엄이 제나라 동쪽에 울리도다	雷霆已殷齊東隅
용맹한 전사는 다리 떨며 그의 지휘를 받고	猛士股栗聽指揮
고을 원은 머리 움츠리며 앞다투어 달려오네	縣尹首縮爭來趨
그대는 보지 못했는가 새 중에 매가 있어	君不見鳥中有鷹兮
뭇 새들 힘껏 날아도 미칠 수 없는 것을	衆鳥翺翔莫能及
또 보지 못했는가 짐승 중에 곰이 있어	又不見獸中有熊兮
온갖 짐승 두려워서 감히 서지 못하는 것을	百獸慴伏不敢立
장군이란 본시 만인을 대적하는 사람이니	將軍本是萬人敵

---

41 동양역(僮陽驛) : 중국 강소성 술양현(沭陽縣)에 있었던 역참이다.

기상이 이들과 부합함을 내가 알고 있노라 　　　　　氣味吾知與之協

칼을 어루만지며 사막에서 놀기를 생각하고 　　　　　撫劍思從沙漠游

화살을 비틀며 음산에서 사냥하기를 뜻하네[42] 　　　捻箭志在陰山獵

동양역 가운데서 반 개월을 머물다가 　　　　　　　僮陽驛中住半月

때마침 화공의 정밀한 그림을 보노라 　　　　　　　適見畫工精所業

높은 집 큰 벽에다 붓 휘둘러 재주 펼치게 하니

　　　　　　　　　　　　　高堂大壁使之揮筆展其才

곽희[43]와 한간[44]도 참으로 그의 하류일세 　　　　　郭熙韓幹眞輿臺

곰은 머리 치켜들고 매는 나래 떨치니 　　　　　　　維熊昂頭兮鷹奮翼

정신의 오묘한 곳은 법도를 초월하였네 　　　　　　精神妙處不在矩與規

진정 태평성대를 만나 군비를 닦으니 　　　　　　　政逢盛代修武備

나 또한 말을 바치러 바다를 건너왔네 　　　　　　　我亦獻馬過海陲

해가 긴 공관에는 녹음이 어우러졌는데 　　　　　　日長公館綠陰合

대문 닫고 그림 보며 이리저리 거닌다네 　　　　　　閉門看畫仍低個

빙빙 날다가 순식간에 털과 피를 뿌리고 　　　　　　盤飛須臾灑毛血

돌아볼 때면 흡사 위풍이 생기는 듯하네 　　　　　　顧眄髣髴生風威

매와 곰이여 　　　　　　　　　　　　　　　　　鷹兮熊兮

내 응당 그림의 밖에서 너희를 본받아서 　　我當效汝於丹青之外兮

---

42 칼을……뜻하네 : 북쪽 변방으로 나가서 오랑캐 쳐부수기를 생각한다는 말이다.
사막은 북방의 고비사막을 말하고 음산(陰山)은 북쪽 변방 너머에 있는 산 이름으로,
모두 흉노가 출몰하던 지역이다.

43 곽희(郭熙) : 북송(北宋) 때의 화가로, 산수화에 뛰어났다.

44 한간(韓幹) : 당(唐)나라 때의 화가로, 말 그림을 잘 그렸다.

내 용기 결행하고 나의 쇠퇴함 일으키리라 　　　決吾之勇兮起吾衰

또 어찌하면 너희 둘처럼 신준[45]한 장사를 얻어

　　　　　　　　　　　　　又安得壯士如汝二物之神俊者

생사 간에 시종 서로 어기지 않고 　　　　死生終始莫相違

완악하고 교활한 흉노의 목을 매어 　　　　繫頸匈奴之頑黠

높고 높은 연연에 이름을 새긴 뒤에[46] 　　　勒銘燕然之崔巍

공 이루고 돌아와서 천자께 아뢰고는 　　　功成歸來報天子

벼슬 그만두고 산속으로 돌아갈거나 　　　乞身試向山中回

45　신준(神俊) : 매나 말 등의 웅건(雄健)하고 영무(英武)한 모습을 형용하는 말이
다. 두보(杜甫)의 〈화골행(畫鶻行)〉에 "이렇게 신준한 자태를 그려다가, 그대 안중의
물건으로 채운 것이네.〔寫此神俊姿, 充君眼中物.〕"라고 하였다.《杜詩詳註 卷6》

46　완악하고……뒤에 : 연연(燕然)은 몽고 지방에 있는 연연산(燕然山)을 가리킨다.
후한(後漢)의 거기장군(車騎將軍) 두헌(竇憲)이 흉노족을 크게 무찌른 뒤에 이 산에
올라가 바위를 깎아 공적을 새기고 한나라의 위덕(威德)을 기록하면서 반고(班固)에게
명(銘)을 짓게 하였다.《後漢書 卷23 竇憲列傳》

한신묘[47]

韓信墓

회안부(淮安府)[48] 성 서쪽 40리에 있다.

태자는 유약하고 장수들은 강성하니	嗣子孱柔諸將雄
고황이 다시 옛 공훈을 생각지 않았네	高皇無復念前功
초왕이 저승에서 통한을 삼킬 것이니	楚王飮恨重泉下
천고에 마음 아는 이는 회옹뿐이리라[49]	千載知心只晦翁

---

47 한신묘(韓信墓) : 한신(韓信)의 묘소이다. 한신은 한 고조(漢高祖) 유방(劉邦)을
도와서 천하를 통일한 한나라의 개국 공신으로, 장량(張良), 소하(蕭何)와 함께 한나라
삼걸(三傑)로 불린다. 그는 천하가 통일된 뒤에 초왕(楚王)에 봉해졌으나 모반을 꾀한
다는 의심을 받아 압송되다가 사면을 받아 회음후(淮陰侯)에 봉해졌다. 뒤에 진희(陳
豨)가 반란을 일으켰을 때에 여후(呂后)와 소하의 계략에 의해 죽음을 당하였다.

48 회안부(淮安府) : 중국 강소성(江蘇省) 회안시(淮安市)의 옛 이름이다.

49 초왕(楚王)이……회옹(晦翁)뿐이리라 : 회옹은 주희(朱熹)의 호이다. 주희가 손
계화(孫季和)에게 답한 편지에 "한신의 일을 말하자면, 지난번에 백공과 마주하여 토론
했는데, 나는 그가 배반하지 않았다고 생각한 것이네. 그 뒤로 견해가 어떠한지 모르겠
네.〔韓信事, 向來伯恭面論, 蓋嘗曰 "其不反." 不知后來看得如何?〕"라고 하였다.《朱子
大全 卷54 答孫季和》

표모[50]의 무덤

漂母塚

표모의 높은 풍도는 내 공경하는 바니	漂母高風我所歆
무덤 곁 지나며 이를 위해 상심하노라	道經遺塚爲傷心
왕손의 보답 받지 않는다 말하지 말라	莫言不受王孫報
천고의 훌륭한 명성 그 값이 얼마던가	千古芳名直幾金

　　교정 : '흠(歆)'은 세 본[51]이 모두 같으나 뜻으로 미루어 보면 '흠(欽)' 자이어야 할 듯하다.

50　표모(漂母) : 빨래하는 부인이다. 미천한 한신이 성 아래서 낚시질하고 있을 때 그 곁에서 빨래하던 한 부인이 굶주린 한신을 보고 수십 일 동안 밥을 먹여 주었다. 한신이 기뻐서 그 부인에게 말하기를 "내가 반드시 부인에게 중하게 보답하리라."라고 하니, 그 부인이 성내며 말하기를 "대장부가 끼니도 스스로 해결하지 못하기에 내가 왕손을 애처롭게 여겨서 밥을 드린 것이니, 어찌 보답을 바라겠소.〔大丈夫不能自食, 吾哀王孫而進食, 豈望報乎?〕"라고 하였다.《史記 卷92 淮陰侯列傳》왕손은 한신을 가리키는 말로, 당시에 상대를 높여 왕손 또는 공자(公子)라고 불렀다.

51　세 본 : 신계본(新溪本), 개성본(開城本), 교서관본을 가리킨다.

4월 14일에 회음수역[52]에서 배에 오르다

四月十四日　淮陰水驛登舟

이날 비가 내렸다.

봄 내내 말 타느라 고달프더니	經春困鞍馬
오늘은 기쁘게도 배에 올랐구나	今日喜登舟
이미 침상과 이불의 편함이 있고	旣有床褥穩
또 바람과 파도의 근심이 없다네	又無風浪憂
옅은 안개는 버들 역에 비껴 있고	淡煙橫柳驛
가는 비는 방초 모래톱을 적시네	細雨濕芳洲
저물 무렵에 뱃노래 울려 퍼지니	向晚棹歌發
천리 밖 고향 시름 홀연히 생기네	忽生千里愁

52 회음수역(淮陰水驛) : 중국 강소성 회안시(淮安市) 회음구(淮陰區) 지역에 있었던 역참이다. 당시 남경(南京)과 회안부(淮安府) 사이에 설치된 9개 수마역(水馬驛) 중의 하나이다. 수마역은 배와 말을 겸하여 관리하는 역참이다.

회음역에서 길이 나뉘어 방 진무를 작별하다

淮陰驛分道 別龐鎭撫

나의 행차는 화려한 배를 끌어가고	我行牽畫舸
그대 가는 길은 빠른 말 채찍질하네	君去策飛驂
나그넷길에 처음 작별하는 곳이라	客路初分處
봄날 시름 더욱 견디지 못하겠네	春愁愈不堪
푸른 산은 회수 지역을 둘러쌌고	靑山繞淮甸
꽃다운 풀은 강남 땅에 가득하네	芳草滿江南
내일 유양역[53]에서 만나게 되거든	明日維楊驛
밤새워 얘기하길 다시 기약한다오	還期共夜談

---

53 유양역(維楊驛) : 중국 강소성 양주시에 있었던 양주역(楊州驛)을 가리키는 듯
하다.

배로 회음을 출발하여 보응현[54]으로 향하다

舟發淮陰 向寶應縣

백 리의 평평한 호수 그 깊이 한 길 남짓	百里平湖深丈餘
화선으로 오고 가니 내 집보다 편안하구나	畫船來往勝吾廬
펼쳐진 푸른 연잎은 밥을 싸기에 알맞고	荷舒綠葉宜包飯
자라난 새 버들가지는 물고기를 꿸 만하네	柳長新枝可貫魚
또 객로에서 험하고 쉬운 일 겪다 보니	且向客途經險易
세상일에 좋고 나쁜 때 있음을 알겠도다	因知世事有乘除
고향의 아름다운 곳들 누워서 생각하니	臥思故里多佳處
괴이하도다 청산이 홀로 나를 저버림이	怪底靑山獨負余

---

54 보응현(寶應縣) : 중국 강소성 양주시(楊州市)의 보응현이다. 회안시(淮安市)와
고우시(高郵市) 사이에 위치한다.

범광호[55]의 새벽 경치

范光湖曉景

일찍 일어나 새벽빛 보노라니	早起看曉色
나그네 마음 도리어 서글프네	客心還慘悽
호수가 밝아 물결이 넘실대고	湖明波瀲瀲
달이 떨어져 기운이 서늘하네	月落氣凄凄
뜻이 때마침 경치와 하나 되니	意適與景會
이로 인해 시구 짓기 힘들구나	詩因著字迷
뱃사공들 홀연히 서로 부르며	舟人忽相喚
노를 저어 제각각 동서로 가네	搖棹各東西

---

55 범광호(范光湖) : 중국 강소성 양주시 보응현에 있는 호수이다.

내가 본국에 있을 때 제교 설 선생의 이름을 익히 들었다.
지금 이 역을 지나가면서 밤길이 바빠 찾아뵙는 예를 전혀
갖추지 못했기 때문에 길에서 칠언 율시를 읊어 뒷날 만나기
를 꾀한다

僕在本國 飽聞諸橋薛先生之名 今過是驛 莫夜怱怱 殊失謁見之禮 路上
吟成七言唐律 以圖後會云

명현의 출처는 먼 지방 사람도 아나니	名賢出處遠人知
큰 덕과 높은 재주는 내가 본받는 바이네	盛德高才我所師
우정에서 선생을 한번 만나 보려 했더니	擬向郵亭成邂逅
어찌하여 세상일은 어긋나기를 좋아하나	胡爲世事喜參差
지는 달 누워서 보니 그리움 어찌 다할까[56]	臥看落月思何盡
맑은 풍모 앙모하니 후회한들 소용이 있나	仰慕淸風悔可追
이번 걸음에 되돌아올 날 며칠 되지 않을 터	此去還車無幾日
등불 아래의 좋은 기약 다시 저버리지 말지라	靑燈更莫負佳期

---

56 지는……다할까 : '달을 보다'는 친구나 그리운 사람을 생각한다는 뜻으로 쓰인다.
107쪽 주37 참조.

꿈

夢

세상 사람 많이들 꿈을 꾸지만	世人多夢寐
꿈이 깨면 곧바로 빈 것이 되지	夢罷旋成空
본래 생각 때문에 꾸는 꿈이니	自是因思慮
어떻게 감통함이 있을 수 있으랴	何能有感通
은왕은 꿈을 꾸고 부열을 얻었고[57]	殷家得傅說
공자는 꿈속에서 주공을 뵈었네[58]	孔氏見周公
감통의 이치를 사람들이 묻는다면	此理人如問
지극한 고요함 속에서 찾아야 하리[59]	當求至靜中

57 은왕(殷王)은……얻었고 : 은왕은 은나라 고종(高宗)이고, 부열(傅說)은 고종 때의 정승이다. 고종이 즉위 초기에 선대의 덕과 같지 못할까 두려워하여 경건히 침묵하며 치도(治道)를 생각하니, 꿈에 상제(上帝)가 어진 보필인 부열을 내려 주었다. 고종이 꿈에 본 모습을 그림으로 그리게 하고는 마침내 부암(傅巖)의 들판에서 부열을 찾아 재상으로 삼았다고 한다. 《書經 說命上》

58 공자는……뵈었네 : 공자가 말하기를 "심하도다, 나의 쇠퇴함이여. 오래되었구나, 내가 다시 꿈속에서 주공을 뵙지 못함이여.〔甚矣吾衰也! 久矣吾不復夢見周公.〕"라고 하였다. 《論語 述而》

59 감통(感通)의……하리 : 감통은 천하의 일에 감응하여 통함을 말한다. 《주역》〈계사전 상(繫辭傳上)〉에 "역은 생각함도 없고 작위함도 없어 고요히 움직이지 않다가, 감응하여 마침내 천하의 일에 통하게 된다.〔易无思也, 无爲也, 寂然不動, 感而遂通天下之故.〕"라고 하였다.

고우호[60]
高郵湖

남행하는 하루하루가 즐거운 유람이니   南歸日日是遨遊

호수 위 맑은 바람이 조각배 불어 주네   湖上淸風送葉舟

두 언덕의 부들은 가도 가도 끝없는데   兩岸菰蒲行不盡

또 밝은 달을 따라 방초 모래톱에 묵네   又隨明月宿芳洲

---

60   고우호(高郵湖) : 중국 강소성 고우시(高郵市)에 있는 호수이다.

고우성[61]
高郵城

호수 빛 넘실넘실 겹성을 감싸고	湖光潋灔繞重城
흰 성가퀴 드높아 백 리가 밝도다	粉堞崔巍百里明
알겠노라 성인이 치세를 걱정하여	仰認聖人憂治世
짐짓 정병을 주둔시켜 밤을 경계함을	故留精卒誠嚴更
지난날 호걸들 이곳의 험조를 믿고서	往時豪傑來依險
매양 패악을 부리며 군사를 일으켰지	每逞頑凶此弄兵
결국 탕무 위해 백성을 몰아 준 것일 뿐[62]	畢竟驅民爲湯武
지금은 못 가득 자란 능검 풀만 보이네	今看菱芡滿池生

---

61 고우성(高郵城) : 중국 강소성 고우시에 있었던 성이다.

62 결국……뿐 : 탕무(湯武)는 탕(湯) 임금과 무왕(武王)을 가리킨다. 맹자가 말하기를 "못을 위하여 고기를 몰아 주는 것은 수달이고, 나무숲을 위하여 참새를 몰아 주는 것은 새매이고, 탕 임금과 무왕을 위하여 백성을 몰아 준 자는 걸왕과 주왕이다.〔爲淵敺魚者, 獺也;爲叢敺爵者, 鸇也;爲湯武敺民者, 桀與紂也.〕"라고 하였다.《孟子 離婁上》

여행 중에 스스로 위로하다

客中自遣

하늘과 땅 우리를 용납하지만	天地容吾輩
세월은 이 늙은이 저버리도다	光陰負老夫
잠화는 단발을 부끄러워하고[63]	簪花羞短髮
환약은 쇠한 몸을 길러 주네	丸藥養殘軀
비바람에 돌아가는 배가 드물고	風雨歸舟小
강호의 나그네 베갯머리 외롭네	江湖客枕孤
끝끝내 임금을 위하느라	終然爲君父
처자는 생각하지 못하네	不得念妻孥

---

63 잠화(簪花)는 단발(短髮)을 부끄러워하고 : 잠화는 경사스러운 일이 있을 때 남자들의 머리에 꽂던 조화(造花)이고, 단발은 노년이 되어 듬성하고 짧아진 머리카락이다. 소식(蘇軾)의 〈길상사상목단(吉祥寺賞牡丹)〉에 "사람은 늙어서도 꽃을 꽂기를 부끄러워하지 않지만, 꽃은 응당 노인 머리에 오르는 것을 부끄러워하리라.〔人老簪花不自羞, 花應羞上老人頭.〕"라고 하였다. 《東坡全集 卷3》

양주[64]

楊州

초나라 옛 산천을 지나가면서	經過楚地山川
수나라의 궁궐을 상상해 보네[65]	想像隋家宮闕
지난날 흥망을 누가 탄식할까	往時興廢誰嗟
오늘날 번화함은 기뻐할 만하네	此日繁華可悅
선화[66]는 아득하여 찾기 어렵지만	仙花杳杳難尋
관류는 휘늘어져서 꺾을 만하네	官柳依依堪折
저물녘에 우연히 난주[67]를 대니	晚來偶泊蘭舟
이십사교[68] 다리에 달이 밝구나	二十四橋明月

---

64 양주(楊州) : 중국 강소성 양주시(楊州市)이다.

65 초(楚)나라……보네 : 전국 시대에 초나라에 속했던 양주를 지나가면서 수 양제(隋煬帝)가 이곳에 강도(江都)를 건설하며 지었던 화려한 궁궐을 상상해 본다는 것이다.

66 선화(仙花) : 경화(瓊花), 취팔선(聚八仙), 팔선화(八仙花), 호접화(蝴蝶花)로도 불리는 꽃으로, 오늘날 양주와 곤산(昆山)의 시화(市花)이다.

67 난주(蘭舟) : 목란(木蘭)으로 만든 아름다운 배이다. 여기서는 타고 온 좋은 배를 가리킨다.

68 이십사교(二十四橋) : 중국 양주시 강도현(江都縣)에 있던 경치가 빼어난 다리이다.

함께 가는 젊은이에게 재미 삼아 주다

戲贈偕行年少

들자 하니 두목은 풍류가 최고인지라	曾聞杜牧最風流
매양 양주에서 몰래 놀기 좋아했다지[69]	每向楊州好暗遊
오늘날 주남 땅은 왕의 교화 가까우니	今日周南王化近
나그네는 머리 잘못 돌리지 말지어다[70]	行人且莫錯回頭

---

69 들자……좋아했다지 : 두목(杜牧)은 당(唐)나라 후기의 시인으로, 자는 목지(牧之), 호는 번천(樊川)이다. 두목은 회남 절도사(淮南節度使)의 막료로 2년간 양주에 있으면서 풍류를 즐겼다고 한다.

70 오늘날……말지어다 : 이 지역은 주남(周南)처럼 도성과 가까운 땅이어서 명나라의 교화가 지금 한창 펼쳐지는 곳이니, 길가는 나그네는 예전의 양주(楊州)로 생각하여 두리번거리지 말라는 뜻인 듯하다. 주남은 주(周)나라 남쪽 지방으로, 주나라의 덕화가 온전히 펼쳐진 지역이다.

진주[71]

眞州

꽃다운 풀 저 멀리 양자진[72]에 이어졌는데	芳草遙連楊子津
내 평생에 두 번이나 의진[73]을 지나가노라	浮生再度過儀眞
화선으로 서로 보내느라 역리를 괴롭히고	畵船相送煩郵吏
보탑이 와서 맞아 주니 옛 친구와 같도다	寶塔來迎似故人
학공이 오래 갇혔던 옛일 함께 얘기하느라	共說郝公囚繫久
정로가 자주 오가는 것을 그 누가 말할까[74]	誰言鄭老往還頻
오늘 아침 기쁜 심기를 어찌 말로 다하랴	今朝喜氣那堪說
바라보니 상서로운 구름이 황궁을 감싸고 있네	望見祥雲繞紫宸

---

71 진주(眞州) : 중국 강소성 의정시(儀征市)의 옛 이름이다.

72 양자진(楊子津) : 중국 강소성 한강(邗江) 남쪽의 양자교(楊子橋) 지역에 있었던 나루이다. 양자강 북쪽의 언덕에 자리하여 남쪽 경구(京口)로 건너가는 중요한 나루였다고 한다. 양자도(楊子渡)라고도 한다.

73 의진(儀眞) : 중국 강소성 의정시에 있었던 의진역(儀眞驛)이다.

74 학공(郝公)이⋯⋯말할까 : 학공은 원(元)나라 초기의 기절(氣節)이 높았던 유학자 학경(郝經)을 가리키고, 정로(鄭老)는 포은 자신을 가리킨다. 원나라 세조가 즉위한 후 학경이 남송으로 사신 가자 남송의 권신 가사도(賈似道)가 진주에 구류하였다. 16년 뒤에 돌아왔으나 이듬해에 병으로 세상을 떠났다. 저서로 《속후한서(續後漢書)》, 《역춘추외전(易春秋外傳)》, 《통감서법(通鑑書法)》 등이 있다. 《元史 卷157 郝經列傳》

양주 죽서정에서 송경의 벗들을 그리워하다
楊州竹西亭 懷松京諸友

대왕당은 맑은 바위 시내에 우뚝 섰고	大王堂壓石流淸
양제 둑에는 푸른 풀빛이 이어져 있네	煬帝堤連草色靑
달밤에 벗들은 솔 아래 길 거닐 터인데	月夜故人松下路
봄바람에 외로운 나는 죽서정에 있도다	春風孤客竹西亭
먼 유람에 마음 괴로운 줄 스스로 알지만	遠遊自識爲心苦
늘그막에 기쁘게도 지치의 향기[75]를 만났네	臨老欣逢至治馨
그대들에게 전하노니 그리워하지 말지어다	寄語諸君莫相憶
오가는 육로와 뱃길이 동국에 이어져 있다오	梯航來往接東溟

---

75 지치(至治)의 향기 : 《서경》〈군진(君陳)〉에 "지극한 정치는 향기로워서 신명을 감동시키니, 서직이 향기로운 것이 아니라 밝은 덕이 향기로운 것이다.〔至治馨香, 感于 神明. 黍稷非馨, 明德惟馨.〕"라고 한 데서 온 말이다.

배 안의 미인

舟中美人

미인이 목란주[76]에 가볍게 떠 있으니   美人輕漾木蘭舟

등에 꽂은 꽃가지 푸른 강에 비치네   背揷花枝照碧流

남북으로 가는 배의 수많은 나그네   北楫南檣多少客

일시에 애끊으며 홀연 머리 돌리네   一時腸斷忽回頭

---

76   목란주(木蘭舟) : 목란 나무로 만든 아름다운 배이다. 여기서는 좋은 배를 가리킨다.

4월 19일에 강을 건너 용담역[77]에 이르다 절구 2수

四月十九日渡江 至龍潭驛 二絶

눈 내릴 때 압록강을 지나와서 雪落來過鴨綠

꽃 날릴 때에야 용담에 닿았네 花飛始到龍潭

아스라한 종산 푸르고 푸른데 隱約鍾山蒼翠

흰머리로 강남 땅 또 밟는구나 白頭又踏江南

지세는 가운데로 오초 땅 나누고 地勢中分吳楚

강 근원은 위로 상담에 이어졌네[78] 江源上接湘潭

자수 차고 와서 대궐로 달려가니 紫綬來趨闕下

푸른 산이 회남 땅에 바라보이네[79] 青山却望淮南

---

77 용담역(龍潭驛) : 강소성 남경시 용담진(龍潭鎭)에 있었던 역참이다.

78 강……이어졌네 : 강은 양자강이고, 상담(湘潭)은 상강(湘江)과 담강(潭江)이다.

79 푸른……바라보이네 : 푸른 산은 남경(南京)의 종산(鍾山)을 가리키고, 회남(淮南)은 강남 지역의 남경을 가리키는 듯하다.

남경에 들어가다

入京

강남의 명승지요	江南形勝地
천고의 석두성[80]이라	千古石頭城
녹수가 금궐을 감싸고	綠水環金闕
청산이 옥경을 둘렀네[81]	青山繞玉京
황제가 안에서 건극하시니	一人中建極
만국이 여기서 조정[82]하도다	萬國此朝正
나 또한 뗏목 타고 이르니	我亦乘查至
완연히 천상을 가는 듯하네[83]	宛如天上行

80 석두성(石頭城) : 강소성 남경시 고루구(鼓樓區) 청량산(淸涼山) 일대에 있는 성 이름으로, 남경의 별칭이기도 하다. 본래 초나라 금릉성(金陵城)이었던 것을 손권(孫權)이 중수하고 석두성으로 이름을 고쳤다고 한다.

81 녹수(綠水)가……둘렀네 : 푸른 진회(秦淮) 강물이 대궐을 감싸고 흐르며 푸른 종산이 남경을 둘러싸고 있다는 것이다. 금궐(金闕)은 도가에서 일컫는 천상의 황금으로 지은 궁궐이고, 옥경(玉京)은 도가에서 일컫는 천제(天帝)가 사는 곳이다.

82 조정(朝正) : 제후들이 정월에 천자에게 조회하는 것이다.

83 나……듯하네 : '뗏목을 타고 천상을 가다'는 외국으로 사신 가는 것을 뜻하는 말로, 한(漢)나라 장건(張騫)의 고사에서 유래한다. 장건이 한 무제(漢武帝)의 명을 받고 대하(大夏)에 사신으로 나가 황하의 근원을 찾았는데, 이때 뗏목을 타고 은하수로 올라가 견우와 직녀를 만났다고 한다. 《莉楚歲時記》

황도 4수

皇都 四首

황도에 사방의 문이 화평하게 활짝 열리니[84]	皇都穆穆四門開
먼 곳 나그네 관광하며 장대한 뜻 위로하네	遠客觀光慰壯懷
날씨 따뜻하여 자색빛 구름이 대궐에 나직하고	日暖紫雲低魏闕
봄이 깊어 비췻빛 버들이 관청 거리에 늘어섰네	春深翠柳夾官街
비단 도포 입은 공자는 오사모 쓰고 있고	錦袍公子烏紗帽
붉은 소매의 어린 여군은 홍수화를 신었네[85]	蒨袖女兒紅繡鞋
객관이 높고 높아서 하늘나라에 가까우니	賓館昭嶢近天上
목란주를 진회에다 정박할 필요 없으리라[86]	蘭舟不用泊秦淮

84 황도(皇都)에……열리니 : 《서경》〈순전(舜典)〉에 "사문에서 손님을 맞이하게 하니, 사방의 문이 지극히 화평하였다.〔賓于四門, 四門穆穆.〕"라고 한 데서 온 말이다.

85 비단……신었네 : 오사모(烏紗帽)는 벼슬아치가 관복을 입을 때에 쓰는 검은 사(紗)로 만든 모자이고, 홍수화(紅繡靴)는 붉게 수놓은 가죽 군화이다. 원(元)나라 때의 〈여종군(女從軍)〉에 "열여섯의 계집아이 홍수화를 신고서, 아침마다 말에 올라 두 눈썹 그리네. 연 캐는 채련 곡조는 온통 잊은 채로, 군중에서 배워서 개선가를 부르네.〔二八女兒紅繡靴, 朝朝馬上畫雙蛾. 采蓮曲調都忘却, 學得軍中唱凱歌.〕"라고 하였다.《元詩選 初集 卷51》

86 객관이……없으리라 : 진회(秦淮)는 남경을 감싸고 도는 강 이름이다. 당나라 두목(杜牧)의 〈박진회(泊秦淮)〉에 "안개는 찬 강을 감싸고 달빛은 모래톱 덮었는데, 밤중에 진회의 술집 가까운 곳에다 배를 대노라.〔煙籠寒水月籠沙, 夜泊秦淮近酒家.〕"라고 하였다.

두 번째 其二

나인이 한낮에 갑자기 황명을 전하니	內人日午忽傳宣
궁궐 계단 달려 올라 어연으로 향했네	走上龍墀向御筵
황제 말씀 가까이서 지척 간에 들으니	聖訓近聞天咫尺
너그러운 은혜 멀리 해동까지 미쳤네	寬恩遠及海東邊
물러나며 나도 몰래 두 줄기 눈물 흘리고	退來不覺流雙涕
감격하여 오직 만수무강을 축원할 뿐이네	感激唯知祝萬年
이로부터 우리 삼한이 황제의 은혜 입어	從此三韓蒙帝力
밭 갈고 우물 파며 모두 편안하게 살리라[87]	耕田鑿井摠安眠

신 몽주가 홍무 병인년(1386, 우왕12) 4월 나라의 표문을 받들고 남경의 회동관(會同館)[88]에 있었다. 이달 23일 황제께서 봉천문(奉天門)에 납시고 나인이 분부를 전하여 속히 신을 입궐하게 하였다. 친히 황제의 선유(宣諭)를 받드니, 하교하는 말씀이 절실하며 지극하였고 이어서 본국의 세공(歲貢)인 금, 은, 말, 베를 모두 감면하시니, 참으로 성은에 감사하는 마음을 견딜 수 없어 삼가 시를 지어 스스로 드러낸 것이다.

---

87 밭……살리라 : 〈격양가(擊壤歌)〉에서 온 말이다. 〈격양가〉는 요(堯) 임금 때 어떤 노인이 흙덩이를 치면서 "내가 해가 뜨면 나가서 일하고 해가 지면 들어가서 쉬도다. 우물 파서 물을 마시고 밭 갈아서 밥을 먹거니, 임금의 힘이 나와 무슨 상관이 있으랴.〔吾日出而作, 日入而息, 鑿井而飲, 耕田而食, 帝力何有於我哉?〕"라고 당시의 태평 시절을 노래한 것이다. 《太平御覽 卷80 帝堯陶唐氏》

88 회동관(會同館) : 명(明)나라 때 경사(京師)에 있던 공관(公館)으로, 역체(驛遞) 사무 및 외국 사신의 접대를 담당하였다. 명나라 초에는 남경공관(南京公館)을 회동관으로 삼았고, 영락(永樂) 초에는 북경에 회동관을 설치하였다. 《大明會典 卷145 驛傳1 會同館》

세 번째 其三

부끄럽게도 백발의 몸으로 춘풍의 나그네 되니	羞將白髮客春風
꾀꼬리 우는 강남은 푸른빛 붉은빛 어우러졌네[89]	鸎囀江南綠映紅
전마 돌려보내고 소 풀어놓아 문치가 성대하고[90]	歸馬放牛文治盛
용이 서리고 범이 웅크린 듯 황도가 웅장하네[91]	盤龍踞虎帝居雄
나라를 연 공신의 집을 버들이 감추고 있고	柳藏開國功臣宅
상제를 뵙는 도사의 궁을 꽃들이 덮고 있네	花覆朝天道士宮
대궐 아래에서 때때로 황제의 말씀 듣느라	闕下時時聽宣諭
술집 위로 단 한 번 올라가 볼 길이 없도다	無緣一上酒樓中

89 꾀꼬리……어우러졌네 : 당나라 두목(杜牧)의 〈강남춘(江南春)〉에 "천리에 꾀꼬리 울고 푸른빛 붉은빛 어우러졌는데, 수촌과 산곽에는 술집 깃발이 펄럭이네. 남조 시대에 창건한 사백팔십 개의 사원들, 수많은 누대가 안개비 속에 아스라하네.〔千里鸎啼綠映紅, 水村山郭酒旗風. 南朝四百八十寺, 多少樓臺煙雨中.〕"라고 하였다.

90 전마(戰馬)……성대하고 : 원명(元明) 교체기의 전란이 끝나고 이제 문치(文治)가 성대하게 펼쳐지고 있다는 말이다. 《서경》〈무성(武成)〉에 "왕이 상나라에서 돌아와서 풍 땅에 이르러 전쟁을 그만두고 문치를 닦아 군마를 화산의 남쪽으로 돌려보내고 소를 도림의 들판에 풀어놓아 천하에 무력을 쓰지 않을 뜻을 보였다.〔王來自商, 至于豐, 乃偃武修文, 歸馬于華山之陽, 放牛于桃林之野, 示天下弗服.〕"라고 하였다.

91 용이……웅장하네 : 명나라 수도인 남경(南京)의 웅장한 모습을 읊은 것이다. 제갈량(諸葛亮)이 오(吳)나라에 사신으로 왔다가 이곳의 산천 형세를 보고 "종산은 용이 서린 듯하고 석두는 범이 웅크린 듯하니, 이곳은 제왕이 거처할 곳이다.〔鍾山龍盤, 石頭虎踞, 此帝王之宅.〕"라고 탄식했다고 한다. 《古今事文類聚 續集 卷1 吳都形勢》

네 번째 其四

척검으로 용처럼 날아 천하를 평정하니[92]	尺劍龍飛定四維
당시의 호걸들이 태조를 위해 도왔었지	一時豪傑爲扶持
대려를 맹세한 이는 서 승상이고	山河帶礪徐丞相
천지를 경륜한 이는 이 태사로다[93]	天地經綸李太師
부마 댁 숲속 못엔 봄날이 무르익고	駙馬林池春爛熳
국공의 누각에는 달빛이 흐트러졌네	國公樓閣月參差
알겠구나 좋은 시대 공신의 후손들	始知盛代功臣後
태평을 함께 누려 만세를 기약함을	共享昇平萬世期

---

92 척검(尺劍)으로……평정하니 : 명 태조가 평민 신분으로 떨쳐 일어나 천하를 평정하고 천자가 된 것을 말한다. 척검은 삼척검(三尺劍)으로, 길이가 석 자 되는 짧은 검이다. 한 고조(漢高祖) 유방(劉邦)이 천하를 통일한 뒤에 "내가 평민 신분으로 석 자의 칼을 쥐고서 천하를 차지하였으니, 이것이 천명이 아니겠는가.〔吾以布衣提三尺劍取天下, 此非天命乎?〕"라고 하였다.《史記 卷8 高祖本紀》'용처럼 날다'는 제왕이 떨쳐 일어나거나 천자의 자리에 오르는 것을 말한다.《주역》〈건괘(乾卦) 구오(九五)〉에 "나는 용이 하늘에 있으니, 대인을 봄이 이롭다.〔飛龍在天, 利見大人.〕"라고 하였다.

93 대려(帶礪)를……이 태사(李太師)로다 : 서 승상(徐丞相)과 이 태사는 명나라가 개국할 때 군무를 총괄한 서달(徐達)과 지략을 펼친 이선장(李善長)을 가리킨다. '대려를 맹세하다'는 한 고조가 천하를 평정한 뒤 공신을 봉작(封爵)하면서 "황하가 띠처럼 가늘어지고 태산이 숫돌처럼 닳아도 나라가 길이 보전되어 후손에게까지 미치게 하리라.〔使河如帶, 泰山若礪, 國以永寧, 爰及苗裔.〕"라고 맹세한 것을 이른다.《史記 卷18 高祖功臣侯者年表》

남경을 나서다
出京

성은이 먼 곳까지도 크게 미치니   聖恩偏及遠

생성해 준 은혜에 어떻게 보답할까   何以答生成

땅이 척박하다고 세공을 견감하니   土薄蠲常貢

성덕이 높아 사정을 살펴 주심일세   天高察下情

대궐을 하직하며 황제를 바라보고   陛辭瞻日表

배 안에 누워서 강물 소리 듣노라   舟臥聽江聲

한밤중에 썰물이 급하게 빠져나가   半夜潮回急

잠깐 사이 우리 배를 데려가 주네   須臾帶我行

백로주[94]에 배를 대다

舟次白鷺洲

백로주는 관음산(觀音山) 아래에 있다.

백로주 가엔 물결이 하늘에 닿았고	白鷺洲邊浪接天
봉황대 아래엔 풀이 연기와 같도다	鳳凰臺下草如煙
삼산과 이수는 모두 예전과 같은데	三山二水渾依舊
그 당시의 이 적선은 보이지 않누나[95]	不見當年李謫仙

---

94 백로주(白鷺洲) : 중국 남경 석두성(石頭城) 밖의 양자강에 있었던 모래섬으로, 당시 이 섬에 백로가 많이 모였기 때문에 붙여진 이름이다.

95 삼산(三山)과……않누나 : 삼산은 세 봉우리가 이어져 있는 산이고, 이수(二水)는 모래톱을 가운데로 두고 나누인 두 강물이다. 이백(李白)의 〈등금릉봉황대(登金陵鳳凰臺)〉에 "삼산은 청산 밖으로 반쯤 떨어져 있고, 이수는 백로주로 가운데를 나누었네. 〔三山半落靑天外, 二水中分白鷺洲.〕"라고 하였다. 이 적선(李謫仙)은 하지장(賀知章) 이 이백을 '귀양 온 신선〔謫仙〕'이라고 한 데서 온 말이다.

양자도[96]에서 북고산[97]을 바라보며 김약재[98]를 애도하다

楊子渡 望北固山悼金若齋

홍무 계축년(1373, 공민왕22)에 선생과 함께 북고산의 다경루(多景樓)에 올랐다.

선생의 호방한 기상 남주를 뒤덮었는데	先生豪氣蓋南州
다경루에 함께 올랐던 예전 일 생각나네	憶昔同登多景樓
오늘 거듭 노니나 그대 보이지 않나니	今日重遊君不見
촉강 어느 곳에 외로운 혼백 노니실까	蜀江何處獨魂遊

선생이 홍무 계축년에 운남(雲南)으로 귀양 가다가 촉(蜀) 땅의 길에서
세상을 떠났다.

96 양자도(楊子渡) : 양자진(楊子津)이라고도 한다. 127쪽 주72 참조.

97 북고산(北固山) : 중국 강소성 진강시(鎭江市)의 양자강 가에 있는 산이다. 다경
루(多景樓)는 북고산의 감로사(甘露寺)에 있다.

98 김약재(金若齋) : 김구용(金九容, 1338~1384)으로, 자는 경지(敬之), 호는 척약
재(惕若齋)·육우당(六友堂), 본관은 안동이다. 1355년(공민왕4) 급제하여 덕녕부 주
부(德寧府主簿)가 되었고, 1367년 성균관이 중건되자 성균관 직강이 되어 포은, 이숭인
(李崇仁) 등과 성리학 흥기에 일익을 담당하였다. 1384년(우왕10) 행례사(行禮使)로
요동(遼東)을 통과하려고 시도하다가 체포되어 남경으로 압송되었고, 명 태조의 명으
로 운남(雲南)의 대리위(大理衛)로 유배되던 도중에 노주(瀘州) 영녕현(永寧縣)에서
병사하였다. 저서로 《척약재학음집(惕若齋學吟集)》이 있다.

고우호 배 안에서

高郵湖舟中

호수를 건너서 돌아오는 길이라	路涉湖中返
백 리나 이어진 둑이 바라보이네	相望百里堤
바람 받은 돛은 앞뒤로 펄럭이고	風帆翻背面
배 안의 베개는 동서가 뒤바뀌네	水枕易東西
배가 달리니 몸이 기탁한 것 같고	舟走身如寄
산이 옮겨 가니 눈이 홀연 혼미하네	山移眼忽迷
내일 아침에 회상을 지나고 나면	明朝過淮上
말을 타고 산동으로 향해 가리라[99]	騎馬向靑齊

---

99 내일……가리라 : 회상(淮上)은 회음(淮陰)을 가리킨다. 남경(南京)에서 회음까지는 수로이고 회음에서 산동의 등주(登州)까지는 육로이다.

배 안의 밤 흥취
舟中夜興

맑고 맑은 호수가 거울인 양 편편한데   湖水澄澄鏡面平
배 안의 숙객이 맑은 정취 겨워하네   舟中宿客不勝淸
쓸쓸히 한밤중에 실바람이 일어나니   悄然半夜微風起
십 리의 줄과 부들이 빗소리 지어 내네   十里菰蒲作雨聲

남쪽을 바라보다

南望

필마로 아침에 건업[100]을 하직하고	匹馬朝辭建業
조각배로 저녁에 유양[101]에 닿았네	扁舟暮抵維楊
애가 끊겨 남쪽은 차마 보지 못하고	腸斷不堪南望
먼 강과 긴 산만 부질없이 쳐다보네	空看水遠山長

---

100 건업(建業) : 삼국 시대 오(吳)나라 손권(孫權)이 도읍했던 곳으로 남경(南京)을 가리킨다.

101 유양(維楊) : 양주(楊州)를 가리킨다.

요동 방 진무의 부채에 적다
題遼東龐鎭撫扇

밝은 달은 사람 가까이서 흰빛을 드날리고[102] 皎月近人揚素輝
맑은 바람은 그대 위해 무더위를 물리치네   淸風爲子却炎威
요동 길이 멀다고 가져가기를 꺼리지 마오   提携莫憚遼東遠
이 부채에 지휘받는 삼군을 보게 될 테니[103] 當見三軍屬指揮

---

102 밝은……드날리고 : 둥근 달처럼 생긴 흰 부채가 흰빛을 드날리며 사람 가까이에
서 바람을 일으키고 있다는 말이다. 이 부채는 백우선(白羽扇)인 듯하다. 백우선은
흰 깃털로 장식한 부채이다.
103 이……테니 : 제갈량(諸葛亮)이 사마의(司馬懿)와 싸울 적에 백우선을 손에 쥐
고 삼군(三軍)을 지휘하였다고 한다.

단옷날 재미 삼아 적다
端午日戲題

올해 단옷날은 우정에서 지내노니 · · · · · · · · · · · 今年端午在郵亭
창포주 한 병을 그 누가 보내 줄까[104] · · · · · · · 誰送菖蒲酒一瓶
이날 강물에다 각서도 못 던지니 · · · · · · · · · · · 此日不宣沈角黍
내가 도리어 깨어 있는 굴원이라오[105] · · · · · 自家還是屈原醒

---

104 창포주(菖蒲酒)……줄까 : 음력 5월 5일 단옷날이 되면 창포탕(菖蒲湯)으로 머리를 감고 창포주를 마셔 역질 등의 상서롭지 못한 것을 물리치는 풍속이 있었다.

105 이날……굴원(屈原)이라오 : 각서(角黍)는 찹쌀을 풀잎에 싸서 찐 음식으로, 단옷날 이것을 강물 속에 던져서 굴원을 제사 지냈다고 한다. '깨어 있는 굴원'은 굴원이 〈어부사(漁父辭)〉에서 "온 세상이 다 흐리지만 나만 홀로 맑고, 뭇사람이 모두 취했지만 나만 홀로 깨어 있다.〔擧世皆濁我獨淸, 衆人皆醉我獨醒.〕"라고 한 데서 온 말이다.

길을 가다 비를 만나다

途中遇雨

5월 6일 왕방역(王坊驛) 북포(北鋪)[106]에서

먹구름 일자 홀연히 우렛소리 들리더니   黑雲才起忽聞雷
소낙비가 때맞추어 들판 밖에서 따라오네   白雨時從野外來
흡사 행인 위하여 무더위를 씻어 주는 듯   似爲行人洗炎熱
또 돌아가는 길을 따라 먼지를 없애 주네   又從歸路淨塵埃
부들 물가엔 물이 불어나 새싹이 잠기고   水添蒲渚新芽沒
볏논에는 이슬 젖어 부드러운 잎이 피네   露浥禾畦嫩葉開
말 위의 선선한 바람에 옷소매 날리는데   馬上微涼飄客袂
읊조리며 보는 비 갠 경치 또한 아름답도다   吟看霽色亦佳哉

---

106 북포(北鋪) : 북쪽 급체포(急遞鋪)를 가리키는 듯하다. 급체포는 금(金), 원(元), 명(明) 시대에 문서를 전송하기 위하여 설치했던 역참이다. 10리 혹은 15리 또는 25리에 포(鋪) 하나를 설치하였고, 각 포마다 포사(鋪司) 1인과 포병(鋪兵) 4∼10인을 두었다. 관청의 문서가 도착하면 즉시 전달하여 밤낮을 가리지 않고 비바람에도 지체 없이 전송하였다.

호수에서 물고기를 구경하다 절구 2수

湖中觀魚 二絶

깊은 못에 잠겨 있다가 때로 펄쩍 뛰어오르니	潛在深淵或躍如
자사는 어떤 뜻을 취하여 책에다 드러냈던가[107]	子思何取著于書
다만 두 눈을 통하여 분명하게 볼 수 있다면	但將眼孔分明見
물건 물건이 참으로 활발한 물고기가 되리라[108]	物物眞成潑潑魚

물고기는 응당 나 아니고 나도 물고기 아니니	魚應非我我非魚
사물의 이치란 들쑥날쑥하여 본디 같지 않다네	物理參差本不齊
장생이 펼친 호수 다리에서의 한바탕 논변[109]이	一卷莊生濠上論
지금까지 천년토록 사람들을 미혹하게 하네	至今千載使人迷

---

107 깊은……드러냈던가 : 자사(子思)가 말하기를 "《시경》에 '솔개는 날아서 하늘에 이르거늘, 물고기는 연못에서 뛰어오른다.'라고 하였으니, 이는 이치가 위아래에 밝게 드러남을 말한 것이다."라고 하였다. 《中庸章句 第12章》

108 다만……되리라 : 물고기가 뛰어오르는 모습을 실상(實相)대로 분명하게 볼 수 있다면 천지간의 물건은 모두 하나의 이치가 발현된 것임을 알게 될 것이라는 말이다.

109 장생(莊生)이……논변 : 장생은 장자(莊子)를 가리킨다. 장자가 혜자(惠子)와 호(濠)라는 강의 다리 위를 거닐다가 말하기를 "피라미가 조용히 나와서 노니니 이는 물고기의 즐거움이로다."라고 하니, 혜자가 "자네는 물고기가 아닌데 물고기의 즐거움을 어떻게 아는가."라고 하였다. 이에 장자가 말하기를 "그대는 내가 아닌데 내가 물고기의 즐거움을 모르는 줄을 어떻게 아는가."라고 하니, 혜자가 말하기를 "나는 그대가 아니므로 진실로 그대를 알지 못하니, 그대는 진실로 물고기가 아니므로 그대가 물고기의 즐거움을 알지 못하는 것이 분명하다."라고 하였다. 《莊子 秋水》

제성현[110]에서 퉁소 소리를 듣다

諸城縣聞簫

황매우 그치자 선들선들한 기운 생겨나고 　　　黃梅雨歇嫩涼生

푸른 나무엔 그늘 짙어 더운 기운 맑아지네 　　　綠樹陰濃暑氣清

베개에 기대어 잠시 대자리에서 잠들었다가 　　　欹枕暫眠風簟上

담장 너머로 이따금 봉소 소리를 듣는다네 　　　隔墻時聽鳳簫聲

---

110 제성현(諸城縣) : 산동성 제성시(諸城市) 지역에 있었던 현(縣)이다.

길가의 버드나무

路傍柳

나의 행차 불볕더위 무릅쓰니	我行觸炎熱
한낮 되자 화염이 이글거리네	日午火焰揚
길은 멀고 말은 나가지 않는데	路遠馬不進
물을 붓듯 땀이 절로 쏟아지네	揮汗如翻漿
넓은 들엔 한 치의 나무도 없고	廣野無寸樹
시내가 있으나 끓는 물 같도다	有川如沸湯
숨을 헐떡여도 쉴 곳이 없어서	喘息無處歇
목을 빼고 멀리 서로 바라보니	引領遙相望
둥글둥글한 몇 그루 버드나무	團團數株柳
저 역참 길가에 모여 있구나	在彼驛路傍
달려와서 그 아래서 쉬노라니	走來憩其下
맑은 바람이 내 옷에 불어오네	清風吹我裳
샘물이 그 곁에 솟아오르거늘	泉水湧其側
나아가 마시니 눈서리 같도다	就飲如雪霜
땅은 온통 큰 화로 속 같은데	大地洪爐中
한 조각 시원한 구역 얻었다네	得此一片涼
멀리서 자하동[111]을 생각하니	遙憶紫霞洞

---

111 자하동(紫霞洞) : 개성 송악산 아래에 있는 골짜기 이름이다. 동천(洞天)이 그윽
하고 시냇물이 맑고 잔잔하여 예로부터 절승(絶勝)으로 손꼽히는 곳이다.

계곡의 시냇물 길게 날아 흐르고	石澗飛流長
소나무와 회나무가 그 위를 덮어	松檜蔭其上
푸른 일산 펼친 듯이 우거졌는데	蔚若翠蓋張
해마다 그곳에서 더위를 피하여	年年此避暑
발을 씻으며 잔과 술병 띄웠었지	濯足浮壺觴
이 즐거움 돌아가면 곧 얻을 터라	玆樂歸便得
나그네 마음 밤낮으로 바빠지도다	客心日夜忙

공 주사[112]에게 주다

贈孔主事

이름은 관(觀)이고 자는 청백(清伯)이고, 태주(台州) 사람이다.

공자의 후손을 천년 뒤에 만나게 되니	聖門千載見雲仍
은미한 말씀 한번 듣고 가슴에 새기네	一聽微言爲服膺
이별 뒤에 어찌 편지 보내기를 잊을까	別後何忘寄書札
더구나 후의를 입어 종이까지 받음에랴	況蒙厚意惠溪藤

일찍이 남궁의 금장랑[113]이 되었다가	曾作南宮錦帳郞
약구[114]의 시냇가에 초당을 지었구려	藥溝臨水構茅堂
성조에서 매번 현량을 부르는 조서 내리니	聖朝每下徵賢詔
뒷날 그대를 조정의 반열에서 찾아야 하리	他日尋君鴛鷺行

112 주사(主事) : 명(明)나라 때 각 부의 사관(司官)에 두었던 벼슬 이름이다.

113 남궁(南宮)의 금장랑(錦帳郞) : 남궁은 상서성(尙書省)의 별칭이고, 금장랑은 낭관(郞官)을 지칭한다. 한(漢)나라 제도에 상서랑(尙書郞)이 대중(臺中)에 들어가 숙직하면 비단 이불과 비단 휘장 등이 제공되었기 때문에 후세에 낭관을 금장랑이라 일컬었다.

114 약구(藥溝) : 중국 산동성 제성시(諸城市) 백척하진(百尺河鎭) 악구촌(岳溝村) 인 듯하다.

석교포[115]에서 도 포사에게 보이다

石橋鋪 示陶鋪司

동산의 접시꽃은 해를 향해 붉은 꽃봉 터뜨리고	園葵向日紅房拆
정원의 나무는 바람 품고서 푸른 일산 일렁이네	庭樹含風翠蓋搖
백발의 포병이 할 일 하나 없는지라	白髮鋪兵無一事
녹음 짙은 긴 날에 홀로 서성이도다	綠陰長日獨逍遙

---

115 석교포(石橋鋪) : 급체포(急遞鋪)의 이름인 듯하다. 자세한 내용은 144쪽 주106
참조.

즉묵현[116]

卽墨縣

제나라가 온통 차례로 항복함을 목도하고	眼見全齊次第降
모신이 이에 버려진 활이 될까 염려했었지[117]	謀臣於此慮弓藏
두 성이야 여력을 쓸 필요도 없을 터이니	二城不待勞餘力
악의가 진정 혜왕을 먼저 저버린 것이리라	樂毅眞先負惠王

---

116 즉묵현(卽墨縣) : 중국 산동성 즉묵시(卽墨市) 지역에 있었던 현으로, 전국 시대 제(齊)나라 장수 전단(田單)이 연(燕)나라의 침략에 결사 항전하여 나라를 수복한 곳이다. 연나라 상장군 악의(樂毅)가 소왕(昭王)의 명으로 제나라를 쳐서 순식간에 70여 성(城)을 빼앗았으나 거(莒)와 즉묵 두 성은 3년이 되어도 함락하지 못하였다. 얼마 뒤 소왕이 죽고 혜왕(惠王)이 즉위하니, 전단이 혜왕과 악의의 불화를 이용하여 이간책을 쓰자, 혜왕이 악의를 의심하여 기겁(騎劫)을 장군으로 삼고 악의를 불러들였다. 악의가 처벌을 염려하여 조(趙)나라로 달아나니, 전단이 그 틈을 타서 빼앗긴 70여 성을 되찾았다고 한다. 《史記 卷80 樂毅列傳》

117 제나라……염려했었지 : 모신(謀臣)은 악의를 가리키고, '버려진 활'은 토사구팽(冤死狗烹)과 같은 뜻이다. 한신(韓信)이 한 고조에게 잡혀올 때 말하기를 "과연 사람들의 말과 같구나. 교활한 토끼가 죽고 나면 훌륭한 사냥개가 삶기고, 높이 날던 새가 없어지면 좋은 활이 감추어지고, 적국이 깨뜨려지면 지모 있는 신하가 죽는다고 하더니, 천하가 이미 평정되었으니 내가 응당 삶기게 될 것이다.〔果若人言 : "狡冤死, 良狗烹 ; 高鳥盡, 良弓藏 ; 敵國破, 謀臣亡." 天下已定, 我固當烹!〕"라고 하였다. 《史記 卷92 淮陰侯列傳》

전횡도[118]

田橫島

오백 사람 앞다투어 그를 위해 자결하니   五百人爭爲殺身

전횡의 드높은 의기가 천추를 감동시키네   田橫高義感千春

그 당시 땅 잃은 것이야 어찌 책망하리오   當時失地夫何責

한나라가 관대하여 만백성을 얻은 것이니   大漢寬仁得萬民

118　전횡도(田橫島) : 제(齊)나라 전횡(田橫)이 숨어 산 바다 섬이다. 산동성 즉묵시 전횡도풍경구(田橫島風景區) 안에 있다. 전횡은 제왕(齊王) 전영(田榮)의 동생으로, 조카인 제왕 전광(田廣)이 한신(韓信)에게 사로잡혀 죽자 자립하여 제왕이 되었다. 얼마 뒤 한 고조 유방이 황제가 되니, 전횡이 주벌될까 두려워서 500여 명의 무리와 바다 섬으로 들어가서 살았다. 유방이 전횡의 죄를 용서하고 부르기를 "전횡아, 오너라. 크게는 왕으로 봉하고 작게는 후(侯)로 봉하겠지만, 오지 않으면 군사를 보내어 주벌하겠다."라고 하였다. 전횡이 이에 빈객 두 사람과 낙양으로 가다가 30리를 남겨 두고 말하기를 "내가 처음에 한왕(漢王)과 나란히 왕이라 칭하다가 지금 한왕은 천자가 되고 나는 망국의 포로가 되어 그를 섬기게 되었으니, 너무도 부끄럽다."라고 하고, 스스로 목을 찔러 죽으며 두 사람에게 자신의 수급을 바치게 하였다. 한 고조가 소식을 듣고 눈물을 흘리며 두 사람에게 도위(都尉) 벼슬을 내리고 군졸 2000명을 동원하여 왕자의 예법으로 전횡을 장사 지내 주었다. 장사가 끝나자 두 빈객은 전횡의 무덤 곁에 구멍을 파고서 모두 자결하여 그를 따랐고, 섬에 있던 500명도 전횡의 죽음을 듣고 모두 자결하였다고 한다. 《史記 卷94 田儋列傳》이로 인하여 이 섬을 전횡도 혹은 오호도(嗚呼島)라고 부른다.

봉래각[119]
蓬萊閣

약 캐러 간 사람 돌아오지 않고 창해만 깊으니	採藥未還滄海深
진 시황이 동쪽 바라보며 이 누각에 올랐었다지	秦皇東望此登臨
서생의 거짓 계책은 알기 어려운 게 아니건만	徐生詐計非難悟
본래부터 군왕에게 욕심이 있었기 때문이라네[120]	自是君王有欲心

---

119 봉래각(蓬萊閣) : 중국 산동성 봉래시 단애산(丹崖山) 위에 있는 바닷가의 누각
이다. 88쪽 주4 참조.

120 서생(徐生)의……때문이라네 : 서생은 진 시황 때의 제(齊)나라 방사(方士)인
서불(徐市)을 가리킨다. 서불이 진 시황에게 글을 올려 말하기를 "바다 가운데에 삼신산
이 있으니, 그 이름이 봉래(蓬萊), 방장(方丈), 영주(瀛洲)인데 선인(仙人)이 살고
있습니다. 청컨대 재계하고 동남동녀와 함께 찾도록 하겠습니다."라고 하니, 진 시황이
서불로 하여금 동남동녀 수천 명을 데리고 바다에 들어가 선인을 찾도록 하였다.《史記
卷6 秦始皇本紀》

사문도[121]
沙門島

신녀의 사당이 어디에 있는가	神女祠何處
사문도 바닷가의 산봉우리라네	沙門海上岑
싸움하는 수레는 요동에 이어졌고	戎車連鶴野
조공하는 길은 계림에 잇닿아 있네	貢道接鷄林
무사히 건너온 것은 신령의 덕택이고	利涉由靈貺
아름답게 봉한 것은 황제의 마음이네	徽封自聖心
배를 대고 올라와서 술을 따르고는	泊舟來酌酒
머리를 조아리고 흠향하기를 바라네	稽首冀來歆

---

121 사문도(沙門島) : 산동성 봉래시(蓬萊市) 북쪽 바다 섬 지역인 장도현(長島縣)의 묘도(廟島)이다. 사문도는 원명(元明) 시대에 남북을 왕래하는 중요한 해상 역참이었고, 이곳의 여신묘(女神廟)인 현응궁(顯應宮)에는 해신(海神) 낭랑(娘娘)에게 해상의 안전을 기원하며 향화(香火)를 올리는 일이 매우 성대하였다고 한다.

철산[122]

鐵山

5월 18일 여순구(旅順口)에 이르렀다.

물결 솟고 안개 깔려 나루 보이지 않는데	浪湧煙沈不見津
천고토록 저 철산이 나그네를 인도하누나	鐵山千古導行人
백발로 멀리서 지나감이 부끄럽지만	羞將白髮經過遠
노년에 자주 가리킴은 기뻐할 만하네	喜遇蒼顏指點頻
북쪽에서 달려온 형세는 그대로 우뚝하고	形勢北來仍峽岏
동쪽으로 뻗은 봉우리는 오히려 멈춰 섰네	峯巒東走尙逡巡
오늘날에는 항구 어귀에 온갖 배들 많으니	如今峽口多舟楫
천자가 군사 일으켜 변방을 깨끗이 함일세	天子興師淨塞塵

---

122 철산(鐵山) : 중국 요령성(遼寧省) 대련시(大連市) 여순구구(旅順口區)에 있는
노철산(老鐵山)을 말한다.

여순역123에서 역을 관장하는 마 진무에게 드리다

旅順驛 呈管驛馬鎭撫

아름다운 수염은 장대하고 기상은 웅혼하니	美鬚長大氣豪雄
그대처럼 멋진 선비는 또한 만나기 어려우리	佳士如君亦罕逢
군왕의 덕화 속에 이 못난 사신이 왕래하고	賤介往來王化裏
객로를 오가는 중에 훌륭한 벗들이 담소하네	高朋談笑客途中
역의 마구엔 가축이 많아 청총마가 풍부하고	畜蕃驛廐靑驄富
관청 부엌엔 음식이 넉넉하여 녹의주124가 진하네	食足官廚綠蟻濃
성대한 시대에는 인재들 모두 쓸모가 있나니	盛代人才皆有用
뒷날 변방에서 그대의 성공한 모습을 보리라	他時塞上看成功

---

123 여순역(旅順驛) : 중국 요령성 대련시 여순구구에 있었던 역참이다.

124 녹의주(綠蟻酒) : 표면에 녹색 거품이 개미처럼 떠 있는 맛있는 술을 가리킨다.

여순역에서 비에 막히다

旅順驛阻雨

바닷바람이 비를 불어 찬 기운 소슬하니 　海風吹雨冷颼颼
오월인데도 요동 땅이 또한 가을 같도다 　五月遼東也似秋
이곳에서도 앞길이 아득히 멀고 머니 　此去前程尙迢遞
어찌 며칠이나 홀로 지체할 수 있을까 　那堪數日獨淹留
고등은 가물가물 고깃배에서 깜박이고 　孤燈明滅分漁艇
화각 소리 처량하게 수루에서 들려오네 　畫角悲涼起戌樓
설령 내일 아침에 비 갠 경치 볼지라도 　縱向明朝看霽色
진흙 길에 말이 지쳐 시름겹게 하리라 　馬疲泥滑使人愁

금주[125]에서 위 지휘사 댁의 매 그림을 보고 짓다

金州韋指揮宅畫鷹 走筆

좌객들이 감탄하며 매 그림을 바라보니   坐客咨嗟看畫鷹

바람 서리 가득한 벽에서 날개 치려 하네   風霜滿壁欲揚翎

군왕은 종산 아래에서 사냥하실 터이니   君王羽獵鍾山下

못난 사신 어느 때에 보라매를 바쳐 볼까   賤介何時獻海靑

---

125 금주(金州) : 중국 요령성 대련시 중부에 위치한 금주구(金州區) 지역의 옛 이름이다. 명나라 초기 금주위(金州衛)를 설치하여 요동도지휘사사(遼東都指揮使司)에 소속시켰다.

화각 소리를 듣다
聞角

화각 소리 여운이 허공 아득히 울리니 　　　　畫角吹殘入渺茫
높은 하늘 지나는 기러기도 맴돌고 있네 　　　高空過雁亦回翔
한밤중에 들려오는 〈매화농〉[126] 한 줄기 소리 　一聲半夜梅花弄
요동 땅 장사의 간장을 모두 다 끊어 놓네 　斷盡遼東壯士腸

126　매화농(梅花弄) : 진(晉)나라 때 환이(桓伊)가 서리와 눈에도 굴하지 않는 매화의
기상을 담아 작곡한 적곡(笛曲)인 〈매화삼농(梅花三弄)〉을 가리킨다. 《晉書 卷81 桓伊
列傳》

안시성[127]에서 옛일을 생각하다

安市城懷古

황금 전각에 앉아 의상을 드리우고 있어도[128]	黃金殿上坐垂衣
백번 싸운 영웅의 마음 억제하지 못했으니	百戰雄心不自持
생각해 보면 태종이 친히 정벌 나섰던 날은	想見太宗親駕日
풍부가 수레에서 내린 때[129]와 완연히 같았으리	宛如馮婦下車時

---

127 안시성(安市城) : 중국 요령성 해성시(海城市) 팔리진(八里鎭)에 있는 영성자산성(英城子山城)이다. 고구려와 당(唐)나라의 경계 지점에 있던 고구려의 성으로, 당태종(唐太宗)이 고구려 정벌에 직접 나섰다가 안시성주(安市城主)에게 참패하였다.

128 의상을 드리우고 있어도 : 가만히 있어도 천하가 잘 다스려짐을 뜻하는 말이다. 《주역》〈계사전 하(繫辭傳下)〉에 "황제와 요순이 의상을 드리우고 있으매 천하가 잘 다스려졌다.〔黃帝堯舜, 垂衣裳而天下治.〕"라고 하였다.

129 풍부(馮婦)가……때 : 예전의 버릇이 쉽게 고쳐지지 않음을 비유하는 말이다. 진(晉)나라의 풍부라는 사람이 맨손으로 범을 잘 잡았으나 뒤에 그만두고 선량한 선비가 되었다. 어느 날 그가 들판을 지나갈 때에 사람들이 범을 쫓다가 범이 산모퉁이를 등지고 앉으니, 누구도 감히 달려들지 못하였다. 그때 사람들이 풍부가 오는 것을 보고는 달려가서 맞이하자 그가 팔을 걷어붙이고 수레에서 내려오니, 범을 쫓던 사람들은 모두 기뻐했으나 선비들은 비웃었다고 한다. 《孟子 盡心下》

양자강

楊子江

초를 꿰고 오를 삼켜 기상이 웅혼하니　　　　貫楚吞吳氣象雄
오늘날 천하가 이 강을 조종[130]으로 삼네　　如今四海此朝宗
물길 거슬러 올라 강 근원 물어 간다면　　　沂流若問江源去
곧바로 아미산 제일봉에 닿게 되리라　　　　直到峩眉第一峯

---

130 조종(朝宗) : 제후들이 천자에게 조회하듯이 천하의 강물이 모두 양자강으로 흘러든다는 말이다. 《서경》〈우공(禹貢)〉에 "강수와 한수가 바다에 조종한다.〔江漢朝宗于海.〕"라고 한 데서 온 말이다.

태평소

太平簫

봉의 대롱에다 금 입을 장식하니	鳳管裝金口
맑은 상음이 여기에서 생겨나네	淸商自此生
한 소리가 드높아 달을 뒤흔들고	一聲高撼月
여섯 구멍이 교묘히 별처럼 뚫렸네	六孔巧鑽星
불었다 멈췄다 군령을 엄하게 하고	作止嚴軍令
낮췄다 높였다 객정을 동하게 하네	低昂動客情
생각해 보니 북쪽 땅 정벌하던 날	想看征北日
오랑캐 왕의 뜰 안까지 울렸으리라	吹徹虜王庭

이적[131]이 싸우던 곳

李勣戰處

세 번 요하 건너서야 적이 처음 꺾였으니	三渡遼河敵始摧
당시에 싸우다 죽은 해골이 또한 애처롭네	當時戰骨亦哀哉
군왕이 마침내 무력 남용한 책망 들었지만	君王竟受窮兵責
좋게도 그의 집안이 부귀 누리도록 하였네	好把渠家富貴來

---

131 이적(李勣): 당(唐)나라 초기의 명장(名將)이다. 원래 이름은 서세적(徐世勣)이었으나, 당 고조(唐高祖) 이연(李淵)이 이씨(李氏) 성을 내려 주어 이세적이 되었다가 뒤에 또 태종 이세민(李世民)의 이름을 피하여 이적으로 바꾸었다. 요동도 행군대총관(遼東道行軍大總官)으로 645년 태종과 함께 안시성을 침공하였으나 함락하지 못했고, 666년 재차 고구려를 쳐서 평양성을 함락하고 고구려를 멸망시켰다.

야항[132]

野航

요동 진무사 소천(邵泉)의 자호이다.

예전에는 시골 거룻배 위에 있으며	昔在野航上
가볍게 노 저어 낚시터 곁 오갔었지	輕橈傍釣臺
시내에 배를 띄워서 아이 데리고 노닐고	泛溪携稚戲
달밤에 배를 타고서 승려 찾고 돌아왔지	浮月訪僧回
이 사람 떠났으니 그 누가 타겠는가	人去誰乘載
바람이 부는 대로 저절로 오가리라	風吹自往來
그대는 배와 노를 수선하려 하지 말라	君毋思理楫
성대한 시대라 인재 급히 구할 터이니	盛代急賢材

---

132 야항(野航) : 시골 농가의 작은 배이다.

복주[133] 관사 안의 우물

復州館中井

그 누가 관사 건물 지으면서	伊誰修館宇
담 동쪽에다 우물을 파 놓았나	鑿井在墻東
붉은 해는 하늘 위로 운행하고	赤日行天上
맑은 샘은 땅속에서 솟아나네	淸泉出地中
오가는 사람 베 짜듯 분분하니	往來紛似織
떠 마시는 이로움 끝이 없도다	酌飮利無窮
《주역》을 완미하며 그 형상을 보았는데[134]	玩易曾觀象
만물을 구제하는 우물의 공을 알겠네	知渠濟物功

---

133 복주(復州) : 중국 요령성 와방점시(瓦房店市) 지역에 있었던 주(州)이다.

134 주역을……보았는데 : 《주역》〈정괘(井卦)〉를 읽을 때에 우물의 형상을 살펴본 적이 있다는 것이다. 〈정괘 단전(彖傳)〉에 "물속에 들어가서 물을 퍼 올리는 것이 정이니, 정은 길러서 다하지 않는다.〔巽乎水而上水井, 井養而不窮也.〕"라고 하였다.

사행이 복주에 머물 때 왕 지휘사에게 올리고 겸하여 여러 지휘사 상공에게 드리다 2수

行次復州 呈王指揮 兼簡列位指揮相公 二首

제공들은 성대한 시대를 만나	諸公逢盛世
호매한 기개로 금대¹³⁵에 올랐고	豪氣上金臺
일찍부터 황제의 총애를 넉넉히 받아	早已紆宸眷
여기에서 장수의 재능을 펼치는구려	于斯展將材
성벽은 수리되어 백 치¹³⁶나 드높고	城修百雉峻
군진은 펼쳐져 육화¹³⁷로 전개되니	陣布六花開
기다려 보리라 공이 이루어진 달	待見功成月
의기양양히 개선가 부르는 소리를	洋洋奏凱廻
서둘러 국사에 달려가야 하거늘	汲汲趨王事
어찌하여 이곳에 머물러 있는가	胡爲留在玆
멀고 먼 앞길을 고요히 생각하고	靜思前路遠
늦은 뒤 수레를 몹시도 기다리네	苦待後車遲

---

135 금대(金臺) : 연(燕)나라 소왕(昭王)이 천하의 현사를 초빙하기 위하여 역수(易水) 동남쪽에 지은 누대이다. 현사를 대접하려고 누대 위에 천 금을 놓아두었기 때문에 황금대라 하였다고 한다.

136 치(雉) : 성의 면적을 헤아리는 단위로, 1치는 길이가 3장이고 높이가 1장이다.

137 육화(六花) : 육화진(六花陣)의 준말로, 당(唐)나라 이정(李靖)이 제갈량의 팔진도(八陣圖)를 본떠서 만든 진법이다.

잠 깨어 그대로 베개에 기댄 채　　　　　　　　睡覺仍欹枕
밀려오는 시름에 시만 읊조리네　　　　　　　　愁來只詠詩
오늘 아침 돌아갈 뜻 급박한지라　　　　　　　　今朝歸意迫
시를 보내어 은혜 있기를 바라오　　　　　　　　遞送望恩私

양 지휘사에게 올리다
呈楊指揮

이름은 준(俊)이고, 하남비호위(河南飛虎衛)이다.

날쌔고 용맹한 데다 책략도 넉넉하니	精悍饒奇略
공과 같은 재주는 옛날에도 드물었네	公才古亦稀
연산[138]에서 일찍이 적진을 무너뜨렸고	燕山曾陷陣
노수[139]에서 멀리까지 위엄을 펼쳤었지	瀘水遠宣威
부귀는 금대 위에 엉겨 있고	富貴凝金帶
공명은 철 갑옷에서 일어나네	功名起鐵衣
함께 요동 바다를 지나왔는데	同過遼海上
이별 길에 석양이 기울려 하네	別路欲斜暉

138 연산(燕山) : 몽고 지방에 있는 연연산(燕然山)이다. 113쪽 주46 참조.

139 노수(瀘水) : 티베트에서 발원하여 중국의 운남성(雲南省)을 거쳐 양자강으로
흘러드는 강이다.

복주역의 밤비

復州驛夜雨

고향 점점 가까워지니 기쁨을 감당하랴   漸近鄉關喜可勝
마음이 바빠 날마다 장정[140]을 헤아려 보네   心忙日日數長亭
오늘 밤 빗소리에 흰 머리카락 더하지만   雨聲今夜頭添白
내일 아침 산 빛은 내 눈과 함께 푸르리[141]   山色明朝眼共青
황량한 역 마구간에는 야윈 말이 울고   驛廐荒涼鳴瘦馬
적막한 객사에는 반딧불만 깜빡거리네   賓軒寂寞點流螢
관장을 찾아가 돌아가는 계책 의논하면   却從地主謀歸計
나그네 광망한 말을 들어 보기나 할는지   客子狂言肯一聽

---

140 장정(長亭) : 옛날 여행객이 쉬거나 송별할 수 있도록 10리마다 설치하였던 정자
이다. 5리마다 설치한 것은 단정(短亭)이라고 한다.
141 내……푸르리 : '반가운 눈빛'이라는 뜻의 '청안(靑眼)'에 착안한 표현이다.

양주에서 비파를 먹다

楊州食枇杷

타고난 성품이야 남방에 자라는 것이나	稟性生南服
곧은 자태는 추운 겨울도 지낼 수 있네	貞姿度歲寒
잎이 무성하여 물총새 깃 섞인 듯하고	葉繁交翠羽
열매가 익어서 금 탄환이 모인 듯하네	子熟簇金丸
약봉지에 넣어 두면 소용이 있을 테고	藥裹收爲用
얼음 쟁반에 담아 올리면 먹을 만하리	氷盤獻可湌
초나라 강가에서 새 비파를 맛보고는	嘗新楚江上
씨를 품고 가서 동한에다 심어 보려네	懷核種東韓

복주에서 앵두를 먹다

復州食櫻桃

오월인데도 요동 땅은 더위 기운 미약하니　　　五月遼東暑氣微

앵두가 처음 익어 가지를 눌러 나직하구나[142]　　櫻桃初熟壓低枝

객로에서 새 앵두 맛보며 애간장 끊어지니　　　嘗新客路還腸斷

우리 임금 사당에 올릴 때 미처 못 가서일세　　不及吾君薦廟時

142　앵두가……나직하구나 : 두보(杜甫)의 〈강반독보심화(江畔獨步尋花)〉에 "황사
랑 집에는 꽃들이 길에 가득하여, 천 송이 만 송이가 가지를 눌러 나직하네.〔黃四娘家花
滿蹊, 千朵萬朵壓枝低.〕"라고 하였다. 《杜詩詳註 卷10》

갠 날씨를 기뻐하다
喜晴

비가 그친 처마 앞에는 갠 풍경이 아름다우니	雨斷簷前霽色佳
저물녘의 시흥이 노을 속 나는 따오기와 같네	暮天詩興鶩齊霞
역 창의 서늘한 바람이 정원 나무에서 생기고	驛窓涼吹生庭樹
옛 수자리의 저녁 햇빛이 변방 모래를 비추네	古戍斜陽照塞沙
번거롭게 전송하는 주인께 오히려 부끄럽나니	却愧主人煩送路
고향 가려는 이 나그네 응당 가련히 여기리라	應憐客子欲還家
생각건대 작은 채전이 비에 두루 젖었을 텐데	想看小圃霶濡遍
어느 때에나 쟁기를 메고 오이 심으러 갈는지[143]	荷耒何時去種瓜

---

143 오이 심으러 갈는지 : '어느 때에나 조용히 물러나서 오이나 심고 지낼 수 있겠는
가.'라는 말이다. '오이를 심다'는 진(秦)나라 소평(召平)의 청문(靑門) 고사를 인용한
것이다. 청문은 한(漢)나라 때 장안의 동남쪽에 있던 성문으로, 본래 이름은 패성문(霸
城門)이나 문의 색깔이 푸르러 청문이라 불렀다. 진나라 동릉후(東陵侯) 소평이 진나라
가 망하자 스스로 물러나 포의(布衣)로 지내며 장안성(長安城) 동쪽에 오이를 심었는
데, 오이 맛이 좋았기 때문에 사람들이 청문과(靑門瓜) 혹은 동릉과(東陵瓜)라고 불렀
다. 《史記 卷53 蕭相國世家》 이후로 청문은 벼슬을 그만두고 전원에 은거하는 삶을
비유하는 고사로 많이 쓰인다.

경성에서 오이를 먹다

京城食瓜

기억하건대 관개가 풍부한 청문[144]에서도	憶在靑門灌漑多
저문 봄 되어서야 자라난 새싹 보았거늘	暮春方見長新芽
강남 땅이 따뜻하여 생장이 빠르다 보니	江南地暖生成早
사월의 중순에 벌써 오이를 먹어 보네	四月中旬已食瓜

---

144 청문(靑門) : 172쪽 주143 참조.

연뿌리를 먹다

食藕

달기는 꿀과 같고 시원하기는 눈 같은데[145]	味甛如蜜涼如雪
아침 내내 캐고 캐어 푸른 못에서 나오네	釆釆終朝出碧池
소반 가득 담아 놓으니 옥 덩이 쌓인 듯하고	錯落滿盤堆玉質
솜씨 좋게 썰어 내니 은실이 흩날리는 듯하네	飄搖迎刀散銀絲
연꽃 사랑한 주씨는 일찍이 〈애련설〉 남겼고[146]	愛花周氏曾留說
열매 심으려 한 한공도 〈고의〉를 지었었지[147]	種實韓公亦有詩
부끄럽구나 이 몸은 오래도록 식객이 되어	愧我久爲糊[148]口者
음미할 줄만 아니 어찌 못난 사람이 아닐까	唯知咀嚼豈非癡

---

145 달기는……같은데 : 한유(韓愈)의 〈고의(古意)〉에 "태화산 산봉우리 옥정에서 나는 연은, 꽃 피면 너비 열 길에 뿌리 배와 같다네. 시원하기 눈서리 같고 달기는 꿀 같으니, 한 조각만 입에 넣어도 오랜 병 낫는다네.〔太華峯頭玉井蓮, 開花十丈藕如船. 冷比雪霜甘比蜜, 一片入口沈痾痊.〕"라고 하였다. 《古文眞寶前集 卷4》

146 연꽃……남겼고 : 주씨(周氏)는 북송의 염계(濂溪) 주돈이(周敦頤)를 가리킨다. 그는 〈애련설(愛蓮說)〉을 지어 연꽃을 찬미하였다. 《古文眞寶後集 卷10》

147 열매……지었었지 : 한공(韓公)은 당나라 한유를 가리킨다. 그의 〈고의〉에 "어떻게 하면 긴 사다리를 얻어 올라가 열매 따다가, 내려와서 칠택에 심어 뿌리와 줄기가 이어지게 할까.〔安得長梯上摘實, 下種七澤根株連.〕"라고 하였다. 《古文眞寶前集 卷4》

148 糊 : 숭양본(崧陽本)에는 '餬'로 되어 있다.

웅악[149]의 옛 성

熊嶽古城

여윈 말로 지나가는 황폐한 옛 성 길	瘦馬荒城路
배회하는 이내 행색 초라하기만 하네	低徊行色微
회오리바람은 모래를 띠고 일어나고	旋風帶沙起
편우[150]는 구름을 좇아 날아가 버리네	片雨逐雲飛
해가 지자 여우와 이리들 내달리고	日落狐狸走
수풀이 깊어 새와 참새가 돌아오네	叢深鳥雀歸
슬프도다 북쪽 정벌 나선 군졸들이	哀哉北征卒
수레 밑에 묵으며 서로 의지했으리	車下宿相依

149 웅악(熊嶽) : 중국 요령성 영구시(營口市) 남부의 웅악진(熊嶽鎭)을 가리킨다.
옛 성이 웅악고성(熊嶽古城)이라는 이름으로 남아 있다.

150 편우(片雨) : 갑작스럽게 한곳에만 쏟아지는 비이다.

개주[151]에서 묵다

宿蓋州

당 태종이 직접 전쟁에 임했던 곳	唐帝親臨戰
전해 오는 말에 개모성이라고 하네	相傳說蓋牟
흥망성쇠 몇 번인지 알 수 있으랴	廢興知幾遍
올라서 둘러보며 시름 금치 못하네	登覽不禁愁
백성은 옛날에 벌써 흩어져 버렸고	民自往時散
성벽은 오늘날에야 수리되고 있네	城從今日修
성조[152]가 사해를 한집안으로 만드니	盛朝家四海
풍속이야 걱정할 것 없지 않을까	遺俗可無憂

---

151 개주(蓋州) : 중국 요령성 개주시(蓋州市)이다.

152 성조(盛朝) : 명(明)나라를 가리킨다.

요하의 조운
遼河漕運

해마다 요하 위의 물길 통하여	年年遼水上
동오 땅에서 메벼를 실어 오니	粳稻自東吳
만 리의 길에는 봉화가 연이었고	萬里連烽燧
천 척의 돛단배 앞뒤가 잇닿았네	千帆接舳艫
주상은 근심하여 멀리 경략하시고	主憂因遠略
군사는 배불러 서로 즐길 뿐이네	師飽只相娛
어찌하면 둔전의 경작을 늘려서	安得增屯種
여기서 수요를 충족할 수 있을까	於焉足所需

사탕수수

甘蔗

흰 살을 곱게 자르면 처음에 씹기가 좋고	玉肌細切初宜啖
진액을 짙게 달이면 이 또한 먹을 만하네	靈液濃煎亦可飡
씹어 보아야 훌륭한 맛 더해짐을 알 것이니[153]	漸入始知佳境遠
세상의 어떤 맛으로도 이와 견주지 말지라	莫將世味比渠看

---

153 씹어……것이니 : 남송(南宋)의 시인 진여의(陳與義)의 〈등주서헌서사(鄧州西軒書事)〉에 "사탕수수 먹으면서 좋은 맛 멀리 있음을 혐의치 말라. 감람은 달고 쓴 맛이 또한 서로 함께한다네.〔莫嫌啖蔗佳境遠, 橄欖䚡苦亦相幷.〕"라고 한 데서 온 말이다. 《簡齋集 卷13》

개주에서 빗속에 머물며 뒤처진 사람을 기다리다

蓋州雨中 留待落後人

일 없으면 그저 잠자기가 좋은지라	無事唯宜睡
아침이 다하도록 죽상에 누워 있네	終朝臥竹床
빗소리에 놀라 고향 꿈 깨고 보니	雨驚鄕夢破
나그네 시름처럼 하루해가 길구나	日共客愁長
뒤진 수레는 구름 낀 산에 막혔고	後騎雲山隔
돌아갈 일정은 진흙 길에 방해받네	歸程泥路妨
어느 때 기쁘게도 날이 맑게 개어	何時喜晴霽
서로 이끌고서 요양 땅을 지나갈까	相率過遼陽

회동관[154]의 버드나무

會同館柳

홍무 초년에 심은 버드나무	洪武初年種
우뚝 높아 상림[155]에 닿아 있네	亭亭接上林
새로 난 가지는 푸른 기와를 지나고	新梢過碧瓦
푸른 잎은 화려한 비녀[156]를 덮고 있네	綠葉蔭華簪
난새와 봉황이 춤추며 성대히 모여드니	舞集鸞凰盛
비와 이슬이 크게 생장시켰기 때문일세[157]	生成雨露深
내가 와서 성덕을 노래하느라	我來歌聖德
나무를 돌면서 한번 읊조리네	遶樹一沈吟

　　교정 : '난황(鸞凰)'은 교서관본에 '봉(鳳)'으로 되어 있으나 잘못된 것이다.

154　회동관(會同館) : 133쪽 주88 참조.

155　상림(上林) : 상림원(上林苑)으로, 궁궐의 동산을 뜻한다.

156　화려한 비녀 : 벼슬아치의 관(冠)을 고정하는 비녀로, 높은 벼슬을 상징한다.

157　난새와……때문일세 : 각국의 사신들이 모여드는 것은 황제가 길러 주는 은택이 있기 때문임을 비유한 것이다. '봉황이 춤추며 모이다'는 《시경》〈권아(卷阿)〉의 "봉황이 나니, 그 깃을 퍼덕여, 또한 그칠 곳에 앉도다. 왕에게는 길사가 많으니, 군자가 부리는지라, 천자를 사랑하도다.〔鳳凰于飛, 翽翽其羽, 亦集爰止. 藹藹王多吉士, 維君子使, 媚于天子.〕"라고 한 구절을 차용한 것이다.

조복을 하사받고 하례를 행하다

蒙賜朝服行賀禮

상국이 문치를 숭상하니	上國崇文治
번국이 태평을 하례하네	藩邦賀太平
성은이 사신을 영화롭게 하니	聖恩榮賤介
조복 입고 조정에서 배례하네	朝服拜明庭
해가 비추어 도포 빛깔 더하고	日照添袍色
바람이 맑아 패옥 소리 보내네	風淸送佩聲
소신이 어떻게 은혜를 갚을까	小臣何以報
억만년 황제의 장수 축원하네	億載祝皇齡

개주관의 버드나무

蓋州館柳

객관 짓고 이어서 버드나무 심으니	築館仍栽柳
일산을 기울인 듯 문에서 맞이하네	迎門似蓋欹
봄 뜰에는 짙은 녹음이 가득하고	春庭濃綠滿
여름 평상에는 선들바람 불어오니	夏榻嫩涼吹
역마는 여기 와서 나무에 비비고	驛騎來磨樹
행인들은 어여뻐서 가지를 꺾네	行人愛折枝
고을 백성이 좋게도 가꾸어 놓아	州民好封植
사신이 이곳에서 즐겁게 노니네	天使此游嬉

발해의 옛 성

渤海古城

발해가 옛날에 나라를 세웠으니 渤海昔爲國

이곳에 당시의 유지가 남아 있네 於焉遺址存

당나라가 세습을 허용해 주었더니 唐家許相襲

요나라가 제멋대로 병탄해 버렸네[158] 遼氏肆并吞

고려에 귀의하여 백성을 보전하여 附我全臣庶

오늘에 이르도록 자손들 남아 있네 于今有子孫

유민들이 어떻게 이 사실을 알겠는가 遺民那解此

탄식하며 돌아가는 수레 멈추어 보네 嘆息住歸軒

---

158 당(唐)나라가……버렸네 : 대조영이 698년 발해를 건국하자 당나라가 713년 그를
발해군왕(渤海郡王)으로 책봉하여 나라로 인정하였고, 거란족의 요(遼)나라가 926년
발해를 멸망시켰다.

새벽 북소리를 듣다

聞曉鼓

밤 깊도록 잠 못 이루며 시름에 잠겼더니 更深耿耿抱愁懷
성 위의 새벽 북 재촉 소리 홀연히 듣노라 城上俄聞曉鼓催
나그넷길 반년을 외로운 침상에서 지내니 客路半年孤枕上
격자창은 변함없이 밝은 새벽빛 보내오네 窓櫺依舊送明來

윤주[159]를 바라보다

望潤州

그윽한 회포를 위로나 해 보려고	欲以慰幽抱
하늘 끝에서 이번 행차 마련하였네	天涯作此行
시를 읊으며 넓은 바다에 배 띄우고	哦詩浮海闊
차를 달이려고 맑은 강물 긷노라	煮茗汲江淸
강물은 금산사[160]를 둘러서 흐르고	水遶金山寺
꽃은 철옹성[161]을 감추고서 피었네	花藏鐵甕城
바라보이는 풍광이 그림 같아서	相望似圖畫
너 때문에 돌아가는 길 멈추도다	爲汝駐歸程

---

159 윤주(潤州) : 중국 강소성(江蘇省) 진강시(鎭江市) 윤주구(潤州區)에 있었던 주(州)이다.

160 금산사(金山寺) : 강소성 진강시 금산호(金山湖) 안의 금산(金山) 위에 있는 절이다.

161 철옹성(鐵甕城) : 강소성 진강시 북고산(北固山)에 있었던 성이다.

강남에서 도은을 생각하다

江南憶陶隱

나그넷길 강남에서 매양 홀로 읊나니　　客路江南每獨唫
시낭에 든 천 편 시가 지나온 세월일세　　錦囊千首是光陰
아쉽게도 시의 병통이 예전과 같으니　　只嫌詩病還依舊
뒷날 그대에게 한번 일침을 부탁하리라　　他日煩君試一針

시를 읊다

吟詩

아침 내내 크게 읊고 또 나직이 읊조리나니   終朝高詠又微吟

괴롭기가 모래 헤쳐 금을 찾는 것과 같다네   苦似披沙欲鍊金

시 짓느라 크게 야윔을 괴이히 여기지 말라   莫怪作詩成太瘦

단지 좋은 구절 매번 찾기 어렵기 때문일세   只緣佳句每難尋

밤 흥취
夜興

밤기운이 공관에 생겨나고 　　　　　　　夜氣生公館

빈 뜰에 비가 잠간 걷혔네 　　　　　　　空庭雨乍收

나는 반딧불은 가을 생각 띠었고 　　　　飛螢帶秋思

묵는 나그네는 맑은 시름 품었네 　　　　宿客抱淸愁

이슬 맺힌 잎의 물방울 소리 듣고 　　　　露葉聞餘滴

흘러내릴 듯한 은하수를 쳐다보네 　　　　星河看欲流

내일 아침 북으로 돌아갈 터라 　　　　　明朝還北去

자주 일어나 밤중 시각 묻노라 　　　　　數起問更籌

더운물에 목욕하다
湯浴

빗속을 걸어서 진흙 온통 묻었고	雨行泥汚遍
더위 속 달리느라 땀 자주 젖으니	熱走汗霑頻
늦은 봄날 기수에서 목욕한 일[162] 생각나고	沂浴思春暮
날로 새로워지라는 탕의 반명[163] 외게 되네	湯銘誦日新
기쁘게도 김 자욱한 더운물이 있어	氤氳喜有水
말끔히 씻어 내어 먼지가 없어지니	淸淨洗無塵
정신이 상쾌해짐을 불현듯 느끼고	頓覺精神爽
바람 쏘이며 다시 두건 젖혀 쓰네	臨風更岸巾

---

162 늦은……일 : 공자가 제자들에게 평소에 뜻한 바를 묻자, 증석(曾晳)이 답하기를 "늦은 봄날 봄옷이 완성되면 갓을 쓴 어른 대여섯 명과 어린아이 예닐곱 명과 함께 기수에서 목욕하고 무우에서 바람을 쐬고서 노래하며 돌아오겠습니다.〔暮春者, 春服旣成, 冠者五六人, 童子六七人, 浴乎沂, 風乎舞雩, 詠而歸.〕"라고 하였다.《論語 先進》

163 날로……반명(盤銘) : '탕(湯)의 반명'은 탕 임금이 자신을 경계하기 위하여 목욕하는 그릇에 새겨 놓은 명문(銘文)이다.《대학장구》전 2장에 "탕 임금의 반명에 이르기를 '진실로 하루라도 새로워질 수 있거든, 나날이 새롭게 하고 또 날로 새롭게 하라.' 하였다.〔湯之盤銘曰: "苟日新, 日日新, 又日新."〕"라고 하였다.

강가에서 주 좌참[164]을 생각하다 절구 2수
江上憶周左參 二絶

강가의 옥 같은 사람은 어디서 노니는가   江上玉人何處游
날 저물녘 강물 소리 동쪽으로 흘러가네   江聲日暮向東流
봄바람 외로운 배 안의 이역만리 나그네   春風萬里孤舟客
하룻밤 그리움에 머리카락 희어지려 하네   一夜相思欲白頭

황금대[165]에 오른 사람 귀밑머리 청청한데   黃金臺客鬢靑靑
시 천 수를 읊은 명성에 천하가 놀랐었지   千首詩名海內驚
조정에 들어가 황명을 맡을 날 머지않으리니   入掌絲綸應不遠
뒷날 황도를 구경할 때 이별의 정을 말하리라   觀光他日話離情

---

164 좌참(左參) : 명대(明代)의 지방 행정 기관인 승선포정사사(承宣布政使司)에 속한 좌참정(左參政) 혹은 좌참의(左參議) 벼슬이다.

165 황금대(黃金臺) : 166쪽 주135 참조.

강남곡

江南曲

강남 땅 계집아이 머리에 꽃을 꽂고   江南女兒花揷頭
웃으며 짝을 불러 방주166에서 노니네   笑呼伴侶游芳洲
노 저어 돌아올 때 해 저물려 하는데   蕩槳歸來日欲暮
원앙새 쌍으로 날아 한없이 시름겹네   鴛鴦雙飛無限愁

---

166 방주(芳洲) : 향기로운 풀이 돋아난 모래톱이다.

정부[167]의 원망 절구 2수

征婦怨 二絶

한번 이별한 뒤로 여러 해 소식이 드무니　　　　一別年多消息稀

변방에서의 생사 여부를 누굴 통해 알겠소　　　塞垣存歿有誰知

오늘 아침에야 비로소 겨울옷을 부치오니　　　今朝始寄寒衣去

울며 보내고 돌아올 때 배 속에 있던 아이라오　泣送歸時在腹兒

회문[168]을 짜고 보니 비단 글자가 새로운데　　　織罷回文錦字新

봉함하여 부치려 하나 인편 없어 한스럽소　　　題封寄遠恨無因

사람들 중에 혹시 요동 나그네 있을까 하여　　衆中恐有遼東客

매양 나루터 머리에서 행인들에게 묻는다오　　每向津頭問路人

---

167 정부(征婦) : 변방에 수자리 살러 간 사람의 아내이다.

168 회문(回文) : 한시체(漢詩體)의 하나인 회문시(回文詩)의 준말로, 남편을 그리
워하는 아내의 편지 혹은 시편을 뜻한다. 전진(前秦) 때 두도(竇滔)가 진주 자사(秦州
刺史)가 되었다가 멀리 유사(流沙)로 쫓겨나자, 아내 소씨(蘇氏)가 그를 그리워하여
〈회문선도시(廻文旋圖詩)〉를 비단으로 짜서 보냈다는 고사에서 유래한다. 《晉書 卷96
列女傳 竇滔妻蘇氏》 직금시(織錦詩)라고도 하는 이 시체는 시구(詩句)를 바둑판의 눈
금처럼 배열하여 끝에서부터 읽거나 또는 중앙에서 선회(旋回)하여 읽어도 문장이 되
고 평측과 압운도 서로 맞는다.

발해에서 옛일을 생각하다

渤海懷古

당나라가 군사를 내어 해동을 평정하니	唐室勞師定海東
대조영이 따라 일어나 왕궁을 지었었지	太郞隨起作王宮
청컨대 그대는 변방의 계책 말하지 말라	請君莫說關邊策
예로부터 그 누구인들 끝까지 보전했던가	自古伊誰保始終

임자년(1372, 공민왕21)[169] 10월 12일에 남경을 출발하여 진강부 단도역[170]에 묵다

壬子十月十二日發京師 宿鎭江府丹徒驛

용강관[171] 어귀에서 배의 닻을 올리고   龍江關口解行舟
해 저물녘에 옛 윤주[172]에 와서 묵노라   日暮來投古潤州
긴 밤 잠 못 이루며 달빛을 보노라니   永夜不眠看月色
여혼과 고향 생각이 모두 다 끝이 없네   旅魂鄕思共悠悠

---

169 임자년 : 〈연보고이〉에 의하면, 포은이 임자년인 이해 3월 서장관으로 정사(正使) 홍사범(洪師範)을 따라 남경에 갔고, 돌아올 때에 허산(許山)에서 태풍을 만나 홍사범은 익사하고 포은은 구사일생으로 목숨을 건졌다. 날짜를 보면, 이 시는 해난 사고를 당한 뒤에 다시 입경하였다가 귀국할 때에 지은 것으로 보인다.

170 단도역(丹徒驛) : 중국 강소성 진강시 단도구(丹徒區)에 있었던 역참이다.

171 용강관(龍江關) : 남경시 하관구(下關區) 용강(龍江) 지역에 있었던 수로역관(水路驛館)이다.

172 윤주(潤州) : 강소성 진강시 윤주구(潤州區)에 있었던 주(州)이다.

금산사[173]

金山寺

금산이 완연히 푸른 물결 사이에 있어　　　金山宛在碧波間
산 아래의 조각배가 마음대로 오고 가네　　山下扁舟信往還
눈 밑으로 참 면목을 이미 다 보았으니　　　眼底已窮眞面目
다리에 힘을 들여 다시 오를 것 없겠네　　　不須脚力更登攀

　'등(登)'은 '제(躋)'로도 쓴다.

173　금산사(金山寺) : 중국 강소성 진강시 금산호 안의 금산 위에 있는 절이다.

상주[174]에서 제야에 여러 서장관[175]에게 주다

常州除夜 呈諸書狀官

상주 성 안에 한 해가 저물어 가니	常州城中日云暮
상주 성 밖에는 사람이 다니지 않네	常州城外人不行
집집마다 등불 아래에 담소 소리 떠들썩하고	家家明燈笑語喧
곳곳마다 폭죽 소리에 귀신들이 놀라겠구나	處處爆竹神鬼驚
오늘 밤이 어떤 밤인가 바로 제야의 밤이니	今夕何夕是除夜
배 안에서 묵는 나그네 마음 가누기 어렵네	舟中宿客難爲情
이내 몸 만리 밖에서 고국을 하직하고는	我從萬里辭古國
사명 받들고 서쪽 와서 황궁에 조회하니	奉使西來朝紫宸
봉천문 앞에서 천자를 배알하고	奉天門前謁天子
금릉 저자에서 벗들과 취했노라	金陵市上醉佳人
한가[176]의 예악에서 새 법도를 목도하고	漢家禮樂覩新儀
〈우공〉[177]의 산천에서 옛 자취를 찾았지	禹貢山川尋古跡
남아의 평소 소원을 보상받을 만하니	男兒志願足可償
객로의 어려움쯤이야 말할 필요 없네	客路崎嶔不須說

---

174 상주(常州) : 중국 강소성 상주시(常州市) 지역에 있었던 주(州)이다.

175 여러 서장관 : 이때 각기 다른 임무를 띤 사행단의 서장관들이 함께 모인 것으로 보인다.

176 한가(漢家) : 한(漢)나라로, 여기서는 명(明)나라를 가리킨다.

177 우공(禹貢) : 《서경》의 편명으로, 중국의 산천 지리와 물산에 대한 내용을 담고 있다.

사신으로 함께 와 있는 대여섯 사람은	同來使臣五六輩
나이 젊고 재주 높아 모두가 호걸일세	年少才高盡豪傑
배를 옮겨 서로 모여 봉창 밑에 앉아	移船相就蓬底坐
깊은 밤에 단란하게 화촉을 밝혔구려	深夜團欒燒畫燭
종횡하는 웅변은 무지개를 토하는 듯하고	縱橫雄辯吐虹蜺
창화하는 시구는 주옥이 떨어지는 듯하오	唱和佳聯落珠玉
인생에 술이 있거늘 어찌 마시지 않을까	人生有酒胡不飲
내년에는 어디에서 오늘 이 밤을 만날까	明年何處逢今夕

태창[178]에서 9월에 공부 주사 호련에게 주다

大倉九月 贈工部主事胡璉

사나이 한평생에 먼 곳 유람 사랑했거늘	男子平生愛遠遊
타향에서 어찌하여 체류함을 탄식하는가	異鄕胡乃欸[179]淹留
나를 위해 진번의 의자[180] 내려 줄 사람은 없고	無人爲下陳蕃榻
홀로 왕찬의 누각[181]에 오르는 나그네만 있네	有客獨登王粲樓
만호의 다듬이 소리는 밝은 달밤에 울리고	萬戶砧聲明月夜
가을 강의 돛 그림자는 흰 부평초에 어리네	一江帆影白蘋秋
때때로 성동의 저자에 와서 술을 마시니	時來飮酒城東市
호기만은 그래도 구주를 채울 수 있다오	豪氣猶能塞九州

'구주(九州)'는 '구유(九幽)'로 쓰기도 한다.

---

178 태창(大倉) : 중국 강소성의 태창시(太倉市)를 가리킨다.

179 欸 : 대본에는 '欵'으로 되어 있는데, 문맥을 살펴 바로잡았다.

180 진번(陳蕃)의 의자 : 현인을 예우함을 뜻한다. 후한(後漢)의 진번이 예장 태수(豫章太守)로 있으면서 다른 빈객은 만나지 않고 오직 서치(徐穉)가 올 때면 특별히 의자를 마련했다가 그가 떠나면 다시 달아맸다고 한다. 《後漢書 卷53 徐穉列傳》

181 왕찬(王粲)의 누각 : 고향을 그리워함을 뜻한다. 왕찬은 삼국(三國) 시대 건안칠자(建安七子)의 한 사람으로, 난리를 피하여 형주(荊州)에 있을 때에 성루에 올라 고향을 생각하며 〈등루부(登樓賦)〉를 지었다.

태창의 9월

大倉九月

유인은 한밤에 잠 못 이루는데	幽人夜不寐
가을 기운은 삽연하고 서늘하네	秋氣颯以涼
새벽 되어 뜰의 나무 바라보니	曉來眄庭樹
가지 잎이 반이 벌써 노래졌네	枝葉半已黃
흰 구름¹⁸²이 동쪽에서 날아오니	白雲從東來
아득히 고향 생각 일어나도다	悠然思故鄕
고향은 저 멀리 만여 리 밖이니	故鄕萬餘里
돌아가려 해도 돌아갈 수 없네	思歸不可得
친구가 보낸 편지 손에 들고서	手把故人書
번민하며 애오라지 읽어 본다네	悶悶聊自讀
근심이 몰려와 몸속을 휘감으니	憂來縈中腸
편지를 덮고서 길이 탄식하노라	廢書長嘆息
사람의 한평생은 백 년 안인지라	人生百歲內
그 세월 틈을 지나듯 빠르거늘¹⁸³	光陰如過隙

---

182 흰 구름 : 부모나 고향을 그리워하는 마음을 표현하는 말이다. 당(唐)나라 적인걸(狄仁傑)이 하양(河陽)에 어버이를 남겨 두고 병주(幷州)로 벼슬살이를 나갔다가 태항산(太行山)에 올라 흰 구름이 외롭게 나는 것을 보고, 좌우의 사람들에게 "나의 어버이가 저 아래 계신다."라고 하고는 서글피 오래도록 바라보다가 구름이 다른 곳으로 옮겨가자 그 자리를 떠났다고 한다. 《新唐書 卷115 狄仁傑列傳》

183 사람의……빠르거늘 : 장자(莊子)가 말하기를 "사람이 천지간에 살아가는 것은

어찌 스스로 편안히 있지 않고   胡爲不自安

멀리 유람하는 나그네 되었던가   而作遠游客

마치 흰 망아지가 틈을 지나가는 것과 같다.〔人生天地之間, 若白駒過隙.〕"라고 하였다.
《莊子 知北遊》

용강관[184]

龍江關

목란주로 아침 일찍 봉황대를 출발하니 蘭舟早發鳳凰臺

성궐이 높고 높아 머리 거듭 돌려 보네 城闕崔巍首重回

종산을 위하여 시 한 구절 지으려 하나 欲爲鍾山題一句

용강 나루 관리가 길을 몹시 재촉하네 龍江津吏苦相催

---

184 용강관(龍江關) : 남경시 하관구 용강 지역에 있던 수로역관이다.

과주[185] 임자년(1372, 공민왕21) 4월
瓜州 壬子四月

배를 대고 언덕에 올라 밀물을 기다리니	泊舟登岸待潮生
양자진 남쪽으로의 첫 번째 노정이라네	楊子津南第一程
초나라 언덕엔 기러기가 북으로 울며 가고	楚岸雁聲還北去
바다 어귀에는 돛단배가 서쪽으로 떠가네	海門帆影尙西行
석당이 솟아 비로소 금산사임을 알겠고	石幢始認金山寺
분첩이 희어 멀리 철옹성이 바라보이네[186]	粉堞相望鐵甕城
아득히 보이는 종산이 시야에 들어오니	隱約鍾山來入望
오색구름 깊은 저곳이 바로 신경이로세[187]	五雲深處卽神京

185 과주(瓜州) : 중국 강소성 한강현(邗江縣) 남부의 대운하가 양자강으로 들어가는 곳에 있는 진(鎭)의 이름이다. 과주(瓜洲) 혹은 과부주(瓜埠洲)라고도 한다. 이곳에서 양자강 건너 맞은편이 바로 진강(鎭江)이다.

186 석당(石幢)이……바라보이네 : 석당은 돌로 기둥처럼 길게 만들어 우뚝 세운 당(幢)이고, 분첩(粉堞)은 석회를 바른 성 위에 낮게 쌓은 담이다. 금산사는 강소성 진강시 금산호(金山湖) 안의 금산(金山) 위에 있는 절이다. 철옹성은 강소성 진강시 북고산(北固山)에 있었던 성이다.

187 오색구름……신경(神京)이로세 : 오색구름은 다섯 빛깔의 상서로운 구름으로 제왕의 처소를 말하고, 신경은 신성한 서울로, 여기서는 남경을 가리킨다.

강남의 버드나무

江南柳

강남의 버드나무여 강남의 버드나무여	江南柳江南柳
봄바람에 하늘거리는 황금빛 실이로다	春風裊裊黃金絲
강남 땅 버드나무 빛은 해마다 좋다마는	江南柳色年年好
강남 땅 나그네는 어느 때에나 돌아갈까	江南行客歸何時
푸른 바다엔 아득히 만길 파도 이는데	蒼海茫茫萬丈波
고향 산천은 저 멀리 하늘 끝에 있도다	家山遠在天之涯
하늘 끝 사람은 밤낮 돌아갈 배 바라보며	天涯之人日夜望歸舟
지는 꽃 마주하고 공연히 길게 탄식하니	坐對落花空長嘆
긴 탄식에 상사의 괴로움이야 알겠지만	空長嘆但識相思苦
이곳 행로의 어려움을 제 어찌 알겠는가	肯識此間行路難
인생에 멀리 유람하는 사람 되지 말지니	人生莫作遠游客
젊은 시절 두 귀밑털이 눈처럼 희어졌네	少年兩鬢如雪白

양자강 배 위에서

楊子江船上

이 몸이 해선을 따라와서 왕정을 축하하니[188]	身隨海舶賀王正
강남으로 길 들어서자 눈이 홀연 밝아지네	路入江南眼忽明
땅과 하늘이 열려서[189] 새로 왕조가 세워지니	地闢天開新建極
용 서리고 범 웅크린 형세 예부터 이름났네[190]	龍盤虎踞舊聞名

---

188 이……축하하니 : 포은이 배를 타고 일행을 따라 명나라가 촉(蜀)을 평정한 경사
를 축하하기 위하여 남경으로 가고 있다는 말이다. 왕정(王正)은 '천자의 정월'이라는
뜻으로, 천하가 크게 통일된 것을 일컫는다. 〈연보고이〉 임자년(1372, 공민왕21) 조에
"하평촉사(賀平蜀使) 홍사범(洪師範)의 서장관으로 남경에 갔다."라고 하였다.

189 땅과 하늘이 열려서 : 소옹(邵雍)의 《황극경세(皇極經世)》에 "하늘은 자회(子
會)에서 열리고 땅은 축회(丑會)에서 열리고 사람과 만물은 인회(寅會)에서 생겨났
다.〔天開於子, 地闢於丑, 人生於寅.〕"라고 하였다.

190 용……이름났네 : 134쪽 주91 참조.

등주의 선사
登州仙祠

어느 곳에 올라가 이내 회포 달래 볼까   何處登臨慰我思
지부성 아래에 있는 옛 신선 사당일세[191]   之罘城下古仙祠
단지 아쉬운 건 남쪽으로 급히 가느라   只嫌汲汲南歸疾
소동파의 〈해시〉에 화답하지 못함일세[192]   未和坡翁海市詩

191 지부성(之罘城)……사당일세 : 지부성은 봉래시 단애산 일대에 쌓았던 당시의 성채를 말하고, 신선 사당은 지부성 아래에 있었던 팔선사(八仙祠)를 가리키는 듯하다. 정도전(鄭道傳)의 〈봉래각(蓬萊閣)〉에 "바람이 세차서 일엽편주 경쾌하더니, 팔선사 아래가 바로 고을의 성일세. 저물녘에 누각 올라 남쪽을 바라보니, 여기서 금릉까지 노정 다시 얼마일까.〔風急扁舟一葉輕, 八仙祠下是州城. 晚登高閣還南望, 此去金陵復幾程.〕"라고 하였다. 이 시의 둘째 구절 주석에 "살펴보건대, 사당은 지부성 아래에 있다."라고 하였다.《三峯集 卷2》

192 소동파(蘇東坡)의……못함일세 : 〈해시(海市)〉는 소식(蘇軾)이 등주(登州)의 해시 즉 신기루를 보고 지은 시이다. 그 서(序)에 "내가 등주의 해시를 들은 지 오래되었다. 현지의 부로들이 말하기를 '항상 봄철이나 여름철에 출현하니, 지금은 한 해가 저무는 때라서 다시 볼 수 없을 것입니다.'라고 하였다. 내가 부임한 지 닷새 만에 이곳을 떠나게 되어 보지 못하는 것을 아쉽게 여겼다. 이에 해신 광덕왕의 사당에 빌어 이튿날 보게 되었기에 곧 이 시를 짓는다.〔予聞登州海市舊矣. 父老云: "常出於春夏, 今歲晚不復見矣." 到官五日而去, 以不見爲恨, 禱於海神廣德王之廟, 明日見焉, 乃作此詩.〕"라고 하였다.《東坡全集 卷15 海市》

등주에서 바다를 건너다

登州過海

지부성 아래에서 조각배 돛 펼쳐지니	之罘城下片帆張
잠시간에 바다 아득히 들어와 있구나	便覺須臾入杳茫
구름은 저 멀리 봉래의 선궁에 이어졌고	雲接蓬萊仙闕遠
달은 차갑게 요동 바다 나그네 옷에 밝네	月明遼海客衣涼
천지간의 백 년 인생 좁쌀 같은 몸이거늘[193]	百年天地身如粟
공명이란 두 글자에 귀밑머리 희어 가네	兩字功名鬢欲霜
어느 때나 시원스레 〈귀거래사〉 지어 볼까[194]	何日長歌賦歸去
봉창에서 밤새도록 이내 마음 아파하네	蓬窓終夜寸心傷

---

193 천지간의……몸이거늘 : 소식의 〈전적벽부(前赤壁賦)〉에 "더구나 나와 자네
는……일엽의 작은 배를 타고서 술잔과 술동이를 들어 서로 권하고 있으니, 천지간에
하루살이가 붙어 있는 것이고, 푸른 바다의 좁쌀 한 알처럼 보잘것없는 존재라오.〔況吾
與子……駕一葉之扁舟, 擧匏樽以相屬, 寄蜉蝣於天地, 渺滄海之一粟.〕"라고 하였다.
《古文眞寶後集 卷8》
194 귀거래사(歸去來辭) 지어 볼까 : 도잠(陶潛)처럼 〈귀거래사〉를 읊고 고향으로
돌아가고 싶다는 말이다.

패란점[195] 길 위에서
李蘭店路上

저물 무렵에 묵을 객점 물으려 하나	向夕問前店
날씨가 차가워서 나그네가 드무네	天寒行旅稀
북쪽 바람은 여윈 말에 불어오고	朔風吹瘦馬
가랑눈은 나그네 옷에 부딪치도다	微雪點征衣
덧없는 인생이라 몸이 기탁한 듯하고	浮世身如寄
위태한 길이라 계획은 그릇되기 쉽네	危途計易非
멀리서 알겠노니 고향 산 아래에선	遙知故山下
어린 아들이 사립문을 닫고 있으리	稚子掩柴扉

---

195 패란점(李蘭店) : 중국 요령성 대련시(大連市) 보란점구(普蘭店區) 보란점참(普蘭店站)의 옛 이름으로 보인다. 지금 보란점구에 패란로(李蘭路)와 패란촌(李蘭村) 등 패란점과 관련 있는 이름이 남아 있다. 권근(權近)의 〈야도패란점역(夜到李蘭店驛)〉이라는 시가 있어 패란점이 역참이 있던 곳임을 알 수 있다. 《陽村集 卷6》

양자강 길에서

在楊子江路上

장대한 뜻이 당년에는 사방에 있었건만[196]	壯志當年在四方
바다 모퉁이에서 탄식하며 홀로 방황하네	海隅長嘆獨彷徨
이번 길에 하늘의 비웃음 듬뿍 받으리니	此行剩被天工笑
강남 땅에 이르자마자 고향을 생각하네	才到江南憶故鄉

---

196 장대한……있었건만 : 《예기》〈사의(射義)〉에 "남자가 태어나면 뽕나무 활과 쑥대 화살 여섯 개로 천지와 사방을 쏘니, 천지와 사방은 남자가 일할 곳이기 때문이다.〔男子生, 桑弧蓬矢六, 以射天地四方, 天地四方者, 男子之所有事也.〕"라고 하였다.

다경루[197]에서 계담에게 주다

多景樓贈季潭

평생의 호연한 기운을 펼치려 한다면	欲展平生氣浩然
감로사 다경루 앞에 와 보아야 하리라	須來甘露寺樓前
철옹성 화각 소리는 석양 속에 울리고	甕城畫角斜陽裏
과포의 돛단배는 가랑비 곁에 떠 있네	瓜浦歸帆細雨邊
옛 솥에는 아직도 양나라 세월 남아 있고	古鑊尙留梁歲月
높은 처마는 곧바로 초나라 산천 누르네	高軒直壓楚山川
누각에 올라 반나절 승려와 얘기하느라	登臨半日逢僧話
귀국길 팔천 리도 잠시 깜빡 잊는다오	忘却東韓路八千

---

197 다경루(多景樓) : 중국 강소성 진강시(鎭江市) 북고산(北固山)의 감로사(甘露寺)에 있는 누각이다.

오호도[198]

嗚呼島

삼걸[199]은 헛되이 한나라 신하 되었으니	三傑徒勞作漢臣
당시의 공업이 끝내 티끌 되고 말았네	一時功業竟成塵
지금까지 오호도만 홀로 남아 있어서	只今留得嗚呼島
언제나 행인들 눈물 가득 흘리게 하네	長使行人淚滿巾

---

198 오호도(嗚呼島) : 제(齊)나라 전횡(田橫)이 숨어 산 바다 섬이다. 자세한 내용은 152쪽 주118 참조.

199 삼걸(三傑) : 한 고조 유방(劉邦)을 도와서 천하를 통일한 장량(張良), 소하(蕭何), 한신(韓信)을 가리킨다.

양자강

楊子江

용처럼 날아 하루에 신묘한 공을 세워서	龍飛一日樹神功
곧바로 건곤이 한나라 궁궐 감싸게 했네[200]	直使乾坤繞漢宮
단지 장강으로써 남북을 한계 지었으니	但把長江限南北
그 누가 조공을 일러 영웅이라 하였던가[201]	曹公誰道是英雄

200 용처럼……했네 : 명 태조(明太祖) 주원장(朱元璋)이 하루아침에 일어나 양자강의 남쪽과 북쪽을 모두 평정함으로써 명나라의 천하가 되게 했다는 말이다. '용처럼 날다'는 135쪽 주92 참조. '한나라 궁궐을 감싸다'는 두보의 〈투증가서개부이십운(投贈哥舒開府二十韻)〉에 "해와 달도 장안의 나무에 낮게 걸리고, 하늘과 땅도 한나라 궁궐만 에워쌌다네.〔日月低秦樹, 乾坤繞漢宮.〕"라고 한 데서 온 말이다. 《古文眞寶前集 卷3》

201 단지……하였던가 : 조조(曹操)의 아들인 위 문제(魏文帝) 조비(曹丕)가 한나라의 제위를 찬탈한 뒤에 오(吳)나라를 삼키려고 출병하였다가 양자강에 이르러 말하기를 "하늘이 이 장강으로 남북을 한계 지었구나.〔天以長江限南北.〕" 하고 돌아갔다 한다. '조공(曹公)'은 일반적으로 조조를 지칭하지만 여기서는 조조 부자를 아울러 말한 것으로 보인다.

고소대[202]
姑蘇臺

풀 시들고 해 기우는 저물어 가는 가을에　　　　　衰草斜陽欲暮秋
고소대 위에 오르자 이내 마음 슬퍼지네　　　　　姑蘇臺上使人愁
앞 수레가 뒤 수레의 경계가 되지 못하여[203]　　　前車未必後車戒
고금에 몇 번이나 사슴 놀이터 되었던가[204]　　　今古幾番麋鹿遊

---

202 고소대(姑蘇臺) : 춘추 시대 오왕(吳王) 부차(夫差)가 월나라 미인 서시(西施)를 위하여 고소산 위에 지은 누대이다.

203 앞……못하여 : '앞 수레가 뒤 수레의 경계가 되다'는 《대대례기(大戴禮記)》〈보부(保傅)〉에 "앞 수레가 뒤집어지면 뒤 수레가 경계한다.〔前車覆, 後車誡.〕"라고 한데서 온 것이다.

204 사슴 놀이터 되었던가 : 오왕 부차가 서시와 함께 고소대에서 황음(荒淫)을 일삼고 오자서(伍子胥)의 간언도 듣지 않았다. 이에 오자서가 말하기를 "신이 이제 고소대에 사슴들이 뛰노는 것을 보게 될 것입니다.〔臣今見麋鹿游姑蘇之臺也.〕"라고 하였는데, 과연 얼마 지나지 않아 오나라가 월나라에 패망하였다. 《史記 卷118 淮南衡山列傳》

급체포[205]
急遞鋪

길가에 나는 듯한 작은 정자 서 있으니	臨路翬飛起小亭
관가에서 장부 두고 병사도 주둔시켰네	官家置簿又留兵
한 통 문서 멀리서 이르며 금방울 울리고	一封遠至金鈴響
십 리 간에 마주보며 흰 용마루가 밝네[206]	十里相望雪脊明
주상 은혜 빨리 펼쳐 현읍에 반포하고	走布上恩頒縣邑
변방 보고 또 받아서 경성에 전달하네	又傳邊報達京城
성조의 정령은 유행이 신속하니[207]	盛朝政令流行速
천하가 지금 태평 시대를 보노라	四海如今見太平

---

205 급체포(急遞鋪) : 금(金), 원(元), 명(明) 시대에 문서를 전송하기 위하여 설치했던 역참이다. 자세한 내용은 144쪽 주106 참조.

206 십……밝네 : 급체포는 멀리서도 잘 보일 수 있게 높다란 곳에 설치하고 흰 석회로 지붕을 칠했다고 한다.

207 성조(盛朝)의……신속하니 : 명나라 조정이 덕(德)으로 정치를 펼치는 것을 칭송한 말이다. 공자가 말하기를 "덕의 유행이 파발마로 명을 전하는 것보다 빠르다.〔德之流行, 速於置郵而傳命.〕"라고 하였다. 《孟子 公孫丑上》

탕참[208]에서 묵다

宿湯站

반평생의 호탕한 기운이 다 없어지지 않아	半生豪氣未全除
말에 걸터앉아 압록강 둑에서 거듭 노니네	跨馬重遊鴨綠堤
들판 반석에 홀로 누워서 잠들지 못하는데	獨臥野盤無夢寐
산 가득한 밝은 달에 소쩍새가 울어 대네	滿山明月子規啼

---

208 탕참(湯站) : 고려 국경을 넘어 요양(遼陽)으로 가는 행로에 있는 역참이다. 의주 (義州), 구련성(九連城), 탕참, 책문(柵門), 봉황성(鳳凰城) 순으로 이어진다.

의주에 이르러 말을 점검하여 강을 건너보내다

到義州 點馬渡江

의주는 우리나라의 문호이니	義州國門戶
예로부터 중요한 관방이었네	自古重關防
천리장성은 어느 해에 쌓았던가	長城何年起
산세 따라 꾸불꾸불 이어져 있네	屈曲隨山岡
드넓고 드넓은 푸른 말갈수가	浩浩靺鞨水
서쪽으로 흘러 국경을 갈라놓네	西來限封疆
내 걸어온 길 이미 천 리이거늘	我行已千里
이곳에 이르러서도 서성거리네	到此仍彷徨
말을 몰아 천자께 바치러 가니	驅馬獻天廏
날뛰며 강물 건너는 모습 보네	浮渡看騰驤
관장이 나를 위해 주연 베풀어	主人爲置酒
피리 불며 석양까지 이르렀는데	吹笛到夕陽
때마침 역의 관원이 도착해서는	適有驛使至
향기로운 어주를 받들어 건네네	手奉御醞香
마신 뒤 늘어서서 절을 올리니	飮已下羅拜
지척에서 임금님 마주한 듯하네	咫尺對君王
내일 아침 압록강 건너서 가면	明朝過江去
요동 벌이 하늘가에 아득하리라	鶴野天茫茫

교정 : '등양(騰驤)'은 신계본과 교서관본에 '위양(爲驤)'으로 되어 있으나 잘못인 듯하다.

홍무 정사년(1377, 우왕3)에 사명을 받들고 일본에 갔을 때 지은 시

洪武丁巳 奉使日本作

교정 : 이하 12수는 모두 봄날에 지은 것이어서 제목을 정사년으로 붙인 것은 온당하지 않으니 응당 '홍무정사'라는 글자를 없애고 '사명을 받들고 일본에 갔을 때 지은 시'라고만 해야 할 것이다. 〈연보고이〉 무오년(1378) 조에 상세하게 보인다.[209]

바다 섬에 천년토록 군읍이 열렸으니	海島千年郡邑開
뗏목 타고 여기 와서 오래도록 머무네	乘桴到此久徘徊
산승은 번번이 시를 구하러 찾아오고	山僧每爲求詩至
고을 원은 때때로 술을 보내오기도 하네	地主時能送酒來
그래도 기쁜 것은 인정이 믿을 만함이니	却喜人情猶可賴
풍물이 다르다고 서로 꺼리지 말았으면	休將物色共相猜
타국에 좋은 흥취 없다고 누가 말했던가	殊方孰謂無佳興
날마다 가마를 빌려 이른 매화 찾아가네	日借肩輿訪早梅
적막한 타국살이로 세월만 보내고 있으니	僑居寂寞閱年華
뉘엿뉘엿 창살에는 해그림자가 지나가네	苒苒窗櫳日影過
매번 봄바람 속에 먼 곳 나그네 되고 보니	每向春風爲客遠
호기가 사람 많이 그르침을 비로소 알겠네	始知豪氣誤人多

209 이하……보인다 : 〈연보고이〉에 의하면, 포은이 정사년(1377, 우왕3) 9월 일본에 사신으로 갔다가 이듬해 무오년(1378) 7월 고려로 돌아왔다.

붉은 복사꽃 흰 오얏이 시름 속에 고우니	桃紅李白愁中艶
땅 낮고 하늘 높음을 취한 중에 노래하네	地下天高醉裏歌
보국할 공로도 없이 몸 이미 병들었으니	報國無功身已病
고향에 돌아가 강호에서 늙느니만 못하리	不如歸去老煙波

섬나라에 봄빛이 이미 감돌건만	水國春光動
하늘가 나그네 돌아가지 못하네	天涯客未行
봄풀은 천리를 연이어 푸르르고	草連千里綠
달빛은 타향과 고향에 함께 밝네	月共兩鄕明
유세하느라 황금 모두 바닥나고[210]	遊說黃金盡
돌아갈 생각에 백발이 생겨나네	思歸白髮生
사나이 사방을 유람하려는 뜻	男兒四方志
공명만을 위한 것이 아니리라	不獨爲功名

평생토록 남과 북을 오고 가지만	平生南與北
마음먹은 일은 갈수록 어긋나네	心事轉蹉跎
내 고향은 바다 서쪽 언덕이요	故國海西岸
외로운 배는 하늘 끝에 있도다	孤舟天一涯
매화 핀 창엔 봄빛이 빠르고	梅窓春色早

---

210 유세하느라……바닥나고 : 전국 시대 유세객인 소진(蘇秦)이 진 혜왕(秦惠王)을
만나 유세하고 10차례나 글을 올려 설득했으나 받아들여지지 않아 입고 있던 검은 담비
갖옷이 해지고 가지고 갔던 황금 100근도 바닥나서 진나라를 떠나 낙양으로 되돌아왔다
고 한다. 《戰國策 秦策1》

판잣집에는 빗소리 요란하네   板屋雨聲多

홀로 앉아 긴 날을 보내노니   獨坐消長日

집 생각 괴로움 어찌 견딜까   那堪苦憶家

고향의 오두막집을 꿈속에도 맴돌건만   夢繞鷄林舊弊廬

해마다 무슨 일로 돌아가지 못하는가   年年何事未歸歟

반평생을 괴롭게도 헛된 명성에 얽매여   半生苦被浮名縛

만리타국에서 도리어 이속과 함께 지내네   萬里還同異俗居

바다가 가까워서 밥상에 오를 물고기 있지만   海近有魚供旅食

하늘이 멀어서 고향 편지 부칠 기러기 없네   天長無雁寄鄕書

고향으로 배 돌아갈 때엔 매화를 얻어 가서   舟回乞得梅花去

시내 남쪽에 심어 두고 성근 그림자[211] 보리라   種向溪南看影疏

담비 갖옷 다 해지도록 뜻 펼치지 못했으니   弊盡貂裘志未伸

한 치 혀를 소진에게다 견주는 게 부끄럽네[212]   羞將寸舌比蘇秦

장건의 뗏목 위에는 하늘이 바다와 통하고[213]   張騫査上天連海

서복의 사당 앞에는 풀이 절로 봄빛이로다[214]   徐福祠前草自春

---

211 성근 그림자 : 북송(北宋)의 처사(處士) 임포(林逋)의 〈산원소매(山園小梅)〉에
"성근 그림자는 맑고 얕은 물 위에 비껴 있고, 은은한 향기는 황혼의 달빛 아래에 떠다니
네.〔疏影橫斜水淸淺, 暗香浮動月黃昏.〕"라고 하였다.

212 담비……부끄럽네 : 217쪽 주210 참조.

213 장건(張騫)의……통하고 : 131쪽 주83 참조.

214 서복(徐福)의……봄빛이로다 : 서복은 진 시황의 불로초를 구하기 위하여 동해
로 떠난 서불(徐市)을 가리킨다. 서불에 관한 고사는 153쪽 주120 참조. 지금 일본

시절에 감개한 눈이라 쉽게 눈물 흐르고 　　　　　眼爲感時垂泣易
나라에 바친 몸이라 자주 멀리 유람하네 　　　　　身因許國遠遊頻
고향 동산에 손수 심어 놓은 새 버드나무 　　　　　故園手種新楊柳
응당 봄바람 속에 주인 기다리고 있으리라 　　　　應向東風待主人

산천과 촌락이야 고금에 다름이 없건만 　　　　　山川井邑古今同
부상과 땅이 가까워서 새벽 해가 붉구나 　　　　地近扶桑曉日紅
신선이 바다 섬에 산다고 얘기할 뿐이더니 　　　　但道神仙居海上
하늘 동쪽에 민가 있을 줄 누가 알았으랴 　　　誰知民社在天東
얼룩 옷은 진나라 동자로부터 변했을 것이고 　　斑衣想自秦童化
물들인 치아는 월나라 풍속과 교류한 것이라 　　染齒曾將越俗通
고개 돌려 보면 삼한은 먼 곳에 있지 않으니 　　回首三韓應不遠
기자가 남긴 좋은 풍속이 천년토록 전해 오네 　千年箕子有遺風

이 나그네 근래에 이미 멀리 유람했는데 　　　　客子年來已遠遊
또 바다 동쪽 머리에서 풍속을 탐방하네 　　　　又尋風俗海東頭
행인은 신발 벗고서 존장을 맞이하고 　　　　　行人脫履邀尊長
지사는 칼을 갈아 누대의 원수를 갚네 　　　　志士磨刀報世讎
약초밭에 눈이 깊어 새싹이 연하고 　　　　　藥圃雪深新綠嫩
매화촌에 달이 떠서 암향이 감도네 　　　　　梅村月上暗香浮
참으로 아름답지만 내 땅 아닌 줄 아니[215] 　　自知信美非吾土

규슈의 사가현, 가고시마현 등지에 서복과 관련된 유적지가 전하고 있다.

215 참으로……아니 : 삼국 시대 위(魏)나라 왕찬(王粲)이 난리를 피하여 형주(荊

어느 날에나 돌아가는 조각배 띄울런가	何日言歸放葉舟

고국에서는 소식이 없는데	故國無消息
겨울을 지나 또 봄을 맞았네	經冬又見春
응당 천리 밖에 떠 있는 저 달이	只應千里月
두 고향 사람을 나누어 비추리라	分照兩鄕人
시구는 매화를 띠어 담박하고	句帶梅花淡
시름은 풀빛을 이어 새롭구나	愁連草色新
이번 행차 참으로 뜻밖이기에	此行眞不意
도리어 꿈속 몸인 듯 의아하네	却訝夢中身

오늘이 무슨 날이던가	今日知何日
봄바람이 나그네 옷에 불어오네	春風動客衣
사람은 천리 바다 건너 먼 곳에 와 있고	人浮千里遠
기러기는 고향 산을 지나서 날아가네	雁過故山飛
나라에 몸을 바쳐 마음이 고달픈데	許國寸心苦
시절에 감개하여 눈물 줄줄 흘리네	感時雙淚揮
누각에 올라서 고개를 돌리지 말라	登樓莫回首
방초가 참으로 향기롭고 향기로우니	芳草正菲菲

州)에 있을 때 성루에 올라 고향을 생각하며 지은 〈등루부(登樓賦)〉에 "참으로 아름답지만 내 고향이 아니거니, 어찌 족히 잠깐이나마 머무를 수 있으랴.〔雖信美而非吾土兮, 曾何足以少留.〕"라고 하였다. 《文選 卷11 遊覽》

사명을 받들고 일본 땅 유람하며　　　　　　　　奉使遊桑域

사람을 통해 이곳 풍습 물어보니　　　　　　　　從人間土風

치아를 물들여야 바야흐로 귀한 것이고　　　　染牙方是貴

신발을 벗어야 비로소 공경함이라 하네　　　　脫履始爲恭

버드나무는 새해가 되어 푸르고　　　　　　　　柳入新年綠

꽃은 고향과 마찬가지로 붉도다　　　　　　　　花如故國紅

나그네살이 몹시도 적막한지라　　　　　　　　客居殊寂莫

발자국 소리만 들어도 기뻐지네　　　　　　　　喜聽足音跫

관음사에서 노닐다

遊觀音寺

들판 절에 봄바람 불어 푸른 이끼 자랐는데   野寺春風長綠苔

종일토록 와서 노닐며 돌아갈 줄을 모르네   來遊終日不知回

동산 가운데 수없이 많은 매화나무들   園中無數梅花樹

모두 이곳의 승려가 손수 심은 것이네   盡是居僧手自栽

다시 이 절에서 노닐다

再遊是寺

시냇물 바위 감돌고 푸른빛 일렁이는데　　　　溪流遶石綠徘徊
지팡이 짚고 시내 따라 동구로 들어왔네　　　　策杖沿溪入洞來
문 닫힌 옛 절에는 승려가 보이지 않고　　　　古寺閉門僧不見
떨어진 꽃만 눈처럼 못과 누대 덮고 있네　　　　落花如雪覆池臺

포은집

제 2 권

詩시

시 詩

계묘년(1363, 공민왕12) 8월에 한 원수의 동쪽 정벌 길을
따라 함주에 이르렀는데 병마사 나공이 정예병을 거느리고
서북면 정벌을 도우러 떠나다[1]
癸卯八月 從韓元帥東征到咸州 兵馬使羅公率精兵助征西北

말안장 나란히 하여 천리 멀리 종군하다가	聯鞍千里遠從軍
함주에 도착할 즈음에 또 그대를 전송하오	欲到咸州又送君
작별은 정녕 남아의 창자 끊어지는 곳이라	政是男兒腸斷處
가을바람 속 화각 소리 차마 듣지 못하겠소	秋風畫角不堪聞

---

1 계묘년……떠나다 : 한 원수(韓元帥)는 동북면 도지휘사(東北面都指揮使) 한방신
(韓邦信)이고 함주(咸州)는 지금의 함흥(咸興)이다. 나공(羅公)은 병마사 나세(羅世)
인 듯하다. 〈연보고이〉 계묘년(1363, 공민왕12) 조에 "8월 종사관으로 동북면 도지휘사
한방신을 따라 화주(和州)에서 여진을 정벌하였다."라고 하였다.

화주[2]의 밤비

和州夜雨

화주의 객사에 밤새도록 비 내리는데	和州客舍雨連明
문밖에선 오히려 도두[3] 소리 들려오네	門外猶聞刀斗聲
장막 속 장군이 촛불 켜고 앉았더니	帳裏將軍呈燭坐
새벽 되자 흰 살쩍 더욱 많이 늘었네	曉來贏得鬢絲成

---

2 화주(和州) : 함경남도 영홍(永興)의 고려 때 이름이다.

3 도두(刀斗) : 구리로 만든 말〔斗〕 모양의 자루가 달린 그릇이다. 군중에서 낮에는
밥 짓는 그릇으로 쓰고, 밤에는 두드려 야경의 신호로 삼았다. 조두(刁斗)라고도 한다.

함주에 이르러 척약재⁴의 시에 차운하다

至咸州 次惕若齋詩

낙엽이 정히 어지러이 날리는데	落葉正繽紛
그대를 생각하나 볼 수가 없구려	思君不見君
원융은 깊이 변방으로 들어가고	元戎深入塞
용장은 멀리서 군사를 나누도다	驍將遠分軍
산채에서는 가다가 비를 만나고	山寨行逢雨
성루에선 일어나 구름을 보노라	城樓起望雲
방패와 창만이 사방에 가득하니	干戈盈四海
문덕을 닦을 날이 그 언제일런가	何日是修文

한림으로서 종군하는 달가⁵에게 부치다 寄達可翰林從軍

김구용(金九容)

천하가 아직도 분분히 어지러우니	四海尚紛紛
누대에 올라 홀로 그대를 생각하오	登樓獨念君
갑자기 궁궐의 직임을 사양하고	忽辭清禁直

---

4 척약재(惕若齋) : 김구용(金九容, 1338~1384)의 호이다. 자는 경지(敬之), 본관
은 안동이다. 1355년(공민왕4)에 급제하여 덕녕부 주부(德寧府主簿), 성균관 대사성
등을 역임하였다. 저서로 《척약재학음집(惕若齋學吟集)》이 있다.

5 달가(達可) : 포은의 자(字)이다.

멀리 북방의 군대로 달려갔구려　　　　　遠赴朔方軍

옛 요새엔 밝은 달이 둥실 떠 있고　　　　古塞縣明月

긴 성엔 상서로운 구름 피어나리라　　　　長城起靄雲

유유히 금 갑옷에 기대어 있으니　　　　　悠悠倚金甲

누구와 함께 자세히 글을 논할까　　　　　誰與細論文

정주에서 중구일에 한 상공[6]이 짓기를 명하다

定州重九 韓相命賦

정주에서 중구일에 높은 곳 올라 보니	定州重九登高處
국화꽃 예전처럼 눈에 비쳐 환하도다[7]	依舊黃花照眼明
개펄은 남쪽으로 선덕진에 이어져 있고	浦潊南連宣德鎭
산봉우리는 북으로 여진성에 기대 있네	峯巒北倚女眞城
백년간 전쟁한 나라의 흥하고 망한 일	百年戰國興亡事
만리 밖 출정한 사람의 강개한 정일세	萬里征夫慷慨情
술자리 끝나고 원수가 말 위에 오를 때	酒罷元戎扶上馬
얕은 산의 석양빛이 붉은 깃발 비추네	淺山斜日照紅旌

---

6 한 상공(韓相公) : 동북면 도지휘사(東北面都指揮使) 한방신(韓邦信)을 가리킨다.

7 중구일(重九日)에……환하도다 :《속제해기(續齊諧記)》에 의하면, 옛날 중양절 풍속에 사람들이 붉은 주머니에 수유(茱萸)를 담아 팔뚝에 걸고 높은 산에 올라가 국화 주를 마시며 재액을 없앴다고 한다.

안변⁸성루

安邊城樓

돌아가고픈 마음 아득히 허공까지 뻗치는데 　　　歸心杳杳入長空
만리 밖 누각에 오르자 모자 가득 바람 부네 　　　萬里登樓滿帽風
이 몸이 정처 없음을 이미 분명 알겠노니 　　　已信此身無定止
내년엔 어디에서 가을 기러기 소리 들을까 　　　明年何處聽秋鴻

---

8 안변(安邊) : 함경남도 남쪽에 위치한 군(郡) 이름이다.

갑진년(1364, 공민왕13) 추석에 감회가 있어
甲辰中秋有懷

지난해 바닷가에서 말에 물을 먹일 때에	去年飮馬滄海頭
함주 고을 객사 안에서 추석을 만났었지	咸州客舍遇中秋
아스라한 산과 내에는 풀과 나무 떨어지고	山川迢迢草木落
하늘 가득한 밝은 달엔 맑은 그림자 흐르네	明月滿天淸景流
모래벌판의 온갖 장막은 고요히 말이 없는데	平沙萬幕寂無語
변방 소리 사방에 일어나 사람을 시름케 하네	邊聲四起令人愁
장군은 모포 장막 높은 곳에 홀로 누웠고	將軍獨臥氈帳高
장병들은 찬 철 갑옷 입고 슬피 노래하네	壯士悲歌鐵衣冷
장막 앞 서생 또한 잠 이루지 못하여	帳前書生亦不眠
적막한 깊은 밤에 그림자와 위로하네	寂莫夜深相弔影
쓸쓸히 일어나 멀리 서남쪽 바라보니	悄然興望望西南
뜬구름 하늘에 비껴 철령에 이어졌네	浮雲橫空連鐵嶺
봄바람에 돌아가려던 계획 또 어긋나	春風歸來計又非
부소산 앞에는 누른 낙엽이 날고 있네	扶蘇山前黃葉飛
오늘 밤 추석 달은 지난해의 달이건만	今夜中秋去年月
지난해 나그네는 아직 돌아가지 못하네	去年客子猶未歸
뜰 안은 쓸쓸하여 귀뚜라미 울어 대고	庭除蕭索蟋蟀語
부엌은 썰렁하여 동복들이 굶주리네	廚竈凄涼童僕飢
어제 아침에 아우가 편지를 부쳐 오니	前朝舍弟附書至
백발의 어머님이 보고 싶다고 하시며	白髮慈親願見之

공명과 부귀는 너의 일이 아니건마는 功名富貴非汝事
객지에서 해마다 무슨 기약 있나 하시네 客路年年有底期
내년에는 어느 곳에서 밝은 달을 만날까 明年何處逢明月
남창에 홀로 앉아 스스로 시를 읊조리네 獨坐南窓自詠詩

홍무 임술년(1382, 우왕8)에 이 원수[9]의 동쪽 정벌 길을 따라가다

洪武壬戌 從李元帥東征

이 지역은 옛날에 잃어버렸다가	此域昔淪沒
선왕이 또다시 개척하신 곳이네	先王還拓開
백성이 많아 다른 풍속 뒤섞였고	民稠雜殊俗
땅이 좋아 걸출한 인재 태어나네	地勝産雄材
길은 넓은 바다를 따라 구불하고	路逐滄溟轉
산은 말갈 땅으로부터 내려오네	山從靺鞨來
짧은 옷 입고 범 쏘는 것 보느라[10]	短衣看射虎
한 해가 늦도록 돌아갈 줄 모르네	歲晚不知回

---

9 이 원수(李元帥) : 동북면 도지휘사 이성계(李成桂)를 가리킨다.

10 짧은……보느라 : 두보(杜甫)의 〈곡강(曲江)〉에 "짧은 옷에 필마 타고 이광을 따라다니며, 맹호 잡는 거나 보면서 여생을 마치련다.〔短衣匹馬隨李廣, 看射猛虎終殘年.〕"라고 하였다. 《杜詩詳註 卷2》이광(李廣)은 한 무제(漢武帝) 때의 명장(名將)이다.

단주성[11]

端州城

아 오래된 나의 나그넷길이여	久客嗟吾道
한 해를 넘기고도 쉬지를 못하네	經年尙未休
봄바람 불 때는 요동 길에 있더니	春風遼左路
가을비 내릴 땐 해동 끝을 지나네	秋雨海東頭
말 타고 이 한 몸 멀리 나와 보니	鞍馬一身遠
산하는 천고의 시름 속에 잠겨 있네	山河千古秋
금나라는 호협이 가득한 땅이거늘	金源豪俠窟
오늘은 단지 황폐한 언덕뿐이로다	今日但荒丘

교정 : '추우(秋雨)'가 개성본에 '수우(愁雨)'로 되어 있으나 잘못된 것이다.
다만 시에 또 '산하천고추(山河千古秋)'라는 구절이 있다. 같은 글자는 거듭
쓰지 않는 것이니, 그 까닭을 모르겠다. 아마 아래의 '추(秋)' 자는 바로
'수(愁)' 자인데, 뒤바꾸어 쓴 듯하다.

11 단주성(端州城) : 단주는 함경남도 단천군(端川郡)의 고려 때 이름이다.

비를 무릅쓰고 동쪽 함주로 가다

咸州東行冒雨

동쪽 행차에 내리는 비를 무릅쓰고	東行冒零雨
반달이나 걸려서 함주에 도착하였네	半月到咸州
밤이 되자 슬픈 노랫소리 일어나니	入夜哀歌發
가을 지나도록 옛 보루 닦기 때문일세	經秋古壘修
피곤한 백성들 태평 시대 고대하니	疲氓苦思理
밝은 임금께서는 근심이 없으실까	明主肯無憂
스스로 부끄럽구나 서생의 무리들	自愧書生輩
부질없이 머리카락만 희어진 것이	徒然白了頭

추석

中秋

예전에도 추석날 함주의 나그네 되었으니　　　中秋昔作咸州客

손가락 꼽아 보니 이제 이십 년이 지났네　　　屈指今經二十年

흰머리로 거듭 와서 밝은 달 대하노라니　　　白首重來對明月

여생에 몇 번이나 둥근달을 볼 수 있을지　　　餘生看得幾回圓

여진 지도

女眞地圖

명당에 노시를 바친 일 일찍이 들었으니	曾聞楛矢貢明堂
숙신씨의 유민들이 이 일대에 살고 있네[12]	肅愼遺民此一方
눈 속에 선 백산은 멀리 남으로 달리고	雪立白山南走遠
하늘에 닿은 흑수는 길게 북으로 흐르네	天連黑水北流長
완안의 위대한 국량은 요송을 삼켰고[13]	完顔偉量呑遼宋
대정의 성대한 공로는 한당에 가깝네[14]	大定豐功逼漢唐
가만히 지도 대하고 다시 탄식하노니	坐對地圖還嘆息
예부터 호걸은 궁벽한 데서 일어났네	古來豪傑起窮荒

---

12 명당(明堂)에……있네 : 명당은 주나라 천자가 동쪽으로 순수하여 제후에게 조회 받던 곳이다. '노시(楛矢)'는 석노(石砮)와 호시(楛矢)로, 석노는 돌 화살촉이고 호시는 호목(楛木)으로 만든 화살이다. 《국어(國語)》〈노어 하(魯語下)〉에 주나라 무왕(武王)과 성왕(成王) 때에 숙신씨가 석노와 호시를 공물로 바쳤다는 기록이 있다. 또 이익(李瀷)의 《성호사설》에 "우리나라 동쪽 육진(六鎭)의 땅은 옛날 숙신씨의 지경이니, 석노가 있어서 징험할 수 있다. 뒤에 여진(女眞)으로 일컬었다."라고 하였다. 《星湖僿說 卷3 天地門 生熟女眞》

13 완안(完顔)의……삼켰고 : 완안은 금(金)나라 태조 완안아골타(完顔阿骨打)이고, 요송(遼宋)은 요나라와 송나라이다. 여진의 추장이었던 완안아골타가 여진을 통일하여 금나라를 세운 뒤에 송나라와 연합하여 요나라를 몰아내고 또 송나라 연경(燕京)까지 진출하였다.

14 대정(大定)의……가깝네 : 대정은 금나라 세종(世宗)의 연호이고, 한당(漢唐)은 한 고조(漢高祖)와 당 태종(唐太宗)을 말한다.

독올관[15]

禿兀關

관문 끝의 방어 시설 몇천 길인가	關頭設險幾千尋
선왕의 깊은 의도를 볼 수 있도다[16]	足見先王用意深
가슴으로 산천 기운을 삼켜서 점점 기뻐지니	漸喜胸中吞縹緲
발밑으로 험로 밟는 일쯤이야 감히 사양하랴	敢辭[17]脚底踏嶔崟
군사가 강한 것은 본래 형세로 인한 것이지만	兵强自是因形勢
풍속이 비루하니 누가 고금을 기억할 줄 알까	俗陋誰知記古今
산 앞으로 한번 내려가 평평한 들판 바라보니	試下山前望平野
벼 이랑과 논 두둑이 사람의 마음을 위로하네	稻畦禾隴慰人心

15　독올관(禿兀關) : 함경남도 단천군(端川郡)에 있었던 요새지의 관문인 듯하다. 《세종실록(世宗實錄)》〈지리지 함길도(咸吉道) 단천군〉에 "고려 때에 단천의 별호(別號)가 독로올(禿魯兀) 또는 두을외(豆乙外)이다. 도덕산(道德山)의 이판대령(伊板大嶺)과 두을외대령(豆乙外大嶺)은 모두 요충지이다."라고 하였다.

16　관문……있도다 : 《세종실록》〈지리지 함길도 단천군〉에 "단천은 오랫동안 호인(胡人)에게 점거되었다. 고려 대장 윤관(尹瓘)이 호인을 몰아내고 구성(九城)을 설치하여 복주 방어사(福州防禦使)로 삼았다가 우왕 8년(1382) 단주 안무사(端州按撫使)로 고쳤다."라고 하였다.

17　辭 : 대본에는 '肆'로 되어 있는데, 문맥을 살피고 개성본과 교서관본에 근거하여 바로잡았다.

삼산

三山

항복한 오랑캐가 지금 천 장[18]이니	降虜今千帳
변방의 성안에 호구가 늘어났네	邊城戶口增
아이조차도 말을 내달릴 줄 알고	兒童解走馬
부녀자들도 매를 부를 줄 알도다	婦女亦呼鷹
궁시는 가을 되어 바야흐로 튼튼하고	弓矢秋方壯
전답엔 농사일이 또 풍년을 이루었네	田疇歲又登
이들은 우리와 같은 부류 아니니	此曹非我類
복속시키는 일 장차 누가 할런가	鎭服且誰能

---

18 장(帳) : 옛날 유목민의 호수(戶數)를 헤아리던 단위이다.

함주

咸州

채찍 휘두르며 요새 나서니 정히 가을이라	揚鞭出塞正秋天
흥망성쇠 생각하며 한 편 시를 지어 보네	吟想興亡賦一篇
지난날엔 구성에다 공적 일찍 기록하였고[19]	昔日九城曾紀績
선조에선 만마로써 변방을 다시 개척했네[20]	先朝萬馬又開邊
초모[21] 쓴 오랑캐 여인을 길 가다 만나고	行逢虜女戴貂帽
화선 타는 야인[22]을 아찔하게 바라다보네	怕見野人乘樺船

끝 구절은 잃어버렸다.

---

19 지난날엔……기록하였고 : 1108년(예종3) 윤관(尹瓘)이 여진족을 정벌하고 그 지역에 구성(九城)을 쌓은 것을 말한다. 구성은 함주(咸州), 영주(英州), 웅주(雄州), 길주(吉州), 복주(福州), 공험진(公嶮鎭), 통태진(通泰鎭), 진양진(眞陽鎭) 숭녕진(崇寧鎭)이다.

20 선조(先朝)에선……개척했네 : 선조는 선왕의 조정으로, 공민왕 때를 말한다. 예종 때에 구성을 개척하였다가 2년이 채 안 되어 되돌려 주었던 것을 공민왕이 원명 교체기에 다시 수복하였다.

21 초모(貂帽) : 담비 가죽으로 만든 모자이다.

22 화선(樺船) 타는 야인(野人) : 화선은 자작나무로 만든 지금의 카누처럼 생긴 배이고, 야인은 두만강과 압록강 북쪽에 살던 여진족을 가리킨다.

이 시중[23]의 안변루[24] 시에 차운하다

次李侍中安邊樓詩韻

묻노니 안변루를 누가 처음 세웠던가	試問何人始起樓
올라와서 애오라지 다시 한참 머무르네	登臨聊復爲淹留
십 년 동안 길 다니느라 심사를 저버렸고	十年道路負心事
온갖 전쟁 겪은 산하라 눈물을 흘릴 만하네	百戰山河堪淚流
태수의 정치 명성은 물처럼 맑건마는	太守政聲淸似水
서생의 행색은 가을 날씨보다 썰렁하네	書生行色冷於秋
시중이 이곳 지나며 적어 놓은 시구를	侍中過此題詩句
쳐다보며 읊느라 쉬려고도 하지 않네	仰看沈吟未肯休

---

23 이 시중(李侍中) : 수문하시중(守門下侍中) 이자송(李子松)을 가리킨다.

24 안변루(安邊樓) : 함경남도 안변에 있던 가학루(駕鶴樓)를 말한다. 정도전의 〈차안변루운(次安邊樓韻)〉이라는 시의 소주(小註)에 "안변 가학루에 시중 이자송이 지은 시가 있다."라고 하였다. 《三峯集 卷2 次安邊樓韻, 韓國文集叢刊 5輯》

남경으로 돌아가는 도사 서사호[25]를 전송하다
送徐道士師昊還京師

황제가 천명에 응하여 천자가 되니[26]	聖主膺圖錄
진인이 도와서 정치를 이루려 하네[27]	眞人欲贊襄
천자를 만나려고 광활한 곳 노닐다가	朝天游汗漫
그 덕을 살펴보고 훨훨 날아 내려왔네[28]	覽德下翱翔
조서를 받들고 선경을 둘러본 뒤에	奉詔窺仙境
이제 배를 돌려 제향으로 돌아가네	回舟返帝鄉
서생은 지금 병을 앓고 있는 몸이니	書生今抱病
어느 날에 즐거이 황도를 구경할까	何日好觀光

25 서사호(徐師昊) : 명(明)나라 도사(道士)의 이름이다. 어숙권(魚叔權)의 《대명기년(大明紀年)》에 "홍무 3년(1370, 공민왕19) 황제가 조천궁 도사(朝天宮道士) 서사호를 보내어 우리나라 산천에 제사 지내고 이어 비석을 세워서 이 사실을 기록하게 하였다."라고 하였다.

26 황제가……되니 : 한(漢)나라 장형(張衡)의 〈동경부(東京賦)〉에 "고조가 천명을 받아 천자가 되어 하늘의 뜻을 따라 주벌을 행하였다.〔高祖膺籙受圖, 順天行誅.〕"라고 하였다.

27 진인(眞人)이……하네 : 진인은 도가에서 최고의 경지에 이른 사람으로, 여기서는 서 도사를 가리킨다. '돕는다'는 고요(皐陶)가 "저는 아는 것이 없지만 날로 돕고 도와서 치세를 이룰 것을 생각합니다.〔予未有知, 思日贊贊襄哉.〕"라고 한 데에서 온 말이다. 《書經 皐陶謨》

28 천자를……내려왔네 : 한나라 가의(賈誼)의 〈조굴원문(弔屈原文)〉에 "봉황이 천 길 높이 빙빙 날음이여. 덕이 빛나는 곳을 보고 내려앉도다.〔鳳凰翔於千仞兮, 覽德輝而下之.〕"라고 한 말을 차용한 것이다.

남경으로 돌아가는 예부 주사 임실주[29]를 전송하다

送禮部主事林實週還京師

선생은 호걸의 선비인지라	先生是豪傑
성대에 기꺼이 묻혀서 지내랴	聖代肯沈埋
고향에서 서책을 던지고 나와	闕里抛黃卷
예조에서 인끈을 반듯이 매니	南宮整紫綯
음악을 맡아서 악률을 밝혔고	樂音明擊石
제례를 맡아서 제사를 도왔네	祀典相燔柴
비단 장막[30]에 몸은 비록 귀하지만	錦帳身雖貴
남아의 큰 뜻[31]은 어긋나지 않았네	桑弧志未乖
우리나라가 근래에 일을 아뢰니	我邦方報事
황제가 편안히 보살피려 하셨네	惟帝念綏懷
저 먼 곳에 누가 조서를 전할까	邈矣誰宣化

---

29 임실주(林實週) : 어숙권의 《대명기년》에 "홍무 7년(1374, 공민왕23) 황제가 예부 주사 임실주와 자목소대사(孳牧所大使) 채빈(蔡斌)을 보내어 마필(馬匹)을 진공하게 하였다."라고 하였다.

30 비단 장막 : 낭관(郎官)을 지칭한다. 한(漢)나라 제도에 상서랑(尙書郞)이 대중 (臺中)에 들어가서 숙직하면 비단 이불과 비단 휘장 등이 제공되었기 때문에 후세에 낭관을 일컫는 말이 되었다.

31 남아의 큰 뜻 : 천하를 경영하려는 남아의 큰 포부를 뜻한다. 《예기》〈사의(射儀)〉 에 "남자가 태어나면 뽕나무 활과 쑥대 화살 여섯 개로 천지와 사방을 쏘니, 천지와 사방은 남자가 일할 곳이기 때문이다.〔男子生, 桑弧蓬矢六, 以射天地四方, 天地四方 者, 男子之所有事也.〕"라고 하였다.

어질도다 그대가 가라고 하셨네[32]	賢哉汝往譜
국궁하고 대궐을 하직한 뒤에	鞠躬辭闕下
부절 잡고 하늘가로 달려오니	持節走天涯
계찰이 오회 땅을 떠나는 듯[33]	季札離吳會
장건[34]이 악와강[35]에 이르는 듯	張騫到渥洼
주원에 사모가 빨리 달리는 듯[36]	周原四牡疾
익야에 두 별이 함께한 듯했네[37]	益野二星偕
길 막혀 바야흐로 걱정할 때에	道阻心方惕
교외의 마중 있어 눈 닦고 보니	郊迎目試揩
군왕이 공경하며 맞이해 주고	君王敬相見
영접관도 예법에 실수가 없네	儐价禮無差
빙문이 번국까지 통하게 되니	聘問通藩屏
환호성이 길거리에 가득하도다	歡呼遍路街

---

32 그대가 가라고 하셨네 : 순(舜) 임금이 익(益)에게 직임을 맡기면서 "가서 그대가 직임을 잘 수행하라.〔往哉汝諧.〕"라고 했던 말을 차용한 것이다. 《書經 舜典》

33 계찰(季札)이……듯 : 계찰은 춘추 시대 오(吳)나라 공자로, 예악에 밝고 외교에 뛰어나 사신으로 열국을 방문하여 그 나라의 풍속과 치란을 정확히 알았다고 한다. 오회(吳會)는 오현(吳縣)과 회계군(會稽郡)의 병칭으로, 여기서는 오나라를 가리킨다.

34 장건(張騫) : 한 무제(漢武帝) 때에 서역을 개척한 외교가이다.

35 악와강(渥洼江) : 감숙성(甘肅省) 안서현(安西縣)에 있는 강이다.

36 주원(周原)에……듯 : 주원은 주나라 언덕이고, 사모(四牡)는 네 필 말이다. 《시경》〈사모〉에 "네 필 말이 끊임없이 달려가니 큰길이 멀리 굽어 있도다.〔四牡騑騑, 周道倭遲.〕"라고 하였다.

37 익야(益野)에……듯했네 : '익주(益州) 들판에 두 사신이 함께하는 것 같다.'라는 말인 듯하다.

중화와 이적이 하나 되었으니	華夷歸混一
은택이 뼛속까지 두루 미치네	雨露浹筋骸
곡령[38]은 비췃빛이 장산[39]과 같고	鵠嶺翠如蔣
압록강은 푸른빛이 회수[40]와 같네	鴨江青似淮
원유는 기쁘게도 절로 위로되고	遠遊欣自慰
아곡은 엮어 낸 것이 아름답도다	雅曲綴來佳
대화할 땐 통역 씀이 시름겁고	接語愁憑譯
토론할 땐 광대 같아 부끄럽네	論文愧類俳
향기로운 군자를 사랑하노니	馨香愛君子
우리들에게 흉금을 터놓으시네	披豁向吾儕
의리가 중하여 금옥을 내놓더니	義重揮金槖
은혜가 깊어 황궁을 그리워하네	恩深戀玉階
청운 속으로 그대 아득히 떠나가니	青雲人杳杳
백일 아래에 봉황이 화평하게 우네	白日鳳喈喈
머리 들어 황제의 대궐을 바라보니	矯首瞻宸極
아 나는 우물 안 개구리를 닮았구려[41]	嗟予學井蛙

---

38 곡령(鵠嶺) : 개성에 있는 송악산의 다른 이름이다.

39 장산(蔣山) : 남경에 있는 종산(鍾山)의 별칭이다.

40 회수(淮水) : 남경을 감싸고 흐르는 진회(秦淮)를 말한다.

41 나는……닮았구려 : 작은 세계에 갇혀 있어 세상을 보는 눈이 좁았음을 탄식한 말이다. 《장자》〈추수(秋水)〉에 "우물 안의 개구리에게 바다를 말해 줄 수 없는 것은 사는 곳에 구속되어 있기 때문이다.〔井蛙不可以語於海者, 拘於虛也.〕"라고 하였다.

다시 임 주사에게 주다

重贈林主事

새벽 해가 비추어 부상 떨기 빛내고 / 曉日照耀扶桑叢

바다 파도 솟구쳐 붉은 산호 드러내네 / 海波沸出珊瑚紅

푸른 구름 뭉게뭉게 광채가 피어나는데 / 綠雲蒪蒪動光彩

그 아래에 우뚝 솟은 봉래궁42이 있도다 / 下有突兀蓬萊宮

세상 사람 어떻게 날개 가질 수 있으랴 / 世人安得有羽翼

바라보며 천고토록 닿을 수 없어 근심했네 / 相望千古愁鴻濛

객성43이 하룻밤에 동쪽 변방을 비추니 / 客星一夜照東鄙

명나라에서 보내온 천자의 사신이로다 / 云是大明天子使

약수가 삼만 리라고 그 누가 말했던가44 / 誰言弱水三萬里

도리어 치마 걷고 진유를 건너는 듯하네45 / 還似褰裳涉溱洧

---

42 봉래궁(蓬萊宮) : 봉래산(蓬萊山)의 선궁(仙宮)을 말한다. 봉래산은 동해 가운데에 있다는 삼신산(三神山)의 하나이다.

43 객성(客星) : 하늘에 새롭게 출현하는 별로, 사신이나 사행을 비유하는 말이다.

44 약수(弱水)가……말했던가 : 약수는 서해(西海) 속의 선경(仙境)을 둘러싼 물 이름이다. 부력이 약하여 기러기 털조차도 뜨지 않아 사람이 건너갈 수가 없다고 한다. 소식(蘇軾)의 〈금산묘고대(金山妙高臺)〉에 "봉래산은 이르러 갈 수 없으니, 약수가 삼만 리나 펼쳐져 있네.〔蓬萊不可到, 弱水三萬里.〕"라고 하였다.

45 치마……듯하네 : 《시경》〈건상(褰裳)〉에 "그대가 사랑하여 나를 그리워할진댄, 내 치마를 걷고 진수를 건너가려니와, 그대가 나를 그리워하지 않을진댄, 어찌 다른 사람이 없으리오.〔子惠思我, 褰裳涉溱. 子不我思, 豈無他人?〕"라고 한 말을 차용한 것이다. 진유(溱洧)는 진수(溱水)와 유수(洧水)로 모두 정(鄭)나라의 강 이름이다.

옥 부절 손으로 흔들어 뭇 신선 불러서　　手麾玉節招群仙
담소하며 그들과 함께 넓은 하늘 건너네　　談笑與之凌灝氣
동군이 소식 듣고는 기뻐하고 또 놀라서　　東君聞之喜且驚
예정과 우개 갖추고 서로 와서 맞이하네[46]　　霓旌羽蓋來相迎
마음이 지척에서 상제를 대하는 것 같아　　心同咫尺對上帝
은근히 유하주[47]를 술잔에 따라서 올리네　　慇懃酌以流霞觴
이 때문에 조선의 언덕에서 잠깐 쉬더니　　爲之小憩朝鮮墟
허리 아래의 보배 옥이 잘랑잘랑 울리네　　腰下寶玦鳴丁瑲
명주 성인[48]이 일찍이 여기에 머물렀으니　　明疇聖人曾駐此
재계하고 가서 뵈자 신명이 계신 듯하네　　齊宿往謁神洋洋
흥취가 밀려와 때때로 풍월을 읊조리니　　興來時時弄明月
비단 시낭에는 낱낱이 주옥같은 시로세　　錦囊箇箇毬琳琅
인간 세상은 조석간에 광경이 바뀌나니　　人間旦夕光景變
가을바람 불어와서 선선한 기운 감도네　　金風西來動微涼
일어나 신선 수레 불러 어디로 향하는가　　起呼鶴駕向何處

---

46 동군(東君)이……맞이하네 : 고려의 군왕이 예식을 성대히 갖추어 사신을 기쁘게 맞이했다는 말이다. 동군은 봄을 맡은 신(神)으로, 여기서는 고려 왕을 가리킨다. 예정(霓旌)은 오색의 깃털로 만든 깃발이고, 우개(羽蓋)는 물총새의 깃으로 장식한 푸른 수레 덮개이다.

47 유하주(流霞酒) : 신선이 마신다는 좋은 술이다. 하늘의 붉은 노을 기운이 흐른다고 하여 붙여진 이름이다.

48 명주 성인(明疇聖人) : '홍범주구(洪範九疇)를 밝힌 성인'이라는 말로, 기자 조선(箕子朝鮮)을 세웠다는 기자를 가리킨다. 주(周)나라 무왕(武王)이 은(殷)나라를 이기고 기자를 찾아가 천도를 묻자 기자가 홍범을 말해 주었다.

황궁에 조회하고 천자를 뵈려는 것일세   欲朝紫極瞻清光

이별 뒤에 그대 그리워 소식 전하려거든   別後思君寄消息

아득한 그곳으로 청란[49]을 보내야 하리라   應遣青鸞向渺茫

---

49 청란(青鸞) : 신선이 탄다는 푸른 난새로, 소식을 전하는 사자를 가리킨다.

절동으로 돌아가는 조마[50] 호해를 전송하다

送胡照磨海還浙東

십 년의 풍진 속에 나 홀로 그리웠더니	十載風塵首獨回
오늘에야 그대와 함께 술잔을 기울이네	與君今日共含杯
삼동의 공부만으로 문장이 풍부해지고[51]	三冬足用文章富
오세가 함께 살아 길한 경사 찾아오네	五世同居吉慶來
사절이 되어 멀리 기자국 유람하더니	使節遠遊箕子國
돌아가는 배 문득 월왕대[52]로 향하누나	歸舟却向越王臺
어느 때에 천하가 거울처럼 맑아져서	何時四海淸如鏡
천태산에 함께 올라 한번 웃어 볼런가	共上天台一笑開

---

50 조마(照磨) : 원명(元明) 시대에 공문서와 전곡 등을 관리하던 벼슬 이름이다.

51 삼동(三冬)의……풍부해지고 : 삼동은 겨울철 3개월의 농한기를 말한다. 한 무제 (漢武帝) 때 동방삭(東方朔)이 처음 무제에게 글을 올려 말하기를 "신은 어려서 부모를 여의고 형수가 길렀습니다. 나이 열셋에 글을 배워서 삼동의 공부만으로도 문사가 쓰기에 넉넉합니다.〔臣朔少失父母, 長養兄嫂. 年十三學書, 三冬文史足用.〕"라고 하였다. 《漢書 卷65 東方朔傳》

52 월왕대(越王臺) : 중국 절강성 소흥(紹興)에 있는 누대로, 월왕 구천(句踐)이 열병하던 곳이라고 한다.

항주 사신을 전송하다

送杭州使

오왕이 보낸 사절이 동방에 도착하니	吳王使節到天東
열 폭 돛이 날아서 길이 절로 통했네	十幅帆飛路自通
세월은 행역 속에 유유히 지나가지만	歲月悠悠行役裏
산천은 꿈결 속에 뚜렷이 남았으리라	山川歷歷夢魂中
양국의 두터운 우의는 바다와 같으니	兩邦厚意同滄海
만리 길 돌아갈 때 순풍을 얻으리라	萬里歸期得好風
훗날 고소대⁵³에 올라 이곳을 바라보면	他日姑蘇臺上望
봉영⁵⁴은 안 보이고 수평선만 펼쳐졌으리	蓬瀛不見水連空

---

53 고소대(姑蘇臺) : 춘추 시대 오왕(吳王) 부차(夫差)가 월(越)나라 미인 서시(西施)를 위하여 고소산(姑蘇山) 위에 지은 누대이다.

54 봉영(蓬瀛) : 삼신산(三神山)의 하나인 봉래(蓬萊)와 영주(瀛洲)로, 우리나라를 가리킨다.

을축년(1385, 우왕11) 9월에 중국 사신 학록 장보와 전부 주탁을 모시고 서경의 영명루에 올라 판상의 시에 차운하다[55]

乙丑九月 陪天使張學錄溥 周典簿倬 登西京永明樓 次板上韻

사신이 동으로 와서 맑은 유람 나서니   使臣東下作淸遊
이들 모두 당대에 제일가는 인사들이라   俱是當今第一流
부절 잡고 멀리 요동 위를 지나왔는데   玉節遠過遼海上
국화는 처음 대동강 가에서 보게 되네   黃花初見浿江頭
인생에 술 있거늘 취하는 것 사양 마시오   人生有酒莫辭醉
객지에서 산을 대하면 애오라지 쉴 만하리   客裏對山聊可休
온 천하가 이제 바로 한 덩어리 되었으니   萬國卽今歸混一
올라와서 괜한 시름 일으킬 필요 없으리라   登臨不用起閑愁

55 을축년……차운하다 : 명나라 사신을 맞아 영명루를 구경하면서 지은 시이다. 서경(西京)은 평양이고, 영명루(永明樓)는 평양 금수산 동쪽 청류벽(淸流壁)에 있는 영명사(永明寺)의 부속 건물인 부벽루(浮碧樓)의 원래 이름이다. 《동사강목(東史綱目)》 권16 〈전폐왕우(前廢王禑) 11년〉에 "9월 황제가 국자감 학록(國子監學錄) 장보(張溥)와 전부(典簿) 주탁(周倬) 등을 보내어 선왕(先王)의 시호를 내리고 우(禑)를 왕으로 책봉하였다."라고 하였다.

홍무 을축년 9월에 칠참[56]으로 가는 말 위에서 강남 사신 장보의 시에 차운하다

洪武乙丑九月 七站馬上 次江南使張溥詩韻

붉은 깃발 나부끼며 늘어선 대열이 긴데 紅斾飄飄列隊長
사신이 동으로 오며 산과 바다를 건넜네 使臣東下接梯航
길 가는 사람들 달려와서 사모를 구경하고 路人奔走看紗帽
역참의 관리는 맞이하여 옥 술잔을 권하네 驛吏逢迎勸玉觴
부끄럽게도 시낭에는 빼어난 글귀 없는데 慚愧囊中無秀句
모시고 노닐며 말 위에서 가을빛 감상하네 陪遊馬上賞秋光
청금 입은 태학생일랑 그리워하지 마시오 靑衿冑子休相憶
변방 백성 찾아와서 소망을 위로해 주시니 來訪邊民慰所望

---

56 칠참(七站) : 황해도의 요로에 있던 일곱 개의 역참(驛站)을 말한다.

을축년 9월에 중국 사신 주탁에게 주다
乙丑九月 贈天使周倬

중국에 아름다운 선비 있으니	中州有佳士
인과 의를 가슴에 간직했도다	佩服仁與義
조용히 요순의 도를 강론하며	從容講唐虞
아침저녁으로 천자를 모셨지	旦夕侍天子
천자가 먼 곳 백성 염려하니	天子念遠人
명을 받아 덕의를 선포하려고	受命宣德意
만여 리 먼 길을 걷고 걸어서	行行萬餘里
부상나무 가지에 말을 매었네	繫馬扶桑枝
가볍고 경쾌한 사신의 오사모	翩然烏紗帽
그 빛이 동해 모퉁이에 비치니	色映東海陲
온 나라가 은총과 영광을 입어	擧國被寵榮
만물에 모두 광휘가 생겨나네	萬物生光輝
일산 기울여 잠깐 서로 만나니	傾蓋一相見
친밀한 정분 옛 친구와 같도다	情親如舊知
날마다 만나 고담을 접해 보니	日日接高論
힘쓰고 힘써 현묘한 이치 다했구려	亹亹窮玄微

요동 사신 상린에게 주다

贈遼東使桑麟

명나라가 큰 진을 개설했으니	皇明開巨鎭
요수가 크게 굼실대는 곳이네	遼水何逶迤
훈신이 절월 나누어 부임하니	勳臣分節鉞
이곳에 황제의 위엄이 빛나네	於焉耀皇威
막빈은 난봉[57]이 모여든 듯하고	幕賓集鸞鳳
전사는 웅비[58]가 무리 지은 듯하네	戰士屯熊羆
선생이 붓을 던지고 일어나니[59]	先生投筆起
의기 있는 이들이 서로 뒤따랐네	義氣相追隨
지난번에 주장의 명으로 인하여	昨因主將命
수레 하나로 바다 변방 유람하니	單車遊海陲
풍모는 바라보기에 신선과 같고	風儀望如仙

---

57 난봉(鸞鳳) : 난새와 봉황으로, 현준(賢俊)한 선비를 비유한다.

58 웅비(熊羆) : 맹수인 곰과 큰곰으로, 용맹한 병사나 장수를 뜻한다.

59 선생이……일어나니 : '붓을 던지다'는 후한(後漢)의 명장 반초(班超)의 고사에서 온 말이다. 반초가 젊었을 때 집이 가난하여 관청에서 서사(書寫)로 품을 팔아 부모를 봉양하였는데, 하루는 붓을 던지고 탄식하기를 "대장부가 별다른 지략이 없다면, 부개자(傅介子)나 장건(張騫)이라도 본받아서 이역에 나아가 공을 세워 봉후가 되어야지, 어찌 오래도록 필연(筆硯) 사이에만 종사할 수 있겠는가."라고 하였다. 반초는 뒤에 과연 절부(節符)를 쥐고 서역(西域)에 나가 공을 세워서 정원후(定遠侯)에 봉해졌다. 《後漢書 卷47 班超列傳》

변론은 폭포수 쏟아지는 듯했네   辯若懸[60]河垂

내 진정 훌륭한 선비 사랑하니   我固愛佳士

한번 보고는 옛 친구와 같아서   一見如舊知

가을 뜰에 달을 함께 완상하고   秋庭同翫月

산사에서 시를 같이 읊조렸지   山寺共吟詩

점점 정이 깊어짐을 느끼거늘   漸覺情好篤

어찌 갑자기 돌아간다 하는가   胡爲遽告歸

손을 잡고 들판 막사에 이르니   握手臨野次

가을바람 나그네 옷에 불어오네   西風吹客衣

간곡하게 한마디 말을 드리노니   丁寧贈一語

청컨대 그대 한번 들어 볼지라   請子幸聽之

바야흐로 천자께서 성스러워서   方今天子聖

이 나라가 흠뻑 은혜 입었구려   陋邦沐恩私

---

60 懸 : 대본에는 '縣'으로 되어 있는데, 문맥을 살피고 신계본, 개성본, 교서관본에 근거하여 바로잡았다.

조정으로 돌아가는 학록 장보를 전송하다

送張學錄溥還朝

문을 숭상하는 천자가 유현을 등용하니	右文天子用儒賢
인물들 풍류는 바라보기에 신선 같도다	人物風流望似仙
한 통에 열 줄로 쓴 한나라 조서[61] 전하니	一札十行傳漢詔
삼한은 억년토록 요 임금의 수명 빌리라[62]	三韓億載祝堯年
들판 아이는 서로 불러 사모를 구경하고	野童相喚看紗帽
나루 관리는 마중 나와 화선을 준비하네	津吏來迎艤畫船
작별 뒤로 생각날 때면 그대 어디 있을까	別後思君何處是
벽옹[63]의 가을 물은 정히 맑고 잔잔하리라	璧雍秋水正清漣

---

61 한……조서 : 황제의 조칙을 가리키는 말로, 후한(後漢)의 광무제(光武帝)가 조칙을 내릴 때 모두 친필로 한 장에 열 줄씩 써서 보냈던 고사에서 유래한다. 《後漢書 卷76 循吏列傳序》

62 요(堯)……빌리라 : 요 임금이 화(華) 지역을 시찰할 때 그곳을 지키던 사람이 수(壽), 부(富), 다남(多男)으로 요 임금을 축원하였다고 한다. 《莊子 天地》

63 벽옹(璧雍) : 천자가 세운 태학(太學) 곧 국자감을 가리킨다. 원형의 연못으로 둘러싸여 있다. 당시 장보(張溥)의 벼슬이 국자감 학록이었기 때문에 언급한 것이다.

조정으로 돌아가는 전부 주탁을 전송하다

送周典簿倬還朝

명나라의 교화가 동해에까지 미치니	大明聲敎曁東溟
번국이 해마다 황제 조정에 조공하네	藩國年年貢帝庭
천자가 멀리까지 새 은전을 반포하니	天子遠頒新寵典
사신이 내방하여 옛 도경을 이어 주네[64]	使臣來續舊圖經
계림[65]의 단풍잎은 마음과 같이 붉고	鷄林樹葉心同赤
용수산의 산 빛은 눈과 함께 푸르네[66]	龍首山光眼共靑
이적과 중화가 지금 하나 되었으니	夷夏卽今歸混一
이별하며 눈물 자주 흘릴 것 없으리	臨分不用涕頻零

---

64 천자가……주네 : 황제가 우왕을 고려 왕으로 책봉하는 은전을 내리니, 그 사신이
내방하여 국가의 문물제도를 잇게 되었다는 것이다.

65 계림(鷄林) : 경주의 옛 이름으로, 우리나라를 지칭하기도 한다.

66 용수산(龍首山)의……푸르네 : 용수산은 개경 남쪽에 있는 산이다. '푸른 용수산'
을 '반가워하는 눈빛'을 뜻하는 청안(靑眼)과 연결하여 표현한 것이다.

요동 섭 도지휘사께 올리다
上遼東葉都指揮

막부가 처음으로 요수 머리에 개설되니 　　　幕府初開遼水頭
번국들 머리 조아리며 다투어 달려오네 　　　諸藩稽顙競來投
군령이 엄한 보루에는 달빛이 고요하고 　　　令嚴軍壘月華靜
곡식 익은 들판에는 구름 기운 빽빽하네 　　　歲熟田原雲氣稠
계자처럼 멀리 와서 예악을 살펴보고[67] 　　　季子遠來觀禮樂
정남처럼 일 없을 때 《춘추》를 읽으시네[68] 　　征南無事讀春秋
어제는 좋은 집에서 가까이서 모셨는데 　　　畫堂昨日叨居右
옥 술잔 금 술병으로 나그네 달래 주었지 　　玉斝金尊慰客遊

---

67 계자(季子)처럼……살펴보고 : 계자는 오(吳)나라 공자 계찰(季札)로, 예악에 밝
아 노(魯)나라에 사신 와서 주(周)나라 음악을 듣고 열국의 치란과 홍망성쇠를 평하였
다고 한다.

68 정남(征南)처럼……읽으시네 : 정남은 진 무제(晉武帝) 때의 정남대장군(征南大
將軍) 두예(杜預)를 가리킨다. 두예는 《춘추좌씨전(春秋左氏傳)》를 좋아하여 장군으
로서 공을 세운 뒤에 일이 없자 경적에 침잠하여 《춘추좌씨경전집해(春秋左氏經傳集
解)》 등을 저술하였다. 《晉書 卷34 杜預列傳》

요동 매 도지휘사께 올리다
上遼東梅都指揮

천자가 헌함에 임하여[69] 무신을 파견하니	天子臨軒遣將臣
조용히 웃고 말하면서 풍진을 잠재우네	從容談笑靜風塵
현토는 땅이 가까워서 안개 빛 닿아 있고	玄菟地近煙光接
말갈은 산이 높아서 비 갠 빛이 새롭도다	靺鞨山高霽色新
공명이 한주에게 하직한 일 함께 말하더니[70]	共道孔明辭漢主
양호가 오인 감동시킴을 지금 보게 되네[71]	今看羊祜感吳人
천하가 통일된 날을 이제 분명 만났으니	正逢四海同文日
붉은 연꽃 장막[72] 안의 빈객 되길 바란다오	願作紅蓮幕裏賓

---

69 헌함(軒檻)에 임하여 : 황제가 특별히 대우하거나 당부할 일이 있을 때 정전(正殿)의 정좌에 앉지 않고 전각의 문 밖 추녀 아래의 평대(平臺)에까지 나아가는 것을 말한다.

70 공명(孔明)이……말하더니 : 매 도지휘사가 천자에게 하직하고 요동으로 부임한 것이 제갈공명이 유선(劉禪)에게 하직하고 출정한 일과 같다고 모두 말한다는 것이다.

71 양호(羊祜)가……되네 : 진(晉)나라 양호가 오(吳)나라 장수 육항(陸抗)과 대치할 때에 교전할 때마다 날짜를 정해 놓고 싸운다거나 간계를 진언하는 자가 있으면 진한 술을 먹여서 말하지 못하게 하는 등의 신의를 보이니, 오나라 변방 사람들이 모두 열복하였다고 한다. 《資治通鑑 卷79 晉紀1》

72 붉은 연꽃 장막 : 진(晉)나라 때 재신(宰臣) 왕검(王儉)의 막부를 당시 사람들이 연화지(蓮花池) 또는 홍련막(紅蓮幕)으로 예찬했던 데서 온 말로, 전하여 재상의 막부 또는 장수의 막부를 가리킨다. 《南史 卷49 庚杲之列傳》

호송하는 요동 임 진무를 송별하다

送別護送遼東任鎭撫

글을 읽고 의리 행하는 한 사람 호걸이 　　讀書行義一豪人

산동에 높이 누워서 삼십 년을 보냈지 　　高臥山東三十春

강개하여 천하의 선비 되길 기약하더니 　　慷愾自期天下士

조용히 와서는 막중의 빈객이 되었구려 　　從容來作幕中賓

주판 돌려 계책 내면 대적할 재주 없고 　　轉籌決策才無敵

창 들고 시 읊으면 청신한 흥취 있도다 　　橫槊哦詩興有神

오늘 아침 진중하게 멀리 서로 보내니 　　珍重今朝遠相送

압록강 변의 이 작별을 어떻게 견디랴 　　那堪分袂鴨江濱

요동 왕 경력과 왕 도사 두 상공에게 부치다

寄遼東王經歷王都事兩相公

태평성대라 어진 이들 함께 떨쳐 일어나니	盛代群賢共躍鱗
요동 땅 빈객 모두가 보배 같은 선비이네	遼東賓客盡儒珍
우경은 지기가 있어 백벽 한 쌍을 받았고[73]	虞卿雙璧有知己
극씨는 재덕이 훌륭해 계수 한 가지 꺾었지[74]	郤氏一枝眞可人
요동 벌 푸른 산이 자주 꿈에 들어오니	鶴野青山頻入夢
압록강 밝은 달이 가만히 상심하게 하네	鴨江明月暗傷神
이제 천하가 한집안이 된 날을 만났으니	今逢四海爲家日
뒷날 상공 뒤를 쫓더라도 의아해하지 마오	莫訝他時逐後塵

73 우경(虞卿)은……받았 : 우경은 전국 시대에 유세하던 선비이다. 일찍이 짚신을
신고 우산을 등에 멘 채로 돌 다니다가 조(趙)나라 효성왕(孝成王)을 만나 유세하였
다. 효성왕이 처음 보고는 황금 1 일(鎰)과 백벽(白璧) 한 쌍을 하사하고, 두 번 보고
는 상경(上卿)으로 삼았다고 한다. 《史記 卷76 虞卿列傳》

74 극씨(郤氏)는……꺾었지 : 극서 진(晉)나라의 극선(郤詵)이다. 진 무제(晉武
帝)가 어느 날 현량대책(賢良對策)에 원한 극선에게 "경은 스스로를 어떻게 생각하는
가?"라고 물었다. 극선이 대답하기를 이 현량과에 응시하여 올린 대책문(對策文)이
천하에 제일갔던 것은 마치 계림의 계 나무 한 가지나 곤산의 옥 한 조각과 같을 뿐입니
다.〔臣擧賢良對策 爲天下第一, 猶桂 之一枝, 崑山之片玉.〕"라고 하니, 무제가 웃었다
고 한다. 《晉書 卷52 郤詵列傳》 수나무를 꺾다'는 전하여 과거 급제를 의미한다.

요동으로 돌아가는 백호[75] 정여[76]를 전송하다
送程百戶與還遼東

봄바람 속에 총마 타고 채찍을 더하니   春風驄馬着金鞭
선린 관계 잘 닦고서 사자가 돌아가네   隣好交修使者旋
백발의 서생은 부끄럽게 쓸모가 없지만   白髮書生愧無用
홍련 장막[77] 빈객은 누군들 어진 이 아닐까   紅蓮幕客孰非賢
장대한 회포 있어 요동으로 향해 가지만   壯懷却向遼東去
아름다운 글귀는 응당 해외에 전해지리라   佳句唯應海外傳
들건대 양하엔 한 쌍의 잉어[78]가 있다 하니   聞道梁河有雙鯉
잊지 말고 하늘가로 편지를 부쳐 주시오   莫忘尺素寄天邊

---

75 백호(百戶) : 원명(元明) 시대의 위위소(爲衛所)에 속한 벼슬 이름으로, 병사 100명을 거느리는 군관(軍官)이다.

76 정여(程與) : 《고려사절요(高麗史節要)》권32 〈신우(辛禑) 3〉 을축년(1385, 우왕11) 조에 "요동 도사가 백호 정여를 보내와서 김득경(金得卿)이 관군을 쳐서 죽인 까닭을 묻고 김득경을 잡아 남경으로 압송하였다."라는 기사가 실려 있다.

77 홍련 장막 : 261쪽 주72 참조.

78 한 쌍의 잉어 : 소식을 전해 주는 편지를 뜻한다. 고악부(古樂府)에 "손님이 먼 지방으로부터 와서 나에게 한 쌍의 잉어를 주었네. 아이를 불러 잉어를 삶게 하니, 배 속에 한 자의 흰 비단 편지 있었네.〔客從遠方來, 遺我雙鯉魚. 呼童烹鯉魚, 中有尺素書.〕"라고 하였다. 《古文眞寶前集 卷3 樂府上》

영 스님이 소매에서 시를 내보이고 화운시를 구하므로 이렇게 써서 책임을 면하다

英枯木袖詩求和 書此塞責

어제는 강을 건너 떠나갔다가	昨日過江去
오늘은 강을 건너 되돌아오니	今日過江來
힘들고 수고로운 한평생 안에	勞勞百年內
행역하는 일이 몇 번이었던가	行役知幾回
대사는 예전부터 아는 사이라	英師舊相識
담소를 그와 함께 주고받는데	笑談與之諧
소매 속에서 시편을 내놓으니	袖中出詩篇
나그네 회포를 위로받을 만하네	足以慰旅懷
거린은 과연 어떠한 것이던가	巨鱗是何者
기꺼이 재주의 유무를 논할까[79]	肯論才不才
딱하게도 그대는 허여함이 적지만	閔子少許可
흉금에 한 점의 티끌도 없다네	胸襟絶纖埃
붓을 대면 주옥같은 글을 남기니	落筆遺珠玉
그대에게 또한 다행한 일이로다	於汝亦幸哉
나는 본래 좋은 말이 적은지라	我本乏好語
시구를 얻어도 정채함이 없구려	得句無精神

---

79 거린(巨鱗)은……논할까 : 거린은 고래 같은 큰 물고기를 말한 것으로, 거린처럼 큰 인물은 재주가 있고 없음을 굳지 따지려 하지 않는다는 뜻으로 보인다.

애오라지 이렇게 적어 줄 뿐이니   聊書此爲贈

삼가서 남에게 전하지는 마시오   愼莫傳諸人

급제하여 고향으로 돌아가는 이 수재를 축하하다 30운

賀李秀才登第還鄕 三十韻

주상께서 첫 정사를 걱정하여	上乃憂初政
누가 정무를 함께할까 하시고	疇能共萬機
초야에 숨은 선비 생각하시어	念茲嵒穴隱
그물 펼쳐 모두 등용하려 했네	欲以網羅圍
화평하게 대궐 문 활짝 열려서	穆穆開閶闔
많은 선비들 과거 시험 치르니	侁侁試禮闈
산을 벗겨 재목을 거두어 가듯 하고	赭山收杞梓
바다를 걸러 구슬을 다 건지듯 했네	漉海竭珠璣
이 사람은 몹시도 총명한지라	之子聰明甚
성동 때부터 견줄 이 드물었네	成童比竝稀
글을 읽어 성현의 도 공부하고	讀書窮聖域
책 상자 지고서 서울로 왔었지	負笈走王畿
도가 편안하여 바다에 뜨기를[80] 사양했고	道泰辭浮海
봄이 따뜻하여 기수로 목욕하러 갔네[81]	春暄趁浴沂

---

80 바다에 뜨기를 : 공자가 일찍이 탄식하기를 "도가 행해지지 않는지라, 뗏목을 타고 바다에 떠서 떠나리니, 나를 따라올 사람은 자로가 아니겠는가.〔道不行, 乘桴浮于海, 從我者其由與?〕"라고 하였다.《論語 公冶長》

81 봄이……갔네 : 외물에 구애되지 않는 깨끗하고 드높은 기상을 지녔다는 말이다. 증석(曾晳)이 말하기를 "늦은 봄날에 봄옷이 완성되면 갓을 쓴 어른 대여섯 명과 어린아이 예닐곱 명과 함께 기수에서 목욕하고 무우에서 바람을 쐬고서 노래하며 돌아오겠습

《시경》을 담론할 땐 훈고가 필요치 않았고	談詩遺訓詁
《주역》을 완미하면서는 정미함을 꿰뚫었지	玩易貫精微
양마처럼 지은 부는 임금께 올릴 만하고[82]	揚馬賦堪獻
안건[83] 같은 분은 마음에 바라는 바이네	顔騫心所希
성균관에서 여름과 겨울철 보내다가	芹宮閱寒暑
무성한 계수나무 가지 꺾으러[84] 나섰네	桂窟向芬菲
기예를 겨루자 대적할 재주 없으니	戰藝才無敵
의기양양하게 소원 모두 이루어졌네	揚眉願莫違
단지[85]에는 용호방이 펼쳐 내걸리고	丹墀張虎牓
궁전에는 교룡기가 높이 세워졌네	紫殿卓龍旗
급제자들 일제히 은총을 받게 되니	玉筍齊承寵
용안은 이 때문에 근심이 걷히었네	天顔爲霽威
마을 거리에는 벽제 소리 들리고	閭閻聽呵喝
수레와 일산에는 영광이 넘쳐 나네	車蓋動光輝
길 양쪽에는 사람들이 실을 짜듯 빽빽한데	夾道人如織
안장을 나란히 하여 나는 듯이 말 달리네	聯鞍馬似飛

니다.〔暮春者, 春服旣成, 冠者五六人, 童子六七人, 浴乎沂, 風乎舞雩, 詠而歸.〕"라고
하였다. 《論語 先進》

82 양마(揚馬)처럼……만하고 : 한(漢)나라의 양웅(揚雄)이나 사마상여(司馬相如)
처럼 임금에게 바칠 만한 훌륭한 부(賦)를 지었다는 것이다.

83 안건(顔騫) : 안연(顔淵)과 민자건(閔子騫)으로, 모두 덕행(德行)이 뛰어났던 공
자의 제자이다.

84 계수나무 가지 꺾으러 : 대과에 급제함을 뜻한다. 263쪽 주74 참조.

85 단지(丹墀) : 궁전의 붉은 섬돌이다.

조정 신하 다 함께 천거하여 끌어 주고	朝臣咸薦引
학자들도 모두 다 우러르며 의지하네	學者盡瞻依
자애로운 어머니 꿈속에서 홀연히 뵙고	忽夢萱堂愛
곧바로 색동옷[86] 입고 고향으로 돌아가네	尋將彩服歸
고을 수령들 맞이하여 음식을 대접하니	縣官迎餽饋
나루터의 관리들이 어찌 감히 검문하랴	津吏敢訶譏
저녁에 묵으니 숲이 처음 어둑해지고	夕次林初暝
새벽에 길 떠나니 이슬 마르지 않았네	晨征露未晞
장래에 차고 다닐 패옥 소리가 울리고	玉鳴明日佩
옛날 입었던 옷을 비단으로 바꾸었네	錦換往時衣
일찍이 노닐던 나무를 차츰 알겠고	漸認曾遊樹
가다가 옛날 낚시터를 만나게 되네	行逢舊釣磯
집사람은 반가운 까치 소리를 점치고	家人占喜鵲
아이들은 쥐며느리를 쓸어 없애고 있네	稚子掃伊蝛
맹자의 어머니는 예전에 집을 옮겼었고	孟母昔遷舍
소진의 아내는 지금 베틀에서 내려오네[87]	蘇妻今下機
고향 사람들 한길에 나와 기다리다	鄕鄰候郊路
수행원들이 대문과 사립에 도착하면	騶從到門扉

---

86 색동옷 : 춘추 시대 초(楚)나라의 노래자(老萊子)가 효성이 지극하여 나이 일흔이 되어서도 항상 색동옷을 입고 어린애처럼 재롱을 부려 부모를 기쁘게 해 드렸다고 한다.

87 소진(蘇秦)의……내려오네 : 전국 시대 소진이 집을 떠나 돌아다니다가 성공하지 못하고 꾀죄죄한 행색으로 돌아오자 그의 아내가 베틀에서 내려와서 그를 예로써 맞아 주지도 않더니, 뒤에 육국(六國)의 재상이 되어 돌아오자 아내를 비롯한 온 집안사람이 소진을 환영하였다고 한다.《戰國策 秦策上》

고을 원은 술잔 들고서 축하하고　太守稱觴賀

양친은 기쁨의 눈물 흘리시리라　雙親有淚揮

아아 나는 조정에서 쫓겨난 몸이라　嗟予遭斥逐

태평성대에도 한숨만 쉬고 있네　盛代每歔欷

녹수는 참으로 조용히 흘러가고　綠水信容與

청산은 본래부터 시비가 없다네　靑山無是非

강호의 물결은 깊고도 넓은데　鷗波深浩浩

대궐은 저 멀리 높고도 높네　鳳闕遠巍巍

이미 풍운의 제회[88]를 저버렸으니　已負風雲會

일월의 빛[89]을 더하기가 어렵지만　難增日月暉

보리라 그대가 높은 벼슬에 올라　看君騰踏去

한원에서 장미를 감상하는 것을　翰苑賞薔薇

88　풍운(風雲)의 제회(際會) : 훌륭한 군주와 어진 신하의 만남을 뜻한다. 《주역》 〈건괘(乾卦) 문언(文言)〉에 "구름은 용을 따르고 바람은 범을 따른다.〔雲從龍, 風從虎.〕"라고 한 말에서 유래한다.

89　일월의 빛 : 임금의 덕휘(德輝)를 말한다. 순 임금이 신하들과 태평을 노래한 〈경운가(卿雲歌)〉에 "오색구름이 찬란함이여, 얽히어 늘어졌도다. 해와 달이 빛남이여, 아침이요 또 아침이로다.〔卿雲爛兮, 糾縵縵兮. 日月光華, 旦復旦兮.〕"라고 하였다. 《文體明辨 卷1 古歌謠辭》

경상도 안렴사로 나가는 장령 전오륜[90]을 전송하다
送全五倫掌令出按慶尙

이 사람 지금 어디로 가려 하는가	之子欲何適
가을날 선선하고 총마는 건장하네	秋涼驄馬驕
마음이 맑아서 제사를 대행하고	心淸代祀事
직임이 중하여 민요를 채집하네[91]	任重採風謠
합천의 강은 쪽빛이 고울 터이고	陜水藍光嫩
진주의 산은 단풍이 한창이리라	晉山楓葉凋
예전에 주륜[92]을 타고 은혜를 남겼더니	朱輪舊遺愛
이제 옥절[93]을 잡고서 또다시 소요하네	玉節又逍遙

---

90 전오륜(全五倫) : 자는 백지(伯至), 호는 채미헌(採薇軒), 본관은 정선(旌善)이다. 공양왕 때 급제하여 형조 판서를 역임하였고, 고려가 망하자 두문동(杜門洞)에 들어갔다가 조선 태조에 의하여 본향안치(本鄕安置)의 처벌을 받았고 풀려나서는 정선의 서운산(瑞雲山)에 은거하였다.

91 직임이……채집하네 : 각 고을을 순시하며 민정(民情)을 살피는 중임도 맡았다는 것이다. 고대에 지방관이 민요를 채집하여 조정에 바쳤던 고사를 인용한 것이다.

92 주륜(朱輪) : 수레바퀴가 붉은 수레로, 높은 벼슬아치를 뜻한다. 한(漢)나라 때 2000석 이상의 녹봉을 받는 관리들의 수레 양쪽 가의 바람막이를 붉은색으로 칠했던 데서 유래한다.

93 옥절(玉節) : 지방관으로 나갈 때 지니고 가는 옥으로 만든 부절(符節)을 말한다. 《주례(周禮)》〈지관사도(地官司徒)〉에 "방국을 지키는 자는 옥절을 사용하고, 도비를 지키는 자는 각절을 사용한다.〔守邦國者用玉節, 守都鄙者用角節.〕"라고 하였다.

상주의 김 상국[94] 선치 에게 주다

贈尙州金相國 先致

우중에 나를 만류하려고 술잔 가득 따르니	雨中留我酒杯深
한나절의 고상한 담론은 백금의 값어치라	半日高談直百金
조정으로 돌아가려고 말을 재촉해야 하니	只爲朝天促歸驥
석양의 꽃다운 풀이 이내 마음을 괴롭히네	夕陽芳草惱人心

---

94 김 상국(金相國) : 김선치(金先致, 1318~1398)이다. 본관은 상주(尙州)이고, 김
득배(金得培)의 아우이다. 계림 부윤(鷄林府尹), 삭방도 도순문사(朔方道都巡問使)
등을 역임하였고, 1382년(우왕8) 벼슬을 그만두고 상주로 은퇴하였다.

상주 서 목사에게 주다

贈尙州徐牧使

객지에서 누구와 차마 이 마음 얘기하랴　　　客路誰堪話此心
이별 노래 처절하여 소리를 못 이룬다오　　　離歌凄斷不成音
상산[95] 태수가 베풀어 주는 한 잔의 술은　　　商山太守一杯酒
낙동강 강물처럼 그 뜻이 깊고 깊구려　　　意與洛東江水深

95　상산(商山) : 경상북도 상주(尙州)의 옛 이름이다.

이 헌납[96] 첨 에게 부치다. 경상도를 안행할 때에 김해 연자루[97] 앞에 손수 매화를 심었기 때문에 말한 것이다

寄李獻納 詹 按行時 金海燕子樓前手種梅花故云

연자루 앞에는 제비가 돌아왔건만	燕子樓前燕子回
낭군은 한번 떠나 다시 오지 않네	郞君一去不重來
그 당시에 손수 심었던 매화나무여	當時手種梅花樹
묻노니 춘풍에 몇 번이나 피었던가	爲問春風幾度開

나주 판관으로 부임하는 동년⁹⁸ 이양을 전송하다

送同年李陽赴羅判

천리 밖의 남쪽 고을에 벼슬 하나 얻었으니	千里南州得一官
가을바람에 떨어지는 해가 말안장을 비추네	秋風落日照征鞍
거문고 타는 동헌에 남은 즐거움 있을 터이니⁹⁹	彈琴閣上有餘樂
돌아가며 행로의 어려움은 노래하지 마시오¹⁰⁰	歸去莫歌行路難

---

98 동년(同年) : 같은 해 과거 시험에 함께 합격한 사람을 서로 일컫는 말이다.

99 거문고……터이니 : 공자의 제자 복자천(宓子賤)이 선보(單父) 고을을 다스릴 때 거문고만 타고 마루 아래에 내려가지 않았으나 고을이 잘 다스려졌다고 한다. 《呂氏春秋 卷21 察賢》

100 돌아가며……마시오 : 남쪽 지방으로 부임하는 어려움이야 굳이 말할 것이 못 된다는 말이다. 도로의 험난함을 처세의 어려움에 비유하여 노래한 행로난(行路難)이라는 악부(樂府)의 잡곡가사(雜曲歌辭)가 있다.

강 안렴사에게 부치다

寄姜廉使

생각해 보니 예전에 죽령관을 함께 올라 　　憶昔同登竹嶺關

높이 부른 한 곡조가 구름 사이 진동했지 　　高歌一曲動雲間

지금까지도 밤마다 그리워하는 꿈을 꾸어 　　至今夜夜相思夢

천리 저 멀리 칠점산[101]을 찾아가곤 한다오 　　千里相尋七點山

101　칠점산(七點山) : 부산시 강서구 대저동의 낙동강 하구에 있었던 7개의 봉우리로
된 산 이름이다. 《신증동국여지승람(新增東國輿地勝覽)》 권22 〈경상도 양산군(梁山
郡)〉에 "고을 남쪽 44리 되는 곳의 바닷가에 있다. 산에 점과 같은 일곱 봉우리가 있기
때문에 칠점산이라고 한다.〔在郡南四十四里海滋. 山有七峯如點故名.〕"라고 하였다.

밀양 박 중서[102]에게 부치다

寄密陽朴中書

평생의 친구들이 새벽별처럼 드물어지니	平生親舊曉星疏
늙은 내가 이제는 쓸쓸히 지냄을 탄식하네	老圃如今嘆索居
도은은 중국으로 떠나고 약재는 죽었으니[103]	陶隱西遊若齋死
나로 하여금 매번 박 중서를 생각나게 하네	令人每憶朴中書

---

102 박 중서(朴中書) : 박의중(朴宜中, 1337~1403)으로, 자는 자허(子虛), 호는 정재(貞齋), 본관은 밀양, 시호는 문경(文敬)이다. 1362년(공민왕11) 문과에 급제하여 문하부 사인(門下府舍人), 대사성 등을 역임하였고, 조선조에서는 검교 참찬의정부사(檢校參贊議政府事)에 임명되었다. 《정재일고(貞齋逸稿)》 권2 부록 〈제현투증(諸賢投贈)〉에 이 시가 수록되어 있다.

103 도은(陶隱)은……죽었으니 : 도은 이숭인(李崇仁)은 1386년(우왕12) 하정사(賀正使)로 중국에 사신 갔고, 척약재(惕若齋) 김구용(金九容)은 1384년 중국 운남(雲南)으로 유배 가다 병사하였다.

익양[104] 김 규정[105]에게 부치다
寄益陽金糾正

남쪽의 난리가 아직도 그치지 않으니	南國干戈尙未休
칠 년이나 고향에서 노닐지 못했구려	七年不到故園遊
풍류 있는 어사의 애간장 끊어질 곳	風流御史斷腸處
강산에 해가 떨어지는 명원루[106]이리라	落日江山明遠樓

---

104 익양(益陽) : 경상북도 영천시의 옛 이름이다. 김 규정의 본관이 영천인 듯하다.

105 규정(糾正) : 고려 시대 사헌부에 속한 종6품 벼슬이다.

106 명원루(明遠樓) : 경상북도 영천시 창구동에 있는 조양각(朝陽閣)을 말한다. 1368년(공민왕17) 익양 태수 이용(李容)이 건립한 것으로, 당시에는 명원루라 하였다. 현재의 건물은 1637년(인조15) 군수 한덕급(韓德及)이 임진왜란 때 불탄 것을 재건한 것으로, 이때부터 조양각이라 고쳐 불렀다.

장수역[107]에 묵으며 익양 태수 이용에게 부치다

宿長守驛 寄益陽守李容

흰 구름은 푸른 산에 있건만	白雲在靑山
유자는 고향 땅을 떠나가노라[108]	遊子去鄕國
한 해 저물어 눈서리 차갑거늘	歲暮雪霜寒
어찌하여 멀리 길을 나서는가	胡爲遠行役
역정에서 한밤중에 일어나 보니	驛亭中夜起
닭이 울어 그 소리 꼬끼오 하네	鷄鳴聲喔喔
날 밝으면 앞길을 내달려야 하니	明日赴前程
유연히 이내 회포 서글퍼지도다	悠然懷抱惡
친구는 날이 갈수록 멀어져 가니	故人日已遠
돌아보매 눈물이 손에 가득하네	回首淚盈掬

---

107 장수역(長守驛) : 경상북도 영천시 신녕면에 있었던 역참이다.

108 흰……떠나가노라 : '흰 구름'은 부모를 그리는 자식의 마음을 표현하는 말이고 유자(遊子)는 길 떠나는 자식을 말한다. 당(唐)나라 적인걸(狄仁傑)이 하양(河陽)에 어버이를 남겨 두고 병주(幷州)로 벼슬살이를 나갔다가 태항산(太行山)에 올라 흰 구름이 외롭게 나는 것을 보고, 좌우의 사람들에게 "나의 어버이가 저 아래 계신다."라고 하고는 서글피 오래도록 바라보다가 구름이 다른 곳으로 옮겨 가자 그 자리를 떠났다고 한다. 《新唐書 卷115 狄仁傑列傳》

강남으로 사신 가는 산기 이천기[109]를 전송하다

送李散騎天驥奉使江南

서생의 손 안에 있는 칼이여	書生手中劍
간담도 비출 듯 빛이 새롭네[110]	照膽光芒新
바다를 건너가 천자를 뵈려고	渡海謁天子
배에 올라 친구와 작별하도다	登舟辭故人
예성항[111]엔 가을바람 불어오는데	秋風禮城港
양자진[112]에는 밝은 달이 비치리라	明月楊子津
잘 가서 나랏일 부지런히 하고	好去勤王事
돌아올 때 지체하지는 마시구려	歸來莫逡巡

109 이천기(李天驥) : 본관은 평창(平昌)이다. 《신증동국여지승람》권46 〈강원도 평창군(平昌郡)〉에 "원나라의 제과(制科)에 급제하여 벼슬이 산기상시(散騎常侍)에 이르렀다."라고 하였다.

110 서생(書生)의……새롭네 : 어떠한 일도 잘 처리할 역량을 지녔음을 은유한 말이다. 가도(賈島)의 〈검객(劍客)〉에 "십 년 동안 칼 한 자루 갈았으나, 시퍼런 칼날 아직 써 보지 못했네. 오늘 가져다가 그대에게 주노니, 누가 공평하지 못한 일 하겠는가.〔十年磨一劍, 霜刃未曾試. 今日把贈君, 誰有不平事.〕"라고 하였다. 《古文眞寶前集 卷1》

111 예성항(禮城港) : 개성직할시 개풍군과 황해남도 배천군 사이를 흐르는 예성강의 하류에 위치한 항구이다. 당시 중국으로 왕래하는 사절의 배가 여기에서 출발하였다.

112 양자진(楊子津) : 중국 강소성 한강(邗江) 남쪽의 양자교(楊子橋) 지역에 있었던 나루이다. 양자강 북쪽 언덕에 자리하여 남쪽 경구(京口)로 건너가는 중요한 나루였다. 양자도(楊子渡)라고도 한다.

안동 서기로 부임하는 이 수재를 전송하다 절구 5수

送李秀才就赴安東書記 五絶

그 옛날 선왕께서 홀연 남쪽 순행할 때   先王昔日忽南巡

또 외람되이 행궁의 시종신이 되었었지[113]   也忝行宮侍從臣

지난해에 영호루 아래를 지나갈 때에는   去歲映湖樓下過

신한을 우러러보며 눈물로 수건 적셨지[114]   仰瞻宸翰涕沾巾

높고 높은 태백산에 봄눈이 녹고 나면   太白山高春雪消

영가[115] 강물 불어나 푸른 물결 드넓으리   永嘉江漲綠迢迢

난주 타고 즐길 행락 뒷날로 기약하니   蘭舟行樂期他日

술통 앞에서 춤추는 버들 허리 보리라   看舞尊前楊柳腰

---

113 그……되었었지 : 1361년(공민왕10) 공민왕이 홍건적의 난을 피하여 안동으로 내려갔을 때에 자신이 분수에 넘게 임시 궁궐인 행궁(行宮)의 시종신으로 호종(扈從) 했다는 말이다. 〈연보고이〉 임인년(1362, 공민왕11) 조에 "복주(福州)로 거둥했을 때 공은 이미 한림(翰林)으로 호종한 것이다."라고 하였다. 복주는 안동의 고려 시대 이름이다.

114 지난해에……적셨지 : 1378년(우왕4) 일본 사행에서 돌아올 때에 영호루(映湖樓) 아래에서 신한(宸翰) 곧 공민왕의 어필을 바라보며 눈물을 흘렸다는 것이다. 〈안동 영호루. 일본에서 돌아올 때 짓다〔安東映湖樓 回自日本作〕〉라는 시가 《포은집》 제2권에 실려 있다. 영호루는 안동시 정하동 낙동강 변에 있는 정자로, 공민왕이 안동으로 피란했을 때에 영호루에 나가 군사 훈련을 참관하거나 배를 타고 유람하며 심회를 달랬다고 한다. 여기에 공민왕의 친필 현판이 걸려 있다.

115 영가(永嘉) : 경상북도 안동의 옛 이름이다.

그 옛날 글 읽었던 그리운 홍국사여   昔日讀書興國寺
때때로 꿈속에서 청산을 찾아가노라   時時夜夢到靑山
구교 중에 주지 노승 가장 생각나니   舊交最憶堂頭老
틈나거든 나를 위해 한번 다녀오구려   爲我乘閑一往還

급제하고 돌아가서 고향을 방문하니   登第歸來訪故鄕
벼슬살이 정녕코 좋은 봄날 만났도다   宦遊正値好春光
영가는 예로부터 산수가 아름답거늘   永嘉自古佳山水
시에 능한 백옥랑116을 다시 더 보냈네   更着能詩白玉郞

시서에 탁월한 사람이라면 누구를 손꼽을까   詩書誰道是尤長
내 알기로 근무 성적 가장 좋은 좌부일 테지   佐府吾知政最良
문사 맡을 신하를 임용하는 날이 되면   此日詞臣方任用
그대 틀림없이 자미랑117이 되고 말리라   期君定作紫薇郞

---

116 백옥랑(白玉郞): 백옥처럼 아름다운 사람이라는 뜻이다.

117 자미랑(紫薇郞): 중서성(中書省)의 관원을 일컫는 말이다. 당나라 때에 중서성에 자미화 즉 백일홍을 많이 심었기 때문에 중서성을 자미성(紫薇省)이라 불렀다.

둔촌[118]의 시에 차운하여 네 군자께 드리다

次遁村韻呈四君子

어제의 총각들이 이제 두 늙은이 되었으니　　昨日丱童成兩翁

지팡이 짚고 상종하며 산중의 일 추억하네　　相從扶策憶山中

지척 간에 이웃한 것은 하늘이 준 인연이니　　卜鄰咫尺眞天賦

왕래하며 함께 읊조리기를 어찌 사양하리오　　來往何辭嘯詠同

　　위는 동창(東窓)[119]에게 준 것이다.

문장을 독차지하여 목옹을 이었으니　　獨擅文章繼牧翁

찬란한 별들이 가슴속에 벌여져 있네[120]　　粲然星斗列胸中

다시 육경을 펼쳐 창 앞에서 읽으며　　更將六籍窓前讀

주묵을 손수 갈아 동이 점을 상고하네　　手自研朱考異同

　　위는 도은(陶隱)[121]에게 준 것이다.

---

118 둔촌(遁村) : 이집(李集, 1327~1387)의 호이다. 본관은 광주(廣州), 자는 호연(浩然)이다. 저서로 《둔촌유고(遁村遺稿)》가 있다.

119 동창(東窓) : 포은과 교유했던 인물의 호인 듯하다.

120 문장을……있네 : 목은(牧隱) 이색(李穡)의 문장을 계승하였다는 말이다. 송(宋)나라 장뢰(張耒)의 〈마애비후(磨崖碑後)〉에 "수부 원결(元結)의 가슴속에는 성두와 같은 문장이 있네.〔水部胸中星斗文.〕"라고 하였다. 《古文眞寶前集 卷7》

121 도은(陶隱) : 이숭인(李崇仁, 1347~1392)의 호이다. 자는 자안(子安), 본관은 성주(星州), 시호는 문충(文忠)이다. 1362년(공민왕11) 문과에 급제하여 성균관 사성, 예문관 제학 등을 역임하였다. 저서로 《도은집(陶隱集)》이 있다.

분방하게 수년을 촌 늙은이 짝하더니 　　　狂歌數載伴田翁

붓을 꽂고 또다시 간원에서 노니시네[122] 　　　珥筆重遊諫院中

예전처럼 서로 만나 다시 한번 웃어 보니 　　　傾蓋相逢還一笑

풍류 넘치는 참모습이 지난날과 같구려 　　　風流眞態往時同

　위는 약재(若齋)[123]에게 준 것이다.

말쑥한 행장이야 촌 늙은이와 같지만 　　　瀟灑行裝似野翁

비단 같은 새 시는 시낭에 가득하네 　　　新詩如錦滿囊中

한강 물은 내 발이라도 씻을 만하니[124] 　　　漢江可以濯吾足

어느 날 돌아가서 그대와 함께하려나 　　　何日言歸與子同

　위는 둔촌에게 준 것이다.

의관을 묶어 맨 반백의 이 늙은이 　　　衣冠縛束二毛翁

더위 무릅쓰고 절에서 향을 피우네 　　　觸熱行香佛寺中

---

122 분방하게……노니시네 : 김구용(金九容)은 1375년(우왕1) 북원(北元)의 사신을 물리칠 것을 주장하다가 이인임(李仁任)에게 배척당하여 죽주(竹州)로 유배되었다. 얼마 뒤 고향 여흥(驪興)으로 이배(移配)되어 여강어우(驪江漁友)라 자호(自號)하고서 7년을 야인으로 보냈다. 1381년 우왕이 그의 풍의(風義)를 숭상하여 간관인 좌사의대부(左司議大夫)를 제수하였다. '붓을 꽂다'는 옛날에 사관(史官)이나 간관이 기록의 편리를 위하여 조정에 나갈 때 붓을 귀에 꽂는 것을 말한다. 인하여 사관이나 간관을 가리키는 말로 쓰인다.

123 약재(若齋) : 척약재(惕若齋) 김구용이다.

124 한강……만하니 : 굴원(屈原)의 〈어부사(漁父辭)〉에 "창랑의 물이 맑으면 내 갓끈을 씻고, 창랑의 물이 흐리면 내 발을 씻으리라.〔滄浪之水淸兮, 可以濯吾纓; 滄浪之水濁兮, 可以濯吾足.〕"라고 하였다.

| 어떻게 하면 사문의 여러분과 함께 | 安得斯文二三子 |
| 송풍 부는 걸상에 앉아 터놓고 얘기할까 | 松風一榻晤言同 |

위는 자신을 서술한 것이다. 당시 법왕사(法王寺)[125]에서 분향하였기 때문에 말한 것이다.

---

125 법왕사(法王寺) : 고려 태조가 개경 십사(開京十寺)의 하나로 919년(태조2) 창건한 절이다. 이후로 역대 왕들이 이곳에서 팔관회(八關會)를 열거나 팔관회를 마치고 분향(焚香)하였다.

계묘년(1363, 공민왕12) 5월 2일에 비가 내려 홀로 앉았더니 이둔촌이 마침 찾아왔다

癸卯五月初二日 有雨獨坐 李遁村適來

문을 닫고 애오라지 앉아서 조는데	閉門聊坐睡
가랑비 부슬부슬 동산 숲에 뿌리네	微雨灑園林
한바탕 봄꿈이나 꾸어 보려 했더니	欲作靑春夢
홀연히 꾀꼬리 울음소리 들려오네	忽聞黃鳥音
순무는 꽃이 피어 열매를 맺었고	蕪菁花結子
도리는 잎이 짙어 그늘을 이루었네	桃李葉成陰
때마침 서쪽 사는 이웃 손님 있어	時有西鄰客
찾아와서 나와 함께 시를 읊조리네	相尋伴我吟

또 둔촌의 시에 차운하다 3수[126]

又次遁村韻 三首

둔촌은 물욕을 피할 수 있으니	遁村能避色
굳이 산림에 있을 필요 없으리	不必在山林
도가 곧아서 시속을 거스르고	道直忤時俗
시가 성숙하여 정음에 가깝네	詩成逼正音
서울서 애오라지 노년을 보내며	京華聊送老
계절도 음이 생기는 오월인지라	節序又生陰
창포로 빚은 술이나 들고 가서	欲把菖蒲酒
그대와 한번 취하여 읊고 싶네	從君一醉吟

사람이면서 새만 같지 못하랴[127]	人而不如鳥
어느 날에나 숲으로 돌아갈까	何日去投林
이단 학문이 우리 도를 방해하고	幻學妨吾道
속된 가곡이 정악을 어지럽히네	新聲亂雅音
일편단심은 사직으로 향해 가지만	丹心歸社稷
백발로 부질없이 세월만 보내니	白髮閱光陰

---

126 3수 : 앞의 시를 합하면 3수가 된다. 3수 모두 각운(脚韻)이 같은 시이다.

127 사람이면서……못하랴 : 《대학장구(大學章句)》전 3장에 "《시경》에 이르기를 '꾀꼴꾀꼴 우는 꾀꼬리여. 산모퉁이 울창한 숲에 멈추어 있도다.'라고 하거늘, 공자가 말하기를 '그칠 때에 그 그칠 곳을 아니, 사람으로서 새만 못해서야 되겠는가.' 하였다. 〔詩云 : "緜蠻黃鳥, 止于丘隅." 子曰 : "於止知其所止, 可以人而不如鳥乎?"〕라고 하였다.

벽 위에 걸려 있는 청사검[128]도   壁上靑蛇劍

오히려 밤마다 우는 듯하다오   猶能夜夜吟

---

128 청사검(靑蛇劍) : 당나라 선인(仙人) 여암(呂巖)이 차고 다니던 보검이다. 그가
악주(岳州)의 한 고사(古寺) 벽에 남긴 시에 "아침엔 악악에 노닐고 저녁엔 창오 땅이
라, 소매 속에 있는 청사검은 담기가 드높네. 세 번 악양에 들어가도 아무도 몰라보니,
낭랑히 시를 읊조리며 동정호로 날아가네.〔朝遊岳鄂暮蒼梧, 袖有靑蛇膽氣麤. 三入岳陽
人不識, 朗吟飛過洞庭湖.〕"라고 하였다. 《五代詩話 卷9 呂巖》

둔촌의 권축에 적은 시
遁村卷子詩

기자는 명이의 이치 본받아서	箕子以明夷
만세에 황극의 가르침 남겼고[129]	萬世訓皇極
중이는 온갖 고초 겪고 난 뒤에	重耳嘗險阻
제후가 진국을 종주로 삼았으니[130]	諸侯宗晉國
이에 알겠노라 옛날 사람들이	乃知古之人
역경에 처한 것이 유익했음을	處困斯有益
선생도 예전에 원수를 피하여	先生昔避仇
기구하게 험지로 몸을 숨겼으니	崎嶇竄荊棘
보는 이들은 괴롭게 여겼으나	觀者爲酸辛
오직 선생만은 자득한 듯했네	惟子若自得
꺾일수록 의기가 더욱 굳세니	愈挫氣愈厲

---

129 기자(箕子)는……남겼고 : 명이(明夷)는 《주역》 64괘(卦)의 하나로, 어두운 임금이 위에 있어 밝은 사람이 손상을 당하는 상(象)이다. 〈명이괘 상전(象傳)〉에 "밝음이 땅속에 들어가는 것이 명이이니, 군자가 이를 본받아 무리를 대할 때에 어둠을 써서 밝게 한다.[明入地中, 明夷, 君子以, 莅衆, 用晦而明.]"라고 하였고, 〈명이괘 육오(六五)〉에 "기자의 '밝음을 감추는 것'이니, 곧게 하는 것이 이롭다.[箕子之明夷, 利貞.]"라고 하였다. 황극(皇極)은 홍범구주(洪範九疇)의 다섯 번째인 '제왕이 천하를 다스리는 큰 표준'이다. 여기서는 홍범구주를 가리킨다.

130 중이(重耳)는……삼았으니 : 중이는 춘추 시대 진(晉)나라 문공(文公)의 이름이다. 그는 공자 시절 19년 동안 타국을 떠돌면서 온갖 고초를 겪었고, 귀국하여 왕위에 오르고는 제후의 패자가 되어 천하를 호령하였다.

센 불이라야 양옥임을 안다네　　　　　　　　　烈火知良玉

하늘이 여러 사특한 이들을　　　　　　　　　　天敎群邪輩

일조에 종적 감추게 했으나　　　　　　　　　　一朝斂蹤迹

와서는 도리어 둔촌을 찾아가　　　　　　　　　却來尋遁村

서성이며 송국을 어루만지네[131]　　　　　　　　盤桓撫松菊

　　교정 : 신계본의 분주(分注)에 "국(菊)이 죽(竹)으로 된 것도 있다."라고 하
　　였다.

---

131 서성이며 송국(松菊)을 어루만지네 : 도잠의 〈귀거래사(歸去來辭)〉에 "저녁 해
가 뉘엿뉘엿 장차 지려 하는데, 외로운 소나무 어루만지며 서성이노라.〔景翳翳以將入,
撫孤松而盤桓.〕"라고 하였다.

의주의 김 병마사 지탁 에게 부치다

寄義州金兵馬使 之鐸

압록강 봄물은 이끼보다 더 푸르건만	鴨江春水綠於苔
강가에는 말 먹이러 오는 사람이 없네	江上無人飮馬來
막부에는 오늘날 지기의 벗이 있으니	幕府如今有知己
함께 담소하며 즐거이 또 배회하리라	好將談笑且徘徊

김 판사에게 주다

贈金判事

원수 최공(崔公)에게는 옛 장수의 풍모가 있고 선생은 막부의 빈객이 되었으니, 이를 지기의 벗이라고 해도 되지 않겠는가. 그래서 말한 것이다. ○ 교정 : 살펴보건대, 이것은 선생의 본주(本注)인 듯하다. 다만 말뜻을 보면 응당 앞의 김 병마사에게 부친 시의 "막부에는 오늘날 지기의 벗이 있다."라는 말 때문에 말한 것일 터인데 여기에 잘못 붙인 것이다.

때때로 창을 끼고 빈번히 시를 지으니	時時橫槊賦詩頻
호기 있는 그대가 막객이 됨을 알겠네	豪氣看君作幕賓
요즈음은 북방에 헛된 경보가 드무니	近日北邊虛警鮮
조용히 계책 세운 이를 그 누가 알리오	從容誰識轉籌人

저 사람들이 장공(張公)을 습격하려 할 때에 선생의 계책이 없었다면 큰일을 그르칠 뻔했기 때문에 말한 것이다. ○ 교정 : 살펴보건대, 이 주석은 필시 까닭이 있어 말한 것이지만, 이른바 장공은 또한 어떤 사람인지 모르겠다.

호연의 권축에 적다[132]

浩然卷子

황천이 생민을 내릴 때에	皇天降生民
그 기운 크고도 굳세거늘[133]	厥氣大且剛
사람이 스스로 살피지 않아	夫人自不察
이에 심상히 내버려져 있네	乃寓於尋常
기르는 데 실로 방법 있으니	養之固有道
호연함을 누가 감히 당하랴	浩然誰敢當
삼가 맹자의 가르침 받들어	恭承孟氏訓
돕지도 말고 잊지도 만다면[134]	勿助與勿忘
천고에 이 마음이 한가지여서	千古同此心
연어의 묘한 이치[135] 양양하리라	鳶魚妙洋洋

---

132 호연(浩然)의 권축에 적다 : 호연은 이집(李集)의 자(字)이다. 둔촌(遁村) 이집의 이름과 자가 맹자의 "호연(浩然)한 기운은 의리를 모음으로써 생겨나는 것이다.〔是集義所生者.〕"라는 말에서 유래하기 때문에 이에 관한 이치를 시로써 밝힌 것이다.

133 황천(皇天)이……굳세거늘 : 하늘이 사람을 낼 때에 지극히 크고 지극히 굳센기운, 곧 호연지기(浩然之氣)를 부여하였다는 말이다. 맹자가 말하기를 "그 기운이 지극히 크고 지극히 굳세니, 곧음으로써 기르고 해침이 없으면 천지 사이에 꽉 차게 된다.〔其爲氣也, 至大至剛, 以直養而無害, 則塞于天地之間.〕"라고 하였다. 《孟子 公孫丑上》

134 삼가……만다면 : 맹자가 말하기를 "반드시 기운을 기르는 일에 종사하고 효과를미리 기대하지 말아서 마음에 잊지도 말며 억지로 조장하지도 말아야 한다.〔必有事焉而勿正, 心勿忘, 勿助長也.〕"라고 하였다. 《孟子 公孫丑上》

135 연어(鳶魚)의 묘한 이치 : 군자의 도가 솔개가 날고 물고기가 뛰어오르듯이 천지

이 말씀은 아는 사람 적으니 　　　　　　　　斯言知者少

그대 위하여 이 시를 짓노라 　　　　　　　　爲子著此章

간에 모두 드러나는 것을 말한다. 자사가 말하기를 “《시경》에 ‘솔개는 날아서 하늘에 이르거늘, 물고기는 연못에서 뛰어오른다.’라고 하였으니, 이는 위아래로 이치가 밝게 드러남을 말한 것이다.〔詩云: “鳶飛戾天, 魚躍于淵,” 言其上下察也.〕”라고 하였다. 《中庸章句 第12章》 이는 ‘잊지도 말고 돕지도 말라.’와 ‘솔개가 날고 물고기가 뛰어오르다.’를 상통하는 의미로 보았기 때문에 함께 언급한 것이다. 주회가 말하기를 “예컨대 ‘솔개가 날고 물고기가 뛰어오른다.’는 명도가 ‘반드시 일삼는 바가 있으면서도 효과를 미리 기대하지 말라.’의 뜻과 같다고 한 것을 지금에야 비로소 환히 깨달아 의심이 없게 되었다. 일상생활하는 사이에 이 유행하는 본체가 애당초 끊어지는 곳이 없으며 공부에 착수할 수 있는 곳이 있음을 보았다.〔如鳶飛魚躍, 明道以爲與必有事焉勿正之意同者, 今乃曉然無疑. 日用之間, 觀此流行之體, 初無間斷處, 有下功夫處.〕”라고 하였다. 《朱子大全 卷40 答何叔京》

국간[136]의 권축에 적다

菊礀卷子

제학 박진록(朴晉祿)이다.

사는 집이 성시에서 가깝지만	卜居近城市
마음이 멀어서 속진을 끊었네[137]	心遠絶世塵
꽃 중에 국화를 유독 사랑하여	愛花獨愛菊
그윽한 시냇가에다 심어 놓았네	種之幽礀濱
한 해 저물 때 찬란히 피어나니	粲爛歲將暮
맑은 향의 새 꽃을 손으로 따네	手撷淸香新
외물과 자신이 저절로 합치하니	物我自妙合
여기서 하늘의 참맛을 즐기도다	於焉樂天眞
울타리 동쪽의 진나라 연명이여[138]	籬東晉淵明
못가를 거니는 초나라 영균이여[139]	澤畔楚靈均

---

136 국간(菊礀) : 박진록(朴晉祿)의 호이다. 자는 재중(在中), 본관은 밀양이다. 목은 이색과 같은 해에 급제하여 헌납, 제학 등의 벼슬을 역임하였고, 국화를 사랑하여 당호를 국간이라 하였다.

137 사는……끊었네 : 도잠의 〈잡시(雜詩)〉에 "사람 사는 경내에 오두막 지었으나, 수레나 말의 시끄러운 소리 없도다. 그대에게 묻노니 어찌 그럴 수 있겠소. 마음이 멀어지면 땅 절로 외지게 된다오.〔結廬在人境, 而無車馬喧. 問君何能爾, 心遠地自偏.〕"라고 하였다.《古文眞寶前集 卷2》

138 울타리……연명(淵明)이여 : 도잠의 〈잡시〉에 "동쪽 울타리 아래서 국화를 따다가, 한가로이 남산을 바라보노라.〔採菊東籬下, 悠然見南山.〕"라고 하였다.《古文眞寶前集 卷2》

천년 뒤 누가 이 같은 기상일까 　　　　　　　　　千載誰同調

오늘날에 이 사람을 보게 되누나 　　　　　　　　　于今見斯人

---

139 못가를……영균(靈均)이여 : 영균은 초나라 굴원(屈原)의 자이다. 그가 지은
〈어부사(漁父辭)〉에 "굴원이 쫓겨나 강가에서 노닐고 못가를 거닐며 시를 읊조렸다.
[屈原旣放, 游於江潭, 行吟澤畔.]"라고 하였다.

백정[140]의 시권에 적다
題柏庭詩卷

삼봉은 사람에 대해 허여해 줌이 적으니	三峯於人少許可
진가를 분변하는 안목이 있기 때문일세	有眼分明辨眞假
대사 위한 간절한 말이 바로 이와 같으니[141]	爲師拳拳乃如斯
백정은 필시 헛되이 내닫는 사람 아니리라	柏庭必非虛走者

140　백정(柏庭) : 당시의 선승인 백정 선사(柏庭禪師)를 가리킨다.

141　대사……같으니 : 정도전(鄭道傳)의 〈증백정유방(贈柏庭遊方)〉이라는 시의 내용을 두고 한 말이다. 그 시에 "흐르는 물 뜬구름은 가는 대로 맡겨 두건만, 맑은 바람 밝은 달이 홀로 서로 따라오누나. 먼 유람 마치고 나면 끝내 무엇을 얻었을까. 어서어서 돌아와서 내 마음을 위로해 주오.〔流水浮雲任所之, 淸風明月獨相隨. 遠遊畢竟終何得, 早早歸來慰我思.〕"라고 하였다. 《三峯集 卷2》

안렴사 유향을 전송하다 절구 2수

送柳按廉珦 二絶

관동의 산수는 참으로 맑고 기이하니 　　關東山水儘淸奇

봄바람 대할 때마다 생각나는 바 있네 　　每向春風有所思

부절 잡은 낭관이 이곳으로 떠나가니 　　持節郎官此中去

잔을 들고 애오라지 다시 시를 읊노라 　　擧杯聊復爲吟詩

최첨 형제[142] 귀밑털이 서리처럼 희었으니 　　崔詹兄弟鬢如霜

녹야당[143]에서 즐겁게 놀 것을 상상해 보네 　　想見遨遊綠野堂

한 굽이 경호를 만일 내게 허락해 준다면 　　一曲鏡湖如許我

이 몸이 뒷날 응당 하지장이 되고 말리라[144] 　　他年當作賀知章

---

142 최첨(崔詹) 형제 : 미상이다.

143 녹야당(綠野堂) : 당 헌종(唐憲宗) 때의 명재상인 배도(裴度)가 은퇴한 뒤에 낙양 근교에 마련한 별장 이름이다. 이곳에서 백거이(白居易), 유우석(劉禹錫) 등과 밤낮으로 시와 술을 즐기며 인간사를 잊고서 만년을 보냈다고 한다. 최첨 형제에게 이러한 별장이 있었던 것으로 보인다.

144 한……말리라 : 하지장(賀知章)이 벼슬에서 물러나 고향으로 돌아가기를 청하자, 당 현종(唐玄宗)이 조서를 내려 경호(鏡湖) 한 굽이를 하사하였다. 여기의 경호는 강원도 강릉의 경포(鏡浦)를 가리킨다.

이 정언[145]에게 부치다

寄李正言

봄바람에 몹시도 이 장사가 생각나서	春風苦憶李長沙
남루에 올라 서성이니 해가 기울려 하네	徙倚南樓日欲斜
머지않아 선실에서 은혜 입게 될 것이니[146]	宣室承恩應未遠
석탄의 밝은 달이야 굳이 뽐낼 것 없겠네	石灘明月不須誇

---

145 이 정언(李正言) : 이존오(李存吾, 1341~1371)로, 자는 순경(順卿), 호는 석탄(石灘), 본관은 경주(慶州)이다. 1366년(공민왕15) 우정언(右正言)으로 신돈(辛旽)의 횡포를 탄핵하는 상소를 올렸다가 공민왕의 노여움을 샀으나 이색 등의 변호로 극형을 면하고 장사현 감무(長沙縣監務)로 좌천되었다. 그 뒤에 공주 석탄으로 물러나 은거하다가 울분으로 병이 들어 31세에 세상을 떠났다.

146 머지않아……것이니 : 선실(宣室)은 한나라 미앙궁(未央宮) 앞의 정실(正室)을 가리킨다. 가의(賈誼)가 좌천되어 장사왕(長沙王) 태부(太傅)로 있다가 1년 남짓 만에 소명을 받고 조정으로 돌아오니, 문제(文帝)가 선실에 앉아 가의에게 귀신의 근본에 대해 묻고는 그의 말을 밤늦도록 경청하였다고 한다. 《漢書 卷48 賈誼傳》

삼봉에게 부치다

寄三峯

정생 떠난 동쪽 길이 더욱더 아득하니   鄭生東去路悠悠

철령 높은 관문에 화각 부는 가을이로다   鐵嶺關高畫角秋

막료에 든 빈객 중에 그 누가 첫째가던가   入幕賓中誰第一

달 밝을 때 그 사람 유공루에 기대 있겠지[147] 月明人倚庾公樓

147 달……있겠지 : 유공루(庾公樓)는 유공(庾公)의 누대로, 유공은 진(晉)나라 유량(庾亮)이다. 그가 무창(武昌)에 있을 때, 하속(下屬)인 은호(殷浩) 등이 달밤에 남루(南樓)에 올랐다가 유량이 온 줄도 모르고 있었다. 하속들이 일어나 피하려 하자, 그가 말하기를 "제군들은 잠시 더 있게나. 이 늙은이도 여기서의 홍취가 얕지 않구나."라고 하고 호상(胡床)에 걸터앉아 은호 등과 함께 밤새도록 얘기하며 시를 읊었다고 한다. 《晉書 卷73 庾亮列傳》

영주[148]의 친구

永州故友

이슬이 차가워져 어느새 추석 되니   露冷驚秋夕

구름이 날아올라 고향이 그리워지네   雲飛戀故丘

물고기 살지고 향긋한 벼 익을 테고   魚肥香稻熟

빽빽한 푸른 숲에는 새들이 묵으리라   鳥宿翠林稠

---

148 영주(永州) : 경상북도 영천시 지역의 고려 시대 이름이다. 1413년(태종13) 영천
(永川)으로 이름이 바뀌었다.

송 판관 인 의 권축에 적다

題宋判官 因 卷子

우리들 중에 좋은 선비 있으니	吾儕有佳士
관리가 되어 한양으로 부임하네	作宦赴漢陽
어버이 무덤이 그 남쪽에 있기에	親塋在其南
밤낮으로 멀리 바라볼 뿐이었지	日夕遙相望
왕래하며 때때로 잔을 올린다면	往來時奠薦
애달픈 마음을 달랠 수 있으리라	庶可慰哀傷
벼슬살이 어찌 즐거운 일이랴마는	仕宦豈所樂
이 때문에 짐짓 애써 하는 것이리라	以此故勉强
문밖을 나서서 돌아갈 길 가리키니	出門指歸路
삼각산이 푸른 하늘에 높이 솟았네	三山高蒼蒼
가는 길 비록 먼 곳은 아니지만	道途雖非遠
이별의 정 어찌 잊을 수 있으랴	離別安可忘

의순관[149]에 묵으며 공부[150]에게 부치다

宿義順館 寄孔俯

유유히 말을 몰아 패강까지 이르고 보니	驅馬悠悠到浿江
배신이 곧바로 또 중국을 관광하고 싶네	陪臣直欲且觀光
집을 떠나자 천리가 멂을 점점 느끼지만	去家漸覺遙千里
술잔을 들자 팔방이 좁음을 필시 알겠네	擧酒須知阨八荒
말갈수 강가에는 산이 첩첩이 겹쳤고	靺鞨水邊山疊疊
요양성 아래에는 길이 아득히 멀구나	遼陽城下路茫茫
밤 깊도록 여관에서 잠을 못 이루는데	夜深逆旅不成寐
한 곡조 어부가만 짧았다 길었다 하네	一曲漁歌聲短長

---

149 의순관(義順館) : 중국 사신을 맞이하기 위하여 설치한 객관이다. 평안도 의주 (義州) 남쪽 압록강 가에 있었고, 옛 이름은 망화루(望華樓)이다.

150 공부(孔俯) : ?~1416. 자는 백공(伯恭), 호는 어촌(漁村), 본관은 창원(昌原) 이다. 이색과 포은의 문인이다. 1376년(우왕2) 문과에 급제하여 전의시 부령(典儀寺副 令), 집현전 태학사를 역임하였고, 조선조에서는 문서응봉사(文書應奉司), 검교 한성 윤(檢校漢城尹) 등을 역임하였다.

김 소년 자지 에게 주다

贈金少年 自知

노년의 독서는 후회만 될 뿐이니 　　　　　晩歲讀書徒自悔

책 덮으면 곧바로 멍해지게 하네 　　　　　令人掩卷卽茫然

김생은 지금 나이가 한창 젊으니 　　　　　金生此日年方少

창 앞에서 더욱 잘 정진해야 하리 　　　　　好向窓前更着鞭

사람을 전송하다

送人

내가 한가해져서 산인이 된 뒤부터는	我自得閑爲散人
문을 닫고 오가는 손님 응하지 않았는데	杜門不應經過客
오늘 아침 홀연히 길 떠난다는 소식 듣고	今朝忽聞拂征鞍
도성 서문 나가서 전별의 자리 베풀었네	西出都門開祖席
세상에서 보내고 맞이한 게 몇 번이던가	世上送迎知幾何
그대를 보내는 오늘이 더욱더 애석하네	送君今日尤堪惜
술은 잔에 가득하고 눈물은 냇물 같은데	酒滿金尊淚似川
봄바람 부는 십 리 길엔 버들개지 희도다	春風十里楊花白

사나이는 자신 운명을 하늘에 맡겨 두니	男兒有命信蒼蒼
가을바람에 필마 타고 한강에 이르렀네	匹馬秋風到漢江
사업에는 반드시 노력이 필요한 법이니	事業必須勤着力
서창에 등불 켜고 글 읽기 좋은 때라오	靑燈正好照書窓

조 재상[151] 반 에게 주다
贈趙相 胖

중양의 좋은 계절에 국화 바람 불어오니	重陽佳節菊花風
머리 숙여 시를 읊자 그 흥취 무궁하네	俯首沈吟興不窮
우습도다 타심통을 아직 얻지 못한지라	可笑他心通未得
승상에 앉아서 십년공부만 허비한 것이	繩床枉費十年功

151 조 재상 : 조반(趙胖, 1341~1401)으로, 본관은 배천(白川)이다. 어려서 원(元) 나라로 들어가 중서성 역사(中書省譯史)가 되었고, 귀국하여 판도사 판서, 밀직사 부사 등을 역임하였다. 조선조에 개국 공신으로 복흥군(復興君)에 봉해졌고, 시호는 숙위 (肅魏)이다.

김 정랑 구용 에게 부치다

寄金正郎 九容

이사 온다는 약속이 있고 난 뒤부터	自有遷居約
아이더러 고요히 대문 쓸게 하였소	敎兒靜掃門
시끄러운 도회지를 멀리하였고	喧嘩遙市井
적막한 산촌을 가까이하였으니	寂寞近山村
잘못 양웅의 집으로 견주었다가	錯比揚雄宅
도리어 유신의 정원인가 한다오¹⁵²	還疑庾信園
주인이 몹시 손님을 사랑하거늘	主人偏愛客
어찌 수레 타고 왕림하지 않으시나	胡不枉高軒

---

152 잘못……한다오 : 한(漢)나라의 양웅(揚雄)은 그의 5대조 때부터 자신에 이르기까지 민산(岷山) 남쪽 비현(郫縣)에서 전답 한 뙈기와 집 한 채로 근근이 생업을 꾸렸고, 북주(北周)의 시인 유신(庾信)은 그의 〈소원부(小園賦)〉에서 "나에게 몇 이랑 오두막이 있으니, 애오라지 바람 서리를 피할 뿐이네.〔余有數畝弊廬, 聊以避風霜.〕"라고 하였다.

윤절간[153]의 권축에 적다

倫絶磵卷子

푸르고 푸른 높다란 소나무	靑靑長松樹
저 절벽 시냇가에 자라났네	生彼絶磵邊
바람 불어 가지와 잎 흔들면	風來掀柯葉
쏴쏴 하는 소리가 일어나도다	聲作瑟瑟然
도인이 소나무 아래에 앉아서	道人坐其下
다리 걷고 맑은 샘에 발을 씻네	露脚濯淸泉
혼탁한 이 세상을 내려다보면	下視濁世內
기름불이 서로를 태우는 듯하리[154]	膏火正相煎

---

153 윤절간(倫絶磵) : 조계종의 선승으로, 양주 회암사(檜巖寺) 주지를 지냈고, 당호 (堂號)는 송풍헌(松風軒)이다.

154 혼탁한……듯하리 : 세상 사람들이 자신의 재주와 욕망 때문에 번뇌의 불길로 자신을 태우고 있다는 말이다. 장자가 말하기를 "산의 나무는 벌목을 자초하고, 기름불 은 스스로를 태운다.〔山木自寇也, 膏火自煎也.〕"라고 하였다. 《莊子 人間世》

일본 무 상인[155]이 돌벼루를 선물하므로 시로써 사례하다
日東茂上人惠以石硯 以詩爲謝

바다 돌로 정교히 갈아서 만든 벼루   海石曾經巧琢磨
상인이 하늘가에서 가져와 선물했네   上人持贈自天涯
입김 불면 만면에 찬 구름 일어나고   嘘呵滿面寒雲起
물 부으면 못이 차서 조각달 기우네   涓滴盈池片月斜
부딪히면 순금처럼 쩽그렁 소리 나고   觸處精金鏗有響
씻어 내면 벽옥처럼 매끈히 흠이 없네   洗來團璧滑無瑕
맑은 새벽 가을 산 아래서 붓을 적실 때   清晨點筆秋山下
시흥이 열 배나 더해짐을 문득 느끼네   頓覺詩情十倍加

---

155 무 상인(茂上人) : 일본 승려 영무(永茂)이다.

목은[156] 선생의 시에 차운하여 일본 무 상인에게 주다

次牧隱先生詩韻 贈日東茂上人

이때 일본 승려 영무(永茂)가 오대산(五臺山)을 유람하려고 하였다.

삼한에도 불교가 참으로 유행하거늘	三韓佛教正流行
어찌 다시 왕사성[157]을 찾을 필요 있으랴	何用更求王舍城
만리의 구름 자취는 의탁한 바 없지만	萬里雲蹤無所托
오대산의 산색이 멀리서 와서 맞이하네	五臺山色遠來迎
봄이 깊어 계곡 새는 서로 함께 지저귀고	春深谷鳥同聲應
밤 고요해 솔바람 소리는 꿈결 속에 맑네	夜靜松風入夢淸
법계를 구경하는 상인이 부럽지 않나니	不羨上人參法界
붓끝 통해 좋은 시 지어서 돌아올 테니	筆端應得以詩鳴

---

156 목은(牧隱) : 이색(李穡, 1328~1396)의 호이다. 자는 영숙(潁叔), 본관은 한산 (韓山), 시호는 문정(文靖)이다. 1341년(충혜왕 복위2) 성균시에 합격하여 대제학, 판 삼사사(判三司事) 등을 역임하였다. 조선조에서는 벼슬하지 않아 포은(圃隱), 야은(冶 隱) 길재(吉再)와 함께 삼은(三隱)으로 일컬어진다. 저서로 《목은시고(牧隱詩藁)》, 《목은문고(牧隱文藁)》가 있다.

157 왕사성(王舍城) : 중인도(中印度) 마가다국의 수도로, 석가(釋迦)가 가장 많이 설법했던 곳이다.

암방[158]의 일본 승려 영무에게 주다 절구 2수
贈嵒房日本僧永茂 二絶

층봉을 눌러 앉은 한 칸의 암자 　　　　　一間蘭若壓層巔

그 속에 고승이 묵묵히 앉아 있네 　　　　中有高僧坐默然

산 아래 민가의 꽃들 바다 같으니 　　　　山下萬家花似海

참으로 몸이 도솔천에 있는 듯하네 　　　真成身在率陀天

동쪽 고향 바라보면 창파에 막혔는데 　　故園東望隔滄波

봄 다하도록 재실에서 홀로 참선하네 　　春盡高齋獨結跏

한낮의 남쪽 바람에 방문 절로 열리니 　　日午南風自開戶

날아온 꽃잎 조각이 가사에 점을 찍네 　　飛來花片點袈裟

158 암방(嵒房) : 당시 개경 남산에 소재했던 암방사(嵒房寺)인 듯하다. 이색의 시 제목에 '남산(南山) 암방사(巖房寺)'라는 말이 보이고, 남효온(南孝溫)의 〈송경록(松京錄)〉에 "용암사(龍巖寺)로 올라갔다. 절은 일명 암방(巖房)이라고도 한다."라고 하였다. 《秋江集 卷6》

일본 홍 장로에게 주다

贈日本洪長老

흰 구름은 무슨 일로 푸른 산을 나오는가	白雲何事出靑山
다만 오랜 가뭄에 시달린 백성 위해서이지	只爲蒼生久旱乾
지팡이 짚고 오고 감은 응당 뜻이 있을 터	一杖往來應有意
주위 사람들이여 등한하게 보지 말지어다	傍人莫作等閑看

　이때 홍 장로가 잡혀갔던 우리나라 사람들을 데리고 돌아왔다.

백운헌[159]에게 주다

贈白雲軒

구름이 산중에서 나오는 것은	雲從山中出
만물을 길러 줄 마음이 있어서네	爲有澤物心
대사 또한 산중에서 나왔거늘	師從山中來
허랑하게 내달려 세월만 보내랴	浪走費光陰

159　백운헌(白雲軒) : 권근(權近)의 〈백운헌기(白雲軒記)〉에 "백운헌은 승려 평의
자호이다.〔白雲軒, 浮圖坪之自號也.〕"라고 하였다. 《陽村集 卷11》

무변 승려에게 주다

贈無邊僧

삼천 대천세계 바깥에	大千世界外
또 몇 개의 대천이 있던가	又有幾大千
한마디 말이면 바로 끝나니	一句卽便了
그래서 무변이라 이름했구려	故名曰無邊

양산의 총 상인에게 주다
贈陽山聰上人

구름은 찬 솔 덮고 눈은 법당에 가득한데 雲鎖寒松雪滿堂
상인은 석장 날리며[160] 어디로 가 버렸는가 上人飛錫向何方
선방에서 밤늦도록 청담 함께 나누렸더니 淸談共剪禪窓燭
이 계획 어찌하여 아득하게 되고 말았는가 此計胡爲墮渺茫
　　보이지 않기 때문에 말한 것이다.

160　석장(錫杖) 날리며 : 옛날 고승 은봉(隱峯)이 오대산을 유람하고 회서(淮西)로 나가서는 석장을 던져서 공중을 날아갔다는 고사에서 온 말로, 승려들이 정처 없이 이리저리 행각(行脚)하는 것을 말한다.

빙산[161]의 주지에게 부치다

寄氷山住持

가을 산의 기세는 수천 층도 더 되지만 　　　　　　秋山氣勢幾千層

산중의 벽안승[162]과는 어찌 같을 수 있으랴 　　　　孰與山中碧眼僧

종일토록 주지 방에는 일 하나도 없는데 　　　　　盡日上房無一事

사미승이 때때로 불법을 다시 물어보네 　　　　　沙彌時復問傳燈

---

161 빙산(氷山) : 빙산사(氷山寺)이다. 경상북도 의성군 춘산면 빙계리(氷溪里)에 있었던 절이다. 지금은 5층 석탑만 남아 있다.

162 벽안승(碧眼僧) : 선종(禪宗)의 초조(初祖)인 보리달마(菩提達磨)의 눈이 푸른 색이었던 데서 온 말로, 견처(見處)가 뛰어난 선승을 지칭한다.

지리산 지거사의 주지 각경 상인을 전송하다

送智異山智居寺住持覺冏上人

남쪽 유람하며 어디서 시내 소리 들을까	南遊何處聽溪聲
지리산이 높고 높아 만길이나 푸르리라	智異山高萬丈靑
봄날 절에는 해가 길고 일 하나 없는데	春院日長無箇事
사미승이 찾아와서 《묘법연화경》을 배우리	沙彌來學妙蓮經

김생사[163]로 돌아가는 승려를 전송하다

送僧歸金生寺

아스라이 있는 김생사	縹緲金生寺
잔잔히 흐르는 월락탄	潺湲月落灘
지난해 사절 갔다 돌아올 때	去年回使節
한나절이나 말안장 멈추었지	半日住歸鞍
강경하는 자리에 꽃비 내리고[164]	花雨講經席
낚싯대에 버들 바람 불었다오	柳風垂釣竿
이 몸이 비록 서울에 있으나	此身雖輦下
맑은 꿈은 오히려 강가에 있네	清夢尙江干

163　김생사(金生寺) : 충청북도 청주시 상당구 문의면 덕유리에 있었던 절이다. 신라의 명필 김생(金生)을 추모하기 위하여 창건된 절로, 지금은 대청댐으로 인하여 그 절터가 수몰되었다.

164　강경(講經)하는……내리고 : 《묘법법화경》에 부처가 설법할 때 하늘에서 만다라 꽃비가 내렸다고 하였다.

일본을 유람하는 자휴 상인을 전송하다

送自休上人游日本

자휴는 어느 날에나 쉴 수 있을까	自休何日休
또다시 일본으로 향해 가는구려	又向日東州
몸이야 인연 따라 떠나가지만	身自隨緣去
마음은 당처로부터 찾아야 하리	心從當處求
석장은 구름 밖을 날아서 젖고	錫飛雲外濕
술잔은 바다를 건너며 떠 있으리[165]	杯渡海中浮
부끄럽구나 내가 먼 유람 끝마치고	愧我遠遊罷
돌아올 때 공연히 머리만 흰 것이	歸來空白頭

---

165 술잔은……있으리 : 중국 남북조 시대에 한 고승이 항상 나무 잔을 타고 물을 건너서 배도 화상(杯渡和尙)이라 불렀다고 한다.

장성 백암사 쌍계[166]에 시를 지어 부치다
長城白嵒寺雙溪寄題

시 구하는 백암사 승려를 이제 만났지만	求詩今見白巖僧
붓 잡고 읊어 봐도 글 안 되어 부끄럽네	把筆沈吟愧未能
청수가 누각 일으켜 이름 처음 중해지고	淸叟起樓名始重
목옹이 기문을 지어 값이 더욱 더해졌네[167]	牧翁作記價還增
붉은 저문 산에 노을빛이 아스라하고	煙光縹緲暮山紫
맑은 가을 물에 달그림자 배회하리라	月影徘徊秋水澄
오래도록 세간에서 번뇌로 괴로워하니	久向人間煩熱惱
어느 날 훌훌 떠나 그대와 함께 오를까	拂衣何日共君登

---

166 백암사(白嵒寺) 쌍계(雙溪) : 전라남도 장성군에 있는 백양사(白羊寺) 쌍계루(雙溪樓)를 가리킨다. 백암사는 조선 선조 때 중건하면서 지금의 이름인 백양사로 바뀌었다.

167 청수(淸叟)가……더해졌네 : 청수는 누각을 중건한 백암사 승려 징청수(澄淸叟)이고, 목옹(牧翁)은 누각의 이름과 기문을 지은 목은(牧隱) 이색(李穡)이다. 관련된 내용은 이색의 〈장성현백암사쌍계루기(長城縣白巖寺雙溪樓記)〉에 자세히 실려 있다. 《牧隱文藁 卷3》

고암의 권축에 적다[168]
古嵓卷子

부앙 간에 벌써 묵은 자취 되니   俯仰已陳迹

태고는 아득하여 찾기가 어렵지만   古初邈難尋

내가 이에 한번 생각을 수렴하면   我乃一攝念

억겁 세월도 지금을 보는 것 같지   億劫猶視今

바윗돌이 천만길이나 높으니   嵓石萬仞高

저 위로 푸른 하늘에 닿겠네   上可摩蒼穹

내가 이에 발 한번 내디디면   我乃一擧足

대천세계가 손안에 있는 듯하지   大千如掌中

산승의 이 말이 역시 경악할 만하니   山僧此說亦可愕

필경 나로 하여금 헤아리기 어렵게 하네   畢竟令人難摸捼

다만 생각하노니 뒷날 법당에서 묵을 때엔   但思他日宿軒中

가벼운 얘기 나누며 지는 달이나 보았으면   軟語與之看月落

---

168 고암(古嵓)의 권축에 적다 : 이 시는 의미의 단락이 셋으로 나뉘고 단락이 바뀔 때마다 환운하고 있다. 첫째 단락은 고암(古嵓)의 '고(古)' 자를 읊었고, 둘째 단락은 고암의 '암(嵓)' 자를 읊었고, 셋째 단락은 고암에 대한 자신의 심경을 토로하였다. 고암은 고려 말의 승려이다.

환암[169]의 권축에 적다

幻庵卷子

크고 작은 것이 분분히 만 가지로 다르지만	鉅細紛萬殊
그 속에는 제각각 분명한 이치가 들어 있네	粲然斯有理
사물을 처리함이 지극한 곳에 이른다면	處之苟臻極
외물과 나 사이에 안과 밖이 없으리라	物我無表裏
부처의 가르침은 이것과 서로 달라서	浮屠異於此
허공에 매달아 놓고 묘한 뜻을 말하네	懸空譚妙旨
일체 만유를 환영과 망념으로 돌리니	一切歸幻妄
군부의 도리가 설 곳을 잃게 되었네	君父失所止
이로부터 천백년 세월 내려오면서	自是千百年
의론이 마침내 벌 떼처럼 일어났었지	議論竟蠭起
상인은 마음을 텅 비운 사람인지라	上人虛心者
바르고 옳은 도리 함께 찾기 바라오	願與求正是

---

169 환암(幻庵) : 고려 말의 선승(禪僧)인 보각 국사(普覺國師) 혼수(混修)의 호이다.

우사 야운헌[170]의 시권에 적다
題牛師野雲軒詩卷

한 조각 무심한 구름이	一片無心物
두둥실 허공중에 떠 있네	飄然在太空
때로는 날아와서 비가 되더니	有時來作雨
어디로 바람 따라 떠나 버리나	何處去隨風
막막히 소나무 위에 깃들었다가	漠漠棲松上
오가는 모습이 물속에 비치네	營營照水中
상인이 도를 행하는 것은	上人行道處
그 기미가 이 구름 같구려	氣味與之同

170 야운헌(野雲軒) : 우사(牛師)의 당호인 듯하다.

승려에게 주다

贈僧

솔바람과 강의 달이 허공에 닿았으니　　　　　松風江月接冲虛
바로 산승이 선정에 들어간 처음이라　　　　正是山僧入定初
우습구나 어지럽게 도를 배우는 자들　　　　可哂紛紛學道者
빛과 소리 밖에서 진여를 찾는 것이　　　　　色聲之外覓眞如

성은 움직임이 없다[171]

性無動

평생토록 고요함에 속박당해 있으면	靜爲百年縛
움직일 때 한 터럭에도 어긋나 버리리[172]	動向一毫差
산승이 이를 알아서 힘을 잘 쓸진댄	山僧善用力
활발한 용사처럼 생동감이 넘치리라[173]	活潑如龍蛇

171 성(性)은 움직임이 없다 : 성은 고요하여 움직임이 없는 상태라는 말이다. 성이 움직이기만 하면 바로 정(情)이 되어 이미 성이 아니라는 것으로, 적정(寂靜)을 추구하는 불교의 수양법을 비판한 말로 보인다. 적정을 추구하게 되면 추구하는 즉시 정의 상태가 되어 버린다는 것이다.

172 평생토록……버리리 : 평생토록 고요함에만 힘쓰다 보면 고요함에 속박당하여 활발함이 없게 될뿐더러, 고요함에 힘쓰는 것이 바로 이미 성(性)이 발한 정(情)의 상태이기 때문에 고요할 때의 존양(存養) 공부가 없어져서 움직이기만 하면 언제나 중도에 어긋나 버릴 것이라는 말이다.

173 산승이……넘치리라 : 산승이 동(動)과 정(靜)을 겸한 수양을 제대로 행한다면 생동감이 넘치는 도의 실상을 체인(體認)하게 될 것이라는 말이다. 도의 실상은 '솔개가 날고 물고기가 뛰어오르듯〔鳶飛魚躍〕'이 활발한 것이지, '마른나무나 식은 재〔枯木死灰〕'처럼 싸늘한 것이 아니라는 것이다.

승려에게 부치다

寄僧

영월이 어찌하여 자주 기억나는가   寧越胡爲記憶頻

산 깊은 그곳은 몸 편히 둘 만하지   山深是處可安身

뒷날 지방관을 청하여 부임해 가거든   他時乞得魚符去

응당 솔숲 길로 상인을 찾아보리라   會向松丫訪上人

이둔촌의 시에 차운하여 용두[174] 강주를 전송하다

次李遁村韻送龍頭講主

설법은 바위까지도 머리 끄덕이게 하더니	說法能令石點頭
가을 되자 석장 날리며 남쪽 유람하는구려	秋來飛錫作南遊
산 오솔길 새벽이슬이 짚신을 듬뿍 적시고	山蹊曉露霑芒屨
시골 나루의 선들바람이 조각배를 보내 주네	野渡涼風送葉舟
절이 여름 밭에 가까워서 음식이 풍족할 테고	寺近夏畦應足食
정자가 강물에 임해 있어 시름을 없앨 만하리	亭臨江水可消愁
대사가 돌아가서 혹여 최 선생을 찾는다면	師歸若問崔夫子
백척 되는 원룡 누각에 높이 누워 계시리라[175]	高臥元龍百尺樓

---

174 용두(龍頭) : 충청북도 충주시 동량면 대전리에 있었던 용두사(龍頭寺)이다.

175 대사가……계시리라 : 최 선생과 아래 시의 곽 선생은 청주 지역에 은둔한 학덕이 높은 사람인 듯하다. 원룡(元龍)은 후한 말의 고사(高士)인 진등(陳登)의 자이다. 허사(許汜)가 유비(劉備)와 천하의 인물을 논하기를 "옛날 난리를 만나 원룡을 찾아갔을 때에 원룡 자신은 큰 침상에 올라가 눕고 손님은 아래의 작은 침상에 눕게 했습니다."라고 하니, 유비가 말하기를 "그대는 국사(國士)의 명망을 지니고도 나라를 걱정하는 말이 없었기 때문이니, 나 같았으면 나는 백척의 누각 위에 눕고 그대를 땅바닥에 눕게 했을 것이다."라고 하였다. 《三國志 卷7 魏書 呂布傳》

다시 지어 최와 곽 두 선생께 부치다

再賦 因寄崔郭兩先生

상인이 호계의 어귀로 돌아갔으니	上人歸去虎溪頭
풍류 있는 두 어른과 함께 놀리라[176]	應共風流二老遊
부귀는 과연 헌신짝처럼 내버렸고	富貴果能同弊屣
생애는 흡사 빈 배를 띄운 듯하네	生涯還似泛虛舟
북강이 바다로 흐르니 흰 무지개 달리고	北江朝海白虹走
동악이 구름에 드니 나는 새가 시름겹네	東岳入雲飛鳥愁
부디 머물면서 산수만 사랑하지 마시오	愼莫淹留愛山水
임금이 높은 누각에서 정사에 애쓰시니	君王勤政御高樓

---

176 상인(上人)이……놀리라 : 호계삼소(虎溪三笑)의 고사를 차용한 것이다. 호계는 중국 여산(廬山)의 동림사(東林寺) 앞에 있는 시내인데, 이 시내를 넘어가면 범이 울었기 때문에 이렇게 이름하였다. 진(晉)나라 고승 혜원 법사(慧遠法師)가 손님을 전송할 때에 이 시내를 넘지 않았다. 뒷날 도잠(陶潛), 육수정(陸修靜)과 뜻이 맞아 자신도 모르게 넘어가자 범이 갑자기 우니, 세 사람이 놀라 크게 웃고는 헤어졌다고 한다. 《山堂肆考 卷24 虎號》

첨성대

瞻星臺

첨성대는 반월성 가운데 우뚝 서 있고   瞻星臺兀月城中
옥적[177] 소리는 만고의 바람을 머금었네   玉笛聲含萬古風
문물은 때를 따라 신라와 다르지만   文物隨時羅代異
아아 산과 물은 고금이 한가지로다   嗚呼山水古今同

---

177 옥적(玉笛) : 신라 신문왕(神文王) 때의 전설상의 피리인 만파식적(萬波息笛)
을 가리킨다.

취하여 익양 태수의 새 정자에 적다

醉題益陽守新亭

옛 고을은 사행길과 통해 있고[178]	故郡通原隰
새로 지은 정자는 숲과 맞닿았네	新亭接樹林
시냇물이 가까워서 물고기 살지고	魚肥溪水近
볏논이 깊어 학이 잠겨 안 보이네[179]	鶴沒稻田深
저물녘 비는 초 양왕의 꿈일 테고[180]	暮雨襄王夢
청산은 사조 태수의 읊조림일세[181]	靑山謝守吟
정사가 잘 시행되어 풍년을 만나니	政行逢歲熟
흥취 높아 날마다 정자에 올라가네	高興日登臨

---

178 옛……있고 : 익양(益陽) 즉 오늘날의 영천이 일본 사행길에 속해 있다는 말이다.

179 시냇물이……보이네 : 한유(韓愈)의 〈도휴(稻畦)〉에 "물고기가 살지니 벼가 이미 팬 것을 알겠고, 황새가 잠기니 벼가 처음 뒤덮음을 깨닫겠네.〔魚肥知已秀, 鶴沒覺初深.〕"라고 한 구절을 차용한 것이다.

180 저물녘……테고 : 초 양왕(楚襄王)이 송옥(宋玉)과 고당(高唐)에서 노닐 때에 꿈속에서 아름다운 여인과 운우(雲雨)의 정을 나누었다. 여인이 이별하며 말하기를 "첩은 무산(巫山)의 남쪽 높은 언덕 험한 곳에 있으니, 아침이면 아침 구름이 되고 저녁이면 내리는 비가 되어 아침마다 저녁마다 양대(陽臺) 아래에 있습니다."라고 하였다. 이 이야기는 송옥의 〈고당부(高唐賦)〉에 나온다. 《文選 卷19 情》

181 청산(靑山)은……읊조림일세 : 청산은 중국 안휘성(安徽省) 당도현(當塗縣) 동남쪽 30리에 있는 산으로, 육조 시대 제(齊)나라 선성 태수(宣城太守) 사조(謝朓)가 산의 남쪽에 집을 지었다고 한다. 이백(李白)의 〈제동계공유거(題東谿公幽居)〉에 "집이 청산에 가까우니 옛날 사조와 똑같고, 문에 푸른 버들 드리웠으니 도잠과 흡사하네.〔宅近靑山同謝朓, 門垂碧柳似陶潛.〕"라고 하였다. 《古文眞寶前集 卷4》

익양의 새 정자에 적다

題益陽新亭

저녁 구름 모이자 산이 가까워지고 　山近暮雲合
가을비가 많이 내려 풀이 무성하네 　草長秋雨深
등잔 아래에 외로운 나그네의 꿈은 　一燈孤客夢
천리 밖 친구를 생각하는 마음일세 　千里故人心

중구일에 익양 태수 이용의 명원루[182]에 적다

重九日 題益陽守李容明遠樓

이때 이 누각을 새로 지었다.

맑은 시내 바위 절벽이 고을 안고 도는 곳	淸溪石壁抱州回
새 누각 다시 세우니 눈이 시원스레 열리네	更起新樓眼豁開
남쪽 이랑의 황금물결에서 풍년 농사 알겠고	南畝黃雲知歲熟
서쪽 산의 시원한 기운에 아침 온 줄 느끼네[183]	西山爽氣覺朝來
풍류 넘치는 태수는 이천 석의 벼슬[184]이고	風流太守二千石
우연히 만난 친구는 삼백 잔[185]을 마시네	邂逅故人三百杯
당장이라도 밤 깊을 때에 옥피리를 불며	直欲夜深吹玉笛
밝은 달 높이 잡고서 함께 서성이고 싶네	高攀明月共徘徊

182 명원루(明遠樓) : 경상북도 영천시 창구동에 있는 조양각(朝陽閣)을 말한다. 자세한 내용은 278쪽 주106 참조.

183 서쪽⋯⋯느끼네 : 관청에 정무가 한가함을 표현한 말이다. 진(晉)나라 때 왕휘지(王徽之)가 환충(桓沖)의 거기참군(車騎參軍)으로 있을 적에 환충이 그에게 말하기를 "경(卿)이 부(府)에 있은 지 오래되었으니, 요즘에는 의당 사무를 잘 알아서 처리하겠지."라고 하자, 그는 아무런 대꾸도 하지 않은 채 고개를 들고 홀(笏)을 턱에 괴고 있다가 엉뚱하게 "서산에 아침이 오자 상쾌한 기운이 이는구나.〔西山朝來, 致有爽氣耳.〕"라고 대답했다고 한다. 《世說新語 簡傲》

184 이천 석의 벼슬 : 한대(漢代)에 군수의 녹봉이 2000석이었는데, 전하여 지방의 수령을 가리킨다.

185 삼백 잔 : 당(唐)나라 이백(李白)의 〈장진주(將進酒)〉에 "염소 삶고 소 잡아 우선 즐거워할 것이니, 응당 모름지기 한 번에 삼백 잔은 마셔야 한다오.〔烹羔宰牛且爲樂, 會須一飮三百杯.〕"라고 한 데서 온 말이다.

여흥루[186]에 적다 절구 2수

題驪興樓 二絶

말을 타고 동서로 다니며 무슨 일 이루었나	鞍馬東西底事成
가을바람에 급급하게 또 남쪽으로 달려가네	秋風汲汲又南行
여강에서 하룻밤을 누각 안에서 잠잘 때에	驪江一夜樓中宿
길고 짧은 어부의 노랫소리 누워서 듣노라	臥聽漁歌長短聲

안개비가 자욱하여 온 강이 아득한데	煙雨空濛渺一江
누각 안의 자는 손님 밤중에 창을 여네	樓中宿客夜開窓
내일 아침 말에 올라 진흙 길 걸어갈 때	明朝上馬衝泥去
푸른 물결 돌아보면 백조 한 쌍 날겠지	回首滄波白鳥雙

---

186 여흥루(驪興樓) : 경기도 여주시 창동에 있었던 청심루(淸心樓)이다. 《신증동국
여지승람(新增東國輿地勝覽)》 권7 〈경기 여주목(驪州牧)〉에 "여주의 객관(客館) 북쪽
에 있다."라고 하였다. 여흥은 여주의 다른 이름이다.

전주 망경대[187]에 오르다

登全州望景臺

경신년(1380, 우왕6)에 왜적이 경상도와 전라도의 여러 고을을 함락하고 지리산에 주둔하였다. 이 원수(李元帥)를 따라 운봉(雲峯)에서 전투하여 승리하고[188] 개선가를 부르며 돌아올 때에 길이 완산(完山)을 지나게 되어 이 대에 올랐다.

천길 높은 산마루에 돌길 비껴 있는데	千仞岡頭石徑橫
올라서자 내 심정 견딜 수 없게 하네	登臨使我不勝情
푸른 산 아스라한 곳이 부여국이요	靑山隱約扶餘國
누른 잎 흩날리는 곳이 백제성이라	黃葉繽紛百濟城
구월의 고풍이 나그네를 시름케 하고	九月高風愁客子
백년의 호기가 서생을 잘못되게 했네	百年豪氣誤書生
하늘가엔 해가 지고 뜬구름만 모이니	天涯日沒浮雲合
서글퍼라 서울을 바라볼 길 없어졌네	惆悵無由望玉京

---

187 망경대(望景臺) : 전라북도 전주시 고덕산(高德山)에 있는 대이다. 《신증동국여지승람》에는 만경대(萬景臺)로 되어 있다. 《신증동국여지승람》 권33 〈전라도 전주부〉 만경대 조를 보면, "만경대는 고덕산 북록(北麓)에 있는데, 기이하고 빼어난 바위 봉우리가 마치 층운(層雲) 같은 모습이다. 그 위에 수십 명이 앉을 수 있고, 사면에 수목이 울창하며 석벽이 그림 같고 기상이 천태만상이다."라고 하였다.

188 이 원수(李元帥)를……승리하고 : 이성계가 1380년(우왕6) 전라도 남원 운봉현의 황산(荒山)에서 왜구를 크게 물리친 황산대첩을 말한다.

예전에 재상 야은 전 선생[189]이 계림 판관이었을 때 김해의 기생 옥섬섬에게 준 시에 "바닷가엔 신선 사는 칠점산이 푸르고 거문고 속 흰 달은 한 바퀴가 밝도다. 세상에 옥섬섬의 고운 손이 없었다면 누가 기꺼이 태고의 정을 타려 하겠나."라고 하였다. 10여 년 뒤 야은이 합포로 와서 다스릴 때에 옥섬섬은 이미 늙었으나 불러다가 곁에 두고 날마다 거문고를 타게 하였다고 한다. 내가 이 소문을 듣고 뒤미처 그 시에 화운하여 벽 위에 적는다 절구 4수

昔宰相埜隱田先生爲鷄林判官時 有贈金海妓玉纖纖云 海上仙山七點靑 琴中素月一輪明 世間不有纖纖手 誰肯能彈太古情 後十餘年 埜隱來鎭合浦 時纖纖已老矣 呼置左右 日使之彈琴 予聞之 追和其韻 題于壁上 四絶

이생의 어느 날에 눈이 다시 반가워질까	此生何日眼還靑
태고의 남긴 소리만 뜻이 절로 분명하네	太古遺音意自明
십 년 뒤의 옥섬섬과 푸른 바다의 달이여	十載玉人滄海月
다시 놀 때 어찌 홀로 무정할 수 있으랴	重遊胡得獨無情

수로왕릉 앞에는 풀빛이 푸르고	首露陵前草色靑
초현당[190] 아래에는 바다 물결 밝도다	招賢堂下海波明

---

189 전 선생(田先生) : 전녹생(田祿生, 1318~1375)으로, 자는 맹경(孟耕), 호는 야은(埜隱), 본관은 담양(潭陽)이다. 벼슬은 정당문학(政堂文學), 문하부 평리(門下府評理) 등을 역임하였다. 저서로 《야은일고(埜隱逸稿)》가 있다.

봄바람은 유랑 민가에도 두루 들어가　　春風遍入流亡戶
활짝 핀 매화가 나그네 심정 위로하네　　開盡梅花慰客情

옛 가야를 찾아오니 풀빛은 봄이건만　　訪古伽耶草色春
흥망이 몇 번 변하여 상전벽해 되었나　　興亡幾變海爲塵
당시에 애가 끊겨 시를 남긴 나그네　　當時腸斷留詩客
본시 마음 맑기가 물 같은 사람이네　　自是心淸如水人

칠점산 앞에는 안개 이내 비켜 있고　　七點山前霧靄橫
삼차포 어귀에는 푸른 물결 생겨나네　　三叉浦口綠波生
봄바람 부는 이월에 김해 찾은 나그네　　春風二月金州客
강남 길을 여행할 때와 정말 흡사하네　　正似江南路上行

---

190 초현당(招賢堂) : 초현대(招賢臺) 혹은 초선대(招仙臺)라고도 한다. 《동사강목
(東史綱目)》 제2상에 "초현대는 지금 김해부(金海府) 동쪽 7리에 있다. 민간에 전하기
를 '가락국 거등왕(居登王)이 칠점산(七點山)의 참시선인(旵始仙人)을 초빙하니, 참시
가 배를 타고 거문고를 안고 와서 함께 즐겁게 놀았기 때문에 초현대라 하는 것이다.'
하였다."라고 하였다.

정사년(1377, 우왕3) 3월 빗속에 의성의 북루에 오르다

丁巳三月 雨中登義城北樓

이때 서울로 가려고 하였다.[191]

문소 고을의 누각이 아름다운 곳	聞韶郡樓佳處
비 피하여 올라 보니 해가 기우네	避雨來登日斜
풀빛은 푸르게 역로에 이어졌고	草色靑連驛路
도화는 따뜻하게 민가를 덮었네	桃花暖覆人家
봄날 시름은 정말로 술처럼 짙고	春愁正濃似酒
세상맛은 점점 깁처럼 얇아져 가네	世味漸薄如紗
애끊으며 강남 길 떠났던 나그네	腸斷江南行客
절름대는 나귀로 또 서울 향하네	蹇驢又向京華

---

191 이때……하였다 : 1375년(우왕1) 포은이 언양(彦陽)으로 유배되었다가 1377년
3월 서울로 돌아갈 때에 의성을 경유하였다. 〈연보고이〉 정사년(1377, 우왕3) 조에
"3월 선생이 서울로 돌아왔다. 〈빗속에 의성의 북루에 오르다[雨中登義城北樓]〉라는
시가 있다."라고 하였다.

영주 판상의 시에 차운하다 3수

次榮州板上韻 三首

가족 데리고 초라하게 구성¹⁹²을 지나가니 　　携家草草過龜城
여관에는 성명을 아는 사람 아무도 없네 　　逆旅無人識姓名
십 년 동안 험한 길에 양 귀밑털 변했는데 　　十載嶮巇雙鬢改
내일 아침이면 또다시 죽령 마루 나서리라 　　明朝又試嶺頭行

살구꽃 피는 계절에 도성으로 향하니 　　杏花時節向都城
곳곳의 강산마다 모두 이름이 있구나 　　處處江山摠有名
나도 몰래 천천히 좋은 경치 탐하나니 　　自是遲遲貪勝景
사람들아 더딘 나귀 걸음 비웃지 마소 　　傍人莫笑蹇驢行

어찌 소 잡는 칼로 무성 고을 다스릴까 　　焉用牛刀宰武城
현가의 정치를 펼쳐서 모두가 이름났네¹⁹³ 　　弦歌政化摠聞名
그 당시의 세 군자가 홀연히 생각나노니 　　忽懷當日三君子
이곳 지나다 머뭇거리며 차마 가지 못하네 　　過此踟躕不堪¹⁹⁴行

---

192 구성(龜城) : 경상북도 영주시의 옛 이름이다.

193 어찌……이름났네 : 《논어》〈양화(陽貨)〉에 "자유(子游)가 무성(武城) 고을 원
이 되었을 때에 공자가 무성으로 가서 거문고를 타며 노래 부르는 소리를 들었다. 공자
가 빙그레 웃으며 '닭을 잡는 데 어찌 소 잡는 칼을 쓰겠느냐.'라고 하였다.〔子游爲武城
宰, 子之武城, 聞絃歌之聲. 夫子莞爾而笑曰 : "割鷄焉用牛刀?"〕"라고 하였다.

194 堪 : 신계본, 개성본, 교서관본에 모두 '敢'으로 되어 있다.

정군 습인(鄭君習仁),[195] 최군 원수(崔君元需),[196] 하군 륜(河君崙)[197]이 모두 아름다운 정사가 있었기 때문에 말한 것이다.

195 정군 습인(鄭君習仁) : 정습인(鄭習仁)으로, 자는 현숙(顯叔), 본관은 초계(草溪)이다. 공민왕 때에 문과에 급제하여 성균관 학관에 보임되었고, 지영주사(知榮州事)를 지냈다.

196 최군 원수(崔君元需) : 신계본, 개성본, 교서관본에 모두 '需'가 '濡'로 되어 있다.

197 하군 륜(河君崙) : 하륜(河崙, 1347~1416)으로, 자는 대림(大臨), 호는 호정(浩亭), 본관은 진주(晉州), 시호는 문충(文忠)이다. 1365년(공민왕14) 문과에 급제하여 고공사 좌랑, 지영주사, 전라도 도순찰사 등을 역임하였다. 제1차 왕자의 난 때 이방원을 도와 좌명 공신(佐命功臣)에 책록되었다. 저서로 《호정집(浩亭集)》이 있다.

명원루에 다시 오르다

重登明遠樓

시판 위에 남겨진 이름은 지금도 분명하고	板上留名今的的
누각 앞의 흐르는 강물이 또한 유유하도다	樓前流水亦悠悠
이생에 다시 오르기 참으로 어려운 일이니	此生重面固難事
혼자서 모래톱 갈매기와 또다시 노닌다네	獨伴沙鷗又再遊

안동 영호루. 일본에서 돌아올 때 짓다
安東映湖樓 回自日本作

동남 지방 많은 군현 두루 돌아보았더니	閱遍東南郡縣多
영가의 좋은 풍경 더욱 빼어난 줄 알겠네	永嘉形勝覺尤加
고을 터는 산천의 형세를 가장 잘 얻었고	邑居最得山川勢
인물로는 장군 재상 집안이 성대히 많도다	人物紛然將相家
논밭에는 농사 잘되어 조와 콩이 넉넉하고	場圃歲功饒菽粟
누대에는 봄꿈처럼 꾀꼬리와 꽃이 둘러 있네	樓臺春夢繞鸎花
오늘 밤이 다하도록 응당 흠뻑 취해야 하리	直須酩酊終今夕
만리 바닷길에서 뗏목 타고 막 돌아왔으니	萬里初回海上槎

평교관에 손수 적다[198]

平郊館手題

포은 선생 머리카락이 눈처럼 흰데	圃隱先生頭似雪
평교관 안에서 니충처럼 취해 있네[199]	平郊館裏醉如泥
먼 곳 유람 정취는 아는 사람 없어	遠遊況味無人識
새로 지은 시 한 수 손수 적었구려	一首新詩手自題

---

198 평교관(平郊館)에 손수 적다 : 이 시는 나계종(羅繼從)의 《죽헌선생유집(竹軒先生遺集)》에 〈추차포은평교관수제운(追次圃隱平郊館手題韻)〉이라는 제목으로 실려 있고, 포은의 원운(原韻)이 부록되어 있는데 원운은 다음과 같다. "게으른 말 여행길이 저녁 비에 지체되니, 막막한 평교에는 차가운 흙탕물 불어나네. 취한 나머지에 회포가 도리어 호탕해져서, 푸른 붓을 손수 잡고 큰 글자로 적어 보네.〔倦馬行裝滯暮雨, 平郊漠漠漲寒泥. 醉餘懷抱還踈宕, 手把靑毫大字題.〕" 평교관은 평교(平郊)의 객관인 듯하다. 평교는 평양시 순안 구역의 옛 이름이다. 《신증동국여지승람》 권52 〈평안도 순안현(順安縣)〉에 "군명(郡名)은 평교, 순화(順和), 안정(安定)이라 한다."라고 하였다.

199 니충(泥蟲)처럼 취해 있네 : 이백의 〈양양가(襄陽歌)〉에 "곁사람이 무슨 일로 웃느냐고 물으니, 우습구나 산옹이 니충처럼 취했다 하네.〔傍人借問笑何事, 笑殺山翁醉似泥.〕"라고 하였다. 《古文眞寶前集 卷8》

이호연을 곡하다 3수

哭李浩然 三首

높은 재주 시기당함은 예부터 이러했으니 　　高才見忌古如斯
그 당시 가련하게도 양 귀밑털이 희어졌지 　　當日憐君兩鬢絲
다행히 훌륭한 자손 있어 마음을 위로하니 　　賴有蘭孫慰人意
하늘의 도가 무지하다고 그 누가 말하는가 　　誰言天道是無知

교유한 날 헤어 보면 삼십 년 세월이니 　　屈指論交三十年
청담을 몇 번이나 등 앞에서 나누었나 　　清談幾度共燈前
백발 되어 이렇게 지기의 벗 잃었으니 　　白頭失此知心友
까닭 없이 눈물 흘린다고 누가 말하랴 　　誰謂無從涕泣然

화산 서쪽 하늘에 흰 눈 가득히 내릴 때에 　　華山西畔雪漫天
나귀 타고 높이 읊조려 그 흥취 아득했소[200] 　　驢背高吟興杳然
시인 명성 남겨서 맹교, 가도와 짝할 만하니[201] 　　留得詩名配郊島
당시에 지은 구절 모두 다 전해질 만하구려 　　當時句句盡堪傳

---

200 화산(華山)……아득했소 : 소식(蘇軾)의 〈증사진하수재(贈寫眞何秀才)〉에 “또 보지 못했는가. 눈 속에 나귀 타고 가는 맹호연이 눈썹 찌푸리고 시 읊느라 어깨 산처럼 솟은 것을.〔又不見雪中騎驢孟浩然, 皺眉吟詩肩聳山.〕”이라고 한 구절을 차용한 것이다. 《古文眞寶前集 卷7》

201 시인……만하니 : 맹교(孟郊)와 가도(賈島)는 당(唐)나라 때의 대표적인 시인이다. 소식(蘇軾)은 “맹교의 시는 한빈하고 가도의 시는 수척하다.〔郊寒島瘦.〕”라고 평하였다.

김 원수[202] 득배 를 제사하다

祭金元帥 得培

본래 서생이라 응당 글을 논해야 하거늘	自是書生合討文
어찌하여 깃발 휘둘러 삼군을 거느렸나	迺何麾羽將三軍
충직하고 씩씩한 혼백 지금 어디 계시나	忠魂壯魄今安在
푸른 산 돌아보니 흰 구름만 둥실 떠 있네	回首靑山空白雲

---

202 김 원수(金元帥) : 김득배(金得培, 1312~1362)로, 자는 국자(國滋), 호는 난계 (蘭溪), 본관은 상주(尙州), 시호는 문충(文忠)이다. 1330년(충혜왕 즉위년) 문과에 급제하여 내직과 외직을 두루 거쳤고, 1360년(공민왕9) 지공거(知貢擧)를 맡았을 때 포은이 장원으로 선발되었다. 홍건적이 침입했을 때 정세운(鄭世雲), 안우(安祐), 이 방실(李芳實)과 더불어 서북면 도병마사로서 난을 평정하였으나, 김용(金鏞)의 모함으로 상주에서 효수되었다. 이에 포은이 문생으로서 그의 시신을 수습하여 장사 지내고 제문도 지었다. 제문은 《포은집》 제3권에 실려 있다.

이 밀직[203] 종덕 을 곡하다

哭李密直 種德

선을 쌓은 한산 이씨 경사가 절로 넉넉커늘[204]	自是韓山積善餘
어진 아들의 짧은 수명은 어찌된 까닭이던가	賢郎欠壽竟何如
예로부터 이 이치는 끝내 따지기 어려우니	古來此理終難詰
공자 같은 성인도 일찍이 백어를 곡하였네[205]	孔聖猶曾哭伯魚

---

203 이 밀직(李密直) : 목은 이색의 맏아들 이종덕(李種德)으로, 지밀직사사(知密直司事)를 지냈다.

204 선을……넉넉커늘 : 《주역》〈곤괘(坤卦) 문언(文言)〉에 "선을 쌓은 집안에는 반드시 남은 경사가 있고, 불선을 쌓은 집안에는 반드시 남은 재앙이 있다.〔積善之家, 必有餘慶; 積不善之家, 必有餘殃.〕"라고 하였다.

205 공자……곡하였네 : 백어(伯魚)는 공자의 아들 공리(孔鯉)의 자(字)로, 백어가 공자보다 먼저 세상을 떠났다. 이색이 아들을 먼저 잃은 것을 비유한 것이다.

이 도은의 처에 대한 만사

李陶隱妻氏挽詞

남편과 평생토록 함께 늙기를 기약했는데	君子百年偕老期
어찌 알았으랴 오늘 문득 이렇게 떠나갈 줄	那知今日奄如斯
도재에서 몇 번이나 함께 마시며 읊었던가	陶齋幾度同觴詠
부인께서 음식 장만해 오던 그때가 기억나네	却憶夫人主饋時

권 밀직의 부인에 대한 만사

權密直夫人挽詞

김씨는 비록 세상을 떠났지만	金氏雖云卒
그중에 잃지 않은 것이 있으니	於中有不亡
집안을 좋게 하여 덕망을 남겼고	宜家留德譽
문장을 좋아하는 아들을 낳았네	生子喜文章
붉은 명정은 봄바람에 흔들리고	丹旐春風動
향기롭던 규방은 달밤에 싸늘하네	香閨夜月涼
한 문중 일가친척 수많은 사람들	一門宗族盛
장례식에 참여하여 함께 슬퍼하네	會葬共悲傷

허 판서의 부인에 대한 만사

許判書夫人挽詞

판서의 후손은 허상(許鎬)[206]이다. 삼가 살펴보건대, 판서의 모부인 정신택주(貞信宅主) 박씨가 그때 아직 살아 있었으니, '주(主)'는 택주(宅主)를 가리킨다. '상(傷)' 자는 잘못된 것이 아닌 듯하다.

표연히 달로 달아나서[207] 빛을 감추니	飄然奔月閟輝光
고아만 남아서 조모를 슬프게 하네	唯有哀孤使主傷
비록 낭군이 의술에 정통했다 하나	雖道郎君精藥術
약주머니 속에 반혼향[208] 얻지 못했네	囊中未得返魂香

교정 : '상(傷)'은 세 판본이 모두 같으나 의심컨대 '상(觴)' 자가 되어야 할 듯하다.[209]

---

206 허상(許鎬) : 선조 때 경주 부윤(慶州府尹)을 지냈다.

207 달로 달아나서 : 부인의 죽음을 뜻한다. 예(羿)가 서왕모(西王母)에게 불사약을 구해 오자, 그의 처인 항아(姮娥)가 훔쳐 먹고 신선이 되어 월궁(月宮)으로 달아나 월정(月精)이 되었다고 한다. 《藝文類聚 卷1 天部上 月》

208 반혼향(返魂香) : 죽은 사람의 영혼을 돌아오게 할 수 있다는 향이다.

209 상(傷)은……듯하다 : '상(觴)' 자가 되면 '고아만 남아서 술잔을 올리게 하네.'라는 뜻이 된다.

봄

春

봄비가 가늘어서 방울지지 않더니　　　　春雨細不滴

밤중에야 조그마하게 소리 들리네　　　　夜中微有聲

눈 다 녹아 남계에 물이 불어나고　　　　雪盡南溪漲

풀싹들이 새로 수없이 돋아나겠지　　　　多少草芽生

신축년(1361, 공민왕10) 10월에 뜰 앞의 국화를 탄식하다
辛丑十月 庭前菊花嘆

여름 달에는 비가 그치지 않고	夏月雨不止
가을 와서는 서리 일찍 내리니	秋來天早霜
만물은 괴롭게도 초췌해지고	萬物苦憔悴
세월은 몹시도 빠르게 흐르네	流年劇奔忙
국화는 어찌 이렇게도 늦은가	菊花何太晚
중양절에도 미처 피지 못했네	開不及重陽
바야흐로 시월로 계절 바뀌어	正當十月交
해와 바람이 점점 차가워질 때	風日漸寒涼
찬란히 옛 자태를 드러내고서	粲粲發舊態
유유히 맑은 향기 감싸 안았네	悠悠抱淸香
지엽엔 푸른빛 다하지 않았고	枝葉綠未歇
꽃술에는 황금빛이 분분하도다	花蘂亂金黃
내가 병들어 대문 밖을 못 나가	我病不出門
국화 떨기 돌면서 홀로 서성이니	遶叢獨彷徨
사랑할 만할 뿐 먹을 수는 없어서	可愛不可飡
향기 자주 맡으며 처마 아래 서 있네	三嗅臨垂堂
사람은 함께 말할 수 있으나	人雖可與語
광망한 그 마음 내가 싫어하고	吾惡其心狂
꽃은 비록 알아듣지 못하지만	花雖不解語
꽃다운 그 마음 내가 사랑하네	我愛其心芳

평소에 술을 마시지 않으나   平生不飮酒

너를 위하여 한 잔을 들겠고   爲汝擧一觴

평소에 크게 웃지 않았으나   平生不啓齒

너를 위하여 한바탕 웃으리라   爲汝笑一場

국화는 내가 사모하는 꽃이니   菊花我所思

복사꽃 오얏꽃은 풍광만 많다네   桃李多風光

아침 일찍 길을 나서다
무行

꿈을 깬 나그네 마음 등불 앞에 가볍더니	夢覺燈前客意輕
새벽에 여관을 떠나 채찍을 재촉해 가노라	曉離孤館促鞭行
닭 우는 시골 주막엔 뽕밭 안개가 축축하고	鷄呼野店柘煙濕
나귀 지나는 산 오솔길엔 솔 이슬이 맑도다	驢跨山蹊松露淸
은하수 건너는 드문 별은 북두에 남아 있고	橫漢疏星餘北斗
구름 사이의 새벽달은 서성으로 숨어 가네	漏雲殘月隱西城
숲 너머 개 짖는 곳이 그 어딘지 알랴마는	隔林犬吠知何處
시내 다리 다 건너자 한 줄기 길 평탄하네	渡盡溪橋一路平

동지를 읊다 2수

冬至吟 二首

건도는 일찍이 쉰 적이 없고	乾道未嘗息
곤괘는 순전히 음으로 되었지[210]	坤炎純是陰
일양이 처음 움직이는 곳에서	一陽初動處
하늘의 마음을 볼 수 있도다[211]	可以見天心

조화는 치우친 기운이 없건만	造化無偏氣
성인은 오히려 음을 억눌렀지[212]	聖人猶抑陰

---

210 건도(乾道)는……되었지 : 하늘의 도는 한 번도 쉰 적이 없고, 곤괘(坤卦)는 모두 음효(陰爻)로 이루어졌다는 것이다. '건도는 쉰 적이 없다'는 것은 《주역》〈건괘(乾卦) 상전(象傳)〉에 "하늘의 운행이 굳세니, 군자가 이것을 보고서 스스로 강하게 하여 쉬지 않는다.〔天行健, 君子以, 自强不息.〕"라고 한 데서 온 말이다.

211 일양(一陽)이……있도다 : 일양이 비로소 생겨나는 동지에 만물을 낳는 천지의 마음을 볼 수 있다는 것이다. 동짓달은 순음(純陰)인 곤괘(坤卦)에서 양효(陽爻) 하나가 맨 아래에 다시 생겨난 복괘(復卦)에 해당한다. 《주역》〈복괘 단전(象傳)〉에 "복에서 천지의 마음을 볼 수 있지 않겠는가.〔復其見天地之心乎!〕"라고 하였고, 송(宋)나라 소옹(邵雍)의 〈복괘〉에 "동짓날 한밤중 자시 정각에, 천심은 고치거나 옮김이 없네. 일양이 처음 움직이는 곳이고, 만물이 아직 나지 않은 때로다.〔冬至子之半, 天心無改移. 一陽初動處, 萬物未生時.〕"라고 하였다.

212 조화는……억눌렀지 : 주희가 말하기를 "음양이라는 것은 천지조화의 근본이기 때문에 음과 양이 서로 없을 수 없는 것이지만, 양은 생장(生長)을 주장하고 음은 숙살(肅殺)을 주장하니 곧 선악의 분별이 있게 되는 것이다. 그러므로 성인이 《주역》을 지을 때에 서로 없을 수 없는 것에 대해서는 이미 건순(健順)과 인의(仁義) 등으로

일양이 처음 움직이는 곳에서 　　　　　　　　　　一陽初動處
내 마음을 증험할 수 있도다[213] 　　　　　　　　可以驗吾心

밝혀서 음이나 양의 한쪽만을 주장한 바가 없었고, 소장(消長)의 실제와 선악의 구분에
이르러서는 일찍이 양을 붙들어 주고 음을 억제하지 않은 적이 없었다. 이는 천지의
화육을 도와서 천지에 참여하려는 것이니, 그 뜻이 깊다."라고 하였다.《周易本義 坤卦
初六》

213　일양이……있도다 : 일양이 처음 움직이는 천지의 이치를 통하여 만물을 살리려
는 내 마음의 실제 모습을 증험할 수 있다는 것이다.

중서문하성에 입직했을 때 술에 취하여 짓다
入直中書門下省醉賦

지난해 낭사에 있었던 늙은 풍당[214]이   去年郎舍老馮唐

부끄럽게도 멍하니 묘당에 앉았구나   自愧含糊坐廟堂

여전히 시흥이 있는 줄만 알겠나니   依舊只知詩興在

봉황지[215] 못물에는 봄빛이 물들었네   鳳凰池水染春光

---

214 풍당(馮唐) : 한 문제(漢文帝) 때 중랑서장(中郎署長)을 지낸 사람으로, 무제(武帝) 때 현량(賢良)으로 천거되었으나 나이가 90여 세여서 다시 벼슬할 수 없었다. 《史記卷102 馮唐列傳》

215 봉황지(鳳凰池) : 대궐 안에 파 놓은 연못이다. 위진 남북조(魏晉南北朝) 시대에 기무를 관장하는 중서성(中書省)을 대궐 안에 설치하였기 때문에 봉황지가 중서성을 이르는 말로 쓰이게 되었다.

인일[216] 조회 때 눈이 내리다
人日朝會雪

깊고 깊은 궁전에 상서로운 눈이 날려	宮殿深深瑞雪飛
바람 따라 휠휠 시종신 옷에 들어오네	隨風飄入侍臣衣
재주 없는 내가 감히 양원부[217]를 바치고는	不才敢獻梁園賦
궁궐에서 마시다 취하여 돌아가지 못하네	拜飮丹墀醉未歸

---

216 인일(人日) : 음력 1월 7일을 이른다. 동방삭(東方朔)의 《점서(占書)》에 "1월 1일에 닭을 점치고, 2일에 개를 점치고, 3일에 양을 점치고, 4일에 돼지를 점치고, 5일에 소를 점치고, 6일에 말을 점치고, 7일에 사람을 점치고, 8일에 곡식을 점친다."라고 하였다.

217 양원부(梁園賦) : 양원은 한(漢)나라 양효왕(梁孝王)이 세운 토원(兔園)으로, 사마상여(司馬相如)가 눈이 내리는 토원에서 부(賦)를 지었다고 한다.

저문 봄

暮春

가을바람 지나가고 또 봄바람 부니　　　　　秋風過了又春風

백년의 세월이란 한바탕 꿈속 같네　　　　　百歲光陰一夢中

서글퍼라 처마 앞의 밤사이 내린 비에　　　　惆悵簷前夜來雨

성안 가득 붉게 떨어진 꽃 너무도 많네　　　滿城多少落花紅

기러기 소리를 듣다
聞雁

나그네가 홀연히 기러기 소리 듣고   行旅忽聞雁
고개 들어 하늘 보니 맑기도 하도다   仰看天宇淸
두어 번 우는 소리 달빛 타고 떨어지고   數聲和月落
한 점 기러기 떼가 구름 속에 비껴 있네   一點入雲橫
먼 곳 소식이 북쪽 변방에서 돌아오니   遠信回燕塞
새로운 시름이 낙양성 안에 가득하구나   新愁滿洛城
흐린 등불 비치는 외로운 여관의 이 밤   疏燈孤館夜
고향 땅 그리는 심정 어찌 한량 있을까   何限古園情

《주역》을 읽고 자안과 대림[218] 두 선생에게 부치다. 세도에
느낌이 있어 말한 것이다 절구 2수

讀易寄子安大臨兩先生 有感世道故云 二絶

부정한 학설이 어지러이 백성을 그르치니	紛紛邪說誤生靈
어느 사람이 선창하여 그들을 깨우쳐 줄까	首唱何人爲喚醒
듣건대 그대 집에 매화꽃이 피려고 한다니[219]	聞道君家梅欲動
서로 함께 모여서 《세심경》[220]을 다시 읽어 볼까	相從更讀洗心經

이 마음이 허령함을 참으로 알겠나니	固識此心虛且靈
씻어 내면 온통 성성함을 더욱 느끼네[221]	洗來更覺已全醒
간괘의 여섯 획을 자세히만 보더라도	細看艮卦六畫耳

218 자안(子安)과 대림(大臨) : 자안은 이숭인(李崇仁)의 자이고, 대림은 하륜(河
崙)의 자이다.

219 매화꽃이 피려고 한다니 : 관매점(觀梅占)과 연관시켜서 한 말이다. 관매점은
매화를 보고 점치는 것으로, 송(宋)나라 때 소옹(邵雍)이 만들었다는 점법이다.

220 세심경(洗心經) : 《주역》의 다른 이름이다. 《주역》〈계사전 상(繫辭傳上)〉에
"성인은 이것으로 마음을 깨끗이 씻어 은밀한 곳에 물러나 감춘다.〔聖人以此洗心, 退藏
於密.〕"라고 한 데서 유래한다.

221 이……느끼네 : 마음의 욕심을 씻어 내면 마음의 성성(惺惺)함을 더욱 느낄 수
있기 때문에 마음이 본래부터 허령불매(虛靈不昧)하였음을 참으로 알 수 있다는 것이
다. 성성은 마음이 또렷이 깨어 있는 것을 말하고, 허령불매는 텅 비고 신령스럽고
어둡지 않은 것으로, 마음을 표현하는 말이다. '씻어 내다'는 《주역》을 《세심경》이라고
하기 때문에 말한 것이다.

《화엄경》 한 부를 읽는 것보다 나으리라²²²　　勝讀華嚴一部經

---

222 간괘(艮卦)의……나으리라 : 간괘는 산이 겹쳐 있는 형상으로, 그칠 곳을 알아 그칠 곳에 그친다는 의미를 가진 《주역》의 괘(卦) 이름이다. 언제나 마땅한 도리에 그쳐서 몸의 욕심을 따라 움직이지 않으면 사람이 많은 곳에 가더라도 외물에 끌려가지 않아 허물이 없게 된다는 의미를 가진 괘이다. 주돈이(周敦頤)가 말하기를 "한 부의 《화엄경》을 보는 것이 하나의 간괘를 보느니만 못하다.〔看一部華嚴經, 不如看一艮卦.〕"라고 하였다. 《宋名臣言行錄 外集 卷1》

《주역》을 읽다 절구 2수

讀易 二絶

돌솥에는 물이 처음 끓어오르고	石鼎湯初沸
풍로에는 불이 벌겋게 타오르네	風爐火發紅
감괘와 이괘는 천지의 작용이니[223]	坎離天地用
바로 여기에 무궁한 뜻 담겨 있네	卽此意無窮

내 마음이 건곤을 포괄하고 있으므로	以我方寸包乾坤
삼십육궁의 봄[224]을 넉넉히 노닐 수 있네	優游三十六宮春
획 긋기 전의 역리를 눈앞에서 안다면	眼前認取畫前易
포희씨의 팔괘 이미 묵은 자취 되리라[225]	回首包羲迹已陳

---

223 감괘(坎卦)와……작용이니 : 감괘는 물로, 음을 상징하는 괘이고, 이괘(離卦)는 불로, 양을 상징하는 괘이다. 천지가 음양의 작용으로 운행된다는 것이다.

224 삼십육궁(三十六宮)의 봄 : 소옹(邵雍)의 〈관물음(觀物吟)〉에 "천근과 월굴이 한가로이 왕래하니, 삼십육궁이 모두 다 봄빛이로다.〔天根月窟閒往來, 三十六宮都是春.〕"라고 하였다. 성호(星湖) 이익(李瀷)이 "'64괘에 변역(變易)하는 괘가 8개이니 건(乾), 곤(坤), 감(坎), 리(離), 이(頤), 대과(大過), 중부(中孚), 소과(小過)이고, 교역(交易)하는 괘가 56개이니 둔(屯), 몽(蒙) 이하가 이것이다. 변역하는 괘는 8괘가 각각 한 궁(宮)이 되고, 교역하는 괘는 두 괘가 합하여 한 궁을 이루므로, 합하여 36궁이 된다.'라는 해설이 가장 타당하다."라고 하였다. 《星湖僿說 卷20 經史門 三十六宮》

225 획……되리라 : 눈앞에 펼쳐진 사물에서 음양의 이치를 환히 알 수 있다면 포희씨(包羲氏)가 그은 팔괘는 이미 진부한 부호에 불과하게 될 것이라는 말이다.

추석 달
中秋月

오랫동안 답답했던 빗속의 회포를

중추의 달 아래서 풀어 보려 했더니

가을바람이 구름을 쓸어 간 덕택에

찾아온 친구인 양 고운 모습 보노라

久將鬱鬱雨中懷

擬向中秋月下開

賴有西風掃雲去

玉容如見故人來

돌솥에 차를 달이다

石鼎煎茶

국은을 갚는 데 공효 없는 늙은 서생이	報國無效老書生
차 마심이 버릇되어 세상사에 관심 없네	喫茶成癖無世情
눈보라 치는 밤 그윽한 집에 홀로 누워서	幽齋獨臥風雪夜
돌솥 가 솔바람 소리를 사랑스레 듣노라	愛聽石鼎松風聲

겨울밤에 《춘추》를 읽다

冬夜讀春秋

중니가 필삭하여 뜻이 정미한 《춘추》[226]를	仲尼筆削義精微
눈 오는 밤 등불 켜고 자세히 완미할 때	雪夜靑燈細玩時
벌써 내 몸이 중국의 예법에 나아갔거늘	早抱吾身進中國
곁의 사람 알지 못하고 이적에 산다 하네[227]	傍人不識謂居夷

교정 : '포(抱)' 자는 세 판본이 모두 같으나 뜻이 온당하지 않으니 다시
상고해야 할 것이다.

---

226 중니(仲尼)가……춘추 : 중니는 공자의 자이고, 필삭(筆削)은 역사를 기록할 때
에 쓸 만한 것은 쓰고 없앨 만한 것은 없애는 것을 말한다. 《사기》 권47 〈공자세가(孔子
世家)〉에 《춘추》를 지을 때에 쓸 만하면 쓰고 없앨 만하면 없애니 자하 같은 사람도
한마디 말을 거들지 못했다.〔至於爲春秋, 筆則筆, 削則削, 子夏之徒不能贊一辭.〕라고
하였다.

227 벌써……하네 : 한유(韓愈)가 말하기를 "공자가 《춘추》를 지을 때에 제후가 이적
의 예법을 사용하면 이적으로 취급하고 이적이 중국으로 나아가면 중국으로 취급하였
다.〔孔子之作春秋也, 諸侯用夷禮則夷之, 夷而進於中國則中國之.〕라고 하였다. 《古文
眞寶後集 卷2 原道》

꿈을 기록하다

記夢

계해년(1383, 우왕9) 10월 8일 밤에 경은(畊隱) 전 선생(田先生)[228] 꿈을 꾸었다.

잊을 수 없는 아름다운 한 사람이여	有美一人不可忘
훨훨 바람 타고 어디에서 노니시는가	飄然馭風遊何鄕
예장 같은 큰 재목을 하늘이 내시니	天生大材如豫章
명당을 부지하리라 세상 사람 바랐지[229]	時人有望扶明堂
더구나 선왕에게 두 왕자를 부탁받을 때	況蒙付托自先王
곽광과 제갈공명이 되기를 기대했음에랴[230]	期以孔明與霍光
오호라 상서롭지 못한 시대를 문득 만나니	嗚呼奄遭時不祥

---

228 전 선생(田先生) : 전조생(田祖生, 1318~1355)으로, 경은(畊隱)은 호이다. 자는 계경(季耕), 본관은 담양(潭陽), 시호는 문원(文原)이다. 1336년(충숙왕 복위5) 문과에 급제하여 찬성첨의부사(贊成僉議府事)를 지냈고, 1351년(충정왕3) 충정왕이 폐위되자 그 길로 은둔하여 출사하지 않았다.

229 예장(豫章)······바랐지 : 예장은 대들보로 쓸 수 있는 좋은 나무로, 훌륭한 인재를 비유하고, 명당(明堂)은 제왕이 정교(政敎)를 펼치는 집으로, 여기서는 조정이나 국가를 가리킨다.

230 더구나······기대했음에랴 : 충혜왕(忠惠王)이 전조생에게 두 왕자를 부탁하며 곽광(霍光)과 제갈량(諸葛亮)이 되기를 기대한 것을 말한다. 《剛齋集 卷5 耕隱實記序》 한 무제(漢武帝)가 말년에 어린 아들 유불릉(劉弗陵)을 태자로 세우고서 장군 곽광에게 옛날 주(周)나라 주공(周公)이 어린 성왕(成王)을 등에 업고 조회하던 그림을 그려 주며 섭정을 부탁하였고, 촉한(蜀漢)의 선주(先主) 유비(劉備)가 세상을 떠날 때 승상인 제갈량에게 아들 유선(劉禪)과 나라의 뒷일을 부탁하였다.

안연의 단명과 도척의 장수는 모를 이치이네[231]　　　顔夭跖壽理杳茫
평생의 마음 곡절을 그 누가 상세히 알랴　　　百年心曲誰能詳
하늘을 바라보니 그저 푸르기만 할 뿐이네　　　仰視太空空蒼蒼
홀연히 지난밤 꿈에 선생의 모습 보았더니　　　忽於昨夢覩儀形
옥 같은 낯빛 금 같은 목소리 완연하였네　　　宛爾玉色與金聲
생전처럼 이런저런 옛 얘기 나누다가　　　綢繆話舊若平生
인하여 당시 봉성[232]으로 간 일 말하였지　　　因說當日峯城行
묵묵해도 상한 마음 환히 다 아는지라　　　嘿然如見傷中情
함께 울며 주룩주룩 눈물만 흘렸었네　　　相與涕泣流縱橫
깨어나서 보이는 건 맑은 서리 달뿐이니　　　覺來只見霜月淸
나의 회포를 울적하고 편치 않게 하도다　　　使我懷抱鬱不平

---

231 오호라……이치이네 : 전조생은 충정왕이 폐위되는 일을 만나 초야에 은둔하였
다가 몇 해 뒤에 38세로 세상을 떠났다. 학문을 좋아하고 어질었던 공자의 제자 안연(顔
淵)은 빈한하게 살다가 32세의 나이로 세상을 떠났고, 온갖 악행을 저질러 천하의 원성
을 샀던 도적의 우두머리 도척(盜跖)은 부귀를 누리며 천수를 다하였다.
232 봉성(峯城) : 경기도 파주의 옛 이름이다.

배를 타고 송경을 작별하다
乘舟別京

들고 나는 조수 따라 점점 멀어져 가니   潮落潮生漸遠行

고개 돌려 송경을 차마 보지 못하겠네   不堪回首望松京

바다 어귀 천리 밖까지 전송해 주는 건   海門千里來相送

너무나도 정겨운 청산만 있을 뿐이네   只有青山最有情

서쪽 이웃 이 부령[233]을 맞이하여 달을 감상하다

邀西鄰李副令翫月

수십 일 연이어 가을 더위에 곤했는데	連旬困秋熱
달 뜨는 오늘 밤은 그 흥취 어떠하겠나	今夜興何如
내 그림자 대하여 밝은 달을 맞이하고[234]	對影邀明月
마음을 맑게 하여 텅 빈 하늘 바라보네	澄心向太虛
달빛은 맑아서 거두어들일 만하고	光輝淸可掇
근심 걱정은 씻기어 남은 게 없네	憂患洗無餘
더욱 기쁘게도 서쪽 숲에 사는 손님	更喜西林客
나를 찾아서 초가집에 이르렀도다	相尋到草廬

---

233 부령(副令) : 고려 시대 내부시(內府寺), 사복시(司僕寺), 선공시(繕工寺) 등에
두었던 4품 벼슬이다.

234 내……맞이하고 : 이백(李白)의 〈월하독작(月下獨酌)〉에 "술잔을 들어 밝은 달
을 맞이하니, 그림자를 대하여 세 사람이 되었네.〔擧杯邀明月, 對影成三人.〕"라고 하였
다. 《古文眞寶前集 卷2》

경지[235]의 시에 차운하여 삼봉에게 주다

次敬之韻贈三峯

나라 돕고 시대 구할 재주 너무 엉성하니	輔國匡時術已疏
늙도록 성취한 것 없어 스스로 탄식하오[236]	自嗟童習白紛如
삼봉의 은둔자와는 누가 같을 수 있으랴	三峯隱者誰能似
처음 세운 뜻을 평생토록 바꾸지 않으니	不變平生立志初

235　경지(敬之) : 척약재(惕若齋) 김구용(金九容)의 자이다.

236　늙도록……탄식하오 : 한(漢)나라 양웅(揚雄)의 《법언(法言)》에 "어릴 때부터 학문을 익혔으나 백발이 되어서도 분란스럽기만 하다.〔童而習之, 白紛如也.〕"라고 하였다.

둔촌의 시에 차운하다

次遁村韻

나라 도운 공은 적고 도성 떠남은 더디니   輔國功微去國遲

애오라지 이내 몸을 밝은 시대에 맡기노라   聊將身世托明時

배 속에 든 만권의 책은 모두가 쓸모없고   腹中萬卷渾無用

끄집어내어 짧은 시구나 지어 낼 뿐이로다   只可拈來作小詩

반 이상[237]을 하례하다

賀潘二相

임금이 서해도(西海道)에 거둥하여 사냥을 관람하다가 말에서 떨어졌다. 화살에 맞은 멧돼지가 독기를 부려 달려들자 반상(潘相)이 활을 쏘아 죽여서 피해를 없애니 임금이 중하게 여겨서 벼슬을 내리고 성(姓)을 내렸다.[238]

검은 머리 젊은 장군은 호기가 드높으니	綠髮將軍豪氣多
춘풍 부는 해서에서 사냥할 때 모시었네	春風侍獵海西涯
군사를 벌여 밤낮으로 임금을 따르다가	張兵夙夜隨龍御
말을 달려 순식간에 멧돼지를 제압했네	躍馬須臾制豕牙
한 화살의 기이한 공로 국사에 기록되고	一箭奇功書國史
천년 이을 귀한 성이 왕가에 연결되었네	千齡貴姓接王家
청컨대 그대는 노력하여 왕업을 도우시라	請君努力扶鴻業
총애가 이 같으면 누군들 뽐내지 않으랴	寵遇如斯孰不誇

교정 : 《고려사(高麗史)》를 살펴보건대, 우왕(禑王)이 서해도에서 사냥할 때에 멧돼지를 맞추었는데 멧돼지가 돌진하여 우왕의 말을 들이받자 우왕이 놀라 떨어졌다. 밀직사 부사 반복해(潘福海)가 말을 치달려 곧바로 앞으로 나가서 화살 하나로 멧돼지를 죽여 우왕이 화를 면할 수 있었다고 하니,

---

237 반 이상(潘二相) : 반복해(潘福海, ?~1388)이다. 자는 유술(有述), 호는 석암(石庵), 본관은 거제(巨濟)이다. 이상(二相)은 정승에 버금가는 벼슬로 문하부 찬성사(門下府贊成事)를 말한다.

238 임금이……내렸다 : 《고려사절요》를 살펴보면, 사냥 나간 때는 1386년(우왕12) 10월이고, 왕씨(王氏) 성과 벼슬을 하사한 것은 1387년 8월이다. 《高麗史節要 卷32 辛禑3 丙寅12年, 丁卯13年》

지금 시의 뜻을 보면 반드시 이 일일 것이다. 다만 《고려사》에는 10월이라 하였고, 시에는 봄바람 불 때 모시고 사냥했다고 했으니, 이 점은 의심할 만하다. 아마 《고려사》에 계절과 달이 잘못되었거나 그렇지 않다면 '춘(春)' 자가 '추(秋)' 자가 되어야 할 듯하니, 다시 상고해야 할 것이다.

성주[239]에서 묵으며 원일에 목욕하다

成州留元日沐浴

성주에 온천 있다는 말 예전에 들었더니[240]　　　昔聞成邑有溫川

말을 달려 석령 앞에서 그곳을 찾아보네　　　走馬來尋石嶺前

역로에 오래 있어 먼지 씻길 생각했더니　　　舊在驛塵思洗濯

다행히 원일이라 이렇게 머물게 되었구나　　　幸因元日此留連

화룡은 물을 토하며 땅속 깊이 숨어 있고　　　火龍吐水潛藏地

작은 동천은 봄빛 지녀 별천지를 이루었네　　　小洞含春別有天

목욕 끝나자 심신이 티 없이 깨끗해져서　　　浴罷身心淨無累

무우에서 돌아오는 흥취[241] 참으로 물씬하네　　　舞雩歸興信悠然

---

239 성주(成州) : 평안남도 성천(成川)의 옛 이름이다.

240 성주에……들었더니 : 《신증동국여지승람》 권54 〈평안도 성천도호부(成川都護府)〉에 "부의 서쪽 약수산(藥水山) 밑에 온천이 있다."라고 하였다.

241 무우(舞雩)에서 돌아오는 흥취 : 무우는 기우제를 지내는 곳으로, 제단과 빈터와 수목이 있다고 한다. '무우에서 돌아오는 흥취'는 267쪽 주81 참조.

재상 유원²⁴²의 집 벽에 적다

題柳相源宅壁

깊고 깊은 정원에 저녁 해 기울려 하는데   庭院深深日欲西
비파 소리 울림 속에 쪽진 머리 나직하네   琵琶聲裏翠鬟低
인생에 좋은 회합이란 그리 많지 않으니   人生會合無多子
더구나 꽃 드물고 녹음 짙은 처음임에랴   況是紅稀綠暗初

---

242 유원(柳源) : 1341~1392. 본관은 진주(晉州)이다. 1360년(공민왕9) 과거에 급
제하여 감찰사 지평, 판개성부사, 지공거 등을 역임하였다.

언양에서 중구일에 회포가 있어 유종원의 시에 차운하다[243]
彦陽九日有懷 次柳宗元韻

나그네 심정 오늘 따라 더욱더 처량해져서	客心今日轉凄然
외딴 바닷가에서 물을 찾고 산을 오르노라	臨水登山瘴海邊
배 속에는 글이 있어 도리어 나라 그르쳤고	腹裏有書還誤國
주머니에는 약이 없어 수명 늘이지 못하네	囊中無藥可延年
용은 세모를 걱정하여 깊은 골짝에 숨었고	龍愁歲暮藏深壑
학은 갠 가을 기뻐하여 푸른 하늘로 오르네	鶴喜秋晴上碧天
손으로 국화 꺾어 애오라지 한번 취하노니[244]	手折黃花聊一醉
옥 같은 미인[245]은 저 멀리 구름 너머 계시네	美人如玉隔雲煙

---

243 언양(彦陽)에서……차운하다 : 포은이 북원(北元)의 사신을 물리칠 것을 주장하다가 1375년(우왕1) 언양으로 유배되었는데, 이듬해 언양에 있으면서 이 시를 지었다. 유종원(柳宗元)은 당송팔대가의 한 사람인 당(唐)나라 문장가이고, 차운한 시는 유종원이 유주(柳州)의 적소(謫所)에서 지은 〈별사제종일(別舍弟宗一)〉이다.

244 손으로……취하노니 : 중양절에 국화를 꺾어 술잔에 띄워서 마시는 풍속이 있었다.

245 옥 같은 미인 : 임금을 가리킨다.

목은 선생의 중구일 시[246]에 차운하다

次牧隱先生九日韻

세월이 끊임없이 냇물처럼 흘러가니	光陰袞袞似川流
부귀를 끝까지 누릴 사람 그 누구일까	富貴何人是徹頭
기쁘게도 원로들과 해후를 이루었으니	喜共耆賢成邂逅
응당 이내 신세 부침에 내맡겨야 하리	合將身世信沈浮
황화와 녹주가 좋은 계절을 보상하고	黃花綠酒償佳節
백발과 오사모가 저문 가을에 비치네	白髮烏紗照暮秋
만나고 헤어짐은 본디 운수가 있으니	聚散固知元有數
내년엔 어디에서 다시 노닐 수 있을까	明年何處得重遊

---

246 목은……시 : 이색(李穡)의 〈호연자안자복요복급한맹운선생……(浩然子安子復
邀僕及韓孟雲先生……)〉이라는 시이다. 《牧隱文藁 卷30》

목은 선생의 시[247]에 차운하다. 칠석에 안화사[248]에서 노닐었다 3수

次牧隱先生詩韻 七夕遊安和寺 三首

목은 선생은 예법이 너그러우시니 牧隱先生禮數寬
냇가에서 마시고 읊을 때 두건이 시원하네 臨溪觴詠幅巾寒
좋은 손님 모시고 함께 놀기가 정히 좋으니 留連正好携佳客
태관[249]이 부족하다고 공급을 어찌 아쉬워할까 供給何嫌欠太官
백 길의 푸른 소나무는 햇볕을 가려 주고 百丈蒼髥遮畏景
한 쌍의 물총새는 세찬 여울에서 날솟네 一雙翠羽起驚湍
대문 앞 지척 간이 맑고 시원한 곳이거늘 門前咫尺清涼地
비로소 공을 모시고 안장 풀고 쉬어 보네 始得陪公一卸鞍

선생이 일찍이 넓은 학문의 세계 엿봤는데 函丈曾窺學海寬
지금에 와서 우리 도가 어찌 어긋나 버렸나 只今吾道豈盟寒
옛날의 안화사를 다시 노닐며 再遊昔日安和路
선조의 교수관을 또 불렀도다 又喚先朝教授官
서원은 황량하여 무성한 풀이 많고 書院荒涼多茂草

---

247 목은 선생의 시 : 이색(李穡)의 〈여이호연유자하동……(與李浩然遊紫霞洞……)〉이라는 시이다. 《牧隱文藁 卷30》

248 안화사(安和寺) : 개성 송악산의 자하동(紫霞洞)에 있던 절이다.

249 태관(太官) : 궁중의 음식을 맡아보는 벼슬이다.

사당은 적막하여 슬픈 여울 흐르네　　　　　　　閟宮岑寂瀉哀湍
인간사 잠깐 사이 묵은 자취 되어 버리니250　　　人間俯仰成陳迹
또 산 앞에서 취한 채로 안장에 걸터앉네　　　　且向山前醉據鞍

답답한 속마음을 무엇으로 위로할거나　　　　　悶悶中懷何以寬
차가운 벽계로 술병 잡고 달려가 보네　　　　　携壺走踏碧溪寒
마음은 논하더라도 시사는 논하지 말지니　　　論心且莫論時事
시구 얻음은 진정 좋은 벼슬 얻음과 같네　　　得句眞同得美官
창망한 자하동에는 저녁노을이 생겨나고　　　紫洞蒼茫生暮靄
넘실넘실한 은하수엔 바람 여울 끊어지네　　銀河激灩絶風湍
이날 오작교에 아름다운 기약 닥쳤으니　　　鵲橋此日佳期迫
하늘 위의 신선이 옥안장을 털고 있으리251　　天上神仙拂玉鞍

250 인간사……버리니 : 진(晉)나라 왕희지(王羲之)의 〈난정기(蘭亭記)〉에 "조금
전에 기뻐했던 것이 고개를 숙였다가 드는 사이에 이미 옛 자취가 되어 버리니, 더더욱
이 때문에 감회를 일으키지 않을 수 없다.〔向之所欣, 俛仰之間, 以爲陳迹, 尤不能不以
之興懷.〕"라고 하였다. 《古文眞寶後集 卷1》

251 옥안장을 털고 있으리 : 이백의 〈왕소군(王昭君)〉에 "소군이 옥안장 털고서 말에
오르며 붉은 뺨에 눈물 흘리네.〔昭君拂玉鞍, 上馬啼紅頰.〕"라고 하였다. 《古文眞寶前
集 卷1》

난파[252] 정원의 소나무, 대나무, 매화, 난초를 읊다. 도은과 양촌의 시[253]에 차운하다

蘭坡四詠 次陶隱陽村

화분에 소나무, 대나무, 난초, 매화를 심었다.

규룡이 서린 모습 겨우 한 자쯤이나	虬蟠才尺許
구름 높이 솟은 것보다 의태가 낫네	意勝拂雲長
심은 날은 비록 오늘이지만	封植雖今日
어루만지길 몇 해나 했던가	摩挲閱幾霜
그의 골짜기 자태를 굽혀서	屈渠中谷態
나의 시원한 북창을 짝했네	伴我北窓涼
참으로 알겠네 비범한 물건이	固識非凡物
궤안 곁에서 함께 어우러짐을	相參几案傍
위는 소나무이다.	

난파는 참으로 깨달음이 있어	蘭坡有眞覺
북창 모퉁이에 대나무 심었네	種竹北窓隅
경애하여 군자에다 견주고	愛敬比君子

252　난파(蘭坡) : 이거인(李居仁, ?~1402)의 호이다. 본관은 청주(淸州), 시호는 공절(恭節)이다. 고려 때 경상도 관찰사를 지냈고, 조선조에서는 판개성부사를 지냈다.

253　도은(陶隱)과 양촌(陽村)의 시 : 이숭인(李崇仁)의 〈이씨원중송죽매란사영차양촌운(李氏園中松竹梅蘭四詠次陽村韻)〉과 권근(權近)의 〈이씨수보원중사영(李氏壽父園中四詠)〉이다. 《陶隱集 卷2》《陽村集 卷3》

읊조리며 속인을 물리치네 　　　　吟哦麾俗夫

물을 주면 새순이 자라나고 　　　　水澆新筍長

모래 덮으면 짧은 뿌리 돋네 　　　　沙覆短根蘇

마디가 이처럼 절로 곧으니 　　　　節自如斯直

홀로 서는 그 성품 알 만하네 　　　知渠不賴扶

　　위는 대나무이다.

깨끗하고 깨끗한 매화나무여 　　　　淡淡梅花樹

도리화 따라 피기를 싫어하지 　　　惡隨桃李開

고신은 충직하여 유배당하고 　　　孤臣忠見謫

숙녀는 불러도 오기 어렵다네 　　　淑女喚難來

스스로 향기로운 덕 지녔으니 　　　自抱馨香德

눈보라에 꺾이는 것 근심할까 　　　肯愁風雪摧

그 누가 매화와 지취가 같으랴 　　　伊誰與同調

주위를 맴돌며 날마다 서성이네 　　步繞日低徊

　　위는 매화이다.

그윽한 산골짝에 손수 심으니[254] 　　手種幽澗畹

아름답게 멀리 향기가 풍기네[255] 　　猗猗遠有香

254 그윽한……심으니 : 굴원의 〈이소(離騷)〉에 "내 이미 난초를 구 원에 심었고 또
혜초를 백 묘에 심었노라.〔余旣滋蘭之九畹兮, 又樹蕙之百畝.〕"라고 하였다.

255 아름답게……풍기네 : 공자가 지었다는 〈의란조(猗蘭操)〉에 "난초의 아름다움
이여, 양양한 그 향기로다.〔蘭之猗猗, 揚揚其香.〕"라고 하였다.

백조가 일찍이 꿈에서 주었고[256]　　　　　　　伯鯈[257]曾夢與

공자도 이 때문에 상심하셨네[258]　　　　　　　尼父爲心傷

잡고 가면 몸이 바야흐로 깨끗해지고　　　　　　握去身方潔

차고 오면 패물이 절로 늘어뜨려지네[259]　　　　紉來佩自長

난초의 맑은 정취를 알아보려 한다면　　　　　　欲知淸意味

이슬 맺힌 잎이 바람에 흔들릴 때라네[260]　　　露葉轉風光

　　위는 난초이다.

256 백조(伯鯈)가……주었고 : 백조는 정 문공(鄭文公)의 조상이다. 문공의 꿈에 천사가 난초를 주며 "나는 백조이니, 나는 너의 조상이다. 이 난초로 너의 아들을 만들어 줄 것이니, 난초는 나라 안에서 제일가는 향기가 있기 때문에 사람들이 그를 난초처럼 차고 사랑할 것이다.〔余爲伯鯈, 余而祖也. 以是爲而子, 以蘭有國香, 人服媚之如是.〕"라고 하였는데, 그 꿈처럼 아들을 낳아 이름을 란(蘭)이라 했다고 한다. 《春秋左氏傳 宣公3年》

257 鯈 : 대본에는 '魚'로 되어 있는데, 《춘추좌씨전》에 근거하여 바로잡았다.

258 공자도……상심하셨네 : 공자가 제후를 두루 찾아갔으나 아무도 등용해 주는 이가 없었다. 위(衛)나라에서 노(魯)나라로 돌아올 때에 깊은 골짜기에 향기로운 난초가 홀로 무성한 것을 보고 한숨을 내쉬며 탄식하기를 "난초는 의당 왕자(王者)를 위하여 향기를 피워야 하거늘, 지금 홀로 무성하여 뭇 풀들과 함께 섞여 있구나."라고 하고는 수레를 멈추고 금(琴)을 잡고 연주하여 때를 만나지 못한 자신을 아파하는 마음을 난초에 가탁하였다고 한다. 《山堂肆考 卷198 孔子作操》이 곡을 〈의란조〉라고 한다.

259 차고……늘어뜨려지네 : 굴원의 〈이소〉에 "강리와 벽지를 몸에 두르고, 가을 난초를 묶어 패물로 삼도다.〔扈江離與辟芷兮, 紉秋蘭以爲佩.〕"라고 하였고, 또 "높다란 내 관을 더욱 높게 쓰고, 치렁치렁한 내 패물을 더욱 늘어뜨리네.〔高余冠之岌岌兮, 長余佩之陸離.〕"라고 하였다.

260 난초의……때라네 : 전국 시대 송옥(宋玉)의 〈초혼(招魂)〉에 "비 갠 뒤의 바람은 혜초를 흔들고, 한 떨기 난초는 꽃향기 넘쳐 나네.〔光風轉蕙, 氾崇蘭些.〕"라고 하였다.

부령 임효선의 시에 차운하다 4수

次林副令孝先韻 四首

생각나도다 일찍이 한산주에서 길이 나뉘어 憶曾分路漢山州
말 머리에 먼지 날던 모습 멀리서 보던 일[261]이 遙望飛塵逐馬頭
뒷날 단란하게 가을 달을 대하게 될 때에는 他日團欒對秋月
마음 아프게 말을 마오 남쪽에 유배됐던 일을 傷心莫說竄炎洲

귀양살이하다가 이날 다시 중주[262]에서 만나니 湘纍此日會中州
또 왕공이 머리 끄덕여 허락하신 덕분이네 又被王公一點頭
누가 청운[263]의 반열에 지기의 벗이 있다 할까 孰謂青雲有知己
그대 같은 이 아직도 백빈의 물가[264]에 있거늘 如君猶在白蘋洲

---

261 생각나도다……일 : 《고려사절요》 권30 〈신우(辛禑) 1〉 을묘년(1375, 우왕1) 조
에 "또 정몽주, 김구용(金九容), 이숭인(李崇仁), 임효선(林孝先) 등을 이인임(李仁
任)이 자기를 해치려고 했다는 이유로 모두 귀양 보냈다."라고 하였다. 한산주(漢山州)
는 경기도 광주(廣州)의 옛 이름이다. 〈연보고이〉에 의하면, 포은이 1375년 언양(彦陽)
으로 유배되었다가 1377년 3월 유배에서 풀려났다.

262 중주(中州) : 충청북도 충주(忠州)의 다른 이름이다.

263 청운(青雲) : 높은 벼슬을 비유한다. 전국 시대 위(魏)나라 수가(須賈)가 진(秦)
나라 정승이 된 범수(范雎)에게 머리를 조아리고 "나는 그대가 스스로 청운의 위에
오를 줄은 생각지도 못했소.〔賈不意君能自致於青雲之上.〕"라고 사죄한 데서 온 말이
다.《史記 卷79 范雎列傳》

264 백빈(白蘋)의 물가 : 흰 마름풀이 가득한 물가라는 말로, 초야에 묻혀서 지내는
것을 표현한 말인 듯하다. 남조(南朝) 양(梁)나라 시인 유운(柳惲)의 〈강남곡(江南

천리마는 오히려 구주를 내달리려 하거늘 　　　　驥足猶思踏九州

푸른 강가로 돌아가서 낚시질이나 하는구려 　　　　一竿歸釣碧江頭

술이 얼큰하면 종종 좋은 구절 지어 내니 　　　　酒酣往往有佳句

기상이 최랑의 앵무주 시[265]를 제압해 버리리 　　氣壓崔郎鸚鵡洲

뒷날에 해서주로 그대를 찾아가서 　　　　　　他時相訪海西州

옛 나루에서 고깃배나 빌리려 하오 　　　　　　欲借漁舟古渡頭

도리어 걱정인 건 그대 집 찾아도 보이지 않고 　却恐君家尋不見

연꽃과 부들잎만 모래톱에 가득하지 않을는지 　藕花蒲葉滿汀洲

曲)〉에 “물가 모래톱에 흰 마름을 캐니, 해가 떨어지는 강남의 봄이로다.〔汀洲採白蘋,
落日江南春.〕”라고 하였다. 이로 인해 후인들이 이 모래톱을 백빈주(白蘋洲)라고 하였
다. 이 시는 오래도록 돌아오지 않는 벗을 그리워하는 심정을 읊은 것이다.
265 최랑(崔郎)의 앵무주(鸚鵡洲) 시 : 당(唐)나라 최호(崔顥)의 〈등황학루(登黃鶴
樓)〉를 가리킨다. 이백(李白)도 감탄했던 당시(唐詩)를 대표하는 시로, 그 경련(頸聯)
에 “맑은 냇물에 역력한 것은 한양의 나무이고, 꽃다운 풀이 무성한 것은 앵무의 모래톱
이라.〔晴川歷歷漢陽樹, 芳草萋萋鸚鵡洲.〕”라고 하였다. 《古文眞寶前集 卷4》

삼가 철원부원군[266]이 영덕에 있을 때에 지은 시에 차운하다
奉次鐵原府院君在盈德所著詩韻

유배되어 잠시 동안 못가에서 읊조렸지만[267]	賜玦暫時吟澤畔
밧줄 청하여 지난해에는 회변을 지났었지[268]	請纓去歲過淮邊
충정으로 나라를 안정시켜 새로 관부 열었고[269]	忠勤定國新開府

266 철원부원군(鐵原府院君) : 최영(崔瑩, 1316~1388)의 봉호(封號)이다. 본관은 동주(東州), 시호는 무민(武愍)이다. 1376년(우왕2) 홍산(鴻山)에서 왜구를 크게 무찌른 공으로 철원부원군에 봉해졌다.

267 유배되어……읊조렸지만 : 최영이 1365년(공민왕14) 신돈의 참소로 계림 윤(鷄林尹)으로 좌천되었다가 얼마 뒤에 영덕(盈德)에 안치된 것을 말한다. '못가에서 읊조리다'는 귀양지에서 한가하게 지내는 것을 말한다. 굴원의 〈어부사(漁父辭)〉에 "굴원이 쫓겨나 강가에서 노닐고 못가를 거닐며 시를 읊조렸다.〔屈原旣放, 游於江潭, 行吟澤畔.〕"라고 한 데서 유래한다.

268 밧줄……지났었지 : 1354년 원(元)나라에서 조정군(助征軍)을 요청하자 최영(崔瑩)이 군사 2000여 명을 거느리고 출정하여 원나라 고우(高郵), 사주(四州) 등지에서 장사성(張士誠)의 난군을 평정한 것을 말한다. '밧줄을 청하다'는 스스로 적진에 나아가 국은에 보답하겠다는 뜻이다. 한 무제(漢武帝)가 남월(南越)과 화친하려 하자, 종군(終軍)이 자청하기를 "원컨대 긴 밧줄 하나를 받는다면 반드시 남월 왕을 묶어 대궐 아래에 바치겠습니다.〔願受長纓, 必羈南越王而致之闕下.〕"라고 하였다.《漢書 卷64 終軍傳》 회변(淮邊)은 중국의 회수(淮水) 주변을 말한다.

269 충정으로……열었고 : 1361년 홍건적이 재침입하여 개경까지 점령하자, 최영이 이방실(李芳實), 안우(安祐) 등과 이를 격퇴하고 수도를 회복하여 도형벽상 공신(圖形壁上功臣) 1등으로 전토와 노비를 하사받고 전리사 판서(典理司判書)에 오른 것을 말하는 것으로 보인다. '관부를 열다'는 옛날에 삼공이나 대장군 등이 관부를 설치하고 요속(僚屬)을 두는 것을 말한다.

담박하게 집안을 다스려 단지 봉급만 취했네   淡泊爲家只俸錢
달천에서 의를 일으켜 사기를 진작하고[270]   擧義㺚川增士氣
홍야에서 공을 이루어 민생을 회복했네[271]   成功鴻野更人煙
시종일관한 심중의 일을 알려고 할진댄   欲知終始心中事
하늘에 떠 있는 밝고 밝은 해를 볼지어다   看取佋佋日在天

---

270 달천(㺚川)에서……진작하고 : 1364년 원나라에 있던 최유(崔濡)가 덕흥군(德興君)을 왕으로 추대하고 군사 1만 명과 함께 쳐들어오자 최영이 도순위사(都巡慰使)에 임명되어 이성계 등과 정주(定州)의 달천에서 섬멸한 것을 말한다.

271 홍야(鴻野)에서……회복했네 : 1376년 왜구가 삼남 지방을 침입하여 피해가 막심하자 최영이 노령임에도 불구하고 출정을 자원하여 양광도(楊廣道) 홍산(鴻山)에서 왜구를 섬멸한 것을 말한다. 홍야는 홍산을 가리킨다. 홍야로 바꾼 것은 율시의 평측(平仄)을 맞추기 위해서이다.

글씨 쓰기

寫字

예쁘게만 쓰려고 마음먹으면 도리어 미혹해지고　　心專妍好翻成惑

멋대로 기운 부리려 하면 더욱 바르지 않게 되지　　氣欲縱橫更入邪

양쪽에 빠지지 않는 것이 전해 오는 묘결이니　　不落兩邊傳妙訣

용사처럼 생동하는 글씨를 붓끝으로 써내리라　　毫端寫出活龍蛇

수편 이 공봉의 운자를 쓰다[272] 2수

用首篇李供奉韻 二首

아름다운 사람이 남쪽에 있으니	美人在南方
길이 멀어서 소식이 끊어졌도다	路遠音塵絶
찾아가서 그를 따라 노닐고 싶지만	欲往從之遊
매서운 바람이 사나운 눈을 날리네	饕風吹虐雪
중매쟁이 건수는 지금 어디에 있나	蹇脩今安在
패물 난초만 부질없이 향기 진하네[273]	蘭佩謾香烈
아미의 미인은 나를 돌아보려 할까	蛾眉肯我顧
이미 나라의 뛰어난 영걸[274]이 있도다	已有邦之傑
계지를 묶고 우두커니 서 있을 뿐이니[275]	延佇結桂枝

---

272 수편(首篇)……쓰다 : 유성룡의 〈포은집발(圃隱集跋)〉에 의하면, 이 시와 아래
의 〈경상도 안렴사로 나가는 송 정랑을 전송하다[送宋正郞按廉慶尙道]〉 시는 구본(舊
本)에 없던 것을 개성본을 간행할 때에 보탠 것이라고 한다. 수편은 이 시를 지을 당시
어떤 시축의 수편을 말하는 것으로 보인다. 봉화본 《포은집》〈습유(拾遺)〉에 이 시가
유묵(遺墨)으로도 부록되어 있다.

273 중매쟁이……진하네 : 굴원의 〈이소(離騷)〉에 "패물의 띠를 풀어서 언약하고, 내
건수에게 중매를 부탁하네.[解佩纕以結言兮, 吾令蹇脩以爲理.]"라고 하였다. 건수(蹇
脩)는 중매쟁이 이름이다.

274 나라의 뛰어난 영걸 : 《시경》〈석인(碩人)〉에 "당신은 굳세기도 하니, 나라의
영걸이로다.[伯兮朅兮, 邦之桀兮.]"라고 하였다.

275 계지(桂枝)를……뿐이니 : 향기로운 계수나무 가지로 자신을 깨끗이 하여 우두
커니 기다릴 뿐, 다른 곳으로 달려가려는 마음이 없음을 말한다. 〈이소〉에 "때는 어둑어

근심으로 인해 정이 이미 고갈되었네	忉忉情已竭
〈귀거래사〉 짓고 고향에 돌아가서	不如賦歸來
평생의 졸함을 지킴만 못하거늘	退保平生拙
어찌 아직도 망설이고 의심하며	胡奈尙遲疑
구구하게 용열을 배우려 하는가²⁷⁶	區區學容悅

곽군은 동문의 사람인 데다	郭君同門人
지금 다행히 또 동열이라네²⁷⁷	今幸又同列
손에 포폄하는 붓을 잡으니	手操褒誅筆
높은 절조 꺾을 수 없더니만	高節不可折
어제는 남쪽에서 돌아왔다가	昨自南方來
오늘은 도리어 수레를 돌리네	今還改車轍
세모에 홀로 남아 머물게 되니	歲暮獨淹留

둑 날이 지려 하는데, 그윽한 난초 묶고 우두커니 서 있네.〔時曖曖其將罷兮, 結幽蘭而延佇.〕"라고 하였다.

276 어찌……하는가 : 어째서 아직도 떠나가지 못한 채 임금에게 받아들여지기를 바라며 비위나 맞추려 하고 있는가라는 말이다. 맹자가 말하기를 "임금을 섬기는 자가 있으니, 이 임금을 섬기면 용납되고 기쁘게 하려는 자이다.〔有事君人者, 事是君則爲容悅者也.〕"라고 하였다. 《孟子 盡心上》

277 곽군(郭君)은……동열이라네 : 곽군은 곽추(郭樞, 1338~1405)로, 호는 추암(秋巖), 본관은 청주(淸州)이다. 1360년(공민왕9) 포은, 이존오(李存吾), 문익점(文益漸) 등과 함께 문과에 급제하여 예문관 직제학, 의정부 찬성사 등을 역임하였고, 조선조에서는 태조가 정당문학에 임명했으나 나아가지 않았다. 이 시는 1362년 곽추가 포은과 함께 한원(翰苑)에 선입(選入)되었다가 그해 겨울 벼슬을 그만두고 고향으로 돌아갈 때에 포은이 증별(贈別)로 준 것이다.

아 잠깐의 만남이 되고 말았네   相從嗟一瞥
흰 해는 슬프게도 빛나지 않고   白日慘不暉
짙은 구름은 덮여서 틈도 없네   陰雲擁無缺
어느 때나 봄바람 부는 곳에서   何時春風場
서로 만나 이별하는 일이 없이   會合無離別
나란히 말 타고 먼 길 함께하며   並駕同長途
속마음 그대와 함께 얘기하련가   胸中共君說
그대 돌아가 적을 만한 일 있거든   君歸有可書
특서만 할 뿐 엮어 내지는 마시오   特書無緝綴

경상도 안렴사로 나가는 송 정랑을 전송하다

送宋正郎按廉慶尙道

이름은 명의(明誼)이고 자는 의지(宜之)이다.

사해에는 풍진이 다급하나	四海風塵急
동방에는 세월이 한가롭네	東方歲月遲
산천에는 큰길이 곧바르고[278]	山川周道直
깃발에는 위의가 성대하네	旌旆漢官儀
말 앞엔 누대가 좋을 테고	馬首樓臺好
민간에는 은택이 가득하리	人間雨露滋
친구는 임금의 사신인지라	故人天上客
전송하며 새 시를 짓는다오	相送賦新詩

---

278 산천에는 큰길이 곧바르고 : 《시경》〈대동(大東)〉에 "큰길이 숫돌처럼 평탄하니,
그 곧음이 화살 같도다. 군자가 밟는 바이고, 소인이 보는 바이네.〔周道如砥, 其直如矢.
君子所履, 小人所視.〕"라고 하였다.

포은집

제3권

잡저 雜著

습유 拾遺

잡저 雜著

송헌 이 시중 화상찬[1]
松軒李侍中畫像讚

풍채가 뛰어남은 화산의 우뚝한 봉우리요	風彩豪俊華峯之準
지략이 웅심함은 남양 땅의 와룡[2]이로다	智略深雄南陽之龍
묘당 위에서 국사를 판단하기도 하고	或判事廟堂之上
군막 속에서 승리를 결정하기도 하여	或決勝帷幄之中
창해에서 큰 물결을 막아 내고	遏洪流於滄海
함지에서 돋는 해를 도와주니	扶日出於咸池
서책에서 옛사람을 찾아봐도	求古人於簡策
아마 공과 같은 이 드무리라	蓋如公者幾希

---

1 송헌(松軒) 이 시중(李侍中) 화상찬(畫像讚) : 이성계(李成桂)의 초상화에 덧붙인 찬사(讚辭)이다. 송헌은 이성계의 호이다.

2 남양(南陽) 땅의 와룡(臥龍) : 촉한(蜀漢)의 제갈량(諸葛亮)을 가리킨다. 남양은 제갈량이 은거했던 곳으로, 당시에 제갈량을 와룡 선생이라 불렀다.

척약재[3]명

惕若齋銘

생각건대 하늘의 운행은	惟天之行
하루에 구만리 길이지만	日九萬程
잠시라도 끊김이 있으면	須臾有間
만물이 곧 살 수 없다네	物便不生
흘러가는 것이 이와 같은지라[4]	逝者如斯
끝없이 이어져 그침이 없나니	袞袞無已
한 생각이라도 어긋나게 되면	一念作病
혈맥이 중간에 막혀 버린다네	血脈中否
군자는 이것을 두려워하기에	君子畏之
종일 애쓰고 저녁에도 삼가니[5]	夕惕乾乾

---

3 척약재(惕若齋) : 김구용(金九容, 1338~1384)의 당호(堂號)이다. 자는 경지(敬之), 또 다른 호는 육우당(六友堂), 본관은 안동이다. 1355년(공민왕4)에 급제하여 덕녕부 주부(德寧府主簿)가 되었고, 1367년 성균관이 중건되자 성균관 직강이 되어 포은, 이숭인(李崇仁) 등과 성리학 홍기에 일익을 담당하였다. 저서로 《척약재학음집(惕若齋學吟集)》이 있다.

4 흘러가는……같은지라 : 도체(道體)의 본연이 이와 같다는 것이다. 공자가 일찍이 냇가에서 이르기를 "가는 것이 이와 같구나. 밤낮을 쉬지 않도다.[逝者如斯夫! 不舍晝夜.]"라고 하였다. 《論語 子罕》

5 군자는……삼가니 : 《주역》〈건괘(乾卦) 구삼(九三)〉에 "군자가 종일토록 힘쓰고 힘써 저녁까지도 두려워하면 위태로우나 허물이 없으리라.[君子終日乾乾, 夕惕若, 厲无咎.]"라고 하였다.

노력을 쌓음이 극진하게 되면   積力之極

하늘의 상제를 마주하게 되리[6]   對越在天

---

6 하늘의⋯⋯되리 : 마음이 광명정대하여 상제(上帝)도 마주 대할 수 있다는 것이다.
《시경》〈청묘(淸廟)〉에 "많고 많은 선비들이 문왕의 덕을 잡아 하늘에 계신 분을 대하
고 사당에 계신 신주를 매우 분주히 받들도다.〔濟濟多士, 秉文之德, 對越在天, 駿奔走
在廟.〕"라고 하였다.

김득배[7]께 올리는 제문

祭金得培文

아아, 하늘이시여. 이는 어떤 사람이 이렇게 만든 것입니까.[8] 대개 들건 대, 착한 사람에게 복을 내리고 나쁜 사람에게 화를 내리는 것은 하늘 이고,[9] 착한 사람에게 상을 주고 나쁜 사람에게 벌을 주는 것은 사람이 니,[10] 하늘과 사람이 비록 다르기는 하지만 그 이치는 마찬가지입니다. 옛사람이 말하기를 "하늘의 운수가 정해지면 사람을 이기고 사람이 많으면 하늘을 이긴다."[11]라고 했으니, 이 또한 무슨 이치이겠습니까.

---

7 김득배(金得培) : 1312~1362. 자는 국자(國滋), 호는 난계(蘭溪), 본관은 상주(尙州), 시호는 문충(文忠)이다. 1330년(충혜왕 즉위년) 문과에 급제하여 내직과 외직을 두루 거쳤고, 1360년(공민왕9) 지공거(知貢擧)를 맡았을 때 포은이 장원으로 선발되었다. 홍건적이 침입했을 때 정세운(鄭世雲), 안우(安祐), 이방실(李芳實)과 더불어 난을 평정하였으나, 김용(金鏞)의 모함으로 상주에서 효수되었다. 이에 포은이 문생으로서 그의 시신을 수습하여 장사 지내고 이 제문을 지었다. 《포은집》 제2권에는 〈김 원수를 제사하다[祭金元帥]〉라는 시가 실려 있다.

8 아아……것입니까 : 《시경》 〈서리(黍離)〉의 "아득하고 아득한 하늘이여, 이는 어떤 사람이 이렇게 만들었는가.[悠悠蒼天, 此何人哉?]"라고 한 구절을 차용한 것이다.

9 착한……하늘이고 : 《서경》 〈탕고(湯誥)〉에 "하늘의 도는 착한 사람에게 복을 내리고 나쁜 사람에게 화를 내린다. 그래서 하나라에 재앙을 내려서 그 죄를 드러나게 한 것이다.[天道福善禍淫. 降災于夏, 以彰厥罪.]"라고 하였다.

10 착한……사람이니 : 《시경》 〈첨피낙의(瞻彼洛矣)〉의 모시서(毛詩序)에 "옛날의 밝은 임금은 제후에게 관작을 명하여 착한 사람에게 상을 주고 나쁜 사람에게 벌을 준다.[古明王能爵命諸侯, 賞善罰惡焉.]"라고 하였다.

11 하늘의……이긴다 : 춘추 시대 초(楚)나라 신포서(申包胥)가 말하기를 "사람이 많

지난번에 홍건적이 난입하여 어가(御駕)가 도성을 떠나니, 나라의 운명이 실오라기에 매달린 듯이 위태로웠습니다. 이때 오직 공(公)이 맨 먼저 대의(大義)를 주창하여 원근이 메아리치듯이 호응하였고, 자신이 만번 죽을 계책을 내어 삼한(三韓)의 왕업을 회복하였으니, 오늘날 사람들이 모두 여기에서 밥을 먹고 여기에서 잠을 잘 수 있는 것이 그 누구의 공이겠습니까. 비록 죄가 있다 하더라도 공(功)으로 덮어 주어야 옳을 것이고, 죄가 공보다 무거우면 반드시 그 죄를 승복하게 한 뒤에 처벌해야 옳을 것이거늘, 어찌하여 전마(戰馬)의 땀이 마르기도 않고 개선(凱旋)의 노래가 끝나기도 전에 태산 같은 공(功)으로 하여금 도리어 창칼의 피가 되도록 하였단 말입니까. 이것이 제가 피눈물을 흘리며 하늘에 묻는 까닭입니다.

　저는 충직하고 씩씩한 공의 혼백(魂魄)이 천추만세토록 반드시 구천(九泉)의 아래에서 피눈물을 삼키실 줄로 압니다. 아아, 운명이니, 어찌하겠습니까, 어찌하겠습니까.

으면 하늘을 이기지만, 하늘의 운수가 정해지면 또한 사람을 깨뜨릴 수 있다.〔人衆者勝天, 天定亦能破人.〕"라고 하였다. 《史記 卷66 伍子胥列傳》

원조[12]의 권축에

圓照卷子

둥근 하늘처럼 끝없이 넓고 크며 비추는 거울처럼 미묘함을 환히 안다고 하니, 이는 불가(佛家)에서 도(道)와 마음을 비유한 것이고, 우리 유가(儒家)에서도 이치에 가깝다고 인정하는 것이다. 그러나 둥글다고 만사(萬事)를 응대할 수 있으며 비춘다고 정밀한 의리를 다할 수 있겠는가. 나는 당시 영산(靈山)의 모임[13]을 만나 한마디 말을 황면노자(黃面老子)[14]에게 따져 보지 못한 것이 한스럽도다.

---

12 원조(圓照) : 당시 승려의 법호로 보인다.

13 영산(靈山)의 모임 : 부처가 영취산(靈鷲山)에서 설법하던 모임을 말한다. 영취산은 옛 인도 마가다국의 수도인 왕사성의 북동쪽에 있는 산 이름이다.

14 황면노자(黃面老子) : 부처를 가리킨다. 부처의 고향인 카필라바스투성을 황두거소(黃頭居所)라고 번역한 데서 온 말이다. 카필라바스투성은 옛날에 황두선인이 살던 곳이라고 한다.

은계[15] 상죽헌의 권축에

隱溪霜竹軒卷子

시냇물 위에 땅이 있어	水上有地
그 땅에서 샘물 솟으니	地以出泉
시내가 되고 바다가 됨에	磎兮海兮
남거나 모자람이 없다네	無餘欠焉
마음이란 본래 텅 빈 것	心兮本虛
곧아야 맑아지는 법이네[16]	直哉惟淸
서리와 눈을 견뎌 내야지	能霜與雪
너를 옥으로 성숙시키리라[17]	玉汝于成
상인은 여기서 무엇을 취했던가	上人何取于此
하나는 이를 통해 사물의 묘한 이치를 보려는 것이고	一以觀物理之妙
하나는 이를 통해 수행의 곧은 법과 합치하려 함일세	一以配道行之貞

15 은계(隱溪) : 당시 승려의 법호로 보인다.

16 마음이란……법이네 : 상죽헌(霜竹軒)의 대나무와 연관시켜서 한 말이다. 대나무
의 속이 비고 밖이 곧은 것으로써 사람의 마음을 비유한 것이다. '마음은 본래 비었다'는
정이(程頤)의 〈시잠(視箴)〉에 "마음이여. 본래 텅 비었으니, 사물을 응함에 자취가
없도다.〔心兮本虛, 應物無迹.〕"라고 한 데서 온 것이고, '곧아야 맑아진다'는 《서경》
〈순전(舜典)〉의 '밤낮으로 공경하여 곧게 하여야 맑아질 것이다.〔夙夜惟寅, 直哉惟
淸.〕"라는 구절에서 온 것이다.

17 서리와……성숙시키리라 : 상죽헌의 서리와 연관시켜서 한 말이다. '너를 옥으로
성숙시킨다'는 장재(張載)의 〈서명(西銘)〉에 "빈천과 근심 걱정은 너를 옥처럼 연마하
여 완성시켜 주려는 것이다.〔貧賤憂戚, 庸玉汝於成.〕"라고 한 구절을 차용한 것이다.

절동의 패옥재 협사안에게 부치다
寄浙東佩玉齋郟士安

옥처럼 아름다운 사람을 그리워하노니	思佳人兮如玉
큰 바다를 사이에 두고 밝은 달만 함께하네	隔滄海兮共明月
아득하고 아득한 중국 땅 전역을 돌아보니	顧茫茫兮九州
늑대가 요로를 맡고 용이 들에서 싸우도다	豺狼當途兮龍野戰
부상[18]에다 내 말을 묶어 두고 있으니	繫余馬兮扶桑
슬프도다 어느 때에나 함께 노닐며 얘기할까	悵何時兮與遊讌
예법에 따라 나아가고 의리에 따라 물러나며[19]	進以禮兮退以義
큰 띠에다 홀을 꽂고는 꽃 비녀를 하고 있네[20]	紳搢笏兮戴華簪
한번 만나서 내 심정 말하고 싶건만	願一見兮道予意
그대는 어찌하여 강남 땅에 계시는가	君何爲兮江之南

---

18 부상(扶桑) : 동해의 해 뜨는 곳에 있다는 신목(神木)의 이름이다. 여기서는 우리
나라를 가리킨다.

19 예법에……물러나며 : 맹자가 말하기를 "공자는 나갈 때에 예법으로써 하고, 물러
날 때에 의리로써 하여, 얻고 얻지 못함에 '천명이 있다.' 하였다.〔孔子進以禮, 退以義,
得之不得, 曰 "有命".〕"라고 하였다. 《孟子 萬章上》

20 큰……있네 : 고관대작으로 국정에 참여하고 있다는 말이다. 큰 띠〔紳〕는 예복에
두르는 띠이고, 홀은 비망(備忘)을 위하여 손에 드는 작은 판이고, 꽃 비녀는 관(冠)을
고정하는 화려한 비녀로, 모두 높은 벼슬을 상징하는 물건들이다.

김해산성기

金海山城記

예전에 선왕(先王)이 남쪽으로 순행하여 상주(尙州)에 머무실 때 내가 당시 한림(翰林)으로 불려 들어가서 박후 위(朴侯葳)[21]를 여사(旅舍)에서 처음 알게 되어 서로 따르며 기뻐하였다. 이때부터 어깨를 나란히 하여 선왕을 10여 년 동안 섬기며 참으로 그의 재주를 탄복하였다.

금상(今上)이 즉위한 이듬해에 내가 죄를 지어 남쪽 지방에서 귀양살이하였는데,[22] 그해 겨울에 왜구(倭寇)가 김해를 함락하였다. 사람들이 모두 말하기를 "김해는 왜구가 출몰하는 요충지이다. 지금 이미 함락된 데다 쇠잔해졌으니, 뒤에 비록 지혜로운 사람이 부임하더라도 아마 다스리기가 어려울 것이다."라고 하였다. 얼마 뒤에 박후가 김해 부사로 나갔다는 소식을 듣고 사람들을 돌아보며 말하기를 "내가 박후

---

21 박후 위(朴侯葳) : 박위(朴葳, ?~1398)로, 본관은 밀양이다. 우달치(迂達赤)로 등용되었다가 김해 부사에 올라 왜적을 격퇴하였고, 1388년(우왕14) 요동 정벌에 나갔다 이성계를 따라 회군하였고, 1389년(창왕1) 경상도 도순문사로 대마도를 쳐서 크게 승리하였다. 조선조에서는 참찬문하부사, 양광도 절제사 등을 역임하였다. 후(侯)는 지방관을 높여서 부르는 말이다.

22 금상(今上)이……귀양살이하였는데 : 우왕이 즉위한 다음 해인 1375년 언양(彦陽)으로 귀양 간 것을 말한다. 〈연보고이〉 을묘년(1375, 우왕1) 조에 "명나라가 처음 일어났을 때 공이 힘껏 청하여 명나라에 귀부하였다. 이때에 이르러 공민왕이 시해당하고 김의(金義)가 사신을 죽이니, 나라 사람들이 두려워하였다. 북원(北元)이 또 사신을 보내자 권신 이인임(李仁任)과 지윤(池奫)이 다시 원나라를 섬기려 하니, 공이 10여 인과 함께 소를 올려 운운하였다가 언양으로 유배되었다."라고 하였다.

를 잘 아니, 그가 반드시 잘 조처할 수 있을 것이다."라고 하였다.

후(侯)가 처음 부임하여 밤낮 정신을 쏟고 생각을 다하여 계책을 내고 은혜를 펴서 춥고 배고픈 사람을 배부르고 따뜻하게 하며, 신음하는 사람을 노래 부르게 하며, 불타 버린 집을 우뚝 일으켜 세우며, 허물어진 것들을 견고하게 만드니, 순월(旬月) 사이에 온갖 폐해진 것들이 모두 되살아났다.

그러나 후는 오히려 부족하게 여기고서 근심스러운 낯빛으로 말하기를 "이것만으로 어찌 정치를 한다고 하겠는가. 근일에 함락당했을 때 남편은 아내를 위하여 곡하고 자식은 부모를 위하여 곡하여 그 통곡 소리가 서로 이어졌었다. 지금의 기회를 잃고 도모하지 않는다면 뒤에 또다시 그렇게 되고 말 것이니, 이것을 내가 마음 아파하는 것이다."라고 하고, 뭇사람에게 고하기를 "왜적의 기세가 날로 치성해져서 바다에서 백 리 떨어져 있는 곳도 그 해를 입고 있거늘, 하물며 바닷물이 주위를 에워싸고 있는 바다 굽이의 이 김해 고을은 바로 죽음의 땅임에 있어서이겠는가. 진실로 험준한 시설을 마련하지 않으면 어떻게 대처할 수 없을 것이다."라고 하였다. 이에 명령을 내려 옛 산성(山城)을 수리하여 확장하되 돌을 쌓아 견고하게 하고 산을 의지하여 높게 만들었다. 공역이 끝나고 아래에서 바라보니 성벽이 천 길이나 우뚝 서 있어 한 사람이 성문을 맡게 하더라도 만 사람이 열 수 없게 되었다.

이 고을 사람 통헌대부(通憲大夫) 배공 원룡(裵公元龍)이 편지를 보내와서 청하기를 "산성이 수축된 것은 만대(萬代)의 이익입니다. 우리 후를 아는 분으로는 그대만 한 사람이 없으니, 감히 산성의 기문을 청합니다."라고 하였다.

내가 생각건대, 요새를 설치하여 나라를 지키는 도[23]를 말하자면,

예로부터 제왕이 이에 힘입어 다스리지 않은 이가 없었다. 맹자가 "천시(天時)가 지리(地利)만 못하고 지리가 인화(人和)만 못하다."[24]라고 한 것은 대개 경중과 대소의 차이를 말한 것일 뿐이고, 그 하나만 취하고 그 둘을 폐하려고 한 것이 아니다.

아아, 우리 조종(祖宗)의 법이 또한 주도면밀하였다. 내가 일찍이 북방에서 좌막(佐幕)이 되어 동북면을 돌아본 적이 있었다. 변경에는 산천을 가로질러 앞뒤로 천리나 되는 옛 산성이 있고 그 사이의 요충지에는 순찰하며 주둔하는 곳이 왕왕 천백 곳이나 되었으니, 당시에 경영하여 방어한 자취를 대략 볼 수 있었다. 지난날 거란 및 금(金)나라, 원(元)나라와 국경을 사이에 두고 대적하여 여러 해 동안 맞서면서도 옛 문물을 잃지 않고 지금에 이를 수 있었던 것이 어찌 우연히 이루어진 것이겠는가.

지금 나라에서 군대를 사용한 지 20여 년이 되었는데도 성채와 해자(垓子)가 곳곳이 무너져서 걱정이 없는 태평 세상과 다를 것이 없다. 오늘날의 모신(謀臣)과 지장(智將)이 빠뜨림 없이 계책을 잘 세우고 있으니, 어찌 유독 성채와 해자가 도적을 대비하는 방법임을 모르겠는가. 그러나 내버리고 시행하지 않는 것은 그 뜻이 장차 긴 창과 굳센 쇠뇌로 적과 평원과 광야에서 전투하여 그들을 무찌르고 섬멸함으로써 마음을 시원하게 하려는 것이고, 저처럼 요새를 설치하여 나라를 지키는 것을 졸렬한 계책으로 여기기 때문일 것이다.

---

23 요새를……도 : 《주역》〈감괘(坎卦) 단전(彖傳)〉에 "왕공이 요새를 설치하여 그 나라를 지킨다.〔王公設險, 以守其國.〕"라고 하였다.
24 천시(天時)가……못하다 : 《맹자》〈공손추 상(公孫丑上)〉에 나온다.

왜구는 작은 도적이지만 국가의 재력이 고갈된지라 출병할 때마다 매번 패하여 지난번 긴 창과 굳센 쇠뇌로 마음을 시원스럽게 하려던 계책이 도리어 왜적의 비웃음거리가 되고 있으니, 아아, 애석하도다. 거란과 금나라, 원나라를 대적하면서도 두려워하지 않았으니, 그 얼마나 씩씩하였던가. 그런데 지금은 어찌하여 도리어 이들에게 곤액을 당한단 말인가. 박후가 산성을 수축한 일은 아마 이 점에 분개했기 때문이리라.

장차 김해의 백성들로 하여금 평상시에 일이 없을 때면 산을 내려와서 밭을 갈고 바다에 들어가서 고기를 잡다가 봉화가 타오르는 것을 보고는 처자식을 거두어 성으로 들어가게 한다면 베개를 높이 베고서 편안히 누울 수 있을 것이니, 누가 요새를 설치하여 스스로 굳게 지키는 것을 졸렬한 계책이라 하겠는가. 내가 장차 가야(伽倻)의 옛터를 방문하게 되면 응당 새로 쌓은 산성 위에서 술잔을 들어 박후가 이루어 낸 정치의 공적을 축하할 것이다.

북원의 사신을 맞아들이지 말기를 청하는 소

請勿迎元使疏

신이 듣건대, 천하 국가를 다스리는 사람은 반드시 먼저 큰 계책을 정해야 한다고 합니다. 큰 계책이 정해지지 않으면 인심이 의심하게 되니, 인심이 의심함은 모든 일의 화근입니다.

생각건대, 우리나라는 바다 밖의 벽지에 있으면서 우리 태조가 당(唐)나라 말에 일어났을 때부터 중국을 예법으로 섬겼으니, 중국을 섬기게 된 것은 천하의 의로운 임금으로 보았기 때문입니다. 지난번에 원(元)나라가 스스로 파천(播遷)해 가고 대명(大明)이 일어나서 천하를 모두 차지하자 우리 승하한 선왕(先王)께서 천명을 분명히 알아 표문을 올려 신하라 칭하니, 황제가 아름답게 여겨서 군왕의 작위를 봉해 주고 하사가 잇따른 지가 이제 6년이 되었습니다.

금상께서 즉위한 초기에 적신(賊臣) 김의(金義)가 명나라 사신을 호송하다가 중도에서 제멋대로 사신을 죽이고 북원(北元)으로 배반하여 들어가서는[25] 원나라 잔당들과 함께 심왕(瀋王)[26]을 들여보내려고

---

25 김의(金義)가……들어가서는 : 김의는 본래 호인(胡人)으로, 고려에 귀화하여 공민왕 말년에 밀직사 부사 등을 역임하였다. 1374년(공민왕23) 명(明)나라 사신 임밀(林密)과 채빈(蔡斌) 등이 말을 구하여 남경으로 돌아갈 때 말 300필을 요동까지 호송하는 임무를 맡았다. 임밀과 채빈은 이르는 곳마다 지체하였고 채빈이 술주정이 심하여 매번 김의를 죽이려 하니, 개주참(開州站)에 이르러 김의가 채빈을 죽이고 임밀을 납치하여 갑사(甲士) 300명과 말 200필을 갖고 북원(北元)으로 달아났다. 《高麗史節要 卷29 恭愍王4 甲寅23年》

도모하였습니다. 명나라 사신을 죽인 데다 그 임금을 배반하여 악역(惡
逆)이 심하니, 진실로 그 죄를 분명히 규정하여 위로는 천자에게 아뢰
고 아래로는 방백(方伯)에게 고하여 토벌하기를 청하여 그를 죽인 뒤
에야 그만두어야 하거늘, 국가에서는 김의의 죄를 묻지 않을 뿐만 아니
라 도리어 재상 김서(金湑)로 하여금 북방에 공물을 바치도록 하였습
니다. 오계남(吳季南)은 국경을 지키는 신하로서 정료위(定遼衛)[27]의
세 사람을 제멋대로 죽였고 장자온(張自溫) 등은 김의와 동행한 사람
으로서 정료위까지 가지 않고 버젓이 귀국하였는데도 불문에 부치고
죄를 묻지 않고 있습니다.

지금 북원의 사신이 오자 대신을 보내어 국경에서 영접하는 것을
의논하면서 "북원을 격노하지 않게 하려는 것은 출병을 늦추기 위해서
입니다."라고 합니다. 대저 북원이 나라를 잃고 멀리 와서 양식을 구하
는 것은 한번 배불리 먹어 잠깐 동안의 목숨을 연장하려는 것이니,
명분은 심왕을 들여보내는 것이라고 하지만 실제는 자신을 이롭게 하
려는 것입니다. 그들을 거절하면 우리의 강함을 내보이는 것이고 그들
을 섬기면 도리어 그들의 뜻을 교만하게 할 것이니, 출병을 늦추려고
하는 것이 실상은 출병을 불러들이는 것입니다.

가만히 듣건대, 그들의 조서에 우리나라에 대역(大逆)의 죄를 더했

---

26 심왕(瀋王) : 충선왕(忠宣王)의 조카인 심양왕(瀋陽王) 왕고(王暠)인데, 여기서
는 심왕의 손자인 탈탈불화(脫脫不花)를 가리킨다. 《야은일고(壄隱逸稿)》 제6권 〈야
은 선생 전공 가장(壄隱先生田公家狀)〉에 "이때 변경으로부터 보고가 오기를 '북원이
장차 병력을 동원하여 심왕 왕고의 손자 탈탈불화를 고려에 들여보내려 한다.' 하였다.
〔時有邊報, 北元將以兵納瀋王暠孫脫脫不花.〕"라고 하였다.

27 정료위(定遼衛) : 명나라가 요양(遼陽)에 설치한 지방 행정 기구이다.

다가 이어서 용서한다고 하였으니, 우리에게는 본래 죄가 없는데 또 무엇을 용서한단 말입니까. 국가에서 만약 그 사신을 예우하여 보낸다면 이는 온 나라 신민(臣民)들이 그 실상도 없이 스스로 대역이라는 죄명을 덮어쓰는 것이어서 사방에 알려지게 해서는 안 될 일이니, 신하된 사람으로서 어찌 차마 보아 넘길 수 있겠습니까.

더구나 명나라 조정에서 김의의 일을 처음 듣고 진실로 우리를 의심했을 것인데, 또 북원과 서로 소통하며 김의의 죄를 묻지 않는다는 소식을 들으면 필시 우리가 사신을 죽이고 적을 편드는 것이 틀림없다고 생각할 것입니다. 만약 죄를 묻는 군사를 일으켜서 수로와 육로로 함께 진격해 온다면 국가에서 장차 무슨 말로 대답하겠습니까. 작은 적의 군사를 늦추려고 하는 것이 실상은 천하의 군대를 움직이게 하는 것입니다. 이 이치는 몹시 분명하여 사람들이 쉽게 알 수 있는 것이거늘, 묘당(廟堂)의 대신들이 말하지 못하는 사람처럼 침묵하는 까닭은 알기 어렵지 않습니다.

대개 전날 뭇 소인의 변이 있었을 때 당시 집정한 재상들이 명나라 조정의 힐책을 받을까 두려워하여 실제 김의와 통모(通謀)하여 명나라와 관계를 끊고자 하는 일이 있었으니, 정황이 드러나자 안사기(安師琦)가 스스로 목을 찌른 것이 이것입니다. 안사기가 이미 죽었으니, 빨리 계책을 정하여 공분(公憤)을 풀어 주어야 하건만, 지금까지 들리는 소식이 없으니, 인심이 흉흉하여 다른 변고가 생길까 두렵습니다.

삼가 바라건대 전하께서 결단을 내려서 원나라 사신을 잡아 원나라 조서를 거두시고, 오계남과 장자온 및 김의가 데리고 갔던 사람을 묶어 남경으로 보내신다면, 애매하였던 죄상은 해명하지 않아도 절로 밝혀질 것입니다. 이에 정료위와 약속하여 군사를 길러 사변에 대비하다가 성명(聲明)을 내고 북쪽으로 향하면, 원나라의 남은 무리들이 자취를 거두어 멀리 달아나서 국가의 복이 끝이 없을 것입니다.

습유 拾遺

이 태상의 시에 차운하여 이둔촌[28]의 아들 지직[29]의 급제를 축하하다 절구 3수

次李太常韻 賀李遁村子之直登第 三絶

둔촌의 세 아들은 봉황의 자태가 새롭더니[30]　　　　遁村三子鳳毛新
맏이가 먼저 봄 계수나무 동산에 올랐구나[31]　　　　伯氏先攀桂苑春

28　이둔촌(李遁村) : 둔촌은 이집(李集, 1327~1387)의 호이다. 본관은 광주(廣州), 자는 호연(浩然)이다. 저서로 《둔촌유고(遁村遺稿)》가 있다.

29　지직(之直) : 이집의 맏아들 이지직(李之直, 1354~1419)이다. 자는 백평(伯平), 호는 탄천(炭川), 본관은 광주이다. 포은의 문인이다. 1380년(우왕6) 문과에 급제하여 한림원 학사, 충청도 관찰사 등을 역임하였고, 세종 때 형조 참의에 제수되었으나 부임하지 않았다. 청백리에 녹용되고 영의정에 추증되었다.

30　둔촌의……새롭더니 : '봉황의 자태'는 남의 자식의 훌륭함을 칭찬할 때 쓰는 말이다. 이집의 둘째 아들 이지강(李之剛)은 1382년 문과에 급제하여 세종 때 예조 판서, 의정부 참찬 등을 역임하였고, 셋째 아들 이지유(李之柔)는 1389년(창왕1) 문과에 급제하여 사간, 성주 목사 등을 역임하였다.

31　맏이가……올랐구나 : 맏아들 이지직이 먼저 대과에 급제하였다는 말이다. '계수나무 동산에 오르다'는 과거 급제를 가리키는 말로, 극선(郤詵)의 고사에서 유래한다. 진 무제(晉武帝)가 어느 날 현량대책(賢良對策)에 장원한 극선에게 "경은 스스로를 어떻게 생각하는가."라고 물었다. 극선이 대답하기를 "신이 현량과에 응시하여 올린

명성을 날림이 이 같을 뿐이라 말하지 말라   莫道飛揚只如此
군왕이 글 읽은 사람³²을 특별히 기다릴 테니   君王仄席讀書人

내 문하에서 공부할 때 글재주가 새롭더니   問學吾門藻思新
소년의 봄 시절에 방안에다 이름을 적었네   題名榜眼少年春
재주 없는 나도 다행히 문명한 때를 만나   不材幸遇文明代
부끄럽게 그 당시에 제일인으로 뽑혔었지³³   愧殺當時第一人

비단옷 입고 남쪽 갈 때 색동옷이 새로우니   錦衣南去彩衣新
당 위의 양친은 귀밑머리 오히려 봄일 테지   堂上雙親鬢尙春
자식 낳으면 이씨 집안 아들 같아야 하리니   生子當如李家子
광릉³⁴의 사람에게 정녕 이 시를 지어 주노라   丁寧題語廣陵人

대책문(對策文)이 천하에 제일갔던 것은 마치 계림의 계수나무 한 가지나 곤산의 옥
한 조각과 같을 뿐입니다.〔臣擧賢良對策, 爲天下第一, 猶桂林之一枝, 崑山之片玉.〕"라
고 하니, 무제가 웃었다고 한다. 《晉書 卷52 郤詵列傳》

32 글 읽은 사람 : 송 태조(宋太祖)가 일찍이 "재상으로는 반드시 글을 읽은 사람을
등용해야 한다.〔宰相須用讀書人.〕"라고 탄식한 적이 있다. 《宋史全文 卷1》

33 재주……뽑혔었지 : 〈연보고이〉 경자년(1360, 공민왕9) 조에 "과거 시험에 선생이
연이어 삼장(三場)에 장원하여 첫째로 뽑혔다."라고 하였다.

34 광릉(廣陵) : 이집의 본관인 광주(廣州)의 별칭이다.

원주 목사 하담지 윤원[35]의 시축에 있는 천감 스님의 시에 화답하다. 운자를 나누어 내 자를 얻다

原州牧使河允源湛之詩軸 和僧天鑑 分韻得乃字

나라에서 동쪽 지방을 중시하여	國家重東藩
하공을 원주 목사로 임명하였지	命河爲原宰
삼 년 만에 그 치적을 드러내니	三年著聲績
왕께서 그대가 가상하다 하시고	王曰予嘉乃
도성으로 불러다 조정에 두시니	就徵置明庭
백성은 지금도 남긴 은혜 칭송하네	民今頌遺愛
천감 대사가 어찌 세정을 알겠는가	鑑師豈世情
시를 지은 데에는 따로 뜻이 있으니	作歌意有在
차마 보지 못했으리라 원주 사람들이	不忍見原人
아이처럼 사모하여 마음 변치 않음을	嬰慕心不改

천감 스님의 시를 붙임 附僧天鑑詩

아이가 놀며 어머니 곁에 있을 때는	兒戲在母側
어머니의 은혜를 오히려 모르는 법	恩愛尙未知

---

35 하담지 윤원(河湛之允源) : 하윤원(河允源, 1322~1376)으로, 담지는 자이다. 호는 고헌(苦軒), 본관은 진주(晉州)이다. 충혜왕 때에 급제하여 전리총랑(典理摠郎), 원주 목사, 상주 목사 등을 역임하였다.

어머니가 있어도 아이가 울부짖음은	母在兒啼號
추위와 굶주림이 닥쳐와서가 아닐까	無乃逼寒飢
지난날 원주에서 베푼 정치	北原往日政
어진 덕이 바로 이 같았으니	仁德乃如斯
분명 천년 세월 지난 뒤에도	赫然千載下
다시 소남시를 읊게 되리라[36]	再頌召南詩

---

36 천년……되리라 : 천년이 지나더라도 백성들이 선정을 칭송하는 노래를 부를 것이
라는 말이다. 소남시(召南詩)는 선정을 칭송한 《시경》의 〈감당(甘棠)〉을 가리킨다.
그 시에 "무성한 감당나무를 자르지 말고 베지 말라. 소백이 초막으로 삼으셨던 곳이니
라.〔蔽芾甘棠, 勿翦勿伐, 召伯所茇.〕"라고 하였다. 소백(召伯)은 주나라 초기의 명신인
소공(召公) 석(奭)이다.

원증 국사[37] 어록에 적다

題圓証國師語錄

이 원증 국사 어록은 시종하던 사람이 기록한 것이니, 그 담론의 신속하고 예리함과 의리의 크고 넓음은 속인이 감히 논의할 수 없는 점이 있다.

인하여 가만히 생각해 보건대, 현릉(玄陵 공민왕)이 재위할 때 대사를 특별히 소설산(小雪山)에서 맞이하여 불사를 크게 벌여서 태평성대의 장관으로 삼았으니, 지금 어록에 실려 있는 것은 바로 당시 법좌에 올라 설법한 내용이다.

지난 일을 생각건대, 작고한 벗 김중현(金仲賢)과 책을 끼고 승려와 종유(從遊)할 때 국사가 김중현을 한 번 보고 애지중지하였고 나 또한 이로 인하여 자주 가서 뵈었으니, 그때가 지정(至正) 병신년(1356, 공민왕5) 여름이었다. 그 뒤에 현릉도 신하들을 버리고 승하하셨고 원증 국사도 세상을 떠났고 우리 김중현 또한 이미 이 세상 사람이 아니다. 병신년으로부터 지금 홍무(洪武) 정묘년(1387, 우왕13)에 이르기까지 서른두 해가 되니, 지금 이 어록을 보고 나도 모르게 서글퍼진다.

순충보절좌명 공신(純忠保節佐命功臣) 대광(大匡) 문하부평리 우문관대제학 지춘추관사 겸 성균관대사성(門下府評理右文館大提學知春秋館事兼成均館大司成) 정몽주(鄭夢周)가 발문을 쓰다.

---

37 원증 국사(圓証國師) : 1301~1382. 호는 태고(太古), 법명은 보우(普愚)이다. 원증은 시호이다. 저서로 《태고화상어록(太古和尙語錄)》이 있다.

둔촌에게 답한 편지 4수
答遁村書 四

7월 21일에 홀연히 아름다운 편지를 받아 두세 번 읽어 보고는 물외(物外)에 초연한 사람은 그 나오는 말 또한 시원하여 속인이 미칠 수 있는 바가 아닌 줄을 알았습니다.

여강(驪江)은 제가 좋아하는 곳이니, 또한 선생께서 아시는 바입니다. 선생께서 나보다 먼저 차지하실 줄은 생각지 못한지라, 남쪽으로 바라보며 저도 모르게 서글퍼합니다. 더구나 세간의 새로운 일들이 해마다 달라지고 달마다 같지 않음에 있어서이겠습니까.

근간에 척약재(惕若齋)가 시묘(侍墓)한다는 소식을 들었는데, 다행히 지금 관청 일이 한가하여 도은(陶隱)[38]과 함께 필마로 가서 조문하려고 합니다. 과연 원하는 바대로 가게 되면 천녕(川寧)에서 응당 하룻밤의 얘기를 나누도록 하겠습니다. 해마다 보내 주시는 햅쌀을 받으니, 감히 가슴에 새기며 감사하지 않겠습니까. 저는 6월부터 이질(痢疾)을 앓아 거의 30일이 되었습니다. 근간에 조금 나았으니, 또한 헤아려 주시기 바랍니다.

나머지 이야기는 내려갔을 때 나누도록 하겠습니다. 서늘한 이 가을에 부디 진중(珍重)하소서. 이만 줄입니다.

정몽주 드림.

---

38 도은(陶隱) : 이숭인(李崇仁, 1347~1392)의 호이다. 자는 자안(子安), 본관은 성주(星州), 시호는 문충(文忠)이다. 1362년(공민왕11) 문과에 급제하여 성균관 사성, 예문관 제학 등을 역임하였다. 저서로 《도은집(陶隱集)》이 있다.

8월 5일에 보내 주신 아름다운 편지를 홀연히 받고서 펼쳐 두세 번 읽어 보니, 마치 얼굴을 마주하고 친히 위문해 주시는 듯하여 제 자신도 모르게 기쁘고 위로가 됩니다. 벼슬살이는 제가 좋아하는 바가 아닌지라, 가을이 될 때마다 산수에 대한 흥취가 더욱 마음속에 일어나곤 합니다. 선생은 어떤 분이기에 홀로 이를 이루어 냈단 말입니까. 인편이 돌아갈 때 망연한 심정을 견디지 못하겠습니다. 나머지는 절서를 따라 자중자애하시기 바랍니다. 이만 줄입니다. 날이 어두워서 대략 적습니다.

이별한 뒤로 너무도 그리워서 목이 타는 듯합니다. 지금 일상의 동정(動靜)이 어떠하신지요. 저는 또한 별탈이 없으니, 크게 염려하지 마십시오. 저는 이달 19일에 품계를 뛰어넘어 밀직사 제학(密直司提學)에 제수되었습니다.[39] 높은 관직을 몹시 두려워하며 밤낮으로 불안해하니, 오직 선생만이 이 뜻을 살펴 아실 줄로 생각합니다. 나머지는 부디 진중하시를 바랍니다. 이만 줄입니다.
　정몽주 드림. 11월 24일.

최단(崔鄲)의 딸은 그 어머니 일족 또한 참 양반입니다. 제가 삼촌(三寸) 이경지(李敬之) 판서에게서 들었습니다.

39　이달……제수되었습니다 : 〈연보고이〉 경신년(1380, 우왕6) 조에 "11월 밀직사제학 상의회의도감사 보문각제학 상호군(密直司提學商議會議都監事寶文閣提學上護軍)에 제수되었다."라고 하였다.

연보고이 年譜攷異

포은 선생 연보고이
圃隱先生年譜攷異

신이 살펴보건대, 지금 세상에 유행하는 《포은집》으로는 신계본(新溪本), 개성본(開城本), 교서관본(校書館本) 세 본이 있는데, 신계본이 가장 오래된 것이고 개성본과 교서관본은 모두 근세에 간행한 것입니다. 첫 권에 있는 〈연보〉는 처음 누구의 손에서 나온 것인지는 모르겠으나, 세 본에 각각 상세함과 소략함의 차이가 있으며 날짜와 달이 같지 않기도 하며 그 사이에 대의(大義)와 관련된 것도 어긋난 것이 많아 뒷사람의 의혹을 일으키게 합니다. 신이 〈행장(行狀)〉과 〈본전(本傳)〉에 근거하고 《고려사(高麗史)》와 공의 시집 및 당시의 제현이 주고받은 말을 참고하여 반복해서 상고하여 그 잘못된 것을 바로잡고 또 《한문고이(韓文攷異)》[1]의 범례에 의거하여 분주(分注)하여 세 본을 간략히 싣고 억견(臆見)으로 취사한 뜻을 부록하여 뒷날의 견문이 넓은 사람의 질정을 기다립니다.

---

1 한문고이(韓文攷異) : 주희(朱熹)가 한유(韓愈)의 시문집 각 판본의 이동(異同)을 고정(攷訂)하여 단행본으로 낸 책이다.

지원(至元) 3년 정축(1337, 충숙왕 복위6)

12월 무자일(戊子日)에 선생이 영천군(永川郡) 동쪽 우항리(愚巷里)에서 태어났다. 이보다 먼저 모친 변한국부인(卞韓國夫人)이 임신하였을 때 난초 화분을 안고 있다가 놀라 떨어뜨리는 꿈을 꾸고 깨어나서 공을 낳았다. 이로 인하여 이름을 몽란(夢蘭)이라 하였다.

신계본과 개성본에는 "12월 공이 태어났다."라고 하였고, 교서관본에는 "12월 무자(戊子)에 선생이 영천군 동쪽 우항리에서 태어났다."라고 하였다. ○ 지금 살펴보건대, 신계본과 개성본은 소략하기 때문에 교서관본을 따르고, 모친이 꿈에서 난초 화분을 본 일은 〈행장〉에 근거하여 보태어 넣는다.

4년 무인(1338, 충숙왕 복위7)

5년 기묘(1339, 충숙왕 복위8)

6년 경진(1340, 충혜왕 복위1)

지정(至正) 1년 신사(1341, 충혜왕 복위2)

2년 임오(1342, 충혜왕 복위3)

3년 계미(1343, 충혜왕 복위4)

4년 갑신(1344, 충목왕 즉위)

신이 일찍이 〈주자연보(朱子年譜)〉를 보니, 비록 관련된 사실이 없더라도 연도를 적었습니다. 지금 신계본과 개성본에는 사실이 없으면 연도를 적지 않았고 교서관본에는 연도를 적었기 때문에 교서관본을 따릅니다. 그러나 〈주자연보〉는 원년(元年)에만 연호(年號)를 적고 그 아래에는 몇 년인지만 적을 뿐입니다. 교서관본은 매해마다 번번이 연호를 적고 있어 번거롭고 중복된 듯하므로 모두 〈주자연보〉의 범례에 따라 바로잡습니다.

5년 을유(1345, 충목왕1)

선생 9세. 변한국부인이 낮에 검은 용이 나무에 오르는 꿈을 꾸고 나가서 보니 바로 선생이었다. 이로 인하여 이름을 몽룡(夢龍)으로 바꾸었고, 관례(冠禮)를 치른 뒤에 지금의 이름으로 바꾸었다.

신계본과 개성본에는 꿈에서 용을 보고 이름을 바꾼 일을 기록하지 않았다. 교서관본에는 "모친이 낮에 검은 용의 상서를 꿈에서 보고 이름을 몽룡으로 바꾸었고, 관례를 치른 뒤에 지금의 이름으로 바꾸었다."라고 하였다. ○ 지금 살펴보건대, 신계본과 개성본이 소루(疏漏)하기 때문에 교서관본을 따르되 〈행장〉에 근거하여 상세히 기록한다.

6년 병술(1346, 충목왕2)

7년 정해(1347, 충목왕3)

8년 무자(1348, 충목왕4)

9년 기축(1349, 충정왕1)

10년 경인(1350, 충정왕2)

11년 신묘(1351, 충정왕3)

12년 임진(1352) 공민왕(恭愍王) 1년

13년 계사(1353, 공민왕2)

14년 갑오(1354, 공민왕3)

15년 을미(1355, 공민왕4)
선생 19세. 1월 부친 일성부원군(日城府院君)의 상을 당하여 시묘(侍
墓)하였다.

> 신계본에는 "1월 부친이 세상을 떠나 3년 동안 시묘하였다."라고 하였고,
> 개성본에는 "1월 모친이 세상을 떠나 3년 동안 시묘하였다."라고 하였고,
> 교서관본에는 "모친상을 당하여 시묘하였다."라고 하였다. ○ 지금 살펴보
> 건대, 신계본과 개성본에 하나는 "부친이 세상을 떠났다."라고 하고, 하나는
> "모친이 세상을 떠났다."라고 하여 서로 어긋난다. 그러나 선생이 갑진년
> (1364, 공민왕13) 추석에 지은 시에 "어제 아침에 아우가 편지를 부쳐 오니,
> 백발의 어머님이 보고 싶다고 하시며〔前朝舍弟附書至 白髮慈親願見之〕"라
> 고 하였으니, 이해가 바로 공의 부친이 세상을 떠난 해이고 변한국부인은
> 실로 탈이 없었음을 알 수 있다. 개성본에 "모친이 세상을 떠났다."라고

한 것은 매우 잘못된 것이다. 또 살펴보건대, 〈행장〉에 "지정(至正) 을미년 겨울 11월 모친상을 당하여 삼년상을 마쳤다."라고 하였고, 또 "정유년 (1357)에 감시(監試)에 셋째로 입격하였다."라고 하였다. 만약 이 말대로 라면 이는 선생이 상중에 과거에 응시한 것이니, 어찌 "삼년상을 마쳤다."라 고 할 수 있겠는가. 생각건대, 필시 이해 1월 상을 당하여 정유년 봄에 복이 끝나고 그해 여름에 과거에 응시하여 감시에 입격했을 것이니, 〈행장〉 을 지은 사람이 우연히 대조를 틀리게 하여 11월로 잘못 기록한 듯하다. 고려 말에 상례의 기강이 허물어졌으나 선생만이 홀로 우뚝 무너진 물결 속에서 스스로 일어서서 습속에 휩쓸려 가지 않고 성인의 제도를 따라 상중 에 자신의 정성을 극진히 함으로써 정려(旌閭)가 세워지기까지 하였다. 만일 슬픔을 잊고 과거에 응시하였다면 실로 명교(名敎)의 죄인이 됨을 면하지 못할 것이니, 어찌 선생을 선생이라 할 수 있겠는가. 신계본과 개성 본에 "1월에 상을 당하였다."라고 한 것은 필시 근거한 바가 있었을 것이기 때문에 이를 따른다.

16년 병신(1356, 공민왕5)

17년 정유(1357, 공민왕6)

여름에 어사대부(御史大夫) 신군평(申君平)이 주관한 감시(監試)에 공이 셋째로 입격하였다.

세 본이 기록한 것이 대략 같으나 교서관본에는 '감시'를 '고시(考試)'라 하였고, '제(第)' 자 위에 또 '감시' 두 자가 있어 중복된 듯하기 때문에 신계 본과 개성본을 따른다.

18년 무술(1358, 공민왕7)

19년 기해(1359, 공민왕8)

20년 경자(1360, 공민왕9)

공민왕 9년. 선생 24세. 정당문학(政堂文學)[2] 김득배(金得培)[3]가 지공거(知貢擧)이고 추밀원 직학사(樞密院直學士) 한방신(韓邦信)이 동지공거(同知貢擧)[4]인 과거 시험에 선생이 연이어 삼장(三場)에 장원하여 첫째로 뽑혔다.

　　신계본과 개성본에는 "정당문학 김공 득배가 지공거이고 추밀원 직학사 한공 방신이 동지공거인 과거 시험에 공이 을과(乙科)의 제일인(第一人)으로 급제하면서 연이어 삼장에 장원하였다."라고 하였다. ○ 지금 살펴보건대, 세 본이 모두 같으나 교서관본이 자못 상세하기 때문에 교서관본을 따른다.

21년 신축(1361, 공민왕10)

22년 임인(1362, 공민왕11)

선생 26세. 3월 예문관 검열(藝文館檢閱)[5]에 제수되었다. 당시 김득배

---

2 정당문학(政堂文學) : 최고 중앙 관청인 문하부(門下府)의 종2품 벼슬이다.

3 김득배(金得培) : 1312~1362. 자는 국자(國滋), 호는 난계(蘭溪), 본관은 상주(尙州), 시호는 문충(文忠)이다. 1330년(충혜왕 즉위년) 문과에 급제하여 내직과 외직을 두루 거쳤다. 홍건적이 침입했을 때 정세운(鄭世雲), 안우(安祐), 이방실(李芳實)과 더불어 난을 평정하였으나, 김용(金鏞)의 모함으로 상주에서 효수되었다.

4 동지공거(同知貢擧) : 과거(科擧)의 시험관으로, 지공거와 함께 과거를 관장하였다.

가 홍건적을 격파하고 경성(京城)을 수복하였으나 도리어 김용(金鏞)에게 해를 당하여 상주(尙州)에서 효수되었다. 선생이 스스로 김득배의 문생(門生)이라 하여 왕에게 청한 뒤에 시신을 수습하여 장사 지냈다. 10월 수찬(修撰)[6]에 올랐다.

신계본과 개성본에는 "3월에 예문관 검열이 되었고, 10월에 수찬에 올랐다."라고 하였다. 교서관본도 같으나 '예(藝)' 자 위에 '배(拜)' 자가 있다. ○ 지금 〈행장〉을 살펴보면, "선생이 임인년에 예문관 검열에 보임되었다. 갑진년(1364)에 종군(從軍)하여 화주(和州)에서 여진족을 쳐서 패주시켰다. 얼마 있다가 수찬에 올랐고 여러 번 옮겨서 전농시 승(典農寺丞)[7]에 이르렀다."라고 하였으니, 그렇다면 선생이 수찬에 오른 것은 응당 갑진년에 종군한 뒤에 있었던 일이어서 이해에 실리지 않아야 할 것이다. 〈연보〉의 기록이 이와 같은 것은 아마 따로 근거한 바가 있었을 테지만 응당 〈행장〉의 기록을 따라야 할 듯하다. 또 《고려사》를 살펴보면, "공민왕이 신축년(1361) 11월 홍건적을 피하여 남쪽으로 달아나서 12월 복주(福州)[8]에 이르렀고, 을미일에 영호루(映湖樓)[9]에 거둥하였다."라고 하였다. 그 뒤에 공이 지은 〈안동 서기로 부임하는 이 수재를 전송하다[送李秀才赴安東書

---

5 예문관 검열(藝文館檢閱) : 예문관은 임금의 사명(詞命)을 맡아보던 관청이고, 검열은 예문관의 종9품 벼슬이다.

6 수찬(修撰) : 예문관의 정8품 벼슬이다.

7 전농시 승(典農寺丞) : 전농시는 제사에 쓰는 농산물과 적전(耤田)에 관한 일을 맡아보던 관청이고, 승(丞)은 전농시의 정8품 벼슬이다.

8 복주(福州) : 안동(安東)의 고려 시대 이름이다.

9 영호루(映湖樓) : 안동시 정하동 낙동강 변에 있는 정자로, 공민왕이 안동으로 피란했을 때에 영호루에 나가 군사 훈련을 참관하거나 배를 타고 유람하며 심회를 달랬다고 한다. 여기에 공민왕의 친필 현판이 걸려 있다.

記〕〉라는 시에 "그 옛날 선왕께서 홀연 남쪽 순행할 때, 또 외람되이 행궁의 시종신이 되었었지. 지난해에 영호루 아래를 지나갈 때에는, 신한을 우러러 보며 눈물로 수건 적셨지.〔先王昔日忽南巡 也忝行宮侍從臣 去歲映湖樓下 過 仰瞻宸翰涕沾巾〕"라고 했으니, 그렇다면 복주로 거둥했을 때 공은 이미 한림(翰林)으로 호종한 것이다. 이듬해 임인년(1362) 2월 왕이 복주를 출발하여 상주(尙州)로 어가를 옮겼는데 "3월 검열에 제수되었다."라고 한 것은 알 수가 없다. 그러나 여러 판본과 〈행장〉이 모두 같고 상고할 만한 다른 자료가 없기 때문에 예전대로 두고 고치지 않는다.[10] 김득배의 시신을 수습하여 장사 지낸 일은 《고려사》에 보인다. 당시에 임금이 위에서 혼암하므로 간신들이 국정을 전횡하여 궁문(宮門)에서 공신을 마음대로 죽이니, 사람들이 모두 몸을 움츠렸다. 공은 신진의 미약한 몸으로 홀로 청하여 시신을 수습하였으니, 또한 공의 높은 의리를 볼 수 있으나, 구본(舊本)에 싣지 않았기 때문에 이를 드러내어 밝힌다.

23년 계묘(1363, 공민왕12)

5월 낭장 겸 합문지후(郞將兼閤門祗候)[11]에 제수되었고, 7월 선덕랑(宣德郞)[12] 위위시 승(衛尉寺丞)[13]에 제수되었고, 8월 종사관(從事官)[14]으

---

10 그러나……않는다 : 《포은집》 제3권에 실려 있는 〈김해산성기(金海山城記)〉에 "예전에 선왕이 남쪽으로 순행하여 상주에 머무실 때 내가 당시 한림으로 불려 들어갔다."라고 하였다.

11 낭장 겸 합문지후(郞將兼閤門祗候) : 낭장은 이군 육위(二軍六衛)에 속한 정6품 벼슬이고, 합문은 조회와 의례에 관한 일을 맡아 보던 관청이고, 지후는 합문의 종6품 벼슬이다.

12 선덕랑(宣德郞) : 문관의 종6품 품계(品階)이다.

로 동북면 도지휘사(東北面都指揮使) 한방신(韓邦信)을 따라 화주(和州)에서 여진(女眞)을 정벌하였다.

지금 살펴보건대, 이렇게 관직에 제수된 것은 세 본이 모두 같아 의심할 만한 점이 없을 듯하다. 그러나 〈행장〉과 〈본전〉을 살펴보면, 모두 이배(移拜)에 관한 말이 없다. 김구용(金九容)[15]이 공에게 보낸 시의 제목 또한 〈한림으로서 종군하는 달가에게 부치다[寄達可翰林從軍]〉라고 하였고, "갑자기 궁궐의 직임을 사양하고, 멀리 북방의 군대로 달려갔구려.[忽辭淸禁直 遠赴朔方軍]"라는 구절이 있어 또 〈행장〉의 "갑진년(1364, 공민왕13)에 수찬에 올랐다."라는 것과 서로 호응하니, 〈연보〉가 잘못된 듯하다. 또 종군한 일은 구본에 갑진년에 실려 있으나 공의 문집에 〈계묘년 8월에 한 원수의 동쪽 정벌 길을 따라 함주에 이르렀는데……[癸卯八月從韓元帥東征到咸州……]〉라는 시가 있으니, 이는 공이 스스로 말한 것이어서 필시 잘못되지 않았을 것이기 때문에 여기에 싣는다.

24년 갑진(1364, 공민왕13)
선생 28세. 2월 여진의 삼선(三善)과 삼개(三介)[16]를 패배시키고 돌아

---

13 위위시 승(衛尉寺丞) : 위위시는 의물(儀物)과 기계(器械)를 맡아보던 관청이고, 승은 위위시의 종6품 벼슬이다.

14 종사관(從事官) : 각 군영(軍營)에 소속된 종6품 벼슬이다.

15 김구용(金九容) : 1338~1384. 자는 경지(敬之), 호는 척약재(惕若齋)·육우당(六友堂), 본관은 안동이다. 1355년(공민왕4)에 급제하여 덕녕부 주부(德寧府主簿)가 되었고, 1367년 성균관이 중건되자 성균관 직강이 되어 포은, 이숭인(李崇仁) 등과 성리학 홍기에 일익을 담당하였다. 저서로 《척약재학음집(惕若齋學吟集)》이 있다.

16 삼선(三善)과 삼개(三介) : 김삼선(金三善)과 김삼개(金三介) 형제로, 외조부는

와서 조봉랑(朝奉郎)[17] 전보도감 판관(典寶都監判官)[18]에 제수되고 자금어대(紫金魚俗)[19]를 하사받았다.

관직에 제수되고 어대를 하사받은 것은 세 본이 모두 같다. 교서관본에는 "어대를 하사받았다.〔賜魚俗〕"라는 말 아래에 "종군하여 삼선과 삼개를 화주에서 정벌하였다."라고 하였다. ○ 지금 《고려사》를 살펴보면 "이해 2월 우리 태조가 서북면에서 군사를 이끌고 철령(鐵嶺)에 이르러 한방신(韓邦信)과 함께 삼선과 삼개를 패배시켰고, 이달에 한방신이 돌아오자 왕이 내전(內殿)에서 잔치를 벌였다."라고 했으나, 교서관본에는 2월에 비로소 종군하여 정벌한 일을 기록하여 사실과 어긋남을 면하지 못하기 때문에 바로잡는다. 다만 〈행장〉과 〈본전〉에는 "종군하여 화주에서 여진족을 쳐서 패주시켰다. 수찬에 올랐고 여러 번 옮겨서 전농시 승(典農寺丞)에 이르렀다."라고 하고 도리어 "전보도감 판관에 제수되고 어대를 하사받았다."라는 말이 없어 〈연보〉와 어긋나니, 어느 것이 옳은지 모르겠으나, 아마 〈연보〉가 잘못된 듯하다. 다만 세 본이 모두 같기 때문에 우선 예전대로 적어 둔다.

25년 을사(1365, 공민왕14)

전농시 승으로 이배(移拜)되었다. 1월 모친 변한국부인의 상을 당하여

이성계의 조부인 도조(度祖)이다. 이성계가 서북면으로 정벌 나간 틈을 타서 여진족을 이끌고 함주(咸州)를 침공하였다.

17 조봉랑(朝奉郎) : 문관의 종5품 품계이다.

18 전보도감 판관(典寶都監判官) : 전보도감은 공민왕 때 두었던 관청의 하나이고, 판관은 전보도감의 종5품 벼슬이다.

19 자금어대(紫金魚俗) : 구리로 만든 어대를 말한다. 자금은 적동(赤銅)이고, 어대는 부(符)를 담아 띠에 차던 물고기 모양의 주머니이다. 부는 관원의 신표(信標)이다.

시묘하였다.

　신계본에는 "전농시 승으로 이배되었다. 11월 모친이 세상을 떠나 3년 동안
시묘하였다. 12월 통직랑(通直郎)[20] 전공사 정랑(典工司正郎)[21]에 제수되
었으나 상으로 인하여 관직에 나아가지 않았다."라고 하였다. 개성본도 같
으나 "모친이 세상을 떠났다.〔母歿〕"를 "부친이 세상을 떠났다.〔父歿〕"라고
하였다. 교서관본에는 외간(外艱)이라 하였다. ○ 지금 〈행장〉을 살펴보
면, "을사년 1월 부친상을 당하였다. 상이 끝나고 통직랑 전공사 정랑에
제수되었으나 사직하고 나아가지 않았다."라고 하였다. 그렇다면 선생이
상을 당한 것은 이해 1월에 있었던 일이고 전공사 정랑에 제수된 것은 정미
년(1367, 공민왕16) 상이 끝난 뒤에 있었던 일이었거늘, 〈연보〉가 이렇게
잘못된 것이다. 정미년에 이르러 또 "12월 예조 정랑에 제수되었다."라고
적었다. 과연 그러하다면 이는 선생이 또 삼년상이 끝나지도 않아 벼슬에
나간 것이니, 그 의리를 해쳐서 뒷날의 의혹을 일으킴이 더욱 심하기 때문
에 〈행장〉을 따라 바로잡는다. 전농시에 이배된 것 또한 의당 바로 앞의
해에 실려야 할 것이다.

26년 병오(1366, 공민왕15)

당시에 상제(喪制)가 어지럽고 해이해졌으나 선생만이 홀로 시묘하며
슬픔과 예법을 모두 다하였다. 일이 조정에 알려지자 정려(旌閭)를
내려 표창하였다.

20　통직랑(通直郎) : 문관의 정5품 품계이다.
21　전공사 정랑(典工司正郎) : 전공사는 산택(山澤), 공장(工匠), 영조(營造) 등의
일을 맡아보던 관청이고, 정랑은 전공사의 정5품 벼슬이다.

신계본과 개성본에서는 기록하지 않았고 교서관본에는 적혀 있기 때문에
교서관본을 따른다.

27년 정미(1367, 공민왕16)

선생이 상이 끝나고 통직랑 전공사 정랑에 제수되었으나 나아가지 않
았다. 얼마 뒤에 예조정랑 겸 성균관박사에 제수되었다. 그 당시 병란
을 겪은 뒤여서 학교가 황폐하였다. 이때에 이르러 성균관을 새로 세우
고 큰 선비를 가려서 학관(學官)을 겸하게 하면서 이색(李穡)을 겸
대사성(兼大司成)으로 삼았다. 선생은 강설이 탁월하여 사람들의 생각
을 크게 뛰어넘었기 때문에 선비들이 탄복하였다. 이색이 자주 일컫기
를 "달가(達可)의 논리는 횡으로 말하든 종으로 말하든²² 이치에 맞지
않는 것이 없으니, 동방 이학(理學)의 조종(祖宗)으로 추중(推重)하노
라."라고 하였다.

신계본과 개성본에는 "12월 예조 정랑에 제수되었다."라고 하였고, 교서관
본에는 "12월 예조정랑 겸 성균관박사에 제수되었다. 강설이 탁월하여 선비
들이 탄복하였다. 이색이 자주 일컫기를 '동방 이학의 조종으로 추중한다.'
하였다."라고 하였다. ○ 지금 살펴보건대, 교서관본이 자못 상세하다. 다
만 〈행장〉을 상고해 보면, 소략함을 면하지 못하기 때문에 조금 손질을
더하여 갖추어 적음으로써, 선생이 성명(性命)의 학문에 조예가 정심(精
深)하여 그 시행할 때에 드러난 것이 광명(光明)하고 위대하며, 죽고 사는
사이에 이르러서도 그 절개를 빼앗을 수 없었던 것이 모두 학문 속에서

---

22 횡으로……말하든 : 사물의 이치를 규명하기 위하여 형이하의 관점에서 말하기도
하고 형이상의 관점에서 말하기도 하는 것을 가리킨다.

나온 것이고 단지 타고난 자질에서 얻은 것만이 아니었음을 드러내 보인다. 또 살펴보면, 〈행장〉에는 단지 "정미년에 예조 정랑으로 성균관을 겸하였다."라고만 하고 관직을 제수한 달을 기록하지 않았는데, 〈연보〉에 '12월'이라고 한 것은 무엇을 근거했는지 모르겠기에 "얼마 뒤에 제수되었다.……"라고만 적는다. 또 살펴보건대, 이숭인(李崇仁)[23]의 〈이생에게 주는 시의 서문[贈李生序]〉에 "예전에 오천(烏川) 정달가(鄭達可) 어른과 인산(仁山) 최언보(崔彦父) 어른과 밀양(密陽) 박자허(朴子虛)[24] 어른이 성균관의 교관이 되었을 때 나 또한 외람되이 그 반열에 끼어서 7, 8년을 지냈다. 그 당시에 학도가 나날이 모여들어 재실과 행랑으로는 거의 수용할 수 없을 지경이었다. 교관이 새벽에 일어나서 관문(館門)에 들어가 당(堂)에 오르면 학도가 차례로 뜰의 동쪽과 서쪽에 늘어서서 두 손을 마주 잡고 허리를 굽혀서 예를 행한다. 예가 끝난 뒤에 각각 배우는 경서를 가지고 전후좌우로 담장처럼 나아가면 교관은 중앙에서 가르쳤다. 학도는 수업이 끝나고 또 토론을 벌여 절충점을 찾은 뒤에 파하여 글을 읽는 소리가 하루 종일 그치지 않았다. 우리 몇 사람은 기쁜 빛을 얼굴에 드러내며 서로 말하기를 '사문(斯文)이 아마 흥기하지 않겠는가.'라고 하였는데, 중간에 변고를 만나 나와 달가는 도성을 떠나 향리로 돌아가게 되었다."라고 하였다. 이 글을

---

23 이숭인(李崇仁) : 1347~1392. 호는 도은(陶隱), 자는 자안(子安), 본관은 성주(星州), 시호는 문충(文忠)이다. 1362년(공민왕11) 문과에 급제하여 성균관 사성, 예문관 제학 등을 역임하였다. 저서로 《도은집(陶隱集)》이 있다.

24 박자허(朴子虛) : 박의중(朴宜中, 1337~1403)으로, 자허는 자이다. 호는 정재(貞齋), 본관은 밀양, 시호는 문경(文敬)이다. 1362년(공민왕11) 문과에 급제하여 문하부 사인(門下府舍人), 대사성 등을 역임하였고, 조선조에서는 검교 참찬의정부사(檢校參贊議政府事)에 임명되었다. 저서로 《정재일고(貞齋逸稿)》가 있다.

보면 당일에 학문을 강론하여 선비를 양성하던 성대한 모습을 상상할 수
있기 때문에 붙여서 싣는다.

홍무(洪武) 원년 무신(1368, 공민왕17)

선생 32세. 봉선대부(奉善大夫)[25] 성균관사예[26] 지제교[27](成均館司藝知
製敎)에 제수되었다. 이때부터 모든 제수에는 모두 삼자(三字)[28] 및
관각(館閣)[29]의 벼슬을 겸대(兼帶)하였다.

신계본과 개성본에는 "지정(至正) 28년 봉선대부 성균관사예 지제교에 제
수되었다."라고 하였다. ○ 지금 살펴보건대, 이해에 원나라가 망하고 명나
라가 이미 홍무로 건원(建元)했는데도 신계본과 개성본에 여전히 지정이라
는 연호를 적은 것은 옳지 않아 지금 교서관본을 따른다.

2년 기유(1369, 공민왕18)

3년 경술(1370, 공민왕19)

4년 신해(1371, 공민왕20)

중의대부(中議大夫)[30] 태상시소경[31] 보문각응교[32] 겸 성균관직강[33](太

---

25 봉선대부(奉善大夫) : 문관의 종4품 품계이다.

26 성균관사예(成均館司藝) : 성균관의 종4품 벼슬이다.

27 지제교(知製敎) : 임금의 교서 등을 짓는 일을 맡은 벼슬이다.

28 삼자(三字) : 지제교를 가리킨다.

29 관각(館閣) : 문사를 맡은 관청으로, 홍문관, 예문관, 보문각, 춘추관, 성균관 등
의 총칭이다.

常寺少卿寶文閣應教兼成均館直講)에 제수되었다. 12월 중정대부(中正
大夫)³⁴ 성균관 사성(成均館司成)³⁵에 제수되었다.

신계본과 개성본에는 "중의대부 태상시소경 보문각응교 겸 성균관직강 지
제교에 제수되었다. 12월 중정대부 시성균관사예 지제교(試成均館司藝知
製敎)에 제수되었다."라고 하였다. ○ 지금 살펴보건대, 〈행장〉에는 단지
"중의대부 태상시 소경으로 바뀌었다가 얼마 뒤에 성균관 사성으로 옮겼고
품계는 중정대부가 되었다."라고 하여 상세함과 소략함이 각각 다르니, 어
느 것이 옳은지 모르겠다. 또 〈행장〉 및 〈본전〉에는 모두 사성(司成)이라
일컬었으나 신계본과 개성본에는 시사예(試司藝)라고 하였으니, 아마 잘
못된 듯하고, '시(試)' 자 또한 미상이기 때문에 지금 교서관본을 따른다.

5년 임자(1372, 공민왕21)

3월 서장관(書狀官)³⁶으로 지밀직사사(知密直司事) 홍사범(洪師範)을
따라 남경으로 가서 촉(蜀) 땅을 평정한 일을 축하하고 아울러 자제(子
弟)의 입학을 청하였다. 돌아올 때 해중(海中)의 허산(許山)³⁷에 이르

---

30 중의대부(中議大夫) : 문관의 정4품 품계이다.

31 태상시소경(太常寺少卿) : 태상시는 나라의 제사나 왕의 시호, 묘호 등의 제정을
맡아보던 관청이고, 소경은 태상시의 정4품 벼슬이다.

32 보문각응교(寶文閣應敎) : 보문각은 경서를 강론하거나 장서를 맡아보던 관청이
고, 응교는 보문각의 정5품 벼슬이다.

33 성균관직강(成均館直講) : 성균관의 종5품 벼슬이다.

34 중정대부(中正大夫) : 문관의 종3품 품계이다.

35 성균관 사성(成均館司成) : 성균관의 종3품 벼슬이다.

36 서장관(書狀官) : 사행(使行)에 사신을 수행하여 기록을 맡던 임시 벼슬이다. 정
사(正使), 부사(副使)와 더불어 삼사(三使)로 불렸다.

러 폭풍을 만나 홍사범은 익사하고 선생은 구사일생으로 살아나서 말다래를 베어 먹으며 13일이나 견뎠다. 황제가 소식을 듣고 배를 마련하여 데리고 돌아가 후하게 보살펴 주었다.

신계본과 개성본에는 "3월 하평촉사(賀平蜀使) 밀직사 부사(密直司副使) 홍사범의 서장관으로 남경으로 갔다."라고 하였다. 교서관본도 같으나 "남경으로 갔다."라는 구절 아래에 "자제의 입학을 청하였다. 돌아올 때에 해중에서 폭풍을 만나 홍사범은 익사하고 공은 거의 죽을 뻔하였다. 황제가 배를 마련하여 데리고 돌아가 후하게 보살펴 주었다.〔請子弟入學 還至海中 遭風 師範溺死 公濱死 帝具舟楫取還 厚加恩恤〕"라는 28자가 있다. ○ 지금 살펴보건대, 신계본과 개성본은 소략하고 교서관본이 자못 상세하기 때문에 이를 따른다. 다만 《고려사》 및 〈행장〉에는 모두 지밀직사사 홍사범이라 하였으나 〈연보〉에는 밀직사 부사라고 하여 차이를 면하지 못하니, 마땅히 《고려사》와 〈행장〉의 기록을 바른 것으로 여겨야 할 것이다. 폭풍을 만나서 배가 부서진 일 또한 〈행장〉에 근거하여 상세히 기록한다.

6년 계축(1373, 공민왕22)

7월 선생이 남경에서 돌아와서 황제의 명을 선포하였다. 황제의 명에 이르기를 "고구려는 당 태종(唐太宗) 때 자제를 보내어 입학시켰는데, 지금 왕이 또한 보내기를 청하니, 참으로 훌륭한 일이다. 다만 고려는 남경과의 거리가 수륙(水陸)으로 만여 리나 되어 부모는 반드시 그 아들을 그리워하고 아들은 반드시 그 부모를 생각하게 될 것이니, 그 부모의

---

37 허산(許山) : 지금의 항주만(杭州灣) 북쪽 봉현(奉賢) 앞바다인 탄허산(灘許山)을 가리킨다.

말을 들어 보고 원하는 사람은 보내도록 하라. 또 해마다 수차례 조공하게 되면 반드시 백성을 번거롭게 할 것이고 짐을 꾸려 왕래할 때 바닷길이 험난할 것이다. 옛날 중국의 제후는 천자에게 해마다 한 번 소빙(小聘)하고 3년에 한 번 대빙(大聘)하였고, 구주(九州)의 밖은 한 세대에 한 번 조현(朝見)하였다. 지금 고려는 중국과의 거리가 조금 가깝고 문물과 예악이 중국과 서로 닮아서 다른 번국(蕃國)과 똑같이 하기 어려우니, 지금부터 3년에 한 번 빙문(聘問)하는 예법을 따르거나 혹은 한 세대에 한 번 조현하더라도 괜찮을 것이다. 방물(方物)은 토산(土産)의 베만 쓰되 단지 네댓 벌로써 성의를 표하도록 하라."라고 하였다.

교서관본에는 "선생 37세. 7월 남경에서 돌아왔다."라고 하였고, 신계본과 개성본은 기록하지 않았다. ○ 지금 살펴보건대, 선생이 이 사행(使行)에서 어려움과 위험을 골고루 맛보고 마침내 일을 성취하고 돌아와서 황제의 명을 선포하였으나 두 본은 기록하지 않았다. 교서관본 또한 "남경에서 돌아왔다."라고만 적고 가져와서 선포한 말을 기록하지 않았으니, 모두 소루하기 때문에 《동국통감(東國通鑑)》에 근거하여 상세히 기록한다. 또 연도 아래에 간간이 '선생 몇 세'라고 적은 것은 반드시 사실로 인하여 적었거나 그렇지 않으면 은미한 뜻이 있는 것이다. 이해에는 따로 적을 만한 사실이 없기 때문에 산삭한다. 또 살펴보건대, 《고려사》에 "정몽주가 지난해 4월 홍사범과 함께 남경에 이르러 중서성(中書省)의 자문(咨文) 두 통을 받았으니, 하나는 촉(蜀) 땅을 평정한 일과 자제의 입학에 관한 것이고, 하나는 아악(雅樂)의 종경(鍾磬)에 관한 것이다. 8월에 돌아올 때 해중에 이르러 폭풍을 만나 배가 부서져서 홍사범은 익사하고 마침내 자문도 잃어버렸다. 정몽주가 다시 남경으로 가서 중서성에 고하니, 종경에 관한 자문은 중서성의 관원이 초본(草本)이 유실되었다는 이유로 허락하지 않아 단지 촉 땅을

평정한 일과 자제의 입학에 관한 회자(回咨)[38]만 베껴서 돌아왔다."라고
하였다. 이를 보면 공이 남경에 가서 청한 것은 자제의 입학에 관한 한
가지 일뿐이 아니었다. 〈연보〉가 소략한 듯하기 때문에 붙여서 싣는다.

7년 갑인(1374, 공민왕23)

2월 경상도 안렴사(慶尙道按廉使)에 제수되었다.

세 본에는 "2월에 나가서 경상도를 안찰하였다."라고 하였다. ○ 지금 살펴
보건대, 세 본에는 관명을 적지 않아 분명하지 않은 듯하기 때문에 이를
바로잡는다.

8년 을묘(1375) 우왕(禑王) 1년

우사의대부(右司議大夫)[39] 예문관직제학[40] 충춘추관수찬[41](藝文館直提
學充春秋館修撰)에 제수되었고 얼마 있다가 성균관 대사성(成均館大司
成)[42]에 제수되었다. 당시에 공민왕이 시해당하고 김의(金義)[43]가 명

---

38 회자(回咨) : 회답하는 자문(咨文)이다. 자문은 중국과 주고받던 외교 문서이다.

39 우사의대부(右司議大夫) : 문하성의 종3품 벼슬이다.

40 예문관직제학(藝文館直提學) : 예문관의 정4품 벼슬이다.

41 충춘추관수찬(充春秋館修撰) : 춘추관의 3품 벼슬이다.

42 성균관 대사성(成均館大司成) : 성균관의 장관으로, 정3품 벼슬이다.

43 김의(金義) : 본래 호인(胡人)으로, 고려에 귀화하여 공민왕 말년에 밀직사 부사,
동지밀직부사 등을 역임하였다. 1374년(공민왕23) 명나라 사신 임밀(林密)과 채빈(蔡
斌) 등이 말을 구해 남경으로 돌아갈 때 말 300필을 요동까지 호송하는 임무를 맡았다.
임밀과 채빈은 이르는 곳마다 지체하였고 채빈이 술주정이 심하여 매번 김의를 죽이려
하니, 개주참(開州站)에 이르러 김의가 채빈을 죽이고 임밀을 납치하여 갑사(甲士) 300명
과 말 200필을 갖고 북원(北元)으로 달아났다. 《高麗史節要 卷29 恭愍王4 甲寅23年》

(明)나라 사신 채빈(蔡斌)을 죽이니, 나라 사람들이 두려워하여 감히 명나라에 사신을 보내지 못하였다. 선생이 맨 먼저 대의를 진달하기를 "근래의 변고는 응당 일찍이 상세히 아뢰어 상국(上國)으로 하여금 한 점의 의혹도 없게 해야 하거늘, 어찌 먼저 스스로 의심스럽게 하여 백성들에게 재앙을 당하게 하겠습니까."라고 하였다. 이에 비로소 판종부시사(判宗簿寺事) 최원(崔源)을 보내어 상(喪)을 고하고 시호를 청하였다. 마침 북원(北元)이 사신을 보내오자 이인임(李仁任)이 또 그들을 맞아들이려고 하였다. 선생이 박상충(朴尙衷), 김구용(金九容) 등 10여 인과 함께 상소하여 간쟁하였고, 대간(臺諫) 또한 이인임을 탄핵하였다. 권신(權臣)이 "간관이 재상을 논하는 것은 작은 일이 아니다."라고 하여 모두 하옥하여 장류(杖流)에 처하니, 선생 또한 죄를 얻어 언양(彦陽)으로 유배되었다.

신계본과 개성본에는 "4월 우사의대부 예문관직제학 지제교 충춘추관수찬관에 제수되었고, 6월 성균관 대사성에 제수되었다. 이해에 당시 문학하는 선비들 수십 인이 시사를 말하다가 권귀(權貴)를 거슬러서 모두 먼 고을로 유배되었는데, 공도 같은 예로 언양에 유배되었다."라고 하였다. 교서관본에는 "선생 39세. 4월 우사의대부 예문관직제학 충춘추관수찬에 제수되었고, 6월 성균관 대사성에 제수되었다. 명나라가 처음 일어났을 때 공이 힘껏 청하여 명나라에 귀부하였다. 이때에 이르러 공민왕이 시해당하고 김의가 사신을 죽이니, 나라 사람들이 두려워하였다. 북원이 또 사신을 보내자 권신 이인임과 지윤(池奫)이 다시 원나라를 섬기려 하니, 공이 10여 인과 함께 소를 올려 운운하였다가 언양으로 유배되었다."라고 하였다. ○ 지금 살펴보건대, 세 본이 모두 같으나 말에 상세함과 소략함이 있어 다시 《고려사》 및 〈행장〉에 근거하여 갖추어 싣는다. 또 살펴보건대, 〈연보〉에는 모두 "6월 대사성에 제수되었다."라고 하였으나, 《고려사》를 상고해 보면, 최원이 남경에 간 것은 1월에 있었던 일인데, 공이 이미 대사성으로서 사신을 보내기를 청하였으니, 그렇다면 〈연보〉에 "6월 대사성에 제수되었다."라는 것은 잘못된 것이다. 대저 〈연보〉에 기록된 일월(日月)은 잘못된 것이 많아 근거로 삼을 수 없기 때문에 생략한다.

9년 병진(1376, 우왕2)

선생이 언양(彦陽)의 유배지에 있었다.

지금 살펴보건대, 교서관본이 이와 같기 때문에 이를 따른다. 다만 공의 〈본전〉에는 "언양에 유배된 지 2년 만에 편리한 대로 거주하도록 허락하였다."라고 하였고, 〈행장〉에는 "한 해를 넘겨 해배(解配)하였다."라고 하였으니, 어느 것이 옳은지 모르겠다. 공의 문집에 〈언양에서 중구일에 회포가 있어 유종원의 시에 차운하다[彦陽九日有懷次柳宗元韻]〉[44]라는 시가 있다.

10년 정사(1377, 우왕3)

3월 선생이 서울로 돌아왔다. 〈빗속에 의성의 북루에 오르다[雨中登義城北樓]〉[45]라는 시가 있다. 9월 전(前) 대사성으로 일본에 사신으로 갔다. 당시에 조정이 왜구의 침략을 걱정하여 일찍이 나흥유(羅興儒)를 패가대(覇家臺)[46]에 사신 보내어 화친을 설득하게 하니, 그 주장(主將)

---

44 언양(彦陽)에서……차운하다 : 대본에는 '彦陽九月有懷次柳宗元韻'으로 되어 있는데, 《포은집》 권2에 근거하여 '九月'을 '九日'로 바로잡아 번역하였다.

45 빗속에……오르다 : 《포은집》 제2권에 실려 있다.

46 패가대(覇家臺) : 일본 규슈 지방의 하카다(博多) 지역을 지칭하는 말이다. 고려 때 일본의 외교를 관장하던 태재부(太宰府)가 있었다고 한다.

이 나흥유를 잡아 가두어 거의 아사(餓死)할 지경이 되었다가 겨우 살아 돌아온 일이 있었다. 권신들이 전날의 일에 앙심을 품고 선생을 천거하여 보빙(報聘)하게 하니, 이 사행을 사람들이 모두 위태롭게 여겼으나 선생은 조금도 어려워하는 기색이 없었다. 일본에 이르러서는 고금의 외교 득실을 극진히 설파하니, 주장이 경복(敬服)하여 객관의 대접이 매우 후하였다. 시를 구하는 왜승(倭僧)이 있으면 붓을 잡아 곧바로 지어 주니, 승도들이 구름처럼 모여들어 날마다 가마를 메고 승경을 구경하기를 청하였다. 일본에 사신으로 갔을 때의 여러 시가 있다.[47]

신계본과 개성본에는 "9월 사명을 받들고 일본국에 갔다."라고 하였고, 교서관본에는 "국가가 왜구를 걱정하여 일찍이 나흥유를 패가대에 사신으로 보내어 화친을 설득하게 하니, 그 주장이 나흥유를 잡아 가두었다. 권신들이 전날의 일에 앙심을 품고 공을 천거하여 패가대에 보빙하게 하였다."라고 하였다. ○ 지금 살펴보건대, 신계본과 개성본은 소략하고 교서관본은 자못 상세하지만 또한 미진한 점이 있기 때문에 공의 시집 및 〈행장〉과 사전(史傳)에 근거하여 갖추어 적는다. 이숭인이 공을 전송하는 글의 서문[48]에 "금상 전하 즉위 4년째 되는 해 가을 7월 일본 패가대의 사자(使者)가 이르러 한 달 남짓 머물다가 돌아가기를 고하니, 전하가 재상(宰相)을 불러 말하기를 '보빙하는 것은 예법이다. 더구나 지금 교린(交隣)을 도모하며 왜구의 재앙을 그치게 함에 있어서이겠는가. 보빙사(報聘使)는 의당 신중

---

47 일본에……있다 : 《포은집》 제1권에 실려 있는 〈홍무 정사년에 사명을 받들고 일본에 갔을 때 지은 시[洪武丁巳奉使日本作]〉를 말한다.

48 이숭인이……서문 : 《포은집》 부록에 〈사명을 받들고 일본으로 가는 정달가를 전송하는 시의 서문[送鄭達可奉使日本詩序]〉이라는 제목으로 실려 있다.

하게 선발해야 할 것이다.'라고 하였다. 이에 성균관 대사성 정달가(鄭達可)를 사신으로 가게 하였다. 달가는 학문이 고금에 널리 통하며 기상이 순후하고 바르며 말이 온화하고 분명하다. 일찍이 오초(吳楚)를 유람하고 제로(齊魯) 지역을 두루 돌아보아 사마자장(司馬子長)[49]과 같은 풍도가 있으니, 사명(使命)을 받들고 가서 독자적으로 처결하는 것[50]쯤이야 그에게는 부차적인 일일 것이다."라고 하였다. 정도전(鄭道傳)이 이르기를 "선생의 학문은 날로 크게 진보하였고 시 또한 따라서 진보하였다. 사명을 받들고 일본에 갔을 때 험한 파도를 건너 만리 밖의 외국에 있으면서도 안색(顔色)을 바르게 하고 외교 문장을 수식하여 나라의 아름다움을 드날려서 이국 사람이 우러러 사모하게 하였다. 그러므로 그 말이 명백하고 정대하여 위축되거나 꺾이는 기상이 없었다."라고 하였다.[51] 이 두 가지 말은 모두 선생이 사명을 받들고 가서 독자적으로 처결하던 아름다움을 일컬은 것으로, 〈본전〉과 〈행장〉의 미비한 부분을 보충할 만하건만, 〈연보〉에 또한 실리지

---

49 사마자장(司馬子長) : 《사기(史記)》를 지은 사마천(司馬遷)으로, 자장은 자(字)이다. 20세 때부터 남으로 강회(江淮), 회계(會稽), 우혈(禹穴), 구의(九疑), 원상(沅湘) 등지를 유람하고, 북으로 문수(汶水), 사수(泗水)를 건너 제로(齊魯) 지역에서 강학(講學)을 하다가 양초(梁楚) 지역을 거쳐서 돌아왔다고 한다. 《史記 卷130 太史公自序》

50 독자적으로 처결하는 것 : 사신의 임무를 적절히 잘 처리하는 것을 말한다. 공자가 말하기를 "《시경》300편을 외우더라도 정치를 맡겼을 때에 제대로 해내지 못하고, 사방에 사신으로 나가 독자적으로 처결하지 못한다면, 비록 많이 외운들 어디에 쓰겠는가. 〔誦詩三百, 授之以政, 不達; 使於四方, 不能專對, 雖多, 亦奚以爲?〕"라고 하였다. 《論語 子路》

51 정도전(鄭道傳)이……하였다 : 정도전(1342~1398)의 자는 종지(宗之), 호는 삼봉(三峯), 본관은 봉화(奉化), 시호는 문헌(文憲)이다. 저서로 《삼봉집(三峯集)》이 있다. 본문에 인용된 글은 〈포은봉사고서(圃隱奉使藁序)〉의 일부이다. 《三峯集 卷3》

않았기 때문에 여기에 붙여 기록한다.

11년 무오(1378, 우왕4)

7월 선생이 일본에서 돌아왔다. 구주 절도사(九州節度使) 원요준(源了浚)이 주맹인(周孟仁)을 시켜서 함께 오도록 하였고, 잡혀갔던 윤명(尹明), 안우세(安遇世) 등 수백 인을 돌려보냈다. 정순대부(正順大夫)[52] 우산기상시[53] 보문각제학[54] 지제교(右散騎常侍寶文閣提學知製教)에 제수되었다.

신계본과 개성본에는 "7월 정순대부 우상시 보문각제학 지제교(右常寺寶文閣提學知製教)에 제수되었다."라고 하였고, 교서관본에는 "선생 42세. 7월"이라고 하고 이하는 같으나 '상시(常侍)' 위에 '산기(散騎)' 두 글자가 있다. 또 세 본에는 이해를 모두 '선광(宣光) 8년'이라고 하였다. ○ 지금 살펴보건대, 《고려사》에 "이해 7월 공이 일본에서 돌아왔다."라고 하였고, 공의 시에도 "고국에서는 소식이 없는데, 겨울을 지나 또 봄을 맞았네.〔故國無消息 經冬又見春〕"라고 하였는데 세 본이 모두 싣지 않아 소루하다. 또 선광은 바로 북원의 연호이다. 대개 이 당시에 쇠퇴한 원나라의 정삭(正朔)을 다시 사용하여 선광으로 개칭한 것이었는데 〈연보〉를 지은 사람이 잘못을 답습하여 고치지 않은 것은 몹시 의의가 없기 때문에 바로잡는다.

---

52 정순대부(正順大夫) : 문관의 정3품 품계이다.
53 우산기상시(右散騎常侍) : 내사문하성(內史門下省)의 정3품 벼슬이다.
54 보문각제학(寶文閣提學) : 보문각의 정3품 벼슬이다.

12년 기미(1379, 우왕5)

4월 봉익대부(奉翊大夫)[55] 전공사판서[56] 진현관제학[57](典工司判書進賢館提學)에 제수되었다. 윤5월 봉익대부 예의사판서[58] 예문관제학[59](禮儀司判書藝文館提學)에 제수되었다. 10월 전법사판서[60] 진현관제학(典法司判書進賢館提學)에 제수되었다.

　세 본이 모두 같으나 교서관본에는 '예의사 판서' 위에 '봉익대부에 제수되다.[拜奉翊大夫]'라는 다섯 글자가 없고, '전법사 판서' 아래에 '진현관 제학' 다섯 글자가 없다.

13년 경신(1380, 우왕6)

선생 44세. 3월 판도사 판서(版圖司判書)[61]에 제수되었다. 가을에 조전원수(助戰元帥)로 우리 태조를 따라 전라도 운봉(雲峯)에 이르러 왜구를 쳐서 크게 이기고 돌아왔다. 〈전주 망경대에 오르다[登全州望景臺]〉[62]라는 시가 있다. 11월 밀직사제학[63] 상의회의도감사[64] 보문각제학

55　봉익대부(奉翊大夫) : 문관의 종2품 품계이다.

56　전공사판서(典工司判書) : 전공사의 장관으로, 정3품 벼슬이다.

57　진현관제학(進賢館提學) : 학문 기관인 진현관의 정3품 벼슬이다.

58　예의사판서(禮儀司判書) : 예의사의 장관으로, 정3품 벼슬이다.

59　예문관제학(藝文館提學) : 예문관의 정3품 벼슬이다.

60　전법사판서(典法司判書) : 법을 맡은 전법사의 장관으로, 정3품 벼슬이다.

61　판도사 판서(版圖司判書) : 판도사의 장관으로, 정3품 벼슬이다.

62　전주 망경대에 오르다 : 《포은집》 제2권에 실려 있다.

63　밀직사제학(密直司提學) : 왕명의 출납, 궁중의 숙위, 군기(軍機)의 정사를 맡아 보던 밀직사의 정3품 벼슬이다.

64　상의회의도감사(商議會議都監事) : 회의도감(會議都監)의 벼슬이다. 직무와 직

상호군[65](密直司提學商議會議都監事寶文閣提學上護軍)에 제수되었다.

세 본이 모두 같으나 신계본과 개성본에는 "전라도 운봉에 이르러 왜구 수천과 접전하여 싸움에 이기고 돌아왔다."라고 하였다.

14년 신유(1381, 우왕7)

2월 성근익찬 공신(誠勤翊贊功臣) 봉익대부 밀직사부사[66] 상의회의도감사 보문각제학 동지춘추관사[67] 상호군(密直司副使商議會議都監事寶文閣提學同知春秋館事上護軍)에 제수되었다. 9월 첨서밀직사사(簽書密直司事)[68]로 이배(移拜)되었다.

교서관본에는 "2월 성근익찬 공신 밀직사부사 동지춘추관사에 제수되었다. 9월 첨서밀직사사로 이배되었다. 나머지는 예전과 같다."라고 하였다. ○ 지금 살펴보건대, 세 본이 모두 같으나 신계본과 개성본이 자못 상세하기 때문에 신계본과 개성본을 따른다.

15년 임술(1382, 우왕8)

4월 주족금은진공사(輳足金銀進貢使)로서 남경으로 가다가 요동에 이르렀을 때 도지휘사사(都指揮使司)의 차인(差人)이 성지(聖旨)를 기록하여 보이기를 "세공(歲貢)을 수년의 물품을 합하여 한꺼번에 하니

제는 미상이다.

65 상호군(上護軍) : 이군 육위(二軍六衛)의 장관으로, 정3품 벼슬이다.

66 밀직사부사(密直司副使) : 밀직사의 정3품 벼슬이다.

67 동지춘추관사(同知春秋館事) : 춘추관의 관직이다. 2품 이상으로 임명하였다.

68 첨서밀직사사(簽書密直司事) : 밀직사의 정3품 벼슬이다.

그 뜻이 정성스럽지 못하다."라고 하고 입경(入境)을 허락하지 않아 돌아왔다. 11월 또 청시사(請諡使)로서 남경으로 갔다.

지금 살펴보건대, 이해에 관한 기록은 세 본이 모두 같다. 다만 "요동에 이르러 들어가지 못하고 돌아왔다."라는 한 구절이 없기 때문에 《고려사》에 근거하여 적어서 일 년에 두 번 간 곡절을 드러내었다. 또 살펴보건대, 공에게 〈홍무 임술년에 이 원수의 동쪽 정벌 길을 따라가다〉[69]라는 시가 있으니, 필시 이해의 일이라 생각하지만 〈연보〉에는 실리지 않았다. 그러나 《고려사》를 상고해 보면, 임술년 가을 7월 우리 태조를 동북면 도지휘사(東北面都指揮使)로 삼았다. 당시 호발도(胡拔都)가 동북면의 백성을 노략(虜掠)하여 가니, 태조의 위엄과 신의가 평소에 드러났기 때문에 파견하여 위무하게 한 것이다. 이듬해 계해년(1383) 8월 태조가 비로소 단주(端州)에서 호발도를 격파하였다. 공이 임술년 11월 청시사로서 남경으로 가다가 계해년 1월 요동에 이르러 통과하지 못하고 돌아왔다. 〈행장〉에는 "계해년에 동북면 조전원수(東北面助戰元帥)로 태조를 따라 정벌하러 갔다."라고만 하고 임술년에 종군하여 정벌한 것은 말하지 않았다. 공의 시에 또한 "아 오래된 나의 나그넷길이여. 한 해를 넘기고도 쉬지를 못하네. 봄바람 불 때는 요동 길에 있더니, 가을비 내릴 땐 해동 끝을 지나네.〔久客嗟吾道 經年尚未休 春風遼左路 秋雨海東頭〕"라고 하였고, 또 "예전에도 추석날 함주의 나그네 되었으니, 손가락 꼽아 보니 이제 이십 년이 지났네.〔中秋昔作咸州客 屈指今經二十年〕"라고 하였으니, 이를 보면 공이 계해년 봄에 요동에서 돌아와서 가을에 이르러 비로소 종군하여 정벌하였음을 알 수 있다. 계묘년(1363, 공민왕12)[70]부터 계해년까지는 21년이다.

---

69 홍무……따라가다 : 《포은집》 제2권에 실려 있다.

이는 구본에 빠진 것이 있기에 지금 참고하여 보충하여 넣는다.

16년 계해(1383, 우왕9)

1월 선생이 요동에 이르니, 도지휘사사가 "받아들이지 말라는 칙명이 있다."라고 하며 진헌(進獻)하는 예물만 받아들이고 입경을 허락하지 않아 돌아왔다. 8월 동북면 조전원수로서 다시 태조를 따라 정벌하러 갔다.

지금 살펴보건대, 신계본과 개성본은 기록하지 않았고, 교서관본은 종군하여 정벌한 일만 기록하였기 때문에 《고려사》에 근거하여 보태어 넣는다.

17년 갑자(1384, 우왕10)

7월 광정대부(匡靖大夫)[71] 정당문학(政堂文學)에 제수되었다. 당시 국가에 문젯거리가 많았기 때문에 황제가 노하여 장차 우리나라로 출병하려 하였고, 세공을 늘려서 정하고는 5년간의 세공이 약속과 같지 않다는 이유로 사신을 장류(杖流)에 처하였다. 이때에 이르러 성절(聖節)을 축하해야 하나 사람들이 모두 핑계를 대고 피하니, 임견미(林堅味)가 공을 천거하였다. 왕이 불러서 대면하고 말하기를 "경(卿)은 고금에 널리 통할뿐더러 내 뜻도 잘 알 것이오. 지금 진평중(陳平仲)이 병 때문에 갈 수가 없어 경으로 대신하려 하니, 경의 뜻은 어떠하오?"라고 하니, 대답하기를 "군부(君父)의 명은 물과 불도 오히려 피하지 않거늘, 하물며 천자를 뵙는 일에 있어서이겠습니까. 그러나 우리나라

---

70 계묘년 : 포은은 1363년(공민왕12) 동북면 도지휘사 한방신(韓邦信)을 따라 화주(和州)에서 여진(女眞)을 정벌하였다.

71 광정대부(匡靖大夫) : 문관의 정2품 품계이다.

에서 남경까지는 거리가 모두 8000리이니, 발해(渤海)에서 순풍을 기다리는 날을 제외하면 실제 90일의 노정입니다. 지금 성절까지 겨우 60일밖에 남지 않았으므로, 가령 순풍을 기다리는 날이 열흘이라면 남는 날이 겨우 50일뿐이니, 이것이 신이 한스러운 바입니다."라고 하였다. 왕이 말하기를 "어느 날 길에 오르겠소?"라고 하니, 대답하기를 "어찌 감히 머물러 묵겠습니까."라고 하고, 드디어 출발하여 밤낮을 쉬지 않고 이틀 길을 하루에 달려 성절의 날짜에 맞추어 표문(表文)을 올렸다. 황제가 표문을 보고는 날짜를 헤아리고 말하기를 "그대 나라 신하들이 필시 서로 일을 핑계 대고 오려 하지 않다가 날짜가 닥쳐서 그대를 보냈을 것이다. 그대는 지난번에 촉 땅을 평정한 일을 축하하러 왔던 사람이 아닌가."라고 하였다. 공이 그 당시 배가 부서졌던 정상을 모두 아뢰니, 황제가 말하기를 "그렇다면 응당 중국말을 알겠구나."라고 하고는 특별히 위무(慰撫)해 주며 예부(禮部)에 명하여 후하게 예우하여 보내게 하였다.

신계본과 개성본에는 "7월 광정대부 정당문학에 제수되었고, 하성절사(賀聖節使)로[72] 남경에 갔다."라고 하였고, 교서관본에는 "7월 광정대부 정당문학에 제수되었다. 당시 본국이 명나라와 문젯거리가 많았기 때문에 황제가 노하여 세공을 늘려 정하고 사신을 장류에 처하였다. 이때에 이르러 성절을 축하해야 하나 사람들이 모두 핑계를 대고 피하니, 임견미가 공을 천거하였다. 우왕이 불러서 면대하고 하유하니, 공이 그날로 길에 올랐다. 황제가 표문을 보고는 날짜를 헤아리고 말하기

---

72 하성절사(賀聖節使)로 : 대본에는 '以賀聖節使'로 되어 있는데, 신계본과 개성본에는 '以' 앞에 '是月' 2자가 더 있다.

를 '그대 나라 신하들이 필시 서로 일을 핑계 대다가 날짜가 닥쳐서 그대를 보냈을 것이다.'라고 하고 예부에 명하여 후하게 예우하여 보내게 하였다."라고 하였다. ○ 지금 살펴보건대, 신계본과 개성본은 소략하고 교서관본은 자못 상세하다. 그러나 또한 소루함을 면하지 못하기 때문에 〈행장〉과 〈본전〉에 근거하여 보태어 넣어서 공이 자신을 잊고 나라에 헌신하는 충성과 어려운 일은 떠맡고 쉬운 일은 양보하는 의리[73]를 드러내어 보인다. 사변을 정탐한 일 또한 《고려사》에 보인다.

18년 을축(1385, 우왕11)

4월 선생이 남경에서 돌아왔다. 동지공거(同知貢擧)로서 홍우명(洪禹命)[74] 등 33인을 선발하니, 당시 사람들이 옳은 선비를 얻었다고 일컬었다.

신계본과 개성본에는 "여름에 동지공거로서 홍우명 등 33인을 선발하였다."라고 하였고, 교서관본도 같으나 '33인' 아래에 '당시 사람들이 옳은 선비를 얻었다고 일컬었다.〔時稱得士〕'라는 네 글자가 있다. ○ 지금 살펴보건대, 교서관본과 〈행장〉이 같기 때문에 이를 따른다. 선생이 남경에서 돌아온 일은 《고려사》에 근거하여 보태어 넣는다. 또 공의 〈본전〉에는 그 당시에 왕비의 권세로 인하여 선비를 뽑는 것이 공정하지 않았다는 비판을 상세히 싣고 있으나 〈행장〉에는 도리어 옳은 선비를 얻었다고 일컬었으니, 무엇에

---

73 어려운……의리 : 춘추 시대 노(魯)나라 장문중(臧文仲)이 말하기를 "현자는 곤란한 일은 자신이 떠맡고 편한 일은 남에게 양보한다.〔賢者急病而讓夷.〕"라고 하였다. 《國語 魯語4》

74 홍우명(洪禹命) : '우홍명(禹洪命)'의 오기인 듯하다. 《포은집》〈행장〉에 '우홍명'으로 되어 있고, 《고려사절요》 권32 〈신우(辛禑) 3〉 을축년(1385, 우왕11) 조에도 '우홍명'으로 기록되어 있다.

근거했는지 모르겠다. 어쩌면 당시의 지공거(知貢擧)가 노귀산(盧龜山)
한 사람은 위세에 눌려 취하지 않을 수 없었지만[75] 다른 사람은 이름이
알려진 선비가 참으로 많았기 때문에 선비를 얻었다고 해도 무방한 것이
아니겠는가. 더구나 친구의 책문을 훔쳐서 적은 자를 공이 쫓아내었는데도
염국보(廉國寶)가 그를 선발했으니,[76] 노귀산을 선발한 것 또한 필시 공의
뜻이 아니었을 것이다.

19년 병인(1386, 우왕12)

2월 선생이 남경으로 가서 임금의 편복(便服) 및 배신(陪臣)의 조복(朝
服)과 편복을 청하고 이어서 세공을 견감(蠲減)해 주기를 청하였다.
선생의 주대(奏對)가 상세하고 명확하여 5년 동안 미납한 공물과 늘려
서 정했던 세공의 상수(常數)를 면제받았다. 7월 남경에서 돌아와서
황제의 명을 선포하였다. 황제의 명에 이르기를 "세공을 둔 것은 중국

---

75 노귀산(盧龜山)……없었지만 : 노귀산은 우왕의 비인 의비(毅妃) 노씨(盧氏)의
아우이다. 《포은집》〈본전(本傳)〉에 "전례에 의하면, 매번의 시험장마다 곧 성적을
매겨서 방(榜)을 내기 때문에 초장(初場)에 합격하지 못한 사람은 중장(中場)에 들어
갈 수 없고, 종장(終場)도 마찬가지였다. 의비의 아우 노귀산은 어리고 어리석으며
학식도 없어 중장에 합격하지 못하였다. 우(禑)가 크게 노하여 과시(科試)를 파하려고
하니, 이성림(李成林), 염흥방(廉興邦) 등이 노귀산의 아비 노영수(盧英壽)의 집에
가서 노귀산을 종장에 나가게 하기를 청하였으나 노영수가 혼자 들어갈 수 없다고 거절
하였다. 이에 불합격한 십수 인을 함께 시험하여 마침내 노귀산을 선발하였다."라고
하였다.

76 친구의……선발했으니 : 〈본전〉에 "덕창부(德昌府)의 행수(行首) 문윤경(文允
慶)은 본래 환관 이광(李匡)의 종자(從者)였다. 친구의 책문(策文)을 훔쳐서 적었기
때문에 정몽주가 쫓아냈으나 지공거 염국보(廉國寶)가 그를 선발하였다."라고 하였다.

이 어찌 이것에 기대어 부유해지려는 것이겠는가. 삼한의 정성과 거짓을 알아보려는 데 지나지 않을 뿐이다. 표문에 '중국의 예법으로 오랑캐의 풍속을 변경하겠다.'라고 한 것은 저들 임금과 신하가 어떻게 힘써 행하는가에 달렸을 뿐이고, 표문에 '백성이 몹시 어렵다.'라고 한 것은 사신이 돌아갈 때 짐(朕)이 다시 약속하여 세공을 없애 버렸으니, 3년에 한 번 조회하고 좋은 말 50필을 바쳐서 종산(鍾山)[77]의 남쪽 목야(牧野)의 무리에 보탬으로써 영원히 서로 보전하고 지킬 수 있도록 하라."라고 하였다. 임금이 몹시 기뻐하여 의대(衣帶)와 안마(鞍馬)를 하사하였다.

> 신계본과 개성본에는 "2월 청면세공사(請免歲貢使)로 남경에 가서 요청을 허락받고 돌아왔다. 7월 문하부 평리(門下府評理)[78]에 제수되었다."라고 하였고, 교서관본에는 "공이 남경에 가서 관복(冠服)을 청하고 또 세공을 견감해 주기를 청하였다. 주대가 상세하고 명확하여 이전 5년 동안 미납한 공물과 늘려서 정했던 세공의 상수를 영구히 면제받았다. 7월 문하부 평리에 제수되었다."라고 하였다. ○ 지금 살펴보건대, 신계본과 개성본은 소략하고, 교서관본은 자못 상세하지만 또한 미진한 점이 있기 때문에 《고려사》에 근거하여 상세히 기록한다.

20년 정묘(1387, 우왕13)

선생 51세. 해직(解職)을 청하였다. 영원군(永原君)에 봉해졌다. 6월 공이 하륜(河崙), 이숭인(李崇仁) 등과 건의하여 백관의 관복을 정하

---

77 종산(鍾山) : 남경(南京)에 있는 산이다.

78 문하부 평리(門下府評理) : 문하부의 종2품 벼슬이다.

여 호복(胡服)을 혁파하고 중국의 복제를 따랐다. 당시 명나라 사신 서질(徐質)이 와서 보고 감탄하기를 "고려가 다시 중국의 관대(冠帶)를 따를 줄은 생각지도 못했다."라고 하였다. 12월 남경으로 가서 조빙(朝聘)을 통하기를 청하였다.

신계본과 개성본에는 "8월 사면(辭免)하였다."라고 하였고, 교서관본에는 "해직을 청하였다. 영원군에 봉해졌다. 건의하여 호복을 혁파하고 중국의 복제를 따랐다."라고 하였다. ○ 지금 살펴보건대, 세 본이 비록 상세하고 소략한 차이는 있으나 모두 미진하기 때문에 《고려사》에 근거하여 보태어 기록한다. 또 〈행장〉에는 "이듬해에 해직을 청하였다."라고만 하고 그 달을 말하지 않았다. 신계본과 개성본에만 유독 '8월'이라고 적혀 있어 또한 사실 여부를 알 수 없기 때문에 생략한다. 이해에 공이 까닭 없이 사직하지 않았을 것이고 반드시 그 뜻이 있을 것이나 사전(史傳) 및 〈행장〉과 〈연보〉에 모두 상고할 만한 것이 없다.

21년 무진(1388, 우왕14)

1월 선생이 요동에 이르렀으나 받아들이지 않아 돌아왔다. 삼사 좌사(三司左使)[79]에 제수되었다. 당시 권간(權奸)들이 백성의 토지를 멋대로 빼앗기 때문에 선생이 사전(私田)을 혁파하기를 청하여 백성들이 이에 힘입어 살아나게 되었다. 7월에 문하부찬성사[80] 지서연사[81](門下

---

79 삼사 좌사(三司左使) : 전곡(錢穀)의 출납과 회계를 맡은 삼사의 정2품 벼슬이다.
80 문하부찬성사(門下府贊成事) : 문하부의 정2품 벼슬이다.
81 지서연사(知書筵事) : 왕에게 경서를 강론하던 서연관(書筵官)의 하나로, 2품 이상의 관원이 겸직하였다.

府贊成事知書筵事)에 제수되었다.

신계본과 개성본에는 "1월 삼사 우사(三司右使)에 제수되었다. 7월 문하부 찬성사에 제수되었고 명을 받아 경연에서 진강(進講)하였다."라고 하였다. 교서관본에는 "1월 삼사 우사[82]에 제수되었다. 당시 권간들이 백성의 토지를 멋대로 빼앗기 때문에 공이 사전을 혁파하기를 청하여 백성들이 이에 힘입어 살아나게 되었다. 7월 문하부 찬성사에 제수되었다."라고 하였다. ○ 지금 살펴보건대, 세 본은 서로 상세하고 소략한 차이가 있다. 다시 《고려사》에 근거하여 요동에 이르렀다가 돌아오게 된 일을 보태어 넣는다. 또 살펴보건대, 고려 말의 사전에 관한 의론이 조준(趙浚)의 상소 가운데에 실려 있다. 그 대략에 "우리 태조께서 삼한이 통일되었을 때 곧 전제(田制)를 정하여 신민(臣民)에게 나누어 주되, 백관(百官)은 그 품계에 따라 주었다가 몸이 죽으면 거두어들이며, 부(府)의 군사는 20세에 받았다가 60세에 되돌려 주며, 무릇 전지를 받은 사대부는 죄가 있으면 거두어들이며, 부위(府衛)의 군사와 주(州)·군(郡)·진(津)·역(驛)의 아전들도 각각 그 전지의 수입으로 먹고살게 하였습니다. 이로부터 한인전(閑人田), 공음전(功蔭田), 투화전(投化田), 입진전(入鎭田), 가급전(加給田), 보급전(補給田), 등과전(登科田), 별사전(別賜田) 등의 명목이 대(代)마다 늘어나서 토지를 담당하는 관원이 번쇄함을 견디지 못하고, 토지를 주고 거두어들이는 법이 점점 무너지고 해이해지니, 간사하고 교활한 무리들이 이 틈을 타고 끝이 없이 속이고 숨겨서 이미 출사했거나 시집간 자도 여전히 한인전을 받아먹으며, 군대에 가지 않은 자도 함부로 군전(軍田)을 받아먹으며, 아버지가 몰래 끼고 있다가 사사로이 자식에게 물려주며, 자식도 몰래 훔쳐

---

82 삼사 우사 : 교서관본에는 '三司左使'로 되어 있다.

서 나라에 돌려주지 않음으로써 이미 역분전(役分田)을 받아먹고 있는데 또 한인전과 군전도 받아먹고 있습니다. 토지를 주고 거두어들이는 법이 무너져서 겸병(兼倂)하는 문이 한번 열리자……"라고 하였으니, 이것이 그 당시 공전(公田)과 사전에 관한 의론의 대략이다. 그러나 사서(史書)를 상고해 보면, 그 의론을 주장한 사람은 바로 조준, 정도전(鄭道傳) 등이었고, 공양왕 때에 이르러 비로소 사전을 혁파하였는데, 이색(李穡)은 혁파하려 하지 않았고 공은 그 사이에서 주저하였다. 그런데 〈행장〉에 유독 "뼈에 사무치듯 아파하여 사전을 혁파하기를 청하였다."라고 하여 사서에 기록된 것과 같지 않으니, 어느 것이 옳은지 모르겠다. 우선 교서관본대로 두고 그 의론을 대략 실어서 후인의 질정을 기다린다.

22년 기사(己巳)(1389) 공양왕(恭讓王) 1년

6월 예문관 대제학(藝文館大提學)[83]에 제수되고, 11월 문하부 찬성사(門下府贊成事)에 제수되었다.

지금 살펴보건대, 이해에 세 본이 모두 기록한 바가 없기 때문에 《고려사》에 근거하여 적는다.

23년 경오(1390, 공양왕2)

8월 순충논도동덕좌명 공신(純忠論道同德佐命功臣)의 훈호를 하사받고 중대광(重大匡)[84] 문하부찬성사 동판도평의사사[85] 판호조상서시

---

83 예문관 대제학(藝文館大提學) : 예문관의 종2품 벼슬이다.

84 중대광(重大匡) : 문관의 종1품 품계이다.

85 동판도평의사사(同判都評議使司) : 도평의사사의 동판사(同判事)이다.

사[86] 진현관대제학 지경연춘추관사[87] 영서운관사[88](門下府贊成事同判都評議使司判戶曹尙瑞寺事進賢館大提學知經筵春秋館事領書雲觀事) 익양군충의군(益陽郡忠義君)에 제수되었다. 11월에 벽상삼한삼중대광(壁上三韓三重大匡)[89] 수 문하부시중[90] 판도평의사사 병조상서시사 영경령전사[91] 우문관대제학(守門下府侍中判都評議使司兵曹尙瑞寺事領景靈殿事右文館大提學) 익양군충의백(益陽郡忠義伯)에 제수되었다.

당시 국가에 일이 많아 긴요한 업무가 수없이 쌓였으나 선생이 재상이 되어 목소리와 낯빛을 바꾸지 않고서도 큰일을 처리하고 큰 의혹을 결단하며 좌우로 수응하는 것이 모두 꼭 들어맞았다. 당시의 풍속은 무릇 상례(喪禮)와 제례(祭禮)에 오로지 불가의 법을 숭상하여 기일(忌日)에 승려를 불러 재를 올리고 시제(時祭)에는 단지 지전(紙錢)만 진설하였다. 선생이 사서인(士庶人)으로 하여금 주자(朱子)의 《가례(家禮)》를 본떠서 사당을 세우고 신주를 만들어 선조의 제사를 받들게 하도록 청하니, 예법과 풍속이 다시 일어나게 되었다. 또 수령을 청망(淸望)이 있는 참상관(參上官)으로 가려서 시키고 이어서 감사(監司)를 보내어 그 출척(黜陟)을 엄하게 하니, 피폐하였던 것이 다시 되살아

---

86 판호조상서시시사(判戶曹尙瑞寺事) : 판호조사와 판상서시시사의 합칭이다.

87 지경연춘추관사(知經筵春秋館事) : 지경연사와 지춘추관사의 합칭이다.

88 영서운관사(領書雲觀事) : 기상 관측 등을 맡은 서운관의 벼슬이다. 대본에는 '領書雲館事'로 되어 있는데, '館'을 '觀'으로 바로잡아 번역하였다.

89 벽상삼한삼중대광(壁上三韓三重大匡) : 문관의 정1품 품계이다.

90 수 문하부시중(守門下府侍中) : 문하부의 종1품 벼슬이다.

91 영경령전사(領景靈殿事) : 경령전(景靈殿)을 맡은 벼슬이다. 경령전은 고려 태조와 지금 국왕의 직계 사대친(四代親)의 진영(眞影)을 봉안한 전각이다.

났다. 도평의사사(都評議使司)에 경력(經歷), 도사(都事)를 두어 금곡(金穀)의 출납을 기록하며, 안으로는 오부 학당(五部學堂)을 건립하고 밖으로는 향교를 설치하였다. 기강을 바로잡아 국체(國體)를 세우며, 용관(冗官)을 없애어 준량(俊良)을 등용하며, 호복(胡服)을 혁파하여 중국의 복제를 따르며, 의창(義倉)을 세워서 궁핍한 사람을 구휼하며, 수참(水站)을 설치하여 조운(漕運)을 편리하게 한 것도 모두 선생이 계획한 것이었다.

신계본과 개성본에는 "8월에 중대광 문하부찬성사 동판도평의사사 판호조상서시사 진현관대제학 지춘추관사 영경연서운관사(門下府贊成事同判都評議使司判戶曹尙瑞寺事進賢館大提學知春秋館事領經筵書雲觀事) 익양군충의군에 제수되었다. 11월에 벽상삼한삼중대광 수 문하부시중 판도평의사사 병조상서시사 영경령전사 우문관대제학 겸 춘추관영경연사(守門下府侍中判都評議使司兵曹尙瑞寺事領景靈殿事右文館大提學兼春秋館領經筵事) 익양군충의백에 제수되었다. 이달에 순충논도동덕좌명 공신 벽상삼한 삼중대광 수 문하부시중 판도평의사사 병조상서시사 영경령전사 우문관대제학 겸 춘추관사 영경연사(守門下府侍中判都評議使司兵曹尙瑞寺事領景靈殿事右文館大提學兼春秋館事領經筵事) 익양군충의백에 제수되었다."라고 하였다. 교서관본도 같으나 '좌명 공신' 아래에 "나머지는 예전과 같다."라고만 하였다. ○ 지금 살펴보건대, 세 본의 기록이 모두 같지만, 다시 〈행장〉에 근거하여 당일에 시행하였던 방도를 보태어 기록하여 선생이 경세제민한 대략을 드러내 보인다.

24년 신미(1391, 공양왕3)
11월 선생이 인물추변도감 제조관(人物推辨都監提調官)이 되었다. 12월

안사 공신(安社功臣)의 훈호를 더 하사받았다.

살펴보건대, 이해에는 세 본이 모두 기록한 것이 없다. 《고려사》에 근거하여 적는다.

25년 임신(1392, 공양왕4)

2월 선생이 지은 《신율(新律)》을 올리니, 왕이 지신사(知申事) 이첨(李詹)에게 진강(進講)하도록 명하고, 6일 동안 여러 번 그 아름다움을 찬탄하였다. 우리 성조(聖朝)가 천명을 받으려 할 때 선생이 절의를 위하여 돌아가시니, 실로 4월 4일의 일이었다. 이해 7월 고려가 망하였다.

건문(建文) 3년 신사(1401, 태종1)

태종대왕(太宗大王)이 명하여 선생에게 대광보국숭록대부(大匡輔國崇祿大夫) 영의정부사 수문전대제학 겸 예문춘추관사(領議政府事修文殿大提學兼藝文春秋館事) 익양부원군(益陽府院君)을 추증하고 문충(文忠)이라는 시호를 내렸다.

영락(永樂) 4년 병술(1406, 태종6)

《오천정씨족보(烏川鄭氏族譜)》에 이르기를 "선생을 처음 해풍군(海豐郡)에 장사하였다가 이해 3월 용인현(龍仁縣) 치소 동쪽 쇄포촌(曬布村)으로 이장하였고, 경순택주(敬順宅主)에 봉해진 부인 이씨(李氏)를 선생과 합장하였다."라고 하였다.

선덕(宣德) 7년 임자(1432, 세종14)

세종대왕(世宗大王)이 《삼강행실(三綱行實)》의 편찬을 명하면서 선생을 〈충신전(忠臣傳)〉에 넣도록 하였다.

경태(景泰) 3년 임신(1452, 문종2)

문종대왕(文宗大王)이 명하여 선생을 마전군(麻田郡)의 숭의전(崇義殿)에 배향하였다.

정덕(正德) 12년 정축(1517, 중종12)

중종대왕(中宗大王)이 태학생 권전(權磌) 등의 상소로 인하여 조정 신하와 의논하여 문묘(文廟)에 종사(從祀)하도록 명하니, 실로 9월 17일의 일이었다. 또 예관(禮官)을 내려보내어 묘소를 수리하고 나무꾼과 목동의 출입을 금지하고 비석을 세웠다.

가정(嘉靖) 34년 을유(1555, 명종10)

영천(永川)의 사인(士人) 노수(盧遂) 등이 부래산(浮來山)[92] 아래에 서원을 창건하니, 바로 선생의 구거(舊居)이다. 이 일이 조정에 알려져서 명종대왕이 임고서원(臨皐書院)이라는 편액(扁額)을 하사하고 또 사서(四書), 오경(五經), 《통감(通鑑)》, 《송감(宋鑑)》을 하사하였고, 이어서 위전(位田)을 두어 봄가을로 제향하게 하였다.

융경(隆慶) 4년 경오(1570, 선조3)

개성부(開城府)의 사인들이 화원(花園)에 서원을 세우니, 이 또한 선

---

92 부래산(浮來山) : 경상북도 영천시 임고면 고천동(古川洞)에 있는 산이다. 산이라고는 하나 실제는 냇가에 솟아 있는 작은 언덕이다.

생의 구택(舊宅)이다. 5년 뒤인 만력(萬曆) 을해년(1575)에 주상이 하교하기를 "문충공(文忠公)은 동방의 유종(儒宗)인 데다 그 절의가 일월도 꿰뚫을 만함에랴. 지금 이미 서원을 새로 건립하였으니 내가 관원을 보내 치제(致祭)하고자 한다."라고 하였다. 이에 승지를 보내어 가서 치제하게 하고, 숭양서원(崧陽書院)이라는 편액을 하사하고, 또 《주자어류(朱子語類)》를 하사하였다. 이해에 도사(都事) 이창(李敞)이 공의 유상(遺像)을 봉안하였다.

댁(宅)

하나는 영천군(永川郡) 동쪽 15리쯤의 고천촌(古川村) 우항리(愚巷里)에 있다. 지금 생원(生員) 정거(鄭琚)가 그대로 살고 있다.

하나는 개성부(開城府) 화원(花園) 북쪽에 있다.

묘(墓)

용인(龍仁) 동면(東面) 쇄포촌(曬布村)에 있다.

비(碑)

하나는 효자비(孝子碑)이다. 영천의 구택(舊宅) 정문(旌門) 아래에 있다. 홍무 기사년(1389, 공양왕1)에 태수 정유(鄭宥)가 세운 것으로, '효자리(孝子里)'라고 적었다. 그 뒤에 쓰러져 있던 것을 성화(成化) 정미년(1487, 성종18)에 손순효(孫舜孝)가 관찰사로 이곳에 이르렀다가 꿈에 선생을 만나고는 마을 늙은이를 따라 이 비석을 밭이랑 가운데서 찾아 다시 세우고 집을 지어 보호하였다.

하나는 충신비(忠臣碑)이다. 개성의 구택에 있다. 유수(留守) 이

수동(李壽童)이 세운 것이다.

화상(畫像)

하나는 남부(南部) 낙선방(樂善坊)[93] 별좌(別坐) 정진(鄭震)의 집에 있다.

하나는 임고서원에 있다.

하나는 숭양서원에 있다.

서원(書院)

하나는 영천 부래산에 있다. 가정(嘉靖) 계축년(1553, 명종8)에 사인 노수(盧邃), 김응생(金應生), 정윤량(鄭允良) 등이 세운 것이다. 임고서원이라는 편액을 하사하였다. ○ 만력(萬曆) 임진년(1592, 선조25)에 왜구에 의해 불탔고, 10년 뒤 임인년(1602)에 향인(鄕人) 정세아(鄭世雅), 이희백(李喜白), 정담(鄭湛) 등이 도일동(道一洞)에 중건하였다.-선생의 선영이 이 동네에 있기 때문에 이건한 것이다.- 이 일이 조정에 알려지자 다시 임고서원이라는 편액을 하사하였다.

하나는 개성의 택지에 있다. 융경(隆慶) 신미년(1571)에 경력(經歷) 구변(具忭) 등이 창건한 것이다. 숭양서원이라는 편액을 하사하였다.

---

93 낙선방(樂善坊) : 한성부(漢城府) 남부(南部) 11방(坊) 중의 하나이다. 방은 행정구역의 명칭이다.

부록 附錄

〈강남기행시고〉 뒤에 적다

書江南紀行詩藁後

내가 관례(冠禮)를 치른 뒤에 연경(燕京)의 국자감에서 유학하였다.[94] 거문고를 타며 글을 읽는 여가에 사방의 동학들에게 그들 고향 마을의 옛 성현의 유적 및 의관의 풍속과 산천의 경치를 물어보니, 제각각 같지 않았다. 이에 가만히 스스로 생각하기를 '요행히 과거에 합격하거든 응당 외직이나 지방관을 청하여 사방으로 달려가서 반드시 발로 밟아 보고 눈으로 살펴본 연후에 내 뜻을 시원하게 할 것이고, 그렇게 한 뒤에 사직하고 돌아가 집에서 노년을 보낼 것이다.'라고 하였다.

갑오년(1354, 공민왕3)에 요행히 대를 이어 급제하여 한림(翰林)에 들어갈 수 있었기 때문에[95] 유람할 수 있는 여건이 마련되었으나 천하

---

94 내가……유학하였다 : 이색(李穡)은 21세인 1348년(충목왕4) 원(元)나라 국자감의 생원이 되었다.

95 대를……때문에 : 이색은 1354년(공민왕3) 2월 원나라 회시(會試)에 급제하고, 3월 전시(殿試)에 급제하여 응봉한림문자승사랑 동지제고 겸 국사원편수관(應奉翰林文字承仕郎同知制誥兼國史院編修官)이 되었다. '대를 이어 급제하다'는 이색의 부친 이곡(李穀) 또한 1333년(충숙왕 복위2) 원나라 회시와 전시에 급제하였기 때문에 이렇게 말한 것이다.

가 크게 어지러워지고 어버이도 연로하여 벼슬을 버리고 우리나라로 돌아오게 되었고, 마침내 지금에 이르러서는 쇠퇴하고 병까지 들어 사방을 유람할 뜻이 땅을 쓴 듯 없어지게 되었다. 금릉(金陵)의 정삭(正朔)을 받들게 된 이후[96]로 남경으로 달려가는 우리나라 사신을 보게 되면, 그 행차를 부러워하지 않은 적이 없어 내 몸이 쇠퇴하고 내 뜻이 이루어지지 못함을 더욱 탄식하였다.

지금 정 오재(鄭五宰)[97]의 〈강남행고(江南行藁)〉를 읽어 보니, 전횡(田橫), 한신(韓信), 이적(李績) 등을 읊은 시[98]는 내 마음을 감동시키는 것이 많으며, 진 교유(陳敎諭)의 웅응시(熊鷹詩)[99]는 호방하여 화운(和韻)한 것 같지 않으며, 명나라 조정의 한가한 기상을 노래하고 우리나라가 경모하는 정성을 진술한 것에 이르러서는 이른바 시사(詩史)[100]라 할 것이며, 그 나머지 경물을 읊고 홍취를 달랜 여러 편들은 음미할

---

96 금릉(金陵)의……이후 : 명(明)나라가 들어선 이후라는 말이다. 금릉은 명나라 수도인 남경을 가리키고, 정삭은 제왕이 나라를 세운 뒤에 새로 반포하는 역법을 말한다.

97 정 오재(鄭五宰) : 포은을 가리킨다. 오재(五宰)는 다섯 번째 재상이라는 말로, 정당문학(政堂文學)을 가리킨다. 포은은 1384년(우왕10) 정당문학에 제수되어 하성절사(賀聖節使)로 명나라에 갔다가 이듬해 4월 돌아왔다.

98 전횡(田橫)……시 : 《포은집》 제1권에 실려 있는 〈전횡도(田橫島)〉, 〈한신묘(韓信墓)〉, 〈이적이 싸우던 곳[李勣戰處]〉 등의 시를 가리킨다. '이적(李績)'은 '이적(李勣)'의 오기인 듯하다.

99 진 교유(陳敎諭)의 웅응시(熊鷹詩) : 《포은집》 제1권에 실려 있는 〈동양역의 매와 곰을 그린 벽화를 진 교유의 운을 써서 노래하다[㠉陽驛壁畫鷹熊歌用陳敎諭韻]〉라는 시를 가리킨다.

100 시사(詩史) : 시로 표현한 역사라는 말로, 두보(杜甫)의 시를 시사라고 부른 데서 유래한다.

수록 남는 맛이 있다.

이에 내가 몹시도 다행스럽게 여기며 곧 말하기를 "종지(宗之)[101]가 공을 따라 서장관(書狀官)이 되었다가 돌아와서 사행길에 지은 시문의 발문을 청하거늘, 공도 나에게 글을 청하는 것을 비루하게 여기지 않았다. 연전(年前)이나 연후(年後)에 도은(陶隱)[102]이 돌아오면 반드시 아끼지 않고 보여 줄 것이다. 내가 비록 문을 닫고 한가하게 누워 있지만 강남 땅 한 구역이 모두 내 눈 가운데에 있게 될 것이니, 어찌 군이 내 몸을 수고롭게 한 뒤라야 내 뜻을 시원스럽게 하겠는가."라고 하였다. 이에 즐겁게 시고의 발문을 쓰노라.

목은(牧隱) 이색(李穡)[103]이 발문을 짓다.

---

101 종지(宗之) : 정도전(鄭道傳, 1342~1398)의 자이다. 호는 삼봉(三峯), 본관은 봉화(奉化), 시호는 문헌(文憲)이다.

102 도은(陶隱) : 이숭인(李崇仁, 1347~1392)의 호이다. 431쪽 주23 참조.

103 이색(李穡) : 1328~1396. 자는 영숙(穎叔), 호는 목은(牧隱), 본관은 한산(韓山), 시호는 문정(文靖)이다. 1341년(충혜왕 복위2) 성균시에 합격하여 대제학, 판삼사사(判三司事) 등을 역임하였다. 조선조에서는 벼슬하지 않아 포은(圃隱), 야은(冶隱)과 함께 삼은(三隱)으로 일컬어진다. 저서로《목은시고(牧隱詩藁)》,《목은문고(牧隱文藁)》가 있다.

포은재기

圃隱齋記

내가 《논어》를 읽다가 번지(樊遲)가 채전(菜田) 가꾸는 법을 배우기를 청하자 공자가 "나는 늙은 원예사만 못하다."라고 한 구절[104]에 이르러서 나는 다음과 같이 생각하였다.

　번지가 성인을 좇아서 배운 지가 오래되었거늘, 인의(仁義)와 예악(禮樂)을 묻지 않고 이런 일에 급급했던 것은 과연 무슨 의미에서였을까. 성인의 뜻은 천하를 잊은 적이 없다는 사실을 번지가 미처 알지 못했던 것인가. 성인이 비록 스스로 "내가 젊었을 때 미천했기 때문에 비루한 일에 능한 것이 많다."[105]라고 하였지만, 위리(委吏)와 승전(乘田)[106]은 모두 관직에 몸담은 사람이니, 관직에 몸담았으면 그 직분을 다해야 하는 것이다. 그 직분을 다하는 것은 단지 성인만 그러할 뿐

104　번지(樊遲)가……구절 : 번지는 공자의 제자로, 이름은 수(須)이다. 《논어》〈자로(子路)〉에 "번지가 농사일을 배우기를 청하자, 공자가 '나는 늙은 농부만 못하다.'라고 하였고, 채전 가꾸는 일을 배우기를 청하자, 공자가 '나는 늙은 원예사만 못하다.'라고 하였다. 번지가 나가자, 공자가 '소인이구나, 번수여.' 하였다.〔樊遲請學稼, 子曰: "吾不如老農." 請學爲圃. 曰: "吾不如老圃." 樊遲出. 子曰: "小人哉, 樊須也!"〕"라고 하였다.

105　내가……많다 : 《논어》〈자로〉에 나온다.

106　위리(委吏)와 승전(乘田) : 위리는 창고를 맡아보는 하급 관리이고, 승전은 가축을 맡아보는 하급 관리이다. 공자가 일찍이 위리가 되어서는 "회계를 합당하게 할 뿐이다."라고 하였고, 승전이 되어서는 "소와 양을 튼튼히 자라게 할 뿐이다."라고 하였다. 《孟子 萬章下》

아니라, 무릇 군자인 자라면 똑같이 그렇게 하는 것이다. 장저(長沮)와 걸닉(桀溺)이 나란히 밭을 갈면서 대답한 말이 공손하지 못하자, 공자가 그들을 책망하기를 "새와 짐승과는 함께 무리 지어 살 수 없다."라고 하였으니,[107] 천하에 마음을 두었던 성인의 뜻이 참으로 지극하다고 할 만하다. 노년이 되어도 세상이 알아주지 않자 시서예악(詩書禮樂)을 산정(刪定)하고 《주역》과 《춘추》를 찬수(讚修)하여 만세에 가르침을 드리웠으니, 이때에 농사를 짓고 채전을 가꾸었을 듯도 하지만 이러한 일이 있었다는 말은 아직 듣지 못하였다. 그렇다면 번지의 질문은 절로 비루할 뿐만 아니라, 또 성인의 뜻을 제대로 알지 못했던 것이 분명하다.

비록 그러하나, 성인은 하늘로 자처하였기 때문에 천하의 일을 볼 때 성취할 수 없는 시기는 없다고 생각하였다. 그래서 공산불요(公山弗擾)가 불렀을 때에도 성급히 배척하지 않았고,[108] 양화(陽貨)가 예물을

---

107 장저(長沮)와……하였으니 : 장저와 걸닉(桀溺)은 초(楚)나라의 은사(隱士)이다. 이들이 밭을 갈고 있을 때 공자가 자로를 시켜 나루터를 묻게 했는데, 공자가 알고 있을 것이라고 비아냥거리며 일러 주지 않았다. 공자가 이 말을 듣고 말하기를 "새와 짐승과는 함께 무리 지어 살 수 없으니, 내가 이 세상 사람들과 함께하지 않고 누구와 함께하겠는가. 천하에 도가 있다면 내 더불어 변역시키려 하지 않을 것이다.〔鳥獸不可與同群, 吾非斯人之徒與而誰與? 天下有道, 丘不與易也.〕"라고 하였다. 《論語 子路》

108 공산불요(公山弗擾)가……않았고 : 공산불요는 노(魯)나라 계씨(季氏)의 가신이다. 공산불요가 비읍(費邑)을 가지고 반란을 일으킨 뒤에 공자를 부르니, 공자가 가려고 하였다. 자로가 기뻐하지 않으며 말하기를 "가실 곳이 없다지만 하필 공산씨(公山氏)에게 가시려고 하십니까."라고 하였다. 공자가 말하기를 "저가 나를 부르는 것은 어찌 공연히 그러겠느냐. 나를 써 주는 사람이 있다면 나는 동쪽의 주나라를 만들 것이다."라고 하였다. 《論語 陽貨》

보냈을 때에도 성급히 거절하지 않았으니,[109] 천년이 지난 뒤에도 오히려 그 고심했던 모습을 상상할 수 있기에 번지의 질문을 비루하게 여긴 것이 마땅하도다.

번지로 말하자면, 그가 자처하는 것이 필시 안자(顔子)와 같기를 감히 바라지 못했을 것이고, 안자도 오히려 누추한 시골에 있었으니,[110] 녹을 구하는 일을 배우지 않고 채전을 가꾸는 일을 배우는 것이 무엇이 문제가 되겠는가. 중유(仲由)와 염구(冉求)가 공자에게 책망을 받았는데,[111] 심지어 북을 울려 죄를 성토하려고까지 하셨다. 번지가 노여워하는 기색을 드러내는 공자를 직접 보고는 마음속으로 '중유와 염구는

---

109 양화(陽貨)가……않았으니 : 양화는 노나라 계씨의 가신이다. 양화가 공자를 불러서 만나 보고자 하였으나 공자가 만나 주지 않았다. 양화가 공자가 집에 없을 때에 삶은 돼지를 선물로 보내자, 공자도 그가 집에 없을 때를 틈타서 사례하러 갔던 일을 말한다. 《論語 陽貨》

110 안자도……있었으니 : 안자는 공자의 제자 안회(顔回)를 가리킨다. 공자가 말하기를 "어질도다, 안회여. 한 그릇의 밥과 한 표주박의 음료로 누추한 시골에 있는 것을 딴 사람들은 그 근심을 견뎌 내지 못하거늘, 안회는 그 즐거움을 변치 않으니, 어질도다, 안회여.〔賢哉, 回也! 一簞食, 一瓢飮, 在陋巷. 人不堪其憂, 回也不改其樂. 賢哉, 回也!〕"라고 하였다. 《論語 雍也》

111 중유(仲由)와……받았는데 : 중유는 공자의 제자인 자로(子路)의 자(字)이다. 자로가 자고(子羔)를 비읍(費邑)의 고을 원으로 삼자, 공자가 "남의 자식을 해치는구나."라고 책망하였다. 자로가 이에 "어찌 굳이 책을 읽은 뒤라야 학문이라 하겠습니까."라는 변명의 말을 하니, 공자가 "이 때문에 말재주 있는 자를 미워하는 것이다."라고 꾸짖었다. 염구(冉求)는 공자의 제자인 염유(冉有)로 자가 자유(子有)이다. 계씨가 주공보다 부유하였는데도 염구가 그를 위하여 세금을 많이 거두어 재산을 늘려 주었다. 공자가 말하기를 "염구는 우리 무리가 아니니, 소자들아, 북을 울려 죄를 성토함이 옳다.〔非吾徒也, 小子鳴鼓而攻之可也.〕"라고 하였다. 《論語 先進》

나의 동렬 중에 뛰어난 사람인데도 오히려 이와 같거늘, 하물며 나 같은 사람이야 어떻겠는가. 벼슬하지 않으면 은둔하고 은둔하지 않으면 벼슬하는 것이니, 물러나서 내가 평생을 보낼 길을 찾는다면 채전 가꾸는 일만 한 것이 없을 것이다.'라고 여긴 것이다. 이에 채전을 가꾸는 방법을 물은 것은 마음속에 쌓였던 것이 밖으로 드러난 것이니, 옷깃을 추스르고 스승에게 배울 때 자신의 처지를 서글퍼하며 망설이고 머뭇거리면서 어쩔 수 없이 질문하던 모습을 또 상상해 볼 수 있다.

《시경》에 말하기를 "많고 많은 선비들이여, 문왕이 이들 때문에 편안하도다."[112]라고 하였으니, 이것이 후대가 주(周)나라의 정치에 미칠 수 없는 까닭이다. 공자 문하의 뛰어난 70인의 제자와 따라서 배운 3000명의 제자[113]로도 채전을 가꾸려는 질문이 그 사이에 일어났으니, 어찌 더욱 슬퍼할 만하지 않겠는가.

오천(烏川) 정달가(鄭達可)는 〈녹명(鹿鳴)〉을 노래 불러[114] 동산을 한 묶음 비단으로 빛냈으며,[115] 장원으로 뽑혀서 문원(文苑)의 영화(英

---

112 많고……편안하도다 : 《시경》〈문왕(文王)〉에 나온다.

113 공자……제자 : 《사기(史記)》권47 〈공자세가(孔子世家)〉에 "공자가 시서예악으로 가르쳤는데, 제자가 대개 3000명이었고, 몸소 육예에 통달한 사람이 72인이었다.〔孔子以詩書禮樂敎, 弟子蓋三千焉, 身通六藝者七十有二人.〕"라고 하였다.

114 녹명(鹿鳴)을 노래 불러 : 향시(鄕試)에 합격한 것을 말한다. 〈녹명〉은 《시경》의 편명으로, 본래 임금이 신하를 위하여 연회를 베풀며 연주하던 악가(樂歌)였다. 후대에는 군현의 장리(長吏)가 향시에 합격한 거인(擧人)들을 초치하여 향음주례(鄕飮酒禮)를 베풀며 그들의 전도(前途)를 축복하는 뜻으로 이 노래를 부르게 하였다.

115 동산을……빛냈으며 : 아직은 미미하나 끝내는 길하게 된다는 말이다. 《주역》〈비괘(賁卦) 육오(六五)〉에 "향리의 동산을 꾸미지만 한 묶음 비단이 조촐하니, 부끄럽지만 끝내 길하리라.〔賁于丘園, 束帛戔戔, 吝終吉.〕"라고 하였다.

華)를 독차지하였으며, 도통(道統)의 실마리를 염락(濂洛)[116]의 근원에서 잇고 제생(諸生)을 시서(詩書)의 동산으로 인도하였다. 더욱이 시를 잘 이해하는 것으로 당세에 칭찬을 받더니, 남경으로 폐백을 받들고 가거나 일본으로 배를 타고 갔을 때 사신의 임무를 독자적으로 처결한 재능은 평소에 시를 외운 효과를 저버리지 않았다고 할 만하다.[117]

언젠가 그가 말하기를 "버드나무를 꺾어 채전에 울타리를 치면 새벽과 밤을 구분함으로 인하여 떳떳함이 있는 천도에 통할 수 있고,[118] 10월에 타작마당을 다지면 추위와 더위의 운행으로 인하여 백성의 농사에 차례가 있음을 알 수 있을 것이다.[119] 백성의 농사가 아래에서 이루어지고 하늘의 도가 위에서 조화롭게 되면 학문의 지극한 공과 성인의 능사가 완성되는 것이니, 내가 이것을 버리고 어디로 가겠는가."라고 하였다. 이에 포은을 재실의 이름으로 삼고 나에게 기문을

---

116 염락(濂洛) : 염락관민(濂洛關閩)으로, 송대(宋代)의 성리학자 또는 성리학을 뜻한다. 염락관민은 중국의 염계(濂溪), 낙양(洛陽), 관중(關中), 민중(閩中)으로, 송대 성리학의 대표적인 네 학자가 살았던 곳이다. 염계 주돈이(周敦頤)는 염계에 살았고, 명도(明道) 정호(程顥)와 이천(伊川) 정이(程頤) 형제는 낙양에 살았고, 횡거(橫渠) 장재(張載)는 관중에 살았고, 회암(晦庵) 주희(朱熹)는 민중에 살았다.

117 사신의……만하다 : 440쪽 주50 참조.

118 버드나무를……있고 : 채전에 울타리를 치는 일이 바로 천도의 떳떳함과 상통할 수 있다는 말이다. 《시경》〈동방미명(東方未明)〉에 "버드나무 가지를 꺾어 채전에 울타리를 치면, 광포한 사람도 두려워하거늘, 새벽과 밤을 구별하지 못하여, 이르지 않으면 너무 늦도다.〔折柳樊圃, 狂夫瞿瞿, 不能辰夜, 不夙則莫.〕"라고 하였다.

119 10월에……것이다 : 10월에 타작마당을 다지는 일을 통하여 치국의 근본인 농사일의 차례를 알 수 있다는 말이다. 《시경》〈칠월(七月)〉에 "9월에는 타작마당을 다지고, 10월에는 벼를 거둬들인다.〔九月築場圃, 十月納禾稼.〕"라고 하였다. '시월(十月)'은 '구월(九月)'의 오기인 듯하다.

청하므로, 내가 다음과 같이 말하였다.

정전(井田)의 법에 2묘(畝) 반(半)은 농지에 있었으니,[120] 이것이 채전이 시작된 연유이지만, 그 당시에도 채전에 은둔한 사람이 있었는지는 알 수 없다. 소보(巢父)와 허유(許由)[121]가 숨어 살았지만 음식은 하루도 없어서는 안 되니, 그들이 농사도 짓고 채전도 가꾸었음을 짐작할 수 있다.

지금 달가가 채전에 숨어 있으면서도 조정에 서서 사도(斯道)를 자임하며 얼굴을 들고 배우는 사람의 스승이 되고 있으니,[122] 진정한 은둔이 아님이 분명하다. 그렇다면 장차 목은이라 하고 도은이라 하는 사람들[123]과 서로 엇비슷해지지 않겠는가.

---

120 정전(井田)의……있었으니 : 주희(朱熹)가 말하기를 "5묘의 집이란 한 가장(家長)이 받는 것이니, 2묘 반은 농지에 있고 2묘 반은 읍내에 있다.〔五畝之宅, 一夫所受, 二畝半在田, 二畝半在邑.〕"라고 하였다. 《孟子集註 梁惠王上》

121 소보(巢父)와 허유(許由) : 요(堯) 임금 때의 은사(隱士)들이다. 요 임금이 제위(帝位)를 맡기려 하자, 허유가 이를 거절하고 더러운 말을 들었다고 귀를 씻으니, 이 말을 들은 소보가 "그대가 만약 높은 언덕 깊은 골짜기에 살아 세상과 통하지 않았다면 누가 그대를 알아볼 수 있었겠는가."라고 꾸짖고는 귀를 씻은 물이 자기 송아지의 입을 더럽힌다고 하여 송아지를 끌고 상류로 올라가서 물을 먹였다고 한다. 《高士傳 卷上 許由》대본에는 '蘇許'로 되어 있는데,《고사전》에 근거하여 '蘇'를 '巢'로 바로잡아 번역하였다.

122 얼굴을……있으니 : 당(唐)나라 유종원(柳宗元)의 〈답위중립서(答韋中立書)〉에 "홀로 한유만이 분발하여 시속을 돌아보지 않고 남의 비웃음을 무릅쓰고서 후학을 불러 모아 〈사설〉을 짓고 이어서 얼굴을 들고 스승이 되었다.〔獨韓愈奮不顧流俗, 犯笑侮, 收召後學, 作師說, 因抗顔而爲師.〕"라고 하였다. 《古文眞寶後集 卷5》

123 목은이라……사람들 : 옛날에 조정에 몸을 숨기거나 시장에 몸을 숨긴 사람이 있었듯이 오늘날 농은(農隱), 초은(樵隱), 야은(壄隱), 목은(牧隱), 도은(陶隱) 등으

기미년(1379, 우왕5) 봄 2월 경신일(庚申日)에 한산(韓山) 목은 이색이 기문을 짓다.

로 자호하여 농부, 초동, 야인, 목부, 도공 등의 사이에 자신을 숨기려는 사람을 말한다. 농은은 최해(崔瀣)의 호이고, 초은은 이인복(李仁復)의 호이고, 야은은 전녹생(田祿生)의 호이다.

사명을 받들고 일본으로 가는 정달가를 전송하는 시의 서문

이숭인

送鄭達可奉使日本詩序 李崇仁

금상(今上) 전하 즉위 4년(1377, 우왕3)째 되는 해 가을 7월에 경상도 수신(帥臣)이 역마로 아뢰기를 "일본국 패가대(霸家臺)[124]의 사자(使者)가 이르렀습니다. 그가 말하기를 '먼 곳의 사자가 온 것을 조정에 아뢰어 주기를 바란다.'라고 하니, 신이 이 지역을 맡고 있기 때문에 감히 보고하지 않을 수 없습니다."라고 하였다. 조신(朝臣)이 대내(大內)에 들어가 고하니, 전하가 이르기를 "패가대는 일본의 거진(巨鎭)이다. 사자가 온 것이 어찌 공연한 일이겠는가. 군현(郡縣)에서 숙식과 거마를 잘 대접하여 올려보내도록 하라."라고 하였다.

도성에 도착하자, 예빈시(禮賓寺)가 사자를 인도하여 궁정(宮廷)의 합문(閤門)에 나아가서 뵙게 하니, 전하가 각별히 위로하였다. 사자가 국서와 예물을 바친 뒤에 나아가서 고하기를 "저희 주장(主將)이 섬 오랑캐가 몰래 도발하여 남의 가옥을 분탕질하고 남의 자식과 부인을 고아와 과부로 만들며, 심지어 근기(近畿) 지역까지 침범한다는 말을 듣고는 분격하기도 하고 부끄러워하기도 하여 마침내 그들을 섬멸할 작정으로 저를 사자로 보내어 군사를 일으킬 시기를 알리게 하였습니다."라고 하였다. 전하가 그 말을 듣고 더욱 가상하게 여겨서 유사(有

---

124 패가대(霸家臺) : 일본 규슈 지방의 하카다(博多) 지역을 지칭하는 말이다. 고려 때 일본의 외교를 관장하던 태재부(太宰府)가 있었다고 한다.

司)에게 명하여 사자에 대한 침식의 등급을 올리도록 하였다.

사자가 한 달 남짓 머물다가 돌아가기를 고하니, 전하가 재상을 불러 말하기를 "보빙(報聘)하는 것은 예법이다. 더구나 지금 교린(交隣)을 도모하며 왜구의 재앙을 그치게 함에 있어서이겠는가. 보빙사(報聘使)는 의당 신중하게 선발해야 할 것이다."라고 하였다. 이에 성균관 대사성 정달가(鄭達可)를 사신으로 가게 하니, 그와 교유하는 벗들이 모두 시를 지어 주면서 나에게 서문을 청하였다.

내가 생각건대, 일본은 나라가 있어 온 지가 아주 오래되었다. 한(漢)나라와 위(魏)나라 때부터 대대로 중국과 교통하였기 때문에 의관과 제도가 찬연하여 볼만한 점이 있다. 지금 패가대의 주장은 영걸하고 씩씩한 사람으로, 한 지방을 맡아 다스리면서 폭란(暴亂)을 없애어 양국의 우호를 이루려고 생각하니, 그 마음 씀씀이가 가상할 뿐이다.

달가는 학문이 고금에 널리 통하며 기상이 순후하고 바르며 말이 온화하고 분명하다. 일찍이 오초(吳楚)를 유람하고 제로(齊魯) 지역을 두루 돌아보아 사마자장(司馬子長)[125]과 같은 풍도가 있으니, 사명(使命)을 받들고 가서 독자적으로 처결하는 것쯤이야 그에게는 부차적인 일일 것이다.

비록 그러하나, 자기 집 방문을 나와서 이웃 마을에 가는 것조차 난색을 표하는 사람이 있지만, 달가는 명을 들은 날로부터 뛸 듯이 기뻐하며 곧바로 자신의 소임으로 여기고 큰 바다를 평탄한 길을 보듯이 할 뿐만이 아니니, 보빙사로 적임자를 얻었다고 할 만하다. 아마 교린을 도모하며 왜구의 재앙을 그치게 하는 일은 발꿈치를 들고 기다

---

125 사마자장(司馬子長) : 440쪽 주49 참조.

릴 수 있을 것이다. 뒷날[126] 태사씨(太史氏)가 간책(簡冊)에다 '일본에 사명을 받들고 간 정몽주'라고 대서특필할 것이니, 이 어찌 위대하지 않겠는가. 이를 이어서 대의(大議)를 건의하고 대정(大政)을 행한다면, 장차 대서특필하고 누차 기록하는 일이 한두 번에 그치지 않을 것이니, 달가는 이 말을 기억해 둘지어다.

126　뛸 듯이……뒷날 : 대본에는 없는데, 이숭인(李崇仁)의 〈송정달가봉사일본시서 (送鄭達可奉使日本詩序)〉에 근거하여 '躍躍然直以爲己任 視其溟渤 不趐若坦塗然 聘使 可謂得人矣 其通隣好息寇栽 可蹻足待也 他日'을 보충하여 번역하였다. 《陶隱集 卷4》

〈포은기〉 뒤에 적다 3장이고 1장은 4구이다. 목은

題圃隱記後 三章章四句 牧隱

혼동강[127] 물가에는 누런 모래 쌓여 있고	混同江上黃沙堆
금 쟁반에는 양락과 타봉이 담겨 있네	金盤羊酪駝峯䫂
중원에는 뽕과 삼밭이 삼만 리나 되거늘	中原桑麻三萬里
청문의 오이밭엔 지금 푸른 이끼 끼었네[128]	青門瓜地今蒼苔

강산은 곳곳이 내 꿈속에 들어오지만	江山到處入吾夢
채소 과일은 언제쯤 스스로 심을런고	蔬果幾時能自種
가뭄이 들지 않으면 홍수가 넘치리니	不有旱乾有水溢
장차 두레박틀 쓰든가 동이를 안으리	將用桔橰將抱甕

오이 심는 그윽한 흥취는 아직도 그립노니	種瓜幽興尚依依

---

127 혼동강(混同江) : 백두산에서 발원하여 흑룡강으로 들어가는 강이다. 《성호사설 (星湖僿說)》권1 〈천지문(天地門) 흑룡강원(黑龍江源)〉에 "백두산에서 북으로 흐르는 물이 혼동강으로, 흑룡강과 합쳐진다.〔白頭之水北流者爲混同江, 與黑龍江合.〕"라고 하였다.

128 청문(青門)의……끼었네 : 고향의 오이밭이 지금 거칠어졌다는 말이다. 청문은 한(漢)나라 장안의 동남쪽 성문 이름이다. 진(秦)나라 동릉후(東陵侯) 소평(召平)이 진나라가 망하자 스스로 물러나 포의(布衣)로 지내며 장안성 동쪽에 오이를 심었는데, 오이가 맛이 좋았기 때문에 사람들이 청문과(青門瓜) 혹은 동릉과(東陵瓜)라고 불렀다. 《史記 卷53 蕭相國世家》 '청문의 오이밭'은 벼슬을 버리고 전원에 은거하는 고사로 많이 쓰인다.

중서성에 숙직하며 빗소리 듣던 때이었네	夜直中書聞雨時
백발이 된 지금까지도 떠나가지 못한 채	白髮如今尙未去
높이 읊조려 또 오천을 위한 시를 짓노라	高吟又賦烏川詩

을미년(1355, 공민왕4) 봄에 내가 중서사인(中書舍人)으로 중서성에 입직하다가 빗소리를 들으며 "오이 심는 그윽한 흥취 동하나니, 조그마한 채전이 강성에 있다네.〔種瓜幽興動 小圃在江城〕"라는 시구를 읊었었다. 달가(達可)가 지금 산기(散騎)[129]가 되었기 때문에 언급한 것이다.

---

129 산기(散騎) : 〈연보고이〉 무오년(1378, 우왕4) 조에 "7월 우산기상시 보문각제학 지제교(右散騎常侍寶文閣提學知製教)에 제수되었다."라고 하였다.

정 산기를 생각하다 3수 목은

憶鄭散騎 三首 牧隱

비 갠 하늘의 바람과 달[130] 같은 정 오천은　　　　　光風霽月鄭烏川
경전 홀로 연구하여 끊어진 도학 이었네　　　　　獨究遺編續不傳
일찍이 병든 나와 성균관에서 종유하여[131]　　　　曾與病軀游泮水
어느덧 교분 맺은 지 이미 여러 해로다　　　　　　故承交契已多年
배 타고 사신 가서 동쪽 일본을 보았고[132]　　　　浮舟出使東看日
남경 갔다가 생환함은 하늘의 보우였네[133]　　　　赴闕生還上有天
어찌 자장의 소탕한 기상을 부러워하랴[134]　　　　肯羨子長疏蕩氣

---

130 비……달 : '비 갠 하늘의 바람과 달'은 도량이 넓고 시원하여 거리낌이 없음을
비유하는 말이다. 송(宋)나라 황정견(黃庭堅)이 주돈이(周敦頤)를 평하기를 "인품이
매우 높아 가슴속이 시원함이 마치 비 갠 하늘의 맑은 바람과 밝은 달과 같다.〔人品甚
高, 胸懷灑落, 如光風霽月.〕"라고 하였다. 《宋史 卷427 道學列傳 周敦頤》

131 일찍이……종유하여 : 〈연보고이〉 정미년(1367, 공민왕16) 조에 의하면, 그해에
포은이 성균관 박사에 제수되었는데, 이때 이색이 대사성이었다.

132 배……보았고 : 〈연보고이〉 정사년(1377, 우왕3) 조에 의하면, 그해 9월 포은이
일본에 사신으로 갔다가 이듬해 7월에 돌아왔다.

133 남경……보우였네 : 〈연보고이〉 임자년(1372, 공민왕21) 조에 의하면, 그해 3월
포은이 서장관으로 명나라 남경에 사신으로 갔다가 돌아오는 길에 풍랑을 만나 구사일
생으로 살아서 이듬해 7월 돌아왔다.

134 어찌……부러워하랴 : 포은이 사방으로 유람하는 것은 자장(子長)의 소탕(疏蕩)
한 기상을 부러워해서가 아니라는 말이다. 자장은 《사기》를 지은 사마천의 자이고,
소탕은 대범하고 호탕함을 말한다. '소탕한 기상'은 소철(蘇轍)의 〈상추밀한태위서(上
樞密韓太尉書)〉에 "사마천은 천하의 명산대천을 두루 유람하고, 연조(燕趙)의 호걸들

단지 홍망을 갖고 문선왕을 바라볼 테니[135]　　　直將興喪望文宣

밤낮으로 흘러가는 건 온갖 냇물이지만　　　　　畫夜奔流是百川
현묘하고 참된 이치는 심전에 달려 있네[136]　　　眞幾妙處在心傳
이미 많은 일들을 무사하게 이루었으니　　　　　已敎多事爲無事
점점 올해가 작년보다 나아진 줄 알겠네　　　　　漸覺今年勝去年
앵무주 가에는 향기로운 풀이 아득하고　　　　　鸚鵡洲邊杳芳草
봉황지 위에는 맑은 하늘이 탁 트였네　　　　　　鳳凰池上豁晴天
인간의 화복은 응당 두루 겪었을 테니　　　　　　人間禍福嘗應遍
중선을 본받아 〈등루부〉는 짓지 마세나[137]　　莫賦登樓學仲宣

과 교유하였기 때문에 그의 문장은 소탕하여 자못 뛰어난 기상이 있다."라고 한 데서
온 말이다. 《古文眞寶後集 卷9》

135　홍망(興亡)을……테니 : 공자처럼 사문(斯文)의 홍망을 책임지려 할 뿐이라는
말이다. 문선왕(文宣王)은 공자의 시호이다. 공자가 광(匡) 땅에서 곤란한 일을 당했을
때 말하기를 "문왕이 이미 돌아가셨으니, 문이 이 몸에 있지 않겠는가. 하늘이 사문을
없애려 하였다면 내가 사문에 참여하지 못했을 것이나 하늘이 사문을 없애려 하지 않으
시니, 광 땅 사람이 나를 어찌하겠는가.〔文王旣沒, 文不在玆乎? 天之將喪斯文也, 後死
者不得與於斯文也, 天之未喪斯文也, 匡人其如予何?〕"라고 하였다. 《論語 子罕》 여기
서의 문(文)은 곧 도(道)를 뜻한다.

136　밤낮으로……있네 : 만물의 이치가 흘러가는 냇물처럼 간단없이 드러나지만 그
속의 현묘한 이치는 마음을 통해서만 알 수 있다는 것이다. 심전(心傳)은 마음에서
마음으로 전해지는 성인(聖人)의 심법(心法)을 말한다.

137　중선(仲宣)을……마세나 : 중선은 삼국 시대 건안칠자(建安七子)의 한 사람인
왕찬(王粲)의 자이다. 그는 형주(荊州)에서 피난할 때에 성루에 올라 고향을 생각하며
〈등루부(登樓賦)〉를 지었다고 한다.

늘그막에 《주역》 배우며 이천을 사모하니   老來易學¹³⁸慕伊川

복희씨의 팔괘를 가지고 소전을 잇겠구려¹³⁹   義畫仍將繼邵傳

강후에게 말을 하사하며 세 번이나 접견하고¹⁴⁰   馬錫康侯三見接

여자가 곧아 시집가지 않다가 십 년을 지냈네¹⁴¹ 女貞不字十經年

이합집산이 있음은 누가 만들어 낸 것인가   有離有合誰爲地

길흉화복을 보여 줌은 모두 하늘의 뜻일세   示吉示凶皆是天

병이 깊어 학업 못 마침이 한이 될 뿐이니   只恨病深難卒業

감히 남는 힘으로 임금의 사업을 돕겠는가   敢將餘力贊蕃宣

    정 산기가 《주역》에 밝기 때문에 언급한 것이다.

---

138 易學 : 《목은시고(牧隱詩藁)》에는 '學易'으로 되어 있다.

139 늘그막에……잇겠구려 : 이천(伊川)은 북송의 정이(程頤)의 호로, 《역전(易傳)》
을 저술하였다. '소전(邵傳)'은 '소옹(邵雍)이 전하다'라는 뜻으로, 주희의 〈원상찬(原
象贊)〉에 "소옹은 복희씨(伏羲氏)의 팔괘를 전하고, 정이는 문왕의 《주역》을 부연했
네.〔邵傳義畫, 程演周經.〕"라고 한 데서 온 말이다. 소옹이 《주역》에 정통하여 복희씨
의 역을 선천역(先天易)이라 하고 문왕의 역을 후천역(後天易)이라 하며 〈복희선천괘
위도(伏羲先天卦位圖)〉를 만들었다.

140 강후(康侯)에게……접견하고 : 임금을 잘 받들어 임금의 총애를 받는다는 말이
다. 강후는 나라를 다스려서 편안하게 하는 제후이다. 《주역》〈진괘(晉卦) 괘사(卦
辭)〉에 "진은 강후에게 말을 많이 하사하고 낮에 세 번 접견하도다.〔晉康侯用錫馬蕃庶,
晝日三接.〕"라고 하였다.

141 여자가……지냈네 : 어려운 시국을 침착하게 잘 대처해 나간다는 말이다. 《주역》
〈둔괘(屯卦) 육이(六二)〉에 "여자가 곧아서 시집가지 않다가 십 년이 되어서야 시집을
가도다.〔女子貞, 不字, 十年乃字.〕"라고 하였다.

밀직에 제수된 정포은[142]을 삼가 축하하다 목은

奉賀鄭圃隱拜密直 牧隱

사문의 흥망성쇠는 저 하늘에 달려 있으니	斯文興喪在蒼天
병중에 오직 후현에게 기대할 줄만 안다네	病裏唯知望後賢
노포[143]는 본래부터 《주역》의 이치에 밝으니	老圃自來明易理
권도를 행할 만하면 곧 권도를 행하리라	可行權處卽行權
먼지 쌓인 경전의 벽엔 비가 많이 스미고	塵埋聖籍壁多雨
풀 무성한 학궁의 뜰엔 연기가 절반일세	草茂儒宮庭半煙
폐단의 뿌리 없애는 일은 내 능력 밖이니	剗去弊根非我力
우리의 도를 중흥할 날은 그 어느 해일까	中興吾道是何年

---

142 밀직(密直)에 제수된 정포은(鄭圃隱) : 〈연보고이〉 경신년(1380, 우왕6) 조에 "11월 밀직사제학 상의회의도감사 보문각제학 상호군(密直司提學商議會議都監事寶文閣提學 上護軍)에 제수되었다."라고 하였다.

143 노포(老圃) : 채소밭 가꾸는 늙은이로, 여기서는 포은을 가리킨다.

포은에게 부치다 둔촌

寄圃隱 遁村

병든 이 사람은 한 구역만 지킬 줄 아니	病客唯知守一區
세간의 영광과 욕됨은 뜬구름과 같구려	世間榮辱等雲浮
저물녘의 강과 바다에 바람물결 고약하니	晚來江海風波惡
어느 곳 깊은 굽이에 낚싯배를 맬 것인가	何處深灣繫釣舟

남쪽으로 가며[144] 포은께 드리다 2수 도은

南行 呈圃隱 二首 陶隱

두 귀밑머리 근년에 한층 더 희어졌는데　　　兩鬢年來雪一層
질병이 다시 침범하여 견디지 못하겠네　　　不堪羸疾更侵陵
어느 집이 강남의 약을 비축해 놓았을까　　　誰家解畜江南藥
늙음을 물리치려면 영흥을 배워야 하리[145]　　却老吾當學永興

선생이 손수 한 장의 거문고를 타시니　　　先生手撫一張琴
자리 위의 제공이 다시 옷깃을 여미네　　　座上諸公更整襟
우습구나 십 년 동안 쟁적[146]만 듣던 귀가　　自笑十年箏笛耳
문득 오늘에서야 맑은 소리 듣게 됨이　　　却於今日聽淸音

144　남쪽으로 가며 : 이숭인이 영흥군(永興君)의 사건에 연루되어 경산부(京山府)로
귀양 가는 것을 말한다.

145　늙음을……하리 : 영흥(永興)은 고려의 종실(宗室)인 영흥군 왕환(王環)을 가리
킨다. 교서관본과 《도은집》의 주석에 "고려의 왕족 중에 영흥군이라는 사람이 있었는
데, 일본에 포로로 잡혀간 지 매우 오래되어 국인이 그의 생사를 알지 못하였다. 기사년
(1389, 창왕1)에 일본에서 온 어떤 사람이 자기가 영흥군이라고 말하니, 국인이 의심하
였다. 선생 또한 그 진위를 알아보려고 '생년을 따져 보면 지금 늙었어야 할 텐데 모습이
노쇠하지 않으니, 어찌된 것인가?'라고 물었더니, 대답하기를 '내가 강남의 약을 복용
했기 때문에 늙음을 물리칠 수 있었다.'라고 하였다. 이 일이 조정에 보고되자, 헌사에
내려보내어 사실을 밝히게 하였다. 선생이 이 일에 연루되어 남쪽으로 유배되었다.
지금 이 시에 그 말을 인용한 것은 대개 풍자한 것이다."라고 하였다.

146　쟁적(箏笛) : 아쟁과 피리 등의 세속의 음악 소리를 말한다. 소식(蘇軾)의 〈청현
사금(聽賢師琴)〉에 "집에 돌아가면 우선 천 곡의 물을 찾아다, 종전의 쟁적만 듣던 귀를
깨끗이 씻으리라.[歸家且覓千斛水, 淨洗從前箏笛耳.]"라고 하였다.《東坡全集 卷6》

포은 상국의 복직을 축하하다 강호인[147]

賀圃隱相國復職 康好仁

험한 곳에 처하여 겸퇴하기를 생각하고	處險思謙退
어진 마음을 미루어 궁액을 구제해 주네	推仁救阨窮
재목이 능히 큰 집을 부지할 수 있으니	材能扶大廈
풀 줄기가 어찌 큰 종을 범할 수 있으랴[148]	莛豈犯鴻鍾
임금을 보좌함에 충성이 더욱 간절하니	補袞誠彌切
옷깃을 드리운 것처럼 덕이 곧 같으리라[149]	垂衣德卽同
삼봉에서 임금의 수레를 모시고 있으니[150]	三峯迎玉輦
아름다운 기운이 하늘 동쪽으로 향하네	佳氣向天東

---

147 강호인(康好仁) : '강호문(康好文)'의 오기인 듯하다. 강호문의 자는 자야(子埜), 호는 매계(梅溪), 벼슬은 판전교시사를 지냈다.

148 풀……있으랴 : 보잘것없는 사람들이 포은을 끝내 범할 수 없다는 것이다. 이는 한(漢)나라 동방삭(東方朔)이 〈답객난(答客難)〉에 "대롱으로 하늘을 엿보며, 바가지로 바닷물을 헤아리며, 풀 줄기로 종을 치는 격이다.〔以管窺天, 以蠡測海, 以莛撞鍾.〕"라고 한 말을 차용한 것이다.《古文集成 卷77》

149 옷깃을……같으리라 : 임금의 덕이 요순과 같아질 것이라는 말이다.《주역》〈계사전 하(繫辭傳下)〉에 "황제와 요순이 의상을 드리우고 있으매 천하가 잘 다스려졌다.〔黃帝堯舜, 垂衣裳而天下治.〕"라고 하였다.

150 삼봉(三峯)에서……있으니 : 포은이 복직되어 남도(南都)에서 호가(扈駕)한 것을 말한다. 삼봉은 삼각산(三角山)으로 추정된다.

또 권근[151]

又 權近

재명으로 일찍이 칭찬이 자자했고	才名曾藉甚
경술에는 끝까지 연구를 다하였지	經術極研窮
명망이 무거워서 정승이 되었고	望重調殷鼎
공덕이 드높아 큰 종[152]에 새겨졌네	功高上景鍾
자신이 빠뜨린 양 백성을 구제하니[153]	拯沈猶己溺
주장하는 의론이 어찌 부화뇌동이랴	持論豈雷同
신발을 끌어 임금의 총애를 받으니[154]	曳履承天寵
아름다운 명성이 해동에 떨쳐지도다	休聲振海東

---

151 권근(權近) : 1352~1409. 자는 가원(可遠), 호는 양촌(陽村), 본관은 안동(安東), 시호는 문충(文忠)이다. 저서로 《양촌집(陽村集)》 등이 있다.

152 큰 종 : 춘추 시대 진(晉)나라 경공(景公)이 진(秦)나라 군사를 물리친 위과(魏顆)의 공훈을 새긴 종이다. 《國語 晉語7》

153 자신이……구제하니 : 맹자가 말하기를 "우왕은 천하에 물에 빠진 사람이 있으면 마치 자신이 그를 빠뜨린 것처럼 생각하였다.〔禹思天下有溺者, 由己溺之也.〕"라고 하였다. 《孟子 離婁下》

154 신발을……받으니 : 자주 충간(忠諫)하여 임금의 총애를 받았다는 말이다. 한(漢)나라 정숭(鄭崇)이 애제(哀帝) 때 상서복야(尙書僕射)가 되어 자주 애제를 찾아가서 직간(直諫)하자, 애제가 그의 가죽 신발 끄는 소리만 듣고도 웃으면서 "나는 정상서(鄭尙書)의 신발 소리인 줄 알겠다."라고 하였다. 《漢書 卷77 鄭崇傳》

좌주 포은 상국 댁의 연회석에서 권우[155]

座主圃隱相國宅席上 權遇

고려 왕실을 거듭 일으킨 시중의 집안	重興宗國侍中家
덕이 두터워 광채 흐름[156]을 세상이 다 자랑하네	德厚流光世盡誇
붉은 촛불과 푸른 술병에 비단 자리 펼쳐지고	紅燭靑樽開錦席
애절하고 급박한 관현악에 신선 노래 섞여 있네	哀絲急管雜仙歌
문생이 축수 올릴 때에 가득한 술잔 넘쳐 나고	門生獻壽深杯溢
좌객이 시를 읊을 때에 취한 모자가 기울었네	座客吟詩醉帽斜
이날 모임은 응당 다시 뒷날을 기약할 것이니	此會更應期後日
봄바람에 복사꽃 오얏꽃 정히 번화한 때이리라	春風桃李政繁華

---

155 권우(權遇) : 1363~1419. 자는 중려(仲慮), 호는 매헌(梅軒), 본관은 안동(安東)이다. 어려서 형인 권근(權近)에게 수학하다가 자라서는 포은의 문하에서 수학하였다. 1385년(우왕11) 문과에 급제하여 성균관 박사, 군자감 승 등을 역임하였고, 조선조에서는 성균관 대사성, 세자빈객 등을 역임하였다. 저서로 《매헌집(梅軒集)》이 있다.
156 덕이……흐름 : 《춘추곡량전(春秋穀梁傳)》 희공(僖公) 15년에 "덕이 두터운 자는 광채가 흐른다.〔德厚者流光.〕"라고 하였다.

포은 선생의 옛집을 찾아갔을 때 지은 소부 유방선[157]

訪圃隱先生舊居小賦 柳方善

새벽에 일어나 세수하고 빗질하고 의관을 갖춘 뒤　晨興盥櫛而衣冠兮

고요한 방에 앉아 향을 피우고　坐靜室以焚香

《주역》의 두어 괘를 읽어 가다가　讀周易之數卦兮

갑자기 졸음이 와서 안석에 기대었네　奄瞌睡而憑床

헌걸찬 신선 한 사람이 꿈속에 나타나　夢一羽人頎而長兮

나에게 읍하고 충고의 말을 고하기를　揖我告我以言之昌

지금 계절이 바야흐로 봄날이 되어　曰今天氣之方春兮

화초와 수목이 온 들판에 무성하니　花木滿野以紛芳

실로 노래하고 술 마시며 즐겨야 하건만　固宜狂歌痛飮以自樂兮

또한 어찌하여 글자와 글줄만 찾고 있나　亦奚爲乎數墨而尋行

덧없는 인생이 그냥 꿈속 같거늘　浮生若夢兮

마침내 배운들 어디에 쓸까 하네　竟學何施

갑자기 깨어서 깊이 생각해 보니　欻焉覺而深思兮

어찌 그 말이 나를 속인 것이랴　豈其言之我欺

결국 지나간 일은 다시 좇을 수 없지만　果已往之不可復追兮

157　유방선(柳方善) : 1388~1443. 자는 자계(子繼), 호는 태재(泰齋), 본관은 서산(瑞山)이다. 변계량(卞季良), 권근(權近) 등에게 수학하여 일찍부터 문명이 높았다. 1405년(태종5) 국자사마시(國子司馬試)에 입격하였고, 뒤에 유일(遺逸)로 주부(主簿)에 천거되었으나 나아가지 않았다. 저서로 《태재집(泰齋集)》이 있다.

응당 다가올 일은 거의 바랄 수 있으리　　　　　　當來者之庶幾

노복에게 술병을 들리고　　　　　　　　　　　　佩僕夫以酒壺兮

돌길을 대 가마로 울리며　　　　　　　　　　　　鳴石徑以筍車

남쪽 내를 건너 버드나무 찾아보고　　　　　　　　涉南川而問柳兮

동쪽 언덕에 올라가서 꽃을 찾다가　　　　　　　　登東岡而尋花

홀연히 길이 막혀 멈추어 보니　　　　　　　　　　忽中道而坎止兮

바로 포은 선생의 옛집이로다　　　　　　　　　　迺圃隱之舊家

이에 걸음 돌려 이리저리 서성이니　　　　　　　　爰回步而彷徨兮

마음에 울분이 쌓여 탄식을 더하네　　　　　　　　心蘊憤而增嗟

묘당에 앉아 백관을 진퇴시킬 때에　　　　方其坐廟堂而進退百官兮

호령은 천둥이 치듯 위엄이 있었고　　　　　　　　號令馳其霆雷

기뻐하면 상을 주고 노하면 형벌을 내려서　　　　喜有賞而怒有刑兮

온화한 햇볕과 찬 서리가 번갈아 펼쳐졌지　　　　陽和霜凜之迭開

태학을 세워서 도학을 강론함으로써　　　　　　　立大學以講道兮

사문을 무너지는 데에서 부지하였고　　　　　　　扶斯文於敗頹

이역에 사신 가서 의리로 깨우쳐서　　　　　　　　聘異域而諭義兮

왜인이 신하라 칭하며 함께 왔었네　　　　　　　　椎髻稱臣而咸來

우리나라 예악 문물이 힘입어 구비되니　吾東方禮樂典章賴以大備兮

참으로 임금을 보좌할 탁월한 재주였거늘　　　　信王佐之偉才

하늘이 어찌 돌보지 않아 갑자기 돌아가셨나　　天何不弔而遽隕兮

지사와 석인이 모두 사직을 위해 애통해하네

　　　　　　　　　　　　志士碩人莫不爲社稷而肝摧

지금 그 세월이 얼마나 지났는가마는　　　　　　今歲月之幾何

사모하는 이내 마음 더욱더 깊게 하네　　　　　　令人思慕之益深

황량한 잡초 속에 옛집이 묻혀 있는데 宅舍沒於榛蕪兮

매화와 대나무만 홀로 무성히 자랐네 獨梅竹之蕭森

아아 사물을 보고서 회포를 일으킴이여 羌覽物而興懷兮

종일토록 어루만지며 서글피 읊조리네 終日攀撫而悲吟

산초 술을 부어서 한잔을 올리나니 瀉椒漿而奠一杯兮

참으로 곧은 넋은 필시 흠향하리라 諒貞魂之必歆

슬프도다 오늘날의 벼슬하는 사람들 哀今之爲仕兮

누가 수까마귀며 누가 암까마귀던가[158] 誰爲雌而誰雄

임금의 녹을 먹으면서 많지 않을까 두려워할 뿐 食君之祿恐不隆兮

실제 한 치의 공로조차 바치지 못하고 實未效於寸功

임금의 벼슬을 구하면서 높지 못할까 걱정할 뿐 徼君之爵患不崇兮

도리어 제 몸을 닦는 데엔 모자람이 있네 顧有闕於飭躬

오직 이익을 좇고 해를 피할 줄만 아니 唯知趨利而避害兮

어찌 무지한 사람들을 논박할 게 있으랴 何蠢蠢之足攻

오호라 죽고 사는 것이 또한 큰일이니 嗚呼死生亦大矣

그 누군들 죽음을 싫어하지 않으랴마는 孰不惡死兮

군자는 충절을 위해 죽기를 즐거워하고 君子樂死於忠

그 누구인들 살기를 원하지 않으랴마는 孰不欲生兮

장부는 또 구차히 용납됨을 부끄러워하네 丈夫且恥其苟容

몸을 죽여서 인을 이룰 수 있는 사람[159] 能殺身以成仁兮

---

158 누가……암까마귀던가 : 누가 좋은 신하인지 나쁜 신하인지 구분하기 어렵다는 것이다. 《시경》〈정월(正月)〉에 "모두 자신이 성인이라고 하니, 누가 까마귀의 암수를 알리오.〔具曰 "予聖, 誰知烏之雌雄?"〕"라고 하였다.

세상에 공과 같은 분이 몇이나 있을까 　　　　　　世有幾其如公

저승에서 돌아오실 수 없음을 개탄하노니 　　　　慨九原之不可作兮

내가 장차 누구를 좇을 것인가 　　　　　　　　　余將曷從

　　자주(自註) : 선생이 손수 심은 매화나무와 대나무가 아직 남아 있기 때문
　　에 편 중에 언급하였다.

---

159 몸을……사람 : 공자가 말하기를 "뜻있는 선비와 어진 사람은 삶을 구하여 인을
해침이 없고, 몸을 죽여서 인을 이룸이 있다.〔志士仁人, 無求生以害仁, 有殺身以成
仁.〕"라고 하였다. 《論語 衛靈公》

포은 선생의 효자비각¹⁶⁰에 적다 손순효¹⁶¹

題圃隱先生孝子碑閣 孫舜孝

문 승상(文丞相)¹⁶²과 충의백(忠義伯)¹⁶³ 두 선생은 간담(肝膽)이 서로 통하는 분이시라. 일신의 안위를 잊고 사람의 표준을 세웠으니, 천만 세대가 지나도 경앙(景仰)해 마지않으리라. 오직 이익이 있는 곳이면 고금(古今)이 모두 달려가지만, 맑은 서리 흰 눈 속에도 송백처럼 푸르고 푸르렀네. 집 한 칸을 지어 비바람을 막으려 하니, 공의 영령이 편안하시면 우리들 마음도 편안하리라.

---

160 효자비각(孝子碑閣) : 〈연보고이〉 비조(碑條)에 "하나는 효자비이다. 영천의 구택(舊宅) 정문(旌門) 아래에 있다. 홍무 기사년(1389, 공양왕1)에 태수 정유(鄭宥)가 세운 것으로 '효자리(孝子里)'라고 적었다. 그 뒤에 쓰러져 있던 것을 성화(成化) 정미년(1487, 성종18)에 손순효(孫舜孝)가 관찰사로 이곳에 이르렀다가 꿈에 선생을 만나고는 마을 늙은이를 따라 이 비석을 밭이랑 가운데서 찾아 다시 세우고 집을 지어 보호하였다."라고 하였다.

161 손순효(孫舜孝) : 1427~1497. 자는 경보(敬甫), 호는 물재(勿齋), 본관은 평해(平海)이다. 1457년(세조3) 문과에 급제하여 도승지, 병조 판서, 의정부 좌참찬 등을 역임하였다.

162 문 승상(文丞相) : 남송 말의 충신인 문천상(文天祥)을 가리킨다. 원(元)나라에 항전하다가 패하여 3년 동안 연옥(燕獄)에 갇혔으나 끝내 굴복하지 않아 처형당하였다. 저서로 《문산집(文山集)》이 있다.

163 충의백(忠義伯) : 포은의 작호이다.

용비어천가

龍飛御天歌

선생과 관련된 일의 대략을 붙이다.

공양왕(恭讓王) 때에 수시중(守侍中) 정몽주가 태조의 위엄과 덕망이
날로 성대해져서 중외(中外)의 민심이 돌아가는 것을 꺼려서 그의 무
리들과 함께 모의하여 태조에게 위해(危害)를 가하려고 하였다. 태조
가 세자(世子) 석(奭)이 명(明)나라에 조회하고 돌아올 때에 황주(黃
州)로 나가서 맞이하고 드디어 해주(海州)에서 사냥하다가 말에서 떨
어졌다. 정몽주가 이 소식을 듣고 기쁜 기색을 띠며 사람을 보내어
대간(臺諫)에게 사주하기를 "이성계가 지금 말에서 떨어져 병이 위독
하니, 의당 먼저 그의 우익(羽翼)인 조준(趙浚) 등을 없앤 뒤라야 곧
도모할 수 있을 것이다."라고 하였다. 이에 삼사 좌사(三司左使) 조준,
전 정당문학(政堂文學) 정도전(鄭道傳), 전 밀직사 부사(密直司副使)
남은(南誾), 전 예조 판서 윤소종(尹紹宗), 전 판전교시사(判典校寺
事) 남재(南在), 청주 목사 조박(趙璞)을 탄핵하였다. 왕이 그 글을
도당(都堂)에 내려보내니, 정몽주가 중간에서 부채질하여 장차 조준
등 6인을 모두 먼 곳으로 귀양 보내고 그 무리 순군 천호(巡軍千戶)
김귀련(金龜聯), 형조 정랑 이반(李蟠) 등을 나누어 보내어 폄소(貶
所)에서 국문(鞫問)하여 장차 죽이고자 하였다.

　당시 태종이 제릉(齊陵)[164] 곁에서 시묘(侍墓)하다가 태조가 말에서

164　제릉(齊陵) : 조선 태조의 비(妃)인 신의왕후(神懿王后)의 능이다. 현재 북한의

떨어져서 돌아온다는 소식과 태조가 서울에 들어오는 날에 정몽주가 난을 일으키려 한다는 소문을 듣고는 곧 달려가서 태조가 벽란도(碧瀾渡)에 이르렀을 때에 맞이하여 정몽주의 모의를 고하니, 태조가 병을 무릅쓰고 밤새도록 행차하여 날이 밝기 전에 서울에 들어왔다.

정몽주가 성헌(省憲 대간(臺諫))을 사주하여 번갈아 글을 올려 조준과 정도전 등을 처벌하기를 청하게 하였다. 태조가 말하기를 "이와 같은 무고(誣告)는 분변하지 않을 수 없다."라고 하고 조정에 나가려 하였으나 병 때문에 일어날 수 없어 공정대왕(恭靖大王)[165] 및 판의덕부사(判懿德府事) 이화(李和),[166] 전 밀직사 부사 이제(李濟),[167] 지밀직사사 황희석(黃希碩), 예조 판서 조규(趙珪) 등을 보내어 대궐에 나아가게 하여 아뢰기를 "지금 성헌에서 조준이 전하를 옹립할 때 다른 사람을 세울 의논을 하자 신이 저지하였다고 논핵하니, 조준이 의논한 사람은 어떤 사람이며, 신이 저지하는 말을 들은 사람은 누구입니까. 청컨대, 조준 등을 불러 대간과 시비를 분명히 가리소서."라고 하고 두세 번 되풀이했으나 왕이 듣지 않았다.

참소와 모함이 더욱 위급하여 화를 장차 예측할 수 없게 되자, 태종이 홀로 들어가서 정몽주를 죽이기를 은밀히 청하였으나 태조가 들어주지 않으며 말하기를 "죽고 사는 것은 천명에 달려 있으니, 다만 순리

황해북도 개풍군 상도면(上道面) 풍천리(楓川里)에 있다.

165 공정대왕(恭靖大王) : 조선 정종(定宗)의 시호이다.

166 이화(李和) : 1348∼1408. 호는 이요정(二樂亭), 본관은 전주(全州)이다. 이성계의 이복동생으로, 개국 공신 1등에 서훈되고 의안군(義安君)에 봉해졌다.

167 이제(李濟) : ?∼1398. 본관은 성주(星州)이다. 이성계의 셋째 딸 경순공주(慶順公主)의 부마로, 개국 공신 1등에 서훈되고, 흥안군(興安君)에 봉해졌다.

대로 받아들여야 할 뿐이다."라고 하였다. 태종이 서너 번을 굳이 청했으나 태조가 끝내 들어주지 않고 태종에게 명하기를 "빨리 돌아가서 너의 상사(喪事)를 마치도록 하라."라고 하였다.

태종이 어쩔 수 없이 나와서 숭교리(崇敎里)의 옛 저택(邸宅)에 이르러 사랑에 앉아 근심하며 결정하지 못하고 있었다. 조금 뒤에 문을 두드리는 소리가 나기에 급히 나가서 보니, 바로 광흥창사(廣興倉使) 정탁(鄭擢)이었다. 그가 극언하기를 "백성의 이해(利害)가 이때에 결정될 것인데도 소인들이 저와 같이 난을 꾸미니, 공은 어디로 가시겠습니까. 왕후장상(王侯將相)이 어찌 씨가 있겠습니까."라고 하였다.

태종이 즉시 태조의 저택으로 돌아가서 이화와 공정대왕 및 이제에게 말하기를 "아버님이 내 말을 듣지 않으시지만, 정몽주는 죽이지 않을 수 없으니, 내가 응당 그 허물을 감당하겠다."라고 하였다. 이화와 공정대왕 및 이제가 모두 허락하니, 휘하의 인사인 판전객시사(判典客寺事) 조영규(趙英珪) 등을 불러 말하기를 "이씨가 왕실에 충성한 것은 나라 사람들이 알고 있는 바이지만 지금 정몽주에게 모함을 당하여 악명이 더해지고 있으니 후세에 누가 분변할 수 있겠는가. 휘하의 인사가 많으니, 이씨를 위하여 힘을 다할 사람이 어찌 하나 없겠는가."라고 하였다. 조영규가 개연(慨然)히 말하기를 "원컨대 힘을 다하겠습니다." 라고 하니, 태종이 조영규, 해주 목사 조영무(趙英茂), 중랑장 고려(高呂), 판군기시사 이부(李敷) 등으로 하여금 도평의사사(都評議使司) 에 들어가서 정몽주를 치게 하였다. 갑자기 행인을 물리치는 소리가 있기에 나가서 살펴보니 정몽주가 대문 밖에 이르러 있었다. 사재시 부령(司宰寺副令) 변중량(卞仲良)이 그 계획을 정몽주에게 누설했기 때문에 정몽주가 이 사실을 알고 변고를 엿보기 위하여 문병을 핑계로 온 것이었는데, 태조가 정몽주를 이전처럼 대하였다.

이화가 태종에게 말하기를 "정몽주를 죽이려면 지금이 그 시기이다."라고 하고, 다시 말하기를 "공(公)의 노여움이 두려워할 만하니, 어떻게 하겠는가."라고 하니, 태종이 말하기를 "기회를 놓쳐서는 안 됩니다. 공의 노여움은 제가 큰 의리를 아뢰어 풀어 보겠습니다."라고 하였다. 다시 조영규에게 명하여 공정대왕의 저택으로 가서 칼을 취하여 길가에서 기다리게 하고, 고려와 이부 등 몇 사람으로 하여금 따라가게 하였다.

정몽주가 집에 들어갔다가 머물지 않고 곧바로 나오니, 태종이 일이 성공하지 못할까 두려워하여 직접 가서 지휘하려고 대문 밖을 나왔다. 그때 안장을 얹은 휘하 인사의 말이 문밖에 있으므로, 그것을 타고 달려가 공정대왕의 저택에 이르러 정몽주가 지나갔는지의 여부를 물으니 "아직 지나가지 않았습니다." 하므로, 태종이 다시 계책을 일러 주고 돌아왔다.

이때 전 판개성부사(判開城府事) 유원(柳源)이 죽어 정몽주가 그 집에 들러 조문하였기 때문에 조영규 등이 무기를 갖추어 기다릴 수 있게 되었다. 정몽주가 이르자 조영규가 달려가서 쳤으나 맞지 않았다. 정몽주가 돌아보고 꾸짖으며 말을 채찍질하여 달아났다. 조영규가 내달려 가서 말머리를 치니, 정몽주가 땅에 떨어져 달아나거늘, 고려 등이 그를 베었다.

태종이 들어가서 사실을 고하니, 태조가 크게 놀라 일어나서 진노하기를 "우리 집안은 본래 충효로써 세상에 알려졌다. 너희들이 마음대로 대신을 죽였으니, 나라 사람들이 내가 몰랐다고 하겠느냐. 나는 약을 마시고 죽고 싶다."라고 하였다. 태종이 말하기를 "정몽주 등이 장차 우리 집안을 무너뜨리려고 하거늘, 어찌 앉아서 망하기를 기다려야 하겠습니까."라고 하였다.

이튿날 태조가 황희석을 보내어 공양왕에게 아뢰기를 "정몽주 등이 죄인과 한편이 되어 몰래 대간을 꾀어 충량(忠良)을 모함하다가, 지금 정몽주가 이미 복죄(伏罪)되었으니, 조준, 남은 등을 불러 대간과 함께 가려서 밝히게 하소서."라고 하니, 공양왕이 말하기를 "내가 장차 대간을 밖으로 내보낼 것이다."라고 하였다.

이때 태조는 노여움 때문에 병이 심해져서 말을 못하는 지경에까지 이르렀다. 태종이 숙부들과 형과 의논하여 공정대왕을 보내어 아뢰기를 "만약 정몽주 무리의 죄를 묻지 않는다면 신들을 죄주소서."라고 하니, 공양왕이 어쩔 수 없이 대간을 순군옥(巡軍獄)에 내려보내고, 또 말하기를 "외방(外方)으로 귀양 보내면 될 것이고 굳이 국문할 것이 없다."라고 하였다. 조금 뒤에 판삼사사(判三司事) 배극렴(裵克廉), 문하부 평리(門下府評理) 김주(金湊)에게 명하여 순군 제조관(巡軍提調官) 김사형(金士衡) 등과 함께 국문하게 하니, 좌상시(左常侍) 김진양(金震陽)이 말하기를 "정몽주, 이색(李穡), 우현보(禹玄寶)가 이숭인(李崇仁), 이종학(李種學), 조호(趙瑚)를 보내어 신들을 사주하여 탄핵하게 하였습니다."라고 하였다. 이에 이숭인, 이종학, 조호를 순군옥에 가두었고, 이윽고 김진양 및 우상시(右常侍) 이확(李擴), 우간의(右諫議) 이래(李來), 좌헌납(左獻納) 이감(李敢), 우헌납(右獻納) 권홍(權弘), 사헌부 집의 정희(鄭熙), 장령 김묘(金畝), 서견(徐甄), 이작(李作), 이신(李申) 및 이숭인, 이종학을 먼 곳으로 귀양 보내었다.

상서[168] 권근

上書 權近

예로부터 나라를 소유한 사람이 반드시 절의가 있는 선비를 포상한 것은 만세의 강상(綱常)을 견고하게 하려는 것이었습니다. 왕자(王者)가 거의(擧義)하여 창업할 때에는 나에게 붙는 자에게 상을 주고 붙지 않는 자에게 벌을 주는 것이 진실로 마땅하지만, 대업이 이미 정해져서 수성(守成)할 때가 되면 반드시 절의를 다한 전대(前代)의 신하를 포상하여 죽은 자는 추증(追贈)하고 살아 있는 자는 등용하여 표창과 포상을 넉넉히 더함으로써 후세 신하의 절의를 장려해야 하니, 이는 고금의 공통된 의리입니다.

생각건대, 우리나라는 천운에 호응하여 나라를 열었고 세 성군(聖君)이 서로 계승하여 문치(文治)로 태평을 이룩하였으나 절의를 포상하는 은전(恩典)은 아직 거행하지 못했으니, 어찌 흠결이 아니겠습니까.

가만히 보건대, 전조(前朝)의 시중(侍中) 정몽주는 본래 한미한 선비로 오로지 태상왕(太上王)이 발탁하신 은혜를 입어 정승에까지 이르렀으니, 그 마음이 어찌 태상왕께 두터이 보답하려 하지 않았겠습니까. 또 그의 밝은 재주와 식견으로 어찌 천명과 인심이 돌아가는 곳을 알지

---

168 상서(上書) : 권근(權近)의 〈수창궁재상서(壽昌宮災上書)〉이다. 태종이 즉위한 다음 달인 1400년 12월 수창궁에 화재가 나서 태종이 자책하며 재변을 없앨 수 있는 충언을 구하니, 권근이 이듬해에 수창궁 화재에 관한 여섯 조목의 상소를 올렸다. 이 상서(上書)는 그 다섯째 조목인 '절의를 포상할 것〔褒節義〕'의 일부분이다. 《陽村集 卷31》

못하였겠으며, 어찌 왕씨(王氏)의 위망(危亡)한 형세를 알지 못하였겠으며, 어찌 그 몸을 보전하지 못할 것을 알지 못하였겠습니까. 그러나 오히려 자기가 섬기는 바에 마음을 오로지하여 그 지조를 바꾸지 않아 목숨을 잃는 지경에 이르렀으니, 이는 이른바 "죽고 사는 사이에 이르러서도 그 절개를 빼앗을 수 없다."[169]라는 것입니다.

한통(韓通)이 후주(後周)를 위하여 죽었지만 송 태조(宋太祖)가 그를 추증하였고, 문천상(文天祥)이 송(宋)나라를 위하여 죽었지만 원 세조(元世祖) 또한 그를 추증하였으니, 정몽주가 고려를 위하여 죽었다고 하여 유독 오늘날에 추증하지 않아서야 되겠습니까. 의당 봉증(封贈)을 더하고 그 자손을 녹용(錄用)하여 후세를 면려해야 할 것입니다.

주상이 윤허하였다.

---

169 죽고……없다 : 증자(曾子)가 말하기를 "육 척의 어린 임금을 부탁할 만하며, 백리의 명을 맡길 만하며, 죽고 사는 사이에 이르러서도 그 절개를 빼앗을 수 없다면, 군자다운 사람인가? 군자다운 사람이니라.〔可以託六尺之孤, 可以寄百里之命, 臨大節而不可奪也. 君子人與? 君子人也.〕"라고 하였다. 《論語 泰伯》

문묘에 종사하기를 청한 상소[170]의 대략 태학생 권전 등
請從祀文廟疏略 太學生 權碩等

황천(皇天)이 돌아보고 도와주어 이에 유종(儒宗)인 정몽주를 고려 말에 탄생시키니, 빼어난 자질을 타고나고 경세제민(經世濟民)의 재주를 간직하였습니다. 성리의 학문을 연구하여 학문의 바다가 깊고 넓었으며, 깊이 자득한 바가 있어 강설한 것이 탁월하였으며, 묵묵히 심오한 뜻을 이해하여 암암리에 선유(先儒)의 설과 합치하였습니다. 충효의 큰 절개는 당시를 용동(聳動)시켰으며, 상례를 제정하고 사당을 세우되 한결같이 《가례(家禮)》를 따랐으며, 문물과 의장(儀章)도 모두 그가 다시 정한 것이며, 학교를 건립하고 가르침을 펼쳐서 유술(儒術)을 크게 일으켰으니, 사도를 밝히고 후학을 계도한 이는 동방에 이 한 사람뿐입니다.

---

170 문묘(文廟)에……상소 : 〈연보고이〉정축년(1517, 중종12) 조에 "중종대왕이 태학생 권전(權碩) 등의 상소로 인하여 조정 신하와 의논하여 문묘에 종사(從祀)하도록 명하니, 실로 9월 17일의 일이었다."라고 하였다.

의득[171] 한세환, 유운 등

議得 韓世桓柳雲等

우리 동방은 지나온 세대가 비록 오래기는 하지만 그 사이에 유자들이 대부분 문장을 서로 숭상하여 학문하는 방법을 알지 못하였고, 유독 정몽주만이 초연히 마음으로 자득하여 성리의 학문을 창도하였다. 진실로 이른바 동방 이학(理學)의 조종(祖宗)이라는 것이니, 문묘에 종사하여도 참으로 부끄러움이 없으리라.

---

171 의득(議得) : 나라의 큰일을 중신들이 의결하는 것을 말한다.

정덕 정축년(1517, 중종12)에 문묘 서무에 종사할 때의 제문 기준[172]

正德丁丑 文廟西廡從祀祭文 奇遵

왕명으로 지었다.

아 우리 동국은	嗟惟東國
성학이 오래도록 끊어져서	聖學久絶
윤리와 기강이 밝지 못하고	倫紀不明
정치와 교화가 열등하였네	治敎攸劣
선비는 지향할 바가 없고	士無定向
세상엔 좋은 풍속이 없어	世乏良俗
백대토록 어둡고 분분하며	百代紛昏
대도가 닫히고 막히었네	大道閉塞
공이 고려 말에 태어나	公生麗季
우뚝이 홀로 일어서서	挺然獨立
도를 밝히는 데 뜻을 두고	志存明道
중한 일을 몸소 떠맡았네	身任重業
이학을 창도하고 울려서	唱鳴理學

'창(唱)'은 응당 '창(倡)' 자로 써야 할 듯하다.

---

172 기준(奇遵) : 1492~1521. 자는 자경(子敬), 호는 복재(服齋), 본관은 행주(幸州)이다. 조광조(趙光祖)의 문인이다. 1513년 별시 문과에 급제하여 수찬, 시강관, 응교 등을 역임하였다. 저서로 《복재집(服齋集)》이 있다.

우리 동방의 조종이 되니   爲東方宗

위로는 끊어진 도를 찾아내고   上探不傳

아래로 우매한 이들 깨우치며   下啓群蒙

비루한 학문을 한번 씻어 내고   一洗陋學

염락의 학문을 크게 밝혔다네   濬發濂洛

공의 문장과 공의 도덕   文章道德

공의 계획과 공의 제작은   設施制作

군왕을 보좌할 재주이고   王佐之才

천인을 다한 학문이었네   天人之學

본체가 모두 확립되고   體無不立

활용에도 방도가 있어   用亦有方

이단을 물리쳐 끊어 내고   斥絶異端

강상을 북돋우어 심었네   培植綱常

만고토록 전해질 사도가   萬古斯道

공에게 힘입어 밝혀지니   越賴以明

생각건대 후학들이   念惟後學

존숭하며 본받도다   是尊是刑

군자가 남겨 준 은택이   君子之澤

과인의 나라까지 미쳐서   施及寡國

백대가 지난 뒷날까지도   百世在後

공로가 다하지 않으리니   功爲不極

공이 있어도 갚지 않으면   有功不酬

어떻게 덕을 숭상하리오   何以崇德

내가 생각하건대 도학이   予惟道學

크게 사문을 일으키지만	懋興斯文
따르기를 잘하지 않으면	遵率不淑
그 향방이 어지러워지니	厥趣以紛
진작할 기틀을 찾으려면	振作之幾
더욱 스승을 높여야 하리	益宜隆師
이에 옛 관례에 근거하며	玆據古例
법전과 의식을 참고하여	參考典儀
이제 문묘에 종사하나니	從祀文廟
공은 편안하게 여기소서	公宜安之
신명은 몹시도 밝은지라	神明孔昭
정성이 있으면 강림하니	有誠斯存
이제부터 경건히 제향하여	自今欽享
대대로 더욱 돈독하리라	世世彌敦

임고서원 제문[173] 퇴계

臨皐書院祭文 退溪

오호라	嗚呼
우리 동방 한 모퉁이는	我東一隅
기자가 임했던 곳이지만	箕子所臨
세상이 쇠퇴하고부터는	迨世陵夷
대도가 사라져 버렸으니	大道湮沈
만약 선각이 있지 않다면	不有先覺
누가 인심을 착하게 할까	孰淑人心
혁명하여 문물이 바뀜은	革命改物
천지간의 큰 변화인지라	天地大變
오직 성인이 천명과 합치하여	惟聖合天
이미 하늘의 뜻에 부응했으니[174]	旣應帝眷
만약 큰 충절이 있지 않았다면	不有大忠
떳떳한 의리를 그 누가 알리오	民彝孰見

173 임고서원(臨皐書院) 제문 : 이황(李滉)의 〈임고서원성제정문충공문(臨皐書院
成祭鄭文忠公文)〉이다. 이 제문 끝에 "진사 노수(盧遂), 김응생(金應生), 유학(幼學)
정윤량(鄭允良) 등이 찾아와서 청하였다."라는 주석이 있다. 《退溪集 卷45》 임고서원
은 경상북도 영천시 임고면 양항리(良巷里)에 있는 서원으로, 1553년(명종8)에 포은의
덕행과 충절을 기리기 위하여 임고면 고천동(古川洞) 부래산(浮來山) 아래에 창건하였
다가 임진왜란 때 소실되어 1603년(선조36)에 현재의 위치로 이건(移建)하였다.

174 오직……부응했으니 : 이성계가 조선을 건국한 것을 말한다.

아아 우리 포은 선생은   嗟我夫子

하늘이 내리신 인걸이니   天挺人傑

성인을 바라는 학문이었고[175]   希聖之學

하늘을 떠받칠 역량이셨네   柱天之力

집에 들어가서는 효도하고   入則惟孝

밖에 나와서는 충성하더니   出則惟忠

매우 급박한 시대를 만나서   遭世孔棘

몸을 돌보지 않고 힘을 다하셨네[176]   蹇蹇匪躬

일본을 빙문하여 왜인을 감복시키고   聘隣服頑

중국에 조회하여 황제를 감동시키며   朝天感帝

온 힘을 다하여 난국을 경륜하여   盡瘁經綸

쇠잔한 나라를 일으키려 했으니   興替補敝

무너지는 큰 집을 막대기로 지탱하고   廈顚木支

둑 터진 하수를 배로 건너는 듯했네   河決航濟

예로부터 천하의 영웅호걸이라도   從古英雄

운수가 떠나면 이룰 수 없는 법   運去無成

태산보다 의리를 무겁게 여기고   泰山義重

홍모보다 목숨을 가볍게 여겼네[177]   鴻毛命輕

---

175 성인(聖人)을 바라는 학문이었고 : 성인이 되기를 바라는 학문을 추구했다는 것이다. 북송(北宋)의 주돈이(周敦頤)가 말하기를 "성인은 하늘이 되기를 바라고, 현인은 성인이 되기를 바라고, 선비는 현인이 되기를 바란다.〔聖希天, 賢希聖, 士希賢.〕"라고 하였다. 《通書 志學》

176 몸을……다하셨네 : 《주역》〈건괘(蹇卦)〉에 "왕의 신하가 힘을 다하는 것은 자신의 몸을 위해서가 아니다.〔王臣蹇蹇, 匪躬之故.〕"라고 하였다.

우리 조정의 성대한 덕은	我朝盛德
포상의 은전이 매우 높아	褒典甚寵
이에 예관에게 명령하여	爰命禮官
문묘에 종사하게 하시니	從祀聖孔
위로 국학에서부터	上自國學
아래로 주현에까지	下及州縣
제사 지내는 의식이	享右儀式
양양히 크게 드러났었네	洋洋丕顯
하물며 이 고천[178] 지역은	矧兹古川
선생이 계셨던 옛터로서	夫子遺墟
비옥한 들판이 광활하고	芒芒沃野
맑은 시내 콸콸 흐름에랴	混混淸渠
효자의 정려가 엄숙하고	有儼綽楔
손공이 찬미한 글[179]이 있어	有讚孫公
높은 산이나 큰길[180]처럼	高山景行

---

177 태산(泰山)보다……여겼네 : 《경행록(景行錄)》에 이르기를 "대장부는 선을 보는 것이 밝기 때문에 명분과 절의를 태산보다 무겁게 여기고, 마음을 쓰는 것이 정밀하기 때문에 죽고 사는 것을 기러기 털보다 가볍게 여긴다.〔大丈夫見善明, 故重名節於泰山; 用心精, 故輕死生於鴻毛.〕"라고 하였다.

178 고천(古川) : 경상북도 영천시 임고면 고천리 지역을 말한다.

179 손공(孫公)이 찬미한 글 : 《포은집》〈부록〉에 실린 손순효(孫舜孝)가 지은 〈포은 선생의 효자비각에 적다〔題圃隱先生孝子碑閣〕〉라는 글이다.

180 높은 산이나 큰길 : 높은 덕과 바른 행실을 비유하는 말이다. 《시경》〈거할(車轄)〉에 "높은 산을 우러러보며 큰길을 걸어가도다.〔高山仰止, 景行行止.〕"라고 하였다.

사람 마음 감격시키니	感激人衷
어찌 서원을 건립하여	盍建祠學
숭모의 정을 보이지 않으랴	明示欽崇
삼가 듣건대 송나라가	恭聞聖宋
서원을 비로소 만들어	書院創制
여기서 선정을 높이고	以尊先正
후인이 본받게 하였네	以範來裔
우리의 도를 크게 밝힌 것이	大明吾道
여기에서 가장 아름다웠으니	於斯最美
우리 임금이 그 법식을 따라	我王遵式
처음 소수서원을 허락하셨네[181]	許彼豐始
우리가 이어서 분발하지 않으면	我不承奮
한 지방의 부끄러움이 되리라	一方之恥
그래서 진사 노수와 김응생과	曰邃應生
유학 정윤량이 함께 의논하여	允良諧議
이 언덕의 주위를 살펴보고는	于胥斯原
재물을 내어서 일을 주관하니	出財敦事
고향 마을과 여러 고을에서	鄕閭列邑
모두들 기쁘게 도와주었네	莫不喜施

---

181 우리……허락하셨네 : 1550년(명종5) 최초로 소수소원(紹修書院)에 사액한 것을 말한다. 1543년(중종38) 풍기 군수(豐基郡守) 주세붕(周世鵬)이 현재의 경상북도 영주시 순흥면에 백운동서원(白雲洞書院)을 건립하여 이곳 출신인 안향(安珦)을 모셨고, 풍기 군수로 부임한 이황의 요청으로 1550년 소수서원이라는 편액을 내렸다.

지어진 사당이 엄정하고					作廟翼翼

강당과 재사가 정연하지만					堂舍秩秩

온갖 것들을 구비해 내느라					百爾求備

일이 쉽게 끝나지 않더니					功未易訖

방백이 서원이 건립됨을					逮于方伯

대궐에 알리게 되어서는					陳聞天陛

서책과 편액을 하사하여					頒書賜額

교화의 근원이 밝게 열렸네					化原光啓

다시 몇 해가 지난 뒤에					更幾星霜

경사스럽게 낙성을 고하니					慶告成功

이에 길한 날짜를 정하여					乃卜吉日

사당 안에 제향하려 하네					將事廟中

동지들이 성대히 달려와서					同好鼎來

엄숙하면서도 조화로우며					肅肅雝雝

술동이와 제기가 정결하고					樽俎淨潔

제물이 향기롭고 풍성하니					黍稷芬豐

그 향기 비로소 올라가서					其香始升

영령의 모습 뵙는 듯하네					若覿英風

아아 우리 포은 선생은					嗟我夫子

우리나라의 유종이건만					海東儒宗

후학들이 불행하게도					來者不幸

논저를 볼 수 없으니					未及論著

성균관의 학관으로 계실 때					當在泮宮

종횡으로 논설했던 그 말씀[182]					橫豎說語

우리가 그 단서를 찾아봐도	我尋其緒
증명할 만한 근거가 없다네	無所徵據
오직 성취한 바를 살펴보면	惟視所就
먼저 그 대체를 확립했으니	先立其大
하늘의 벼리와 땅의 법도가	天綱地維
만세에 길이 힘입게 되었네	萬世永賴
학문은 이러함을 구할 뿐이니	學求如是
도의 준칙과 본보기라 하리라	道之準程
인재의 양성을 즐겁게 여기고	菁莪樂育
경전의 뜻을 펼쳐 드러냈으며	發揮遺經
오직 교화를 밝히기를 힘썼고	闡敎是務
도를 넓힘을 영예로 여겼으니	弘道爲榮
선생을 경앙하지 않으면	匪仰夫子
누구를 맹주로 삼겠는가	誰作主盟
신명은 여기에 이르러서	神之格思
우리의 정성을 살피시고	監我中誠
우리의 제수를 흠향하시어	歆我酒食
우리에게 광명을 내리시며	惠我光明
이제부터 시작하여	自今伊始
대대로 편안하소서	世世惟寧

---

182 성균관의……말씀 : 〈연보고이〉 정미년(1367, 공민왕16) 조에 포은이 성균관 학관으로 있을 때 성균관 대사성인 이색(李穡)이 자주 일컫기를 "달가(達可)의 논리는 횡으로 말하든 종으로 말하든 이치에 맞지 않는 것이 없으니, 동방 이학(理學)의 조종으로 추중하노라."라고 하였다.

임고서원 춘추 제향 축문 퇴계

臨皐書院春秋享祝文 退溪

학문은 천인의 이치에 통했고	學造天人
충성은 해와 달을 꿰뚫었도다	忠貫日月
선현을 빛내고 후학을 계도함이	光前啓後
영세무궁토록 다함이 없으리라	永世無斁

유상을 모사하여 임고서원에 봉안할 때의 제문 자손들
摸遺像將奉安臨皐書院祭文 子孫等

도는 수사에서 연원하고	道源洙泗
학문은 염락을 계승하니[183]	學接濂洛
긴 밤을 밝히는 일월과 같고	長夜日月
혹한에도 푸르른 송백과 같네[184]	歲寒松柏
대들보는 이미 꺾여 버렸으나[185]	梁木已頹
끊어지지 않음은 은택이니	不斬者澤
백세가 지나간 뒤일지라도	百世之下
누군들 경앙하지 않으리오	孰不景仰
갱장[186]에도 그리움 간절한데	羹墻慕切

---

183 도는……계승하니 : 공자의 도를 연원으로 삼아 송대(宋代)의 성리학을 계승하였다는 말이다. 수사(洙泗)는 노(魯)나라 곡부(曲阜)에 있는 수수(洙水)와 사수(泗水)를 아울러 일컫는 말이다. 공자가 이 사이에서 강학하였기 때문에 공자 혹은 공자의 학문을 일컫는 말로 쓰인다. 공자의 제자인 증자(曾子)가 말하기를 "나와 네가 수수와 사수의 사이에서 선생님을 모셨다.〔吾與女事夫子於洙泗之間.〕"라고 하였다.《禮記 檀弓上》염락(濂洛)은 466쪽 주116 참조.

184 혹한에도……같네 : 공자가 말하기를 "날씨가 추워진 뒤에야 소나무와 측백나무가 시들지 않음을 알 수 있다.〔歲寒然後, 知松柏之後彫也.〕"라고 하였다.《論語 子罕》

185 대들보는……버렸으나 : 포은이 이미 세상을 떠났다는 말이다. 공자가 자신의 죽음을 예견하고 말하기를 "태산이 무너지고 대들보가 꺾이고 철인이 쓰러질 것이다."라고 하자, 자공(子貢)이 듣고 "장차 누구를 우러를 것이며 장차 누구를 본받을 것인가."라고 하였다.《禮記 檀弓上》

하물며 남겨진 유상임에랴	矧厥遺像
덕을 좋아하는 사람의 본성[187]은	秉彝好德
후손들만 가진 것이 아닌지라	非唯後昆
임고에 선생의 유적이 있으니	臨皐有址
군자가 마음에 두었던 곳이네	君子思存
무덤 곁에 집을 지을 길 없어	築室無及
이제 새롭게 사당을 세웠으니	樹祠維新
비록 그 좌우에 계신 듯하지만[188]	雖曰如在
어떻게 신명을 편안하게 할까	何以妥神
어디에서 구할까	于以求之
집안의 사당이니	于家之廟
화상이 남아 있어	丹青尙存
그 모습 엄숙하네	肅肅其貌
백번 몸 바치기를 원해 왔거늘	曾欲百身

---

186 갱장(羹墻) : 국과 담장으로, 세상을 떠난 스승이나 성현을 추념하고 앙모하는 뜻으로 쓰인다. 옛날 요(堯) 임금이 세상을 떠난 뒤에 순(舜) 임금이 3년 동안이나 그를 앙모하여, 앉으면 요 임금을 담장에서 보고 먹을 때면 요 임금을 국에서 보았다고 한다. 《後漢書 卷63 李固列傳》

187 덕을……본성 : 《시경》〈증민(蒸民)〉에 "하늘이 여러 백성을 내시니, 사물이 있으면 법칙이 있도다. 사람이 떳떳한 본성을 지니고 있는지라, 이 아름다운 덕을 좋아하도다.〔天生蒸民, 有物有則. 民之秉彝, 好是懿德.〕"라고 하였다.

188 좌우에 계신 듯하지만 : 공자가 말하기를 "천하의 사람으로 하여금 재계하고 깨끗이 하며 의복을 성대히 하여 제사를 받들게 하고는 양양히 그 위에 있는 듯하며 그 좌우에 있는 듯하다.〔使天下之人, 齊明盛服, 以承祭祀, 洋洋乎如在其上, 如在其左右.〕"라고 하였다. 《中庸章句 第16章》

지금 어찌 진영을 아끼겠는가[189]　　　今胡一眞

선조를 받듦은 우리들 일이니　　　奉先則我

어찌 남에게서 힘을 빌리리오　　　何假於人

공적으로 함께함이 도리이니　　　公共是道

조상을 사유하기가 어렵다네　　　難私其親

물이 여기에만 있다고 말해도[190]　　　謂水在是

오히려 옳지 않다고 하겠거늘　　　尙云不然

사당에만 오로지 모시려 하면　　　欲專于廟

샘을 얻은 것과 어찌 다르랴[191]　　　何異得泉

이에 좋은 날을 택하여　　　爰鐲吉日

공손히 유상을 모사하니　　　恭摸儀刑

새롭기가 예전과 같아서　　　其新如舊

---

189 백번……아끼겠는가 : 일찍이 선조인 포은을 위하여 백번 몸을 바치기를 원해
왔거늘, 어찌 집안 사당의 진영(眞影)을 모사하는 일을 아깝게 여기겠느냐는 말이다.
'백 번 몸을 바친다'는 《시경》〈황조(黃鳥)〉에 "만일 다른 사람으로 바꿀 수 있다면,
자신의 몸을 백번이라도 바칠 것이다.〔如可贖兮, 人百其身.〕"라고 한 데서 온 말이다.

190 물이……말해도 : 주희가 말하기를 "천하에는 다시 큰 강과 큰 물이 있으니, 토굴
만 지키며 물이 오로지 여기에만 있다고 해서는 안 될 것이다.〔天下更有大江大河, 不可
守箇土窟子, 謂水專在是.〕"라고 하였다. 《朱子語類 卷8 總論爲學之方》

191 샘을……다르랴 : 우물을 파서 샘물을 얻고는 물이 여기에만 있다고 하는 것과
무엇이 다르겠느냐는 말이다. 소식(蘇軾)이 말하기를 "공의 신명이 천하에 있는 것은
마치 물이 땅속에 있는 것과 같아서 어디를 가더라도 있지 않은 곳이 없다.……비유하자
면 우물을 파서 샘물을 얻고는 물이 오로지 이곳에만 있다고 한다면 어찌 이치에 맞겠는
가.〔公之神在天下者, 如水之在地中, 無所往而不在也.……譬如鑿井得泉而曰 "水專在
是", 豈理也哉?〕"라고 하였다. 《古文眞寶後集 卷8 潮州韓文公廟碑》

영령의 모습 의젓하시네	有儼其靈
하늘이 도를 없애지 않는다면	天之未喪
사문이 여기에 있지 않으리오[192]	文不在玆
이에 의지하고 이에 편안하여	是依是安
천년토록 영원히 흠향하소서	永享千期

192 하늘이……않으리오 : 하늘이 만약 도를 없애려고 하지 않는다면 도가 반드시
포은에게 있을 것이라는 말이다. 475쪽 주135 참조.

화상을 숭양서원[193]으로 옮겨 모실 때의 조제문[194] 자손들
畫像移安崧陽書院祖祭文 子孫等

학문은 성리를 창도하고	學倡性理
충성은 일월을 꿰뚫으니	忠貫日月
나라엔 포상의 은전이 있고	國有褒錄
선비들은 긍식할 줄 알도다	士知矜式
이 예전 집을 돌아보면	睠玆舊宅
저 옛 도성에 있지마는	在彼古國
집과 담이 잡초에 묻혀서	宮墻蕪沒
목동들 출입이 오래더니	久矣樵牧
서원을 새로 건립하는 일	拓開祠宇
마침 오늘에 이루어졌네	適丁今日
일은 반드시 시기가 있고	事必有待
도는 끝내 막히지 않는 법	道不終否
영령이 여기에 오르내려서	陟降在玆
제사가 엄숙히 거행되도다	有儼祀事
이에 옛 진영을 모사하니	爰寫舊眞

---

193 숭양서원(崧陽書院) : 경기도 개성시 선죽동에 있는 서원이다. 1573년(선조6) 포은과 서경덕(徐敬德)을 추모하려고 창건한 문충당(文忠堂)이 1575년 숭양(崧陽)이라는 사액을 받아 서원으로 승격되었다.

194 조제문(祖祭文) : 조제(祖祭) 때의 제문이다. 조제는 출행할 때 길신에게 지내는 제사이다.

털끝조차도 어긋나지 않아   不爽毫髮

의관은 예스럽고 고상하며   衣冠高古

풍채는 늠름하고 의젓하네   風彩凜烈

가르침의 말씀 듣는 듯하고   如聞謦咳

얼굴과 눈을 대하는 듯하여   恍接面目

온 세상이 공경을 일으키거늘   舉世起敬

하물며 후손들에 있어서이랴   矧在所出

저 새롭게 건립한 사당에다   于彼新廟

장차 유상을 봉안하려고   將以奉安

서교에서 조제를 지내며   西郊祖送

우러러 절하고 머뭇거리네   瞻拜盤桓

예전의 거처로 돌아가시면   返于故居

만고토록 다함이 없으리라   萬古無斁

이렇게 맑은 술을 올리나니   奠此淸酌

바라건대 이르러 흠향하소서   庶幾歆格

만력 을해년(1575, 선조8) 숭양서원 사제문

萬曆乙亥 崧陽書院賜祭文

임금을 보좌할 재주이고	王佐之才
이학을 전수한 조종이거늘	理學之祖
혼란한 말세에 태어나서	生丁昏季
널리 시행되지 못하였네	厥施未普
오도가 동방에 전해짐은	吾道之東
실로 공에게서 시작되니	寔由公始
종횡으로 했던 논설들이	橫豎之說
호씨의 글과 일치하였네[195]	泂合胡氏
인을 구하여 인을 얻음은[196]	求仁得仁
옳음을 실제로 본 것이니[197]	實見得是

---

195 종횡으로……일치하였네 : 포은의 모든 논설이 호병문(胡炳文)의 《사서통(四書通)》과 일치하였다는 것이다. 《포은집》〈본전(本傳)〉에 "공민왕 16년(1367)에 예조정랑으로 성균관 박사를 겸하였다. 당시 우리나라에 들어온 경서는 오직 주자(朱子)의 사서집주(四書集註)뿐이었다. 정몽주는 강설이 탁월하여 사람들의 생각을 크게 뛰어넘었기 때문에 듣는 이들이 자못 의심하였으나 호병문의 《사서통》을 얻어 보게 되어서는 합치하지 않는 것이 없었으므로, 선비들이 더욱 탄복하였다."라고 하였다.

196 인을……얻음은 : 백이숙제(伯夷叔齊)처럼 인을 구하였다가 인을 얻었다는 것이다. 백이숙제가 후회하였는지 묻는 자공(子貢)에게 공자가 "인을 구하여 인을 얻었으니, 또 어찌 후회하였겠는가.〔求仁而得仁, 又何怨?〕"라고 대답하였다. 《論語 述而》

197 옳음을……것이니 : 실제로 옳은 이치를 보았기 때문에 몸을 죽여 인을 이룰 수 있었다는 것이다. 정이(程頤)가 말하기를 "사람이 진실로 '아침에 도를 들으면 저녁에

난국에 목숨을 버린 것은	臨難舍命
바로 작은 일일 뿐이로다	乃其細事
이 때문에 우리 조종께서	惟我祖宗
가상히 여기고 장려하여	用是嘉獎
작위와 시호를 추증하고	追以爵諡
문묘에다 배향한 것이네	配聖有享
돌아보건대 덕이 없는 내가	顧予涼德
도를 바라며 큰일을 하려고	望道有爲
전대의 현인을 생각하지만	言念前修
동시대가 아님이 한스럽네	恨不同時
신령스러운 송악을 쳐다보니	粤瞻神崧
그 아래에 옛터가 남아 있네	下有故基
여기서 노래하고 여기서 곡했으니	歌哭之斯
공의 풍범이 남아 있는 곳인지라[198]	風範攸存

죽어도 괜찮다.'라는 뜻을 갖는다면, 하루도 편안하지 않은 일에 편안하려 하지 않을 것이다. 어찌 다만 하루뿐이겠는가. 잠시도 편안할 수 없으니, 증자의 역책과 같은 것은 모름지기 이와 같아야 편안했던 것이다. 사람들이 이와 같이 못함은 다만 진실한 이치를 보지 못했기 때문이니, 진실한 이치를 본다는 것은 옳음을 실제로 보고 그름을 실제로 보는 것이다.〔人苟有朝聞道夕死可矣之志, 則不肯一日安於所不安也. 何止一日? 須臾不能, 如曾子易簀, 須要如此乃安. 人不能若此者, 只爲不見實理, 實理者, 實見得是, 實見得非.〕"라고 하였다. 《近思錄 卷7 出處》

198 여기서……곳인지라 : 이곳이 바로 공의 평소 모습이 남아 있는 곳이라는 말이다. 춘추 시대 진(晉)나라 헌문자(獻文子)가 저택을 낙성했을 때 장로(張老)가 축하하기를 "아름답도다! 높고 큼이여, 아름답도다! 찬란히 빛남이여. 여기에서 노래하며 여기에서 곡하며 여기에서 국빈과 종족을 모으리로다.〔美哉輪焉! 美哉奐焉! 歌於斯, 哭於斯, 聚國族於斯.〕"라고 하였다. 《禮記 檀弓下》

서원을 건립하여 완성을 고하니　　　　　　　　　祠宇告成

의관의 선비들이 문에 가득하네　　　　　　　　　衿佩盈門

가르침과 은택이 다하지 않아　　　　　　　　　　敎澤未艾

성대하게 추숭함이 마땅하나니　　　　　　　　　推崇宜賁

이미 자양서원[199]의 전례를 본떠서　　　　　　　旣倣紫陽

숭양서원 네 자를 사액하였고　　　　　　　　　　額以四字

이에 변변찮은 제물을 갖추어　　　　　　　　　　爰具菲薄

특별히 보답의 제사를 올리네　　　　　　　　　　特伸報祀

시종의 신하가 나를 대신하니　　　　　　　　　　從臣代予

공은 부디 이르러 흠향하소서　　　　　　　　　　庶冀格止

199　자양서원(紫陽書院) : 중국 안휘성(安徽省) 흡현(歙縣)의 자양산(紫陽山)에 있
는 서원이다. 주희(朱熹)를 제사 지내는 서원으로, 송(宋)나라 이종(理宗)이 자양서원
이라는 편액을 하사하였다.

봉양군 이씨께 드리는 제문[200] 문인 변계량[201] 등

祭鳳陽郡李氏文 門人卞季良等

생각건대 저희들은	念惟生等
문충공을 스승으로 섬기면서	師事文忠
우러르고 배움에 재주를 다하여[202]	鑽仰竭才
깨우치는 말씀을 받들고 따랐네	以承擊蒙
자식처럼 여기는 사랑을 입어서	而霑子視
사제의 의리에 은혜도 겸했더니	義兼於恩
높은 산을 이제 어디서 우러를까	高山安仰
흘러간 물처럼 돌아오지 않으시네	逝水沄沄
열렬한 문충공이여	烈烈文忠
왕씨의 신하였거늘	王氏之臣

---

200 봉양군(鳳陽郡)……제문 : 변계량(卞季良)의 〈문생등제고려문하시중조선증시문충포은선생택주봉양군이씨문(門生等祭高麗門下侍中朝鮮贈諡文忠圃隱先生宅主鳳陽郡李氏文)〉의 일부이다. 《春亭集 卷11》

201 변계량(卞季良) : 1369~1430. 자는 거경(巨卿), 호는 춘정(春亭), 본관은 밀양(密陽), 시호는 문숙(文肅)이다. 1385년(우왕11) 문과에 급제하여 전교시 주부(典校寺主簿) 등을 역임하였고, 조선조에서는 대제학, 의정부 참찬 등을 역임하였다. 저서로 《춘정집》이 있다.

202 우러르고……다하여 : 안연(顏淵)이 말하기를 "선생님의 도는 우러러볼수록 더욱 높고, 뚫을수록 더욱 견고하며, 바라봄에 앞에 있더니 홀연히 뒤에 있도다. 공부를 그만두고자 해도 그만둘 수 없어 이미 나의 재주를 다하였다.〔仰之彌高, 鑽之彌堅; 瞻之在前, 忽焉在後. 欲罷不能, 旣竭吾才.〕"라고 하였다. 《論語 子罕》

우리 임금이 표창하여　　　　　　　　　　　我后褒之

후인이 본받게 하셨네　　　　　　　　　　　式是後人

무릇 생명을 가진 사람은　　　　　　　　　　凡曰有生

누군들 죽음이 없으리오　　　　　　　　　　孰無一死

초목과 함께 썩어 버리면　　　　　　　　　　草木以腐

인몰되어 누가 기억할까　　　　　　　　　　湮沒誰記

빛나도다 빼어난 이름이여　　　　　　　　　赫哉英名

영원히 실추되지 않으리라　　　　　　　　　窮天不墮

아아 너무나도 사모하노니　　　　　　　　　嗟嗟痛慕

어느 날인들 잊을까마는　　　　　　　　　　何日而忘

얼굴을 뵈올 길도 없고　　　　　　　　　　瞻容末由

덕을 갚을 방도도 없네　　　　　　　　　　報德無方

제가 기술[203]

諸家記述

고려의 문사(文士)는 모두 시문을 일삼았으나 오직 포은이 성리(性理)의 학문을 비로소 주창하였다.-성현(成俔)의 《용재총화(慵齋叢話)》-

고려 말기에 국세(國勢)가 몹시 위태로웠다. 어떤 승려가 포은에게 "강남 땅 만리에 들꽃이 만발했으니, 어딘들 봄바람에 좋은 강산 없을까.〔江南萬里野花發 何處春風無好山〕"라는 시구를 주니, 포은이 눈물을 흘리며 "아아, 이미 늦었소. 이미 늦었소."라고 하였다.-서거정(徐居正)의 《동인시화(東人詩話)》-

다경루(多景樓) 시[204]를 두고 변계량이 이르기를 "포은의 호매하고 장대하며 거침없고 걸출한 기상을 대개 이 시에서 볼 수 있다."라고 하였다.

청심루(淸心樓) 시[205]를 두고 정인지(鄭麟趾)가 이르기를 "고금에 제영

---

203 제가 기술(諸家記述) : 대본에는 없는데, 숭양본(崧陽本)에 근거하여 보충하여 번역하였다. 숭양본의 '제가 기술' 소주(小註)에 "구본에는 〈이씨께 드리는 제문〉 아래에 곧바로 총화 등의 여러 조목을 적었다. 감히 구본을 변동할 수는 없지만 이 네 글자를 적어서 구별한다.〔舊本祭李氏文下, 直書叢話等諸條. 雖不敢變動舊本, 書此四字以別之.〕"라고 하였다.
204 다경루(多景樓) 시 : 《포은집》 제1권에 실려 있는 〈다경루에서 계담에게 드리다〔多景樓贈季潭〕〉라는 시이다.

(題詠)한 시가 많으나 끝내 포은의 한가롭고 심원하여 맛이 있는 이한 절구만 못하다."라고 하였다.

사명을 받들고 일본에 갔을 때 지은 오언율시의 "공명만을 위한 것이 아니리라."[206]라는 구절 아래에 김종직(金宗直)이 이르기를 "드높은 지절(志節)은 노중련(魯仲連)[207]을 능가할 만하다."라고 하였다.

포은은 학문이 정밀하고 순수하며 문장 또한 드넓고 성대하였다. 고려 말에 시중(侍中)이 되어 충성을 다하여 나라를 돕는 것을 자신의 소임으로 여겼다. 혁명이 일어날 즈음에 천명과 인심이 모두 추대하는 곳이 있었건만 공만 홀로 의연히 범하지 못할 기색이 있었다. 평소에 서로 알고 지내던 승려가 공에게 말하기를 "시사(時事)는 알 만하게 되었거늘, 공은 어찌 고절(苦節)을 굳이 지키려 합니까."라고 하니, 공이 말하기를 "남의 사직을 맡아 어찌 감히 두 마음을 품겠소. 내 이미 처신할 바를 생각해 두었소."라고 하였다.

205 청심루(淸心樓) 시 : 《포은집》 제2권에 실려 있는 〈여흥루에 적다[題驪興樓]〉라는 시이다. 청심루는 여흥루를 가리킨다.

206 공명만을⋯⋯아니리라 : 《포은집》 제1권에 실려 있는 〈홍무 정사년에 사명을 받들고 일본에 갔을 때에 지은 시[洪武丁巳奉使日本作]〉의 세 번째 수의 끝 구절이다.

207 노중련(魯仲連) : 전국 시대 제(齊)나라의 고사(高士)이다. 그가 조(趙)나라에 가 있을 때 진(秦)나라 군대가 조나라의 수도 한단(邯鄲)을 포위하였다. 이때 위(魏)나라가 장군 신원연(新垣衍)을 보내어 진나라 임금을 황제로 섬기면 포위를 풀 것이라고 하자, 노중련이 "진나라가 방자하게 황제를 칭하고 죄악으로 천하에 정치를 행한다면, 나는 차라리 동해에 빠져 죽을지언정 진나라 백성이 되지 않을 것이다."라고 하였다. 《史記 卷83 魯仲連列傳》

하루는 매헌(梅軒)-권우(權遇)-이 찾아가 뵐 때에 공이 마침 또 조문하러 나가므로 공을 따라 동네를 나왔다. 활과 화살을 지니고 말 앞을 가로질러 가는 무사 두어 명이 있었는데, 길을 인도하는 하인이 "물렀거라." 하고 외쳐도 무사들이 피하지 않았다. 공이 매헌을 돌아보고 말하기를 "그대는 빨리 떠나가서 내 행차를 따르지 말라."라고 하였으나, 매헌이 그래도 따라가니, 공이 노한 빛을 띠며 말하기를 "어찌 내 말을 듣지 않는가."라고 하였다. 매헌이 마지못하여 작별하고 돌아왔더니, 조금 있다가 어떤 사람이 와서 이르기를 "정 시중이 해를 당하였다."라고 하였다.-성현의 《용재총화》-

포은이 세상을 떠나던 해의 봄[208]에 일찍이 벗을 찾아갔으나 벗이 없자, 곧 꽃이 핀 섬돌로 가서 꽃을 꺾어 읊조리며 완상하고는 일어나서 춤추다가 술을 가져오도록 하였다. 주모가 이화주(梨花酒) 한 대접을 올리자 즉시 다 마시고, 또 한 그릇을 요구하여 선 자리에서 다 마시고 탄식하기를 "계절의 물건은 이처럼 좋건만 애석하게도 풍기(風氣)는 너무도 고약하고 너무도 고약하구나."라고 하였다.

공이 뒷간에 가면 반드시 한참을 있었고, 시구를 얻으면 뒷간에서 붓과 벼루를 가져다가 적었다. 부인이 묻기를 "근자에는 어찌 뒷간에서 시를 짓지 않습니까?"라고 하니, 공이 서글프게 말하기를 "시상이 없어졌소."라고 하였다.-조신(曺伸)의 《소문쇄록(謏聞瑣錄)》-

어떤 사람이 포은에게 농담하기를 "사람들이 '그대는 벗들과 어울려

---

208 포은이……봄 : 포은은 1392년 4월 4일에 죽음을 당하였다.

술을 마실 때 남보다 먼저 들어가서 맨 뒤에 자리를 파하니 술을 너무 오래 마신다.'라고 합디다."라고 하니, 포은이 말하기를 "참으로 그러한 일이 있소. 젊어서 고향에 있을 때는 탁주 한 동이를 얻더라도 친척이나 벗들과 한번 즐기기를 생각했었소. 지금은 이미 부귀하여 좌상에 손님이 언제나 가득하고 단지 속에는 술이 비지 않으니, 내가 어찌 조급하게 마시겠소."라고 하였다.-서거정(徐居正)의 《필원잡기(筆苑雜記)》-

정덕 12년(1517, 중종12) 모월 모일에 묘비를 세웠으니, 그 글은 바로 보문각 제학 함공 부림(咸公傅霖)이 지은 〈행장〉이다. 아아, 공의 사업은 진실로 이미 사책(史冊)에 빛나고 그 뇌락(磊落)한 큰 절개는 우주의 사이에서 일월과 빛을 다투어 결코 없어질 수 없으니, 굳이 비석을 세울 필요가 없을 것이다. 그러나 비석은 없을 수 있어도 묘소는 표시하지 않을 수 없다. 뒷날 남긴 풍모를 경앙하는 사람들이 언덕을 배회할 때면 즐비한 봉분이 모두 같은 모습일 것이니, 만약 비석으로 표시한 것이 없다면 누가 공의 묘소를 알 수 있겠는가. 하물며 남긴 은택을 받은 자손이야 말할 것이 있으랴. 그렇다면 비석 또한 없을 수 없는 것이다.-현손(玄孫) 정희(鄭熹)-

애석하게도 상란(喪亂)을 겪은 뒤에 저술한 시문이 거의 다 유실되어 후학들로 하여금 그 서론(緖論)을 찾아볼 수 없게 하였다. 그러나 다행히 보존된 한 권의 시집에 수록된 독역(讀易), 관어(觀魚), 동지(冬至), 호연(浩然) 등의 시편[209]은 모두 성리에 관한 저작이다.

209 독역(讀易)……시편 :《포은집》제1권에 실려 있는 〈호수에서 물고기를 구경하

예로부터 성현이 도를 전한 것이 또한 많은 말에 있지 않았다. 요(堯)가 순(舜)에게 전한 것은 "진실로 그 중도를 잡아라.〔允執厥中〕"라는 것에 지나지 않았고, 순이 다시 세 마디 말을 보태어 "인심은 위태하고 도심은 은미하니, 정밀하고 한결같아야 진실로 그 중도를 잡으리라.〔人心惟危 道心惟微 惟精惟一 允執厥中〕"라고 하였으니, 이것이 만세의 심학(心學)의 연원인 것이다. 그렇다면 이 몇 편 가운데에서 또한 선생의 학문을 넉넉히 볼 수 있을 것이니, 동방 이학의 조종으로 추중한 것이 또한 마땅하지 않겠는가.

아아, 고려 말에는 기자(箕子)의 교화가 이미 멀어져서 대도(大道)가 인몰되니, 당시의 군신(君臣)이 이단에 미혹되었다. 그러나 오직 우리 선생만이 여론이 시끄러운 가운데에서 우뚝이 홀로 서서 오도(吾道)를 부지하고 이단을 물리치는 것을 자신의 소임으로 삼았으니, 마음에 터득한 바가 있는 분이 아니면 이와 같을 수 있었겠는가. 비록 염락(濂洛)의 진유(眞儒)와 나란히 함께하더라도 부끄러움이 없을 것이고, 동방에 공로가 있는 것은 공자와 다름이 없을 것이다.[210] 그 충효의 대절(大節)과 같은 것은 다만 도 가운데의 한 가지 일일 뿐이다.-고천(古川) 고을의 사론(士論)-

---

다〔湖中觀魚〕〉와 제2권에 실려 있는 〈주역을 읽다〔讀易〕〉, 〈동지를 읊다〔冬至吟〕〉, 〈호연의 권축에 적다〔浩然卷子〕〉라는 시를 가리킨다.

210 동방에……것이다 : 송대(宋代)의 도학을 동방에 밝힌 포은의 공로는 요순의 도를 후대에 전한 공자의 공로와 다름이 없다는 것이다. 재아(宰我)가 말하기를 "내가 공자를 관찰하건대, 요순(堯舜)보다 훨씬 나으시다."라고 하였다. 정자(程子)가 이를 해석하기를 "요순은 천하를 다스렸고, 공자는 또 그 도를 미루어 만세에 가르침을 남겼으니, 요순의 도가 공자를 얻지 않았다면 후세에서 또한 무엇을 근거로 삼았겠는가."라고 하였다. 《孟子集註 公孫丑上》

중종 기사년(1509, 중종4) 10월 모일에 특진관(特進官) 이우(李堣)[211]가 조지서(趙之瑞)의 아내 정씨(鄭氏)의 절개를 아뢰었다.

정씨는 바로 충의백 정몽주의 증손으로, 대대로 산음(山陰)에 살았는데, 조지서가 전처를 잃고 후처로 삼았다. 연산군 시절에 조지서가 연산이 세자였을 때부터 항상 간절하게 일깨워서 그 병통을 깊이 꿰뚫었기 때문에 연산이 매양 꺼리고 미워하더니, 갑자년(1504, 연산군10) 여름에 정성근(鄭誠謹)과 동시에 잡아 가두었다. 조지서가 스스로 면하기 어려울 것이라 생각하고 술을 들어 정씨와 영결하며 말하기를 "응당 죽음으로 나를 지켜야겠소."라고 하였는데, 이윽고 조공(趙公)이 과연 피살되고 그 집안도 적몰(籍沒)되어 정씨가 갈 곳이 없어졌다. 친정아버지가 말하기를 "집안이 이미 망했으니, 어찌 친정으로 돌아와서 그 결말을 살펴보지 아니하느냐."라고 하니, 정씨가 의리로써 거절하기를 "망인(亡人)이 나에게 조부의 신주를 부탁하여 제가 죽음을 무릅쓰고 지키기를 허락했거늘, 어찌 중간에 저버리겠습니까. 또 망인의 첩이 따로 집을 갖고 있어 가서 의지할 수 있습니다."라고 하였다. 드디어 신주를 안고 그 집으로 가서 조석으로 곡읍(哭泣)하며 제사하였고, 중사(中使)가 고을에 이르렀다는 소문을 들으면 즉시 신주를 안고 집 뒤의 대숲에 숨어 혹 며칠을 보내기도 하면서 삼년상을 마쳤다. 반정(反正)한 뒤에 드디어 옛집을 회복해 주어 평상시처럼 제사를 받들게 되니, 온 고을이 칭찬하였다. 이우가 당시 진주 목사로 있으면서 향당

---

211 이우(李堣) : 1469~1517. 자는 명중(明仲), 호는 송재(松齋), 본관은 진보(眞寶)이다. 1498년(연산군4) 문과에 급제하여 동부승지, 진주 목사, 강원도 관찰사 등을 역임하였다. 저서로 《송재집(松齋集)》이 있다.

(鄕黨)에 물어보니, 마을 백성들이 모두 '그렇다'라고 하였기 때문에 일찍이 아뢰어 정려문(旌閭門)을 세웠던 것이다.

이러한 점이 있었구나. 충의백의 후손으로서 백부(伯符)[212]의 배필이 되어 죽음으로 맹세하고 두 마음을 품지 않아 부도(婦道)를 온전히 하였으니, 가문과 족류에 관계되지 않은 것이 비록 오래되었다고는 하나[213] 근원이 맑은 물과 겉모습이 단정한 그림자처럼 어찌 연관된 바가 없다고 하겠는가.-이자(李耔)의 《음애잡기(陰崖雜記)》-

---

212 백부(伯符) : 조지서(趙之瑞)의 자(字)이다.

213 가문과……하나 : 사람의 덕행이 출신과 관계되지 않음은 오래전부터의 일이라는 말이다. 공자가 중궁(仲弓)을 평하기를 "얼룩소 새끼가 색깔이 붉고 또 뿔이 제대로 났다면 비록 산천의 제사에 쓰지 않고자 하나 산천의 신이 어찌 그것을 버려두겠는가."라고 하였다. 범씨(范氏)가 이를 해석하기를 "고수를 아버지로 두고도 순 임금이 있었고, 곤을 아버지로 두고도 우 임금이 있었으니, 옛날의 성현이 가문과 족류에 관계되지 않음이 오래되었다.〔以瞽瞍爲父而有舜, 以鯀爲父而有禹, 古之聖賢, 不係於世類尙矣.〕"라고 하였다. 《論語集註 雍也》

포은 선생 묘갈 음기

圃隱先生墓碣陰

묘소는 용인(龍仁)에 있다.

정덕 12년 정축(1517, 중종12)에 태학생 등이 상소하여 "문충공 정몽주
는 충효의 대절(大節)이 있고 이학(理學)이 동방의 조종(祖宗)이 되어
사문(斯文)에 매우 큰 공로가 있으니, 문묘에 배향하기를 청합니다."라
고 하니, 주상이 윤허하였다. 그해 9월 17일 문묘 서무(西廡)의 문창후
(文昌侯) 최치원(崔致遠) 뒤에 배향하였고, 또 묘소를 수리하고 표석
을 세워서 나무꾼과 목동의 출입을 금하였다. 그 관직을 적을 때 고려
의 관직으로 쓰고 문충공이라 적지 않은 것은 대개 두 왕조를 섬기지
않은 본뜻을 밝히려고 한 것이다. 공의 평생 사적은 《고려사》 열전(列
傳)에 갖추어져 있다.

포은 선생 화상을 배알하고 지은 사 장현광[214]

謁圃隱先生畫像詞 張顯光

우주 사이에서 오래갈 수 없는 것은 형기이니 　宇宙間不可久者形氣

사람이 백 년을 지나면 누가 그 몸을 보전할까 　人過百年兮孰存其身

그중에 없어질 수 없는 것은 도덕과 의리이니 　　而其不可泯者德義

천백대를 지나도 교화가 사람에게 남아 있네 　經千百代兮敎化在人

그 없어질 수 없는 것을 우러르며 오래갈 수 없는 것을 생각하니

　　　　　　　　　　　　　仰其不可泯者而思其不可久

참모습과 비슷한 것을 무엇을 통하여 찾을까 　　　髣髴眞容兮曷因

얼마나 다행인가 선생의 사후 이백여 년 뒤 　何幸後先生二百有餘載

위엄 있는 그 모습을 오늘에 배알하게 되니 　　　獲拜儀形於今日

아아 도덕과 절의가 우리 동방에 제일가는 분이 아니라면

　　　　　　　　　　　噫噫非道德節義之其一人於吾東者

사람이 유상을 보고 이처럼 지극히 감격하고 기뻐하게 하겠는가

　　　　　　　　　　　令人覩遺像而感激欣幸乃至此極

하늘이 선생을 말세에 태어나게 한 것은 아마 뜻이 있어서일 것이니

　　　　　　　　　天之生先生於叔季之時蓋亦有意夫

옛날 단군과 기자 이후로 일찍이 펼쳐지지 못한 문교가

---

214 장현광(張顯光) : 1554~1637. 자는 덕회(德晦), 호는 여헌(旅軒), 본관은 인동(仁同)이다. 학행으로 여러 관직에 제수되었으나 대부분 부임하지 않았고, 일생을 학문과 교육에 종사하였다. 저서로 《여헌집(旅軒集)》이 있다.

前乎檀箕以下未曾宣擧之文敎

선생이 태어남으로 인하여 떨쳐 일어났고 　　　　其生也而振起

뒷날 동방의 억만년토록 바뀔 수 없는 강상이

後乎東方萬萬世不可易之綱常

선생이 죽음으로 인하여 수립될 수 있었네 　　　　其沒也而扶植

이는 그 간직한 도덕과 성취한 사업이 　是其所抱負之道德所成就之事業

일월을 빛나게 하고 산하를 안정시켰기 때문이니 　有以光日月而奠山河

문장에 화려한 기예가 있어 유자라 이르고 　固非葩藻末藝而謂之儒

일세에 공로가 있어 충신이라 하는 사람이 　　　勳勞一世而謂之忠者

만분의 일이라도 견줄 수 있는 바가 아니라네 　　　所可得擬其萬一

지금 천지간에 서서 삼재에 참여하여 둥근 머리와 네모진 발을 가진

우리들이 　　　　至今吾人之立天地參三而圓頭方足者

집안에서 부자간의 도리를 지키고 　　　　　得父子於有家

나라에서 군신간의 의리를 행함이 　　　　　能君臣於有邦者

그 누가 내려 준 은혜이겠는가 　　　　　　其誰之賜乎

이는 모두 선생의 한 몸이 천고의 뒤와 만년의 앞에 계셨던 덕분이

아니겠는가 　　　此莫非賴有先生一身於前千古之後後萬祀之前也哉

돌아보건대 나는 끼친 교화를 받은 후학으로 　顧我遺敎餘化中末學

모습을 한번 뵙기를 원했으나 뵙지 못하다가 　願一接形貌而不可得者

이제 비로소 소원을 이루게 되었네 　　　　　乃今斯得焉

경건히 향을 피우고 배알하노니 　　　　　敬焚香而展謁

완연한 영령의 모습 의젓하시네 　　　　　儼精爽之宛然

그 형상할 수 있는 것에 나아가 　　　　　就其所可像

형상할 수 없는 것을 알 수 있고 　　　　　有以認夫所未像

그 볼 수 있는 것을 통하여 因其所得覿

볼 수 없는 것을 알 수 있으니 有以會夫所莫覿

위로 올라가 당시를 상상해 보면 溯遐想於當日

구천에서 다시 나오신 듯하도다 擬九原之有作

천품이 본래 순수하고 아름다웠던 까닭은 得於稟受本自粹美者

과연 빼어난 풍격의 자질을 타고났기 때문이고 其資質果是秀拔之風格

스승이 없이도 홀로 정심한 이치를 터득한 것은 不由師傅獨得精深者

오히려 윤택한 모습²¹⁵을 만들어 낸 학문 때문이네

其學問猶存睟盎之容色

횡으로 말하든 종으로 말하든 모두 의리에 맞았으니²¹⁶

橫說豎說之義理皆當

근원이 어디로부터 나왔기에 이처럼 무궁하며 出何從而無窮

좌우로 수응한 것이 모든 일에 다 적합했으니²¹⁷ 左酬右應之庶務咸適

기틀이 어디로부터 나왔기에 사방으로 통했는가 機何自而旁通

만리 밖의 중국 궁궐에서 황제를 감동시키니 動冕旒於萬里迥阻之天闕

신명에게 질정해도 의심이 없는 성의였고 質神明之誠意

---

215 윤택한 모습 : 군자의 내면에 쌓인 덕이 밖으로 환히 드러나는 것을 말한다. 맹자
가 말하기를 "군자의 본성은 인의예지가 마음속에 뿌리를 두고 있어 그 기색에 발현되는
것이 윤택하게 얼굴에 드러나며 등에 가득 넘쳐흐른다.〔君子所性, 仁義禮智根於心.
其生色也, 睟然見於面, 盎於背.〕"라고 하였다. 《孟子 盡心上》

216 횡으로……맞았으니 : 505쪽 주182 참조.

217 좌우로……적합했으니 : 《포은집》〈행장(行狀)〉에 "당시 국가에 일이 많아 긴요
한 업무가 수없이 쌓였으나 공이 재상이 되어 목소리와 낯빛을 바꾸지 않고서도 큰일을
처리하고 큰 의혹을 결단하며 좌우로 수응하는 것이 모두 꼭 들어맞았다."라고 하였다.

높은 파도가 출몰하는 일본에서 왜적을 감화하니

孚犬羊於層波出沒之日域

금석도 쪼갤 수 있는 신의였네 　　　　　　　　開金石之信義

털끝처럼 작은 것과 그윽이 감추어진 사이에서 남들이 감지하지 못하는 것을 감지해 내고 남들이 밝혀내지 못하는 것을 밝혀낸 것은

幾人之所不能幾燭人之所不能燭於毫釐之微幽隱之間者

물처럼 맑고 거울처럼 밝은 통찰력이 아니겠는가　非水鏡之眼力耶

어려운 상황과 위태로운 때에 남들이 해내지 못하는 것을 해내고 남들이 감당하지 못하는 것을 감당한 것은

夯人之所不能夯當人之所不能當於顚沛之頃危亡之際者

강철이나 바위처럼 굳센 의지력이 아니겠는가　　非鐵石之梁脊耶

아아 사람이 누군들 푸른 하늘을 이고 두터운 땅을 밟지 않겠는가마는

嗚呼人孰不戴蒼蒼而履膴膴

선생만이 홀로 그 천명에 따라 살다가 돌아가셨네　子獨生死於厥命

사체와 백해를 갖추고서 만물 중에 뛰어나니　備四體百骸而首庶物

그 누군들 떳떳한 성품을 갖고 있지 않았겠는가마는　孰不有秉執之彝則

선생만이 홀로 시종일관 그 본성대로 사셨네　　子獨終始其所性

몸이 살아서는 　　　　　　　　　　　　　　　　身之存也

국가에 기둥과 주춧돌이 되고 　　　　　　　　　柱石于國家

묘당에 시귀[218]가 되고 　　　　　　　　　　　蓍龜于廟堂

사문에 영수가 되었으며 　　　　　　　　　　　領袖于斯文

---

218 시귀(蓍龜) : 주역점을 칠 때에 사용하는 시초(蓍草)와 거북점을 칠 때 사용하는 등딱지로, 국가가 믿고 의지할 수 있는 원로(元老)를 비유하는 말로 쓰인다.

몸이 죽어서는   身之亡也

무너지는 물결에 지주가 되고   砥柱於頹波

백세에 사표가 되고   師表於百世

천지 사이에 원기가 되었네   元氣於兩間

이처럼 남달랐던 것은   唯其所異者

일곱 자의 육신 때문이 아니니   非是七尺

사람다운 사람이 되는 틀을 구하려고 한다면   人欲求做人底樣子

어찌 이 한 폭의 화상에서 법을 취하지 않으랴   盍取則於一幅

저 혹 따질 수도 없는 일에서 밝힐 수도 없는 자취를 의심하는 자들은

                 彼或致疑乎不可明之迹於不可詰之地者

실로 선생의 도덕을 구명하지 않아서라네   是實未究乎其道與德

그렇다면 무엇으로 선생의 심사를 볼 것인가   然則當何以見先生之心事

하늘과 땅이 있고 해와 달이 있다오   有天地有日月

임고서원 묘우 상량문 장현광

臨皐書院廟宇上樑文 張顯光

사문(斯文)의 흥망에 관계된 일이 아직 거행되지 못하였으면 온 나라가 근심할 바이고, 오도(吾道)의 명암과 관련된 기틀이 이미 닦여졌으면 많은 선비들이 경하할 바이네. 새 사당이 곧 새 터에 세워지니, 옛 가르침이 응당 옛 고을에 밝아지리라.

선유(先儒)가 일찍이 거처했던 곳을 보면, 후생(後生)들이 더욱 돈독히 경모함을 징험하겠네. 온 천하가 모두 큰 성인으로 우러르기는 추로(鄒魯)의 유풍(遺風)보다 성대한 것이 없고, 온 해내(海內)가 다 큰 현인으로 높이기로는 하락(河洛)[219]의 남은 교화보다 깊은 것이 없네.

사모함이 간절한 사람에게는 사모의 정을 깃들일 땅이 없을 수 없고, 정성이 지극한 사람은 또한 반드시 정성을 다할 일을 이루기 마련이네. 이에 서원을 세워서 별묘(別廟)를 갖추는 제도가 일어났고, 마침내 때를 정하여 특별히 제사하는 의식이 확립되니, 사체(事體)가 문묘(文廟)에 종사(從祀)하는 일반적인 제향과 다르고, 예법이 향사(鄕社)에서 제사하는 의례적인 존숭보다 무겁다네.

공손히 생각하건대, 포은 선생은 해와 별의 참다운 정기를 모았고 산과 바다의 빼어난 기운을 받으셨네. 우주의 가장 뒤진 세상에 태어났으나 삼황(三皇)과 오제(五帝)의 순박함을 마음으로 삼았고, 천지의

---

219 하락(河洛) : 하수(河水)와 낙수(洛水)의 병칭으로, 낙양(洛陽)을 가리킨다. 북송의 정자(程子) 형제가 이곳에 살았다.

지극히 후미진 지방에 서 있었으나 구주(九州)와 팔황(八荒)의 경위 (經緯)를 눈으로 보셨네. 천하의 이치를 마음으로 알아 묵묵히 이해하고서, 몸소 행하고 힘써 실천한 것은 일상의 떳떳한 일이었네.

주자(周子), 정자(程子), 장자(張子), 주자(朱子)의 바른 전통을 얻어 공자와 맹자에게로 연원(淵源)을 거슬러 올라갔고, 환공(桓公), 문공(文公), 관중(管仲), 안영(晏嬰)의 낮은 패업(霸業)을 천하게 여기고서 이윤(伊尹)과 주공(周公)처럼 경륜하기를 뜻하셨네.

목로(牧老 이색(李穡))는 종횡의 논설이 모두 이치에 맞다며 칭찬하였고, 도은(陶隱 이숭인(李崇仁))은 탁월한 인품이라고 감탄하였네. 학문은 정심(精深)한 경지에 이르러서 위로 천리를 통달하였고, 이치는 실제 꿰뚫어 통하여 의심할 것이 없었네. 진실로 좌우 어디에서나 근원을 만났으니, 체(體)와 용(用)의 덕(德)을 구비했다고 이를 만하네.

학교를 설치하여 풍화(風化)의 근본을 열었고, 토지의 부세(賦稅)를 정하여 경비의 요체를 확립했네. 일곱 번이나 명나라로 달려가서는 지극한 정성이 황제를 감동시켜 돌아보게 하였고, 두 번이나 일본에 사신으로 가서 큰 신의가 바다의 풍파를 안정시켰네. 학문을 말하면 유학의 조종(祖宗)이고, 도를 말하면 왕자(王者)를 보좌할 재주였네. 절의를 일월처럼 밝히니 도거(刀鋸)와 정확(鼎鑊)도 그 꿋꿋한 지조를 빼앗을 수 없었고, 강상(綱常)을 천지간에 자임하니 비록 송백(松柏)과 금석(金石)이라도 어찌 그 굳세고 확고함을 비유할 수 있겠는가.

고려 오백 년 한 시대의 충성스러운 신하일 뿐만 아니라, 실로 조선 천만세토록 우리 유학의 순수한 스승이시네. 효도는 3년 동안의 시묘에서 드러났으니 만백성의 부자 사이에 법칙이 되었고, 충성은 폐백을 올린 임금에게 다했으니 백대의 군신에게 모범이 되었네.

문묘의 서무(西廡)에 배향하여 내외의 학궁(學宮)에서 제향하니 온 나라 사람이 함께 숭상하는 것이고, 별원(別院)을 세워서 생장한 옛 땅에 제사 지내니 본읍(本邑)에서 더욱 공경하는 것이네. 처음에 정려각(旌閭閣)에서 가까운 언덕에 건립하여 이미 정결한 제사를 여러 해 동안 거행했는데, 지난번에 병화(兵火)가 한번 일어남으로 인하여 갑자기 서원과 사당이 모두 불타게 되었네.

마침내 제때에 중건하여 옛 법을 실추하지 말 것을 의논하니, 모두가 터를 옮겨서 새로운 상서(祥瑞)를 영원하게 하자고 하였네. 사람들의 계책이 같으니 거북점과 주역점도 모두 따랐고, 신도(神道)가 편안해할 바이니 사림(士林)들이 크게 호응하였네. 더구나 그 당년에 시묘하던 옛 지역으로, 자식이 효도를 다한 아름다운 자취가 있는 곳임에랴. 묘소에서 사당으로 가고 사당에서 묘소로 가니 이곳에서나 저곳에서나 추모하는 슬픔을 거의 펼칠 수 있었고, 봄에서 가을에 이르고 가을에서 봄에 이르니 응당 봄에 이슬을 밟고 가을에 서리를 밟는 감회가 쌓였으리라.[220] 지팡이와 신발이 어느 언덕인들 미치지 않았겠으며, 귀와 눈이 어느 물건인들 보고 듣지 않았겠는가.

조옹대(釣翁臺)[221]라는 것이 시냇가에 임해 있으니 아마도 여유롭게

---

220 봄에 이슬을……쌓였으리라 : 시묘하거나 성묘하면서 부모를 그리워하는 마음이 가득 쌓였을 것이라는 말이다. 《예기》〈제의(祭義)〉에 "서리와 이슬이 내리거든 군자는 이것을 밟고 반드시 서글픈 마음이 있기 마련이니, 날씨가 추운 것을 말하는 것이 아니다. 봄에 비와 이슬이 적셔 주거든 군자는 이것을 밟고 반드시 놀라는 마음이 있어 장차 돌아가신 부모를 뵐 듯이 여긴다.〔霜露旣降, 君子履之, 必有悽愴之心, 非其寒之謂也; 春雨露旣濡, 君子履之, 必有怵惕之心, 如將見之.〕"라고 하였다.

221 조옹대(釣翁臺) : 경상북도 영천시 임고면 양항리에 있다.

은둔하려는 처음의 뜻일 터이고, 도일동(道一洞)²²²이라 이름하여 후세에 전했으니 상상컨대 또한 도를 자임한 순수한 정성이리라. 이에 서원을 옮긴 여러 사람의 계책을 알 수 있으니, 좋은 땅만 고르려고 도모한 것이 아니라네. 신명이 이곳에 오르내리실 것이니 바로 평소에 오가시던 자취가 남은 곳이고, 선비들이 여기에서 제향을 올리니 실로 절실하게 상상하는 지극한 정이라네.

　밝은 산은 옛 모습 그대로 원근(遠近)을 감싸 안았고, 내달리는 시냇물은 옛 빛깔 그대로 앞뒤를 비추며 둘렀네. 들판 동쪽의 옛 마을이 아침저녁의 연기 가운데에 있으니 자친(慈親)이 흑룡(黑龍) 꿈을 꾼 옛 나무²²³가 보이는 듯하고, 동구 북쪽의 거친 언덕이 송추(松楸)의 바람 속에 있으니 효자가 까마귀처럼 통곡하는 원통한 소리가 들리는 듯하네. 그렇다면 이 사당이 중건되는 것은 또한 선현의 도가 한번 펼쳐지는 것이니, 도덕을 시행하는 일이 당일에 다 이루어지지 못했으나 오늘에 이르러 더욱 빛나게 되고, 절의를 세운 것이 비록 당시에 있었지만 지금에 이르러 더욱 드러나게 되리라.

　일에 종사하는 이들은 감동하고 분발하여 힘을 다하고, 덕을 숭상하는 이들은 기뻐하고 사모하여 마음을 다하네. 사람들은 높일 만한 스승이 있음을 알아 추향(趣向)이 다른 갈래에서 어지러워지지 않고, 세상은 본보기로 삼을 만한 표준을 얻어 제멋대로 흐르는 물길을 거센 파도

222　도일동(道一洞) : 경상북도 영천시 임고면 양항리의 옛 이름이다.
223　자친(慈親)이……나무 : 〈행장〉에 "아홉 살 때 모친이 낮에 검은 용이 정원 안의 배나무에 올라가는 꿈을 꾸고 놀라 깨어서 나가 보니, 바로 공이었다. 그래서 또 이름을 몽룡(夢龍)이라 하였다."라고 하였다.

에서 돌릴 수 있네.

유가의 동량이 우뚝이 세워지고, 세도의 기강이 드높이 펼쳐지네. 흰 해가 비추어 주니 우주에 빛나는 밝은 빛이 따라서 유통되고, 하늘이 굽어보니 공중에 비껴 있는 늠름한 기운이 하늘과 더불어 시종 이어지리라. 권면하지 않아도 나약한 자가 뜻을 세우고 완악한 자가 청렴해지니[224] 바로 이 도가 형통한 것이고, 무궁한 후대에 사당에서 제향을 누리니 누가 그 덕의 영원함과 같겠는가. 이에 지붕의 대들보가 높이 걸리는 것을 보고 감히 도맥(道脈)의 아름다움과 장구함을 찬양하노라.

들보의 동쪽에 던지노니[225]   東[226]

아침마다 빛나는 해가 중천을 향해 떠오르네   朝朝赫日向天中

바다 위에 요망한 기운 일어날까 두려울 뿐이니   海顔只怕妖氛起

상서로운 바람 일으켜 푸른 하늘 쓸어 내야 하리   須作祥風掃碧空

들보의 남쪽에 던지노니   南

깎아지른 푸른 절벽이 못가에 높이 솟아 있네   巉然蒼壁聳臨潭

---

224 나약한……청렴해지니 : 맹자가 말하기를 "백이의 풍모를 듣는 사람은 완악한 사람이 청렴해지고 나약한 사람이 세울 뜻을 갖게 된다.[聞伯夷之風者, 頑夫廉, 懦夫有立志.]"라고 하였다. 《孟子 萬章下》

225 들보의 동쪽에 던지노니 : 옛날 상량식을 거행할 때에 행하던 의식의 하나이다. 도목수가 만두나 떡 등을 들보 위에서 동, 서, 남, 북, 상, 하로 던지며 상량문을 읽어 축원했다고 한다.

226 東 : 장현광의 〈임고서원묘우상량문〉에는 '拋梁東'으로 되어 있다. 아래의 '南', '西', '北', '上', '下'도 마찬가지이다. 《旅軒集 卷10》

| 사람들 우러러볼 뿐 가까이하기 어렵게 하니 | 令人可仰終難狎 |
| 마주하여 부끄러움 없을 사나이 몇이나 될까 | 對此無羞幾箇男 |

들보의 서쪽에 던지노니	西
수양산 어느 곳인들 높낮이를 따지겠는가[227]	首陽何處問高低
강상을 만고에 부지시킨 것도 마찬가지이고	綱常萬古扶持一
앞뒤로 목숨 버려 절의를 지킨 것도 같도다	先後捐生節義齊

들보의 북쪽에 던지노니	北
천지의 조화는 한겨울에도 쉰 적이 없다네	元化窮冬未始息
순절한 당년에도 도가 없어지지 않았으니	伏節當年道不亡
천추토록 이 가르침이 끝내 다함 없으리라	千秋此教無終極

들보의 위에 던지노니	上
한 하늘을 만고토록 사람들 모두 우러르네	一天萬古人咸仰
우러르는 하늘 밖에 다시 하늘이 없으니	仰天天外更無天
이 이치는 영원토록 조금의 변함도 없다네	此理窮天無暫妄

| 들보의 아래에 던지노니 | 下 |
| 앞에는 당과 재가 있어 집이 차례로 늘어섰네 | 前有堂齋次第廈 |

---

227 수양산(首陽山)……따지겠는가 : 포은의 절의가 백이숙제(伯夷叔齊)와 나란하
다는 말이다. 수양산은 백이숙제가 절의를 지키느라 고사리를 캐 먹으며 은거하다가
굶어 죽은 곳으로, 서산(西山)이라고도 한다.

문을 통해 들어오고 층계를 따라 올라야 하니　　入必由門階必級
성인의 공부는 응당 쇄소응대로부터 해야 하리　　聖功須自掃先灑

　삼가 바라건대, 들보를 올린 뒤에는[228] 양명(陽明)한 기운이 성대하여 음탁(陰濁)한 기운이 사라지며, 현가(絃歌)가 일어나서 도깨비들이 달아나며, 문운(文運)이 크게 열려서 도학(道學)을 응당 높여야 함을 모두 알며, 유풍(儒風)이 실로 번창하여 인륜을 진작해야 함을 함께 알게 하소서.

　봄과 가을로 향화(香火)가 이어지고 제물을 올릴 때 예의에 벗어남이 없으리라. 어찌 단지 허문(虛文)에만 종사하겠는가. 모름지기 진실한 덕을 숭상할 것이며, 오직 지엽적인 재주에만 뜻을 내달리지 않고 반드시 참다운 마음을 전할 것이니, 어찌 한 고을의 아름다움에만 그칠 뿐이랴. 바로 우리 동방이 함께할 경사이리라. 우리에게 광명을 그치지 않고 내려 주심으로써 항상 바른 학문이 사방에 일어남을 볼 것이고, 이 정성과 공경을 게을리하지 않음으로써 거의 참다운 선비가 배출됨을 보게 되리라.

---

228 들보를 올린 뒤에는 : 대본에는 없는데, 《여헌집》 권10 〈임고서원묘우상량문〉에 근거하여 '上梁之後'를 보충하여 번역하였다.

본전 本傳

정습명전
鄭襲明傳

정습명은 영일현(迎日縣) 사람이다.-현은 본래 신라의 근오지현(斤烏支縣)
이니, 지금 경상도에 속한다.- 뜻이 드높고 자질이 특출했으며 학문에 힘써
서 문장에 능하였다. 향공(鄕貢)으로 급제하여 내시(內侍)에 소속되
었다.

　인종(仁宗) 때에 여러 번 옮겨서 국자감사업 기거주 지제고(國子監
司業起居注知制誥)가 되었다. 낭사(郎舍) 최재(崔梓)와 재상(宰相) 김
부식(金富軾), 임원애(任元敱), 이중(李仲), 최주(崔奏) 등과 함께 상
소하여 시폐십조(時弊十條)를 말하고 3일 동안 복합(伏閤)하였으나
인종이 답하지 않아 모두 사직하고 나오지 않았다. 인종이 이 때문에
집주관(執奏官)을 폐지하고 여러 곳의 내시별감(內侍別監) 및 내시원
별고(內侍院別庫)를 줄이고는 최재 등을 불러 직무를 보게 하였는데,
정습명은 홀로 아뢴 말을 다 따르지 않았다고 하여 복직하지 않았다.
우상시(右常侍) 최관(崔灌)이 홀로 상소하는 일에 참여하지 않고 평상
시처럼 직무를 수행하므로 의론하는 사람들이 비루하게 여겼다. 정습
명은 얼마 뒤에 예부 시랑(禮部侍郎)에 올랐고, 의종(毅宗)이 즉위한

뒤에 한림원 학사(翰林院學士)에 제수되고 추밀원 지주사(樞密院知奏事)로 승진하였다.

이보다 앞서 의종이 원자(元子)였을 때에 정습명이 시독(侍讀)으로 있었다. 인종이 원자가 군왕의 책무를 감당하지 못할까 염려하고 임후(任后 공예태후(恭睿太后))) 또한 둘째 아들을 사랑하여 장차 태자로 세우려고 하였으나 정습명이 마음을 다하여 보호하였기 때문에 태자가 폐해지지 않을 수 있었다. 정습명이 간관의 직책에 오랫동안 있으면서 간쟁하는 신하의 풍모가 있으니, 인종이 큰 그릇으로 매우 중하게 여겨서 동궁을 가르치게 하였고, 병이 들었을 때 의종에게 말하기를 "나라를 다스리는 데는 마땅히 정습명의 말을 들어야 할 것이다."라고 하였다.

정습명은 스스로 선조(先朝)의 부탁이라 여겨서 아는 것은 죄다 말하였기 때문에 의종이 이를 꺼리게 되었고, 김존중(金存中)과 정함(鄭諴)이 밤낮으로 그를 헐뜯었다. 마침 정습명이 병으로 휴가를 청하자, 김존중에게 그 직임을 임시로 대신하게 하니, 정습명이 왕의 뜻을 알아차려 약을 마시고 죽었다. 이때부터 아첨하는 신하들이 날로 등용되고 왕은 더욱 방자하여 절도 없이 놀기만 하였다. 일찍이 귀법사(歸法寺)로 거둥하였을 때 말을 달려 달령(獺嶺)의 다원(茶院)까지 이르렀으나 호종하는 신하가 아무도 따라오지 않으니, 의종이 홀로 기둥에 기대어 시자(侍者)에게 이르기를 "정습명이 만약 살아 있다면 내가 어찌 이 지경에 이르렀겠는가."라고 하였다.

포은 선생 본전[229]

圃隱先生本傳

정몽주는 자(字)가 달가(達可)이고, 지주사(知奏事) 정습명(鄭襲明)
의 후손이다. 모친 이씨(李氏)가 임신했을 때 난초 화분을 안고 있다
가 갑자기 떨어뜨리는 꿈을 꾸고 놀라 깨어나서 낳았다. 이로 인하여
이름을 몽란(夢蘭)이라 하였다. 태어나면서부터 빼어나고 남달랐으
며, 어깨 위에 북두칠성처럼 늘어선 일곱 개의 검은 점이 있었다. 아홉
살 때 모친이 낮에 검은 용이 정원 안의 배나무에 올라가는 꿈을 꾸고
놀라 깨어서 나가 보니, 바로 몽란이었다. 이로 인하여 이름을 몽룡
(夢龍)으로 바꾸었고, 관례(冠禮)를 치른 뒤에 지금의 이름으로 바꾸
었다.

공민왕 9년(1360)에 과거에 응시하여 연이어 삼장(三場)에 장원하
고 드디어 제일인으로 뽑혔다.

11년(1362)에 예문관 검열(藝文館檢閱)에 보임되었다.

13년(1364)에 우리 태조를 따라 화주(和州)에서 삼선(三善)과 삼개
(三介)를 격파하였고, 여러 번 벼슬을 옮겨서 전농시 승(典農寺丞)이 되
었다. 당시에 상제(喪制)가 문란하고 해이해져서 사대부들이 모두 100일
이면 탈상하였으나 정몽주는 부모상에 홀로 시묘하였고 슬픔과 예법이
모두 극진하였으므로, 정려(旌閭)를 내려서 표창하도록 명하였다.

---

229 포은 선생 본전(圃隱先生本傳) : 《고려사》 권117 〈제신열전(諸臣列傳) 30〉에 실
려 있다.

16년(1367)에 예조 정랑으로 성균관 박사를 겸하였다. 당시 우리나라에 들어온 경서는 오직 주자(朱子)의 사서집주(四書集註)뿐이었다. 정몽주는 강설이 탁월하여 사람들의 생각을 크게 뛰어넘었기 때문에 듣는 이들이 자못 의심하였으나 호병문(胡炳文)의 《사서통(四書通)》을 얻어 보게 되어서는 합치하지 않는 것이 없었으므로, 선비들이 더욱 탄복하였다. 이색(李穡)이 자주 일컫기를 "정몽주의 논리는 횡으로 말하든 종으로 말하든 이치에 맞지 않는 것이 없으니, 동방 이학(理學)의 조종(祖宗)으로 추중(推重)하노라."라고 하였다.

17년(1368)에 성균관 사예(成均館司藝)로 옮겨 갔다.

20년(1371)에 태상시 소경(太常寺少卿)으로 바뀌었다가 이윽고 성균관 사성(成均館司成)으로 옮겨 갔다.

21년(1372)에 서장관(書狀官)으로 홍사범(洪師範)을 따라 남경에 가서 촉(蜀) 땅을 평정한 일을 축하하였다. 돌아올 때에 해중(海中)의 허산(許山)[230]에 이르러 폭풍을 만나 배가 부서져 표류하다 암도(岩島)에 닿았다. 홍사범은 익사하고 죽음을 면한 사람은 겨우 열에 둘뿐이었다. 정몽주는 죽을 뻔하다가 살아나서 말다래를 베어 먹은 것이 13일이나 되었다. 이 일이 보고되자 황제가 배를 마련하여 데리고 돌아가 후하게 보살펴서 돌려보냈다.

신우(辛禑) 1년(1375)에 우사의대부(右司議大夫)에 제수되었고 성균관 대사성으로 옮겨 갔다. 이보다 앞서, 명(明)나라가 처음 일어났을 때 정몽주가 조정에 힘껏 청하여 맨 먼저 명나라에 귀부(歸附)하였다.

---

230 허산(許山): 지금의 항주만(杭州灣) 북쪽 봉현(奉賢) 앞바다인 탄허산(灘許山)을 가리킨다.

이때에 이르러 공민왕이 시해당하고 김의(金義)가 사신을 죽이니,[231] 나라 사람들이 두려워하여 감히 명나라에 사신을 보내지 못하였다. 정몽주가 또 대의를 진달하기를 "근래의 변고는 응당 일찍 상세히 아뢰어 상국(上國)으로 하여금 한 점의 의혹도 없게 해야 하거늘, 어찌 먼저 스스로 의심스럽게 하여 백성들에게 재앙을 당하게 하겠습니까." 라고 하였다. 이에 비로소 사신을 보내어 상(喪)을 고하고, 또 김의의 사건을 해명하였다. 이때에 북원(北元)이 사신을 보내어 조서를 내리니, 권신(權臣) 이인임(李仁任)과 지윤(池奫)이 다시 원나라를 섬기려고 그 사신을 맞아들이려는 논의를 하였다. 정몽주가 문신 십수 인과 함께 글을 올려 부당함을 운운하니,-글이 문집에 있다.-[232] 지윤과 이인임이 몹시 싫어하여 언양(彦陽)으로 유배 보내었다.

2년(1376)에 편리한 대로 거주하도록 허락하였다. 그 당시 왜구가 가득하여 바닷가 고을들이 쓸쓸히 텅 비었기 때문에 국가에서 이를 걱정하였다. 일찍이 나흥유(羅興儒)를 패가대(覇家臺)[233]에 사신으로 보내어 화친을 설득하게 하니, 그 주장(主將)이 나흥유를 잡아 가두어 거의 아사(餓死) 지경이 되었다가 겨우 살아 돌아온 일이 있었다.

3년(1377)에 권신들이 전날의 일에 앙심을 품고 정몽주를 천거하여 패가대에 보빙(報聘)하여 왜구의 침략을 금지시켜 주기를 청하게 하였

---

231 김의(金義)가 사신을 죽이니 : 436쪽 주43 참조.

232 글이 문집에 있다 : 《포은집》 제3권에 실려 있는 〈북원의 사신을 맞아들이지 말기를 청하는 소〔請勿迎元使疏〕〉를 가리킨다.

233 패가대(覇家臺) : 일본 규슈 지방의 하카다(博多) 지역을 지칭하는 말이다. 고려 때 일본의 외교를 관장하던 태재부(太宰府)가 있었다고 한다.

다. 사람들이 모두 위태롭게 여겼으나 정몽주는 조금도 어려워하는 기색이 없었고, 패가대에 이르러서는 고금의 외교의 득실을 극진히 설명하니, 주장이 경복(敬服)하여 객관의 대접이 매우 후하였다. 시를 구하는 왜승(倭僧)이 있으면 붓을 잡아 곧바로 지어 주니, 승도들이 구름처럼 모여들어 날마다 가마를 메고 절경을 구경하기를 청하였다. 돌아올 때에는 구주 절도사(九州節度使)가 보낸 주맹인(周孟仁)과 함께 왔고, 또 잡혀갔던 윤명(尹明)과 안우세(安遇世) 등 수백 인을 쇄환(刷還)하였고 또 삼도(三島)의 침략을 금지시켰다. 왜인들이 오래도록 일컫고 사모해 마지않아 뒤에 정몽주가 죽었다는 소식을 듣고 탄식하며 애석해하지 않는 사람이 없었고 재를 올려 명복을 비는 사람까지 있었다.

정몽주가 왜적이 우리 양가(良家)의 자제를 종으로 삼은 것을 불쌍하게 여겨서 값을 지불하고 데려오려고 재상들에게 힘껏 권하여 각각 사재를 조금씩 내게 하고 또 글을 써서 윤명에게 주어서 보내니, 왜적의 우두머리가 글의 내용이 간절한 것을 보고 포로 100여 인을 돌려보냈다. 이때부터 윤명이 갈 때마다 반드시 포로를 데리고 돌아왔다.

4년(1378)에 우산기상시(右散騎常侍)에 제수되었고, 전공사 판서(典工司判書), 예의사 판서(禮儀司判書), 전법사 판서(典法司判書), 판도사 판서(版圖司判書)를 역임하였다.

6년(1380)에 우리 태조를 따라 운봉(雲峯)에서 왜적을 격파하였고, 돌아와서 밀직사 제학(密直司提學)에 제수되었다. 이듬해에 첨서사사(簽書司事)가 되었다.

10년(1384)에 정당문학(政堂文學)에 제수되었다. 본국이 명나라와 문젯거리가 많았기 때문에 황제가 노하여 장차 우리나라로 출병하려

하였고, 또 세공(歲貢)을 늘려서 정하고는 5년 치의 세공이 약속한 숫자와 같지 않다는 이유로 사신 홍상재(洪尙載), 김보생(金寶生), 이자용(李子庸) 등을 먼 곳으로 장류(杖流)에 처하였다. 이때에 이르러 사신을 보내어 성절(聖節)을 축하해야 하나, 사람들이 모두 가기를 꺼려서 핑계를 대고 피하였다. 최후에 밀직사 부사 진평중(陳平仲)을 보내기로 결정했으나, 진평중이 노비 수십 구(口)를 임견미(林堅味)에게 뇌물로 바치고 병을 핑계하니, 임견미가 곧 정몽주를 천거하였다.

우(禑)가 불러서 대면하고 말하기를 "근래에 우리나라가 명나라에게 책망을 받게 된 것은 모두 대신들의 잘못이오. 경(卿)은 고금에 널리 통할뿐더러 내 뜻도 잘 알 것이오. 지금 진평중이 병 때문에 갈 수가 없어 경으로 대신하려 하니, 경의 뜻은 어떠하오?"라고 하니, 대답하기를 "군부의 명은 물과 불도 오히려 피하지 않거늘, 하물며 천자를 뵙는 일에 있어서이겠습니까. 그러나 우리나라에서 남경까지는 거리가 모두 8000리이니, 발해에서 순풍을 기다리는 날을 제외하면 실제 90일의 노정입니다. 지금 성절까지 겨우 60일밖에 남지 않았으므로, 가령 순풍을 기다리는 시간이 열흘이라면 남는 날이 겨우 50일뿐이니, 이것이 신이 한스러운 바입니다."라고 하였다. 우가 말하기를 "어느 날 길에 오르겠소?"라고 하니, 대답하기를 "어찌 감히 머물러 묵겠습니까."라고 하고, 드디어 출발하여 밤낮을 쉬지 않고 이틀 길을 하루에 달려 성절의 날짜에 맞추어 표문(表文)을 올렸다.

황제가 표문을 보고는 날짜를 헤아리고 말하기를 "그대 나라 신하들이 필시 서로 일을 핑계 대고 오려 하지 않다가 날짜가 닥쳐서 그대를 보냈을 것이다. 그대는 지난번에 촉 땅을 평정한 일을 축하하러 왔던 사람이 아니던가."라고 하였다. 정몽주가 그 당시 배가 부서졌던 정상을 모두 아뢰니, 황제가 말하기를 "그렇다면 응당 중국말을 알겠구나."라고 하고는 특별히 위무(慰撫)해 주며 예부(禮部)에 명하여 후하게 예우하여 보내게 하고, 드디어 홍상재 등도 돌려보내 주었다.

11년(1385)에 동지공거(同知貢擧)로서 선비를 선발하였다. 전례에 의하면, 매번의 시험장마다 곧 성적을 매겨서 방(榜)을 내기 때문에 초장(初場)에 합격하지 못한 사람은 중장(中場)에 들어갈 수 없고, 종장(終場)도 마찬가지였다. 의비(毅妃)[234]의 아우 노귀산(盧龜山)은 어리고 어리석으며 학식도 없어 중장에 합격하지 못하였다. 우가 크게 노하여 과시(科試)를 파하려고 하니, 이성림(李成林), 염흥방(廉興邦) 등이 노귀산의 아비 노영수(盧英壽)의 집에 가서 노귀산을 종장에 나가게 하기를 청하였으나 노영수가 혼자 들어갈 수 없다고 거절하였다. 이에 불합격한 십수 인을 함께 시험하여 마침내 노귀산을 선발하였다.

덕창부(德昌府)의 행수(行首) 문윤경(文允慶)은 본래 환관 이광(李匡)의 종자(從者)였다. 친구의 책문(策文)을 훔쳐서 적었기 때문에 정몽주가 쫓아냈으나 지공거 염국보(廉國寶)가 그를 선발하였다. 최영(崔瑩)이 사람들에게 농담하기를 "지난달에 감시(監試)의 시관 윤취(尹就)가 한미한 선비를 버리고 혼매한 아이를 선발했기 때문에 하늘이 큰 우박을 내려 내 집 삼[麻]을 다 죽이더니, 이번에 동당(東堂)의 시관이 다시 어떤 하늘의 변고를 가져오게 하려고 하는가."라고 하였다.

12년(1386)에 남경에 가서 관복을 청하고 또 세공을 견감해 주기를

---

234 의비(毅妃) : 우왕의 세 번째 비(妃)인 노씨(盧氏)이다. 대본에는 '懿妃'로 되어 있는데, 《고려사절요》 권31 〈신우(辛禑) 2〉 등에 근거하여 '懿'를 '毅'로 바로잡아 번역하였다.

청하였다. 정몽주의 주대(奏對)가 상세하고 명확하여 5년 동안 미납한
공물과 늘려서 정한 세공의 상수(常數)를 면제받게 되었다. 돌아왔을
때에 우가 매우 기뻐하여 의대(衣帶)와 안마(鞍馬)를 하사하고 문하부
평리(門下府評理)에 제수하였다.

이듬해에 해직을 청하였고 영원군(永原君)에 봉해졌다. 하륜(河崙),
염정수(廉廷秀), 강회백(姜淮伯), 이숭인(李崇仁)과 함께 건의하여 호
복(胡服)을 혁파하고 중국의 복제를 따랐다.

14년(1388)에 삼사 좌사(三司左使)에 제수되었다.

신창(辛昌) 1년(1389)에 예문관 대제학으로 바뀌었다. 우리 태조를
따라 계책을 정하여 공양왕(恭讓王)을 세우니, 문하부찬성사 동판도평
의사사사 호조상서사사 진현관대제학 지경연춘추관사 겸 성균관대사
성 영서운관사(門下府贊成事同判都評議使司事戶曹尙瑞司事進賢館大提
學知經筵春秋館事兼成均館大司成領書雲觀事)를 제수하고, 익양군충의
군(益陽郡忠義君)에 봉하고, 순충논도좌명 공신(純忠論道佐命功臣)의
호를 하사하였다. 교서에 운운하였다.-교서는 〈행장〉에 상세히 실려 있다.-

공양왕이 경연에 나왔을 때 정몽주가 진언하기를 "유자(儒者)의 도
는 모두 일상적인 평상의 일입니다. 음식과 남녀는 사람마다 똑같은
것이지만 지극한 이치가 깃들어 있으니, 요순(堯舜)의 도 또한 이것을
벗어나지 않습니다. 동정(動靜)과 어묵(語默)이 바름을 얻은 것이 바로
요순의 도이니, 애초에 매우 높아 실행하기 어려운 것이 아닙니다. 저
불씨(佛氏)의 가르침은 그렇지 않아 친척을 사절하고 남녀를 끊고서
암혈(巖穴)에 홀로 앉아 풀 옷을 입고 나무 열매를 따 먹으며 공(空)을
관(觀)하여 적멸(寂滅)에 이르는 것을 으뜸으로 삼으니, 이것이 어찌
평상의 도이겠습니까."라고 하였다. 그 당시 임금이 승려 찬영(粲英)을

맞아들여 스승으로 삼으려 했기 때문에 정몽주의 강론이 여기에 미쳤던 것이다. 그러나 임금이 한창 불교에 현혹되어 받아들이지 않았다.

윤이(尹彝)와 이초(李初)의 옥사[235]가 일어나자 대간이 그 무리들을 힘껏 논박하니, 정몽주가 4대(代)를 추존(追尊)하는 일을 계기로 크게 사면하기를 청하였다. 대간이 그래도 논집(論執)해 마지않으니, 임금이 도당(都堂)에 내려보내어 의논하게 하였다. 정몽주가 말하기를 "죄상이 명백하지 않고 지금 또 사면령을 내렸으니, 다시 논하지 않아야 할 것이다."라고 하였다. 형조에서 정몽주가 윤이와 이초의 무리를 돕는다고 탄핵하니, 정몽주가 두 번 전문(箋文)을 올려 사직하였으나 모두 윤허하지 않고 정몽주를 불러 잔치를 베풀어 위로하였다. 얼마 있다가 벽상삼한삼중대광(壁上三韓三重大匡) 수문하시중 판도평의사사 병조상서시사 영경령전사 우문관대제학 감춘추관사 경연사(守門下侍中判都評議使司兵曹尙瑞寺事領景靈殿事右文館大提學監春秋館事經

---

235 윤이(尹彝)와 이초(李初)의 옥사 :《고려사》를 보면, 1390년(공양왕2) 5월 초하루에 왕방(王昉)과 조반(趙胖) 등이 남경에서 돌아와서 아뢰기를 "명나라 예부(禮部)에서 신 등을 불러 말하기를 '너희 나라 사람 윤이와 이초가 와서 황제께 호소하기를 「고려의 이 시중(李侍中)이 왕요(王瑤)를 세워서 왕으로 삼았으나 왕요는 종실이 아니고 바로 그의 인친(姻親)입니다. 왕요가 이성계와 함께 병마를 움직여서 상국(上國)을 범하려고 하자, 재상 이색(李穡) 등이 불가하다고 하니, 즉시 이색 등 10여 인을 살해하고 우현보(禹玄寶) 등 9인을 멀리 유배하였습니다. 그 유배된 재상들이 몰래 우리들을 보내어 천자에게 고하게 하고 인하여 친왕(親王)이 천하의 군사를 거느리고 와서 토벌하여 주기를 청하게 하였습니다.」 하였다.'라고 하며 윤이와 이초가 기록한 이색 등의 성명을 꺼내어 보이고 말하기를 '그대가 빨리 본국으로 돌아가서 왕과 재상에게 말하여 윤이의 글 속에 있는 사람들을 힐문하고 와서 보고하라.' 하였습니다."라고 하였다. 이로 인하여 윤이와 이초의 옥사가 일어났다.《高麗史 卷45 恭讓王世家1 2年》

筵事) 익양군충의백(益陽郡忠義伯)을 제수하였다.

3년(1391) 임금이 경연관에게 말하기를 "지금 사람들이 중국의 고사는 알고 본조의 일은 알지 못하니 이래서야 되겠는가."라고 하니, 정몽주가 대답하기를 "근대의 역사도 모두 수찬하지 못하였고 선대의 실록 또한 상세하지 않으니, 편수관(編修官)을 두어《통감강목》에 의거하여 수찬하여 살펴볼 수 있게 하기를 청합니다."라고 하였다. 임금이 받아들이고 즉시 이색과 이숭인 등에게 실록을 수찬하도록 명했으나 실행하지는 못하였다.

성균관 박사 김초(金貂)가 글을 올려 불교를 비방하니, 주상이 노하여 사형으로 처벌하려 하였다. 병조 좌랑 정탁(鄭擢)이 상소하기를 "가만히 듣건대, 김초가 이단을 배척하면서 숨기지 않고 남김없이 말하거늘, 주상께서 선왕(先王)이 이루어 놓은 법을 허물어뜨린다는 이유로 극형에 처하려 하신다고 하니, 신은 가만히 전하를 위하여 애석하게 생각합니다.《서경》에 말하기를 '선왕이 이루어 놓은 법을 보시어 길이 잘못이 없게 하소서.'[236]라고 하였으니, 이른바 선왕이 이루어 놓은 법이란 삼강(三綱)과 오상(五常)에 지나지 않습니다. 불씨가 모두 이를 어기고 있으니, 김초가 선왕이 이루어 놓은 법을 허물어뜨리는 것이 아니라 바로 전하께서 스스로 허물어뜨리는 것입니다. 바라건대, 김초의 지나치게 충직한 죄를 용서해 주소서."라고 하였다.

대언(代言)들이 주상의 노여움을 두려워하여 감히 아뢰지 못하니, 정몽주가 동렬(同列)과 함께 상소하기를 "신의는 임금의 큰 보배이니, 나라는 백성에 의하여 보전되고 백성은 신의에 의하여 보전되는 것입

---

236 선왕이……하소서 :《서경》〈열명 하(說命下)〉에 나온다.

니다. 근간에 전하가 하교하여 간언을 구하면서 '말하는 사람은 죄가 없다.'라고 하셨기 때문에 사람들이 모두 과감히 소를 올려 정사의 득실과 민생의 고락을 극진히 논하였으니, 참으로 이른바 숨기지 않는 조정입니다. 국자감의 박사와 생원들 또한 이단을 배척하라는 내용으로 글을 올려 주장을 펼치되 말이 신중하지 못하여 성상의 노여움을 범하고 말았으니, 조정에 있는 신하들이 두려운 마음을 견디지 못하겠습니다. 신들이 생각건대, 불씨를 배척하는 것은 유자의 일상적인 일이라서 예로부터 군왕들이 내버려 두고 논하지 않았습니다. 더구나 전하의 너그럽고 큰 도량으로 보면 하찮은 광생(狂生)쯤이야 넉넉히 포용하실 것이니, 너그러운 은혜를 크게 내려서 한번 모두 용서하시어 나라 사람들에게 신의를 보여 주소서."라고 하니, 임금이 받아들여 김초 등이 모면할 수 있었다.

또 상소하기를 "상벌은 나라의 큰 법입니다. 한 사람에게 상을 주면 천만 사람이 권면되며 한 사람을 벌주면 천만 사람이 두려워하니, 지극히 공평하고 지극히 분명한 상벌이 아니면 그 중도를 얻어 온 나라의 민심을 복종시킬 수 없습니다. 전하가 즉위하신 이래로 성헌(省憲)과 법사(法司)가 번갈아 글을 올려 논핵하기를 '아무개는 바로 왕씨(王氏)를 세우려는 의논을 저지하고 아들 창(昌)을 도와서 세운 자이며, 아무개는 역적 김종연(金宗衍)의 모의에 참여하여 행재소(行在所)에서 내응한 자이며, 아무개는 장수들이 천자의 명을 받들어 신우(辛禑) 부자(父子)를 왕씨가 아니라고 하며 왕씨를 회복하기를 의논할 때에 신우를 맞아들여 왕씨를 영원히 끊으려고 모의한 자이며, 아무개는 윤이와 이초를 중국에 보내어 친왕(親王)이 천하의 군대를 움직여 주기를 청한 자이며, 아무개는 선왕의 얼손(孼孫)을 몰래 길러 가만히 불궤(不

軌)를 꾀한 자입니다.'라고 하였습니다. 상소가 여러 번 올라와서 성상이 몹시 수고롭게 염려하셨지만 지금까지도 명백하게 밝혀지지 않아 필시 그 사이에 죄가 있는 자가 그릇되게 용서받거나 죄가 없는 자가 억울함을 씻어 내지 못한 일이 있을 것이니, 공도(公道)로 볼 때 양쪽 모두 잘못된 듯합니다. 이런 까닭으로 말하는 사람들이 분분하여 지금까지 그치지 않는 것입니다. 신들이 생각건대, 마땅히 성헌과 법사로 하여금 함께 의논하고 헤아리게 하되 관련된 사람들의 옥사(獄詞) 문안(文案)을 더욱 상세히 살펴서 '아무개는 용서할 수 없는 죄라서 의당 법으로 조치해야 하고, 아무개는 의심할 만한 정상이라서 의당 가벼운 법을 따라야 하고, 아무개는 죄도 없이 무고를 당했으므로 의당 변석(辨釋)하게 해야 한다.'라고 하도록 해야 할 것입니다. 옥안(獄案)이 올라오거든 전하께서 조문(朝門)에 앉아 재보(宰輔)의 신료를 불러 친히 심리한 기록을 살펴보고서 억울함이 없도록 한 뒤에 죄를 주어 내치거나 풀어 주어 용서하신다면 인심이 복종하고 공도가 행해질 것입니다."라고 하니, 그 말을 따랐다.

이에 성헌과 형조가 다섯 가지 죄를 논열(論列)하기를 "왕씨를 세우려는 의논을 저지하고 아들 창(昌)을 도와서 세운 자는 조민수(曺敏修)와 이색(李穡)입니다. 김종연의 모의에 참여하여 내응한 자는 박가흥(朴可興), 지용기(池湧奇), 이무(李茂), 정희계(鄭熙啓), 이빈(李彬), 윤사덕(尹師德), 진을서(陳乙瑞), 박위(朴葳), 이옥(李沃), 이중화(李仲華), 진원서(陳元瑞), 김식(金軾), 이귀철(李龜哲)입니다. 다만 지용기, 박위, 이무, 정희계, 이빈, 윤사덕, 진을서, 진원서, 이옥, 이중화 등은 모두 죄를 따지지 않고 유배하였고 또 공사(供辭)도 없기 때문에 정상이 의심할 만합니다. 그러나 지용기와 박위는 이름이 공신의 반열에 있고 지위가 장상(將相)에 이르렀으므로 의당 마음을 다하여 보좌해야 하는데도 군관을 많이 모아 김종연으로 하여금 믿는 바가 있어 그 모의를 이루고 싶어 하게 만들었으니, 그 정상은 헤아리기가 어렵습니다. 김식과 이귀철 등은 비록 공사가 있기는 하나 공사가 분명하지 않아 정상이 또한 의심할 만합니다.

신우를 맞아들여 왕씨를 영원히 끊으려고 모의한 자는 변안열(邊安烈), 이을진(李乙珍), 이경도(李庚道), 원상(元庠), 이귀생(李貴生), 정지(鄭地), 우현보(禹玄寶), 우홍수(禹洪壽), 왕안덕(王安德), 우인열(禹仁烈) 및 이색과 정희계입니다. 대역 죄인 변안열은 비록 공사가 없더라도 이미 복주(伏誅)되었습니다. 그러나 가산을 적몰하지 않아 온 나라가 실망하고 있습니다. 이을진은 변안열과 공모하여 국가를 어지럽힌 것이 공사에 명백합니다. 지금 이을진의 공사에 의거하면, 이경도가 모의에 가담한 것 또한 의심할 것이 없는 데다가 변안열의 심복으로서 도진무(都鎭撫)가 되었으니, 어찌 변안열이 일을 도모하는데도 이경도가 알지 못하는 일이 있겠습니까. 의당 이을진과 같은 곳에서 대질하여 신문해야 할 것입니다. 원상과 이귀생은 정상을 알면서도 자수하지 않았습니다. 또 이림(李琳) 부자의 공사에 의거하면, 우홍수가 비록 신우를 맞아들이는 일에 관련되었다지만 공사가 없어 그 정상이 의심할 만합니다. 정지의 공사로 보면, 정지가 죄도 없이 무고를 당한 것이 분명합니다. 박의룡(朴義龍)의 공사로 보면, 이색이 신우를 맞아들이려고 도모한 것은 참으로 죄줄 만합니다. 우현보, 왕안덕, 우인열, 정희계 등은 이미 모두 면직되어 외방에 나누어 유배되었으나 모두 공사가 없기 때문에 그 당시 심문했던 순군관(巡軍官)에게 물어보았더니, 모두 '우현보 등이 모의에 가담한 것은 김저(金佇)가 이미 분명하게 말하였다.'라고 하였습니다. 그러나 그 당시에 김저와 대질하여 분변하지 않은 데다 공사도 없으므로 정상이 의심할 만합니다. 다만 우인열은 위관(委官)으로서 순군(巡軍)에 앉아 김저의 공사를 분명하게 취하지 않았고, 왕안덕은 도둔곶(都屯串)에서 패군한 뒤에 여흥(驪興)으로 가서 신우를 만났는데, 여러 날 걸리는 일정이라서 그사이에 있었던 일은 헤아리기가 어렵습니다. 또 이림 부자의 공사를 보면, 변안열이 우인열과 왕안덕으로 하여금 신우를 맞아들이게 한 것이 분명합니다.

윤이와 이초의 글에 보이는 자 중에 변안열과 김종연은 이미 복주되었고, 이림과 조민수는 병사(病死)하였고, 우인열, 정지, 이숭인, 권근, 이귀생, 우현보, 권중화(權仲和), 장하(張夏), 이종학(李種學), 경보(慶補)는 이미 승복하였고, 이색, 진을서, 이인민(李仁敏), 한준(韓浚), 정룡(鄭龍), 구천부(仇天富), 이대경(李大卿)은 모두 공사가 없습니다. 윤이와 이초의 글에 들어 있지는 않으나 홍인계(洪仁桂)의 공초에 보이는 자 중에 최공철(崔公哲)은 이미 장사(杖死)하였고, 최칠석(崔七夕), 안주(安柱), 공의(公義), 곽선(郭宣), 정단봉(鄭丹鳳), 조언(曹彦), 왕승귀(王承貴), 장충립(張忠立)은 이미 승복하였고, 조경(趙卿)은 병사하였습니다. 몰래 선왕의 얼손을 기른 자는 또한 지용기입니다. 지용기가 몰래 왕익부(王益富)를 기른 것은 일의 정상이 명백하니, 그 죄는 용서할 수 없습니다."라고 하였다.

공양왕이 정전에 나아가 정몽주 및 판삼사사(判三司事) 배극렴(裵克廉), 겸 대사헌(兼大司憲) 김주(金湊), 문하부 평리 유만수(柳曼殊), 좌상시(左常侍) 허응(許應), 우상시 전오륜(全五倫), 간의(諫議) 박자문(朴子文)·전백영(全伯英), 헌납 권진(權軫), 정언 유기(柳沂)·김여지(金汝知), 장령 최함(崔咸)·김묘(金畝), 지평 이원집(李元緝)·

이작(李作), 형조 판서 구성우(具成祐), 총랑(摠郞) 성보(成溥), 정랑 하계종(河係宗), 좌랑 박의(朴猗) 등을 불러 다섯 가지 죄를 의논하여 결정하였다.

공양왕이 말하기를 "과인이 즉위한 이래로 대간이 매양 다섯 가지 죄를 번갈아 상소하였으나 죄상이 명백하지 않아 처벌하기 어려웠기 때문에 나만 염려했을 뿐 아니라 대간이 이로 인하여 파직되기도 하고 좌천되기도 하여 분분하기 그지없었다. 지금 의당 분명하게 가려서 죄가 있는 자를 사사로이 용서해서도 안 될 것이고 무고를 당한 사람을 용서하지 않아서도 안 될 것이니, 경들은 면전에서 따르다가 물러나서 뒷말을 하지 말라."라고 하였다.

이에 창(昌)을 세우고 우(禑)를 맞이한 일을 물으면서 이색을 용서하려고 말하기를 "무진년(1388, 우왕14)에 장수들이 회군하여 왕씨를 세우기를 논의할 때에 이색에게 그 계책을 물었었다. 조민수가 신창(辛昌)의 외척으로 당시의 대장이라서 이색이 실로 겁이 났기 때문에 '아버지가 폐출되면 아들이 즉위하는 것은 나라의 떳떳한 법이다.'라고 하여 창을 세워서 왕위를 이었던 것이니, 그 죄는 용서할 만하다."라고 하니, 정몽주가 대답하기를 "그렇습니다. 다만 이색은 절조가 없었을 뿐이니, 어찌 죄가 있겠습니까."라고 하였다.

김주가 논박하기를 "전하께서 잠저(潛邸)에 계시던 시절에 가짜 신우(辛禑)가 공민왕의 아들이라 일컬어졌으나 이색은 그가 왕씨가 아닌 줄 알면서도 아들 창을 세우기를 주창하여 '아버지가 폐출되면 아들이 즉위한다.'라고 하였으니, 이는 신씨(辛氏)가 임금이 되도록 한 것입니다. 신씨가 임금이 되도록 하였다면 전하께서는 신씨의 신하로서 신씨의 자리를 빼앗은 것입니다. 이색은 시대의 큰 선비로서 국론을 결단할 때에 목숨을 탐하느라 의리를 잊었으니, 죄를 용서할 수 있겠습니까. 당시의 제군사(諸軍事)와 같은 대장[237]은 신뢰하지 않고 굳이 조민수를 두려워한단 말입니까."라고 하였다. 낭사(郎舍)들은 그저 옳다고만 하였고, 김여지 홀로 비위를 맞추어 아뢰기를 "신 또한 이색 등은 죄가 없다고 생각합니다."라고 하였다.

공양왕이 또 우현보와 박가흥을 용서하려고 하자, 김주가 또 아뢰기를 "전하께서는 사사로운 뜻이 있는 듯합니다."라고 하니, 공양왕이 발끈 낯빛을 바꾸며 말하기를 "경은 나를 사사롭다고 여기는가."라고 하고, 드디어 이색과 우현보 등을 공사가 없고 단지 김저와 정득후(鄭得厚)의 말만 있다는 이유로 풀어 주었다. 공양왕이 명하여 조민수와 변안열은 가산을 적몰하고, 지용기와 박가흥은 예전대로 부처(付處)하고, 변인열, 왕안덕, 박위는 외방종편(外方從便)[238]하고, 나머지는 모두 경외종편(京外從便)[239]하였다.

이보다 앞서, 왕안덕 또한 경외종편 중에 있었다. 김주가 아뢰기를 "왕안덕이 남포(藍浦)의 전투에서 군사를 도맡았다가 패배하였고, 돌아올 때에 필시 여흥으로 가서 신우를 만나 영립(迎立)하기를 의논했을 것이니, 죄상이 명백하지 않다고 할 수 있겠습니까. 외방종편하는 것은 내려 준 은혜가 또한 큰 것입니다."라고 하니, 임금이 그 말을

---

237 제군사(諸軍事)와 같은 대장 : 제군사는 도총중외제군사(都摠中外諸軍事)이고, 대장은 이성계를 가리킨다.

238 외방종편(外方從便) : 죄가 있는 사람을 외방에서 편의대로 거주하게 하는 유배 형벌의 하나이다.

239 경외종편(京外從便) : 죄가 있는 사람을 도성 밖의 지역에서 편의대로 거주하게 하는 가벼운 유배 형벌의 하나이다.

따랐다. 정몽주가 아뢰자 공양왕이 영을 내리기를 "지금 이후로 만일 위에서 언급한 사람들의 죄를 논하는 자가 있으면 무고죄로 논하겠다." 라고 하였다. 얼마 있다가 정몽주에게 안사 공신(安社功臣)의 호를 하사하였다.

4년(1392)에 정몽주가 《대명률(大明律)》과 《지정조격(至正條格)》과 본조의 법령을 취하여 참작하고 산정하여 《신율(新律)》을 편찬하여 올렸다.

정몽주가 우리 태조의 위엄과 덕망이 날로 성대해져서 중외(中外)의 민심이 돌아가는 것을 꺼리고 또 조준(趙浚), 남은(南誾), 정도전(鄭道傳) 등이 추대하려는 모의가 있음을 알고는 일찍이 기회를 틈타 일을 도모하려고 하였다.

세자(世子) 석(奭)이 명나라에 조회하고 돌아올 때에 태조가 황주(黃州)에 나가서 맞이하고 드디어 해주(海州)에서 사냥하다가 말에서 떨어져 몸이 몹시 불편하였다. 정몽주가 이 소식을 듣고 기쁜 기색을 띠며 사람을 보내어 대간(臺諫)에게 사주하기를 "이성계가 지금 말에서 떨어져 병이 위독하니, 의당 먼저 그의 우익(羽翼)을 없앤 뒤라야 도모할 수 있을 것이다."라고 하고, 드디어 조준, 정도전, 남은 및 평소에 귀복(歸服)한 대여섯 사람을 탄핵하여 장차 죽여서 태조에게 미치려 하였다.

태조가 벽란도(碧瀾渡)로 돌아와서 묵으려고 할 때에 태종이 달려와서 고하기를 "정몽주가 반드시 우리 집안을 무너뜨릴 것입니다."라고 하였으나 태조가 답하지 않았다. 또 여기에서 유숙해서는 안 된다고 고하였으나 태조가 허락하지 않더니, 굳이 청한 뒤에야 병을 무릅쓰고 견여(肩輿)를 타고 밤에 사저(私邸)로 돌아왔다. 정몽주가 일을 이루지 못할까 근심하여 밥도 먹지 않은 지가 이미 사흘이 되었다.

태종이 또 아뢰기를 "형세가 너무 급박합니다. 장차 어떻게 하시겠습니까?"라고 하니, 태조가 말하기를 "죽고 사는 것은 천명에 달려 있으니, 다만 순리대로 받아들여야 할 뿐이다."라고 하였다.

태종이 태조의 아우 이화(李和)와 사위 이제(李濟) 등과 더불어 휘하의 군사와 의논하기를 "이씨(李氏)가 왕실(王室)에 충성한 것은 나라 사람들이 알고 있는 바이나, 지금 정몽주에게 모함을 당하여 악명(惡名)이 더해진다면 후세에 누가 분변할 수 있겠는가."라고 하고 정몽주를 제거하기를 모의하였다. 태조의 형 이원계(李元桂)의 사위 변중량(卞仲良)이 그 모의를 정몽주에게 누설하자, 정몽주가 태조의 사저에 이르러 변고를 엿보려고 하였는데, 태조가 이전처럼 대하였다. 태종이 말하기를 "때를 놓쳐서는 안 된다."라고 하고, 정몽주가 돌아갈 때에 조영규(趙英珪) 등 네댓 사람을 보내어 길에서 기다렸다가 그를 쳐서 죽이니, 나이가 56세였다.

태종이 들어가서 고하니, 태조가 진노하며 병을 무릅쓰고 일어나 태종에게 말하기를 "너희들이 마음대로 대신을 죽였으니, 나라 사람들이 내가 몰랐다고 하겠느냐. 우리 집안은 본래 충효로써 알려졌거늘, 너희들이 감히 이렇게 불효를 하였구나."라고 하였다. 태종이 대답하기를 "정몽주 등이 장차 우리 집안을 무너뜨리려고 하거늘, 어찌 앉아서 망하기를 기다릴 수 있겠습니까. 이것이 바로 효도를 하는 것입니다. 의당 휘하의 인사를 불러 뜻밖의 상황에 대비해야 합니다."라고 하였다.

태조가 마지못하여 황희석(黃希碩)을 시켜 임금에게 아뢰기를 "정몽주 등이 죄인과 한편이 되어 몰래 대간(臺諫)을 꾀어 충량(忠良)을 모함하다가 지금 이미 복죄(伏罪)되었으니, 조준과 남은 등을 불러 대간과 함께 가려서 밝히게 하소서."라고 하였다. 이에 대간을 국문하여 유배 보내고, 그 무리들도 함께 유배 보냈다. 정몽주의 머리를 저자에 매달고 방을 걸기를 "없는 일을 꾸미고 대간을 꾀어서 대신을 모해하고 국가를 어지럽혔다."라고 하였다. 태조의 휘하 인사들이 또 상소하여 그 가산을 적몰하였다.

정몽주는 천품이 지극히 높고 호매(豪邁)함이 절륜하고 충효의 큰 절개가 있었다. 젊어서부터 학문을 좋아하여 게을리하지 않았고 성리(性理)를 연구하여 깊이 터득한 바가 있었다. 태조가 평소에 큰 그릇으로 중하게 여겨서 매번 출정할 때마다 반드시 이끌어 함께 갔고 여러 번 천거하여 같이 재상에 올랐다. 당시 국가에 일이 많아 긴요한 업무가 수없이 쌓였으나, 정몽주는 큰일을 처리하고 큰 의혹을 결단하되 목소리와 낯빛을 바꾸지 않고서도 좌우로 수응하는 것이 모두 꼭 들어맞았다.

당시의 풍속은 상례(喪禮)와 제례(祭禮)에 오로지 불가의 법을 숭상하였는데, 정몽주가 비로소 사서인(士庶人)으로 하여금 주자(朱子)의 《가례(家禮)》를 본떠서 가묘(家廟)를 세우고 선조의 제사를 받들게 하였다. 또 수령은 참외(參外)와 이서(吏胥)를 섞어 임용하였기 때문에 품계가 낮고 인물이 용렬하였는데, 비로소 청망(淸望)이 있는 참관(參官)을 뽑아 쓰고 그 출척(黜陟)을 엄격하게 하였다. 또 금곡(金穀)의 출납을 도평의사사의 녹사(錄事)가 백첩(白牒)으로 시행하기 때문에 외람된 일이 많았는데, 비로소 경력(經歷)과 도사(都事)를 두어 출납을 기록하게 하였다. 또 안으로는 오부 학당(五部學堂)을 건립하고 밖으로는 향교를 설치하여 유술(儒術)을 일으켰다. 그 밖에 의창(義

倉)을 세워서 궁핍한 사람을 구휼하고 수참(水站)을 설치하여 조운(漕運)을 편리하게 한 일들도 모두 그가 계획한 것이었다.

저술한 시문은 호방하고 준결(峻潔)하다.《포은집》이 세상에 전해진다. 본조에서 대광보국숭록대부(大匡輔國崇祿大夫) 영의정부사 수문관대제학 겸 예문춘추관사(領議政府事修文館大提學兼藝文春秋館事) 익양부원군(益陽府院君)을 추증하고 문충(文忠)이라는 시호를 내렸다. 아들은 정종성(鄭宗誠)과 정종본(鄭宗本)이다.

행장 行狀

공의 성(姓)은 정(鄭)이고, 휘(諱)는 몽주(夢周)이고, 자(字)는 달가
(達可)이고, 호는 포은(圃隱)으로, 경주부(慶州府) 영일현(迎日縣) 사
람이다. 먼 조상 습명(襲明)은 이름난 선비로서 고려 인종(仁宗) 때
벼슬하여 관직이 추밀원 지주사(樞密院知奏事)에 이르렀다. 증조부 인
수(仁壽)는 증(贈) 봉익대부(奉翊大夫) 개성윤 상호군(開城尹上護軍)
이고, 조부 유(裕)는 증 봉익대부 밀직사부사 상호군(密直司副使上護
軍)이고, 부친 운관(云瓘)은 증 신덕수의성근익조 공신(愼德守義誠勤
翊祚功臣) 벽상삼한삼중대광(壁上三韓三重大匡) 수 문하부시중 판병조
사 상호군 영경령전사(守門下府侍中判兵曹事上護軍領景靈殿事) 일성
부원군(日城府院君)이다. 모친은 영천 이씨(永川李氏) 증 변한국대부
인(卞韓國大夫人)이니, 선관서 승(膳官署丞) 이약(李約)의 따님이다.

모친이 임신했을 때 난초 화분을 안고 있다가 갑자기 놀라 떨어뜨리
는 꿈을 꾸고 깨어나서 공을 낳았으니, 바로 지원(至元) 정축년(1337,
충숙왕 복위6) 12월 무자일(戊子日)이고, 이로 인하여 공의 이름을
몽란(夢蘭)이라 하였다.

공은 태어나면서부터 빼어나고 남달랐으며, 어깨 위에 북두칠성 모
양처럼 늘어선 일곱 개의 검은 점이 있었다. 아홉 살 때 모친이 낮에
검은 용이 정원 안의 배나무에 올라가는 꿈을 꾸고 놀라 깨어서 나가
보니, 바로 공이었다. 그래서 또 이름을 몽룡(夢龍)이라 하였다가 관례

(冠禮)를 치른 뒤에 지금의 이름으로 바꾸었다.

지정(至正) 을미년(1355, 공민왕4) 겨울 11월에 모친상을 당하여 시묘(侍墓)하며 삼년상을 마쳤다.[240]

정유년(1357, 공민왕6)에 감시(監試)에 셋째로 입격하였다.

경자년(1360, 공민왕9)에 정당문학 김득배(金得培)와 추밀원 학사 한방신(韓邦信)이 주관하는 과거 시험에 공이 연이어 삼장(三場)에 장원하고 드디어 제일인으로 뽑혀서 빛나는 명성이 크게 퍼졌다.

임인년(1362, 공민왕11)에 예문관 검열에 보임되었다.

갑진년(1364, 공민왕13)에 한방신이 동북면 도지휘사(東北面都指揮使)가 되고 우리 태조가 병마사(兵馬使)가 되었는데, 공이 종사관으로 따라가 화주(和州)에서 여진의 삼선(三善)과 삼개(三介)를 쳐서 패주시켰다. 얼마 있다가 수찬에 올랐고 여러 번 옮겨서 전농시 승(典農寺丞)에 이르렀다.

을사년(1365, 공민왕14) 봄 1월에 부친상을 당하였다.[241] 당시에 상제(喪制)가 문란하고 해이해져서 사대부가 상을 당하면 모두 100일 만에 탈상하였으나 공은 홀로 두 어버이를 시묘하며 슬픔과 예법이 모두 극진하였으니, 국가에서 아름답게 여겨서 정려를 내려 표창하였다. 상이 끝나고 통직랑(通直郞) 전공사 정랑(典工司正郞)에 제수되었으나 사직하고 나아가지 않았다.

---

240 을미년……마쳤다 : 〈연보고이〉 을미년(1355, 공민왕4) 조에는 "1월 부친 일성부원군(日城府院君)의 상을 당하여 시묘하였다."라고 하였다.

241 을사년……당하였다 : 〈연보고이〉 을사년(1365, 공민왕14) 조에는 "1월 모친 변한국부인의 상을 당하여 시묘하였다."라고 하였다.

정미년(1367, 공민왕16)에 예조 정랑으로 성균관 박사를 겸하였다. 국가가 신축년(1361)에 홍건적의 병화(兵禍)를 입은 이래로 학교가 황폐해졌다. 이때에 이르러 공민왕이 부흥에 뜻을 다하여 새로 성균관을 세웠으나, 학관(學官)이 적기 때문에 영가(永嘉) 김구용(金九容), 반양(潘陽) 박상충(朴尙衷), 밀양(密陽) 박의중(朴宜中), 경산(京山) 이숭인(李崇仁) 및 공과 같은 큰 선비를 뽑아서 학관을 겸하게 하고 문정공(文靖公) 목은(牧隱) 이색(李穡)으로 하여금 대사성을 겸하게 하였다.

당시 우리나라에 들어온 경서는 오직 주자(朱子)의 사서집주(四書集註)뿐이었다. 공은 강설이 탁월하여 사람들의 생각을 크게 뛰어넘었기 때문에 듣는 이들이 자못 의심하였으나 운봉 호씨(雲峯胡氏 호병문(胡炳文))의 《사서통(四書通)》을 얻어 보게 되어서는 공이 논한 것과 합치하지 않는 것이 없었으므로, 선비들이 더욱 탄복하였다. 목은이 자주 일컫기를 "달가(達可)의 논리는 횡으로 말하든 종으로 말하든 이치에 맞지 않는 것이 없으니, 동방 이학(理學)의 조종(祖宗)으로 추중(推重)하노라."라고 하였다.

무신년(1368, 공민왕17)에 봉선대부(奉善大夫) 성균관사예 지제교(成均館司藝知製教)로 승진하였다. 이때부터 모든 제수에는 모두 삼자(三字 지제교(知製教)) 및 관각(館閣)의 직함을 겸대(兼帶)하였다.

홍무(洪武) 신해년(1371, 공민왕20)에 중의대부(中議大夫) 태상시 소경(太常寺少卿)으로 바뀌었다가 얼마 뒤에 성균관 사성으로 옮겼고 품계는 중정대부(中正大夫)가 되었다.

임자년(1372, 공민왕21) 봄에 서장관(書狀官)으로 지밀직사사(知密直司事) 홍사범(洪師範)을 따라 남경에 가서 촉(蜀) 땅을 평정한 일을 축하하고 아울러 자제의 입학을 청하였다. 가을 8월 태창(太倉)으로 돌아오는 길에 해중(海中)의 허산(許山)²⁴²에 이르러 폭풍을 만나 배가 부서져 표류하다 암도(巖島)에 닿았다. 홍사범은 익사하고 공은 구사일생으로 살아나서 말다래를 베어 먹은 것이 13일이나 되었다. 이 일이 보고되자 황제가 배를 마련하여 데리고 돌아가 후하게 보살펴 주었다. 다음해 가을 7월에 돌아왔다.

갑인년(1374, 공민왕23)에 나가서 경상도를 안찰하였다.

을묘년(1375, 우왕1)에 돌아와서 우사의대부(右司議大夫) 예문관 직제학(藝文館直提學)에 제수되었고, 얼마 있다가 다시 성균관으로 들어가서 대사성이 되었다.

이보다 앞서, 명나라가 처음 일어났을 때 공이 조정에 힘껏 청하여 맨 먼저 명나라에 귀부(歸附)하여 고황제(高皇帝)에게 크게 칭찬을 받았다. 이때에 이르러 공민왕이 시해당하고 김의(金義)²⁴³가 사신을 죽이니, 나라 사람들이 두려워하여 감히 명나라에 사신을 보내지 못하였다. 공이 먼저 대의를 진달하기를 "근래의 변고는 응당 일찍 상세히 아뢰어 상국(上國)으로 하여금 한 점의 의혹도 없게 해야 하거늘, 어찌 먼저 스스로 의심스럽게 하여 백성들에게 재앙을 당하게 하겠습니까." 라고 하였다. 이에 비로소 사신을 보내어 상(喪)을 고하고, 또 김의의 사건을 해명하였다.

을묘년에 북원(北元)이 사신을 보내왔다. 그 조서에 거만한 말이

---

242 허산(許山) : 지금의 항주만(杭州灣) 북쪽 봉현(奉賢) 앞바다인 탄허산(灘許山)을 가리킨다.

243 김의(金義) : 436쪽 주43 참조.

있었으나 권신(權臣) 이인임(李仁任)과 지윤(池奫)이 다시 원나라를
섬기려고 사신을 맞아들이려는 논의를 하였다. 공이 문신 십수 인과
함께 글을 올려 논열하여 물리치고 받아들이지 말기를 청하였는데,
그 말이 매우 간절하였다. 지윤과 이인임이 몹시 꺼려서 공을 언양(彦
陽)으로 유배하였고 나머지 사람도 모두 먼 고을로 유배하였다가 한
해를 넘겨 해배(解配)하였다.

그 당시 왜구가 가득하여 바닷가 고을들이 쓸쓸히 텅 비었기 때문에
국가에서 이를 걱정하였다. 일찍이 나흥유(羅興儒)를 패가대(覇家臺)
에 사신으로 보내어 화친을 설득하게 하니, 그 섬의 주장(主將)이 나흥
유를 잡아 가두어 거의 아사(餓死) 지경이 되었다가 겨우 목숨을 보전
하여 돌아온 일이 있었다. 권신들이 전날의 일에 앙심을 품고 그 뒤를
이어 공을 사신으로 보내니, 사람들이 모두 위태롭게 여겼으나 공은
조금도 어려워하는 기색이 없었다. 패가대에 이르러서는 고금의 외교
의 득실을 극진히 설명하니, 주장이 경복(敬服)하여 객관의 대접이
매우 후하였다. 시를 구하는 왜승(倭僧)이 있으면 공이 붓을 잡아 곧바
로 지어 주니, 내용이 호준(豪俊)한 경책(警策)이었다. 이에 승도들이
모여들어 날마다 공의 가마를 메고 절경을 구경하기를 청하였다. 돌아
올 때에는 잡혀갔던 윤명(尹明)과 안우세(安遇世) 등 수백 인을 쇄환
(刷還)하였고, 드디어 삼도(三島)로 하여금 모두 침략을 금지하게 하
였다. 왜인들이 오늘에 이르기까지 공을 칭찬해 마지않는데, 처음 공이
죽었다는 소식을 듣고 탄식하며 애석해하지 않는 사람이 없었고 재를
올려 명복을 비는 사람까지 있었으니, 공의 신의가 이처럼 완악한 자들
까지 감복시킬 수 있었던 것이다.

안우세는 돌아와서 태조를 섬겨 공로가 있어 벼슬이 2품에 이르렀

다. 그 뒤에 이자용(李子庸)이 사신 가서 또 나흥유처럼 갇히게 되자, 이에 국가가 공의 독자적인 외교 능력을 더욱 중하게 여겼다.

몇 해가 지난 뒤에 공이 왜적이 우리 양가(良家)의 자제를 종으로 삼은 것을 불쌍하게 여겨서 값을 지불하고 데려오려고 재상들에게 힘 껏 권하여 각각 사재를 조금씩 내게 하고 또 글을 써서 윤명에게 주어서 보내니, 왜적의 우두머리가 글의 내용이 간절한 것을 보고 포로 100여 인을 돌려보냈다. 이때부터 윤명이 갈 때마다 반드시 포로를 데리고 돌아왔다.

무오년(1378, 우왕4)에 정순대부(正順大夫) 우산기상시(右散騎常 侍)에 제수되었다.

기미년(1379, 우왕5)에 전공사 판서(典工司判書), 예의사 판서(禮儀 司判書), 전법사 판서(典法司判書)를 역임하였고, 품계는 봉익대부(奉 翊大夫)가 되었다.

경신년(1380, 우왕6)에 판도사 판서(版圖司判書)가 되었다. 가을에 태조를 따라 운봉(雲峯)에서 왜적을 쳐서 크게 이기고 돌아왔다. 밀직 사제학 상의회의도감사(密直司提學商議會議都監事)로 옮겼고, 이듬해 에 첨서밀직사사(簽書密直司事)가 되었다.

임술년(1382, 우왕8) 여름에 금은(金銀)을 진공(進貢)하였고, 겨울 에 또 시호를 청하려고 다시 남경으로 갔다.

계해년(1383, 우왕9)에 동북면 조전원수(東北面助戰元帥)로 다시 태 조를 따라 정벌하러 갔다.

갑자년(1384, 우왕10)에 광정대부(匡靖大夫) 정당문학(政堂文學) 에 올랐다. 당시 국가에 문젯거리가 많았기 때문에 고황제가 진노하여 장차 우리나라로 출병하려 하였고, 세공(歲貢)을 양마(良馬) 5000필,

금 500근, 은 5만 냥, 은량과 같은 필수의 세포(細布)를 늘려서 정하고는 5년 치의 세공이 약속한 숫자와 같지 않다는 이유로 입조(入朝)한 사신 홍상재(洪尙載), 김보생(金寶生), 이자용 등을 먼 고을로 장류(杖流)에 처하였다. 이해에 이르러 마땅히 성절(聖節)을 축하해야 하나 재상들이 모두 가기를 꺼려서 핑계를 대고 피하였다. 최후에 밀직사 부사 진평중(陳平仲)을 보내기로 결정했으나, 진평중이 노비 수십 구(口)를 권신 임견미(林堅味)에게 뇌물로 바치고 병을 핑계하니, 임견미가 곧 공을 천거하여 아뢰었다.

우왕이 공을 불러서 대면하고 말하기를 "근래에 우리나라가 명나라에 책망을 받게 된 것은 모두 대신들의 잘못이오. 경(卿)은 고금에 널리 통할뿐더러 내 뜻도 잘 알 것이오. 지금 진평중이 병 때문에 갈 수가 없어 경으로 대신하려 하니, 경의 뜻은 어떠하오?"라고 하니, 대답하기를 "군부의 명은 물과 불도 오히려 피하지 않거늘, 하물며 천자를 뵙는 일에 있어서이겠습니까. 그러나 우리나라에서 남경까지는 거리가 무릇 8000리이니, 발해에서 순풍을 기다리는 날을 제외하면 실제 90일의 노정입니다. 지금 성절까지 겨우 60일밖에 남지 않았으므로, 가령 순풍을 기다리는 날이 열흘이라면 남는 날이 겨우 50일뿐이니, 이것이 신이 한스러운 바입니다."라고 하였다. 우왕이 말하기를 "어느 날 길에 오르겠소?"라고 하니, 대답하기를 "어찌 감히 머물러 묵겠습니까."라고 하고, 드디어 출발하여 밤낮을 쉬지 않고 이틀 길을 하루에 달려 성절의 날짜에 맞추어 표문을 올렸다.

황제가 표문을 보고는 날짜를 헤아리고 말하기를 "그대 나라 신하들이 필시 서로 일을 핑계 대고 오려 하지 않다가 날짜가 닥쳐서 그대를 보냈을 것이다. 그대는 지난번에 촉 땅을 평정한 일을 축하하러 함께 사신 왔던 사람이 아니던가."라고 하였다. 공이 그 당시에 배가 부서져서 머물렀던 일을 모두 아뢰니, 황제가 말하기를 "그렇다면 응당 중국말을 알겠구나." 하고는 목소리를 따뜻하게 하여 특별히 위무(慰撫)해 주며 예부(禮部)에 명하여 후하게 예우하여 보내게 하였고, 드디어 홍상재 등도 돌려보내 주었다.

을축년(1385, 우왕11)에 동지공거(同知貢擧)로서 우홍명(禹洪命) 등 33인을 선발하니, 세상에서 옳은 선비를 얻었다고 일컬었다.

병인년(1386, 우왕12)에 세공을 견감해 주기를 청하러 남경에 갔다. 주대(奏對)가 상세하고 명확하여 이전 5년 동안 미납한 공물과 늘려서 정한 세공의 상수(常數)를 영원히 면제받고 단지 종마(種馬) 50필로 공물을 정하였다. 공의 충의(忠義)와 지성(至誠)이 그때마다 황제의 마음을 감동시켜 그 노여움을 거두어들이게 함이 이와 같았다. 돌아왔을 때 우왕이 매우 기뻐하여 의대(衣帶)와 안마(鞍馬)를 하사하고 이어 문하부 평리(門下府評理)를 제수하였다. 이듬해 해직을 청하였다.

무진년(1388, 우왕14) 봄 삼사 좌사(三司左使)에 제수되었다. 그 당시 간사한 권신들이 권력을 마음대로 휘둘러 백성의 전답을 강탈하여 차지한 것이 몇 기(圻)에 이르렀으나 끝없이 탐욕을 부려 나라가 가난해지고 백성들이 파리해졌다. 공이 뼈에 사무치듯 아파하여 사전(私田)을 혁파하기를 청하였으니, 백성들이 이에 힘입어 살아날 수 있었다. 가을에 문하부 찬성사(門下府贊成事)에 제수되었다.

경오년(1390, 공양왕2) 가을에 순충논도좌명 공신(純忠論道佐命功臣)의 호를 하사받고, 품계는 중대광(重大匡)에 올랐고, 찬성사로서 동판도평의사사 판호조상서시사 진현관대제학 지경연춘추관사 영서운관사(同判都評議使司判戶曹尙瑞寺事進賢館大提學知經筵春秋館事領)

書雲觀事) 익양군충의군(益陽郡忠義君)이 되었다. 겨울[244]에 공양왕이 즉위하여 다음과 같은 교서를 내렸다.

난리를 다스려서 바른 세상을 회복하니 진실로 사직의 충신이고, 덕을 높이고 공로를 보답하니 실로 국가의 훌륭한 은전(恩典)이네. 순충논도좌명 공신 중대광 문하부찬성사 동판도평의사사사 호조상서사사 진현관대제학 지경연춘추관사 겸 성균관대사성 영서운관사(門下府贊成事同判都評議使司事戶曹尙瑞司事進賢館大提學知經筵春秋館事兼成均館大司成領書雲觀事) 정몽주는 천인(天人)을 다한 학문을 갖추고 왕자(王者)를 보좌할 재주를 지닌 사람으로, 과거에 응시하여 연달아 장원급제하였고, 3년 동안 시묘하여 효도의 뜻을 펼쳤네. 내면에 배양된 근본이 뽑을 수 없이 확고하기 때문에 외면에 드러난 영특함과 순수함이 환하게 문채가 있으니, 선왕이 임용하여 사륜(絲綸)[245]을 맡게 하고, 후생들이 경모하여 태산북두처럼 우러른다네. 염락(濂洛)[246]의 도를 창도하고 불로(佛老)의 말을 배척하며, 강론이 정밀하여 성현의 은미한 뜻을 깊이 터득하며, 가르침에 게으르지 않아 인재의 발흥이 성대해지니, 덕망이 이로 말미암아 더욱 높아지고 명성이 이 때문에 크게 떨쳐졌네.

---

244 겨울 : 공양왕은 1389년 11월에 즉위하였다.

245 사륜(絲綸) : 임금의 조서(詔書)를 뜻한다. 《예기(禮記)》〈치의(緇衣)〉에 "임금의 말이 실과 같지만 밖으로 나가면 명주실처럼 커지고, 임금의 말이 명주실 같지만 밖으로 나가면 밧줄처럼 굵어진다.〔王言如絲, 其出如綸; 王言如綸, 其出如綍.〕"라고 한 데에서 유래한다.

246 염락(濂洛) : 466쪽 주116 참조.

명나라가 처음 일어났을 때에 국가가 맨 먼저 귀부(歸附)하였는
데, 신료 중에 삼가 선발하여 공을 서장관에 임명하였네. 창해를
배로 건너 사신 갔다가 태풍을 만나 바다에 표류하더니, 구사일생으
로 살아나서 되돌아갔을 때에 더욱 황제의 보살핌을 받게 되었네.

공민왕이 승하한 뒤와 김의(金義)가 북원으로 달아났을 때에 권
신들이 여우처럼 의심하는 마음을 갖고서 신료들이 공무에 헌신하
기를 꺼린다고 하며 명나라에 사신을 파견하려 하지 않아 장차 백성
들에게 화를 빚어내려고 하였네. 경이 정도전 등과 함께 힘껏 말하기
를 "근래에 변고가 서로 이어지거늘, 어찌 사정을 갖추어 아뢰지
않습니까. 진실로 천자에게 죄를 얻는다면 국가의 복을 이어 가기
어렵습니다."라고 하였기 때문에 사신의 행차가 있게 되어 신하의
분수를 밝혔던 것이니, 돌아보건대, 동방이 편안할 수 있었던 것은
경들의 계책으로 말미암은 것이라네.

그 뒤 북원의 사신이 왔을 때 조서의 말이 불순한데도 당시에 맞아
들이자는 의론을 대소 신료들이 모두 옳게 여겼네. 이첨(李詹)과
전백영(全伯英) 등을 거느리고 옳지 않음을 극력 말했으나 이인임
(李仁任)과 지윤(池奫)의 무리를 거슬러서 용납되지 못하였고, 그
래서 영남으로 유배된 것이 두어 해이고 일본으로 갔다가 돌아온
것이 한 해를 넘겼네.

작은 나라가 조빙을 늦춘 까닭으로 중국 조정의 엄한 견책을 초래
하여 국운이 위태하고 인심이 두려워할 때에 멀리 산을 넘고 물을
건너가 천자의 얼굴을 직접 우러러 뵈었네. 비로소 왕이 조근(朝覲)
하는 길을 열고 끝내 세공의 액수를 견감받으니, 예전부터 대국을
섬기는 예를 어기지 않아 지금까지 백성을 보전하는 아름다움이 있

게 되었네.

갑인년(1374, 우왕 즉위년)부터 기사년(1389, 공양왕 즉위년)까지 불행히도 우(禑)와 창(昌)이 왕위를 훔치는 재앙이 있자 항상 적인걸(狄仁傑)과 장간지(張柬之)처럼 홍복(興復)할 충심[247]을 품었으니, 하늘이 실로 그대 마음을 굽어보아 일이 마침내 뜻한 대로 이루어졌네. 홍무 22년(1389) 10월 사이에 문하부 평리 윤승순(尹承順)이 남경에서 돌아올 때에 공경히 황제의 성지(聖旨)를 받들었는데 "고려가 임금의 자리가 끊어져서 비록 왕씨를 가탁하여 다른 성으로 세웠으나 또한 삼한이 대대로 지켜 오던 좋은 계책이 아니다."라고 하였네. 이해 11월 15일 경들이 계책을 정하여 천자의 명을 펴고 대비의 말을 여쭈어 과인을 추대하여 정통(正統)을 잇게 하니, 위로는 조종(祖宗)의 끊어진 제사를 받들게 되고 아래로는 자손의 무궁한 아름다움을 이어 가게 되었네. 이에 기강을 정돈하고 예악을 닦아서 밝히며, 전법(田法)을 바로잡아 쟁송을 그치게 하며, 용관(冗官)을 없애어 현량(賢良)을 등용하였네. 조정에서 시행하는 것은 진실로 요순 시대의 임금과 백성으로 만들려는 뜻이고, 경연에서 아뢴 것은 모두 〈이훈(伊訓)〉과 〈열명(說命)〉[248]의 말이었네. 세상에 드

---

247 적인걸(狄仁傑)과……충심 : 측천무후(則天武后)가 중종(中宗)을 폐위하고 왕위에 오르자, 적인걸이 무후의 조정에 벼슬하며 장간지(張柬之) 등을 요직에 천거하여 무후의 폐위와 중종의 복위를 도모하였다. 적인걸이 죽은 뒤에 장간지 등에 의하여 무후가 폐위되고 중종이 복위되었다.

248 이훈(伊訓)과 열명(說命) : 모두 《서경》의 편명(篇名)이다. 〈이훈〉은 상(商)나라 정승 이윤(伊尹)이 태갑(太甲)이 즉위했을 때 훈도한 말을 기록한 것이다. 〈열명〉은 상나라 고종(高宗)이 정승 부열(傅說)에게 명한 말을 기록한 것으로, 상편은 고종이

문 재주는 참으로 고굉(股肱)²⁴⁹과 합치하고, 성대한 공렬은 대려(帶
礪)²⁵⁰에도 잊기가 어려우니, 만약 표창하여 높이는 특별한 은전이
없다면 어떻게 장래를 권장하고 면려하겠는가. 이 때문에 공신각(功
臣閣)을 세워서 형상을 그리며, 비석에 새겨서 공적을 기록하며,
삼대(三代)의 조고(祖考)를 추증하고 영세토록 자손의 죄를 용서받
게 하며, 토지를 내리고 노비를 나누어 주며, 이어서 백금 50냥과
어구마(御廐馬) 1필을 내리노라.

　아아, 내가 어렵고 큰 왕업을 이어받아 허물을 면하기를 생각하노
니, 경은 훌륭한 보필이 되려는 마음을 더욱 견지하여 명예가 길이
이어지도록 하라.

얼마 있다가 벽상삼한삼중대광(壁上三韓三重大匡) 수 문하부시중
판도평의사사 병조상서시시사 영경령전사 우문관대제학 감춘추관사 경
연사(守門下府侍中判都評議使司兵曹尙書寺事領景靈殿事右文館大提學
監春秋館事經筵事) 익양군충의백(益陽郡忠義伯)에 올랐다.

부열을 얻어 정승을 임명할 때 한 말이고, 중편은 부열이 정승이 되어 고종에게 경계를
올린 말이고, 하편은 부열이 학문을 논한 말이다.

249　고굉(股肱) : 다리와 팔로, 임금이 팔다리처럼 의지하는 중신(重臣)을 뜻한다.
《서경》〈익직(益稷)〉에 순(舜) 임금이 말하기를 "신하는 짐의 다리와 팔과 귀와 눈이
되어야 한다.〔臣作朕股肱耳目.〕"라고 하였다.

250　대려(帶礪) : 띠와 숫돌로 '오랜 세월이 지난 뒤'를 뜻한다. 한 고조(漢高祖)가
천하를 평정한 뒤 공신을 봉작(封爵)하면서 "황하가 띠처럼 가늘어지고 태산이 숫돌처
럼 닳아도 나라가 길이 보전되어 후손에게까지 미치게 하리라.〔使河如帶, 泰山若礪,
國以永寧, 爰及苗裔.〕"라고 맹세하였다. 《史記 卷18 高祖功臣侯者年表》

당시 국가에 일이 많아 긴요한 업무가 수없이 쌓였으나, 공이 재상이 되어 목소리와 낯빛을 바꾸지 않고서도 큰일을 처리하고 큰 의혹을 결단하며 좌우로 응답하는 것이 모두 꼭 들어맞았기 때문에 재상들 중에 감히 다른 말을 하는 이가 없었다.

당시의 풍속은 무릇 상례(喪禮)와 제례(祭禮)에 오로지 불가의 법을 숭상하여 기일(忌日)에 승려를 불러 재를 올리고 시제(時祭)에는 비록 명가(名家)일지라도 단지 지전(紙錢)만 진설했다가 제사가 끝나면 불사르거나 혹 이마저도 하지 않는 사람이 자못 많았다. 공이 사서인(士庶人)으로 하여금 주자(朱子)의 《가례(家禮)》를 본떠서 사당을 세우고 신주를 만들어 선조의 제사를 받들게 하도록 청하니, 예법과 풍속이 다시 일어나게 되었다.

이보다 앞서, 수령은 참외(參外)와 이서(吏胥)를 섞어 임용하였기 때문에 품계가 낮고 인물이 용렬하여 침탈하는 일이 갖가지로 생겨나서 백성들이 명령을 감당하지 못하였다. 이에 청망(淸望)이 있는 참상관(參上官)으로 대신하게 하고 인하여 감사나 수령관(首領官)을 보내어 그 출척(黜陟)을 엄격히 하도록 청하니, 피폐하였던 것이 다시 되살아났다.

도평의사사가 국정을 홀로 총괄하여 금곡(金穀)의 출납을 오직 육방(六房)의 녹사(錄事)가 백첩(白牒)으로 시행하기 때문에 외람된 일이 많았는데, 경력(經歷)과 도사(都事)를 두어 갖가지 일을 종합하여 다스리고 그 출납을 기록하게 하니, 폐단이 없어지고 일이 잘 다스려졌다.

공이 또 학교가 광범위하지 못함을 걱정하여 안으로는 오부 학당(五部學堂)을 건립하고 밖으로는 작은 고을까지도 향교를 설치하니, 문풍(文風)이 다시 진작되었다.

기강을 바로잡아 국체(國體)를 세우며, 용관(冗官)을 없애어 준량

(俊良)을 등용하며, 호복(胡服)을 혁파하여 중국의 복제를 따르며, 의창(義倉)을 세워서 궁핍한 사람을 구휼하며, 수참(水站)을 설치하여 조운(漕運)을 편리하게 한 것도 모두 공이 계획한 것이었다. 이 밖에 시행하거나 폐지하여 나라를 이롭게 하고 백성을 윤택하게 한 것은 다 기록할 수 없을 정도이다.

우리 성조(盛朝)가 천명을 받으려 할 때에 공이 절의를 위하여 세상을 떠났으니, 바로 임신년(1392, 공양왕4) 4월 4일이고, 수명이 56세이다.

처음에 해풍군(海豐郡)에 장사하였다가 영락(永樂) 병술년(1406, 태종6) 3월에 용인현(龍仁縣) 치소 북쪽 쇄포촌(曬布村)의 언덕으로 이장하였다.

을유년(1405)[251]에 선정(先正) 문충공(文忠公) 권근(權近)이 글을 올려 봉증(封贈)을 더하고 자손을 녹용(錄用)하여 후인을 면려하기를 청하니, 전하가 아름답게 여기고 받아들여 대광보국숭록대부(大匡輔國崇祿大夫) 영의정부사 수문전대제학 감예문춘추관사(領議政府事修文殿大提學監藝文春秋館事) 익양부원군(益陽府院君)을 증직하고 문충(文忠)이라 시호하였다.

공은 천품이 지극히 높고 호매(豪邁)함이 절륜하였다. 젊어서부터 큰 뜻이 있었고 학문을 좋아하여 게을리하지 않았다. 뭇 서적을 널리 보고 날마다 《대학》과 《중용》을 외우며, 이치를 궁구하여 그 지식을 극진히 하고 자신의 몸에 돌이켜서 그 실제를 실행하였다. 참된 이치가 쌓이고 힘써 행함이 오래되어서는 전해지지 않던 염락(濂洛)의 비결을 홀로 터득하였기 때문에 사업에 시행되고 의론에 드러난 것이 열에

---

251 을유년 : 〈연보고이〉에는 신사년(1401, 태종1)의 일로 기록되어 있다.

두셋도 되지 않았지만 광명하고 정대함은 진실로 이미 청사(靑史)에 빛나게 되었으니, 참으로 명세(命世)[252]의 재주라 할 만하다.

아아, 만약 공이 태조의 창업을 도와서 자신이 배운 바를 다 펼칠 수 있었다면, 온갖 법도를 찬란히 만들고 한 시대를 교화하여 성대한 경륜이 응당 천고에 부끄러움이 없었을 것이다. 불행히도 말세의 액운을 만나 천명이 이미 떠나가고 인심이 이미 이반되었는데도 홀로 절개를 시종 지키다가 목숨을 버리는 지경에 이르렀으니, 애통하도다. 그러나 그 크나큰 충절은 바로 일월과 더불어 우주에서 빛을 다투니, 애초에 공의 불행이 아닌 것이다.

공이 저술한 시와 문이 매우 많았지만 공의 아들 형제가 젊었을 때에 상란(喪亂)을 만나서 거의 다 산실되었고, 장년이 되어서 유고를 모아 겨우 시 약간 수를 얻었으니, 그 글이 일실(逸失)된 것이 애석하도다. 후세 사람이 호방(豪放)하고 준결(峻潔)한 시를 본다면, 공의 사람됨을 상상할 수 있을 것이다.

영락(永樂) 경인년(1410, 태종10) 3월 일에 문인 추충익대개국 공신(推忠翊戴開國功臣) 자헌대부(資憲大夫) 동원군(東原君) 보문각 제학(寶文閣提學) 함부림(咸傅霖)[253]이 짓다.

---

252 명세(命世) : 명세(名世)와 같은 말로, 고요(皐陶), 이윤(伊尹), 태공망(太公望)처럼 임금을 보좌할 수 있는 세상에 이름난 인물을 말한다. 맹자가 말하기를 "500년에 반드시 성왕(聖王)이 나오니, 그 사이에 반드시 세상에 이름난 이가 있다.〔五百年必有王者興, 其間必有名世者.〕"라고 하였다. 《孟子 公孫丑下》

253 함부림(咸傅霖) : 1360~1410. 자는 윤물(潤物), 호는 난계(蘭溪), 본관은 강릉(江陵), 시호는 정평(定平)이다. 1385년(우왕11) 문과에 급제하여 예문관 검열, 형조 정랑 등을 역임하였고, 조선조에서는 개성부 소윤, 형조 판서 등을 역임하였다.

지은이 정몽주(鄭夢周)

1337년(충숙왕 복위6)~1392년(공양왕4). 고려 말의 충신, 학자, 외교가로, 본관은 영일(迎日), 자는 달가(達可), 호는 포은(圃隱)이다. 1360년(공민왕9) 문과에 장원급제하여 예문관 검열에 보임된 뒤, 요직을 두루 거쳐 1390년 수상직인 수문하시중의 자리에 올랐다. 명나라와 일본에 대한 외교 활동으로 큰 공을 세웠고, 내정으로는 유학을 진흥하고 시폐를 혁파하였다. 고려왕조가 끝날 때에 고려를 위하여 순국하였고, 조선이 건국된 뒤에는 만고의 충절과 이학의 조종으로 추앙받았다. 1401년(태종1) 영의정에 추증되고 1517년(중종12) 문묘(文廟)에 배향되었다. 임고서원, 충렬서원 등에 제향되고 있다. 시호는 문충(文忠)이다. 저서로 《포은집》이 있다.

옮긴이 박대현(朴大鉉)

1961년 경북 청도에서 태어났다. 영남대학교 중문학과를 졸업하고 동 대학원 한문학과에서 박사 학위를 받았다. 민족문화추진회 국역연수원 상임연구부를 졸업하였고, 민족문화추진회 전문위원과 한국고전번역원 고전번역교육원 교수를 역임하였다. 번역서로 《추강집(秋江集)》, 《대산집(大山集)2》, 《도산제현유묵(陶山諸賢遺墨)》, 《구사당집(九思堂集)1》 등이 있고, 저서로 《한문서찰의 격식과 용어》가 있다.

포은집

정몽주 지음 | 박대현 옮김

2018년 11월 20일 초판 1쇄 발행

발행인 신승운 | 발행처 한국고전번역원
등록 2008. 3. 12. 제300-2008-22호
주소 (03310) 서울시 은평구 진관1로 85
전화 02-350-4886 | 팩스 02-350-4899 | 홈페이지 www.itkc.or.kr

연구총괄 이기찬 | 연구기획 이제유 | 자문 임정기 허호구

책임편집 정영미 | 편집진행 박정열 서윤이
편집교정 김상순 박성희 임유경 | 조판 김지현 | 제작 김형석
디자인 씨디자인 | 인쇄 반디컴

ⓒ 한국고전번역원, 2018
Institute for the Translation of Korean Classics

값 20,000원
ISBN 978-89-284-0572-5 93810
*이 책은 2018년도 교육부 고전번역사업비로 출간한 것임.